PORTADORA DE ESTRELLAS

Planeta Internacional

TRACY WOLFF Y NINA CROFT

PORTADORA DE ESTRELLAS

Traducción de Roberto Martínez González

Obra editada en colaboración con Editorial Planeta – España

Título original: *Star Bringer*

Composición: Realización Planeta

Bajo el sello editorial PLANETA M.R.
Avenida Presidente Masarik núm. 111,
Piso 2, Polanco V Sección, Miguel Hidalgo
C.P. 11560, Ciudad de México
www.planetadelibros.com.mx

Primera edición impresa en España: febrero de 2025
ISBN: 978-84-08-29879-3

Primera edición impresa en México: marzo de 2025
ISBN: 978-607-39-2471-9

Impreso en los talleres de Litográfica Ingramex, S.A. de C.V.
Centeno núm. 162-1, colonia Granjas Esmeralda, Ciudad de México
Impreso en México - *Printed in Mexico*

Para mis chicos, que lo son todo para mí.

Tracy

Para Rob, ¡que me ha prometido explorar el espacio conmigo si algún día tenemos la oportunidad!

Nina

Portadora de estrellas es una cautivadora aventura romántica de ciencia ficción con un giro apasionante. Sin embargo, la historia incluye elementos que podrían no ser apropiados para todos los lectores. En la novela se muestran violencia, uso de alcohol, actividad sexual, lenguaje soez, tiroteos, combates cuerpo a cuerpo, situaciones peligrosas, sangre, trata de personas, encarcelamientos, heridas de bala, experimentos con humanos y bombardeos. Para los lectores que puedan ser sensibles a estos elementos: por favor, ténganlo en cuenta.

1

KALINDA, PRINCESA HEREDERA DE LOS NUEVE PLANETAS

—Se acabó. Tus privilegios como asistente han sido oficialmente revocados.

Lara se aparta la cabellera castaña de la cara mientras, sin hacerme caso, prepara la monstruosidad gigante de color morado que ha elegido para que me ponga. Aun así, veo que en sus labios aparece el atisbo de una sonrisa.

—¿Y cuáles serían esos privilegios, alteza?

—¿No te parece que los tengas? —Le lanzo una mirada arqueando las cejas desde la cama, donde estoy sentada, pero Lara ya comenzó a alisarme el vestido de nuevo—. Qué desagradecida.

Una de las mejores cosas de tener a tu mejor amiga como asistente es que puedes molestarla. Es verdad que Lara suele mantener los modales incluso cuando estamos a solas, pero los mejores momentos son aquellos en los que consigo romper la coraza de su decoro. Y la sonrisa radiante que ahora me dedica me calienta por dentro.

Por supuesto, cuando tu mejor amiga también es tu asistente, consigue convencerte para hacer cosas que no quieres hacer, como ponerte vestidos morados que te hacen parecer un slogg del desierto kridacano que tuviera un caso grave de viruela espacial.

—Si con privilegios quiere decir tener el honor de despertarme todos los días antes de las cinco de la mañana, que los Antiguos la bendigan por ello. —Lara continúa desabrochando el vestido más feo jamás creado y luego saca un par de zapatos de tacón que hacen juego.

Parpadeo.

—Admítelo, te encanta que vayamos a nadar a primera hora.

—Oh, por supuesto que sí, alteza. —Lara toma uno de los zapatos y desabrocha la delicada hebilla enjoyada—. Casi tanto como le encanta a usted tener citas con los hijos de los embajadores. Quizá debería comentarle a la emperatriz lo mucho que echa de menos a Jorathon.

La miro entrecerrando los ojos.

—No te atreverías.

Antes de que pueda responderme, la cápsula en la que viajamos se detiene. Hemos atracado oficialmente en la Estación Espacial Imperial *Caelestis*.

Me da un vuelco el estómago por la mezcla de nervios y entusiasmo. Me muero de ganas de echar un vistazo a la joya de la corona del programa científico del Imperio desde aquella innovadora ceremonia de hace tantos años. Pero esta es la primera vez que estoy cerca de ella, y me estoy volviendo loca de la emoción.

El hecho de que también sea mi primera misión oficial lejos de palacio anula parte del entusiasmo, así como saber que tengo que hacer la visita con las galas oficiales del Imperio mientras hago lo imposible para no meter la pata. Si cometo cualquier error, el consejo confirmará sus dudas y me quedaré encerrada en palacio los próximos cincuenta años.

Así que no tengo intención de cometer ningún error. Ni siquiera merece la pena pensar en las consecuencias.

—Deme la pierna. —Mientras sigo mirándola con el ceño

fruncido, Lara me levanta ella misma la pierna y empieza a meterme el pie en el zapato. Abrocha la hebilla con tanta fuerza que suelto un grito, y luego alarga la mano para tomar el segundo.

—Ya te lo he dicho, puedo hacerlo yo misma. —Intento quitarle el zapato de tacón morado y a cambio recibo un golpe en la mano.

—Asistente —es lo único que dice mientras se pone a calzarme por segunda vez, aunque con mucha más delicadeza que la primera.

—Exacto. Para asistirme, no para vestirme.

—Es lo mismo, y es mi trabajo. —Coloca el segundo zapato en su sitio y la expresión de su rostro se relaja—. Se verá preciosa con este vestido, alteza.

Suspiro.

—¿Tan preciosa que a lo mejor hasta conozco a algún guardia de la Corporación que esté bueno o a un friki de la ciencia para pasar un buen rato? —Levanto las cejas varias veces, por si no ha captado el énfasis en la palabra *buen*.

Vuelve a llevar puesta la sólida máscara del decoro; su lisa e intacta piel rojiza solo se ve alterada por la más leve de las sonrisas.

—Claro que no. Por varios motivos.

Lara me sujeta el vestido para que me lo ponga por los pies; así hay menos probabilidades de destrozar el elaborado peinado que ha conseguido hacerme tras pasarse la última hora trenzándome la melena.

—Es broma. No he olvidado que estamos aquí para hablar de cómo salvar a todo el sistema de una aniquilación total. Me parece que eso es más importante que tener sexo..

Lara susurra algo que suena como «discutible», pero lo dice tan rápido que no puedo llamarle la atención.

—Además —añado—, mi madre se enfrentó al consejo para

enviarme en este viaje. Confía en que haga un buen trabajo y no meta la pata. Acostarse con un cualquiera en un laboratorio espacial me parece que es la definición de meter la pata.

Intento respirar hondo; de repente, el peso de todo lo que estoy a punto de hacer parece mucho mayor que un segundo antes, pero Lara ya ha empezado a abrocharme un vestido tan pesado y enjoyado que podría ser una armadura. No tengo espacio suficiente para mover el diafragma, así que seguir haciendo bromas no es una opción. Por desgracia, respirar tampoco.

—Está preciosa, alteza. —Lara da un paso atrás y me coloca el último de los botones diminutos adornados con joyas—. ¿Qué le parece?

—¿Existe algún slogg más grande que los de Kridacus? Porque si lo hay, seguro que parezco uno de esos.

—Pues no —responde ella mientras me da vuelta para ponerme delante del espejo de cuerpo entero que hay en la pared—. Los kridacanos son los más grandes, sin duda.

Suspiro con tristeza mientras observo mi reflejo.

—Entonces está claro que soy de una especie nueva. Por lo menos espero ser de una variedad no venenosa.

Lara saca del clóset la capa del vestido y me la coloca alrededor de los hombros. Porque, evidentemente, lo que le faltaba a este vestido es una capa morada gigante.

Le lanzo una mirada como diciendo: «Pero ¿qué rayos...?», que ignora por completo, y me cierra la capa con un broche en forma de estrella justo por debajo del cuello.

Antes de que pueda intentar convencerla de prescindir de la capa —tiene que haber un límite—, el comunicador empieza a sonar. Lara y yo intercambiamos una mirada, y suspiro profundamente. Solo hay una persona que podría llamarme en estos momentos, y empieza por *e* y acaba en *triz*. Qué suerte tengo.

—¿Qué quiere ahora? —murmuro mientras me dejo caer en

el asiento que hay delante de la pantalla. O, más bien, intento sentarme. El vestido lo hace imposible, así que acabo apartando la silla hacia un lado y me quedo de pie.

—Desearle suerte, seguramente. —La respuesta de Lara es circunspecta, justo como se espera que conteste una asistente. Su expresión, sin embargo, deja ver por un instante su absoluta irritación.

Suelto una risita mientras atiendo la llamada.

La emperatriz entrecierra los ojos, mirándome desde la pantalla.

—Espero que no tengas intención de reírte así cuando abandones la nave, Kalinda. ¿Qué es lo que te digo siempre?

—La familia imperial nunca pierde la compostura —recito por enésima vez.

—Correcto. Sé que lo vas a hacer bien, Kalinda. —Me dedica una sonrisa que, por un segundo, casi parece indulgente. Pero, por supuesto, añade—: No hagas que me arrepienta de dejarte salir del planeta. ¿Tengo que recordarte lo importante que es esto?

En mi cabeza, pongo los ojos en blanco.

—Sé lo importante que es esto, madre. Y llevo deseando estar a bordo de la *Caelestis* desde antes de que estuviera en funcionamiento. Te prometo que no te avergonzaré, ni a ti ni al Imperio.

—Asegúrate de que sea así. Y también de que el embajador Holdren no te vea a solas. Sus planes no coinciden con los nuestros, y no quiero que le hagas ninguna promesa. Y evita al delegado de Glacea. Por lo que tengo entendido, suele mantener conversaciones inapropiadas, y preferiría no volver a sufrir ningún «incidente desafortunado».

Me lanza una mirada que sé que pretende avergonzarme. Pero sigo defendiendo mi decisión de empujar al canciller

Samalani a los setos de Verbosnia de mi madre. A pesar de que para hacerlo tuve que tocarlo con mis propias manos.

Lo bueno es que desde entonces no ha vuelto a decir ni una palabra sobre mis pechos.

Oigo que tocan la puerta.

—Lo siento, madre, pero llegó Arik. Debo irme.

—Esperará a que acabemos la conversación, te lo aseguro. —Pero acaba cediendo—. No hagas demasiadas promesas. No preguntes demasiado. No olvides mantener un rostro imperial, y lo harás estupendamente.

Como si pudiera olvidarme del rostro imperial. No sonreír. No fruncir el ceño. Parecer interesada pero aburrida al mismo tiempo..., y todo ello sin mover ni un músculo de la cara. Me ha hecho ensayarlo desde que tenía cinco años.

—No lo haré. Gracias por esta oportunidad, madre. —Corto la conexión antes de que pueda decir nada más. Ya estoy lo bastante nerviosa sin sus maravillosos discursos motivacionales.

—Somos muy afortunadas por tenerla —declara Lara. Vuelve a estar totalmente circunspecta, pero al mismo tiempo no lo está en absoluto.

De nuevo, llaman a la puerta.

—¡Ya voy, Arik! —grito.

Lara abre la puerta por mí y luego da un paso atrás para permitir que la guíe hacia la sección principal de la cápsula, que es más o menos la mitad de grande que los aposentos imperiales en los que acabo de estar.

—Lamento apresurarla, alteza —se disculpa Arik, inclinando la cabeza con respeto. Hay un brillo divertido en sus ojos verdes.

—En absoluto —le respondo—. Estaba hablando con la emperatriz.

Me guiña un ojo, comprensivo. Al igual que Lara, ha estado

a mi lado durante toda mi vida y era amigo de mi padre. Confío en él de forma incondicional.

Mi otro guardaespaldas, Vance, es un miembro nuevo de mi séquito, y estoy segura de que se dedica a informar a mi madre. Le confiaría mi vida, pero no mis secretos..., si tuviera alguno.

De repente, un silbido fuerte desgarra el aire. Me sobresalto, y tanto Arik como Vance parecen preocupados. Vuelvo a poner los ojos en blanco mentalmente. ¿Acaso son ellos los únicos con permiso para estar un poco nerviosos? Es la primera vez que represento al Imperio, creo que puedo permitirme estar algo alterada.

Estaré bien en cuanto salga de aquí.

El piloto debe de haberse dado cuenta de mi reacción, porque me sonríe antes de seguir apretando un montón de botones que a mí me parecen todos exactamente iguales.

—Solo es el aviso del último control del sistema, alteza —dice él—. Tenemos autorización para desembarcar.

—Gracias.

Lara estira una mano tranquilizadora hacia mí y se detiene en el último segundo. A partir de ahora seguiremos los estrictos protocolos imperiales, y una persona normal no debe tocar en público a una princesa del sistema Senestris, ni siquiera aunque esa misma persona se ocupe de vestirla todos los días. Es otra de las normas extrañas de mi madre, y la añado a la lista de cosas que debo cambiar cuando sea emperatriz.

Respiro hondo de nuevo y le dedico a Lara mi sonrisa más arrogante de «lo tengo controlado». Me la devuelve y ladea ligeramente la cabeza para pedirme que empiece a caminar.

Pero en cuanto extienden la rampa de desembarque de la nave, el estómago me da un vuelco por los nervios. Lo ignoro y me centro en mi misión. Obedecer las reglas. Entregar el mensaje. No avergonzar al Imperio.

Enderezo la espalda y pongo mi mejor cara imperial de estar aburrida. Luego me doy vuelta hacia Lara para que me inspeccione un poco.

Parece preocupada.

Menos mueca y más sonrisa, entonces. Entendido.

—¿Preparada? —me pregunta.

—Más que eso —respondo.

Estoy lista para salir a la rampa, aunque Arik y Vance se me adelantan. Una mirada tranquila de los ojos gris acero de Vance hace que me detenga, a pesar de la impaciencia que se agita en mi interior. Su misión es asegurarse de que no soy un blanco fácil para nadie. Excepto, por supuesto, para la emperatriz...

Mientras espero, examino a fondo la plataforma de embarque. Es una habitación enorme y cavernosa, con las paredes plateadas y un techo curvado muy por encima de nuestras cabezas. Está llena de lanzaderas elegantes y relucientes con distintos diseños. Todas parecen nuevas e imponentes, incluso las que están restauradas, como si todos los delegados estuvieran decididos a causar la mejor impresión.

Entonces me llama la atención algo que no encaja del todo. Está atracada en la esquina más alejada de la plataforma. Supongo que es una nave, mucho más grande que las lanzaderas, pero es difícil distinguir nada más porque está cubierta por una especie de tela oscura.

¿Para protegerla o para esconderla?

Me encantan los misterios y me muero de ganas de acercarme a ver qué pasa. Pero, en ese momento, Arik nos da luz verde desde abajo y nos ponemos en marcha. El corazón se me acelera. Intento mantener la calma, pero es una ocasión trascendental. Y no solo para mí.

Porque la razón por la que estamos aquí es para averiguar

cuánto ha avanzado la brillante doctora Veragelen con su extremadamente importante y costosa investigación.

¿La inmensa cantidad de dinero invertida en esta estación espacial nos salvará a todos de una muerte abrasadora e inminente?

O, para decirlo con mayor claridad: ¿vamos a morir todos?

2

RAIN, SUMA SACERDOTISA DE LA HERMANDAD DE LA LUZ

—Oh, Merrick, mira. Ahí está. Es perfecta. Parece una... —Mi mente se queda en blanco, como ocurre siempre que me emociono. Por suerte, no son cosas que me sucedan a menudo, ni la vacuidad ni el entusiasmo.

Puede que sea por los fármacos que me han dado para ayudar a que mi cuerpo se acostumbre a la gravedad mucho más alta de la *Caelestis*. La estación espacial está adaptada a la gravedad askkandiana, que es más del doble que la que hay en mi planeta natal, Serati. Lo único que sé es que nunca me había sentido tan pesada, es como si estuviera abriéndome camino a través del lodo con cada paso que doy.

Aunque puede que solo sean los nervios. De todos los lugares a los que me había imaginado que podía ir, esta estación espacial no es uno de ellos. No solo porque su misión —evitar que el sol explote— va contra aquello que debo ayudar a que suceda, sino porque las sumas sacerdotisas no suelen hacer este tipo de cosas.

—Creo que la palabra que estás buscando es *princesa*. —El tono de Merrick es seco, pero siempre lo es. El sarcasmo es su segunda vocación, después de ser mi guardaespaldas.

—Puede ser, pero ¿por qué se supone que tengo que saberlo? Tampoco es que haya visto alguna vez a una princesa de verdad.

—Tampoco es que haya visto casi nada en general. Pero eso no es culpa de Merrick.

No es culpa de nadie. Sencillamente es así.

La princesa camina arrastrando los pies hacia la parte superior de la rampa y me pongo de puntitas para verla mejor. Es alta, mucho, y aunque me digo a mí misma que eso no importa, no puedo evitar sentirme un poco celosa.

No por su tiara o por su espléndido vestido, sino por su figura alta y esbelta.

Sé que una suma sacerdotisa no debe preocuparse por su aspecto, y la mayor parte del tiempo no lo hago. Pero, de vez en cuando, es un asco ser la persona más pequeña de cualquier lugar en el que esté.

Y hoy lo es más aún. En parte porque estoy en mitad de la multitud, y en parte porque, cada vez que consigo mirarla, veo que la princesa parece perfecta. Imperial. Serena. Segura de sí misma.

Me encantaría tener un poco de esa serenidad... y también de su confianza. Ambos son rasgos que distinguen a todas las sumas sacerdotisas que alguna vez pertenecieron a la Hermandad. Hasta que llegué yo.

La princesa camina con elegancia hacia el estrado, sin tocar apenas el suelo. Mientras la gente se inclina hacia delante, ansiosa por vislumbrarla, me percato de que Merrick y yo pronto estaremos cara a cara con ella.

—¿Merrick?

—¿Sí, suma sacerdotisa?

—¿Cómo dijiste que tengo que llamarla?

El hombre suspira, y entonces oigo toda la decepción que no llega a pronunciar. Aun así, no hace falta que lo haga. Me doy cuenta de que para él soy una molestia la mayor parte del tiempo, pero también sospecho que, en el fondo, se preocupa por mí.

—Si se dirige directamente a ti, y elevemos todos una plegaria especial para que eso no suceda, debes dirigirte a ella como alteza.

Sus palabras destruyen por un instante el entusiasmo que siento por estar aquí. En la misma habitación que la princesa, sí, pero también en esta estación espacial, tan lejos del único lugar en el que he vivido. Mi hogar.

Pero entonces la energía de este sitio —de esta gente— hace que se agite la sangre en mi interior.

—Entendido. Y, ¿Merrick...?

Otro suspiro.

—Ya repasamos todo esto durante el vuelo. Deberías haber prestado atención.

—Lo sé, pero estaba en el espacio. ¡En el espacio de verdad! —Y quería saber cómo funcionaba todo. Creo que molesté al pobre piloto con mis preguntas incesantes.

Pero ¿qué espera Merrick? Me he pasado mis diecinueve años de existencia en el monasterio de Serati. Y, aparte de este único viaje, probablemente pasaré allí el resto de mi vida, como todas las sumas sacerdotisas. Así que espero aprovecharlo al máximo.

—No hagas reverencias —me dice, y le echo una mirada mientras se alisa la parte delantera de la túnica blanca con una mano enorme—. A una embajadora no se le exige. Y, por el amor del Sol Moribundo, no la toques. Eso se castiga con la muerte. Recuerda que no representas solo a la Hermandad, sino a todo el planeta Serati.

¿Cómo iba a olvidarlo? Me han insistido en lo importante que soy todos los días de mi vida.

Aunque realmente todavía me cuesta creerme que esté aquí. No debería ser yo. Pero hace cuatro noches, durante la cena, la embajadora que debía acudir... Aparto ese pensamiento antes de que la imagen de la mujer ahogándose y echando espuma por la boca vuelva a formarse en mi mente.

La habían envenenado, según Merrick. Alguien que odia a la Hermandad, sin duda. Y alguien que quería verla sufrir.

Incluso después de lo que le había ocurrido a la pobre mujer, no creí que fueran a elegirme para este viaje. Como suma sacerdotisa y segunda en la jerarquía de la Hermandad, sé que soy alguien importante, tanto para ellas como para mi planeta. Pero normalmente no suelo desempeñar un papel activo en nada. Lo único que hago es... esperar. Y tener fe. Y cuando llegue el momento... Bueno, nadie sabe lo que ocurrirá en realidad. Y, si lo saben, todavía no han compartido esa información conmigo.

Aun así, todo será revelado a su momento.

O no.

Como todas las que me precedieron, es probable que muera sin saberlo, y entonces volveré a renacer para vivir esta vida de nuevo.

Solo que, por primera vez, puede que eso no se cumpla.

Merrick afirma que vivimos tiempos sin precedentes. Mis consejeros espirituales me dicen que esta vez todo es distinto.

Porque la era del Sol Moribundo se cierne sobre nosotros. Comenzó hace unos veinte años. Al principio solo había unas pocas señales de inestabilidad, en especial erupciones solares, pero, a medida que pasaban los años, nuestro sol empezó a cambiar de color: antes era naranja, ahora está teñido de rojo. Además, se está expandiendo y provocando un calentamiento en todo el sistema, que afecta —al menos de momento— sobre todo a los planetas interiores. Serati siempre ha sido un planeta cálido, pero ahora el calor es preocupante.

A pesar de los inconvenientes, ha sido una buena época para la Hermandad, que ha tenido un récord de nuevas incorporaciones. Por desgracia para mí, ese entusiasmo no ha conseguido llegar hasta el monasterio.

Pero pensar en renacer me hace recordar algo.

—¿Sabías que las dos somos de Askkandia? —le pregunto a Merrick.

Es inusual que una suma sacerdotisa venga de un lugar que no sea Serati. Se supone que yo soy una anomalía, pero los augurios eran claros. Cuando una muere, otra renace. Y hay todo tipo de señales y presagios que guían a la Hermandad hacia su nueva sacerdotisa. En este caso, las guiaron hacia mí.

—La princesa y yo —aclaro.

—Sí —responde Merrick en tono cortante. Pero, claro, él lo sabe todo.

—¿Y que las dos tenemos diecinueve años?

—También soy consciente de eso. —Levanta la barbilla hacia la princesa—. Presta atención.

Merrick observa a todo el mundo con cautela. Es un sacerdote guerrero y ha sido mi guardaespaldas los últimos cuatro años. Aunque la verdad es que es un trabajo bastante cómodo. Está entrenado para combatir, si bien no es que haya demasiadas amenazas en un monasterio. Excepto el veneno, pero es algo que ha aparecido hace muy poco tiempo. Cuatro días, para ser exactos.

Desde aquella noche, le da una probada a toda mi comida y un trago a todas mis bebidas antes de que yo pueda tocar nada. Ahora es mi guardaespaldas y mi catador de venenos.

No me extraña que esté de mal humor.

Además, esta reunión es una situación completamente distinta, y está distraído desde que recibimos las noticias. No tengo claro si es porque le preocupa tener que protegerme o si es porque se pregunta por qué, de entre todo el mundo, me eligieron a mí para ser la embajadora de Serati.

Con toda la gente que hay en nuestro planeta, ¿cómo pudo pensar la Hermandad que debería ser yo quien sustituyera a la embajadora Frellen tras su muerte? Seguro que había alguien más preparado para el puesto. Alguien más familiarizado con los protocolos de las familias gobernantes.

Yo ni siquiera parezco seratina.

Los nativos del planeta, como Merrick, son gente única: se han adaptado a lo largo de generaciones para sobrevivir a las condiciones poco ideales del planeta: a su calor extremo y a su gravedad baja, por no mencionar los extraordinarios niveles de radiación. Yo soy pequeña y de piel pálida, pero él es alto y bastante delgado. Su piel está más bronceada que la mía porque pasa más tiempo en el exterior, pero también es más gruesa, con una apariencia ligeramente escamosa que recuerda un poco a la de un rattlez, y es algo áspera, como las montañas que hay cerca del ecuador de Serati. Tiene los ojos algo rasgados, unos iris negros para soportar la radiación y el cabello rubio platino.

Es muy llamativo, y siempre me siento sosa cuando estoy a su lado.

Al menos nuestro viaje ha hecho que Merrick deje de pensar en otras cosas. Su padre ha muerto recientemente, y eso le ha afectado muchísimo. Tengo la sensación de que su relación era muy buena, aunque nunca me ha hablado de su familia.

Vuelvo a centrar mi atención en un lado del estrado mientras la princesa asciende. Ni siquiera sube por la escalera como una persona normal, parece avanzar flotando de una forma majestuosa.

Creo que me he enamorado.

Mientras se acerca a nosotros, observo al resto de los delegados. Son muy coloridos, como las exóticas criaturas voladoras de la selva de Ellindan. Suspiro y bajo la mirada hacia mi túnica blanca y fea. Sé que es algo impropio de mí y que debería pensar en cosas más importantes, pero la verdad es que me encantaría poder utilizar más colores.

Además, es otra cosa que me separa de ellos, como si nuestras creencias no fueran suficiente.

Gracias a lo que he leído —leo bastante, no hay muchas más cosas que hacer en el monasterio—, sé que cada delegación se engalana con un color diferente, como marca la tradición. Azul, verde, morado, rojo, amarillo, naranja y blanco. Por supuesto, solo los miembros de las familias gobernantes tienen permitido vestir así. En el gremio de los trabajadores visten de café y gris, y los técnicos que trabajan para la Corporación lo hacen de negro.

Entremezclados con todos los colores están los uniformes negros y grises de lo que supongo que son los guardias de seguridad de la estación. Hay muchos de ellos por aquí. ¿Esperan que haya problemas? A lo mejor es por eso por lo que Merrick está tan tenso.

Todos llevamos una hora de pie en el estrado colocado en el centro de la plataforma de embarque, alineados en orden, del planeta más alejado al más cercano a Serai, nuestro sol. En primer lugar, los planetas exteriores de Glacea, el más lejano, luego Vistenia, Askkandia y Ellindan. Después los planetas interiores: Permuna, Kridacus y, por último, Serati, donde vivo yo. Es el único planeta que no está gobernado por una de las familias, sino por la Hermandad. Evidentemente, no ha venido nadie de los planetas muertos más remotos, Tybris y Nabroch; son demasiado fríos e inhóspitos para albergar vida humana.

Al final de la línea, vestido con un largo abrigo azul ribeteado en piel, está el delegado de Glacea. Es pequeño, más bajo incluso que yo, como la mayoría de los glaceanos, y tiene mucho pelo que lo protege del frío. Sonríe, mostrando unos dientes muy afilados; su piel parda está agrietada y áspera por culpa del viento y el clima gélido. La princesa asiente a modo de respuesta, le habla brevemente y sigue avanzando.

«¿Ves, Rain? No da tanto miedo. Puedes hacerlo.»

Por un instante me imagino cómo será nuestra conversación. Me sonreirá y me mirará con unos ojos dulces y plateados —me encanta la plata—, observando con amabilidad los míos, cafés y simples. Me hará una pregunta sobre Serati, y la deslumbraré con una respuesta que la hará abrir los ojos de par en par por la sorpresa. Su sonrisa, que ya será algo más que mera educación, reflejará más aún su interés y...

—Presta atención —vuelve a gruñir Merrick.

Suspiro, pero para dejarle claro que lo he oído; me enderezo tanto que me duelen los músculos de la espalda debido a la gravedad tan fuerte de este lugar. No es ni de lejos tan divertido como mi vida imaginaria, pero admito que ver por fin a gente de los siete planetas habitados es algo fascinante.

La siguiente es la delegada de Vistenia, el planeta vecino de Glacea y el mayor productor de cereal de todo el sistema. La embajadora es una mujer alta y rubia, con la piel nacarada y los ojos enormes de grandes pupilas que son comunes en su planeta, que está la mayor parte del tiempo a oscuras. Va vestida completamente de verde y me recuerda a los lirios de noche que crecen en Vistenia solo durante un mes al año.

—Alteza —murmura ella.

La princesa asiente con la cabeza, con más amabilidad esta vez.

—Embajadora Terra, espero que haya tenido un viaje agradable.

Después va Askkandia, que lleva el mismo color morado que la princesa.

Y continúa.

Saluda a la embajadora de Ellindan, vestida con un overol

rojo ajustado, solo un par de tonos más oscuro que su piel cobriza. La delegada esboza una sonrisa llamativa. He oído que todo el mundo tiene los dientes rojos en Ellindan por beber demasiado jugo de akara, y es fascinante comprobar que es cierto. A mí no me parece algo especialmente bonito, pero por lo visto todos se sienten superorgullosos de ello. Además, el jugo es demasiado adictivo, así que probablemente tendrían que resignarse de todas formas.

La princesa se va acercando, y noto cómo se me tensan los músculos. Pronto será mi turno.

«No la toques. No importa si sus ojos plateados son amables cuando te sonría con ellos, que no se te ocurra siquiera rozarle la capa con un dedo. A las princesas no se las puede tocar.»

Aunque cuanto más se acerca hacia mí, más me pregunto si realmente será amable. O si estará molesta porque esté aquí, por quién soy y por lo que cree mi religión.

El quinto delegado es el de Permuna, el primero de los planetas interiores. Tiene el pecho robusto y las orejas grandes, como la mayoría de los permunianos, y va vestido con una túnica larga del mismo amarillo de los desiertos de arena de su planeta. La piel alrededor de sus ojos es más oscura que la del resto de su cara. Bajo la mirada y veo que sus manos son del mismo color.

Por lo visto, a una edad temprana se tiñen las zonas expuestas al sol para evitar quemaduras, y el tinte acaba por convertirse en una marca permanente. Parece que lleve puesta una máscara, y eso hace que sus ojos amarillos destaquen aún más. Son como los ojos de un depredador, pero he leído que el color es un efecto secundario de una dieta rica en cactus estelares, una de las pocas plantas que crecen abundantemente en Permuna.

El embajador no parece contento. Tiene los ojos entrecerrados, los labios fruncidos y los puños apretados cuando da un paso adelante para encontrarse con la princesa. En un abrir y cerrar de ojos, un hombre con la piel color sepia, el cabello corto y canoso, y una armadura negra y morada se mueve para colocarse entre ellos —el guardaespaldas de la princesa, seguramente—, y noto cómo Merrick se pone tenso a mi lado.

—¡Quieto! —La orden de la princesa es casi inaudible, pero provoca que el guardia se quede paralizado. Es un buen truco, uno que me gustaría tener en mi repertorio. Aunque, guardaespaldas o no, Merrick no hace caso a nadie salvo a sí mismo.

—Hable, embajador Holdren —dice ella.

—Alteza, me gustaría preguntarle, en nombre del pueblo de Permuna, el motivo por el que se han reprogramado los dos últimos envíos de cereal. Mi planeta se está quedando sin suministros, la gente empieza a pasar hambre y...

La embajadora de Vistenia da un paso adelante.

—No creo que sea el momento ni el lugar, Holdren.

—Yo diría que es exactamente el momento y el lugar. Se nos había prometido que no se interrumpirían los envíos. Y ahora...

Los observo, fascinada, pero la princesa levanta la mano y el embajador deja de hablar de inmediato.

—Lamento sus adversidades, embajador. Le plantearé este asunto a la emperatriz en cuanto regrese.

—¿Cree usted que no lo sabe? —Su voz es amarga e irreverente, y se oye un murmullo en respuesta a través de la multitud cada vez más tensa. También provoca que la princesa levante las cejas, pero no estoy segura de si es un gesto de sorpresa o de arrogancia.

Merrick se coloca delante de mí y, aunque quiero apartarlo de ahí, entiendo por qué está nervioso. Aunque Serati está firmemente controlado por la Hermandad y nos mantenemos alejados del resto de los planetas, incluso en el monasterio he oído rumores de inquietud entre nuestros vecinos. Desde hace décadas, las temperaturas del sistema han estado aumentando y la producción agrícola, descendiendo. Las frecuentes erupciones solares están causando estragos en las comunicaciones, y el calentamiento exponencial hace que algunas partes de los planetas interiores sean completamente inhabitables.

Nuestras escrituras nos dicen que todo saldrá bien, que un período de gran júbilo llegará tras la agitación. Sé que solo necesito tener fe, pero es difícil hacerlo cuando hay tanta gente sufriendo.

Mientras los ruidos de disconformidad se hacen más fuertes, la princesa pasa la mirada por la multitud.

—Silencio, por favor —comienza a decir—. No olvidemos por qué estamos hoy aquí. Estoy segura de que la doctora Veragelen traerá noticias sobre la solución a todos nuestros problemas. —Se da vuelta hacia el embajador—. Le prometo que investigaré este asunto.

El hombre parece dudar, pero inclina la cabeza de todas formas.

—Gracias, alteza.

Casi espero el mismo tipo de comentarios por parte de la embajadora de Kridacus, una mujer de apariencia astuta que lleva un vestido naranja, pero su rostro arrugado y pálido parece deliberadamente inexpresivo.

Y entonces llega mi turno. La princesa Kalinda dirige hacia mí su cara seria y sus ojos amables; sabía que lo serían.

—Cálmate. Puedes hacerlo. —Merrick me toca el hombro, y mi corazón acelerado se tranquiliza de inmediato al sentir su fuerza, tanto mental como física. Puede que me considere una molestia, pero en los últimos años ha sido mi familia, mi profesor, mi amigo y mi protector, todo a la vez.

Si me dice que todo estará bien es que será así.

La princesa es todavía más bonita vista de cerca. Tiene la

misma piel dorada y el cabello rojo oscuro que la emperatriz. Su piel comparte el mismo patrón de escamas de rattlez de la de Merrick, aunque tiene el aspecto suave y aterciopelado de la gente de las llanuras seratinas, en lugar de las arrugas propias de los moradores de las montañas. Estar a su lado hace que me sienta insulsa e inmadura, a pesar de que tengamos la misma edad.

—Embajadora Fr... —Frunce el ceño—. No es usted la embajadora Frellen.

Suena como una acusación, y me pregunto si me ha reconocido y si es la razón de que me mire de esa forma. Porque ella ha venido a buscar una solución para el Sol Moribundo, y yo existo porque no hay ninguna.

Durante un segundo, no puedo hacer nada más que parpadear y esperar a que me diga algo sobre nuestras creencias. Cuando no lo hace, y en vez de eso continúa mirándome con el ceño fruncido, mi instinto toma el control y, aunque estoy pensando «no hagas una reverencia», la hago de todos modos. Me inclino, en un gesto profundo que hace que Merrick me agarre con fuerza el hombro, como si así pudiera detener mi descenso.

«Ya es tarde, Merrick. Demasiado tarde.»

Ya casi he llegado al suelo cuando me levanta como si fuera una marioneta. Pero el daño ya está hecho. Todo el mundo ha visto lo que he hecho, sobre todo la princesa.

Me espero lo peor cuando por fin reúno fuerzas para mirarla a la cara. Sin embargo, está sonriendo, con un brillo divertido en la mirada.

—Me parece que no conozco su nombre —murmura ella.

—Me llamo Rain —le digo—. Es un honor conocerla, princesa.

Oigo a Merrick tomar aire detrás de mí, porque, por supuesto, he vuelto a cometer un error. Nerviosa y con la cara roja por la humillación, hago lo único que se me ocurre para mejorar las cosas. Me estiro para tocarla y... Sí, es oficial: soy un completo y absoluto desastre.

Por suerte, Merrick tira de mí hacia atrás antes de que mi mano pueda hacer contacto. Al mismo tiempo, el hombre grande de la armadura se interpone entre la princesa y yo. Al hacerlo, lleva la mano hacia el arma que tiene en el costado.

—Por lo que más quieras, Vance —murmura la princesa—. Relájate.

Vance parece querer discutir, pero acaba por dar un paso atrás. Y no lo culpo, así que hago lo que puedo para parecer inofensiva. No es complicado, teniendo en cuenta que mido 1.60 metros y tengo cara de niña. De todas maneras, después del lío que acabo de desatar, no voy a dar nada por sentado.

Aun así, la princesa está moviendo los labios de forma nerviosa. Soy su entretenimiento, y eso es totalmente humillante.

—Creo que es hora de hacer una presentación formal —dice ella.

Merrick da un paso adelante.

—Alteza, permítame que le presente a Rain, suma sacerdotisa de la Hermandad de la Luz y embajadora «temporal» de Serati.

—¿Suma sacerdotisa? —Abre mucho los ojos, y me pregunto qué opinión tendrá acerca de la Hermandad. Nuestra relación con las familias gobernantes suele ser un poco... tensa—. Vaya, me alegro de no haber permitido que Vance le disparara. Sin duda, habría provocado un incidente diplomático.

—Sí, princ... —Contengo la respiración—. Sí, alteza —respondo—. Yo también me alegro. Se lo aseguro.

Entonces se ríe y me sostiene la mirada. Durante un segundo me parece ver cautela en sus ojos, o quizá sea lástima. Pero entonces estira un dedo y toca el emblema del segundo sol que llevo en la solapa superior izquierda de la túnica. Cuando lo hace, se oye un murmullo a nuestro alrededor y Merrick se tensa junto a mí.

Pero, antes de que nadie se ponga histérico, empieza a sonar una sirena muy ruidosa. El estruendo relaja la tensión y, al otro lado de la plataforma de embarque, una luz parpadea sobre una puerta de doble hoja.

La princesa deja caer la mano y da un paso atrás.

—Parece que por fin va a ocurrir algo. —Y entonces, sin más, se da la vuelta y se aleja mientras el sonido continúa.

Definitivamente ocurre algo. Creo que es el momento de dejar de pensar en el desastre que soy y centrarme en el desastre del que, se supone, tengo que salvarnos a todos.

3

IAN, MERCENARIO, CONTRABANDISTA Y UN BUEN TIPO (MUY) DE VEZ EN CUANDO

El zumbido incesante de la llegada de otra nave resuena por los altavoces, y miro el elegante reloj que hay sobre la puerta.

Faltan veintidós horas y más o menos diecisiete minutos para que pueda largarme de este pedazo de chatarra voladora. No es que esté llevando la cuenta ni nada.

Aunque es difícil no hacerlo cuando estamos atrapados en este sitio de mierda el doble de tiempo de lo que Max y yo habíamos planeado al principio.

De acuerdo, muchos considerarían que la *Caelestis* es la joya de la corona de la más que impresionante flota imperial. Y puede que lo sea —por lo menos es demasiado brillante—, pero llevo suficiente tiempo aquí como para saber que también es una coladera llena de maldad. Y estaré encantado de dejarla atrás. La nave prisión, la *Reformadora*, llegará mañana, y Max y yo nos iremos en ella.

La *Reformadora* nos llevará hasta Milla. Tiene que hacerlo... o estaremos en un callejón sin salida.

Aprieto la mandíbula mientras avanzo a grandes zancadas por un pasillo estrecho. Podría habérmelas arreglado sin el turno extra de hoy; tengo cosas que hacer. Pero todo el mundo está en servicio. Está ocurriendo algo importante: la doctora Veragelen, también conocida como doctora Canalla, está haciendo una presentación importante para unos peces gordos que vienen de visita. No tengo ni idea de qué es y, sinceramente, me importa una mierda.

Solo tengo que aguantar este turno extra y la ceremonia que la doctora Veragelen ha estado planeando a escondidas durante las últimas semanas. Puede que vaya por ahí fingiendo que no le importa lo de hoy, que es una molestia tremenda o algo así, pero cualquiera que haya trabajado a su alrededor sabe que es lo único en lo que ha estado pensando.

Y como tengo la mala fortuna de trabajar más cerca de ella que la mayoría —ser el guardaespaldas de la científica al mando tiene un montón de inconvenientes—, sé lo nerviosa que estaba por la presentación de hoy. Al fin y al cabo, es difícil conquistar todo el universo conocido si no te llevas bien con la emperatriz. Y, si hay algo que la doctora quiere todavía más que conseguir que salga bien este extraño experimento suyo, es tener acceso a todos los secretos del universo. Y al poder que eso conlleva.

Probablemente por eso hoy se ha vestido de gala. Lleva la habitual bata negra de laboratorio, pero le ha añadido una elegante capa negra. Tiene un aspecto ridículo. ¿Quién carajos se pone una capa?

Hay rumores de que la doctora no-tan-buena tiene más de trescientos años, y de que la Corporación —fundada por las siete familias gobernantes, son las que están a cargo de toda la tecnología de por aquí— ha encontrado la forma de extender su esperanza de vida. Si es cierto, no han compartido ese secreto con el resto de nosotros.

Pero así es la Corporación, unos cabrones reservados.

Sea como sea, desde que la doctora V. se fijó en mí cuando llegué hace dos meses, he estado trabajando de forma continua como su guardaespaldas personal. Creo que le gusto, pero nunca va a pasar nada. Antes me cogería a un slogg.

Aparte del hecho de que me da asco, le echo la culpa de lo que le pasó a Milla. He visto una pequeña parte de lo que ocurre en estos laboratorios, y pensar en que podrían haberle hecho eso a una de las personas más importantes para mí hace que me hierva la sangre. Creo que, en cuanto Milla esté a salvo, le haré una visita personal a la doctora y saldaré algunas deudas atrasadas.

Pero no del modo en que a ella le gustaría.

Las puertas de la plataforma de embarque se abren cuando nos acercamos, y ella las atraviesa. Yo la sigo dos pasos por detrás, exactamente como desea que lo haga. Estoy hiperalerta —también quiere que sea así—, y paso la mirada por la multitud en busca de cualquier cosa que parezca una amenaza. Me tiene sin cuidado si alguien la mata, pero no quiero que haya ninguna excusa para que la nave-prisión no aterrice mañana como está previsto.

Hay muchas lanzaderas extranjeras en la plataforma, más de las que esperaba, y han colocado un estrado en el centro de la sala. Hay un montón de idiotas vestidos de colores puestos en hilera a lo largo de él.

Una mujer en el centro del grupo y un poco hacia delante atrae mi mirada, y frunzo los labios. Otra sabelotodo vanidosa que en realidad no sabe nada, solo que esta luce una capa morada en lugar de una negra.

Es alta, quizá la mujer más alta de toda la habitación, y bajo la capa lleva un vestido ajustado de color morado oscuro que llega hasta el suelo y resalta sus —es indiscutible— impresionantes curvas. Me imagino que será un problema desabrocharle todos esos botoncitos brillantes, pero estoy dispuesto a intentarlo.

Ya casi hemos llegado al estrado cuando levanto la vista hacia su cara. Tiene la boca ancha y sensual, y los pómulos prominentes. Me observa con unos extraños ojos plateados, y hay algo en la manera en que me mira que me hace pensar que le gusta lo que ve.

Enarco una ceja a modo de respuesta y tuerzo los labios en una sonrisa de superioridad que no me molesto en disimular. La chica abre mucho los ojos, y entonces sorbe por la nariz y me devuelve una mirada altiva. Me calienta..., y ella también, a pesar de la capa.

Qué pena que no pueda quedarme.

La doctora sube los escalones hacia el podio y se coloca frente a ella, bloqueándome la vista, así que me muevo hacia un lado.

—Alteza —dice la doctora V., haciendo una reverencia rápida con la cabeza.

«Alte..., ¿qué carajos?»

Me estaba cogiendo con la mirada a una princesa. Nunca me había pasado.

Pero eso será lo único que haga, porque odio con toda mi maldita alma a las familias gobernantes. Son un puñado de parásitos que solo se preocupan por ellos mismos y a los que no les importa una mierda lo que les pase a los demás. Y si su aspecto de llevar un palo metido por el culo es un indicador, esta princesa no es mejor que el resto.

—Es un honor teneros aquí hoy, en la EEI *Caelestis* —continúa hablando ella con su trepidante ritmo habitual. Nunca le ha gustado perder el tiempo con cumplidos.

—Es un honor estar aquí, doctora Veragelen —responde la princesa del palo metido en el culo, con una voz tan calmada y elegante como el resto de ella—. Espero con ganas poder recorrer los laboratorios y que nos cuente el progreso que han tenido.

No puedo evitar preguntarme si planea visitar todos los laboratorios o solo los que la doctora Veragelen no esconde tras los carteles de MÁXIMO SECRETO. Aunque probablemente la princesa tenga autorización más que suficiente para acceder a ellos, lo que significa que sabe exactamente a lo que se dedica la buena doctora cuando tiene la puerta cerrada.

Después de todo, las familias gobernantes han fundado —y, en esencia, dirigen— la Corporación, que, para efectos prácticos, tiene un monopolio en la tecnología del sistema Senestris. Hasta hace poco no sabía casi nada de esto. En general, la gente de mi planeta se mantiene alejada de la Corporación, como cualquier persona sensata. Pero ahora estamos aquí, y es mejor conocer a tu enemigo.

Hay un tipo, Gage, que es técnico de navegación y nos ha estado ayudando —a cambio de dinero— y nos ha contado algunas cosas de la Corporación que hacen que incluso un criminal insensible como yo parezca una hermanita de la Luz.

—Me gustaría mostrarles el lugar —se las arregla para decir la doctora V., torciendo ligeramente los labios de una forma que me hace preguntarme si su cara estará a punto de resquebrajarse.

Llevo aquí casi dos meses y nunca la he visto sonreír. Ni siquiera pensaba que supiera hacerlo.

—Todo a su debido tiempo —continúa ella, antes de voltear para dirigirse al resto de la gente que hay en el estrado—. Como probablemente ya saben, la *Caelestis* es la nave científica más sofisticada del sistema, puede que de todo el universo. Tenemos veintisiete laboratorios a bordo y también las computadoras más rápidas y avanzadas jamás diseñadas. Hoy haremos...

Se queda callada cuando una luz verde empieza a parpadear sobre las puertas que dan a la esclusa. La nave que había hecho sonar la alarma debe de haber aterrizado, y cuando la doctora frunce el ceño al acercarse un operador, me pongo alerta y flexiono la mano derecha junto a la pistola láser que llevo amarrada al muslo.

—Señora, la *Reformadora* solicita permiso para atracar.

Mierda. Eso no es nada bueno. Max y yo no estamos preparados.

—No los esperamos hasta mañana. Yo misma había hecho los preparativos para que llegaran mañana. —Las fosas nasales de la doctora se ensancharon, pero es la única muestra externa de su enojo.

Parece que tener a una princesa por aquí hace que se porte sorprendentemente bien.

Frunce los labios mientras lo sopesa, y luego dice:

—Asegúrate de que la cargan y de que se va de aquí antes de que acabe la visita.

Más malas noticias. Esto es un maldito desastre, al menos para mí. Haya o no una visita, haya o no una princesa, no pienso quedarme por aquí hasta la próxima vez que vuelva la *Reformadora*. No cuando podrían pasar meses. Y no cuando eso significa que Milla estará sola todo ese tiempo, en cualquier pinche lugar y soportando quién sabe qué castigos.

De eso nada, carajo.

—*¡Max!* —lo llamo mentalmente, como llevamos haciendo desde que éramos niños. Por un instante no recibo respuesta.

—*¿Qué pasa? Estoy ocupado.*

Pero no parece enojado por la interrupción. Así es Max, siempre alegre a pesar de todas las adversidades. De verdad que me agota pensar en cómo lo consigue, pero su positividad inquebrantable puede que sea lo que más me gusta del chico. Bueno, eso y sus tortitas con trozos de chobwa.

—*La* Reformadora *está atracando ya. Tenemos que adelantar el plan* —le digo.

—*¿Qué necesitas?* —Antes de que pueda responderle, añade—: *Iré a buscar a Gage.*

—*Muy bien. Ya es hora de que se gane la escandalosa cantidad de dinero que le hemos estado pagando. Nos vemos en la plataforma de embarque. Yo iré en cuanto pueda darle la vuelta a la doctora Canalla. A ver si puedes crear una distracción. Ya sabes lo que debes hacer.*

—*Recibido.*

La doctora V. respira hondo, dibuja una sonrisa completamente falsa y devuelve su atención a la princesa.

—Empecemos el recorrido. —Girando sobre sus talones, se dirige hacia el lugar de donde habíamos venido, y yo me acomodo tras ella.

Casi puedo sentir la mirada imperial de Capa Morada sobre mí mientras me alejo, y no puedo evitar pensar que por ella habría bajado el listón.

Qué pena que solo tenga unos veinte minutos para largarme de esta nave y meterme en la *Reformadora*... o perder, quizá para siempre, la oportunidad de salvar a Milla.

4

KALI

«Deja de babear mirándole el culo al guardia sabroso. ¡No lo hagas! Sobre todo en tu primer viaje en representación de la emperatriz.» Debo comportarme como una imperial respetable en todo momento, no importa lo bueno que esté el guardaespaldas de la doctora Veragelen.

Y sin duda lo está. Mucho.

Tiene una cabellera tupida de pelo negro que resalta unos pómulos prominentes.

Una mandíbula tan afilada que podría utilizarse como arma.

Es alto y de hombros anchos, a pesar de ser de Kridacus, según la insignia que lleva en el uniforme. Nunca había oído hablar de nadie tan grande que viniera de una gravedad alta como la de Kridacus. Aquí es más baja, así que debe de ser extremadamente fuerte.

Tiene los ojos oscuros e intensos, enmarcados por las pestañas más largas que he visto en mi vida, y parecen abrirse paso a través de toda la farsa imperial y ver todo lo que intento ocultarle al mundo.

Qué pena que no sepa si eso es algo bueno o malo. Y, como se está yendo, es probable que nunca lo averigüe. Y decido que no saberlo es algo muy bueno. Porque ese tipo de cosas no se pueden hacer, no importa lo bien que le queden esos hombros anchos y el pecho musculoso con el uniforme negro de la guardia.

Y le quedan muy muy bien.

Lara me jala de la capa y la miro.

—Igual le convendría quitarse esa expresión del rostro —murmura en una voz tan divertida como preocupada.

—¿Qué expresión?

—La de «quiero acostarme con ese guardia y pasármela en grande».

Por desgracia, probablemente tenga razón, aunque ese hombre tiene tan buena pinta de espaldas como de frente. También parece que traerá problemas, con P mayúscula. Por un instante, anhelo todas las cosas que no puedo poseer.

Entonces el guardia me mira sobre su hombro, todavía con esa sonrisa de superioridad, como si supiera lo que estoy pensando, y ese anhelo se convierte en irritación. A modo de respuesta, le dedico mi mirada más aburrida e imperial, la que aprendí de mi madre incluso antes de aprenderme las diferentes gravedades de los nueve planetas.

El hombre no sucumbe como hace la mayoría. Quizá porque lo estoy haciendo mal. O a lo mejor está hecho de otro material. Sea como sea, ignoro su sonrisa y me obligo a pensar en otras cosas.

Me pregunto qué será la *Reformadora*. Nunca he oído hablar de una nave con ese nombre, y me considero una experta en nuestra propia flota. No sé qué es, pero ha puesto nerviosa a la doctora, y eso me intriga aún más.

Por lo que sé de Veragelen —y es mucho, porque la ciencia siempre me ha fascinado y soy una gran admiradora suya—, ha visto y ha hecho de todo a lo largo de su carrera. Aunque empezó en una nave de exploración hace unos cuantos años, se ha ido abriendo paso hasta ser no solo la científica jefa de la *Caelestis*, sino la directora de toda la Corporación, alguien que solo responde ante el consejo que controlan las siete familias.

¿Es de extrañar que todo el mundo haya venido a conocerla y a ver lo que ha conseguido en los últimos cuatro años? La doctora Veragelen se almuerza los problemas como si nada, y por eso mi madre la ha puesto a cargo del mayor de los problemas que tenemos ahora mismo: salvar Senestris de una aniquilación total.

Mientras voy tras ella, el resto de los diplomáticos me siguen el ritmo, y no puedo evitar pensar en que la doctora es tal como había esperado y, al mismo tiempo, totalmente distinta. Es alta, tiene un aspecto demacrado y el cabello canoso bien cortado; es idéntica a todas las fotos que había visto de ella.

Me obligo a ignorar la decepción que he sentido por su brusquedad inicial y la sigo a través de una enorme puerta de doble hoja. La parte buena es que mis nervios se han calmado y lo único que siento ahora mismo es entusiasmo.

Me muero de ganas de ver esta nave.

Se rumorea que hay artefactos alienígenas a bordo, y siempre me ha fascinado todo lo que tiene que ver con los Antiguos. Así es como llamamos a quienquiera que viviera aquí mucho antes que nosotros. Por supuesto, algunas personas creen que nunca existió una raza alienígena primitiva en ningún planeta del sistema, pero hay pruebas de su existencia a lo largo de todo Senestris, sobre todo en Serati. Supongo que para alguna gente es más cómodo pensar que nosotros somos los primeros, antes que admitir que cualquier civilización puede llegar a su fin, sobre todo ahora que nuestra propia destrucción se acerca.

Las puertas dan a un pasillo con el techo curvado y unas paredes hechas de algún metal plateado. La luz que lo ilumina es débil y naranja, y aunque intento buscar su origen, no encuentro ninguna fuente de energía.

Mientras avanzamos por el corredor, me surgen un montón de preguntas, tantas que me cuesta recordarlas. ¿De dónde sale la energía que impulsa la nave? ¿Cuánta gente hay ahora mismo a bordo? ¿En qué trabajan? ¿Dónde están los artefactos de los Antiguos? Y la más importante de todas: ¿han encontrado la forma de salvar nuestro sol?

Quiero preguntárselo, pero la doctora Veragelen avanza a grandes zancadas y a paso ligero, así que lo único que puedo hacer con este vestido ridículo es seguirle el ritmo.

Por fin se detiene ante lo que imagino que es una especie de puerta de seguridad y coloca la mano sobre el escáner biométrico. Aprovecho la oportunidad para acercarme a ella.

—Doctora Veragelen, ¿podría contarme un poco más sobre lo que hace la Corporación en este lugar? ¿Ha logrado algún avance?

Se voltea hacia mí con un brillo en los ojos que me hace sentir un poco incómoda.

—Puedo confirmarle que hemos avanzado bastante para encontrar una solución a la degeneración acelerada de nuestro sol. Creemos tener en nuestras manos los medios no solo para detener dicha degeneración, sino para revertir sus efectos. Guarde la calma, tenemos sus vidas en nuestras manos y los salvaremos a todos.

Su voz suena convincente, pero..., no sé, algo en esa breve mirada me hace pensar que hay algo más que no me está contando. Además, es difícil ignorar el hecho de que no ha respondido exactamente a mi pregunta.

Abro la boca para plantearlo de otra manera, pero ya hemos empezado a andar de nuevo, y necesito toda mi concentración para no tropezar con la capa. Me dan igual los protocolos imperiales, no pienso volver a ponerme esto jamás.

Mientras seguimos recorriendo el mismo pasillo, que me

imagino que da una vuelta en paralelo al perímetro de la nave, todo es más de lo mismo. Numerosas puertas alineadas a ambos lados, todas ellas cerradas por complicados paneles de seguridad. Y todas ellas etiquetadas con CLASIFICADO o SOLO PERSONAL AUTORIZADO.

Cuantas más puertas de seguridad dejamos atrás y menos habla la doctora Veragelen, más curiosidad siento. ¿Dónde ha quedado lo de hacernos una visita guiada?

Sí, las puertas están marcadas como clasificadas, pero somos delegados de cada uno de los Gobiernos de los planetas. Tenemos autorización del más alto nivel. Y estamos con la mujer que dirige esta nave y que presuntamente tiene acceso a todo lo que hay en ella.

Así que ¿qué está esperando?

Esta reunión debía servir para darles a los delegados buenas noticias que pudieran llevar de vuelta a su gente, para calmar su inquietud e infundirles esperanzas en el futuro. Todos necesitamos creer que la emperatriz y la Corporación están trabajando para buscar una solución, y será imposible hacerlo si no vemos ninguna prueba de que dicha solución existe.

—Doctora Veragelen —digo por fin mientras dejamos atrás a toda velocidad otro cartel de RESTRINGIDO. Empiezo a pensar que está entrenando para los Juegos Interplanetarios del año que viene. No hay ningún otro motivo para que nos haga ir tan rápido y dejar atrás todas estas puertas—. ¿Vamos a entrar en alguno de los laboratorios o tiene la intención de hacernos pasar por delante de todos? —le pregunto.

Oigo una risita cautelosa y me giro con disimulo para observar al guardia que va junto a ella, pero su rostro está completamente inexpresivo. Puede que me lo haya imaginado.

—Ya casi hemos llegado —me asegura la doctora Veragelen; después sonríe de un modo que parece causarle bastante dolor.

—Llegado ¿adónde? —exige saber la embajadora Terra—. Llevamos diez minutos caminando y todavía no hemos visto nada más que puertas que no se nos permite cruzar.

Los demás asienten con un gruñido. Es evidente que no soy la única irritada por lo que empieza a parecer una pérdida de tiempo.

La suma sacerdotisa que he visto antes es la única que no tiene cara de querer despellejar viva a la doctora... y a mí junto con ella. Pero tampoco parece demasiado contenta. Más bien confundida, algo que no necesitamos que la gente se lleve de este viaje.

Eso significa que voy a tener que decir algo más. Aunque aún no tengo ni idea de qué.

Aun así, me aclaro la garganta y lo hago lo mejor que puedo:

—Doctora Veragelen.

Esta vez, la mirada que me lanza es menos amable y más irritada, pero estoy decidida a seguir adelante.

—¿Puede al menos contarnos qué experimentos está llevando a cabo en cada uno de estos laboratorios?

Nos miramos la una a la otra durante unos segundos demasiado largos, y me doy cuenta del momento en el que por fin recuerda quién soy. Resopla lentamente por la nariz y su boca apretada se relaja un poco.

—Lo siento, alteza —me dice, aunque suena como si no lo sintiera en absoluto—. Me temo que es por su propio bien. El acceso a estas zonas está prohibido a causa de los productos químicos que utilizamos. Son peligrosos para cualquiera que no lleve puesto el equipo de protección adecuado. —Me dedica otra sonrisa forzada, y esta vez parece completamente una mueca. Puede que sea porque ha conseguido hablar y «sonreír» al mismo tiempo, y todavía no ha conseguido relajar la boca—. Odiaría tener que enviarla de vuelta con su madre con... algún daño.

Eso suena más a una amenaza que a preocupación, pero llevo diecinueve años viviendo con la pasivo-agresividad de la emperatriz. La doctora va a tener que esforzarse mucho más si quiere que me vaya de aquí con el rabo entre las patas.

—Puede que eso sea cierto con las puertas de «personal autorizado», pero ¿qué experimentos lleva a cabo tras las que dicen «clasificado»? —replico—. ¿Y por qué están clasificados, en una nave que se supone que intenta solucionar problemas que no lo están? Son problemas que nos afectan a todos.

Su guardaespaldas se gira para mirarme y, cuando establecemos contacto visual, siento que unos pequeños escalofríos me bajan por la espalda. Por algún motivo, ese hombre consigue parecer al mismo tiempo impresionado y aburrido por mis preguntas, pero no me importa.

Vuelvo a prestar atención a la doctora Veragelen cuando echa una mirada hacia la puerta cerrada más cercana. Luego suspira y se pasa una mano por la frente como si le estuviera causando muchísimos problemas. Bien. Tengo que admitir que cuando era niña me gustaba un montón la doctora, pero ese sentimiento está desapareciendo a toda velocidad.

Debe de haber entendido que no iba a rendirme hasta recibir alguna respuesta, porque deja de fingir y dice:

—Le prometo, princesa, que si controla su... impaciencia solo un poco más, estará más que satisfecha. —Entonces se aleja deliberadamente antes de que pueda preguntarle nada más.

Por fin nos detenemos delante de una ancha puerta de doble hoja. Al igual que las otras que hemos dejado atrás, esta también tiene un cartel de CLASIFICADO justo en el medio. Pero, a diferencia de las demás, parece que sí tendremos alguna posibilidad de cruzar esta, aunque casi parece más probable ver nevar en Serai.

La doctora Veragelen da una palmada, como una profesora intentando poner en orden a sus alumnos recalcitrantes. Por muy brillante que sea, es evidente que esta mujer está obsesionada con el control. Es otra de las cosas que sé identificar tras haber pasado las dos últimas décadas con mi madre.

—Ahora les mostraré nuestro laboratorio más importante —me mira directamente a mí con una ceja levantada—, que tiene el beneficio añadido de estar desclasificado durante la visita de hoy.

Dice las últimas palabras con un tono sarcástico. Mi madre le habría llamado la atención por ello —de hecho, es probable que la hubiera destripado—, pero decido pasarlo por alto, al menos por ahora, porque puede que por fin vaya a ver algo interesante.

Solo espero que lo que nos vaya a enseñar sea tan bueno como ella cree. Porque todas nuestras vidas dependen de ello.

La pequeña multitud que hay detrás de mí empieza a moverse, inquieta.

La doctora Veragelen debe de notarlo también, porque de repente va al grano con lo que me da la impresión de que iba a ser un discurso bastante largo.

—Lo que tengo aquí —dice haciendo un gesto hacia las puertas que hay tras ella— va mucho más allá de la tecnología que utiliza actualmente el Imperio del sistema Senestris. Lo que tengo aquí los estremecerá. Y les demostrará, sin lugar a dudas, que soy capaz de hacer algo más que evitar un desastre. Que soy capaz... Que somos capaces de conseguir nada más y nada menos que la salvación absoluta.

»La salvación para sus familias. La salvación para sus planetas. La salvación —su voz se convierte en un susurro que resuena por el pasillo, que ahora está en silencio— para todo el sistema.

Esto ya se parece más a lo que estábamos esperando. El corazón me late con fuerza y a toda prisa mientras la mujer apoya la mano en el escáner biométrico.

«Ahí está. Ahí está. Por favor, que sea esto.»

—Embajadores —la doctora Veragelen nos mira uno por uno—, les presento lo que estoy segura de que será la respuesta a todas sus preguntas. Y a sus plegarias.

Entonces abre las puertas del laboratorio con una floritura.

Me quedo boquiabierta.

«¡Santa caca de drokaray!»

5

KALI

Por un instante, nadie se mueve. Ni dice una palabra.

Permanezco quieta en el pasillo, mirando pasmada a través de las puertas abiertas de par en par mientras intento entender qué es lo que estoy viendo. La habitación que hay al otro lado es enorme, incluso mayor que la plataforma de embarque. Debe de ocupar toda la altura de la parte central de la nave. Y, llenando la mayoría del espacio, hay una esfera negra que levita, sin ningún apoyo visible, a más o menos un metro del suelo.

Trago saliva con fuerza.

En cuanto a la doctora Veragelen, está más contenta que el bamiling que se comió al varmak. Aunque su satisfacción es más que merecida. ¿Cuándo ha conseguido alguien antes dejar sin palabras a todo un grupo de políticos?

—¿Podemos entrar? —pregunta Rain, y hay un entusiasmo inconfundible en su voz. Es la delegada que tengo más cerca: solo nos separa Arik, que se asegura de que nadie se me acerque demasiado, pero eso no impide que Rain lo rodee para echar un vistazo. Parece una chiquilla nerviosa en lugar de la suma sacerdotisa de la Hermandad de la Luz.

Eso hace que me caiga mejor de lo que esperaba... y probablemente mejor de lo que debería.

—Por supuesto, por supuesto —dice la doctora Veragelen

mientras cruza la puerta a grandes zancadas—. Después de todo, los había invitado para que pudieran ver esto.

No paso por alto el sutil énfasis en la palabra *esto* ni las miradas fulminantes que lanza en mi dirección cuando cree que no la veo.

Rain se echa hacia delante, pero su acompañante le toca el brazo antes de que pueda dar más de un paso. Ella levanta la vista hacia él de forma inquisitiva, y el hombre hace un gesto sutil con la cabeza hacia mí. En cuanto lo hace, la chica suelta un grito ahogado, aterrorizada; vuelve a agachar la cabeza y murmura algo entre dientes.

Quiero decirle que no pasa nada, que no me importa quién entre primero. Pero a mi madre solo le interesan la pompa y la solemnidad, así que, mientras esté aquí, representándola, debo hacer lo mismo que ella... o nunca me dejarán volver a salir del planeta.

Y hay muchos otros lugares que quiero conocer. Y quizá, solo quizá, si la doctora Veragelen consigue hacer lo que cree que puede hacer, por fin tendré tiempo suficiente para visitarlos.

Pero este segundo error de Rain —¿o es el tercero?— hace que me pregunte por qué enviaría Serati a una embajadora sin ningún tipo de preparación protocolaria a un evento tan importante como este. Carecería de sentido que lo hiciera ningún planeta, pero mucho menos uno cuyas leyes son tan elaboradas y exhaustivas que hacen que la emperatriz parezca una anarquista. Intento recordar lo que he oído sobre la suma sacerdotisa. No es mucho —la Hermandad es un grupo muy reservado—, pero sí sé que no suelen tener un papel activo en la política.

Aun así, el error que han cometido ellos no es culpa de Rain, por lo que asiento con la cabeza para darle ánimo mientras entro en la habitación, y después dirijo mi atención a la esfera negra. ¿Qué es? Intento recordar... Sé que he visto algo similar antes. Pero en un sueño.

A los trece años empecé a tener sueños extraños. Sobre el Sol Moribundo y sobre unos artefactos que, de algún modo, sabía que no habían construido los humanos. Volaba a través del espacio, cuando yo nunca había estado en una nave. Se lo conté a mi padre y él me dijo que no le hablara a nadie de esos sueños. No estoy segura de por qué, quizá pensó que a mi madre no le gustaría. Incluso en sus días buenos se porta conmigo de una manera un poco extraña, lo último que necesitaba era un recordatorio de que no soy perfecta.

A mi padre lo asesinaron dos años después —fue el peor día de mi vida—, y todavía no le he contado a nadie lo de los sueños.

La esfera tiene más o menos el tamaño de un edificio de tres pisos y no es opaca, como había pensado en un primer momento, sino ligeramente traslúcida, aunque no puedo ver lo que hay en el interior. Presenta un diseño en el centro, justo delante de mí: parece una estrella rodeada por un círculo. También he soñado con esa imagen, y una sensación desconocida me recorre el cuerpo.

El laboratorio está lleno de técnicos vestidos con unos ajustados trajes negros de laboratorio, que se mueven con decisión alrededor de la esfera. Hay guardias colocados a intervalos regulares por todo el perímetro de la habitación, todos ellos armados con pistolas láser y porras eléctricas... ¿Acaso la doctora espera que haya problemas?

Han colocado unos andamios junto a la esfera. Están plagados de técnicos que toman lecturas en varios puntos de la superficie. Otros se mueven a su alrededor, cargados con equipamiento y monitores portátiles. Unos trabajadores que llevan la insignia de la Corporación se ocupan de las consolas que hay por toda la habitación.

Es el laboratorio más intenso en el que he estado jamás, y no puedo evitar preguntarme qué cree la doctora Veragelen que tiene aquí. O, más importante, para qué cree que sirve.

¿Por eso van tan armados todos los guardias? ¿Porque cree que es tan valioso que puede resultar peligroso?

Una combinación de miedo y entusiasmo me recorre la espalda y hace que me quede sin aliento. ¿Ya está? ¿Esta esfera, o lo que quiera que sea esta cosa, es lo que estábamos buscando todo este tiempo?

Lara debe de estar pensando lo mismo, porque se inclina hacia mí y me susurra al oído:

—¿Qué cree que es?

—No tengo ni idea. —Pero eso no es del todo cierto. Es un artefacto alienígena. Y uno bien grande.

Es maravilloso. Y de repente me tiemblan los dedos y siento una necesidad casi abrumadora de acercarme a él. De tocarlo.

—Sin duda es impresionante —dice la embajadora Kellarp, sonriendo para enseñar sus dientes manchados de rojo—. Pero ¿qué es?

—Es una heptosfera —responde el hombre que acompaña a la suma sacerdotisa con una voz desprovista de emoción—. Es de los Antiguos.

Nunca he oído esa palabra, pero al escuchar a ese hombre confirmar lo que ya sospechaba de los Antiguos, me volteo hacia él para observarlo. Y no soy la única. Por primera vez desde que llegamos a la *Caelestis*, la doctora Veragelen parece... contenta.

—Así es. —Le sonríe al hombre como si fuera su alumno preferido—. ¿Y usted es...?

—Me llamo Merrick, señora. De la Hermandad de la Luz. Delegado secundario de Serati.

Le echo un vistazo. Hasta ahora había evitado fijarme en él por miedo a quedarme absorta mirándolo. Porque con su cuerpo alto y esbelto, su piel bronceada y su cabello de color platino me recuerda tanto a mi padre que hace que sienta una punzada de dolor en el corazón. Era la mejor persona que he conocido y lo sigo echando de menos cada día.

Aparto el recuerdo hasta el fondo de mi mente y me obligo a volver al presente.

—¿Dónde lo ha encontrado? —pregunto.

¿Y por qué no he oído hablar de ello hasta ahora? Sin duda mi madre habría hecho mención de algo tan maravilloso como la heptosfera de haber sabido que existía. Y en caso de que no lo sepa, la doctora Veragelen va a tener que contestar a un montón de preguntas incómodas.

—Fue descubierta en Askkandia hace casi veinte años —me responde—. En lo más profundo de las montañas de Rodos. Por algún motivo, después de estar enterrada durante lo que creemos que habían sido varios siglos, si no más, empezó a emitir una señal, y nosotros la captamos. Excavar para recuperarla y sacarla del planeta fue todo un desafío. La emperatriz tuvo que enviar a sus mejores equipos de investigación y de construcción para ayudarnos. La *Caelestis* fue diseñada y construida específicamente para investigar la heptosfera.

Entonces mi madre sí sabe que existe. Pero ¿por qué no me habría hablado de ella? Sabe lo mucho que me interesan los Antiguos... y también encontrar una forma de salvar nuestro sistema.

Pero, como siempre, la emperatriz hace lo que le da la gana. Puede que hubiera un motivo para no contármelo o puede que no. Lo único que sé es que este viaje me está planteando muchas más preguntas de las que responde.

—Pero ¿para qué sirve? —plantea la embajadora Terra.

Toda la habitación contiene el aliento mientras esperamos a que la científica responda.

Por primera vez, no parece demasiado segura.

—No lo sabemos. —Levanta una mano mientras unos murmullos de decepción recorren el laboratorio—. Pero nuestra investigación apunta claramente a que es la clave para revitalizar nuestro Sol Moribundo.

—Entonces, ¿es esto? —dice la embajadora Kellarp—. ¿Esto es lo que va a utilizar para salvarnos?

—Así es —confirma la doctora Veragelen, llena de confianza—. Estamos a un paso de descubrir todos sus secretos y pronto podremos controlar sus formidables poderes.

—Buena suerte con eso... —murmura Merrick.

No hay ninguna emoción en su voz, pero tiene los puños apretados a los costados, y me parece que está bastante más afectado de lo que deja ver. Claro que está molesto. La Hermandad de la Luz se ha pasado los últimos milenios rezando para que el sol muera... y así puedan salvarnos a todos. Ahora todo el mundo está intentando evitarlo.

El dogma central de su religión es recibir con los brazos abiertos al Sol Moribundo, y deriva de la civilización que habitaba en este sistema antes que nosotros. Los Antiguos, como los llama la Hermandad, han dejado remanentes de un pueblo avanzado por los nueve planetas, aunque están concentrados sobre todo en Serati, el planeta más cercano al sol y el más... incómodo para la vida humana.

De sus estudios de esa civilización alienígena, los primeros seratinos dedujeron que los Antiguos fueron los creadores del sistema y que llegaron a creer que en algún momento el sol moriría, pero entonces ellos volverían para devolverlo todo a la vida y para salvarnos. Surgió un grupo religioso, la Hermandad de la Luz, que afirmaba que el Sol Moribundo traería una época de grandes cambios y revelaciones, e incluso anunciaron el regreso de los Antiguos.

Evidentemente, nadie sabía cuándo se suponía que iba a morir el sol, pero no sería pronto, así que no había por qué preocuparse. En realidad, en muchos de los planetas —sobre todo en los que eran más acogedores para la vida humana, como Askkandia— no había casi rastro de la Hermandad. Aunque los niños askkandianos crecían oyendo leyendas sobre el Sol Moribundo, se consideraban más una fantasía que una profecía en sí. Y entonces, hace dos décadas, todo cambió. «¿Fue más o menos cuando apareció la heptosfera?», me pregunto.

Aunque las consecuencias fueron inmediatas y funestas, como la destrucción de ecosistemas, el declive de la agricultura o el aumento de las erupciones solares, la Hermandad proclamó que había sido un milagro, que era la respuesta a sus plegarias y que debíamos tener fe y entonces todo nos sería revelado. La gente de los siete planetas habitados empezó a convertirse a su religión en masa.

La Hermandad no quiere comentar nada al respecto.

Supongo que piensan que va a ocurrir algún milagro. Por desgracia, el resto de nosotros —incluida la emperatriz— solo queremos evitar acabar convertidos en ceniza.

Por amable que parezca esta suma sacerdotisa, ahora mismo no necesitamos fe. Lo que necesitamos es ciencia.

Miro a Rain, esperando ver en su rostro la misma expresión enfurecida que tiene su guardaespaldas, pero solo parece curiosa. Tiene la mirada fijada en la heptosfera, como si quisiera tocarla tanto como yo.

—¿Podemos tocarla? —pregunto. ¿Por qué no?

Pero en cuanto me acerco, el guardia de la doctora Veragelen —el del culo prieto y la mandíbula afilada— avanza y me bloquea el paso. Y es lo suficientemente grande para hacer que me detenga en seco. Casi puedo sentir cómo Arik y Vance se alarman detrás de mí. Hasta Lara se pone tensa, como si estuviera preparada para interponerse entre el tipo bueno y yo.

Levanto la mano para detenerlos y dirijo mi atención hacia el guardia. Es bastante raro que alguien se atreva a desafiar a un miembro de las familias gobernantes, y las pocas veces que ha ocurrido, la persona, por lo general, acababa tropezando al dar marcha atrás para intentar enmendar su error.

Pero este sujeto no se echa para atrás. Qué va. En lugar de eso, se mantiene firme y me mira fijamente con sus ojos cafés oscuros, con tal descaro que parece que me esté desafiando.

Su insolencia está injustificada, estoy segura de que no nos conocemos. No recuerdo haberlo visto en Askkandia, y sin duda me acordaría de alguien así. Sería difícil olvidar al tipo más despampanante que he visto en mi vida..., sobre todo cuando está claro que tiene la personalidad de un drokaray rabioso.

Puede que no le gustara que lo mirara babeando.

—Atrás —ordena Arik con una voz que no admite discusión.

El hombre no cede, pero ladea la cabeza de tal forma que parece que esté escuchando una música que solo él puede oír. Y aunque una parte de mí desea quedarse allí e intercambiar miradas con él, soy dolorosamente consciente de que estamos llamando demasiado la atención. Una atención que debería estar dirigida hacia la doctora Veragelen y su heptosfera, en vez de hacia un enfrentamiento entre un guardia y yo.

Así que doy un paso atrás e ignoro el brillo triunfal que arde en lo más profundo de sus ojos. Tengo cosas mejores de las que preocuparme que de un imbécil arrogante con ganas de alardear. El destino de nuestro mundo —de todo nuestro sistema solar— pende de un hilo.

—Claro que puede tocarlo —me dice la doctora Veragelen

cuando me volteo hacia ella. Le lanza al guardia una mirada irritada, y él se la devuelve con una expresión tan insulsa que tiene que haberla practicado—. Le pido disculpas si ha habido alguna duda al respecto. Es solo que el soldado Ian, al igual que el resto de nosotros, es demasiado protector con la heptosfera.

—No pasa nada —le respondo, porque es cierto. Los descubrimientos científicos, sobre todo los de la magnitud que está intentando lograr, son mucho más importantes que satisfacer mi curiosidad. Para demostrarlo, me guardo las manos en los bolsillos de la capa y continúo caminando alrededor de la esfera—. Me basta tan solo con mirarla.

Parece que sigue preocupada.

—No, de verdad. No hay ningún problema si quiere tocarla. Es una experiencia interesante. —Se gira hacia el resto de los delegados—. De hecho, siéntanse todos libres de tocar la esfera mientras estén aquí. Está hecha de un material muy inusual y, por lo que sabemos, es inmune a cualquier daño.

Apenas puede acabar la frase antes de que todo el mundo se dirija apresuradamente hacia la esfera. Todos se estiran para tocarla y exclaman lo extraña que es. Fría, caliente. Lisa, irregular. Sustancial, intangible. Cada uno parece experimentar algo diferente, y ahora tengo más ganas que nunca de palparla, solo para ver lo que siento yo.

Pero al contemplar al soldado Ian refuerzo mi decisión de no mostrar lo interesada que estoy. Me observa con una expresión que me recuerda a la que pone mi madre cuando está esperando a que cometa algún error para saltarme al cuello.

No le voy a dar esa satisfacción, igual que ya no se la doy a ella.

No tengo ni idea de quién se habrá meado en sus malvas lunares ni de por qué ha decidido cobrárselo conmigo, pero lo ha hecho. Y eso me enfurece tanto que le devuelvo la mirada con interés y luego me dispongo a caminar ciento ochenta grados alrededor de la heptosfera para no tener que aguantarlo vigilando cada movimiento que hago.

Por supuesto, no consigo acercarme a ese objeto, porque hay demasiados miembros de la delegación amontonados a su alrededor. Podría abrirme paso para llegar —una princesa siempre manda más que un embajador—, pero no quiero ser ese tipo de gobernante.

Así que, en lugar de centrarme en la heptosfera como hacen los demás, me volteo hacia la consola que ocupa la pared que hay detrás de mí. Parece diferente al resto del equipo informático del laboratorio, y supongo que será algún tipo de panel de control para coordinar toda la información sobre la esfera. Los controles son complejos, y no puedo evitar emocionarme un poco. Estoy en una habitación donde hay algo que creó una raza antigua hace tantos años que su propia historia es más una hipótesis que un hecho.

Ni siquiera puedo intentar adivinar para qué sirven todos esos controles, pero seguramente la doctora Veragelen ya se haya hecho alguna idea al respecto, teniendo en cuenta que lleva trabajando en esto casi cinco años, o quizá más, si sus análisis empezaron antes de finalizar la construcción de la *Caelestis.*

Por encima del panel hay un montón de pantallas. Decenas de ellas —algunas pequeñas, unas grandes, otras gigantes—, y todas ellas reciben un flujo continuo de datos, a juzgar por la velocidad a la que estos se desplazan por las pantallas.

¿Son los resultados en tiempo real de las lecturas que están tomando los técnicos en la heptosfera? El simple hecho de poder sacar toda esta información de un artefacto antiguo es algo fascinante.

Me inclino hacia delante para investigar justo cuando un estruendo llena el aire y un fuerte temblor sacude la nave. A esta interrupción la sigue un momento de absoluto silencio, un instante antes de que una explosión arrase el laboratorio.

Solo tengo unos segundos para pensar «¿Qué rayos...?», y salgo volando hacia atrás.

Una oleada de dolor me recorre el cuerpo al tropezar contra algo duro. Después todo se vuelve negro.

6

KALI

«¿Qué demonios acaba de pasar?»

Estoy tumbada de lado y una oleada de calor me abrasa la mejilla. Oigo un crujido que me llena los oídos. No es buena señal.

«Tengo que salir de aquí.»

Parpadeo y abro los ojos al caos.

El aire está cargado por el humo y unos gritos resuenan por la habitación; por un segundo, el mundo no tiene sentido. Muevo la cabeza y me incorporo. Debo de haberme golpeado con algo.

Al menos sigo viva, pero ¿durante cuánto tiempo? La pantalla que estaba mirando está en llamas, así que retrocedo rápidamente.

¿Ha sido un intento de asesinato? Trago saliva al recordar a mi padre, pero aparto ese pensamiento.

Lo más probable es que alguien fuera tras la heptosfera; aun así, en ese caso, ¿por qué iban a arriesgarse a volarla en pedazos? A no ser que ese fuera el objetivo. Si es así, han fracasado. La esfera sigue flotando tranquilamente en el centro de la habitación mientras el techo se desploma a su alrededor. Detrás de ella puedo ver lo que supongo que es el casco de la estación. Al menos sigue intacto; de no ser así, habríamos acabado todos convertidos en basura espacial.

En el laboratorio resuenan los gritos y los lamentos de los heridos y moribundos, y el estómago me da un vuelco.

«Tranquilízate.»

Tengo que ayudarlos.

Pero cuando consigo ponerme de pie, otra explosión sacude la nave y me hace salir disparada hacia la heptosfera.

Cuando las palmas de mis manos rozan la superficie, un escalofrío me recorre el cuerpo. Luego otra explosión me arroja hacia atrás y me hace chocar contra alguien que hay detrás de mí. Es la suma sacerdotisa Rain, y parece ilesa. Me dispongo a darme la vuelta, pero entonces observo sobre mi hombro y me detengo, con la mirada fija. La heptosfera ya no tiene un color negro traslúcido.

En lugar de eso, su interior está iluminado por unos anillos multicolores que dan vueltas como un giroscopio incapaz de encontrar su orientación. ¿Está dañada por la explosión?

Estoy hechizada, los colores inundan mi mente y soy incapaz de apartar la mirada. Entonces otro grito corta el aire y vuelvo a ponerme en marcha, corriendo hacia los heridos.

Me dejo caer en el suelo junto a la embajadora Terra. Está llorando en silencio, con los puños apretados por delante del estómago mientras la sangre rezuma entre sus dedos y tiñe de café su vestido verde. El cabello rubio se le ha soltado del moño, y sus grandes ojos están llenos de terror.

—No pasa nada —le digo mientras me estiro y arranco un trozo grande de mi capa ceremonial, hecha jirones—. Permítame que le ayude. —Lo doblo varias veces y le aparto las manos con delicadeza. Me quedo paralizada y me invade la desesperación: la herida es profunda e irregular, demasiado grave para mis habilidades, pero intento que no se me note mientras aprieto con firmeza la tela contra su vientre.

La mujer se estremece y arquea la espalda. Deja escapar un

grito, un sonido incoherente y agónico, y miro a mi alrededor en busca de ayuda, de un médico, de lo que sea..., pero solo veo a la doctora Veragelen, de pie y aparentemente ilesa, observándome con sus ojos negros, con una expresión que hace que se me hiele la sangre.

¿Qué diablos pasará por esa cabeza suya tan brillante? Sea lo que sea, no quiero saberlo, así que aparto la mirada.

Lara se deja caer de rodillas junto a mí mientras otra explosión sacude el laboratorio y me lanza hacia delante. Consigo apoyarme en el suelo antes de caer.

—¿Están bien? —pregunta ella con voz áspera, como si se hubiera quedado sin aliento, aunque no tiene ninguna herida visible.

—Nada de esto está bien —respondo. La embajadora Terra gime de nuevo y le toco la mejilla, intentando tranquilizarla. Levanta la vista hacia mí, con la certeza de su propia muerte en la mirada.

—Quería decir que...

—Estoy bien —interrumpo a Lara, porque si me paro a pensar en cómo estoy, me derrumbaré.

La embajadora Terra deja escapar una exhalación larga y silenciosa. Y después... nada.

—¡Maldita sea, no! —Aprieto el puño y le golpeo el pecho mientras intento recordar las lecciones de RCP que nunca he llegado a poner en práctica.

Lara tira de mí y me grita algo al oído, pero me la quito de encima y continúo la reanimación.

—Está muerta, Kali, y debemos salir de aquí o moriremos nosotras también.

—No podemos abandonarla como si...

—No hay alternativa. Ya no podemos hacer nada por ella. Y tenemos que llevarla a usted a un lugar seguro.

Unas nuevas explosiones sacuden la nave, que empieza a derrumbarse a nuestro alrededor. Me coloco las manos sobre la cabeza mientras los escombros caen al suelo, muy cerca de donde estamos. Lara se echa sobre mí tan rápido y con tanta fuerza que me deja sin aliento. Después se pone en pie y tira de mí para levantarme: ya se ha olvidado del protocolo. Echo una última mirada a la embajadora muerta y permito que me arrastre hacia la gran puerta de doble hoja. Las luces se apagan un segundo y la habitación queda iluminada por el fulgor giratorio del interior de la heptosfera, un desconcertante caleidoscopio lleno de color. Tropiezo con otro cuerpo, pero no se mueve.

Entonces las luces vuelven a encenderse y salimos por la puerta.

Miro hacia atrás y veo a Arik corriendo hacia nosotras.

—¡Princesa Kalinda! —grita justo cuando una voz automatizada resuena por el sistema de comunicación interno de la nave.

«Sistema de descontaminación activado. Tienen diez segundos para evacuar el área 27.»

No tengo ni idea de lo que quiere decir eso, pero no suena bien.

—¡Date prisa! —grito.

Arik ya casi ha llegado junto a nosotras cuando unas sirenas empiezan a sonar a todo volumen y una compuerta de metal baja entre nosotros, separándome de Arik y de los demás que aún están en el laboratorio.

—¡No! —Golpeo el metal, desesperada porque no quiero abandonar a toda esa gente. Pero Lara vuelve a tirar de mí, y no puedo luchar contra ella. No cuando apenas consigo respirar.

Me arden los pulmones. Supongo que el sistema de descontaminación está absorbiendo todo el oxígeno y hace que tengamos que luchar por cada bocanada de aire.

La tomo de la mano y busco frenéticamente una salida. Pero estamos en una maldita estación espacial, ¿adónde vamos a ir?

No quiero pensar en lo que está ocurriendo en el interior del laboratorio. Por lo menos hay otros que han salido. Veo al embajador Holdren, a la suma sacerdotisa Rain y al delegado secundario Merrick. A nuestro alrededor, la gente cae de rodillas. A mí cada vez me cuesta más respirar, y sé que no me queda mucho tiempo. Hay que encontrar el panel de control y desactivar el sistema de descontaminación, pero no sé cómo hacerlo. Tenemos que salir de aquí.

Si llegamos a la plataforma de embarque, con suerte podremos huir en una de las lanzaderas. Miro a mi alrededor, a través de las volutas de humo gris. ¿Por dónde voy? No tengo ni idea, pero el pasillo de la derecha está bloqueado por una puerta de seguridad, así que jalo a Lara y vamos hacia la izquierda.

De forma inesperada, alguien me agarra por el codo y me empuja por el pasillo. Solo tengo un segundo para pensar en que esa persona me está tocando antes de darme cuenta de que también me está llevando en una dirección en la que no quiero ir.

Me doy la vuelta, preparada para luchar. Entonces me quedo paralizada al ver quién ha sido el valiente que se ha arriesgado a una pena de muerte por ponerme la mano encima.

7

IAN

La princesa está mirando fijamente el lugar donde mi mano toca su brazo desnudo, como si estuviera cometiendo algún tipo de sacrilegio.

Puede que lo sea.

¿Cómo voy a saberlo? Donde yo me crie no nos enseñaban las pendejas normas de etiqueta.

—Tú —resopla ella, y por la forma en la que lo dice, no parece un cumplido.

«Debería soltarla. Me está haciendo perder el tiempo que no tengo.»

La princesa puede cuidar de sí misma. Seguramente la habrán entrenado para sobrevivir desde el día en que nació. Y tengo que llegar hasta la plataforma de embarque..., si es que sigue estando allí después de lo que acaba de pasar, aunque no sé qué carajos fue. Si esa era la idea que tenía Max de provocar una distracción, intercambiaremos algo más que palabras.

En cuanto a la princesa, es un problema que no necesito ahora mismo. Me digo a mí mismo que tengo que dejarla ir, pero, por algún motivo, parece que soy incapaz de hacerlo. De hecho, la agarro con más fuerza.

Solo es otra mala decisión en la lista de malas decisiones que he tomado hoy. Se supone que no debo llamar la atención. Así que ¿por qué estaba allí, intentando advertirla del peligro de esa maldita esfera rara con la que está tan obsesionada la doctora Canalla?

No tengo ni idea, y a Max tampoco le emocionaba demasiado la idea. Lo único que sé es que no quería que la tocara. He oído rumores sobre gente —prisioneros— que ha acabado achicharrada por esa cosa, pero, aun así, he actuado sin pensarlo. Nunca es una buena idea, pero hoy menos todavía.

Y aquí estoy otra vez. Actuando por puro instinto en lugar de pensar las cosas.

Intento convencerme de que lo hago porque la princesa puede tener algún valor como rehén o algo así, pero la verdad es que ahora mismo el cerebro no me funciona como debería. Probablemente sea por la falta de oxígeno. Los bordes de mi campo de visión se están volviendo borrosos, lo que parece darme la razón. Debemos largarnos de aquí cuanto antes.

Arrastro a la princesa hacia la puerta de seguridad, pero se me resiste durante todo el camino, dándome puñetazos y patadas.

—Deja de retorcerte, carajo —rezongo, y entonces alguien me salta sobre la espalda y empieza a golpearme en la cabeza—. ¿Qué demonios...? Oye, tranquila.

—¡No toques a la princesa! —me responde la chica a gritos.

Y esto demuestra que nunca sale nada bueno de intentar ayudar a alguien, y mucho menos a alguien como ella.

Mierda, lección aprendida.

Estiro la mano hacia atrás, desengancho a quien sea que me esté pegando en la espalda y la dejo caer al suelo. No tengo ni idea de quién es esta mujer, pero me está retrasando, y no pienso permitirlo. Aunque salvar a la princesa puede ser una decisión inteligente para más adelante, esta otra tipa no me aporta nada. Puede irse a la mierda junto con toda esta maldita sala de tortura voladora.

Pero antes de que eso ocurra, tengo la intención de largarme de aquí.

Sigo arrastrando a la princesa Fastidiosa, y me arden los pulmones por la falta de oxígeno.

Cuando llegamos a la puerta de seguridad, le suelto el brazo y meto el único código de acceso que conozco para estas cosas. La puerta no se mueve. Qué sorpresa, maldición.

El sinvergüenza de nuestro técnico, Gage, ha memorizado los códigos de todas las puertas de este lugar, y ahora que esto se va a la mierda, me gustaría haberlo hecho yo también. Pero quejarme no me va a servir de nada, y mucho menos para salir de aquí, así que me llevo la mano a la cintura y agarro lo único que sí me servirá.

La princesa da un paso atrás y me mira fijamente con sus extraños ojos plateados, como si tuviera miedo de que le pegara un tiro.

Probablemente debería. Algo me dice que mi huida sería mucho más sencilla.

En lugar de eso, disparo contra el escáner. No ocurre nada.

—Mierda —gruño, y vuelvo a disparar. Esta vez el escáner empieza a arder, pero, por lo menos, la puerta se abre.

Me doy vuelta hacia la princesa y señalo con la mano en dirección a la entrada, lo más parecido a un gesto caballeroso que sé hacer. Por un momento no parece tener intención de moverse, pero entonces la nave se sacude con tanta fuerza que la hace resbalar hacia la pared. Es lo único que falta para que intente escaparse por la puerta, y la otra chica la sigue de cerca.

Voy tras ellas y, en cuanto entro, el oxígeno vuelve a penetrar en mi sistema, llenándome los pulmones y recorriéndome todo el cuerpo.

Carajo, qué bien se siente.

Respiro hondo un par de veces y miro alrededor para intentar orientarme. La princesa me fulmina con la mirada, como si le hubiera robado su tiara favorita o algo así. Típico, vaya. Las familias gobernantes no son famosas por dar las gracias.

—¡No me toques! —me grita.

¿Qué obsesión tienen con lo de tocar? Levanto las manos.

—Créeme, no pensaba hacerlo. —Está empezando a fastidiarme—. Acabo de salvarte la vida, así que un «gracias» no estaría de más. Eso sin mencionar que...

Otras dos personas irrumpen a través de la puerta de seguridad, vestidas con esas túnicas raras que las hacen parecer cabronamente raras. A este ritmo, quién sabe lo que podría aparecer después. ¿Uno de los Antiguos?

Sea como sea, estos dos pueden ocuparse de la princesa de ahora en adelante. Yo ya he hecho mi buena obra del día, tal vez incluso del siglo. Tengo que irme.

Cuando me doy la vuelta, otra explosión sacude la nave. El chillido de las alarmas resuena sin cesar por el pasillo y el sistema de comunicaciones se activa con un ruido de estática.

«Los protocolos de evacuación han sido iniciados. Por favor, diríjanse a su punto de evacuación designado.»

—¿Qué pasa con todos los que están en el laboratorio? —pregunta la princesa—. No podemos abandonarlos. ¿Y si ocurre algo?

—Por si no lo has notado, princesa, ya está ocurriendo algo —le respondo.

—Me llamo Kali —masculla ella—, no princesa. Si insistes en usar mi título, el término correcto es *alteza*.

—Ahora mismo el protocolo es lo que más me preocupa, *princesa*. —Empiezo a avanzar por el pasillo. Después, porque evidentemente la falta de oxígeno me ha afectado al instinto de supervivencia, grito sobre mi hombro—: ¡Puedes quedarte y explotar con el resto de la nave o puedes venir conmigo e intentar largarnos de aquí!

¿Por qué he dicho eso? No necesito que venga detrás de mí.

Kali mira hacia el pasillo por donde han desaparecido los dos de las túnicas; luego hacia la chica que está a su lado, con la cara pálida y los ojos abiertos de par en par por el pánico. La princesa asiente con un movimiento seco de la cabeza.

—Vamos.

Intenta echarse a correr; sin embargo, en cuanto da dos pasos, tropieza con la falda ajustada del vestido y se cae de culo, murmurando entre dientes algo sobre un slogg.

Desenvaino el cuchillo de la funda que llevo en la parte baja de la espalda. No es un arma reglamentaria, pero me ha sacado de más de un apuro, y no voy a ningún sitio sin él. El rostro de la princesa se vuelve completamente inexpresivo, y se aparta de mí.

¿Por qué carajos sigo perdiendo el tiempo? Empiezo a pensar en mandarla a la mierda, pero hay algo que vuelve a impedirme abandonarla.

En vez de eso, le digo:

—No puedes correr con eso puesto.

Me doy cuenta del momento exacto en que lo entiende, porque se pone en pie y asiente de nuevo con la cabeza.

—Hazlo.

Suena demasiado parecido a una orden, y eso me hace enderezar la espalda; no obstante, lo paso por alto y me arrodillo a su lado.

Su amiga suelta un grito ahogado, espantada; la ignoro también a ella y sostengo la tela pesada, incrustada con piedras.

«¿Las joyas serán de verdad?», me pregunto mientras intento pensar en la mejor forma de cortar esa mierda. Si lo son, anda por ahí con suficientes riquezas como para alimentar a una buena parte de mi planeta natal durante un mes.

Malditas familias gobernantes.

Cortarlo por la parte delantera sería lo más fácil, pero es tan largo que seguramente tropezaría y se rompería su cuello imperial, así que le hago unos cortes justo por encima de las rodillas. Bajo el vestido, lleva las largas piernas desnudas y unos zapatos de tacón muy altos.

Kali sigue mi mirada y se los quita con los pies, frunciendo el ceño.

—¿Nos vamos? ¿O quieres quedarte aquí a esperar todo el santo día?

—Vamos. —Para apartar la mirada de sus piernas, me recuerdo a mí mismo que pertenecen a una princesa. Luego me pongo en marcha.

Las oigo detrás de mí; aun así no freno. Ya he hecho bastante más de lo que era mi obligación.

Corro hacia las puertas abiertas que dan a la plataforma de embarque, decidido a llegar allí antes de que todo se vaya a la mierda aún más. Casi he llegado, pero otra explosión sacude la nave y resbalo hacia la pared.

—¡¿Qué rayos está pasando en este sitio de mierda?! —grito.

Me aparto del muro y me lanzo hacia la puerta mientras oigo cómo alguien tropieza y cae detrás de mí.

«No mires atrás. No es problema tuyo. Nada de esto es tu maldito problema.»

Son buenas palabras para utilizar como mantra, pero me doy la vuelta de todas formas, justo a tiempo para ver cómo la princesa echa a correr hacia su amiga caída. Sin embargo, solo consigue dar un par de pasos antes de que se produzca una nueva explosión, y Kali cae al suelo mientras una compuerta se cierra entre las dos chicas.

—¡No! —grita ella, poniéndose de pie y golpeando el metal con los puños—. ¿Lara? ¡Lara!

—Es demasiado tarde —le digo—. Tienes que dejarla ir.

Me ignora y recorre la puerta metálica con las manos, como

si así pudiera encontrar un modo de abrirla. No va a conseguirlo. Max y yo hemos estudiado todos los planos de la estación y, en cuanto esta cabrona en particular se cierra, no hay manera de abrirla hasta que se acabe la situación de emergencia. Y a juzgar por cómo se sacude la nave, como si fuera un ocewallen enfurecido, no es algo que vaya a ocurrir pronto.

—No puedes abrirla —señalo con mi tono de voz más razonable.

—Pero no voy a abandonarla. No puedo hacerlo. —Golpea la puerta.

—Mierda —gruño—. No tenemos tiempo para esto. La nave...

—Princesa Kalinda —la llama alguien desde detrás de mí, y me doy vuelta para ver de quién se trata. Es una de las personas de las túnicas blancas raras, una chica con la melena rubia recogida en una trenza y una cara bonita—. No está a salvo. Hay más gente que depende de usted que quienes estamos en esta nave. Y su deber es para con todos, no solo una persona. Tiene que alejarse de ahí.

Veo en la expresión del rostro de Kali que no quiere escuchar ni el consejo ni a quien se lo da. Pero la chica le pone una mano en el hombro y el cuerpo de la princesa parece hundirse.

Vuelve la cabeza y sus miradas se encuentran en algún tipo de comunicación que no entiendo. La princesa parpadea, y creo que está a punto de llorar. No estoy seguro de querer estar por aquí si lo hace. Pero Kali endereza la espalda sin derramar ni siquiera una lágrima y, en vez de eso, extiende el brazo y roza la compuerta de metal con los dedos antes de darse la vuelta.

Gracias a Dios. Volteo yo también y siento alivio en los hombros al ver a Max, que está allí con una ceja levantada. Me lanza mi bolsa —mi equipo—, y la atrapo al vuelo con una sola mano.

Max arquea la ceja aún más y, aunque no oigo nada en mi mente, sé que me está llamando «fanfarrón».

—*Buena atrapada* —es lo que dice.

Lo ignoro.

—*Ya era hora, carajo.*

—*Oye, te he estado esperando, como me lo pediste. Eres tú el que llega tarde.*

—*He estado salvando a una damisela en apuros.*

Max frunce el ceño.

—*No parece algo típico de ti.*

Señalo con la mano hacia el pequeño grupo. Junto a la princesa y la rubia hay un tipo enorme con una túnica blanca; tiene pinta de seratino y parece estar tan contento como yo.

—Te presento a la princesa Kalinda —le digo a Max.

Veo cómo Kali pasa la mirada de uno al otro, asimilando el parecido. Max va vestido con el mismo uniforme negro y gris que llevo yo, pero es más que eso. Nos parecemos mucho, aunque Max es un poco más bajo y ancho que yo, y sonríe muchísimo más.

Maldito blandengue.

—*Qué mierda.* —Max no parece creerlo—. *¿Una princesa? ¿En serio?*

—*En serio.*

La sonrisa vuelve a aparecer. Da un paso adelante y le tiende la mano. Kali la mira como si fuera a morderla, pero se la sostiene con delicadeza..., y me doy cuenta que a él no se pone a gritarle que no la toque.

—Soy Max —se presenta él—. Encantado, princesa Kalinda.

Se queda mirando a los otros dos y luego me mira a mí.

—Ni idea —respondo.

La rubia da un paso adelante.

—Me llamo Rain —se presenta ella extendiendo la mano.

Max se la estrecha—. Y este es Merrick, mi... amigo. —Se da vuelta hacia mí—. Gracias por lo que has hecho. Creo que habríamos muerto si no hubieras abierto la puerta a tiros.

El tipo de la túnica comenta algo en un idioma que no entiendo, seguramente en seratino. Es el único planeta con lengua propia, quizá porque estuvieron demasiado tiempo aislados del resto. O quizá solo porque les gusta ser diferentes, todo ese rollo de la Hermandad que tienen allí sin duda da fe de ello.

La chica asiente con la cabeza con solemnidad y luego se gira hacia los demás.

—Merrick dice que, si nos vamos a ir, debemos hacerlo ya. Este lugar es inestable.

Tiene mucha razón. Yo estoy listo para largarnos; la nave se estremece bajo nuestros pies y a nuestro alrededor, y el aire está lleno de humo. No sé cuántas explosiones más podrá aguantar la *Caelestis* antes de implosionar, pero sé que no quiero estar aquí cuando suceda.

Echo un vistazo alrededor y me quedo paralizado. La plataforma de embarque se ha convertido en una carnicería.

—Mierda.

—Así es, —murmura Max—. «Mierda» es un buen resumen.

El lugar está en ruinas, cubierto por los armazones de las brillantes y coloridas lanzaderas. Ha desaparecido el pulcro semicírculo de naves estacionadas, y en su lugar solo queda una zona catastrófica. Pero en el extremo más alejado, cerca de las puertas de la esclusa, hay una nave destartalada, aparentemente ilesa.

—*La* Reformadora, *¿eh?* —le pregunto a Max en mi mente.

Asiente con la cabeza.

Por fin algo nos está saliendo bien.

—*¿Gage?*

—*Quién sabe. Pero ha cumplido con su parte y pagó a quien*

tuviera que pagar. Solo nos queda subir a bordo y la tripulación fingirá no habernos visto.

—*Pues que le vaya bien, entonces. Vamos* —le digo.

Max observa a los demás, pero, antes de que pueda decir algo estúpido, la princesa pregunta:

—¿Qué hacemos ahora?

—Parece que nuestra lanzadera es la única que sigue intacta. —El tal Merrick hace un gesto con la cabeza hacia la nave que hay más allá de los montones de chatarra en llamas. Tiene razón, la nave parece estar en bastante mejor estado que las demás.

—Bueno, pues buen viaje —replico, porque está claro que no me la puedo llevar a la *Reformadora*.

Es extraño, siento una punzada de algo que supongo que es culpa. No es una emoción con la que esté familiarizado, así que podría ser otra cosa. ¿Indigestión?

—¿No vienes? —pregunta la princesa, y hay algo en su voz que hace que la mire con dureza. ¿Suena como si estuviera decepcionada? Pero entonces entrecierra los ojos y mira mi uniforme—. ¿No es tu trabajo mantenernos a salvo?

Pues no. No era decepción, solo la clásica arrogancia de las familias gobernantes. Que se vaya al carajo. Mi remordimiento —tacha eso: mi indigestión— probablemente fuera a causa de la mirada de Max y de lo que sabía que iba a proponer. Siempre ha sido el más amable de los dos.

Pero, claro, él no se ha pasado los últimos minutos aguantando los gruñidos de la princesa.

—Ya no. Supongo que esto es un adiós, princesa. —Le dedico una última sonrisa de superioridad y me volteo para avanzar entre los escombros en dirección a la *Reformadora*. Max me sigue de cerca.

—¡Espera! No puedes irte. Te ordeno que... —Se queda callada, y miro hacia atrás para ver qué la ha interrumpido. Está mirando, horrorizada, hacia la última lanzadera que queda. Salen llamas del motor trasero.

De repente suena un crujido de mal augurio.

—¡Al suelo! —grita alguien.

Demasiado tarde. La nave explota. La onda expansiva me derriba y salgo volando hacia atrás. Choco de espaldas contra algo y el aire abandona mis pulmones con un silbido.

—Mierda.

8

RAIN

—¿Suma sacerdotisa? Rain. ¡Rain! Respóndeme.

Parpadeo y abro los ojos al oír la voz aterrada de Merrick e inmediatamente veo las estrellas. ¿Estoy flotando en el espacio? El pánico empieza a invadirme a mí también, pero entonces me doy cuenta de que estoy respirando, lo que significa que mi hipótesis sobre el espacio es bastante improbable.

Vuelvo a parpadear y las estrellas desaparecen. Lo hago otra vez y veo que estoy tumbada bocarriba, mirando a través de un humo denso y negro hacia el alto techo curvo de la plataforma de embarque de la *Caelestis*. Me duele la nariz, tengo la garganta seca y me zumban los oídos —estoy bastante segura de que me he golpeado la cabeza—, pero, por encima de todo eso, oigo gritos que provienen de algún lugar lejano.

—¿Rain? ¿Estás bien? —vuelve a preguntar Merrick.

«Bien» puede ser un poco exagerado, teniendo en cuenta que me duele todo. Aunque por lo menos sigo viva.

Me incorporo lentamente, sacudiendo la cabeza para aclararme, y de repente los gritos son más fuertes y no parecen tan lejanos. Me tiembla todo el cuerpo y siento los latidos de mi corazón como si fueran un faconal enjaulado que intentara abrirse paso a través de mi pecho.

La vida en el monasterio no me ha preparado para esto.

Merrick está de pie a mi lado, con una expresión preocupada en el rostro y una mano grande y áspera extendida hacia mí. La agarro y me ayuda a levantarme.

—¿Tú estás bien? —pregunto, porque sigue sin parecerlo.

—Claro. Solo estaba preocupado por ti. Estabas inconsciente.

—Me he golpeado la cabeza, creo. Pero no pasa nada. —Le doy una palmadita en el brazo para tranquilizarlo—. No hará falta que vuelvas con la hermana Grinor a decirle que has fracasado y que tiene que esperar a que aparezca la siguiente suma sacerdotisa. —Todavía no, al menos.

Se estremece, y su piel bronceada se vuelve más cetrina.

—Ni se te ocurra pensar eso.

¿Ves? Se preocupa, aunque solo sea por mantener a salvo a la suma sacerdotisa. Sé que no es exactamente lo mismo que preocuparse por mí, por Rain, la persona, pero al menos es más de lo que solía tener, que era nada.

Miro a través del humo y localizo a la princesa. Está con el guardia que nos ha ayudado —Ian— y parece que están manteniendo una conversación... conflictiva.

—Ven —le digo a Merrick—, vamos con los demás. —Antes de que se maten el uno al otro.

—¡Las manos quietas! —oigo gritar a la princesa cuando nos acercamos. Parece que se haya estado rasgando las vestiduras. Literal y figuradamente.

Ian suelta un gruñido.

—Solo te estaba echando una mano. Otra vez.

—Nunca te he pedido ayuda. —Se endereza, pero luego nos ve y adopta una expresión neutra—. Rain, me alegro mucho de que esté bien.

—Gracias, alteza. —Sonrío al darme cuenta de que lo he dicho bien.

Le lanzo una mirada a Merrick para ver si se ha fijado, pero simplemente niega con la cabeza, lo que me hace sonreír aún más. Llevamos juntos el tiempo suficiente para saber por qué lo hace: las sumas sacerdotisas deben preocuparse por cosas menos terrenales.

Pero mi pequeño orgullo se desvanece porque hay gente gritando en algún lugar y es evidente que necesitan ayuda; la estación espacial está a punto de colapsar a nuestro alrededor y hay muchas probabilidades de que muramos todos.

Y a pesar de todo el consuelo de que, según las Escrituras, volveré a nacer, realmente no quiero morir. Sobre todo aquí, en una fría estación espacial en mitad de ninguna parte.

—¿De dónde vienen esos gritos? —pregunta la princesa, adelantándose.

Ian señala con un gesto brusco de la cabeza hacia el extremo de la plataforma de embarque.

—De allí.

—¿Dónde? —Frunzo el ceño y miro alrededor. Hay una nave estacionada en la parte más alejada, junto a la esclusa. Es bastante más grande que las lanzaderas y, al menos por ahora, está en una pieza. Aunque está volcada y por el momento no parece que vaya a ir a ningún sitio.

—¿Hay gente en aquella nave enorme del fondo? —dice la princesa—. ¿Por qué?

Ian le lanza una mirada incrédula.

—Es una nave-prisión. Dudo que nadie esté allí por voluntad propia.

—¿Una nave-prisión? —repite ella lentamente, como si estuviera pensando en la respuesta del hombre—. Pero eso no tiene sentido. Esto es un centro de investigación. ¿Por qué iba a dar luz verde la doctora Veragelen para que aterrizara aquí una de esas naves?

—Supongo que quiere sacar la basura —responde Ian con la voz teñida de desprecio.

Kali lo mira entrecerrando los ojos.

—¿Qué significa eso?

—La doctora trae gente aquí. Para sus experimentos. —El hombre habla despacio, pronunciando con cuidado cada palabra—. Y algo tiene que hacer con ellos cuando ya no le son útiles. No me digas que no sabías lo de los experimentos...

Un destello de asombro aparece en el rostro de la princesa. Está claro que no lo sabía. Y yo tampoco. No había oído absolutamente nada al respecto. Miro a Merrick, y él niega con la cabeza. Tampoco lo sabe. No obstante, hay un tono de sinceridad en la voz de Ian que hace que sea difícil dudar de lo que nos dice.

Ojalá dejaran de zumbarme los oídos lo suficiente como para poder asimilar todo esto.

Ian levanta una ceja.

—¿No tienes nada que decir, princesa?

—Deja de meterte con ella —suelta Max mientras se acerca corriendo. Está sangrando por un corte en el brazo, aunque no parece darse cuenta. Tampoco Ian—. Tenemos que irnos.

—Estaba esperándote.

Max frunce el ceño.

—Estaba buscando a Gage, pero no está por ninguna parte.

—Probablemente haya salido corriendo a esconderse al primer movimiento. No es de los que se preocupan por salvarle el culo a nadie más que a sí mismo.

Max sonríe con confianza.

—No sé... Por lo que he oído, le gustan mucho los movimientos. Y los culos.

—Cierra la maldita boca. —Ian niega con la cabeza—. Estás haciendo que la princesa se escandalice. Por no hablar de la otra.

«¿La otra?» ¿Se refiere a mí?

—Yo... no me escandalizo. —De hecho, me gustaría saber más sobre el tipo de movimientos que le gustan a este tal Gage.

Ian levanta una ceja, pero no dice nada más.

—No tenemos tiempo para esto.

Echa a andar hacia la supuesta nave-prisión sin pronunciar ni una palabra.

—Vamos, princesa Kalinda —le dice Max, haciendo un gesto con la mano para dirigirse también a Merrick y a mí—. Será mejor que subamos a bordo.

—Llámame Kali —murmura ella—. ¿Y qué...?

—Déjala —ordena Ian sobre su hombro—. No la necesitamos.

—¡Eso no lo sabes! —le grita Max—. ¿Y si necesitamos un seguro?

¿Qué quiere decir con eso? Miro a Merrick, pero su rostro no tiene ninguna expresión, una señal evidente de que estamos los dos igual. ¿Quiénes son exactamente estos hombres? Empiezo a pensar que no son quienes dicen ser. Es evidente que saben más de todo esto que el resto de nosotros. ¿Significa eso que también tienen sus propios planes?

Merrick me toca el brazo y se acerca a mí.

—Creo que no deberíamos juntarnos con esta gente —dice en voz baja en seratino—. Ya encontraremos otra forma.

Me gustaría estar de acuerdo con él, porque es evidente que aquí hay algo raro. El problema es que no creo que tengamos alternativa.

Esa nave se dirige al lugar al que debemos ir —le está diciendo Ian a la princesa—. Es todo lo que necesitas saber.

—No quiero ser aguafiestas —replica ella—, pero esa nave no va a ir a ningún sitio. Mírala. Está muerta.

—Haremos que funcione —responde Ian.

—¿Cómo puedes estar tan seguro? —le pregunto.

Se encoge de hombros.

—Porque no nos queda otra.

Max nos dedica una sonrisa triste y sale corriendo detrás de Ian. La princesa me mira, con una pregunta concreta en la mirada, una para la que no tengo respuesta.

Al menos no hasta que la *Caelestis* da una sacudida especialmente violenta, como el último estertor de una gran bestia. Sin decir una sola palabra ni pararnos a pensar, echamos a correr tras ellos.

Ya hemos cruzado la mitad de la plataforma cuando las puertas de la nave se abren y una multitud sale trepando de ella. Todos van vestidos con overoles grises. ¿Son los prisioneros?

Antes de que pueda preguntarlo, otra explosión recorre la *Caelestis* y, al interrumpirse la gravedad, parece que nos elevemos un par de metros. Estiro los brazos para mantener el equilibrio mientras el chillido estridente de una nueva alarma resuena por la plataforma de embarque. Es tan fuerte que hace que nos quedemos todos paralizados, y me cubro los oídos con las manos en un intento desesperado por acallar el ruido.

Me temo que sé lo que viene a continuación. Hay un patrón entre las explosiones y...

Antes de que pueda siquiera dar forma a mis pensamientos, una compuerta enorme se cierra delante de nosotros y nos impide el acceso a la nave-prisión y a lo que parece ser nuestra única ruta de escape.

—¡No, no, no, no, no! —grita Ian mientras recorre a toda prisa el resto del camino—. ¡Es nuestra última oportunidad de encontrar a Milla! —vuelve a gritar, y patea con fuerza la compuerta como si pensara que así fuera a abrirse.

Cuando no lo hace, saca la pistola a la que tanto cariño le tiene y le dispara. Como sigue sin moverse, suelta un grito de frustración casi tan fuerte como la alarma que continúa resonando a nuestro alrededor.

Esa tal Milla... debe de ser muy importante para él.

Miro a la princesa; ella se encoge de hombros como si no estuviera preocupada, pero puedo notar el pánico en sus ojos y sé que ese mismo miedo probablemente esté reflejado en los míos. Ian no parece el tipo más digno de confianza del mundo, pero por lo menos tenía un plan. Ahora está perdiendo el control, y los demás no tenemos ni idea de por dónde empezar.

—¿Qué hacemos ahora? —Merrick da voz a mis pensamientos, haciéndose oír por encima de la alarma y de la ingeniosa sarta de insultos que está gritando Ian. Nunca había oído la mayoría de ellos, así que intento memorizarlos por si algún día los necesito cuando vuelva al monasterio.

—¿Esperar a que se acabe? —sugiere la princesa, pero no parece convencida.

Niego con la cabeza.

—No creo que haya que esperar mucho, alteza.

El calor empieza a ser incómodo y el humo que sigue llenando el aire hace que me ardan los ojos. El sudor me recorre la espalda por debajo de la pesada túnica. Ian casi se ha tranquilizado del todo; está teniendo una conversación en voz baja con Max, que parece estar intentando calmarlo.

Por un instante, me imagino un desenlace distinto para nosotros. A mí misma, lanzándome contra la compuerta y levantándola con las manos para abrir el camino hacia la nave-prisión y salvarnos a todos. Merrick estaría orgulloso de mí por una vez y la princesa Kali estaría tan agradecida que a lo mejor me daría un abrazo. Ian y Max...

—No, supongo que no —repone la princesa interrumpiendo mi ensoñación, que es mucho mejor que nuestra realidad actual—. Y, por favor, llámame Kali.

No es un abrazo, pero me basta.

Recorro con la mirada la plataforma de embarque y me fijo en un objeto voluminoso que hay en el extremo más alejado.

Parece intacto a pesar del caos, pero está cubierto por una lona oscura, así que no puedo ver lo que es. Parece lo bastante grande como para ser una nave; al menos es más grande que las lanzaderas.

—¿Qué es eso? —pregunto, señalándolo.

Ian deja los insultos el tiempo suficiente para mirar.

—Bueno, supongo que si estamos desesperados... —dice entrecerrando los ojos—. Y creo que podemos admitir que lo estamos.

—Vaya mierda. —Max parece aterrorizado—. De eso nada.

—Ay, ya. Sé que no tienes ninguna idea mejor —responde Ian levantando una ceja.

—¿Qué es...? —comienza a decir la princesa, pero Ian ya se está alejando a grandes zancadas. Kali me mira y esta vez soy yo quien se encoge de hombros. Está claro que ellos saben lo que hay bajo la lona, pero, sea lo que sea, Max no cree que sea la forma de salvarnos.

Aun así, nos estamos quedando sin opciones.

Ian se detiene junto al objeto tapado por la lona, la agarra y tira de ella para dejar al descubierto la nave espacial con el aspecto más lamentable que he visto jamás. Tampoco es que haya visto muchas, pero no me hace falta para saber que esto es un pedazo de chatarra que parece que lleva un milenio sin despegar. La *Caelestis* está en mejores condiciones... tal y como está ahora.

—Tiene que ser una broma —dice Kali, mirando a Ian como si fuera un slogg de una raza especialmente repugnante.

—¿Qué pasa? —se burla él—. ¿No es lo suficientemente buena para ti, princesa?

—Esa trampa mortal voladora no lo sería para ningún ser sintiente —contesta ella con frialdad—. No me extraña que a ti te parezca tan buena idea.

Yo estaría devastada si alguien me dijera algo así, pero Ian se lleva una mano a la oreja, fingiendo que no la oye. Luego se dirige hacia la parte delantera de la nave.

Max lo sigue. Y después de mirar a Kali y encogerme de hombros, arrepentida —porque parece ser que ahora nos comunicamos así—, yo también voy.

La nave es más grande que una lanzadera, aunque más pequeña que la nave-prisión: puede que tenga unos cuarenta metros de largo. El casco es triangular y está apoyado sobre un tren de aterrizaje que parece un trípode y lo sostiene a unos seis metros sobre el suelo. Es difícil saber de qué color es, con toda la mugre que tiene, pero supongo que es de color óxido. Hay una puerta cerca de la punta del triángulo. Ian se detiene bajo ella y aprieta el botón que hay en el tren de aterrizaje, que probablemente sirva para bajar la rampa de acceso.

No ocurre nada.

—Qué sorpresa —murmura Kali desde detrás de mí. Parece que ha decidido que merece la pena echar un vistazo, después de todo.

Ian la ignora y le pega otro puñetazo al botón. Para sorpresa de nadie, no ocurre nada otra vez. Excepto que la *Caelestis* elige ese momento para rugir y torcerse sin fuerzas hacia un lado.

—Quizá deberíamos reconsiderar esto —comenta Max.

—No hay nada que reconsiderar. No tenemos más opciones. —Ian me mira—. Ahora sería un buen momento para rezar.

Por desgracia, nuestra religión no funciona así. Lo que tenga que ocurrir, ocurrirá según la voluntad de la Luz. Al monasterio llegan peregrinos año tras año, desde todos los rincones del sistema, para suplicar a las hermanas —sobre todo a la suma sacerdotisa— que recen a la Luz para interceder en su nombre, pero están equivocados. Yo no puedo hacer nada para cambiar el mundo, simplemente estoy preparada para salvarlo cuando la Luz nos muestre el camino.

Sin embargo, no hace falta que empiece a darles esas explicaciones tan complejas, porque, en ese instante, un hombre se asoma desde lo alto de la nave. Lleva una bata de laboratorio negra, así que debe de trabajar para la Corporación. También tiene el cabello negro sedoso con un brillante mechón morado, la piel cetrina y unos estrechos ojos cafés oscuros. Me encanta su cabello, espero que en el Libro de la Luz Moribunda no haya nada que diga que una suma sacerdotisa no puede llevar el cabello morado, porque creo que va a ser mi próximo cambio de estilo.

—¡Gage! —le grita Ian desde abajo—. Así que estabas ahí escondido, desgraciado. Déjanos entrar.

El hombre hace una mueca, se asoma por el borde de la nave y grita algo ininteligible. Ian levanta los brazos en un gesto de «¿qué has dicho?», así que Gage vuelve a intentarlo. Y luego otra vez más. Al final, pone los ojos en blanco y levanta un dedo. Unos segundos después, una escalera de mano cae por un lado de la nave.

—¿Una maldita escalera? —murmura Kali mientras niega con la cabeza, incrédula—. Esto no deja de sorprenderme.

Estoy de acuerdo con ella, pero me falta valor para decirlo en voz alta. Sobre todo porque está claro que Ian no tiene ningún problema con ese modo de acceso tan primitivo. Ya ha subido la mitad del camino, y Max va justo detrás de él.

Me acerco lentamente, pero Merrick me detiene poniéndome la mano en el brazo y me dice:

—No creo que sea buena idea. Tendremos más oportunidades de sobrevivir si nos quedamos en la estación espacial. Probablemente estén a punto de tenerlo todo bajo control.

—La verdad es que es la estación más sofisticada jamás construida —añade Kali. Pero, a pesar de su expresión serena, no suena muy convencida.

—Lo más importante es llevarte de vuelta a casa —dice Merrick.

Pienso en volver al monasterio y espero a que alguna idea alegre me llene la cabeza. Es la decisión más inteligente, la decisión acertada. Pero no siento ni un ápice de felicidad ante la perspectiva de tomarla. En lugar de eso, el mero hecho de pensar en ello me hace sentir como si tuviera un narthompalus adulto sentado sobre mi pecho, volviéndose más y más pesado hasta que ya no puedo ni respirar.

Levanto la vista hacia la escalera que lleva a algún lugar desconocido, donde hay personas que sospecho que no son especialmente buenas. Aun así, la presión vuelve. Y de repente sé lo que voy a hacer.

Cuando la nave suelta un rugido particularmente ruidoso, me lo tomo como un mensaje personal.

—Este lugar no es seguro —advierto—. Creo que deberíamos irnos. Ya.

Sin esperar a que Merrick me dé algún otro motivo lógico para que nos quedemos, me agarro al primer escalón. Empiezo a trepar y no miro atrás.

Puede que sea la decisión equivocada, pero estoy segura de que lo que siento es la Luz guiándome por este camino. ¿Tan malo es querer tener un poco más de tiempo para ser libre? Solo un poquito más y luego volveré y cumpliré con mi deber sin quejarme.

Lo juro.

9

KALI

¿Es cosa mía o mi primera misión oficial me está saliendo muy pero muy bien? Estoy a punto de mandar a volar el protocolo de una vez por todas, porque no solo no estoy calmada, sino que, a juzgar por la expresión en el rostro de Merrick, se me da muy mal lo de aparentar no estar muerta de miedo.

Aunque claro, probablemente sea porque sí estoy muerta de miedo. Pero no pasa nada, ¿verdad? Solo es un día cualquiera en mi vida. Lo tengo todo bajo control. Mi querida madre estaría orgullosa.

Como si quisiera enfatizar mis pensamientos, la *Caelestis* se sacude de nuevo y chirría con fuerza, lo que hace que un escalofrío me recorra la espalda. Porque las estaciones espaciales de última generación siempre suenan así cuando todo va a la perfección. Obviamente.

Ya solo quedamos Merrick y yo en la plataforma de embarque, con la vista levantada hacia los pies de Rain, que se aleja al subir por la escalera. Y aunque no creo que quedarnos a bordo sea la mejor idea, tampoco estoy preparada para subirme a ese montón de chatarra que tenemos delante.

Seguro que hay otra opción. Sin embargo, todavía no se me ha ocurrido.

La *Caelestis* se sacude de nuevo mientras Rain desaparece

por encima de la nave espacial. El corazón se me sube a la garganta y luego se me desliza de nuevo por el esófago hasta llegar al estómago. Que Rain subiera a bordo es la señal que necesita Merrick para ponerse en marcha, porque de repente empieza a trepar a toda velocidad, como si la vida de la chica dependiera de que él llegara a lo más alto.

Por supuesto, eso me deja a mí sola en tierra, levantando la vista hacia la mitad inferior del hombre mientras me pregunto qué rayos debo hacer ahora.

No quiero meterme en este destartalado montón de escombros espaciales. De verdad que no.

Pero entonces las alarmas se detienen. Y aunque intento pensar que es una buena señal, sospecho que es porque los sistemas de emergencia han dejado de funcionar. A mi alrededor, la estación chirría y se mueve, y el sentido común que tanto me he esforzado en ignorar me dice que solo es cuestión de tiempo —y muy poco— para que se venga abajo por completo.

Estoy entre la espada y la chatarra, y ninguna de las dos opciones parece buena.

Pero quedarme aquí no me va a llevar a ningún sitio excepto a la muerte, así que tomo la única decisión que puedo tomar.

Trepo por la escalera.

Lleva a lo alto de la nave, y hay una escotilla abierta en el centro. Miro por ella, pero no puedo ver nada, así que, tras echar un último vistazo al caos que me rodea, me dejo caer en el interior.

En cuanto mis pies descalzos tocan el suelo de metal, miro alrededor para intentar orientarme. Supongo que estoy en lo que hace miles de años podría haber pasado por una esclusa. Hay una puerta abierta a mi izquierda, así que la cruzo. No hay nadie a la vista, pero puedo oír voces; las sigo y llego a lo que parece ser la plataforma de mando, en la parte delantera de la nave. Es un espacio triangular de unos doce metros de largo. Hay un asiento justo al frente, tres más a cada lado y otro más grande justo en el centro de la sala, con una impresionante colección de controles en los brazos.

Parece que me esté llamando.

Unas pantallas cubren toda la superficie de las paredes laterales, pero ahora mismo están tapadas con algún tipo de escudo. Probablemente porque esta cosa lleva aquí varada una eternidad.

La parte buena es que el interior de la nave parece estar en mejores condiciones que el exterior, como si la hubieran protegido de los caprichos del espacio. Pero la disposición de la nave no me resulta familiar: tiene algún tipo de organización anticuada, diferente a cualquier cosa que haya visto jamás.

Rain, Merrick y Max están de pie junto a la pared de la derecha, cerca de una hilera de asientos. Ian toquetea un panel de control en la parte trasera mientras el sujeto del cabello morado —que parece tener más o menos mi edad y lleva una bata de laboratorio negra, así que está claro que trabaja en la *Caelestis*— está agachado junto a él con un destornillador en una mano y una llave ajustable gigante en la otra.

—Te digo que no funciona —dice él—. Da igual cuántos botones aprietes ni cuántas veces lo hagas, la nave no va a activarse por arte de magia. Llevo intentando arrancarla desde que me escondí aquí, y nada.

—Bueno, está bien, Gage, a lo mejor no eres tan listo como todo el mundo dice —responde Ian con sarcasmo mientras se pone en cuclillas para mirar debajo de la consola, como si fuera a encontrar allí algún botón mágico que Gage no hubiera visto.

—Soy un maldito genio de la tecnología —replica él poniendo los ojos en blanco—. Y lo sabes, o no seguirías viniendo a que te arreglara las cosas. ¿Verdad, Max? —Mira sobre su hombro con una sonrisa... y se queda paralizado cuando su mirada se cruza con la mía. Deja escapar un pequeño ruido ahogado y, antes de que me dé tiempo siquiera a parpadear, me hace una reverencia. Muy pronunciada. El cabello le cae hacia un lado, dejando al descubierto las letras CT, que lleva tatuadas en el cuello —sin duda es de la Corporación— y un arete largo de rondolinita. Entonces levanta la vista hacia mí con una sonrisa engreída.

—Su gran alteza imperial. Soy un gran admirador.

Es la primera vez que oigo mi título con esas palabras, pero después del día que he tenido, se lo acepto.

—Si consigues hacer volar esta cosa, sin duda el sentimiento será mutuo.

Ian levanta la vista hacia Gage con el ceño fruncido.

—Si puedes dejar de ser un lamebotas con la princesa un momento, me vendría bien un poco de ayuda.

—Ya te he dicho que no puedo ayudarte; esta nave no va a volar. —Sin embargo, Gage deja de hacer la reverencia por fin y se yergue. Después se dirige al panel de control que hay bajo la consola—. Sal de aquí, anda, antes de que rompas algo más de lo que ya está.

Empieza a gustarme su estilo.

—¿Puedo ayudar? —me ofrezco.

—¡No! —Ian golpea el tablero con el puño un par de veces y sale arrastrándose de debajo de la consola tan rápido que está a punto de arrancarse la cabeza—. Carajo, lo último que necesitamos es que andes husmeando por aquí.

—¿Por qué? ¿Por qué tú lo estás haciendo de forma extraordinaria? —pregunto en un tono travieso—. Con énfasis en lo de *ordinaria*.

—¿Y si se sientan los dos y me dejan volver a intentarlo a mí? —plantea Gage en el mismo tono juguetón—. No va a funcionar, pero a la mierda con ello.

—¡Siempre he dicho que tu optimismo es lo mejor que tienes! —grita Max desde cerca de la pared, donde está sentado.

—Eso es porque no has visto lo bueno de verdad —responde Gage mientras se agacha bajo la consola.

Estoy demasiado nerviosa para sentarme. Aquí dentro parece que estamos aislados de todo el caos que nos rodea, pero no puedo evitar preguntarme qué estará pasando en el exterior y cuánto tiempo tendremos hasta que todo esto se venga abajo. No quiero morir, y tampoco quiero que muera ninguno de mis súbditos.

Pero me aterroriza pensar que quizá ya sea demasiado tarde para eso. ¿Qué pasará con Vance y Arik? ¿Con Lara? ¿Con la doctora Veragelen? ¿Siguen vivos? ¿Voy a dejarlos morir aquí?

¿Y la heptosfera? ¿Sobrevivirá a la inevitable destrucción de la *Caelestis*? Si no lo consigue, ¿qué significará eso para todo el sistema? Era nuestra única esperanza.

Eso me lleva a preguntarme si esto no habrá sido un sabotaje intencionado. ¿Habrán sido los rebeldes? Odian a las familias gobernantes y nos culpan de todo lo que va mal en el sistema. Pero destruir la *Caelestis* les perjudica tanto a ellos como a nosotros. No tiene sentido.

Ahora mismo no puedo hacer nada al respecto, así que intento dejar de pensar en ello. Hay quien diría que me estoy preocupando más de la cuenta, pero me he pasado la vida rodeada de intrigas palaciegas y he aprendido a confiar en mi instinto y a no fiarme de la gente que parece tener sus propios planes. Ian y Max no se comportan como miembros auténticos de las fuerzas de seguridad. Lo sé muy bien, llevo toda la vida rodeada de ellos. Y, aunque mi intuición me dice que confíe en Rain, a pesar de que es parte de la Hermandad y están equivocados, es demasiado evidente que no tiene ningún tipo de preparación como embajadora..., lo que significa que está aquí por otra razón. Y también su guardaespaldas. El único que puede que sea sincero es Gage, y parece un buen tipo. No obstante, quizá sea solo lo que él quiere que vea...

En estos momentos está ocupado bajo la consola, intercambiando bromas con Max mientras Ian se pasea de un lado a otro maldiciendo entre dientes. Rain y Merrick están en sus asientos, hablando en voz baja en seratino.

Inquieta, me acerco a la consola, más por curiosidad que porque crea que puedo ayudar. Y es que me imagino que esta nave es antigua —mucho— y la entusiasta de la historia que llevo dentro no puede evitar sentirse interesada. Por lo menos eso sirve para apartar los pensamientos de mi muerte inminente.

«¿Dolerá?»

«Deja de pensar en ello.»

Echo un vistazo a la consola. Solo es una superficie lisa y negra, excepto por lo que parece una especie de bioescáner en la parte superior. Sin embargo, cuando me inclino para mirarla más de cerca, oigo un estruendo que viene de fuera de la habitación. Me giro tan rápido que pierdo el equilibrio y tropiezo con la consola.

Una mujer aparece de repente en la puerta abierta. Puede que tenga un par de años más que yo, es de estatura media y tiene la piel aceitunada y el cabello rizado y negro. Unas manchas oscuras rodean sus ojos amarillos, y reconozco las marcas inequívocas de una nativa del planeta desértico de Permuna.

Una cicatriz le recorre el cuello, la tinta negra de un tatuaje serpentea alrededor de su brazo, y estoy bastante segura de que la mancha que tiene en la parte delantera del overol gris destrozado es de sangre. Al observar a su cara me enderezo..., y luego me quedo paralizada. Me está mirando con los fríos ojos amarillos, y veo en ellos un destello de algo oscuro y perverso.

Pero entonces parpadea y el brillo desaparece.

—¡Carajo, soy un genio! —El grito entusiasta de Gage rompe la tensión en el ambiente mientras sale a toda prisa de debajo del panel de control. Aparto la mirada de la recién llegada y me fijo en la parte delantera de la nave, y entonces veo que tiene razón. La consola está iluminada.

—¿Lo lograste? —se interesa Ian en tono desconcertado. Puede que sea la primera vez que estamos de acuerdo en algo.

—¡Sí! —confirma Gage, y su sonrisa da paso rápidamente a un ceño fruncido—. No tengo ni idea de cómo lo hice, pero ya está conectada. Que pueda volar es otro tema.

—Yo sé pilotear —comenta la mujer que acaba de aparecer de la nada.

—¿Y tú eres...? —pregunta Ian, con cara de estar sospechando mucho de ella.

Bueno, ya son dos cosas en las que podemos estar de acuerdo.

La mujer parpadea un par de veces, como si no estuviera segura de cuál es la respuesta.

—Beckett —responde por fin, aunque no parece muy segura.

Me digo a mí misma que es porque se ha golpeado la cabeza durante las explosiones, pero mi instinto está funcionando a toda velocidad para advertirme de que no confíe en ella.

—¿Cómo llegaste aquí arriba? —digo, porque saber su nombre no nos sirve para nada—. Pensaba que estábamos aislados del resto de la estación espacial.

Vuelve a dirigir la mirada hacia mí y frunce el ceño.

—Estaba en la otra nave.

—La otra... —Me quedo callada cuando entiendo lo que quiere decir. Viene de la *Reformadora*, lo que Ian había llamado «nave-prisión». No me había fijado en si alguno de los prisioneros había cruzado a este lado de la plataforma de embarque antes de que se cerrara la compuerta.

Podría ser una pirata. O una asesina. O una criminal de otro montón de clases que no deberían corretear en libertad por el sistema. Tampoco es que eso importe ahora mismo; no vamos a dejarla abandonada en una estación espacial que puede explotar en cualquier momento.

Otra cosa en la que Ian y yo debemos de estar de acuerdo, porque en vez de perder el tiempo con un montón de preguntas sin sentido, le indica:

—Pues toma asiento. Puedes ser mi copiloto. —Entonces se voltea hacia mí—: ¿Piensas quedarte ahí toda la noche, princesa, o vas a abrocharte el arnés?

—Sin duda, me lo pondré. Tendré que hacerlo, si piloteas tan bien como haces de ingeniero.

Le echo un ojo a la silla grande que hay en el centro de la habitación, pero Ian llega antes que yo, y estoy demasiado cansada para pelearme por lo que mi madre llamaría «privilegios imperiales». En lugar de eso, me dejo caer en el asiento más cercano, junto a Max.

Ponerse el arnés no es tan sencillo. Las correas son tan antiguas que tardo un par de minutos en averiguar cómo funcionan. No me siento muy mal por eso, porque a todo el mundo le pasa lo mismo. Y se me ocurre pensar que, si los controles son igual de arcaicos, podríamos estar huyendo de un problema para meternos en otro.

—Por favor, dime que sabes pilotear esta cosa —le pido, y hasta yo misma pienso que mi voz suena desesperada—. Sabes hacerlo, ¿verdad?

—No tengo ni idea —responde Ian. En ese momento, la estación tiembla cuando una explosión gigantesca sacude la plataforma de embarque, y entonces Ian se agarra a los controles—. Pero voy a hacer un curso intensivo. —Me sonríe—. ¿Te la estás pasando bien, princesa?

—Un montón.

Ian golpea con la mano el panel de control. No ocurre nada. Otro temblor sacude la *Caelestis*.

«No vomites. No vomites. Que no se te ocurra vomitar.»

Ian vuelve a golpearlo con el puño mientras rodeo el reposabrazos con las manos y aprieto con todas mis fuerzas. Ese golpe debe de ser justo lo que necesita la nave, porque da una pequeña sacudida y en la consola se encienden unas luces de colores. Los escudos que protegen las pantallas se levantan, y de repente puedo ver el caos que hay en la plataforma de embarque de la EEI *Caelestis*. La joya de la corona del Imperio, deslucida y destruyéndose a toda velocidad.

La nave en la que estamos empieza a elevarse, flotando por encima del suelo, y me agarro con más fuerza al asiento. Junto a mí, Max sonríe.

—Ian lo tiene controlado —afirma para tranquilizarme.

Entonces nos ponemos en marcha, serpenteando a través de los escombros de la plataforma que se derrumba.

—¡Ey, lo estás haciendo muy bien, Ian! —grita Max unos segundos después.

—No estoy haciendo un carajo. —Suena desconcertado—. Creo que he activado el piloto automático, lo está haciendo todo ella sola.

No estoy segura de si eso es algo bueno o no, pero es demasiado tarde para hacer algo aparte de contener el aliento y rezar, teniendo en cuenta que nos dirigimos a la esclusa y las puertas están selladas.

Eso no detiene a Ian... o al piloto automático que dice que controla la nave. De hecho, cada vez va más rápido, a pesar de que vamos directos hacia el metal más resistente y más a prueba de impactos de todo el sistema Senestris.

Parece que pondremos a prueba esa afirmación.

El miedo hace que las entrañas se me hagan añicos y, para evitar ponerme a gritar, me muerdo el labio hasta que empiezo a sangrar. Una de las muchas reglas a la hora de ser princesa: nunca jamás grites si te vas a estrellar en una nave espacial; en vez de eso, muere con dignidad.

Qué pena que dignidad sea precisamente lo último que siento ahora mismo.

A mi lado, Max murmura algo asqueroso entre dientes. Rain suelta un grito ahogado. Merrick solo parece enfermo. Gage se tapa los ojos y Beckett se ríe, un sonido agudo y salvaje que hace que se me erice todo el vello del cuerpo. Y, mientras tanto, Ian mira al frente con el rostro sombrío y la mandíbula apretada, como si pudiera hacer que las puertas se abrieran solo con su voluntad.

No estoy segura de si eso funciona o si ocurre algo más, pero, en el último segundo, las puertas se abren de forma milagrosa y las atravesamos hacia la esclusa.

Tengo un segundo de respiro antes de que vuelvan a cerrarse tras nosotros, dejándonos en una oscuridad absoluta.

—Vamos, hija de un varnook —gruñe Gage—. Ábrete, sésamo.

Unos instantes más de tinieblas. Unos instantes más conteniendo el aliento. Luego las puertas exteriores se abren y la luz de un millar de estrellas ilumina la oscuridad.

Nos quedamos flotando unos segundos; después la nave sale disparada hacia la enormidad del espacio, dejando atrás el casco en llamas de la *Caelestis* en un viaje hacia quién sabe dónde.

10

KALI

Mi madre dice: «Para conseguir lo que quieras, sonríe hasta que llegue el momento de dejar de hacerlo». Y mientras atravesamos el espacio sin ningún destino en mente, quiero pensar que ya he llegado al «momento de dejar de hacerlo», pero no creo que esto funcione así. Mamá me ha enseñado que sonreír no tiene nada que ver con ser feliz, que es una forma de desencadenar la respuesta emocional que se desea. Y no sonreír es exactamente lo mismo.

Me ha hecho practicar mi sonrisa imperial —por no hablar de mi expresión imperial de aburrimiento— en el espejo desde que tenía cuatro años, y alrededor de los diez empezó a salirme de forma natural de un día para otro. Solía decirme que era una manera de construir una armadura, porque teníamos que ser fuertes por el bien del sistema.

Solo que ahora ya no me parece algo natural.

Estoy intentando sonreír —de verdad que sí—, pero mi labio inferior se niega a dejar de temblar. Lo aprieto con los dientes para detenerlo y parpadeo al notar un repentino escozor sospechoso en los ojos. Si ya me está prohibido mostrar emociones, llorar me garantiza un destino peor que la muerte.

Por la pantalla trasera veo cómo la *Caelestis* implosiona. La estructura exterior se dobla sobre sí misma, como deben hacer todas las estaciones imperiales en caso de error crítico para no llenar todo el sistema de escombros letales. Y yo estoy esforzándome por no dejar volar la imaginación al pensar en lo que les habrá ocurrido a Lara, Arik y Vance, y a todas las otras pobres personas que aún seguían a bordo. Puede que lograran escapar después de que lo hiciéramos nosotros. No obstante, sé que eso es una ilusión —y las ilusiones son simplemente un escapismo para las masas, según mi madre— y que no debo permitirme creerlo. Tenemos la responsabilidad de pensar en el futuro.

Supongo que no importa que Lara y el resto hayan muerto en la nave. Quizá fuera una bendición, después de todo, teniendo en cuenta que los demás vamos a arder en un futuro no muy lejano. La *Caelestis* era nuestra única esperanza para salvarnos, y ahora se está convirtiendo en ceniza.

¿Y yo? Tenía demasiadas expectativas puestas en que por fin pudiera ser útil, hacer algo bien.

«Ja.»

Los seguidores de la emperatriz sin duda le dirán «Se lo dije» en cuanto se enteren de lo que ha ocurrido. Y seguro que encontrarán el modo de echarme a mí la culpa de todo este desastre.

Casi puedo oírlos susurrándole a mi madre que volé en pedazos la *Caelestis* por pura incompetencia. O, peor aún, por despecho.

Nunca le he caído bien al consejo ni a nadie de los escalafones más altos de las familias gobernantes, y no solo porque quieran ocupar la posición de mi familia en la jerarquía. La mayoría se opuso a que mi madre se casara con mi padre porque no era uno de ellos. Era un sacerdote de Serati, parte de una delegación hacia Askkandia, cuando conoció a mi madre y se enamoraron. Mi padre solía contarme esa historia cuando no podía dormir, y yo siempre la adoraba.

Claro, eso fue antes de darme cuenta de que su amor no era recíproco y de que mi madre había ocultado su desprecio por él durante los años en que lo había necesitado, y ni un segundo más. Sonrió hasta que llegó la hora de dejar de hacerlo, y mi padre y yo fuimos los que pagamos las consecuencias.

La mayoría de sus seguidores creen que mi sangre es débil porque mi padre no era de Askkandia ni de ninguna de las familias gobernantes. No me importa. No cambiaría su sangre por nada del mundo.

Un abismo de tristeza me llama, como ocurre cada día desde su muerte, pero lo ignoro..., como también he hecho cada día desde su muerte. Es hora de estudiar la situación y decidir hacia dónde nos dirigimos, literal y figuradamente. Si hubiera querido vagar sin rumbo por el espacio, podría haber saltado de la *Caelestis* con un traje espacial y confiar en que todo saliera bien.

Extiendo el brazo y le doy un tirón a un hilo suelto en el dobladillo de mis galas imperiales. El vestido está cortado justo por encima de la rodilla y deja al descubierto más piel desnuda de la que he enseñado jamás. Y mis pies descalzos..., descalzos y sucios. He perdido la capa en algún momento de la carrera hacia la plataforma de embarque, aunque tampoco es una gran pérdida. Ya era hora de librarme de esa ropa espantosa, aunque a Lara le daría un ataque si me viera ahora. Con todo lo que se había esforzado, y he acabado así.

Al acordarme de ella, el labio inferior empieza a temblarme de nuevo, así que la aparto de mi mente mientras aprieto la boca con tanta fuerza que me duele la mandíbula. ¿Qué me diría mi madre?

«Algún día podré pensar en Lara, cuando pueda utilizar su recuerdo para algo positivo. Pero ahora no.»

Y puede que nunca, teniendo en cuenta que estoy atrapada

en un pedazo de chatarra espacial que se va a desintegrar en cualquier momento y nos dejará flotando en el espacio para toda la eternidad. Si le añades a eso la compañía que tengo ahora mismo, lo que ocurra a continuación es un completo misterio. Sobre todo porque todo el mundo parece estar mirando solo por sus propios intereses..., excepto quizá Ian, que está intentando encontrar a esa tal Milla, sea quien sea.

Lo único que sé es que estaba dispuesto a meterse en este artefacto sin dudar ni un segundo si así tenía una oportunidad de salvarla.

Quiero pensar que eso lo hace más honorable, pero la verdad es que solo lo hace aún más peligroso.

Noto que alguien me está mirando y, al levantar la vista, me encuentro a Beckett, la prisionera que ha huido de la *Reformadora*. Está inclinada sobre la consola y vuelve a tener ese brillo en los ojos, ese que soy incapaz de interpretar pero que estoy segura de que no augura nada bueno. Cuando ve que la observo, tuerce los labios en una leve sonrisa y agita los dedos hacia mí de una forma que hace que unos escalofríos de inquietud me recorran la espalda.

Me digo a mí misma que es porque podría haber hecho cualquier cosa para haberse ganado una plaza en aquella nave. Por lo que yo sé, podría ser una asesina de popples, kanadoos y crías de varlen, y se merecería cualquier cosa que le ocurriera.

O quizá la habían infiltrado en la *Caelestis* para sabotearla. Incluso podría ser parte de la Rebelión. Aprieto los dientes al pensar en ello: odio a los rebeldes y todo lo que representan. Mataron a mi padre. Lo volaron en tantos pedazos que ni siquiera dejaron un cuerpo que pudiéramos enterrar.

No obstante, cuando vuelvo a mirar a Beckett le tiemblan las manos. Le cuelgan a los costados, con las mismas marcas oscuras que tiene alrededor de los ojos. Como si notara que la sigo mirando, cierra la mano izquierda en un puño. Así consigue ocultar la mancha, pero no hace que deje de temblar.

Recuerdo el comentario de Ian sobre que estaban llevando a cabo experimentos seguramente ilegales en la *Caelestis*. Para ser justos, tendrían que ser ilegales: tal vez mi madre sea una política implacable, pero jamás consentiría que se experimentara con los ciudadanos.

Aunque eso no significa que la doctora Veragelen no lo hiciera por su cuenta. Puede que le hiciera algo a Beckett además de llenarle la piel de cicatrices. Quizá le ha dañado también la mente. Así que no puedo presuponer que es una mala persona que piensa cosas horribles sobre mí, puede que solo esté... destrozada. Si es así, al menos debo intentar ser amable con ella.

Le devuelvo la sonrisa y trato de pensar en algo que decirle. Pero reacciona a mi sonrisa con una mirada de desprecio total y absoluto, y me da la espalda de manera deliberada. Me preparo para enfadarme, pero entonces veo las letras en la espalda del overol de Beckett: «PRISIONERA 826».

Tal vez su desprecio esté justificado.

Desvío la mirada hacia Max, que acaba de levantarse del asiento que hay junto a mí. Todavía lleva el uniforme de la estación, pero sigo convencida de que mi primera impresión era correcta, que ni él ni Ian son guardias. Ahora que puedo pensar con un poco más de claridad, es evidente que solo estaban en la *Caelestis* para seguirle el rastro a esa tal Milla.

Una parte de mí se pregunta si fueron ellos los que hicieron explotar la estación para despistar y huir en la nave-prisión. Si es así, la han cagado, porque la *Reformadora* también está destruida..., lo que haría que fueran unos incompetentes además de unos mentirosos armados y peligrosos. Aunque es difícil pensar eso de Max cuando levanta la vista, me dedica una sonrisa y me guiña un ojo de forma traviesa; tengo que contenerme para no devolverle el gesto.

A pesar de todo lo que estoy descubriendo, no puedo evitar que me caiga bien.

Ahora que también se ha levantado del asiento, Gage está toqueteando uno de los paneles de control de la pared trasera. De todos los que hay en la nave, parece ser el más amable y el más simple. Aunque me doy cuenta de que estaba trabajando con Max e Ian todo este tiempo, así que a lo mejor es algo más complicado de lo que parece.

Al otro lado del puente de control triangular están Rain y Merrick, con las cabezas apoyadas el uno en el otro. Rain me cae muy bien, pero de él no lo tengo muy claro, a pesar de que me recuerda a mi padre. Actúa con cierta cautela y me hace sospechar que todavía no he visto al auténtico Merrick. Pese a dedicar su vida a la Hermandad, se mueve como un guerrero, y parece un poco mayor que el resto de nosotros; podría tener unos veinticinco años.

Aun así, aunque me guste Rain, siguen siendo oficiales de la Hermandad, lo que significa que sus planes —adorar al Sol Moribundo e incluso acelerar su muerte— siempre serán contrarios a los nuestros: salvarlo por todos los medios posibles. ¿Podemos confiar de verdad en ellos? Rain es la embajadora más extraña que me he encontrado jamás —y sé cómo son los políticos—, así que ¿la Hermandad descubrió de algún modo la existencia de la heptosfera y del trabajo de la doctora Veragelen, y decidieron destruirla? Ellos han estado a punto de morir, pero los mártires no son nada nuevo en las organizaciones religiosas.

Y luego está Ian... Me he guardado al peor y al más odioso para el final. En estos momentos, su cuerpo alto y esbelto está despatarrado en el asiento del capitán, aunque ya ha dejado de fingir que estaba piloteando este trozo de chatarra. Tiene los ojos medio cerrados y una expresión taciturna en su cara preciosa que me hace preguntarme en qué estará pensando. ¿En Milla, quizá? ¿O en lo horriblemente mal que ha salido su plan? ¿Se siente responsable de lo que le ha ocurrido a la *Caelestis* y del lío en el que estamos metidos?

Debo recordarme que me ha salvado la vida: creo que me habría desmayado si no me hubiera sacado de la zona de descontaminación cuando lo hizo. Luego también me digo a mí misma que probablemente sus intenciones fueran otras. Que solo estaba pensando en cómo escapar de allí y en si podría utilizarme como rehén.

La verdad sea dicha, parece que todos los que están en esta nave podrían tener motivos para volar la *Caelestis*, lo que significa que debo mantener la cabeza fría. Tengo que conseguir que lleguemos a algún lugar seguro. Y soy la única con un plan para lograrlo.

Miro con atención a los demás y decido que ha llegado el momento de contarles mi idea. Ya es hora de demostrar lo formidable que puedo ser como líder. Porque, si la persona que hizo explotar la *Caelestis* está en esta nave, no pienso permitir que se salga con la suya.

11

IAN

Noto que la princesa vuelve a clavar los ojos en mí, pero no me molesto en mirarla. Ahí solo encontraré problemas, y ahora mismo ya tengo suficientes.

Sí, hemos escapado del infierno de la *Caelestis*, pero también hemos perdido la *Reformadora*. Y con ella nuestra mejor —y probablemente última— oportunidad de encontrar a Milla.

Mi mano se cierra por voluntad propia y me obligo a abrir los dedos de uno en uno. Es difícil, porque lo único que quiero es golpear algo. Estábamos tan cerca, maldición, ya lo teníamos. Hasta que apareció la princesa y todo se fue al carajo.

Puede que sea injusto culparla de este desastre, pero me importa una mierda. Esas explosiones no ocurrieron por accidente: en el peor de los casos, han sido intentos de asesinato; en el mejor, sabotaje. Y aunque había un montón de diplomáticos a bordo de la *Caelestis*, el sentido común me dice que toda esa destrucción estaba destinada a la hermosa princesita.

Después de pasar casi una hora entera con ella, no puedo decir que culpe a quien intentara volarla por los aires. Pero ojalá lo hubieran hecho después de que Max y yo subiéramos a la nave-prisión y nos largáramos de allí. De haber sido así, ya estaríamos de camino a rescatar a Milla, en lugar de volando en este pedazo de mierda hacia quién sabe dónde, rezando para no morir.

Es una gran cagada, y estoy más que dispuesto a echarle la culpa a la princesa.

Incluso antes de que se ponga de pie y dé una palmada. Para sorpresa de nadie, todo el mundo la ignora por completo excepto yo. No pienso darle la satisfacción de saber que la estoy mirando, pero giro un poco la cabeza para observarla con los ojos medio cerrados. Y debo decir que, al menos en cuanto a su apariencia, está a años luz de los embajadores engalanados que subieron a bordo de la *Caelestis* hace un par de horas.

Tiene un aspecto zarrapastroso, a falta de una palabra mejor, con el vestido cortado y los pies descalzos. Unos mechones de ese cabello rojizo suyo se le han soltado del elaborado peinado que llevaba cuando empezó la visita guiada, y su maquillaje hace tiempo que ha desaparecido. Además, una mancha de suciedad le recorre la mejilla izquierda, algo que quedaría ridículo en cualquier otra persona.

Pero, de algún modo extraño, a pesar del desastre, sigue pareciendo una princesa. Da una sensación de... seguridad que no se puede ocultar por mucha suciedad o desorden que tenga encima, como si solo tuviera que abrir esa sensual boquita para ponernos a todos de rodillas a obedecer cualquier orden suya.

«Que se vaya al diablo.»

Va a ser divertido ver cómo lo intenta.

Como era de esperar, frunce el ceño al ver que nadie la mira, pero en un instante esboza una sonrisa. Es como si se hubiera colocado una máscara sobre el rostro, algo que hace que inmediatamente sospeche de ella aún más de lo que ya lo hacía. La experiencia me ha enseñado que la gente que es capaz de ocultar así sus emociones por lo general tiene mucho que esconder, y nunca es nada bueno. Además, da muy mala espina.

—Discúlpenme —dice con ese acento refinado suyo—. ¿Pueden prestarme atención un segundo, por favor?

Sigue sin obtener respuesta.

Max y Gage están hablando de algo. Lo hacen en voz baja, así que no puedo oír lo que dicen, pero, a juzgar por la cara de Max, es sobre Milla. Entiendo que esté preocupado por ella —yo estoy a punto de perder la maldita cabeza pensando en qué hacer—, pero no me entusiasma la idea de que esté contándole algún secreto a Gage. Todavía lo necesitamos para encontrar a Milla, pero no podemos confiar en él. Es el sujeto más mercenario que he conocido, y conozco a unos cuantos. Ha traicionado a su propia gente por un precio, y ni siquiera era tan alto. Aunque nos ha sido de ayuda, mi lema es que si traiciona a una persona es muy probable que haga lo mismo con los demás. Carajo, seguro que ahora mismo está pensando en cómo sacar unos créditos planetarios extras de este desastre.

—Repito, ¿pueden prestarme atención?

Esta vez no hay «por favor», y está gritando más. Me parece que la princesa está un poco ofendida, y estoy esperando que se ponga a patalear en cualquier momento. Con los pies descalzos.

Me cuesta aguantarme para no echarme a reír.

Desde cerca de la consola, Beckett se da la vuelta con una leve sonrisa y mira a la princesa. Pero no es una sonrisa amable, y sus ojos amarillos y fríos tampoco lo son.

Puede que fuera una prisionera, pero hay bastantes posibilidades de que sea completamente inocente. Aunque no lo parece; sé que, aparte de los presos políticos, también compraban a algunos de los sujetos experimentales que llevaban a la *Caelestis* a los saqueadores. Su actividad es ilegal, al menos de forma oficial, pero, por lo que yo sé, se mueven por todo el sistema sin problema. Supongo que son útiles para ocuparse de aquellas cosas que quieren hacer las familias gobernantes o la Corporación sin que los vean a ellos mismos haciéndolas.

Sea como sea, muchos de los prisioneros no han cometido

ningún delito, solo estaban en el lugar equivocado en el momento equivocado. Lo sé bien. Nos ocurrió lo mismo a Milla, a Max y a mí hace diez años. Al final conseguimos escapar, pero no todo el mundo tiene esa suerte.

Y ahora Milla vuelve a estar prisionera.

Pero la rescataremos. Cualquier otra opción es inaceptable. Solo necesitamos un nuevo plan, uno en el que no nos dé todas las órdenes la princesa del palo metido en el culo. O, mejor aún, que no nos dé ninguna orden.

Pero, cuanto más tiempo paso aquí sentado, más me pica este uniforme. Lo detesto: no solo está hecho del peor material, sino que es un signo de sumisión a un régimen que me da asco. Debería haberme deshecho de él hace tiempo.

Contemplo rápido al panel ubicado en el reposabrazos de mi silla. No hay nada zumbando ni parpadeando, así que doy por hecho que todo funciona como debería. Me pongo de pie y recojo mi bolsa del suelo. Me planteo cambiarme aquí mismo, pero no quiero que la princesa se emocione demasiado —ni provocarle un infarto a la chica de blanco—, así que me dirijo a la salida.

—¡Oye, yo estaba hablando! —exclama la princesa cuando paso a su lado en dirección al pasillo—. ¿Adónde...?

La puerta se cierra y la deja con la palabra en la boca, algo para nada satisfactorio.

Ahora que estoy solo, me despojo de las armas y del uniforme. Saco mi ropa de la bolsa y vuelvo a vestirme en apenas unos minutos. Deslizo un cuchillo hacia la funda que llevo en la parte baja de la espalda, otro en la bota izquierda y otro más bajo la chamarra; luego me pongo de nuevo la correa de la pistola láser alrededor de la cintura y me la ato al muslo.

Me siento mejor en cuanto llevo mi ropa. Me siento más yo mismo.

Cuando vuelvo a la habitación, la princesa me mira, y luego lo hace una segunda vez, con los ojos muy abiertos, para asegurarse de lo que ha visto. Está claro que todavía le gusta lo que ve, aunque no se le note por el ceño fruncido. Es algo sutil.

Sorprendentemente, parece que ha conseguido captar la atención de los demás mientras me cambiaba. Le agradezco haberme ahorrado ese problema.

Pero, antes de que pueda decir nada, Kali se aclara la garganta.

—Le estaba diciendo a todo el mundo que tenemos que dirigirnos directamente a Askkandia.

—Bueno, es una idea —le digo con amabilidad mientras esbozo una sonrisa, porque sé que así la voy a molestar. Es mucho más fácil tratar con ella, y también derrotarla, cuando está enfadada—. Qué pena que eso no vaya a ocurrir, princesa.

—¿Qué quieres decir? Claro que sí, ¿qué va a ocurrir si no? —Se detiene durante un instante, observándome como si estuviera intentando entenderme. Hago lo que puedo para no reírme y decirle que eso tampoco lo va a conseguir. Pero entonces sonríe de esa forma tan escalofriante suya y continúa—: Puedo asegurarte que serás recompensado por llevarme a casa. Mi madre será muy generosa con el pago por mi regreso.

Esta vez sí me río. A Max y a mí nos buscan en todos los planetas de Senestris, probablemente incluso en los que están muertos. En cuanto pongamos un pie en Askkandia —sobre todo si vamos con la hija de la emperatriz—, nos meterán en una celda. Y después habrá una ejecución muy rápida, seguro. Y todo eso si está de buen humor por haberle devuelto a su hijita.

Si no lo está... Bueno, si no lo está, entonces seguramente nos entregarán a los secuaces de la doctora V. para ser parte de sus experimentos. Sé que una buena capitana debe caer con su nave, pero esta no tiene nada de bueno. Y, además, la gente como ella no muere con tanta facilidad. Apostaría un montón de créditos a que no tardará en volver a las andadas, intentando salvar Senestris mientras se asegura de que nadie esté a salvo si no es parte de las familias gobernantes.

Todo esto es una mierda, pero no me molesto en comentárselo a la princesa, que seguramente está consciente de ello. En lugar de eso, me conformo con un:

—Tengo otros planes.

—¿Te refieres a esa amiga tuya? ¿Milla? —Kali respira hondo, y su sonrisa ahora es más auténtica—. Te prometo que, si me ayudas a volver, mi madre te echará una mano para encontrarla.

Beckett resopla.

—¿Está bromeando? —nos pregunta a toda la nave, y luego la mira directamente a ella—. Tiene que ser una maldita broma. O sea, ¿de verdad te crees las estupideces que estás diciendo o es solo porque debes fingir que eres una princesita buena?

Kali abre la boca como un pezgalen en busca de un anzuelo, pero no le estoy prestando demasiada atención. No, estoy más interesado en Beckett, que ahora parece mucho más lúcida que cuando llegó a la nave. Bueno, tiene un tic en la mano izquierda que no consigue controlar y una forma de parpadear muy extraña que me da escalofríos, pero se está enfrentando a la princesa, y en eso sin duda cuenta con mi apoyo.

—¿De verdad crees que tu mamita no va a matarnos porque es una señora amable y cariñosa a la que le gusta ayudar a la gente necesitada?

—Sé muy bien lo que es mi madre —contesta la princesa, aunque eso no es en absoluto una respuesta—. Y los protegerá a todos si me llevan a casa.

Beckett gruñe y se inclina hacia delante, como si estuviera

preparada para lanzarse sobre la princesa. Pero entonces hace una mueca.

Se frota la parte de atrás del cráneo y cierra los ojos un instante. Luego niega con la cabeza y se da la vuelta. Va hacia el asiento más cercano y se deja caer en él, cerrando de nuevo los ojos como si le doliera demasiado mantenerlos abiertos.

No sé qué pensar al respecto... o sobre ella. O bien está herida por las explosiones o —y esto parece más probable— está sufriendo las secuelas de alguno de los experimentos de la doctora V. Casi me da pena, pero eso no significa que vaya a aguantarle ninguna tontería si decide empezar a meterse conmigo en vez de con la princesa.

Y hablando de ella, está mirando fijamente a Beckett con la boca abierta. ¿Se ha quedado sin palabras? Por algún motivo lo dudo, pero sospecho que ha tenido una vida bastante aislada y piensa que todo el mundo la adora porque es una maldita princesa. Ahora está enfrentándose al mundo real. ¿Y saben qué? No me da nada de pena.

El tipo de la túnica blanca se pone en pie.

—Creo que deberíamos ir a Serati. Debemos devolver a la suma sacerdotisa a la protección del monasterio.

—¿Suma sacerdotisa? —pregunto, fijándome por primera vez en la chica que va con él.

Ella sonríe.

—Lo sé, lo sé. Esperabas que fuera más alta, ¿verdad?

No esperaba nada en absoluto. Puedo decir con total honestidad que nunca había pensado en las palabras *suma sacerdotisa*.

—Pero, de verdad, que no deben preocuparse por llevarme a Serati inmediatamente. No hay ninguna prisa.

—No estaba preocupado —replico.

—Ah, bien. Lo último que queremos Merrick y yo es ser una

molestia cuando todos tienen cosas mucho más importantes que hacer. —Respira hondo y luego, apartando a propósito la mirada de Merrick y de mí, sugiere—: Quizá deberíamos llevar a Kali a Askkandia. Yo nací allí, pero no he vuelto desde que era un bebé, y me encantaría visitar la capital. Todo el mundo debería ir al menos una vez en la vida, ¿no creen?

Para nada. Por mí que la capital se vaya al carajo, igual que la emperatriz y todos los miembros del consejo.

Me dispongo a decir eso, pero al final me conformo con negar con la cabeza. Rain es demasiado inquieta para lo pequeña que es, pero creo que me cae bien. Tiene una dulzura que no es habitual, un entusiasmo vital que sospecho que los demás perdimos hace mucho tiempo. Si es que alguna vez lo tuvimos.

—Habrá una recompensa —nos dice Merrick—. Serán compensados con creces por devolvernos a Serati.

La forma en que los ricos creen que su dinero puede comprar cualquier cosa que deseen siempre ha sido lo que más asco me da de ellos. Y el hecho de que tengan razón es lo que más asco me da del mundo en el que vivimos.

—Calla, Merrick —ordena la pequeña suma sacerdotisa—. No van a querer ninguna recompensa. Son buena gente. Se te olvida que el señor Ian nos ha salvado la vida a todos.

Merrick niega con la cabeza, supongo que porque está tan desconcertado por su actitud como yo. Pero continúa hablando como si Rain no lo hubiera interrumpido:

—Y después nos aseguraremos de que la princesa Kalinda llegue sana y salva a su hogar.

Ella frunce el ceño.

—Pero yo no puedo ir a Serati. Tengo que volver a Askkandia. Ahora mismo.

—Pues claro, la princesita siempre consigue lo que quiere —murmura Beckett, y me hace preguntarme si me habré equivocado al juzgarla—. ¿Por qué? ¿Acaso eres más importante que el resto de nosotros?

Eso hace que Kali se quede callada, pero tiene el ceño fruncido como si no entendiera la pregunta. Después se aclara la garganta y declara:

—No soy más importante. —La forma en que lo dice nos hace saber a los demás que sí, que cree que es más importante. Incluso antes de que agregue—: Soy una princesa, y ustedes son...

Parece tan desconcertada que me cuesta contener la risa.

Beckett ni siquiera lo intenta. Cuando suelta una carcajada, no es un sonido agradable.

—No creo que dures mucho en esta nave, princesa.

Me enderezo al oír el tono de la voz de Beckett. No me gusta que la llame así. Ese pequeño placer me lo reservo para mí mismo.

Miro alrededor para ver si alguien más tiene algo que añadir, alguna sugerencia sobre adónde ir o sobre lo que deberíamos hacer, antes de contarles exactamente lo que va a ocurrir. Pero todo el mundo se ha quedado callado, incluso la princesa. Sobre todo ella. Creo que por fin se está dando cuenta de que no está al mando.

Ya era hora, maldición. Y aunque mi idea no me gusta más que las de los otros, es la única forma de conseguir la información que necesitamos, precisamente ahora que hemos perdido la *Reformadora* junto con la estación. Sí, es una posibilidad muy remota, pero por Milla me aferraré a lo que sea. Incluso aunque eso pueda matarme... y con *pueda* quiero decir que probablemente me mate.

Con esa idea en mente, rompo el silencio, que ya se ha vuelto incómodo:

—Vamos a ir a Vistenia.

Al principio todo el mundo permanece en silencio. Después:

—¿A Vistenia? ¿Por qué? —Es ese tal Merrick quien habla. Por lo general no me gusta que me cuestionen, pero esta vez voy a darle un poco de margen, porque todavía no me conocen, y todo estará mejor si cooperamos un poco.

—El puerto de origen de la *Reformadora* está en Vistenia. Vamos a acceder a los registros para ver si podemos averiguar adónde se dirigía.

—*Haces que parezca muy sencillo* —dice Max en mi cabeza con un tono divertido.

—*Solo estoy preparando el terreno* —respondo.

—*¿Desde cuándo te importa eso? Normalmente te basta con disparar a quien te lleve la contraria.*

—*Estoy practicando mis habilidades diplomáticas* —contesto encogiéndome de hombros—. *Ya habrá tiempo de sobra más adelante para disparar a lo que sea o a quien sea.*

Max se ríe, pero se pone serio rápidamente.

—*Sabes que lo más probable es que esos registros estuvieran falsificados, si es que existían. Lo que hacía la* Reformadora *no es precisamente legal.*

—*Motivo de más para quedarnos un rato cerca de Gage.* —Pero un rato no demasiado largo—. *Tal vez sea un idiota; sin embargo, es bastante astuto. Puede detectar cualquier anomalía. Además, es de la Corporación. En cuanto localicemos el rastro de la nave, puede conseguirnos la información que necesitamos para encontrar a Milla.*

—*Eso es cierto.* —Max se queda pensando unos segundos—. *Vistenia no es el peor sitio para escondernos.*

—*Para nada.* —Ese honor está reservado para la propia Askkandia, con todos sus políticos y su gente demasiado importante. En Vistenia no hay nadie importante, al menos según los estándares del consejo.

La mayoría son granjeros, y son un grupo de gente bastante tranquilo. Casi nadie ha tenido que pasar hambre, así que no se ponen a la defensiva como suelen hacer en los demás planetas. Y, como allí apenas hay seguridad, es uno de los mejores lugares para escondernos hasta decidir lo que haremos a continuación.

—¿Qué más te da hacia dónde iba la *Reformadora*? —pregunta Beckett.

—Es por esa tal Milla, ¿verdad? —pregunta a su vez la princesa—. Todavía la estás buscando.

Pues claro que la estoy buscando, carajo. Como si fuera a dejar de hacerlo. No podría aunque quisiera, y Max tampoco.

No respondo, pero eso no significa que Kali deje de insistir:

—¿Qué relación tiene contigo? Sé que es alguien importante.

De repente estoy furioso. Esta mujer no sabe nada. A la mierda. Doy un paso adelante, y ella se dispone a retroceder, pero al final se mantiene firme. Parece que es más valiente de lo que pensaba.

—Te aseguro que mi madre te ayudará —dice, con una voz demasiado temblorosa. Quizá no sea tan valiente, después de todo. Y no cabe duda de que le han lavado el cerebro.

—Princesa, tu madre nos meterá en una celda y cortará el oxígeno, y eso si tenemos suerte.

—No hay motivo para...

—Déjalo ya, princesa —gruño, dejándome llevar por mi mal genio—. No vamos a ir a la maldita Askkandia.

Ella echa un vistazo alrededor de la habitación, tal vez intentando encontrar algún apoyo, pero todo el mundo aparta la mirada excepto Beckett, que le dedica una sonrisa desagradable. Está claro que no se soportan.

—Creo que deberíamos votar —propone Merrick.

—*Mantén la calma* —me pide Max.

Hago lo que puedo. Hasta respiro hondo y cuento mentalmente hasta diez, como Milla siempre me recuerda que tengo que hacer. Pero entonces saco la pistola y apunto a la cabeza de Merrick.

—Igual que ocurre por todo el maldito sistema, esto no es un proceso democrático.

Me mira fijamente y, si llevara una pistola, estoy seguro de que ya la estaría usando. Tiene bastante carácter para ser un tipo religioso. Pero ya aprendí hace mucho tiempo que el carácter solo te deja avanzar hasta cierto punto en este sistema; con una pistola puedes llegar hasta donde quieras.

Y él no tiene ninguna. Yo sí. Así que ya puede ir cerrando la maldita boca.

—Que pistola tan estupenda —me interrumpe Beckett, como si estuviera hablando del tiempo, en lugar de estar viendo cómo un mercenario amenaza a un sacerdote—. ¿Cuánto le dura la batería?

¿En serio? ¿Ahora?

—Unos dos meses —le respondo. Su interés por esto está calmando un poco los ánimos.

—No está mal —dice ella—. No está nada mal.

—Muy bien —resuelvo, guardando la pistola en su funda. Ya les he dejado las cosas claras—. Parece que ya está decidido. Vamos a Vistenia.

12

KALI

Pues... parece que muy formidable no he sido.

Como muchas otras de las reglas arcanas de mi madre, lo de sonreír no ha funcionado tan bien como esperaba. Qué sorpresa.

Pero, claro, ¿cuándo le ha ganado una sonrisa a una pistola?

Nunca, sobre todo si esa pistola la lleva un tipo como Ian. Así que está claro que nos vamos a Vistenia.

Mirándolo por el lado positivo —y con «positivo» quiero decir que parece que hay menos peligro de morir que metiéndome en un tiroteo contra un imbécil que dispara antes de pensar—, nunca he estado en Vistenia, y, después del desastre de mi primera misión oficial, no creo que tenga otra oportunidad de hacerlo.

Aunque Ian puede insistir todo lo que quiera en que vayamos allí, pero eso no significa que lo consigamos. Sobre todo porque nadie sabe cómo pilotear esta nave.

Por ahora lo está haciendo todo ella sola, pero ¿quién sabe cuánto tiempo durará? Además, si no averiguamos pronto cómo comunicarnos con ella, iremos adonde la nave quiera. Aunque quiera llevarnos a la superficie de Serai.

A estas alturas, ni siquiera me sorprendería.

Ahora que hemos evitado el peligro más inmediato, estoy empezando a notar las consecuencias. Tengo los pies adoloridos y amoratados, la garganta irritada por el humo y la sed. Mucha mucha sed. Estoy a punto de pedirle a alguien que me traiga un vaso de agua cuando Gage habla:

—No vuelvas a sacar la pistola, Ian, pero creo que hay un problema con tu plan.

—Tú tienes demasiados problemas —responde Ian sin siquiera mirar hacia él—. Eso no significa que quiera oírlos.

—Está bien, pero tampoco significa que no debamos hacerlo —le dice Max suspirando—. Adelante, Gage.

—Gracias por darme permiso. —Gage lo mira y hace una mueca antes de continuar—: He tenido un poco de tiempo para husmear por aquí antes de que subieran a bordo, y estoy bastante seguro de que no hay comida ni bebida en la nave. Acabo de conectar el sistema de recolección de humedad, así que en algún momento podremos obtener agua depurada (con la ventaja añadida de no tener que ahogarnos en nuestro propio sudor), pero eso no va a servir para alimentarnos a corto plazo.

—¿Y eso te sorprende? —responde Beckett—. Esta chatarra es tan vieja que la tenían allí varada. ¿Por qué iba a haber comida o bebida a bordo?

Tiene razón, pero eso no hace que dejen de sonarme las tripas. Espero que nadie lo haya oído, no causaría muy buena impresión.

—No es para tanto —les dice Ian—. Podemos aguantar un par de días.

Gage deja escapar un suspiro largo y sufrido.

—Será más de un par de días, y lo sabes.

—¿Cuántos más, exactamente? —pregunto, porque esa diferencia ahora mismo parece muy importante.

—¿Cuánto se tarda en llegar a Vistenia? —Gage mira a Ian.

—Tal y como están alineados los planetas ahora mismo, un carguero de clase media tardaría unos catorce días askkandianos en llegar desde Askkandia a Vistenia. No estoy seguro de cuánto tardaría esta nave. —La voz de Ian está completamente desprovista de emoción, una señal inequívoca de que empieza a aceptar lo jodidos que estamos.

—O sea, lo que insinúas es que ya habremos muerto cuando lleguemos a Vistenia. —Max parece frustrado por primera vez.

Vuelven a sonarme las tripas y, a juzgar por la mirada compasiva que me lanza Rain, ha sido lo suficientemente fuerte como para que lo oyeran. Evito mirar a Beckett, pero eso no quiere decir que no note su mirada maliciosa mientras Ian se deja caer en la silla del capitán.

—Mierda —murmura mientras voltea hacia Max, y un silencio incómodo nos envuelve. Max le sostiene la mirada y unos segundos después niega con la cabeza, con el ceño fruncido. Ian contesta poniendo los ojos en blanco... y asiente con la cabeza de forma reticente, lo que hace que me pregunte cómo pueden comunicarse tan bien sin palabras. Porque está claro que se están comunicando, aunque no quieran que el resto lo sepamos.

—Ian y yo tenemos comida y agua suficiente para que los dos podamos aguantar cinco días —dice Max por fin—. Pero con eso no basta para que todos lleguemos vivos a Vistenia.

Estira la mano hacia la bolsa que está a sus pies y saca unas botellas de agua. Me humedezco los labios, estoy tan sedienta que casi puedo saborearla.

—Yo tengo cinco botellas —continúa Max—, e Ian tiene otras tantas. Pero dudo que nos duren más de un día.

—Así que debemos dirigirnos al puerto más cercano. —Merrick habla por primera vez desde que Ian le ha apuntado con la pistola.

—Y es Askkandia —señalo. Parece que voy a volver a casa, después de todo.

—No te alegres tanto, princesa —se burla Ian—. Todavía no vas a abandonarnos.

—No pensarás que puedes ocultarme en mi propio planeta, ¿verdad?

Se encoge de hombros.

—Askkandia es muy grande. No se me ocurre ningún motivo para acercarnos a menos de un kilómetro del palacio.

Una mezcla de alerta e indignación me recorre el cuerpo, junto con una tercera emoción que me da miedo admitir, y más aún ponerle nombre. Así que me centro en mi rabia cuando abro la boca para discutir. Me da igual lo que piense, él no es quien está al mando. Sin embargo, cuando me mira de la misma forma que había mirado a Merrick al sacar la pistola, la vuelvo a cerrar. Al menos por ahora.

—Hay otro problemita —dice Gage.

Ian deja escapar un suspiro.

—¿Y es...?

—Que no tenemos ni idea de cómo pilotear esta cosa. No sabemos controlarlo. Ahora mismo podríamos estar yendo a cualquier parte, y al menos yo no sé cómo cambiar el rumbo.

—Entonces, ¿podríamos seguir volando más allá de Glacea y estrellarnos contra el campo de asteroides? —pregunta Max.

—Pues sí. O podríamos estar yendo en la dirección opuesta y nos meteríamos de cabeza en el sol. —Gage se pasa una mano por el cabello y hace que se le levante el mechón morado—. Carajo, ahora mismo ni siquiera funcionan los instrumentos o el comunicador. Así que da igual adónde nos dirijamos... ¿Dónde mierda estamos?

—No sé por qué se preocupan tanto por esto—comenta Beckett con un bostezo—. Moriremos todos de sed mucho antes de llegar al sol.

Y tras este bonito apunte, relajo la expresión de mi rostro.

No sé qué opinan los demás, pero a mí está empezando a caerme mal Beckett.

—No tiene sentido discutir esto —digo un instante después—. Probablemente haya alguien buscándonos ahora mismo.

—Fantástico —murmura Beckett.

La ignoro.

—Mientras tanto, ¿por qué no hacemos algo útil e inspeccionamos la nave? Puede que encontremos algo que nos ayude a pilotearla.

—Claro que sí, porque seguramente los últimos que volaron en esta porquería dejaron sus herramientas de navegación en la bodega de carga —responde ella.

Pues sí, es oficial: no me cae bien. Sospecho que el sentimiento es mutuo.

Ian se pone de pie y se estira, y me doy cuenta de que me he quedado embobada mirando cómo gira los hombros. No porque esté bueno —aunque no cabe duda de que lo está, y lo sabe—, sino porque parece... un rebelde. Con el uniforme de guardia tenía cierto aire de legitimidad. Parecía encajar en aquel sitio, ser uno más. Con lo que supongo que es su propia ropa, está claro que no es así. Es más, da la impresión de que no quiere encajar.

Para alguien que siempre ha tenido que actuar, hablar y ser exactamente como su madre y su gente esperaban que fuera, la libertad que tiene Ian para existir a su manera es extrañamente seductora.

Y él también.

En Senestris, la gente es lo que ha nacido para ser. Si naces siendo granjero, serás un granjero toda la vida. Si eres mercader, lo serás toda la vida. Y si eres una princesa, lo mismo.

Sin casi ninguna excepción, funciona igual según tu lugar de origen. Si naces en Kridacus, vivirás y morirás allí. Los únicos que están al margen del sistema son los de la Corporación, que viven fuera de los planetas, principalmente en estaciones espaciales. Y los delincuentes.

Es bastante evidente que, en realidad, Ian no trabaja para la Corporación, así que solo queda la opción de que sea un delincuente.

Sin duda lo parece. Va vestido con unos pantalones negros de cuero tan ajustados que parecen una segunda piel, botas altas, una camisa rojo oscuro y una chamarra negra; tiene un aspecto esbelto, cruel y peligroso, entre la pistola que lleva en la cadera y esa mirada de «que se vaya al carajo todo» en sus ojos cafés oscuros. También es mucho más atractivo de lo que debería estar permitido, pero puede que eso sea solo cosa mía. La atracción por los chicos malos es mi secreto mejor guardado, más incluso que mis sueños extraños. Ni siquiera los cazaverdades del consejo han conseguido que lo admita.

No es que me atraiga Ian. Para nada. Los chicos malos son una cosa, pero otra muy distinta son los patanes homicidas.

Pero entonces se da vuelta, y nuestras miradas se cruzan cuando me atrapa fijándome en él.

«Mierda. ¿Se me nota demasiado?»

Ian levanta una ceja, como si estuviera retándome a enfrentarme a él.

Pero las princesas no hacen eso. Yo no hago eso. Aparto la mirada, a pesar de la diminuta parte de mí que quiere aceptar la oferta de Ian, sin importar lo peligroso o imprudente que sea.

—Muy bien —dice él después de una pausa demasiado larga—. Gage, Max y tú se quedan aquí, vean si averiguan cómo funciona esta cosa y cómo llevarnos a Askkandia. Los demás registraremos la nave a ver si encontramos algo que nos sea útil, sobre todo algo de beber o comer. Luego nos reuniremos aquí y pensaremos en qué hacer a continuación.

En cuanto menciona la comida y la bebida, las tripas me rugen por tercera vez y noto la boca seca como si tuviera un desierto dentro de ella. Pero ese malestar no impide que me dé cuenta de que, al menos en esto, Ian se ha puesto de mi parte y ha aceptado mi sugerencia.

No es para tanto. Cualquier persona normal querría hacer inventario en la nave en la que va cruzando el espacio a una velocidad alarmante, pero aun así... Teniendo en cuenta que mi intento de tomar el control no ha salido bien, es una sensación agradable ver que mi sugerencia ha tenido algún valor para él, y también para toda esta gente. El método de mi madre no ha funcionado. Me desprecian. Así que puede que esta sea la forma de convertirme en una líder a mi manera, distinta a la de ella.

Casi consigue que quiera hacerlo de nuevo, ser valiosa para ellos. Casi.

Aparto la mirada de las preciosas botellas, porque quedarme mirándolas solo hace que tenga más sed. Sin embargo, cuando miro hacia atrás, me encuentro a Rain observándome, pensativa.

Me dedica una pequeña sonrisa; luego avanza hacia Max y pregunta:

—¿Puedo beber algo, por favor? Estoy un poco... mareada. Y me duele la garganta por culpa del humo.

—Por supuesto.

—Creo que deberíamos racionarla —advierte Ian. Que tenga razón no quiere decir que no esté también obsesionado con el control.

—Darle un sorbo no le hará daño a nadie. Toma. —Max le da una botella a Rain, que bebe un trago corto antes de ofrecérmela.

Dudo un segundo, pero no puedo resistirme.

«Gracias», le digo moviendo los labios en silencio, porque sé lo que ha hecho. Ha visto que lo necesitaba y se ha dado cuenta de que yo era demasiado orgullosa para pedirlo. Es una buena persona, aunque forme parte de la Hermandad.

Me llevo la botella a los labios, y el agua sabe como el mejor alcohol que haya probado jamás. Mejor, incluso. Quiero acabármela, pero me obligo a beber solo un trago. Porque Ian tiene razón, debemos conservar los escasos recursos que tenemos.

—Muy bien. Todos a trabajar. —Ian se da la vuelta y se dirige hacia la puerta, que se abre en cuanto se acerca. Me apresuro para alcanzarlo. Probablemente no sirva para nada, pero quiero volver a intentar convencerlo de que llevarme a casa es una buena idea.

Fuera del puente de control, la iluminación tiene un brillo tenue, casi inexistente. A la izquierda se halla lo que parece ser una puerta de doble hoja; supongo que es la salida principal, la que no funcionaba. Al otro lado de una puerta que tenemos delante se encuentra la esclusa por la que hemos entrado, y más allá hay dos pasillos que van a izquierda y derecha, curvándose alrededor de una zona central cerrada. Atraída por algo que no comprendo, apoyo la palma de la mano en la pared. Está caliente y noto una leve vibración. Hay una puerta lisa negra, pero está firmemente cerrada. No puedo evitar preguntarme qué habrá detrás, pero Ian desaparece por el pasillo de la derecha y voy tras él.

Atisbo un montón de puertas en la pared exterior, pero Ian las deja atrás, y lo sigo a través de lo que debe de ser toda la longitud de la nave, calculo que unos veinte metros en total. Lo alcanzo cuando llegamos a una puerta que me imagino que conduce a la sección trasera. Se abre cuando Ian se detiene delante de ella, y luego desaparece en el interior. Hasta ahora no ha dado ninguna señal de saber que estoy aquí, pero creo con seguridad que lo sabe y simplemente me está ignorando.

—¿Por qué no entras y dejas de merodear por ahí? —dice de repente.

Me adentro en la habitación.

—¿Dónde estamos? —pregunto, decidida a restarle importancia al hecho de que es evidente que lo he seguido hasta aquí.

—Creo que es la sala de motores, aunque nunca he visto una así. Ni siquiera estoy convencido de dónde saca la energía esta nave, la verdad. Solo sé que no se parece a los propulsores de las otras en las que he estado.

—¿Has estado en muchas naves? —pregunto. De repente siento curiosidad por él. ¿Por qué no iba a sentirla? Mi vida está en sus manos, algo bastante aterrador teniendo en cuenta su propensión a utilizar armas.

Ian levanta una ceja al oír la pregunta, pero acaba por encogerse de hombros.

—En unas cuantas, princesa. ¿Y tú?

—El viaje a la *Caelestis* fue el primero.

Un brillo de asombro aparece en su mirada al oír eso.

—Por algún motivo, pensaba que los imperiales se la pasaban el día revoloteando por ahí por diversión.

—Eso demuestra cuánto sabes de las familias gobernantes. Todos los viajes espaciales están controlados por la Corporación, y nosotros no nos divertimos. Cumplimos con nuestro deber.

—Por supuesto que sí.

Ignoro su sarcasmo y miro todo a mi alrededor. Estamos en la parte más ancha del triángulo que da forma a la nave, y la zona es larga y estrecha, pero hay varias secciones que se extienden hacia la cola. Las paredes y el techo están hechos del mismo metal oscuro y mate de los pasillos, y el suelo está sorprendentemente libre de polvo para ser una nave tan vieja. Hay un montón de consolas, pero en este momento están todas apagadas, ni siquiera hay luces parpadeando. Paso el dedo por la más cercana y un hormigueo me recorre el cuerpo, como si fuera electricidad estática.

—Está completamente descompuesta —me dice Ian.

Frunzo el ceño y miro alrededor.

—Lo que no entiendo es qué hacía en la *Caelestis*. Una nave tan obsoleta como esta...

—No tengo ni idea. —Ian extiende el brazo y golpea la consola con el puño, igual que había hecho con el panel de control del piso de arriba—. Arranca de una vez, desgraciada.

—¿En serio crees que eso va a...? —Me quedo callada cuando un runrún extraño me llena los oídos, una especie de zumbido suave.

—¿Ves? —Ian sonríe con superioridad—. A veces la violencia funciona.

—Y otras veces no. —Hago un gesto hacia el motor, que ahora está en silencio—. No veo que funcione nada. Aunque a lo mejor si me acerco a averiguar, podría...

—No toques nada —me interrumpe, pero rápidamente me guiña un ojo—. Salgamos de aquí. Vamos a investigar el resto de la nave.

Lo sigo, intentando averiguar qué está pasando. Ahora parece mucho más amistoso que en el puente de control, si bien eso no significa que no pueda volver a ser un patán dentro de tres segundos. Ese hombre es una contradicción tan grande que me cuesta entenderlo.

Mientras avanzamos en silencio por la nave, me acuerdo de algo que quería preguntarle. Acelero el paso; tengo que ver su cara cuando lo haga.

—¿Por qué no querías que tocara la heptosfera? —inquiero—. En el laboratorio..., ¿por qué me detuviste?

Ian me observa con una mirada calculadora. La expresión de su rostro no cambia. Hace una pausa, se encoge de hombros y por un instante estoy segura de que no va a contestar, pero entonces afirma:

—Esa cosa es peligrosa. No la he visto en acción, aunque he oído rumores de gente que ha acabado achicharrada por su culpa.

Entonces, ¿estaba intentando evitar que me hiciera daño? No es la respuesta que esperaba, y hace que sienta algo en el estómago. Probablemente solo sea un efecto secundario del hambre.

—Pero la doctora Veragelen nos dijo que no era peligroso tocarla.

Me lanza una mirada que más o menos quiere decir: «¿En serio eres tan ingenua?».

—Sí, bueno. La doctora V. no es exactamente conocida por ser una persona agradable. ¿Sabes cómo la llamaba la tripulación?

—Ni idea.

—Doctora Canalla. ¿Los prisioneros que iban a sacar de allí en la *Reformadora*? Eran los afortunados que habían sobrevivido a los experimentos. Hubo muchos más que no lo consiguieron. —Se detiene un segundo, como si estuviera decidiendo cuánto contarme—. Aunque no estoy seguro de que *afortunados* sea la mejor palabra para describir a los supervivientes. No sabemos hacia dónde los llevaban.

—Estoy de acuerdo con que la doctora Veragelen parecía una persona problemática, pero todavía no puedo creer que hiciera algo así. Utilizar a la gente de ese modo. Mi madre jamás lo permitiría.

Me mira de una forma que soy incapaz de descifrar; sé que no es algo bueno, y eso me enfurece.

—Mi madre puede ser muchas cosas —le digo frunciendo el ceño—, aunque nunca permitiría que se experimentara con humanos de la manera que me estás contando. Y de ningún modo aceptaría que una nave-prisión se llevara a la gente para torturarla, como estás insinuando. Es una persona dura, pero no es cruel.

Sin embargo, mientras digo la última palabra, ni yo misma estoy tan segura de ello. Tras años de ser una decepción para ella, he comprobado que mi madre es capaz de ser cruel, aunque no sé hasta qué punto da rienda suelta a esa crueldad. O de qué manera, si no tiene que ver conmigo. Se me revuelve el estómago al pensar en ello.

Y cuando creo que Ian va a discutírmelo, lo único que dice es:

—Quizá deberías tener una charla con Beckett sobre eso.

No quiero hacerlo. Puede que me dé miedo lo que pueda oír. Me mantengo firme:

—Lo haré. Pero, incluso aunque la doctora Veragelen estuviera llevando a cabo experimentos en la *Caelestis*, eso no quiere decir que mi madre lo supiera o los autorizara.

—De acuerdo. Aférrate a esa idea, princesa, si eso te ayuda a dormir por las noches.

Me dispongo a decir algo, pero, antes de que pueda formular la idea, Ian ya está abriendo una puerta y asomándose.

—Una cabina-dormitorio —me dice antes de pasar a la siguiente—. Un baño. —Entra y hace algo que no puedo ver—. No hay agua. Qué sorpresa.

El resto de las puertas conducen a más cabinas y a otro baño.

—Parece que hay tres habitaciones —comenta Ian—. Alguien tendrá que compartir.

Lo quito para mirar por mí misma. La cabina es bastante pequeña y contiene tres camas estrechas, una en cada pared. Ninguna tiene sábanas, al menos hay una temperatura agradable en la nave y no nos congelaremos al intentar dormir.

Y de repente me invade una oleada de cansancio. Ha sido un día largo, aunque todavía no es el momento de irse a dormir; tenemos que tomar algunas decisiones.

—¿Con quién la vas a compartir, princesa? —Habla en un tono burlón, aunque su mirada no lo es en absoluto. Me hace sentir incómoda, pero en el buen sentido, si es que eso tiene alguna lógica.

—No..., no puedo compartir. Necesito una habitación para mí sola.

—Me parece que eso no podrá ser. —Me estudia como si fuera algún tipo de espécimen interesante—. ¿Siempre eres tan egoísta? ¿Es un requisito para ser quien eres?

Me dispongo a decirle que no es egoísmo, que necesito estar sola porque una princesa no puede ser vista en momentos de debilidad o vulnerabilidad. No puedo cambiarme de ropa delante de nadie que no sea mi asistente. La pena amenaza con sobrepasarme de nuevo al pensar en Lara, pero consigo reprimirla. Evidentemente, no puedo llorar delante de alguien.

Y tampoco puedo dormir con nadie cerca. ¿Y si uno de mis sueños —o, peor aún, de mis pesadillas— me hace gritar?

Sin embargo, no puedo contarle eso. El simple hecho de querer esa intimidad me hace parecer débil o necesitada, y ninguna de las dos cosas es aceptable.

Cuando me quedo callada, observándolo fijamente con lo que estoy segura de que es una mirada confundida, Ian niega con la cabeza, irritado.

—Me da igual a lo que estés acostumbrada en tu casa, en esta nave eres una más, como cualquier otro, aunque sospecho que un poco más inútil.

Sus palabras son más dolorosas de lo que deberían. Quiero discutir, decirle que haré lo que haga falta para aportar algo a la nave, pero continúa hablando y no me da la oportunidad de hacerlo:

—Puedes compartir habitación con Max y Gage. Max nunca te haría daño, y Gage... —Niega con la cabeza, claramente irritado—. Quizá sea un cabrón poco fiable, pero no tendrás que preocuparte por si se te mete en la cama en mitad de la noche. No eres su tipo.

—Nunca he pensado que lo fuera. Pero ¿cómo lo sabes?

—A Gage le gustan los hombres, y está claro que tú no eres uno. —Se encoge de hombros—. Pero, oye, que si prefieres ir con Beckett...

—Estaré bien con Max y Gage —replico rápidamente. Porque no confío para nada en que Beckett no me haga daño en cuanto cierre los ojos.

—Eso pensaba. —Sonríe con superioridad—. Pero, te lo advierto, Max ronca.

No podría importarme menos, aunque tomo nota de que Ian no confía en Gage, a pesar de que es evidente que lo había contratado para hacer algo en la *Caelestis*. Si se le puede comprar, podría convencerlo para ayudarme a volver a casa..., a cambio de una recompensa considerable, claro.

Levanto la vista hacia Ian, que tiene una ligera sonrisa en la cara, como si supiera exactamente lo que estoy pensando. De repente me doy cuenta de lo cerca que está, a mucho menos de un metro de mí. Sus ojos oscuros brillan bajo la luz tenue y de pronto me siento algo mareada.

—¿Y a ti? —pregunto con la voz algo ronca, probablemente por todo el humo que he inhalado. Aun así, hay algo en mi interior que me incita a arriesgarme por una vez, a ser un poco imprudente. Lo escucho, aunque sé que no debería hacerlo, y pregunto—: ¿Cómo te gustan los hombres?

—Normalmente no me gustan. —Da un paso hacia mí y me quedo sin aliento, incapaz de respirar con la garganta seca—. ¿De verdad quieres saber lo que me gusta, princesa?

Trago saliva y niego con la cabeza, añadiendo un pequeño resoplido de desprecio, por si acaso.

—¿Por qué iba a querer?

Ian ignora el comentario.

—Ahora mismo, yo diría que me gustan las princesas presumidas que se creen mejores que nadie. Siento una necesidad arrolladora de descubrir qué es lo que te hace tan especial.

Pienso en alejarme, pero durante el último día ya lo he hecho más veces de lo que me habría gustado. Así que me planto y cuadro los hombros mientras intento ignorar el calor que empieza a arder en mi vientre.

—Entonces, ¿por qué no vienes aquí y lo averiguas?

Se mueve hacia mí poco a poco.

—Ahí voy, princesa. Será mejor que te prepares. —Se inclina lentamente hacia mí. No se detiene. Está más y más cerca, hasta que el poco aire que queda entre nosotros se llena con su aroma a café y a cuero.

Es un buen olor —uno que me excita—, y me doy cuenta de que estoy inspirándolo hasta lo más profundo de mis pulmones mientras espero y espero y espero.

—No me importa en absoluto lo que hagas —intento hablar con un aire de superioridad, pero ¿acaba de temblarme la voz?

Sinceramente, en este momento me importa una mierda, porque Ian está justo a mi lado, y es tan grande, fuerte y peligroso que solo puedo pensar en la forma en que me está mirando. Y en que soy la peor mentirosa del mundo, porque nada me importa más que lo que planea hacer a continuación.

De repente se oye un ruido sordo detrás de nosotros, como si alguien hubiera dejado caer algo o hubiera chocado con la pared.

Me sobresalto, con el corazón a punto de salirme del pecho. Entonces levanto la vista hacia Ian, con los ojos abiertos de par en par al percatarme de lo que ha estado a punto de ocurrir. Y de que alguien más a bordo de la nave lo ha visto todo.

13

BECKETT, PRISIONERA RECIÉN FUGADA NÚMERO 826

Me duele la cabeza. Mucho. Y no porque haya estado a punto de interrumpir al autoproclamado capitán de la nave y a la princesa haciendo... lo que fuera que estuvieran haciendo, aunque lo que he visto es más que suficiente para revolverme las tripas. Pensaba que Ian tendría mejor gusto.

No, este dolor es distinto. Lo siento desde hace días. Semanas. No tengo ni idea de dónde ha salido y mucho menos de cuándo ha empezado. Solo sé que un día me desperté y notaba la cabeza como si me la hubieran abierto por la mitad... con una palanca. Lentamente.

No importa cuántas veces pienso en ello, no me acuerdo de nada. Recuerdo muchos momentos de mi infancia. Recuerdo a Jarved. A mi madre. Recuerdo unirme a los rebeldes y ser capturada. Recuerdo que me llevaron a la *Caelestis*. Incluso recuerdo alguno de los «experimentos» que hicieron conmigo. Pero, más allá de eso..., nada. Estaba atada a una silla mientras me hacían preguntas, y un minuto después, acurrucada en un rincón de mi celda, llorando.

Y en medio de todo ese tiempo habían pasado varias semanas de las que no tengo ningún recuerdo. Es exasperante. Y aterrador. No puedo evitar preguntarme si le ocurrió lo mismo a Jarved cuando lo atraparon.

De verdad espero que no. Una cosa es que yo tenga que soportar la confusión y el dolor, y otra distinta pensar que mi hermanito haya sufrido la misma agonía.

Ojalá pudiera recordar exactamente qué...

Una punzada de dolor agudo me atraviesa la cabeza, apretándome con fuerza el cerebro y haciendo que esté a punto de caer de rodillas. Grito y extiendo el brazo hacia la pared para sostenerme mientras intento respirar a pesar de la agonía.

Es más difícil de lo que parece. Cuando el dolor cesa por fin, apenas puedo mantenerme erguida.

No me queda de otra. No conozco a nadie en la nave, y ni de broma me fío de ninguno de ellos. No pienso bajar la guardia ni un segundo. Sobre todo mientras esté a bordo la mismísima princesa heredera.

Cuando se me pasan las náuseas, empiezo a andar de nuevo. No es una nave grande, pero tampoco es diminuta. Y si mi estancia en la pequeña estación espacial de los horrores me ha enseñado algo es a fijarme en mi entorno. Si no hubiera prestado atención —al menos cuando estaba lúcida— a todos los lugares a los que me llevaban y a los códigos que metían cuando pensaban que no estaba mirando, no habría podido escapar de la *Reformadora*, y ahora no estaría aquí.

No sé si es un lugar particularmente bueno, pero es mejor que no estar viva, que es lo que debe de haberles ocurrido a todos los demás que iban en la *Reformadora*, así que por ahora me conformo. Voy a explorar cada rincón y cada grieta de esta nave antes de que acabe la noche.

Cuando paso junto a un pasillo, miro hacia allí y veo a la pequeña suma sacerdotisa —Rain, creo que se llama— escabulléndose de una de las habitaciones que hay a lo largo del corredor. Nada me indica que está saliendo a hurtadillas —no camina de puntitas, tampoco mira a sus espaldas, ni hacia ambos lados del pasillo—, pero me fío de mi primera impresión. Hay algo en la forma en que se mueve, con cautela y en silencio, como si tuviera miedo a llamar la atención, que me intriga. Y eso hace que cambie mis planes y avance por el pasillo para ir tras ella.

Ahora las dos caminamos sigilosamente, algo que no me hace sentir en absoluto ridícula. Pero estoy demasiado intrigada como para dar la vuelta. Quiero saber adónde va la suma sacerdotisa y por qué siente la necesidad de hacerlo de manera tan sigilosa.

Y quizá —probablemente— no sea esto lo que debería estar haciendo cuando todavía tengo tantas cosas que aprender de esta nave. Pero en tiempos de crisis hay que conocer a tus enemigos para poder entenderlos. Seguro que me puedo permitir este pequeño desvío para aprender cómo piensa Rain. El hecho de que no me pareciera una enemiga cuando la conocí en el puente de control solo hace que sea más importante averiguar cómo piensa.

Después de todo, ¿qué hay más sospechoso que alguien que no parece en absoluto sospechoso?

14

RAIN

Desde el momento en que Ian y la princesa se fueron, Merrick no parecía contento. He entendido el motivo: estar atrapado en una nave con el tipo que le acaba de apuntar con una pistola, y que además nos ordena cómo actuar, es probablemente su peor pesadilla. Sobre todo porque estoy bastante segura de que la nave nos está alejando de Serati, que es adonde él quiere ir a toda costa.

He intentado imitar su expresión de disgusto —sin duda se espera de mí que esté tan molesta como él—, pero ha sido difícil, porque por dentro estaba completamente entusiasmada.

—Maldito arrogante... —murmuró él después de que Ian abandonara la habitación, seguido de cerca por la princesa Kalinda.

—Lo sé —respondí yo, intentando teñir mi voz con una irritación que no sentía realmente—. Bueno —he añadido en un intento por desviar su atención—. Vamos a dar una vuelta por la nave.

No lo esperé, y en lugar de eso me dirigí al pasillo. Va en dos direcciones, alrededor de la zona que ocupa el centro de la nave. No se ve ninguna puerta hacia allí, lo que hace que me pregunte si será algún tipo de fuente de alimentación.

Escuché a Ian por la derecha, y como Merrick iba siguiéndome, he elegido el otro camino. La primera puerta daba a una especie de zona de almacenaje repleta de contenedores. He abierto uno y he visto en su interior.

Estaba lleno de lo que parecían sábanas. No era demasiado emocionante. Aunque Merrick parecía interesado, así que se ha puesto a examinar a conciencia cada uno de los contenedores.

Yo quería ver el resto de la nave, así que me he deslizado hacia la puerta. Pero, en cuanto me he acercado a unos pocos metros, Merrick me ha dicho «Rain», con ese tono de advertencia que conozco muy bien.

Suspiré y me he puesto a buscar en otra caja.

«No es culpa suya ser tan aburrido», me he recordado a mí misma mientras hurgaba en un montón de almohadas. Es solo que se toma demasiado en serio lo de protegerme.

Mientras me dirigía a la tercera caja, me he imaginado cómo sería escaparme de la habitación y seguir recorriendo la nave por mi cuenta. Probablemente rechinaría un poco —no sería una sorpresa, teniendo en cuenta lo vieja que es—, pero eso no me asustaría. Nada lo haría.

Me encontraría con todos los demás mientras exploraba. Con la princesa Kali, con Beckett —un extraño escalofrío me recorre el cuerpo al pensar en la mujer misteriosa—, con Max y Gage. Todos me dirían que volviera al puente de control, pero ni siquiera me inmutaría...

—Estoy bastante seguro de que no hay agua escondida entre esas fundas de almohada, Rain. —La voz cuidadosamente regulada de Merrick me ha hecho salir de mi ensoñación y volver a esa habitación deprimente llena de cajas con cosas que no necesitamos, como por ejemplo una cantidad absurda de papel blanco y tinta azul—. ¿Por qué no revisas las cajas que hay al otro lado de la puerta?

Es lo último que quería hacer, aunque tampoco es que haya tenido elección. Nunca la tengo.

Merrick y yo hemos trabajado en un silencio (casi) agradable durante unos minutos. Pero cuando se ha metido detrás de una pila gigante de cajas casi tan alta como la puerta, he aprovechado la oportunidad y he salido de la habitación para volver al pasillo.

Así que aquí estoy, siguiendo hacia la siguiente puerta, que me lleva a lo que supongo que es la cocina de la nave. La habitación es más ancha que la otra; tiene una mesa en el centro con diez sillas alrededor y algo parecido a un fregadero en uno de los lados, pero, cuando abro la llave, no sale nada. Supongo que Gage tenía razón y no hay agua en la nave. También cuenta con unos armarios altos. Abro uno y veo que está refrigerado, pero no contiene comida. Tampoco hay nada en los demás, y me rugen las tripas. Nunca había pasado hambre hasta ahora. Es una experiencia nueva, y la acepto como lo que es: una oportunidad que me brindan el universo y la Luz para sentirme en comunión con los ciudadanos menos privilegiados de Senestris.

Sé que no es lo mismo; yo solo pasaré hambre durante unos días, mientras que muchos de ellos llevan haciéndolo toda la vida, pero es un comienzo. Y es algo que no olvidaré ni cuando esté a salvo de vuelta en el monasterio.

Oigo pasos detrás de mí. Merrick, por supuesto. Probablemente ha entrado en pánico al darse cuenta de que me he ido y ha venido a buscarme.

—Aquí no hay nada para comer —digo sin darme la vuelta—. Parece que esta noche no podremos cenar.

—Mierda. Me muero de hambre.

Me doy la vuelta al oír la voz, porque es evidente que no es la de Merrick. Resulta que es la mujer. Beckett.

Sonrío.

Ella no.

Pero eso no me detiene. Sinceramente, no creo que nada pudiera. Nunca he conocido a nadie como Beckett, es fascinante.

Tiene cierta aura de peligro, pero Ian también la tiene, y también Merrick cuando quiere que se le note, aunque ellos no me fascinan. Puede que sea porque nunca la había visto en una mujer —las hermanas del monasterio no son lo que se dice peligrosas—, pero sinceramente creo que hay algo más.

Solo que no sé qué es.

Me saca unos quince o veinte centímetros. Tiene el cabello negro rizado cortado a la altura del mentón, como si alguien se lo hubiera cortado con unas tijeras de cocina, y aprieta los carnosos labios como si estuviera sufriendo.

Por puro instinto, me acerco a ella —si hay algo que pueda hacer para aliviar su dolor, me gustaría hacerlo—, y sus ojos siguen cada uno de mis movimientos. Son enormes y del mismo amarillo del sol de Serati en las primeras horas del día, y también tiene las pestañas más largas que he visto en toda mi vida. Probablemente sea de Permuna: al parecer, ese tipo de pestañas son útiles para evitar que la arena se te meta en los ojos. Pero asimismo son muy bonitas, sobre todo cuando enmarcan esos impresionantes ojos suyos.

Cuando me acerco a ella, me fijo en que tiene un poco de sangre seca debajo de la nariz —destaca mucho sobre su piel aceitunada—, y hay mucha más en la parte delantera de su overol gris.

—Estás herida —le digo haciendo un gesto con la mano hacia su cara.

Beckett frunce el ceño, y entonces levanta el brazo y se pasa un dedo por debajo de la nariz para limpiarse; después lo mira.

—No es nada.

—¿Fue por la explosión?

Se queda en blanco por un momento, como si le costara acordarse. Luego parpadea y niega con la cabeza.

—Claro que no.

Cuando lo hace, no puedo evitar fijarme en la cicatriz irregular que tiene en el cuello. Ya está curada, pero no le ha quedado bien, y me apena pensar en lo que pudo haberla causado.

Hay muchas cosas que me apenan cuando la miro.

Quiero preguntarle de dónde ha salido la sangre, pero entonces hace una mueca, y un destello de dolor aparece en sus ojos de color topacio. Después levanta la mano y se frota la nuca, igual que había hecho antes.

—¿Estás bien? —pregunto.

—Maldición, no —responde ella con una risita sarcástica.

—Déjame ver. —Sin esperar a que me responda, me coloco detrás de ella. Beckett se queda muy quieta, no dice nada mientras me subo a una mesa y le meto las manos entre los rizos enredados.

Parte de la rigidez de su cuerpo desaparece y deja caer los hombros. Le levanto el cabello para mirar la cicatriz horrible que le recorre toda la parte de atrás del cráneo y le baja por el cuello hasta llegar a la espalda.

Es una línea roja inflamada. No es nueva, pero, igual que la que tiene bajo la oreja, tampoco es por algo que le hayan hecho hoy.

—Tienes una cicatriz aquí —le digo.

—Ya veo.

Espero a que diga algo más; sin embargo, cuando no lo hace, le pregunto:

—¿Qué te pasó?

—Me hicieron... algo. Pero no sé qué.

Una sensación desconocida empieza a calentarme el vientre; la ignoro e intento darle algún sentido a lo que está diciendo... y a lo que se calla.

—¿Quién fue?

—Fue en la estación.

—¿En la *Caelestis*? —pregunto, intentando que no se note la sorpresa en mi voz.

Frunce el ceño.

—Supongo, si es ahí de donde hemos venido.

—¿No lo sabes?

—No. Estaba... —Niega con la cabeza, como si quisiera aclararse las ideas—. Creo que estaba drogada cuando me subieron a bordo. No recuerdo casi nada del tiempo que pasé allí, solo una celda y el laboratorio donde... —Hace un gesto con la mano hacia la nuca y la cicatriz.

—Donde te hicieron esto. —Recuerdo que Ian ha dicho algo sobre unos experimentos. Creía que estaba exagerando o que se lo estaba inventando para fastidiar a la princesa; no obstante, parece que decía la verdad.

Me bajo de un salto y vuelvo a colocarme delante de ella. El mero hecho de pensar que alguien sea capaz de hacer algo así es toda una revelación para mí.

—Es cruel.

Deja escapar una carcajada breve.

—Así es la Corporación, cariño.

—¿Experimentan con gente inocente? —Esa sensación en el estómago hace que sienta cada vez más calor y que me cueste más ignorarla.

Beckett aparta la mirada un instante.

—No soy inocente.

—¡No importa lo que hayas hecho! ¡No tienen derecho a utilizarte así! ¡Ni a hacerte nada de esto!

Beckett frunce el ceño y me analiza como si no consiguiera entenderme, exactamente igual que yo a ella. Empiezo a pensar que va a decir algo más, algo importante, pero entonces se encoge de hombros y agita la mano arriba y abajo en dirección a mí.

—Es un vestido muy elegante.

Obvio no.

—No mucho. Siempre voy vestida así.

Levanta tanto las cejas que se juntan con su cabello.

—Qué mala suerte. Y yo que pensaba que lo mío era malo...

Hace un gesto hacia su overol gris de prisionera. Está destrozado, y una de las mangas que le faltan deja al descubierto un brazo delgado, con una piel suave y tatuada, y de repente me muero de ganas de tocarla.

—¿Y qué has hecho para merecer eso? —pregunta ella.

—Nada. Es un honor llevar esta túnica. Soy la suma sacerdotisa de la Hermandad de la Luz.

Me mira fijamente durante varios segundos; luego echa la cabeza hacia atrás y se ríe.

Vaya. No es la respuesta que suelo recibir cuando digo eso. Frunzo los labios e intento no sentirme ofendida.

—No hablas en serio, ¿no? —replica al ver que no digo nada.

Espero un instante más.

—Bueno, desde luego no es ninguna broma.

—Nunca había conocido a una suma sacerdotisa.

Tampoco es que haya muchas por ahí. Pero eso no se lo digo. Suena elitista incluso en mi cabeza, aunque no lo he pensado en ese sentido.

—Bueno, yo tampoco había conocido a ninguna... —Mi voz se va apagando al darme cuenta de que no sé lo que es o cómo debería llamarla. No quiero ofenderla. Y, por supuesto, no quiero que se vaya.

—¿Delincuente? —sugiere ella.

Parpadeo un par de veces.

—¿Es eso lo que eres? —susurro.

Se encoge de hombros y luego se frota la frente.

—Probablemente. Está todo un poco... borroso. Pero estoy bastante segura de que estaba con la Rebelión.

—Oh. Ya veo. Incluso estando en el monasterio he oído hablar de los rebeldes. —Utilizan el terror para hacer caer los Gobiernos legales de Senestris. Son violentos. Peligrosos. Despreciables. Está claro que no trabajan en interés de la Luz sagrada.

Nunca pensé que fuera a conocer a una... ni que me cayera bien cuando la conociera. Pero Beckett me atrae. Más de lo que debería, teniendo en cuenta lo que solía ser. O lo que puede que siga siendo.

—¿No te doy miedo, pequeña sacerdotisa? —Ahora habla en un tono burlón—. ¿No quieres echarte a correr?

«Por supuesto que no.» Pero no le digo eso; simplemente niego con la cabeza.

Eso hace que Beckett entrecierre los ojos. Da un paso hacia mí, y soy incapaz de mover un solo músculo. No creo que pudiera hacerlo aunque quisiera. Pero no quiero. De ninguna manera, sobre todo cuando extiende el brazo y agarra el extremo de mi larga trenza. La acaricia un instante con los dedos llenos de durezas, pasándolos de un lado a otro por las puntas de mi fino cabello; después tira de mí hacia ella.

—Qué bonita —murmura.

No estoy segura de si habla de la trenza o de mí. Supongo que no importa, porque, sea como sea, noto un escalofrío que me recorre todo el cuerpo. Me siento extraña, como si tuviera calor y frío al mismo tiempo, y de repente soy muy consciente del tacto de mi propia piel.

—Eres interesante —susurra ella, ladeando la cabeza mientras me analiza—. ¿Por qué me interesas tanto, pequeña sacerdotisa?

—Tú... —Se me quiebra la voz y me aclaro la garganta para

volver a intentarlo. Pero tengo la boca tan seca como cualquier desierto de la galaxia, y algo me dice que no tiene mucho que ver con el estricto racionamiento de agua—. Tú a mí también.

Se ríe un poco al oír eso.

—Solo estás siendo amable.

Quiero decirle que no es verdad. ¿Cómo voy a ser amable si siempre estoy pensando en cosas malas?

—Dime una cosa —murmura ella, y aparta los dedos de mi cabello para acariciarme la mejilla.

Un calor extraño y devastador arde en mi interior.

—¿Qué quieres saber? —susurro con miedo a levantar demasiado la voz si decide mover la mano.

Pero no se detiene. De hecho, sigue moviendo los dedos; los desliza por la zona sensible de mi mandíbula y luego los hace danzar a lo largo de mi nuca.

—¿Alguna vez te han besado?

Dejo escapar un grito ahogado mientras una punzada de asombro me recorre el cuerpo, junto a otra llamarada de ese calor tan delicioso.

Beckett suelta una carcajada por respuesta y luego se humedece los labios. Y en ese momento mi mirada se queda atrapada en su boca. No podría apartarla de allí ni aunque el destino de todo Senestris dependiera de ello.

Trago saliva con fuerza, pero no contesto. No puedo.

Y estoy bastante segura de que eso es una respuesta en sí misma, incluso antes de que ella murmure:

—Me tomaré eso como un no.

Niego con la cabeza con vehemencia.

—Bueno, supongo que entonces solo tengo una pregunta más.

Espero a que hable y, cuando no lo hace, dejo escapar un

lamento débil desde lo más profundo de mi garganta. Resuena en la habitación silenciosa, y estaría avergonzada si no estuviera tan... acalorada.

Beckett vuelve a reír, un sonido grave y travieso que hace que el estómago me dé un vuelco y recorre cada una de mis terminaciones nerviosas. No obstante, sigue sin hablar.

—¿Qué...? —Se me vuelve a quebrar la voz—. ¿Qué quieres preguntarme? —consigo decir por fin.

—Es sencillo. —Sonríe y se inclina sobre mí—. ¿Te gustaría que lo hiciera?

Madre mía.

No lo es. No es sencillo en absoluto. De hecho, la respuesta a esa pregunta es todo lo opuesto a sencillo.

Sé cuál debería ser. Cuál tiene que ser. De verdad que sí. Pero, por algún motivo, no soy capaz de mover la boca para pronunciar la palabra. En lugar de eso, lo único que consigo es asentir con la cabeza.

Beckett parece tan sorprendida por la respuesta como yo, pero no deja que su asombro la detenga. Me sostiene la mirada con sus ojos amarillos mientras se acerca a mí y me coloca la mano alrededor del cuello. Y después, lentamente, tan despacio que parece que apenas se mueve, se inclina hacia delante y me roza los labios con los suyos.

No puedo respirar. No puedo moverme. Estoy ardiendo.

—¿Más? —susurra apretándose contra mi boca.

Mi cabeza asiente sin haber recibido ninguna orden de mi cerebro. Y Beckett une sus labios con los míos justo en el momento en que unas luces brillantes parpadean, empieza a sonar una alarma y alguien grita mi nombre.

Parece que Merrick me ha encontrado.

15

IAN

¿En qué carajos estaba pensando? ¿Besar a Kali? Qué desastre hubiera sido eso.

No he podido ver quién nos observaba, pero la alarma que ha empezado a sonar poco después ha sido la llamada de atención que tanto necesitaba. Yo, no ella, porque no tengo ni idea de por qué Kali deseaba besarme de repente. Sé que piensa que estoy bueno, pero me cuesta creer que sea por eso. Lo más seguro es que esté intentando ganarse mi confianza para que la lleve con su mamá, que es lo que quiere. Qué pena que eso no vaya a ocurrir: da igual lo que diga, la emperatriz nos echaría encima a toda su flota a los pocos minutos de devolverle a su niña.

No tengo intención de retenerla para siempre —¿quién diablos querría ese tipo de complicaciones?—, pero hasta que Max y yo encontremos a Milla y los tres podamos desaparecer en alguno de los planetas exteriores, alejados por completo de la órbita de la emperatriz, la princesa se queda donde pueda tenerla vigilada.

«Con los ojos, no con la boca», me digo a mí mismo mientras echo a correr hacia el puente de control. Da igual lo sensual y tentadores que sean esos labios suyos de color ciruela.

Max no ha dejado de criticar mi empeño repentino en quedarnos con ella desde que le dije que no iba a acercarse al palacio ni a su madre. Cree que es un error, pero no me sorprende.

Llevamos toda la vida haciendo las cosas de forma distinta. Sí, los dos estamos dispuestos a lo que sea para encontrar a Milla, pero nuestros «lo que sea» casi siempre son diferentes.

La alarma sigue sonando —de hecho, parece que ahora suena con más fuerza—, y espero que nos estrellemos en cualquier momento. Viendo el día que estoy teniendo...

El año que he tenido, más bien.

Pero cuando llego por fin al puente de control me detengo en seco, porque Gage y Max están allí sentados tranquilamente, hablando en voz alta. Ignorando por completo el sonido atronador de la alarma.

—¡¿Qué carajos está pasando?! —grito para que me oigan por encima del ruido.

Gage se encoge de hombros.

—Se ha puesto en marcha hace unos cinco minutos. He apretado aquel botón grande y rojo... —Señala dicho botón grande y rojo.

—¿Por qué? —pregunto. ¿Acaso el muy idiota pensaba que no teníamos ya suficientes problemas? ¿Tenía que crear alguno más?

—Porque es grande y rojo, y quería saber para qué servía. —Lo dice como si fuera lo más evidente del mundo.

Y vaya que, sí. ¿Para qué existen los botones grandes y rojos, si no es para que algún idiota los apriete? Pero, aun así, necesito saberlo:

—¿Y qué sucedió?

—Nada. No obstante, la alarma ha empezado a sonar unos treinta segundos después.

—¿Lo has vuelto a apretar?

—No me parecía una buena idea, teniendo en cuenta que no sé lo que pasó la primera vez.

Miro a Max.

—*¿Es en serio?*

Me lanza una mirada divertida.

—*Eso parece.*

—*La próxima vez que soborne a un técnico, recuérdame que busque a uno de los buenos, porque este miserable que encontramos en oferta no da la sensación de que valga los créditos que hemos pagado por él.*

Entonces me dirijo allí y presiono el botón grande y rojo, al parecer por segunda vez. Porque es grande y rojo, y ¿cuánto puede empeorar la cosa si ya estamos jodidos?

—Eh, no hagas... —empieza a decir Gage, pero se queda callado cuando la alarma se apaga—. Oh. Está bien. —Sonríe con superioridad, como si fuera el sujeto más listo de todos—. Supongo que el botón grande y rojo es una alarma que se activa de forma manual.

—*¿Cómo puede ser que se le dé tan bien la tecnología y sea tan tonto para todo lo demás?* —Pongo los ojos en blanco mentalmente.

—*¿Hay alguna palabra para describir algo peor que lo miserable?* —me plantea Max, inexpresivo.

—*Si no la hay, debería.* —Me doy vuelta hacia Gage—. No presiones ningún botón si no sabes para qué sirve.

—Así qué chiste.

—Claro, porque el resto del día ha sido una fiesta —gruño.

—¿Ya pasó la emergencia? —pregunta una voz desde la puerta. Me volteó y veo a Beckett en la entrada del puente de control. Unos segundos después, la suma sacerdotisa y Merrick aparecen tras ella. La chica rubia parece nerviosa y tiene las mejillas rosadas. Hacen que parezca bonita.

El ceño fruncido de su amigo no lo es tanto. Y eso me lleva a pensar que no fue él quien le pintó las mejillas.

Todavía no hay rastro de la princesa..., aunque no es algo

que me importe. Me da igual lo que esté haciendo, siempre que no sea sabotear la nave. Aun así, me fastidia haberme fijado.

—No había ninguna emergencia —contesto—. Solo un estúpido apretando botones.

—No deberías hablar así de ti mismo —me dice Gage—. ¿Nunca te han dicho que tienes que quererte?

Y luego se preguntan que por qué he tomado el control de este desastre. La única persona de esta nave en quien confío es Max, y él ni de broma querría estar al mando.

Le hago un corte de mangas a Gage y me dejo caer en la silla del capitán que he reclamado para mí.

Beckett cruza la sala lentamente, fijándose en el montón de luces parpadeantes y pantallas encendidas que hay en la consola frontal.

—¿Así que ya funciona?

—Como si sirviera de algo... —respondo, encogiéndome de hombros—. Seguimos sin tener ni idea de cómo pilotearla.

Beckett mira a Max.

—Quítate.

Él levanta las cejas y le devuelve la mirada. Pero se aparta, porque es Max, y no suele hacer escándalos. Al menos hasta que decida que es el momento de hacerlo.

Está junto al asiento que hay en el frente de la nave, y Beckett se deja caer en él como si le perteneciera.

—¿Qué haces? —pregunto, porque ni de broma creo que esté pensando en su propio beneficio, mucho menos en el de los demás.

—Pilotear. —Beckett mira sobre su hombro—. No te ofendas, machito. Puedes quedarte con la silla elegante y llamarte «capitán».

Pienso en ponerme a discutir con ella sin ningún motivo —claro que soy el capitán—, pero si Beckett quiere ocuparse de averiguar cómo funciona esta cosa, ¿quién soy yo para impedírselo? Sí, soy un piloto decente, pero era Milla la que se ocupaba de estas cosas en nuestro grupo. Era ella quien se preocupaba por mantener la nave en el aire y quien solucionaba los problemas cuando se averiaba, cosa que ocurría con bastante frecuencia.

A saber lo que nos dice cuando por fin la rescatemos y vea que hemos tenido que vender a su niña para conseguir el dinero suficiente para pagar todos los sobornos que nos han hecho llegar hasta aquí. Pero estoy dispuesto a renunciar a mucho más que una nave espacial si eso significa recuperar a Milla.

Renunciaría a todo, y sé que ella lo entendería.

Pero lo único que le digo a Beckett es:

—Eso voy a hacer.

—Vaya, pues parece que sí que puedes ser sensato. —Me lanza una mirada de asombro fingido—. Los milagros nunca cesan.

Nunca la había visto de tan buen humor, lo que me hace preguntarme si será ella quien ha revolucionado a la pequeña suma sacerdotisa. De ser así, espero que no haya sido cosa de una sola vez, porque es mucho más fácil lidiar con esta Beckett. Aunque solo diga estupideces.

—Yo, si fuera tú, esperaría a demostrar que no hablas solo por hablar antes de meterte con los demás —le aconseja Max.

—Mira y aprende. —Beckett se da vuelta hacia el tablero de a bordo y empieza a pasar la mano por las diferentes pantallas, botones y otras mierdas indescifrables.

No ocurre nada.

—No ha...

—Cállate —me gruñe.

Un segundo más tarde, la pantalla que tiene delante se enciende. Hay un punto rojo en el centro, pero nada más.

—Esos somos nosotros —anuncia ella.

—Vale, pero eso no nos dice nada. ¿Dónde rayos estamos? —replico. Me pongo de pie para verlo mejor.

—Espera. —Beckett vuelve a mover la mano y la imagen se aleja. Un planeta verde azulado con una única luna aparece en el borde de la pantalla. Askkandia. Y parece que nos estamos alejando de allí.

—¿Qué está pasando? —pregunta una voz fácilmente reconocible desde detrás de mí. Me da la sensación de que la princesa por fin ha decidido hacer acto de presencia.

Miro sobre mi hombro y le sonrío con un aire de superioridad.

Ella frunce el ceño.

—Beckett está aprendiendo a pilotear la nave —le comenta Rain.

—Impresionante —responde la princesa, supongo que solo por fastidiarme. Pero me alegro tanto de saber por fin dónde estamos que ni siquiera me ofendo. Aunque señalo:

—Estamos yendo en la dirección opuesta.

Beckett aleja más la imagen y aparece un segundo planeta, mucho más lejos que Askkandia. Permuna, creo, y vamos directamente hacia allí. Pero a no ser que lo que sé de las posiciones orbitales actuales de los planetas sea incorrecto —y no lo es—, está casi tan lejos como Vistenia.

—Tienes que dar la vuelta —le digo.

Beckett me suelta un gruñido como respuesta.

—Cierra el pico y déjame concentrarme un momento, carajo.

Muy bien, la antigua Beckett ha regresado, y es peor que antes.

Se reclina y estudia la consola que tiene delante.

—Acelerador —ordena señalando hacia una parte del panel que a mí me parece exactamente igual que las demás.

No digo nada, aunque puedo sentir la presencia de Kali sobre mi hombro, muy atenta a la lección. Espero a ver qué ocurre. Beckett lo toca con un dedo, pero no pasa nada.

—No creo que... —empieza a decir Gage, pero se queda callado cuando ella golpea el panel con la palma de la mano y salimos propulsados hacia delante, tan rápido que Kali tropieza conmigo.

Me agarro al respaldo del asiento de Beckett y luego coloco el brazo alrededor de la cintura de Kali para evitar que caigamos los dos. Apenas dispongo de un segundo para ser consciente de que me gusta tenerla apretada contra mí, y mucho, mientras espero a que Beckett reduzca la velocidad.

Sin embargo, no ocurre. En lugar de eso, vamos más y más rápido, hasta que empiezo a ver borroso. A nuestro alrededor, los demás están gritando. Protestando.

—*¡Maldita sea, detenla!* —me dice Max mentalmente.

Lo estoy intentando. Es solo que tardo demasiado, y es un esfuerzo increíble extender la mano, agarrarla del brazo y apartárselo de la consola.

Frenamos de inmediato, pero no antes de que Rain vomite en la parte trasera del puente de control.

—¿Qué carajos estabas haciendo? —pregunto, furioso con Beckett y conmigo mismo, mientras miro alrededor en busca de algún trapo, sin éxito. Esto es lo que se consigue a cambio de ofrecer un mínimo de confianza: un dolor de cabeza por la aceleración y tener vómito en la nave.

Debería haberlo sabido.

Beckett me sonríe, con la mirada enloquecida y los ojos brillantes como láseres.

—Quería ver a qué velocidad podía ir.

—Pues la respuesta es que es muy rápido —gruño.

—Querrás decir que es lo más rápido que has visto —me corrige—. ¿Por qué lo dices? ¿Tienes miedo, capitán?

El énfasis que pone en la última palabra hace que suene como un insulto, pero me importa una mierda.

—Todos teníamos miedo, maldición. La pregunta es: ¿por qué tú no? —exijo saber. Pero Beckett sigue sonriendo con ese brillo extraño en los ojos—. Estás mal de la cabeza, ¿lo sabías? Podrías habernos matado.

—*Bueno, quién sabe cuánto tiempo ha pasado como sujeto de pruebas alguno de los experimentos de la doctora Canalla* —me recuerda Max.

Una forma no demasiado sutil de pedirme que la deje en paz, y de paso de recordarme que no tenemos ni idea del estado en que estará Milla cuando por fin la rescatemos.

Cuando alguien empieza a darme empujones en el pecho, me doy cuenta de que todavía tengo el brazo colocado alrededor de Kali, y no parece muy contenta.

—¡Suéltame! —grita.

—Oye, yo solo te estaba ayudando, princesa —le respondo de mala manera—. ¿Y por qué te pones así cuando te tocan?

—Está castigado con la muerte —contesta Rain mientras se pone de pie y se limpia la mano en la túnica blanca, ahora sucia.

—¿Con la muerte? ¿Por tocarte? —Le lanzo a Kali una mirada incrédula, incluso antes de que asienta con un gesto—. Estás mal de la cabeza.

—Es la ley —afirma ella—. No la he escrito yo, y es muy muy antigua. Pero nunca la han cumplido.

—¿Estás segura de eso, princesa? —pregunta Beckett sin apartar la vista de las pantallas que tiene delante.

—Sí —responde ella de mala gana, aunque de repente no parece estar tan segura. Puede que este viaje haya servido para abrirle los ojos y no le esté gustando lo que ve.

—Perdón por haber vomitado —se disculpa Rain en voz baja.

Si fuera Kali quien estuviera pidiendo perdón, le haría algún comentario sarcástico, pero es Rain, así que me callo. Ni siquiera yo soy tan grosero.

—Solo es un poco de agua —le digo, ofreciéndole una toalla de mi bolsa. Lo que me recuerda que un trago es lo único que ha..., que hemos tomado en no quiero ni pensar cuántas horas.

—¿Alguien ha encontrado comida o bebida en la nave?

Los demás niegan con la cabeza, excepto Kali, que se dirige a la silla más alejada de Beckett y se sienta allí, rodeándose las rodillas y apoyándolas contra el pecho.

Mierda. Probablemente nos queden provisiones para un par de días si las racionamos bien. No es suficiente para llegar a Vistenia, como ya nos había dicho Gage.

—Parece que tendremos que desviarnos hacia Askkandia. Si Beckett puede llevarnos, claro.

—Lo haré —responde ella en un tono sombrío. Se inclina sobre el acelerador, pero pongo una mano delante antes de que pueda tocarlo.

—¿Por qué no te enfocas en intentar averiguar cómo dar la vuelta? —sugiero—. A una velocidad normal.

—Eres tan aburrido como pareces —me suelta. Pero sigue piloteando a velocidad normal.

Extiendo la mano hacia mi bolsa y busco en el interior. Las raciones que hemos preparado Max y yo consisten en barritas de proteínas que hemos robado de la bodega de la *Caelestis*. Tomo un puñado, dejo una delante de Beckett y le lanzo otra a la princesa.

La agarra en el aire y la mira como si no supiera lo que es ni qué hacer con ella. Para cuando acabo de repartir las demás, Beckett ya se ha acabado la suya, así que le doy la mía. Imagino que no habrá comido demasiado bien en la *Reformadora*.

Levanta la vista, sorprendida. Pero no quiero líos con ella, así que me apoyo en la consola delantera y me quedo mirando a los demás.

Kali tiene la mirada clavada en sus pies descalzos y está con la barrita en la mano. Rain saborea su ración observando a Beckett mientras Merrick la observa a ella. Max está dormitando en una de las sillas con las piernas extendidas, y Gage no le quita el ojo de encima.

Como tripulación, somos un maldito desastre. Una princesa, una sacerdotisa, un guardaespaldas, una prisionera, un estafador, un tonto y yo mismo, el idiota que se ha autoproclamado líder de todos ellos.

Es la receta perfecta para una catástrofe, pero tendremos que apañárnoslas, porque no pienso largarme de esta nave hasta que hayamos rescatado a mi mejor amiga.

—Creo que ya lo he averiguado, Ian —me dice Beckett desde el asiento del piloto—. Prepárense para girar.

El instinto hace que me agarre a la silla más cercana, y menos mal, carajo, porque un instante después empezamos a dar vueltas como locos.

Estamos girando sin control, y no sé si seremos capaces de salir de esta. Intento voltearme para ver si la princesa está bien, pero seguimos dando más y más y más vueltas, y el movimiento es tan fuerte que no puedo ni torcer la cabeza.

Los gritos son cada vez más fuertes, pero por encima de ellos oigo otro sonido. Es Beckett, y está riéndose.

Es entonces cuando sé que estamos jodidos.

16

KALI

Hace dos días que llegamos a esta nave, y la verdad es que parece que ha pasado una eternidad. Y no en el buen sentido.

Pensaba que la vida en el palacio era un campo de minas, con todas las intrigas y las críticas por la espalda, pero vivir encerrada con seis de las personas más raras que he conocido —y, en algunos casos, las más peligrosas— es aún peor.

Sentir que soy un completo desastre no ayuda. No solo por mi aspecto, sino porque no sé hacer... nada. Las únicas cosas para las que me han entrenado son la diplomacia y el liderazgo, y a este grupo no le interesa ninguna de las dos.

Pero, me parece casi imposible tomarme en serio a mí misma con este aspecto. No es de extrañar que ellos tampoco lo hagan.

Mi vestido de slogg se está descosiendo. Lo llevo a la mitad de los muslos, y no tardará mucho en convertirse en algo completamente indecente. Sigo descalza y mi cabello se parece más a un nido de drokarays que a la trenza en forma de corona que llevaba al principio. En definitiva, soy un desastre.

Podría pensarse que eso me ayudaría a encajar en este grupo —todos ellos son una calamidad—, pero por algún motivo hace que me aísle aún más.

Tampoco es que me importe. Unos días más y no tendré que volver a ver a ninguno de ellos. Menos mal, carajo.

Me tiembla el labio inferior, y me lo muerdo con fuerza para hacer que pare. Me arrepiento de inmediato, porque el sabor de la sangre me recuerda que no tengo nada con qué lavarme.

Nos hemos acabado el agua hace una hora, y ahora que sé que no tenemos más, estoy más sedienta que nunca. Me siento completamente patética en comparación con los demás. Todos parecen estar bien, y yo solo puedo pensar en el hambre que tengo y en lo triste que estoy. En lugar de con Gage y Max, anoche decidí compartir habitación con Rain mientras Merrick hacía guardia. Está claro que se preocupa mucho por ella, y me recordó a la forma en que Arik solía deambular a mi alrededor. Y eso me hizo pensar en Lara, en que es muy probable que esté muerta. Es la única amiga que he tenido, y la he dejado morir en la *Caelestis*.

Sí, la compuerta se cerró entre nosotras, pero debería haber intentado hacer algo más. Tenía que haber otro modo...

—¿Estás bien, princesa?

Levanto la vista y veo a Max sonriéndome. Es mucho más agradable que Ian, y después de un par de días en los que he pasado mucho tiempo con los dos, todavía no entiendo por qué son amigos.

Hago una mueca al oír mi título. Nunca me ha gustado especialmente, pero ver a Ian utilizarlo de forma sarcástica me ha hecho odiarlo.

—Mejor que nunca —afirmo.

Max sonríe.

—Pensaba que las princesas no podían mentir.

Ja. Eso demuestra que no sabe nada de la familia imperial, porque lo primero que nos enseñan es a mentir. En el palacio es lo más básico para sobrevivir.

—Nos enseñan un montón de cosas. —Le dedico una sonrisa que no siento en absoluto—. Y ninguna de ellas resulta particularmente útil en estos momentos.

Levanta las cejas como dándome la razón.

—A decir verdad, no creo que haya nada que pueda sernos útil en esta lata de ablinitos con alas.

—Oye, no hay por qué faltarle al respeto a la nave —le dice Beckett mientras se reclina en el asiento del piloto, que no creo que haya abandonado en los últimos dos días—. Nos ha traído hasta aquí.

—No estoy seguro de que eso sea algo bueno —comenta Gage, levantando la vista de los dibujos que está haciendo en uno de los viejos cuadernos que ha encontrado Merrick en el almacén.

—Claro que sí. Ya estamos llegando a Askkandia. —Beckett me lanza una mirada que solo puede describirse como condescendiente—. Saluda a mami, princesa.

La ignoro; me levanto y cruzo el puente de control en dirección a la parte delantera.

En la pantalla de la derecha puedo ver mi planeta natal; todavía está demasiado lejos para distinguir los detalles, pero nos estamos acercando cada vez más. Desde aquí arriba me cuesta imaginarme a mi madre en el palacio, ocupándose de las responsabilidades del día a día a la hora de gobernar un imperio. ¿Estará preocupada por mí? ¿O habrá decidido ya que estoy muerta? Puede que esté demasiado ocupada con el control de daños tras la destrucción de la *Caelestis* y ni siquiera tenga tiempo para pensar en mí.

Suena a autocompasión, pero no lo es. Es algo que va con el cargo. Senestris tiene problemas muy serios, y la *Caelestis* era nuestra mejor opción para sobrevivir a esos problemas. Ahora que ha desaparecido, estoy segura de que ella y el consejo estarán intentando idear un nuevo plan a toda prisa. Ahora mismo no tiene tiempo para llorar mi muerte.

—¿Crees que te echa de menos? —me pregunta Beckett—. A lo mejor podemos hacer una parada para que te dé un besito.

—Déjala en paz —le pide Ian, que acaba de entrar, mientras se pasa una mano por el cabello corto para ponérselo de punta.

Eso me hace enfurecer.

—No necesito que luches mis batallas por mí.

—Genial, porque no pensaba hacerlo. —No me mira, pero eso no es una novedad. Lleva ignorándome desde que le advertí que no me tocara y Rain le dijo que hacerlo se castigaba con la muerte.

Estoy segura de que piensa que el riesgo es demasiado alto. Tampoco es que me importe. Todo está mucho más tranquilo desde que no está diciéndome constantemente lo que tengo que hacer.

Pero no puedo evitar mirarlo de manera furtiva mientras avanza por la nave. Se mueve como un depredador, con elegancia y con un poder brutal contenido. Me lanza una mirada cuando pasa junto a mí, y yo aparto la vista: al juego de ignorarse podemos jugar los dos. Pero eso no impide que un escalofrío me recorra el cuerpo.

Se detiene detrás de Beckett y se agacha para mirar la pantalla que hay delante de ella. Con sus cabezas tan cerca la una de la otra, es difícil no ver las semejanzas entre los dos, la agresividad que impregna el aire a su alrededor, como si su aspecto civilizado fuera solo un fino revestimiento que apenas consigue ocultar una naturaleza más primitiva.

Al otro lado de la habitación veo que Rain también los observa, y soy incapaz de descifrar la expresión de su rostro. ¿Añoranza, quizá? O algo un poco más perverso. Más necesitado. ¿A la sacerdotisa le gustan los chicos malos?

Ignoro la sensación nada agradable que me produce pensar en eso y decido centrarme en Ian, que se da la vuelta para mirarnos a todos.

—Muy bien, gente, esto es lo que vamos a hacer. Bajaremos al planeta y aterrizaremos en Rangar.

Necesito echar mano de todo mi entrenamiento imperial para ocultar mi sorpresa.

—¿En Rangar? —digo—. Será una broma.

—¿Por qué iba a bromear? —responde él con una sonrisa de satisfacción.

—Es un lugar... peligroso.

No he estado nunca, pero, si hay un sitio infame en Askkandia, ese es la ciudad portuaria de Rangar. Mi madre siempre amenaza con arrasarla, aunque al final decide no hacerlo, porque dice que al menos así sabe dónde están los tipos malos.

—¿Y cómo lo sabes, princesa? ¿Has estado viviendo con los pordioseros?

—No, pero lo he oído.

—Sí, Rangar es un sitio peligroso, pero precisamente por eso vamos a ir. Es probable que sea el único lugar de Askkandia donde podremos conseguir lo que necesitamos sin tener que responder preguntas.

—Sí, pero... —Me interrumpo al darme cuenta de que Beckett me está mirando con cara de asco.

—Parece que a la princesa le da miedo la gente común —me provoca.

—No es que tenga miedo —le digo. Sé mentir—. Sé que mi madre puede ser despiadada, pero debe serlo. No es fácil gobernar Senestris. Y seguro que estará agradecida si me llevan a casa. Muy agradecida.

—¿Cuánto? —pregunta Gage, pero Ian lo interrumpe:

—No.

Sin discusión. Sin explicaciones. Simplemente no. El muy patán...

—¿Los demás no podemos opinar? —Intento sonar razonable a pesar de mi enfado—. Quizá deberíamos votar.

—Yo voto por que te calles —gruñe Beckett.

Qué sorpresa.

—Solo digo que podemos hacerlo sin tener que negociar con ladrones y renegados.

—Pensaba que querías que fuéramos al palacio —replica ella.

—Ya basta...

Ian me interrumpe:

—Nuestro objetivo principal es conseguir comida y agua. Aunque no es esencial, sería más sencillo si pudiéramos pagar por ello. Así que ¿alguien trae dinero? ¿O tiene forma de acceder a algunos créditos planetarios?

—Ustedes eran los que estaban a punto de subirse a una nave-prisión en dirección a quién sabe dónde —comenta Merrick—. ¿No se les había ocurrido llevar algunos créditos?

—Se lo dimos prácticamente todo a Gage para poder llegar hasta aquí. —Max lo mira—. ¿Dónde está todo el dinero que te dimos?

Gage se encoge de hombros, despreocupado.

—En mi cabina de la *Caelestis.*

—¿Has subido a bordo sin nada? —Ian no parece convencido. Pero, bueno, es desconfiado por naturaleza.

Gage pone los ojos en blanco.

—No sé si lo has olvidado, pero salimos de allí con bastante prisa.

Ian lo estudia con los ojos entrecerrados durante varios segundos; luego se encoge de hombros y se voltea para mirarnos a los demás. Pero nadie habla.

—¿Y ustedes, los de la Hermandad? —pregunta él—. ¿Los mandan por el espacio sin una moneda?

—Teníamos dinero —responde Merrick—. Pero estaba en la lanzadera.

Esto no luce bien. Ian debe de estar pensando lo mismo,

porque me mira a mí directamente. No cabe duda de que está desesperado si quiere mi ayuda. Por un segundo desearía poder hacerlo, aunque no me dan ganas de ir a Rangar. Estaría bien no sentirme inútil. Pero nunca he llevado dinero encima. Maldición, ni siquiera he entrado nunca en una tienda.

Se acerca con lentitud y baja la mirada hacia mí. Me cuesta contenerme para no ponerme a toquetear el dobladillo de mi vestido.

—No tengo nada —afirmo—. O sea, ¿dónde iba a guardarlo con esta ropa?

Me recorre con los ojos y levanta sus labios carnosos en una pequeña sonrisa. Y eso me molesta demasiado. ¿Por qué siempre que me sonríe es cuando necesita algo?

—Dime, princesa, ¿son de verdad? —Hace un gesto con la mano hacia los botones enjoyados de mi vestido.

Claro que son de verdad. Una princesa de Senestris no aparecería en público con joyas falsas.

—Lo son —asegura Beckett—. Las princesas siempre llevan lo mejor.

Ian extiende la mano y me arranca uno de los botones. Le doy un manotazo.

—Oye, detente.

Sostiene en alto la extraordinaria malinita negra, que destella bajo la luz.

—Muy bonita —comenta él—. Parece que ya está solucionado.

Excepto porque ya estoy casi desnuda, y esos botones son los únicos que impiden que lo esté del todo.

—Puede que no te hayas dado cuenta —le digo de mala gana—, pero no tuve tiempo de guardar otro vestido en mi maleta, así que no voy a darte este.

Sus ojos tienen un brillo divertido y algo más. Algo que

hace que sienta un hormigueo en la piel, y noto un vacío en el estómago cuando baja su mirada por el vestido ajustado hacia mis piernas desnudas.

—Dame el vestido, princesa, y te compraré uno nuevo.

—Con mi propio dinero, supongo.

Ian se encoge de hombros. Merrick se pone de pie.

—Puedes ponerte mi túnica —dice él.

—¿Para que te quedes tú desnudo en mi lugar? —pregunto—. No tienes por qué hacerlo.

Levanta ligeramente las comisuras de su boca, el gesto más parecido a una sonrisa que le he visto hacer hasta ahora.

—No me quedaré desnudo.

Se quita la túnica por encima de la cabeza. Debajo lleva una armadura corporal negra; probablemente en parte por eso parecía tan corpulento.

Mi padre solía llevar algo similar. Me decía que era por la baja gravedad de Serati, que hacía que sus huesos no fueran lo bastante densos y pudieran romperse con más facilidad. La armadura está reforzada en los brazos y en las piernas para ofrecer protección extra. Por lo visto, todo el mundo en Serati se pone algo por el estilo para salir del planeta.

Al quitarse la túnica, Merrick no parece en absoluto un sacerdote. Más bien parece un guerrero. Su cuerpo es puro músculo, y me pregunto si me habré equivocado al decidir quién era la mayor amenaza en la nave.

—Deja de mirarlo, princesa, que vas a hacer que se avergüence.

No hago caso a Ian, porque no soy la única que se ha quedado mirándolo. Rain también lo está haciendo, pues supongo que tampoco habrá visto nunca a Merrick sin su hábito.

Me lanza la túnica y la atrapo en el aire. Está hecha de algún tipo de fibra natural áspera, sin duda decolorada; el único adorno que tiene es el emblema del Sol Moribundo en la parte superior izquierda del pecho. Está sucia y huele a humo, pero la acepto.

—Diez minutos para atracar —anuncia Beckett.

Gage ha conseguido falsificar un permiso de aterrizaje para atravesar la atmósfera de Askkandia, aunque, a decir verdad, no sé si es algo complicado, sobre todo para ir a Rangar, donde, según dice mi madre, reciben con los brazos abiertos incluso a la basura espacial. La cuenta atrás para atracar aparece ahora en el tablero de a bordo de Beckett, además de en la consola principal.

—Vamos, princesa, el vestido. No queremos quedarnos en este sitio más tiempo del necesario.

Dejo escapar un suspiro profundo y me rindo ante lo inevitable, pero eso no quiere decir que vaya a cambiarme delante de todos. Agarro la túnica y me dispongo a salir, aunque me quedo dudando en la puerta cuando se me ocurre algo. Me doy vuelta hacia Ian, que levanta una ceja.

—Dame tu cuchillo —le digo.

Ahora levanta las dos cejas.

—¿Perdona?

—El cuchillo. No te preocupes, no voy a apuñalarte con él..., al menos hoy no. Pero no voy a poder quitarme el vestido sin él.

Ian frunce el ceño.

—¿Cómo te lo pusiste?

—Lara, mi asistente, fue quien me vistió.

Beckett resopla.

—Porque no sabe vestirse ella sola.

—Probablemente sabría si tuviera que ponerme un uniforme de prisionera —replico, cansada de ser el objetivo de sus ataques verbales—. Ponerse las galas imperiales no es tan sencillo.

Ian desenfunda el cuchillo de aspecto siniestro que lleva en la parte baja de la espalda y me lo ofrece. Lo agarro sin decir palabra y salgo del puente de control, pasillo abajo, hacia la habitación que comparto con Rain. Al pasar junto a la zona sellada en el centro de la nave a la que no hemos podido acceder, me detengo y apoyo la palma de la mano contra el metal caliente. Por algún motivo, eso me relaja, y ya he tomado la costumbre de hacerlo cada vez que paso por aquí.

Una vez que entro en la habitación, aparto de mi piel el material del vestido y deslizo el cuchillo por la parte delantera. Casi dejo escapar un suspiro de alivio al ver que se rompe y que puedo respirar con normalidad por primera vez en días. Hago unos cuantos cortes estratégicos más y consigo librarme de lo que queda de mi vestido de slogg.

Quiero disfrutar unos segundos de mi libertad, pero aterrizaremos en cualquier momento, así que me echo la túnica por encima de la cabeza e intento con todas mis fuerzas no respirar la peste a humo y el olor subyacente a hombre. Nunca me he puesto la ropa de otra persona. Siempre hay una primera vez para todo, supongo.

Vuelvo al puente de control y le lanzo el vestido a Ian. Me devuelve una mirada divertida, pero hay algo más en ella, como si hubiera adivinado que las galas imperiales no dejan espacio suficiente para llevar ropa interior y supiera que estoy desnuda bajo la túnica. Sin embargo, no dice nada, solo se muerde el labio inferior y niega con la cabeza mientras se deja caer en la silla del capitán. Luego saca otro cuchillo, no sé de dónde, y empieza a cortar los botones y el resto de las joyas.

—¿Sabes cuánto vale esto? —pregunta.

Niego con la cabeza. No tengo ni idea.

Pensar en ello hace que sienta una especie de calor en el cuerpo. Vergüenza, supongo. ¿De verdad he estado viviendo tan alejada del mundo real?

Me siento como si estuviera al borde de un precipicio. Como si estuviera tambaleándome en el límite de lo que siempre había creído que era cierto, a punto de caer hacia lo desconocido. Es aterrador, pero una parte de mí quiere caer de todas formas.

—Déjame ver —le pide Beckett.

Ian cruza el puente de control y extiende la mano, y ella toquetea las piedras.

—Si son reales, por lo menos diez mil créditos planetarios. —Ian deja escapar un silbido. Supongo que es mucho. Pero Beckett continúa—: En el mercado negro, un diez por ciento de eso.

—Seguiría siendo suficiente para conseguir provisiones —afirma Gage.

—Quizá deberíamos comprarle algo de ropa a Beckett, por si tiene que aparecer en público —sugiero—. Llevar «Prisionera 826» estampado en la espalda posiblemente sea un claro indicador de... —Me interrumpo al darme cuenta de que no estoy siendo diplomática; es el primer pecado capital para la familia imperial.

Pero Beckett sonríe.

—¡Ay! No sabía que te preocupabas por mí, princesa.

No lo hago. O quizá sí. Ya no lo sé.

Rain se pone de pie y me mira.

—¿Puedes conseguirme algo de ropa a mí también?

A su lado, Merrick se tensa pero no dice nada, y yo tampoco lo hago. No sé por qué me lo está preguntando a mí; no voy a ir de compras con ellos. Dudo siquiera que me dejen salir de la nave.

Algo suena en ese momento, y Beckett se da la vuelta.

—Atravesando la atmósfera y aproximándonos a Rangar —dice—. Y nos han asignado un lugar para aterrizar, sin pedirnos los registros ni hacernos preguntas. Ya me está gustando este sitio.

Los latidos de mi corazón se aceleran. Estamos a punto de aterrizar en Askkandia. Necesito encontrar una forma de contactar con el palacio sin involucrar a los demás. Quizá podría pedirle a Gage que me enseñe algunas cosas de tecnología para intentar hacer funcionar el comunicador. Así los demás podrían seguir en lo suyo y yo podría volver a casa.

Que es lo que quiero.

¿No?

Hemos reducido la velocidad y la nave parece emitir una vibración, como si no estuviera contenta.

—Sabes cómo aterrizar esta cosa, ¿no? —pregunta Ian.

Beckett hace girar el asiento del piloto.

—Ni idea.

Maldita sea, esto es fantástico.

El planeta se acerca rapidísimo y no parece que vayamos a frenar. Sospecho que Beckett tiene ganas de morir. O quizá no sean ganas, pero está claro que tampoco le preocupa demasiado. Así que me dejo caer en la silla más cercana y me abrocho el arnés. Me cuesta creer que hace apenas dos días estaba a punto de vomitar al acercarnos a la *Caelestis*. Mírame ahora.

Sonrío para mí misma; luego levanto la vista y me encuentro a Ian, que me está observando. Aparta la mirada de mí.

En el último momento, la nave se detiene casi en seco. Me sujeto con fuerza y consigo mantener los ojos abiertos. Unos segundos más tarde desciende lentamente hacia la plataforma de aterrizaje.

—Buen trabajo —le dice Ian mientras se despega de la silla del capitán y se pone a sacudirse la ropa.

—No sé a qué llamarías «un mal trabajo» —murmura Gage mientras se levanta también.

—A morirse —responde Max desde el suelo. Ponerme el arnés ha sido sin duda una buena idea. Puede que tenga algo de instinto a la hora de viajar por el espacio.

—No fui yo —le dice Beckett—. Todo el mérito es de la nave.

—¿Quieres decir que ha activado el piloto automático y ha aterrizado ella sola? —planteo—. ¿Una nave puede hacer eso?

—Evidentemente, o no estaríamos teniendo esta conversación —me contesta burlona.

Ni siquiera me molesto en pensar una réplica. No cuando ya hemos aterrizado en Askkandia.

No entiendo cómo puedo estar de vuelta en mi planeta natal y al mismo tiempo sentir que estoy más lejos de casa que nunca. Me parece el peor de los fracasos. Pero también es extrañamente liberador. Bajo la mirada hacia mi túnica, mugrienta y demasiado larga, y, al ver que me asoman por debajo los dedos de los pies, se me escapa una risita. Definitivamente no es así como esperaba volver de mi primera misión oficial interplanetaria como princesa.

Ian me lanza una mirada extraña, como si creyera que algo no va bien dentro de mi cabeza, y eso hace que me ría de nuevo. Ya volveré a preocuparme por lo que piense de mí —por lo que piensen todos los demás— más adelante; por ahora pienso quedarme aquí, disfrutando de la vista de la tierra azul brillante de Askkandia.

Esperando a ver qué desgracias nos pasan ahora.

17

IAN

—Muy bien —le digo a Kali mientras se oye el chasquido de los cierres del tren de aterrizaje—. Tú vienes conmigo.

Todavía está riéndose en voz baja, algo para nada preocupante. Creo que le pasa algo de verdad, y no puedo evitar pensar que debería estar cerca de ella por si pierde la cabeza o algo así.

Pero, en cuanto lo pienso, intento olvidarlo. La princesa no es responsabilidad mía. Aunque es verdad que soy el capitán de la nave —por ahora, al menos—, y técnicamente eso significa que soy responsable de todo el mundo. Mierda. Así que no es cierto que no sea problema mío. Maldita sea.

Esta mierda de ser capitán es mucho más complicada de lo que había pensado.

—¿Lo dices en serio? —pregunta ella—. ¿Qué ha pasado con todo eso de «no me fío de que no te eches a correr para ir con tu mami»?

—Muy en serio. Precisamente porque no confío en ti voy a llevarte conmigo.

—No intentaré contactar con nadie, te lo prometo. —Se atreve a parpadear agitando las pestañas, como si creyera que eso iba a funcionar.

Pongo los ojos en blanco a modo de respuesta; luego digo:

—Levántate.

—Vamos —protesta ella, haciendo un gesto con la mano hacia su cuerpo—. ¿Cómo voy a salir así?

No veo el problema. Está bastante linda, parece un fantasma especialmente mugriento en mitad de una fiesta elegante. Echo de menos las piernas desnudas, eso sí.

—No pasa nada. La gente pensará que eres una monja.

—Soy una suma sacerdotisa, no una monja —repone Rain de manera espontánea.

—No te pregunté —respondo. Pero sonrío para suavizar mis palabras, porque hablarle de mala gana es como pegarle una patada a un cachorrito de popple. Después me doy vuelta hacia Kali—. Incluso en este lugar, la gente cree que las monjas no son una amenaza. Estarás completamente a salvo.

Casi puedo ver cómo funciona su mente mientras lo piensa. O, más bien, cuando piensa en un montón de formas de librarse de mí y salir corriendo de vuelta con su mamá. Pero lo último que necesitamos es tener al Imperio pegado a nosotros, así que tendré que asegurarme de que no se separa de mí.

Kali acaba por asentir con la cabeza, lo que me ahorra tener que forzar la situación. Me dirijo mentalmente a Max:

—*Quédate aquí y vigila la nave.*

—*Ya tenía pensado hacerlo.*

—*Bien.* —Miro a Gage, que está examinando la pantalla apagada de la consola, como si estuviera intentando averiguar cómo y por qué ha funcionado. Probablemente yo también debería dedicarle un rato mientras estamos en tierra, pero la verdad es que me importa una mierda. Mientras me lleve con Milla, por mí la nave puede volar bocabajo o hacia atrás, me da igual—. Necesito que te ocupes de rellenar los tanques de agua —le digo—. Vete a hablar con las autoridades del puerto, la extraen del lago.

Rangar es una ciudad portuaria a orillas de un lago enorme

de agua dulce, aunque llamarlo así es quedarse corto teniendo en cuenta que es más grande que los océanos de otros planetas. Por lo menos aquí nunca se quedarán sin agua: la mitad de Askkandia está cubierta por ella. La exportan a los planetas interiores y la venden a precios desorbitados a los pobres desgraciados que viven allí, la mayoría de los cuales no pueden permitirse comprar agua suficiente para calmar su sed. Una de las pocas cosas que recuerdo de mi infancia es que siempre tenía sed, mucha sed.

—Querrán que les paguemos —continúo, sacando del bolsillo los pocos créditos planetarios que tengo y entregándoselos—. Si es más, diles que les pagaré en cuanto vuelva. —Gage parece más que contento de agarrar las tiras naranjas de papel carbón y metérselas en los bolsillos de su uniforme de la Corporación. Típico.

Miro a mi alrededor y veo a Merrick rondando a su querida sacerdotisa. Sin la túnica blanca tiene un aspecto muy intimidante, y eso es lo que necesito en estos momentos.

—Tú vas con Gage. Si tienes problemas con alguien..., soluciónalos.

El hombre levanta una ceja, pero luego asiente con la cabeza.

Bien.

—¿Y tú qué harás? —pregunta Merrick.

Se me ocurre decirle que se ocupe de sus propios asuntos. Este tipo no me da buena espina. Probablemente porque creo que nos generará problemas en cuanto nos ocupemos de los asuntos más urgentes: no morirnos de sed ni de hambre.

Decido ser simpático... por ahora.

—La princesa y yo vamos a convertir sus botones en dinero y a comprar algunas provisiones. Los veremos aquí dentro de un par de horas.

—*Llámame si me necesitas* —dice Max dentro de mi cabeza.

—*No te necesitaré.*

—*Eso dices siempre.*

—*Y siempre tengo razón* —le respondo.

Resopla.

—*Si eso es lo que te dices a ti mismo...*

—¿Hay que bajar por esa escalera para salir? —plantea Kali.

Beckett aprieta un botón en la consola que tiene delante.

—Para ti, princesa, siempre lo mejor.

Cada vez que habla con ella, hay algo en su voz que me pone de nervios. A primera vista parece solo sarcasmo, pero creo que oculta una rabia profunda y ardiente. Max cree que es una rebelde, no solo por su actitud, sino también porque era prisionera de la doctora V.

Kali y yo salimos de la nave sin pronunciar palabra. Como había indicado Beckett, hay una rampa que llega hasta el suelo desde la puerta triangular. Por supuesto que tiene que ser triangular, es una nave muy extraña. Me asomo para mirar hacia fuera. Es por la tarde, y el sol todavía está alto en el cielo sin nubes. Estamos en el borde del puerto espacial y todo está en silencio. Suele estarlo, ya que la Corporación controla todas las astronaves del sistema, y Rangar no tiene autorización.

Ya no quedan naves de recreo en todo el sistema. Cualquier cosa que vuele y no pertenezca a la Corporación es ilegal, como nosotros. Si llamamos la atención, pienso decir que escapamos de la *Caelestis*.

Ese es uno de los motivos por los que he traído conmigo a la princesa: si la cosa se pone fea, puedo utilizarla y decir que le he salvado la vida. Aunque no se lo creyeran, dudo mucho que se arriesgaran a hacerle daño a la hija de la emperatriz.

Parece que sabía lo que hacía cuando decidí llevarla con nosotros, después de todo. No fue por altruismo, sino por simple pragmatismo. Y por un fuerte instinto de supervivencia.

No me extraña no haberme dado cuenta antes, porque no es algo que se me dé bien. Pero hasta que podamos rescatar a Milla del infierno en el que se encuentra, voy a ser más cauteloso de lo que he sido nunca. Si nos ocurre algo a Max y a mí, se quedará atrapada allí para siempre, y eso no puedo permitirlo.

Empiezo a bajar por la rampa. Kali me sigue de cerca, y Gage y Merrick van por la retaguardia.

—Esta nave tiene algo diferente —dice ella cuando bajamos de la rampa y pisamos el estúpido suelo azul de Askkandia. Me volteo para mirar, y tiene razón.

Cuando salimos de la *Caelestis*, era de un color gris sucio. Ahora que la suciedad ha desaparecido, parece tener un luminiscente color plateado bajo esta luz brillante. Es del mismo color que los ojos de Kali.

—Vaya —murmura ella—. Es preciosa.

No le llevo la contraria.

Camina lentamente alrededor de la nave, recorriendo la superficie con un dedo. Se detiene en el morro y junta sus cejas oscuras. Me acerco a ella.

—¿Qué? —pregunto.

—Mira eso. —Señala con un dedo hacia un lado de la nave, justo delante de las ventanas de enfrente. Hay una imagen en uno de los lados. Antes estaba cubierta de mugre, pero ahora se ve perfectamente. Es una estrella, con unos rayos de luz saliendo de ella y un círculo a su alrededor.

Estoy seguro de que he visto antes esa imagen. Kali también, y es evidente que se acuerda.

—Es la misma que había en la heptosfera —murmura—. La misma que había en mi... —Se queda callada de repente y la miro, preguntándome qué había estado a punto de decir. Pero cuando continúa, se centra en cosas más pragmáticas—: La nave debe de ser de los Antiguos. No me extraña que ninguno de nosotros haya visto algo así antes. Es un artefacto alienígena.

Dice eso último con un tono de veneración un poco preocupante.

—Claro que lo es —dice Gage desde detrás de mí—. Pensaba que ya lo sabías.

«Cabrón.»

—¿Cómo diablos iba a saberlo? —replico, aunque todo está empezando a cobrar sentido de una forma aterradora.

—Todo el mundo lo sabe —contesta él, algo que no es realmente una respuesta.

Lo fulmino con la mirada.

—Bueno, está claro que todo el mundo no.

—¿De dónde salió? —pregunta Kali. Extiende la mano y acaricia la nave; cuando sus dedos entran en contacto con el metal, un escalofrío le recorre el cuerpo.

De repente me dan ganas de que me toque a mí del mismo modo, pero ignoro deliberadamente esa idea. Ya tenemos suficientes problemas como para añadir el sexo a la lista. Sobre todo porque el sexo suele ser... complicado, y la princesa no parece el tipo de persona a la que le gustan las complicaciones, aunque ella misma sea una.

—Del mismo lugar que la heptosfera —responde Gage—. La doctora V. las compró en oferta.

—Bueno, eso no me deja mucho más tranquilo —gruño—. Aquella cosa era malvada.

—No —me corrige Kali—. No era malvada, solo la habíamos entendido mal.

No estoy para nada de acuerdo.

—Tenemos que irnos.

Kali da un paso hacia atrás y levanta la vista hacia la nave.

—Deberíamos ponerle nombre.

Quiero preguntarle para qué, si no nos la vamos a quedar, pero mantengo la boca cerrada.

—Llamémosla *Luz Estelar* —continúa ella—. Es lo que parece. Y esa imagen... Es preciosa.

Claro que sí, es «preciosa». Por eso noto una bola enorme de algo asqueroso que se coagula en mi vientre.

Hemos estado volando en un artefacto alienígena.

Un artefacto alienígena que la Corporación querrá recuperar, y rápido.

Un artefacto alienígena que —lo que es más preocupante de todo— parece tener una mente propia.

18

IAN

—Vamos —le digo a Kali, que me ignora y continúa observando la nave antigua.

Estoy empezando a pensar que voy a tener que apartarla a rastras de su juguete nuevo cuando le da un último vistazo a la nave se echa a correr detrás de mí.

Bien. Cuanto menos tiempo pasemos en Askkandia, mejor.

A primera vista parece el más atractivo de los planetas, y por eso la emperatriz y su consejo viven aquí. Es sin duda mucho mejor que Kridacus, donde nací yo, pero eso tampoco es complicado. Ese sitio es una mierda.

Aquí hay muchísimos árboles, y a lo lejos veo colinas verdes y azules. El aire es cálido, pero no tanto como para freírte los pulmones, y en cuanto salimos del puerto parece fresco.

Rangar puede que sea el lugar más sucio de toda Askkandia, pero sigue siendo mucho mejor que los otros planetas, sin ninguna duda. No sé por qué se quejaba tanto Kali.

Me dirijo a la ciudad y no tardamos en estar caminando entre edificios. No es un sitio elegante, pero nunca lo ha sido. El problema no es ese. Es solo que me cuesta creer lo mucho que ha empeorado desde la última vez que estuve aquí.

Mientras avanzamos por las calles, tanto el lugar como la gente tienen un aire de desesperación —y de desesperanza—

que antes no había. Me resulta familiar: he estado en muchos planetas y esto es la norma, no la excepción. Aun así, me hace pensar en la emperatriz y su consejo. ¿Tan mal están las cosas en Senestris que han permitido que su propio planeta termine en este estado?

No soy el único sorprendido. Kali no para de mirar a todas partes, asimilando todo esto con los ojos muy abiertos y el ceño fruncido. Quien se nos cruza por enfrente se aparta a toda prisa sin establecer contacto visual. Imagino que tiene más que ver con la pistola láser que llevo en la cintura que con el hecho de que vaya al lado de la princesa, que espero que esté irreconocible con esa túnica blanca sucia. La clase trabajadora no tiene permitido portar armas, así que llevar una ya me etiqueta como algo distinto. Y me imagino que no están seguros de qué es.

Había pensado en dejarla en la nave, pero, por mi experiencia en este lugar, es mucho mejor ir armado. Además, voy vestido de negro, lo que me identificaría —si fuera un ciudadano respetuoso con la ley— como alguien de la Corporación, y la mayoría de la gente se mantiene alejada de ellos.

—¿Quiénes son todas estas personas? —susurra Kali cuando damos la vuelta a una esquina.

—Supongo que la mayoría serán trabajadores del puerto.

—Entonces, ¿tienen trabajo? —Parece asombrada.

Me ofende un poco.

—No todo el mundo puede pasarse el día sentado en un palacio, princesa.

—No quería decir eso. —No se enfada como lo haría normalmente. Baja la voz y continúa mirando a su alrededor—. Si trabajan, supongo que tendrán un salario. Así que, ¿por qué parecen todos tan...?

—¿Pobres? —acabo la frase por ella.

—Destrozados —responde en voz baja.

—Porque así es como le gusta al Imperio que estén —replico. Sé que ha vivido aislada, pero me sigue poniendo un poco enfermo lo alejada que está de la realidad de lo que ocurre en el sistema que se supone que gobernará algún día.

Frunce el ceño aún más.

—No es cierto. Queremos que toda nuestra gente prospere.

—Si es así, ¿por qué la gente de Askkandia, incluso la de Rangar, vive mejor que en cualquier otra parte del sistema? —pregunto mientras esquivamos a un hombre que está sentado en la calle con una túnica café sucia.

La princesa parece horrorizada, aunque no sé si por él o por mis palabras.

—No puedo creerlo —dice mirando a su alrededor, hacia la basura de las calles y la gente vestida con harapos.

Me encojo de hombros.

—Tu querida mamá subió los impuestos hace unos años, y eso acabó con la última chispa de vida de muchos de estos lugares. La mayoría de la gente ya vivía bajo el umbral de la pobreza, así que fue un golpe duro. Súmale a eso el racionamiento del cereal, y ahora mismo todo el mundo está jodido. Si lo único que pueden permitirse es pan y no tienen opción a comprarlo, ¿qué crees que les va a pasar?

—Pero necesitábamos la *Caelestis*. Era nuestra única esperanza de salvar el sistema. Todos hemos tenido que hacer sacrificios. —Su convicción habría sido más creíble si no acabara de arrancarle un montón de joyas del maldito vestido.

—¿Ah, sí? ¿Y tú, princesa? ¿Qué sacrificios has hecho tú? ¿Alguna vez has pasado hambre?

—Tengo hambre ahora.

—No es lo mismo. Sabes que solucionaremos ese problema en cuanto encontremos un lugar donde comprar comida. Pero ¿y si fuera así tu día a día? —No espero a que me responda—.

Imagina que no tuviéramos el bolsillo lleno de las gemas brillantes con las que adornabas tu vestido. Imagina que tuvieras que quedarte a vivir en Rangar para siempre, sin más forma de salir de aquí que con la muerte. Y entonces piensa que cada uno de tus botones podría alimentar a una familia entera durante un año.

Me mira entrecerrando los ojos.

—Entonces, ¿vas a venderlos y a repartir el dinero?

Ahí me ha atrapado.

—No. Pero por lo menos no finjo actuar en beneficio de nadie aparte de mí mismo. —Y de Max y de Milla, pero eso me lo callo—. No voy por ahí diciéndole a la gente corriente que les subo los impuestos hasta matarlos de hambre por su propio bien mientras estoy sentado en mi palacio chapado en oro, despreciándolos.

—No es de oro. Y yo no los desprecio. —Se mordisquea el labio inferior como lo hace siempre que está nerviosa o reflexionando—. Me dan pena.

Dejo escapar un gruñido.

—Viene a ser lo mismo, ¿no?

Kali no dice nada durante un buen rato. Entonces, mientras bajamos por una calle con un aspecto especialmente deprimente, susurra:

—Odias mucho a las familias gobernantes, ¿verdad?

Es cierto, pero decírselo en este momento sería como darle una patada cuando ya se ha caído al suelo.

—No te lo tomes como algo personal. Odio a mucha gente. —Como a cualquiera que intente decirme lo que debo hacer—. Siempre he tenido problemas con las figuras de autoridad.

—Pero es necesario que alguien ostente el poder; si no, reinarían el caos y la anarquía.

—Sí, pero no tienen por qué enriquecerse tanto a costa de

todos los demás, es asqueroso. Y el pueblo debería poder elegirlos. —Digo eso último solo para molestarla. O sea, lo pienso de verdad, pero nunca me ha interesado demasiado la política. Debes cuidar de ti mismo, y los demás, si tienen un poco de sentido común, harán lo mismo.

Dejo de andar cuando me percato que Kali se ha quedado atrás. Se ha parado en mitad de la calle y me está mirando fijamente de una forma espeluznante, sin ninguna expresión en el rostro.

—Eso es... —Es evidente que no se le ocurre una palabra lo suficientemente mala.

—¿Sedicioso? —sugiero—. Te sorprendería saber cuánta gente piensa lo mismo.

—¿Eres un rebelde? —pregunta, y parece horrorizada de verdad.

—No, carajo. Solo intento ganarme la vida como puedo.

Kali hunde los hombros.

—Pero odias a todo el mundo, y no odias a los rebeldes, aunque son malvados.

—Qué va. Tu madre es malvada. La doctora Veragelen es malvada. Los rebeldes simplemente intentan liberar al pueblo del yugo de la opresión y toda esa mierda.

—Asesinaron a mi padre.

Eso no lo sabía, y puedo oír el eco del dolor en su voz, pero mucha gente muere. A mi madre la mataron delante de mí cuando tenía once años, y eso ni siquiera fue lo peor que me ocurrió aquel año. O en los que vinieron después.

—¿Y yo? —pregunta ella después de caminar un par de manzanas en silencio—. ¿Crees que soy malvada?

—Todavía no. Pero sí creo que ignoras las cosas a sabiendas, y hay una pendiente muy inclinada desde ahí hacia el abismo.

—Vaya —replica ella—. Me alegra que tengas tan buena opinión sobre mí.

Quizá no debería hablarle así, pero la vida es demasiado corta para malgastarla con mentiras. Sobre todo porque ella tiene la oportunidad de hacer algo para cambiar todas esas cosas que parecen horrorizarla tanto.

—Vamos, princesa. Se supone que vas a ser la heredera de todo esto y no sabes nada sobre cómo vive tu gente. Seguro que nunca has cuestionado a tu madre ni las decisiones que toma.

—Sí lo hago, pero le da igual. Ella tiene que hacer lo que es justo para todo el mundo, y a veces eso implica tomar decisiones difíciles. No me había dado cuenta de hasta qué punto.

Me río, pero sin ningún rastro de humor.

—Y te preguntas por qué existen los rebeldes.

—Eso no es justo. —Kali me mira entrecerrando los ojos.

—Sorpresa, princesa: la vida no es justa. Pero, si quieres que las cosas cambien, debes cambiarlas tú. —Al menos así es como he vivido mi vida, y también Max y Milla—. Lo único que tienes que hacer es decir: «Oye, mamá, ¿no te parece que deberíamos actuar contra el terrible índice de mortalidad infantil de Kridacus? ¿O mejor vamos a que me compres un vestido nuevo o una capa elegante para poder parecer una imbécil cuando salga a ver a los plebeyos?».

Me está mirando como si el imbécil fuera yo. Entonces parpadea.

—¿La mortalidad infantil en Kridacus es tan terrible?

—Tenía dos hermanas pequeñas. Las dos murieron antes de cumplir tres años.

Mierda. No puedo creer que le haya contado eso. Nunca hablo de Amelia y Farrah. Y ni de broma quiero hablar de ellas con la princesa para que piense que busco su compasión o algo así.

No me he permitido a mí mismo pensar en ellas desde hace bastante tiempo, pero ahora que he empezado no puedo parar. Amelia, con el lacito rojo que quería más que a nada. La pequeña Farrah, que me suplicaba que jugara a las rocas con ella. Yo era joven cuando murieron y algunos días ni siquiera puedo recordar cómo eran, más allá de que se parecían a cualquier otro niño enfermo de Kridacus.

Los altos niveles de radiación del sol pueden debilitar tu sistema inmunológico si eres vulnerable. Eso significa que, si te enfermas, no sales adelante. Muchos de ellos mueren jóvenes, casi el cincuenta por ciento.

—Lo siento —dice Kalinda, y suena como si fuera cierto—. Por lo menos Max y tú sobreviviste.

Es una mierda de respuesta, y ni siquiera conoce el mundo lo suficiente como para saberlo. Tampoco tiene ni idea de lo que está hablando cuando se refiere a mí y a Max, pero no me sorprende. Mi relación con él y con Milla es algo de lo que no hablamos con nadie. Nunca. Probablemente nadie nos creería si lo hiciéramos.

—Algún día, cuando sea emperatriz, podré cambiar las cosas.

Suena sincera, pero ¿cuánto le durará esto cuando regrese a su deslumbrante palacio?

—Es un sueño muy bonito, princesa. Pero, oye, también tenemos muchas probabilidades de morir abrasados en un futuro no muy lejano, así que ¿para qué vamos a preocuparnos por la muerte de unos pocos niños?

—Ian. —Extiende una mano y me rodea la muñeca con ella, obligándonos a detenernos.

Bajo la vista hacia ella, sorprendido, y me quiero morir cuando me doy cuenta de que le tiembla el labio inferior y de que sus brillantes ojos plateados se han vuelto de un gris apagado y turbio.

Mierda. He hablado demasiado. Pero la diplomacia nunca ha sido mi punto fuerte, y ella me había preguntado.

—*Puede ser, pero ¿tenías que ser tan duro con ella?* —La voz de Max vuelve a sonar en mi cabeza.

Probablemente no. Suspiro y me froto la cara mientras intento pensar en qué puedo decir para arreglarlo. Aparte de un «lo siento» que no soy capaz de decir... No puedo hacerlo cuando estamos rodeados de gente a la que han hecho daño con mucho más que con unas palabras. Además, Kali necesitaba oírlo.

Pero ya está bien. Libero la muñeca de su agarre condenatorio y miro calle abajo, lejos de ella. Creo que por hoy ya he roto suficientes de las burbujas doradas en las que vive.

—*Más de las que debías* —dice Max, burlón.

—Vamos —gruño mientras echo a andar de nuevo. No miro hacia atrás, pero tampoco me relajo hasta que oigo cómo sus pies descalzos avanzan por el pavimento junto a mí.

Estamos cruzando lo que hoy en día es el distrito comercial. Sé exactamente dónde voy a probar suerte en primer lugar. Aquí hay más gente, y, entre los cafés y los grises, de vez en cuando se ve algún destello de color, una prueba de que este sitio es realmente una ciudad sin ley.

Se me ocurre algo, y volteo a ver a Kali.

—Bájate la capucha.

—Entonces no podré ver nada.

—Puede que no, pero es mejor así, porque los demás tampoco podrán verte a ti. —No creo que nadie que vea a una chica descalza con una túnica sucia vaya a pensar que es la princesa Kalinda. La experiencia me ha enseñado que la gente suele ver lo que espera ver, pero es mejor ser precavidos. Incluso vestida de esa manera y con el oscuro cabello rojizo hecho un desastre, es preciosa. Mejor dicho, es impresionante, y la gente sí suele recordar la belleza.

Kali frunce el ceño, pero no discute y se baja la capucha hasta ocultarse el cabello y la cara.

—De verdad que no veo —murmura, y su voz está amortiguada por la tela gruesa.

Sonrío y le tomo la mano. Me la aparta de un tirón. Vuelvo a agarrarla y empezamos a caminar. Lo último que necesito es que se tropiece y arme un espectáculo.

—¿En serio matan a la gente si te toca? —planteo mientras avanzamos.

—Por ahora no, pero quizá hagan una excepción contigo. —Hace una pausa y luego añade—: Si se lo pido de buenas maneras.

Eso hace que me ría, y soy consciente de que lo hago más cuando estoy con ella que con cualquier otra persona, incluidos Milla y Max.

Nunca me ha gustado caminar tomado de la mano con nadie, pero es agradable hacerlo con Kali. Su mano encaja muy bien con la mía, y su piel es suave y cálida.

—¿Dónde vamos exactamente? —pregunta.

—Aquí. —Me detengo delante de una taberna.

—EL DROKARAY BORRACHO —lee Kali en el cartel que cuelga sobre la puerta—. ¡Me encantan los drokarays!

—¿Ah, sí? ¿No se comen a la gente? —No soy experto en fauna, pero, si la memoria no me falla, son una especie de bestia de carga carnívora de cuatro patas, nativa de Askkandia.

—Solo a la gente mala. —Kali sonríe al recordar algo, pero su sonrisa se desvanece—. Cuando era pequeña quería tener uno de mascota. Mi padre era de los que prefieren mostrar las cosas antes que contarlas, así que, en vez de intentar disuadirme, me llevó a una granja y me enseñó una cría de drokaray. Por poco me arranca la nariz de una mordida.

—Qué lindo.

Kali pone los ojos en blanco al oír mi sarcasmo.

—Después de eso, empezamos a inventarnos palabrotas que

incluyeran a los drokarays. Y, cuando me portaba mal, mi padre me recordaba que uno de ellos podía darme una mordida.

Ahora parece triste. No me gusta, prefiero que esté molesta conmigo.

—Escucha —le digo—. Lo mejor será que mantengas la boca cerrada en este lugar, ¿vale?

—¿Por qué? —Quita la mano de la mía—. ¿Crees que voy a ir a pedir ayuda?

De hecho, eso ni se me había ocurrido, pero, ahora que lo menciona, me planteo amordazarla.

Debe de haberse dado cuenta de lo que estoy pensando, porque de repente puedo notar su mirada clavada en mí, aunque no pueda verla por culpa de la capucha.

—Ni se te ocurra, caca de drokaray —me advierte, aunque no hay rabia en sus palabras—. Y sí, estaré callada. ¿Podemos acabar con esto ya? Ahora mismo mataría por un sándwich.

Intento no sonreír mientras la hago entrar. Y resulta que no me cuesta nada borrar la sonrisa, teniendo en cuenta dónde nos estamos metiendo.

19

IAN

El bar está oscuro, tras venir de la luz brillante del exterior, y mis ojos tardan unos segundos en adaptarse. Incluso a estas horas de la tarde, está lleno y se oye el ritmo de una música a todo volumen. Miro alrededor para ver si hay alguien a quien reconozca, pero no hay nadie; eso puede ser bueno o malo, dependiendo de quién hubiera sido.

Agarro el codo de Kali para guiarla, y todo el mundo voltea para mirarnos.

Los clientes son casi todos de por aquí, a juzgar por su aspecto y su vestimenta, pero distingo a un grupo de permunianos con apariencia de ricos que están bebiendo alrededor de una mesa; probablemente sean mercaderes comerciando con el estelenio que extraen para la Corporación. Nos siguen con sus ojos amarillos cuando pasamos a su lado.

—Todo el mundo nos mira —susurra Kali.

—Dudo que vengan muchas monjas a este sitio.

—No soy monja, y Rain tampoco. ¡Nadie lo es! —Suena exasperada—. ¿Y qué es esa música? Nunca había oído nada parecido.

—Tienes que pasearte por los barrios bajos más a menudo. ¿Y qué ha pasado con lo de mantener la boca cerrada?

—Deja de decir cosas que me hagan abrirla. —Pero entonces se calla, eso debo concedérselo.

Me llevo la mano libre a la pistola, ignorando las miradas. En ese momento, una chica joven con un vestido ajustado que se ciñe a sus abundantes curvas entra por la puerta que hay en la parte trasera. Me ve inmediatamente y esboza una sonrisa mientras se acerca dando brincos.

Tardo un segundo en identificarla: es la persona con la que Max tuvo algo la última vez que estuvimos aquí. Bueno, una de ellas. Le gusta la variedad. Y también es la hija del dueño de este local de mala muerte. Porque Max es un sujeto tan estereotipado que se ha acostado con la tabernera. Consigo recordar su nombre justo antes de que llegue a nuestro lado.

—Ian, ¿dónde has estado? —pregunta Ella con dulzura. Probablemente con más de la que me merezco, teniendo en consideración cómo acabaron las cosas entre ellos—. Te hemos echado de menos.

No le doy importancia, probablemente le diga lo mismo a todo el mundo.

—Por ahí.

—¿Max no está contigo? —Parece decepcionada.

—Esta vez no.

—¿Y esta quién es? —Mira a Kali con una expresión curiosa en el rostro.

—Solo es una misión. —Noto que la princesa se pone tensa y espero que recuerde nuestra conversación sobre quedarse callada—. Una monja que la Hermandad quiere sacar del planeta. —Me inclino hacia ella y bajo la voz—: Acá entre nos, creo que se alegran de poder librarse de ella una temporada. Es un poco problemática, no sé si me entiendes. —Casi puedo sentir la irritación de Kali. ¿Quién iba a pensar que burlarse de una princesa iba a ser tan divertido? Debería empezar a llevar la cuenta, a ver cuántas veces puedo fastidiarla en menos de una hora.

—¿Y no habla?

—Es muda. O puede que le hayan cortado la lengua porque no paraba de pedir cosas. ¿Quién sabe? —Kali se estremece al oír eso, así que supongo que he ganado un punto extra.

—Qué raras son las de la Hermandad.

—No tienes ni idea. Oye, ¿tu padre está por aquí? Tengo algunas cosas entre manos que podrían interesarle.

—Está en la parte de atrás. Sigue por ahí, hasta el fondo.

Vuelvo a sujetarle el brazo a Kali y la guío hacia donde quiero que vaya. Preferiría que no conociera a Dylan McBride, pero no pienso dejarla aquí sola, así que la llevo conmigo.

Empujo la puerta de madera —debe de ser agradable vivir en un sitio con tantos árboles como para tener puertas de madera dentro de los edificios. Askkandia de mierda...— y guío a Kali hacia la pequeña habitación. Hay una mesa y una silla, y no queda espacio para mucho más. Un hombre está sentado en la silla; con las botas apoyadas sobre la mesa y los ojos cerrados. Dylan es nativo de Askkandia y tiene los ojos verdes, la piel cobriza y una gran afición por los rumores, lo que significa que sabe todo lo que ocurre en la ciudad portuaria.

—Has vuelto —dice abriendo un ojo—. ¿Al final has decidido trabajar para mí?

—Pues no. Sabes que solo trabajo para mí mismo.

—Sé que deberías hacerlo.

Quita las botas de la mesa y se endereza; luego mira a Kali, pero no pregunta nada. Dylan no actúa así.

—¿Qué haces aquí entonces? No creí que te atreverías a volver después del embrollo de la última vez.

—No tenía muchas opciones. Escucha, Dylan, necesito dinero, y lo necesito rápido.

—¿Y qué tienes para mí? —Levanta una ceja—. Me caes bien, chico, pero la caridad no es lo mío.

Meto la mano en el bolsillo y saco la bolsita donde llevo los botones enjoyados. Los pongo sobre la mesa y veo cómo se le encienden los ojos. Dylan remueve el pequeño montón con un dedo y luego agarra uno para examinarlo. Saca una lupa del cajón de la mesa y lo observa más de cerca; después me mira a los ojos.

—¿De dónde has sacado esto? —pregunta.

Finjo una carcajada.

—Sabes que no te lo voy a decir.

Frunce los labios y nos mira alternativamente a Kali y a mí.

—Igual quieres echarle un vistazo a esto. —Levanta un papel de la mesa y me lo ofrece. ¿Panfletos de papel? Repito: Askkandia de mierda... Bajo la mirada y me volteo ligeramente para que Kali no pueda verlo.

Es una imagen detallada de ella con su vestido morado, con todos esos botones brillantes a la vista. Hay una recompensa por cualquier información sobre el paradero de la princesa Kalinda. Desaparecida en la EEI *Caelestis*. Dice más cosas, pero no las leo; arrugo el papel y lo lanzo al bote de basura mientras observo rápido a Kali. Lleva la cara completamente cubierta, así que no tengo ni idea de lo que está pensando, pero tiene los brazos cruzados bajo la túnica y está dando golpecitos con el pie en el suelo de una forma que no augura nada bueno para ninguno de los dos.

—No tiene nada que ver conmigo —le digo a Dylan con una sonrisa—. ¿Estás interesado o no? Porque hay otra gente a la que puedo acudir.

—Puede que lo esté. —Me lanza una mirada maliciosa—. Van a estar buscándolos una temporada y no podré venderlos, sobre todo en Askkandia. Depende de cuánto pidas. Tiene que merecer la pena correr el riesgo.

Le digo la cifra que Beckett me había dicho que valían y él se ríe. Por lo menos le estoy alegrando el día. Me responde con un número veinte veces menor. Intento regatear, y al final nos ponemos de acuerdo exactamente donde Beckett había dicho que lo haríamos. Puede que sea un poco rara, pero sabe bien lo que hace.

Los créditos cambian de manos, y observo a Dylan tomar una de las joyas y besarla antes de guardarla de nuevo en la bolsa con las demás. Entonces vuelve a mirarnos a Kali y a mí.

—Yo que tú me largaría de este planeta lo antes posible. Esto se llenará de soldados imperiales en cualquier momento.

Buen consejo, doblemente bueno porque no me fío de que no me traicione. Sí, somos amigos, más o menos, aunque la recompensa del panfleto que me ha enseñado era muy jugosa, y no hay nada que Dylan adore más que el dinero. Ni siquiera a su hija.

Asiento con la cabeza y me llevo a Kali de la habitación. Noto que mucha gente nos mira al cruzar el bar. Sin embargo, también noto que el dinero me quema en el bolsillo. En cuanto salimos a la calle, la princesa se da vuelta hacia mí.

—¿Qué era ese trozo de papel?

—Nada.

—¿Por qué iba a enseñarte un papel que no tuviera nada? Era sobre mí, ¿verdad?

Resoplo.

—No te preocupes. Todo estará bien.

—Eso no es un «no». Y ¿a qué se refería con lo de los soldados imperiales?

—No tiene nada que ver con nosotros.

Echo una mirada a nuestro alrededor. En una esquina hay un vendedor de comida que ofrece panecillos con especias, típicos de este lugar. Compro un par y sostengo uno delante de la cara de Kali. Quizá si se llena la boca deje de hacer tantas preguntas.

Se ríe.

—Sé lo que estás haciendo. —Pero se inclina hacia el bollo, inspirando el olor de la levadura caliente.

—¿Y funciona?

Kali no responde; no obstante, le ruge el estómago, y eso es suficiente respuesta. Luego saca la mano por debajo de la túnica y me quita el panecillo. Lo hace desaparecer bajo la capucha y, unos segundos más tarde, vuelve a sacar la mano vacía. Impresionante, debe de habérselo comido en un tiempo récord.

Le doy una mordida tranquilamente al otro bollo —yo también tengo hambre, pero, a diferencia de la princesa, ya estoy acostumbrado a ello— y empiezo a caminar. Kali me sigue.

—¿Por qué no me dejas aquí? —me plantea—. Está claro que no te caigo bien, ¿no quieres deshacerte de mí? Y si las fuerzas de seguridad están en camino, puedo entregarme yo misma.

Pienso en eso, y no es la primera vez que lo hago. Parece demasiado convencida de que su madre se preocupará por nosotros, pero mi instinto me dice que no se puede confiar en la emperatriz. En cuanto rescatemos a Milla y podamos esfumarnos, claro que sí, pero ¿ahora? De ninguna manera.

Como tampoco pienso contarle nada de eso, cambio de tema:

—¿Quién voló en pedazos la *Caelestis*? —pregunto.

—¿Qué? ¿Cómo voy a saberlo? —Suena confundida y bastante ofendida.

No contesto. Hay una tienda de ropa en la esquina, y entro mientras Kali me sigue de cerca.

—Más tarde —le digo—. Consigue algo de ropa. Y hazlo rápido.

—¿Tenemos suficiente para que me pueda comprar algo yo también? —Hay un tono de sorpresa en su voz.

—No creerías que te dejaría con esa túnica sucia, ¿no?

Ahora le toca a ella evitar responder, lo que quiere decir que sí lo pensaba. No estoy seguro de si debería sentirme insultado o darme a mí mismo una palmadita en la espalda. Es evidente que piensa que soy tan canalla como quería hacerle creer.

—Elige algo antes de que cambie de idea. —Me dirijo hacia el fondo de la tienda, donde tienen las botas.

—¿Siempre eres tan mandón? —inquiere siguiéndome.

—Sí. ¿Tú siempre eres tan lenta?

Me gruñe un poco, y, por algún motivo que no entiendo, eso me hace sonreír. Luego se dirige al centro de la tienda y da una vuelta completa. La dueña está vigilándonos, por supuesto, pero está claro que Kali no es el primer personaje peculiar que lleva a cabo cosas peculiares en su local. A juzgar por su expresión aburrida, probablemente ni siquiera sea la primera de hoy.

—No estoy segura de qué se supone que debo hacer —confiesa la princesa en un susurro.

—Elige lo que quieras, paga y vete. ¿Cuál es el problema?

—Nunca había hecho esto antes.

Me pregunto por un instante cómo habrá conseguido toda esa ropa elegante que sin duda tendrá. Entonces decido que no quiero saberlo, porque seguramente hará que me ponga de mal humor.

—Sólo agarra algo y ya.

Kali suspira.

—Es todo tan... aburrido.

—No vas a ir a un maldito baile. No tiene que ser algo resplandeciente —gruño, molesto, porque ahora la vendedora me está mirando a mí.

Me da la impresión de que le gustaría que nos fuéramos, pero no se atreve a pedírnoslo por culpa de la pistola que llevo en la cintura. Me acerco a ella.

—¿Tienes algo con un poco más de... color? —le pregunto.

—Que no sea morado —añade Kali.

La vendedora abre los ojos de par en par.

—No creo que eso vaya a ser un problema —le digo a Kali en un tono de «¿qué carajos...?»—. Solo las familias gobernantes visten de morado.

Saco un fajo de créditos planetarios y los agito en dirección a la mujer, esperando que así se olvide de la metedura de pata de Kali.

Funciona. Se espabila de inmediato.

—Lo mejor que tenemos está por aquí —afirma guiándonos hacia una habitación más pequeña.

Nunca he ido de compras con una mujer, solo con Milla, aunque eso no cuenta..., pero me imagino que Kali no se está comportando de forma normal, incluso antes de que se coloque en mitad de la tienda para dar una vuelta sobre sí misma.

La vendedora regresa con un montón de ropa bajo el brazo.

—Esto nos lo habían encargado, pero los compradores nunca volvieron a por ello. —Deja caer las prendas sobre el mostrador que hay al fondo de la habitación—. Mira a ver si hay algo que te guste.

Kali rebusca entre la ropa y escoge unas prendas negras.

—Eso te quedará bien —asevero—. Hace juego con el color de tu corazón.

La princesa pone los ojos en blanco y sigue mirando la ropa.

—No estoy buscando nada para mí —aclara por fin—. Es para Rain.

—Se pasa la vida vestida con túnicas blancas, así que... ¿un overol blanco? —propongo, pero Kali levanta la vista hacia mí y me mira como si me hubiera crecido una segunda cabeza. Las mujeres son raras—. Agarra lo que necesites, y date prisa.

Por una vez, me hace caso y estamos de vuelta en la calle diez minutos más tarde. Kali va cargada de bolsas bajo la túnica y lleva puestas las botas nuevas que he elegido para ella. Ahora solo necesitamos provisiones, y entonces podremos regresar.

Me ocupo de eso con mucha facilidad, y llevo suficientes suministros para que nos duren unas semanas, incluyendo material de primeros auxilios para estar prevenidos en caso de que tengamos algún rasguño, algo que será inevitable. Comida fresca para los próximos días, un montón de agua embotellada, artículos de aseo, barritas de proteínas, comida deshidratada que lleva años caducada pero que debería estar bien y un costal de harina de maíz, el alimento básico en Kridacus. Y, sobre todo, varios costales llenos de pezgalen reseco.

Odio el pezgalen reseco, los peces diminutos de agua dulce que abundan en los lagos de Askkandia. Es lo que come la gente pobre; sabe a mierda y huele aún peor. Pero es alto en proteínas y nos mantendrá con vida, y tampoco es que tengamos muchas más opciones. La mayoría de los estantes de la tienda estaban vacíos, otra señal de que todo se está yendo a la mierda con rapidez.

Para compensar todo el pezgalen, añado unas pocas botellas de gerjgin, una bebida alcohólica askkandiana bastante fuerte. De hecho, son más que unas pocas, pero ¿quién sabe cuánto tiempo nos tendrán que durar? Pago en efectivo y les prometo otros diez créditos si nos lo llevan a la nave ahora mismo. Ya es hora de largarnos de aquí.

En cuanto salimos de la tienda, tomo la ruta más rápida hacia el puerto, pero cuando llegamos más o menos a la mitad del camino, me percato de que tenemos un problema. Alguien nos está siguiendo.

Puede que los haya enviado Dylan para recuperar su dinero. En serio, ese sujeto es un sinvergüenza.

O puede que se haya dado cuenta de quién era Kali y haya decidido cobrar la recompensa.

O quizá un desconocido cualquiera se haya percatado de que teníamos mucho dinero. En Rangar podía ser cualquiera de esas cosas, todas ellas o alguna distinta.

De momento solo son tres personas, así que no me preocupa demasiado, pero seguramente la princesa me estorbará si acaba habiendo una pelea. Y supongo que la habrá, porque los tres son delgados y tienen aspecto de estar pasando hambre.

El primer paso es alertar a Kali del problema, así que me inclino hacia ella y le digo en voz baja:

—Nos están siguiendo. No mires...

Demasiado tarde, ya está curioseando.

—Mierda —murmuro—. Deberías dar clases de cómo no ser discreta.

—¿No deberíamos buscar ayuda? —pregunta ella con la mirada deliberadamente vacía.

Ay, qué maravilla es vivir la vida de una princesa.

—¿Dónde? Además, solo son tres.

—Exacto —responde ella—. ¡Son tres!

Intento no sentirme insultado mientras examino la zona en busca de una ruta de escape. Lo último que quiero es guiarlos hacia la nave. Quizá tengan amigos, y podría ponerse feo... Además, esa abominación alienígena no es algo que pueda pasar desapercibido.

Encuentro por fin un callejón que sale del camino principal, y llevo a Kali hacia allí.

—¿Adónde vamos? No veo nada. Creo que...

—Deja de distraerme. —Examino el callejón y la guío hacia una puerta ancha. La maldita túnica blanca destaca incluso entre las sombras, pero es mi mejor opción ahora mismo. Aunque me planteo desenfundar la pistola, decido dejarlo como última opción. Un rayo láser no es algo que se vea todos los días, y no quiero llamar la atención. O, más bien, no quiero llamar aún más la atención.

Me aparto de Kali a toda prisa y me agacho, fingiendo examinar algo en el suelo para intentar convertirme en un blanco perfecto.

No tardo mucho en oír al primero que viene por mí. Me enderezo y, con un movimiento fluido, me doy vuelta y le doy una patada en el pecho. Sale volando hacia atrás justo cuando me alcanza el segundo. Voy hacia él y empezamos a caminar en círculos lentamente. Le lanzo una mirada que dice que tengo todo el tiempo del mundo, lo que hace que el hombre entrecierre los ojos.

Es una señal clara, y me estoy preparando cuando arremete contra mí. Es enjuto y fuerte, y forcejeamos unos instantes, hasta que permito que me golpee en las piernas y me derribe.

Echo a rodar en cuanto toco el suelo para colocarlo debajo de mí y le doy un puñetazo en la cara.

Una sangre roja, rica en oxígeno, brota de su nariz, pero el hombre no parece sorprenderse. Sin perder un segundo, levanta los brazos y me rodea el cuello con las manos como si creyera que así va a asfixiarme hasta la muerte o algo. En cualquier otra situación estaría impresionado por su resiliencia, pero los otros dos tipos están merodeando por el callejón, y de ninguna manera pienso permitir que le pongan una mano encima a Kali.

Así que, en vez de dejar que este cabrón disfrute de su momento de gloria, suelto la mano con la que le estoy apretando el pecho. Ignoro su sonrisa triunfal —puede que sí sea un maldito fracasado, después de todo— y le clavo los pulgares en los ojos con todas mis fuerzas.

Grita tan alto que probablemente lo habrán escuchado desde la *Luz Estelar*, y me centro en eso en lugar de en el ruido asqueroso que hacen sus globos oculares cuando explotan bajo mis dedos. El hombre me suelta la garganta y se lleva las manos a las cuencas de los ojos.

Ya está en el suelo, pero lo necesito inconsciente, así que vuelvo a darle un puñetazo en la cara. Se desmaya incluso antes de que aparte la mano de allí.

Respiro hondo por fin, saboreando el aire que entra en mis pulmones ansiosos.

Después me impulso para ponerme en pie.

Justo antes de que algo me golpee en la cabeza por la espalda.

«Cobarde de mierda...»

Vuelvo a estar a cuatro patas y oigo un zumbido en la cabeza, pero consigo echarme a rodar antes de que el hombre salte por mí. Lanzo una patada hacia arriba y le doy justo en los huevos. Se tambalea hacia atrás maldiciendo, pero vuelve a acercarse a mí con un cuchillo reluciente en la mano.

Tengo que acabar con esto.

Desenvaino mi propio cuchillo, y la hoja destella con la luz del sol. En cuanto el hombre la ve, intenta reducir su ímpetu, pero está yendo demasiado rápido. Estiro el brazo hacia delante y le agarro la chamarra con una mano mientras esquivo el cuchillo; luego tiro de él hacia mí y le clavo mi propia hoja entre las costillas, atravesándole el corazón.

Está muerto antes de que la retire.

Me doy la vuelta, esperando que el tercer hombre haya captado la indirecta y esté huyendo del callejón, pero está avanzando hacia donde he escondido a Kali, y de repente camina con una determinación que me dice que ya la ha encontrado.

Una punzada de algo parecido al miedo me recorre el cuerpo y, actuando por puro instinto, le lanzo el cuchillo.

Le golpea en el centro de la espalda. El hombre cae de rodillas y se lleva la mano al bolsillo. No espero para ver si tiene una pistola. En lugar de eso, le arranco el cuchillo del cuerpo, lo agarro del cabello para echarle la cabeza hacia atrás y le corto la garganta con un movimiento limpio.

El olor cálido y cobrizo de la sangre inunda el aire. Limpio el cuchillo en su chamarra y luego hago lo mismo con mis manos, que están cubiertas de restos de ojos explotados.

Después me pongo en cuclillas junto a él y le paso las manos por el torso para ver si lleva algo de valor, aunque lo dudo. Estos tres no parecen ese tipo de gente.

No encuentro nada excepto un trozo de papel que tiene guardado en el bolsillo.

Es un panfleto. Veo la palabra *recompensa*, y al principio pienso que es el mismo que me ha enseñado Dylan, el de la princesa. Pero no lo es. Es mucho peor.

Es una foto mía. Una buena, y evidentemente reciente, ya que llevo puesto el uniforme de guardia de la *Caelestis*.

No me extraña que estos tres me hayan seguido. Bajo la imagen se lee: «VIVO O MUERTO». Por lo visto, voy armado y soy peligroso. La recompensa es una cantidad de dinero absurda, tanto que estoy tentado de entregarme yo mismo.

Mierda. Estamos jodidos.

Ya tendríamos que habernos largado de aquí hace tiempo.

Pero cuando me enderezo y me dirijo hacia Kali, me doy cuenta de que la princesa no está allí.

20

RAIN

Tomo una bocanada de aire fresco. Es agradable y huele a la gasolina, el agua y el humo provenientes de la ciudad, que puedo ver a lo lejos. El cielo está despejado, y levanto la vista hacia él, hacia el color azul oscuro que hay sobre nuestras cabezas.

Parece increíble que estemos aquí cuando hace unos pocos días estaba segura de que nunca volvería a ver nada que no fuese el monasterio de Serati.

Y ahora estoy sentada sobre un muro en Askkandia, delante del lago más grande y cristalino que he visto jamás. Unas luces destellan en la superficie del agua tranquila, y los pescadores preparan unas redes enormes para capturar los abundantes peces que hay allí.

Es un sitio precioso y muy diferente a todo lo que conozco. No hay lagos ni mares en Serati. De hecho, apenas hay agua. Algunos días hace tanto calor que es difícil respirar en el exterior; cada dolorosa inhalación te abrasa la tráquea y te achicharra los pulmones si no tienes nada para utilizar como filtro.

Una facción dentro de la Hermandad quiere trasladarse a uno de los planetas exteriores, pero Serati es el hogar de los Antiguos, y la mayoría del cónclave no cree que vaya a ocurrir nada demasiado terrible. Creen que salvaremos el mundo antes de morir abrasados y que trasladarnos enviaría el mensaje equivocado a nuestros seguidores.

Yo soy de la opinión de que sería un mensaje aún peor dejar que nuestros seguidores murieran, pero no soy yo quien hace la ley. Solo soy un instrumento de la fe para la Hermandad, aunque hay días en los que hasta a mí misma me cuesta creer.

Cuando era más joven, solía molestarme tener dudas. Sin embargo, entonces, una de las hermanas —la hermana Luz, que murió mientras dormía poco después de nuestra charla— me dijo que estaba bien preguntarse cosas. Que una suma sacerdotisa debía tener fe, pero también tenía el deber para con su gente de cuestionar las creencias de la Hermandad y asegurarse de que el camino que recorren sigue siendo el correcto.

Un movimiento a mi izquierda llama mi atención. Inmediatamente sé que es Beckett: he pasado tanto tiempo estudiándola durante los últimos días que soy capaz de identificar la forma en que se mueve, incluso con el rabillo del ojo.

Cuando se acerca, recuerdo al instante la sensación de sus labios sobre los míos. No debería haber dejado que me besara..., pero deseaba que lo hiciera.

Últimamente me parece que deseo demasiadas cosas en las que ni siquiera debería estar pensando. Como que me vuelva a besar, por ejemplo.

Se detiene a mi lado y se sienta, así que me doy vuelta para poder verle la cara; está mirándome el cabello.

—Precioso —murmura—. Como la luz del sol y de las estrellas.

Nadie me había dicho nunca nada así, y noto un calor que se apodera de mi cuerpo. Por un momento me imagino cómo sería si no esperara a que Beckett me tocara. Si fuera yo quien me acercara a ella.

La tomaría por los hombros y le acariciaría los duros ángulos de la clavícula, que forman una dicotomía con la suavidad de su piel. Entonces me inclinaría hacia ella y recorrería la línea de su mandíbula con los labios, con cuidado de no rozar la cicatriz de aspecto doloroso que tiene bajo la oreja. Lo último que quiero es causarle dolor, sobre todo porque me muero de ganas de llenarla de placer.

Beckett arquearía el cuerpo al sentir mi contacto y su cuerpo se estremecería con la misma sensación de anhelo que recorrería el mío. Y cuando nuestros labios se encontraran, ella...

—No sé en qué estarás pensando, pero estás muy guapa cuando lo haces —dice.

Sus palabras —y el tono un tanto provocador que utiliza al decirlas— me devuelven de golpe a la realidad. No sé cómo responder, así que me quedo mirándola fijamente, con los ojos muy abiertos y el corazón latiéndome con fuerza en el pecho.

—¿No tienes nada que decir? —me pregunta en voz baja.

Niego con la cabeza, y de inmediato me siento mal por haberle mentido. Porque no es que no tenga nada que decir, es que tengo tanto que decir que no sé ni por dónde empezar.

Hasta ahora nadie me había querido escuchar.

—¿En qué estabas pensando? —dice mientras extiende la mano y hunde los dedos entre mi cabello.

—En ti —confieso, porque es la verdad. Y porque no quiero ocultarlo. No es lo mismo que acercarme a ella y besarla, pero, al ver el brillo en sus ojos amarillos, no puedo evitar pensar que es un comienzo.

—¿Ah, sí? —Introduce aún más los dedos, hasta que me rozan el cráneo, y todo mi cuerpo se pone rígido. Y entonces empieza a frotar y la tensión, a desvanecerse.

—Esto es maravilloso —murmuro—. Creo que nadie me había tocado nunca el cabello. —Entrecierro los ojos, intentando recordar—. Supongo que alguien lo haría cuando era pequeña, pero no me acuerdo.

Beckett se queda pensando, mirándome con la cabeza ladeada.

—¿Y Merrick? —repone ella—. ¿No es tu dama de compañía?

Dejo escapar una risita.

—Creo que me estás confundiendo con Kali. Ella tenía una asistenta que la ayudaba a vestirse. —Frunzo el ceño—. Pero, claro, su vestido era mucho más elaborado que mi túnica. —Jalo la tela fea y suspiro.

—Entonces, Merrick y tú... —deduce ella tras un segundo—. ¿Amantes?

Suelto un grito ahogado y me volteo para mirarla fijamente.

—¡Oh, no! Él jamás... Aunque Merrick quisiera, y sé que no es así, se toma sus obligaciones demasiado en serio. Seguro que piensa que una relación personal pondría en peligro su capacidad para cumplir con su deber.

—¿Y cuál es?

—Protegerme.

Beckett sonríe.

—Pero aquí estás. Tú sola.

—No, no lo estoy. Estoy contigo. Merrick me dijo que me quedara en la nave y no me metiera en problemas, pero necesitaba un poco de aire fresco. Estaba nerviosa y quería ver este lugar y el agua.

Asiente con la cabeza y me mira con esos impresionantes ojos suyos de una forma que hace que se me erice la piel. Pero entonces aparta la mirada deliberadamente, y todo lo que hay en mi interior se desinfla. Al menos hasta que dice:

—No has dicho nada de ti.

—¿Qué quieres decir?

—Has dicho que Merrick jamás pondría en peligro sus obligaciones por estar contigo. Pero no has dicho nada sobre qué opinas tú de eso. O de él.

—¡Oh! ¡No es nada de eso! Merrick es mi... —¿Protector? ¿Guía? ¿Amigo? Al final me decido por—: Cuida de mí, y eso es lo único que queremos los dos.

No responde a eso, y la observo un par de minutos con el rabillo del ojo, hasta que me doy por vencida y vuelvo a mirar el lago.

Estamos un rato en silencio, observando el agua en calma. El sol se hunde en el cielo y el día da paso a la noche, cubriendo el lago con un débil brillo rosado; no falta mucho para el crepúsculo.

Hay un silencio agradable. Por una vez, la energía frenética de Beckett está apaciguada. Y en su cara no hay rastro de ese dolor que suele llenar sus ojos. Ahora mismo parece... inquietante. Impresionante. Cautivadora.

Nunca he conocido a nadie como ella.

Y entonces siento que me invade una sensación de intranquilidad, como si necesitara hacer algo. Necesito moverme, correr... Vuelvo a mirar el agua.

—¿Quieres ir a nadar?

Beckett se da vuelta para mirarme, y por un momento su mirada tiene una expresión vacía, como si estuviera a miles de kilómetros de aquí. Entonces parpadea.

—No sé nadar.

—Yo tampoco.

—Creía que habías nacido en Askkandia —comenta ella.

Beckett estaba allí cuando Max, Gage y yo charlábamos distraídamente en el puente de control. Creía que no nos había escuchado, pero había estado prestando atención. A mí. El corazón me da un vuelco.

—Oh, he nacido aquí, pero me llevaron a Serati cuando todavía era un bebé —aclaro—. No tengo recuerdos de este lugar. Pero, pues —sonrío—, podemos aprender a nadar juntas.

—O ahogarnos —dice ella, y esa idea no parece preocuparle demasiado.

—Podríamos chapotear un poco. O meter los pies en el agua.

Beckett baja del muro de un salto y extiende la mano hacia mí. Y el hormigueo que sentía en la piel regresa, ahora con más fuerza.

«¿Qué estoy haciendo?»

Una parte de mí sabe que esto no está bien. Que es peligroso. Pero hay algo dañado dentro de Beckett y tengo la impresión de que puedo ayudarla.

Sonrío y deslizo la mano sobre la suya, y un escalofrío me recorre el cuerpo.

Y es entonces cuando me doy cuenta de que me estoy mintiendo a mí misma. Otra vez. Se está convirtiendo en una costumbre poco saludable. Porque, aunque sin duda me gustaría ayudar a Beckett, no le he pedido que vaya a nadar conmigo por eso. Y tampoco es por eso por lo que le he agarrado la mano.

Recuerdo la sensación de sus labios sobre los míos y un anhelo me llena por dentro, se introduce por todos esos pequeños rincones y grietas de mi cuerpo que ni siquiera sabía que estaban vacíos. Quiero que me vuelva a besar para calentarme en su fuego, acariciarle las líneas de dolor que le recorren la frente y hacer que se olvide de todo lo malo. Aunque sea solo un rato.

Caminamos en silencio hacia la orilla, hasta que Beckett hace una ligera mueca.

—¿Cómo va tu cabeza? —pregunto.

—Estoy bien.

—¿Sí? —insisto, porque no le creo. Puedo notar la tensión en su cuerpo, el dolor que parece irradiar.

Se encoge de hombros.

—En realidad está hecha un desastre. A veces soy incapaz de retener mis propios pensamientos, por mucho que lo intente.

Otras veces sé lo que quiero decir, pero no consigo pronunciar las palabras correctamente. Todo está borroso. El pasado y el presente. Unas veces estoy mejor que otras. Ahora estoy bien. —Me lanza una mirada inquisitiva—. Tú haces que todo esté más claro.

—Me alegro. —Le aprieto la mano—. Con el tiempo vas a mejorar.

—O no. —Se vuelve a encoger de hombros—. Ya veré cómo me las arreglo.

—No tendrías por qué conformarte con arreglártelas —digo, irritada, y luego hago un gesto de acatamiento, porque enfadarse nunca sirve para nada—. Quizá deberíamos llevarte a un médico ahora que estamos aquí.

—Quizá —concede. Pero me da la impresión de que solo está intentando tranquilizarme.

Miro alrededor y me doy cuenta de que somos las dos únicas personas a la vista. El sol ya casi ha desaparecido, solo es un pequeño resplandor de color en el horizonte.

—Es mágico —digo.

—No creo que nadie haya llamado jamás «mágica» a Askkandia —responde ella.

—No me refiero solo al planeta, sino... —Hago una pausa, esforzándome por explicar lo que estoy pensando. Lo que siento—. Cuando estaba en el monasterio, todos los días eran iguales. A veces creía que me iba a morir de aburrimiento. Pero no me he vuelto a aburrir desde el momento en que puse un pie en la *Caelestis*.

Beckett levanta las cejas.

—¿De verdad crees que el terror es mejor que el aburrimiento?

—¡Sin duda! —Y entonces me percato de lo que estoy diciendo y de cómo debe de sonarle a una chica que ha pasado por lo que ha pasado Beckett, y vuelvo a suspirar—. Dios mío, he dicho algo terrible. Sé que hay mucha gente que cuenta con mucho menos que yo. Y tengo una misión en la vida, quizá una oportunidad de ayudar a todas esas personas. Pero eso no quiere decir que no la pase mal de vez en cuando. Simplemente quiero hacer muchas más cosas aparte de ver los mismos muros y el mismo desierto durante el resto de mi vida.

Hay una playa estrecha; me dejo caer en la preciosa arena cerúlea y me quito las botas. Luego me quedo sentada un instante y levanto la vista hacia Beckett.

—No puedo creer que esté haciendo esto. Que esté aquí contigo. Eres diferente a todas las personas que he conocido.

—No estoy segura de que eso sea algo bueno. —Beckett baja la vista hacia mí con curiosidad—. ¿No quieres saber por qué estaba en la nave-prisión? ¿Lo que hice para llegar allí?

—Claro que sí. Me interesa absolutamente todo. No paro de fastidiar a Merrick con mis preguntas.

—¿Y por qué no me lo has preguntado?

—Porque lo que hayas hecho en el pasado no es importante. —Le sonrío con dulzura—. Además, ya hablarás de ello cuando estés preparada.

—Puede que sí. —El «puede que no» se queda flotando en el aire, pero no insisto. No quiero arruinar el momento mágico que estamos teniendo. Beckett me sonríe—. Ven, vamos al agua.

Me pongo de pie de un brinco y esta vez soy yo quien le extiende la mano a ella. No es un beso, como en mi ensoñación, pero es más que nada. Es un paso. Uno que me hace feliz, sobre todo cuando ella estira la mano y entrelaza sus dedos con los míos. Juntas, caminamos lentamente hacia el agua.

Está más caliente de lo que esperaba, y cuando moja mi piel se siente como si fuera seda... o como me imagino que debe de ser el tacto de la seda. Me seduce, me hace adentrarme en el agua.

Pienso que en cualquier momento me detendré y nos daremos la vuelta. Pero sigo avanzando, y ella también.

Cuando el agua me llega a la cintura, me doy la vuelta para mirarla. Entonces sonrío, le suelto la mano y me dejo caer de espaldas con un grito de alegría. Me sumerjo y vuelvo a salir a la superficie, escupiendo agua y riéndome, con el cabello mojado pegado a las mejillas y al pecho.

Beckett me mira como si me hubiera vuelto loca. Y puede que sea así. Entonces ella también se ríe y se hunde en el lago. Sigo su ejemplo y aguanto la respiración todo lo que puedo; luego vuelvo a emerger, jadeando.

—Recordaré esto cuando vuelva al monasterio —confieso—. Puede que sea el mejor día de toda mi vida.

Beckett niega con la cabeza.

—Y yo que pensaba que la mía era triste...

Sé que no lo dice en serio, así que ignoro sus palabras.

—Quiero flotar, pero algo me dice que me hundiría con esta túnica ridícula. Parece que peso una tonelada.

—Pues quítatela. A mí no me importa en absoluto.

Miro a Beckett bajo la luz morada del crepúsculo, y de repente el aire parece estar cargado con algo nuevo. Recuerdo el sabor de aquel beso breve. Su dulzura.

Me animo a mí misma a llevar a cabo mis ensoñaciones. A acercarme a ella y besarla para volver a sentirme así. Pero mis piernas están paralizadas, y también mi valor.

Por suerte, Beckett no tiene el mismo problema.

Da un paso hacia mí, extiende el brazo y me aparta el cabello de la cara. La electricidad crepita a nuestro alrededor, antes incluso de que se incline hacia delante para lamer el agua de mis labios.

Me tiemblan las rodillas; cada nervio de mi cuerpo cobra vida. Respiro de manera entrecortada, y Beckett se aparta de mí con una mirada inquisitiva. Me dispongo a suplicarle que regrese, que vuelva a hacer eso, pero se me ha olvidado cómo se forman las palabras. Lo único que sale es un gemido silencioso que suena a la desesperación —a la necesidad— que recorre mi sangre.

La mirada de Beckett se ensombrece, y los labios se le curvan en una sonrisa tan traviesa como me siento yo. Y entonces se inclina de nuevo hacia mí, aunque esta vez no se conforma con lamerme los labios. Aprieta su boca contra la mía, y siento como si mi corazón estuviera a punto de detenerse del mejor modo posible.

Vuelvo a gemir, y noto cómo frunce los labios, apoyados contra los míos.

—Me gusta ese sonido —susurra ella.

—A mí me gustas tú —respondo, porque es cierto. Y porque quiero que deje de hablar y me bese, que me bese en serio, como en todas las historias de amor que he oído o me he imaginado.

Esta vez, cuando se inclina para besarme, no puedo evitar notar que tiene los labios fríos. O que los míos están calientes. No lo sé. Todas las sensaciones se entremezclan en mi interior. La frescura del agua, la suavidad de su piel y el fuego que arde en mi sangre. La deseo como no he deseado nunca nada.

Me aprieto contra su cuerpo y separo los labios bajo los suyos, justo cuando el sonido de un disparo desgarra el aire de la noche.

21

KALI

Mis botas nuevas son un poco incómodas y no son buenas para correr, pero lo hago de todas formas. Corro tan lejos y tan rápido como puedo, hasta que me arden los pulmones y siento un dolor agudo en el costado.

Por fin localizo un portal cerca de donde estoy. Me escondo en él y me inclino para recuperar el aliento.

«Que no se te ocurra vomitar.»

Noto el sabor amargo de la bilis en el fondo de la garganta.

Ian le ha sacado los ojos a ese hombre y ha matado al resto. Tres contra uno, y aun así se lanzó contra ellos como si nada.

Quizá para él no fuera nada.

Es una idea aterradora. Desde el principio supe que era peligroso. Que no iba a dejar que nada se interpusiera en su camino. Pero hay una diferencia entre ser peligroso y ser un asesino a sangre fría. El último de los hombres estaba de espaldas a él, ni siquiera iba a atacarlo, pero Ian lo mató en cualquier caso. Le cortó la garganta incluso después de que el hombre cayera al suelo tras clavarle el cuchillo en la espalda.

Todavía puedo notar el enfermizo olor dulzón de la sangre —demasiada sangre— atascándome las fosas nasales.

No puedo vivir así, no puede ser.

Durante un tiempo, me había dejado llevar por el entusiasmo y me había olvidado de quién y de qué era. Se me habían olvidado mis obligaciones. Pero esa pelea ha sido una llamada de atención que tardaré en olvidar.

Trago saliva y me abrazo a mí misma. Yo no pertenezco a este lugar. No puedo estar con él. Con ninguno de ellos. No tengo nada que ofrecerles y realmente tampoco sería capaz de llevar esta vida. Tengo que escapar. El único problema es que solo hay otro lugar al que puedo ir, y ya no estoy segura de querer volver allí. He visto demasiadas cosas en Rangar: pobreza, desesperación, violencia. ¿Y mi madre sabe todo esto? Peor aún, ¿puede ser ella la responsable?

«Tranquilízate. Prepara un plan.»

Pero ¿qué puedo hacer? ¿En quién puedo confiar, excepto en mí misma? Soy la primera en admitir que estoy completamente fuera de lugar en Rangar. ¿Adónde iba a ir, si no es al palacio o a la nave?

Respiro hondo de nuevo e intento calmar mi mente alborotada. Y decido que probablemente debería empezar por salir de este portal.

No obstante, en cuanto miro en dirección a la calle, se me cae el alma a los pies. Da la sensación de que haya salido de un sitio malo para meterme en otro peor. Esta zona parece estar en ruinas, y muchos de los edificios están tapiados y medio derrumbados. Además, las calles están vacías y el sol poniente proyecta unas sombras espeluznantes. Ahora que sé lo peligroso que es realmente el sistema, cada sombra se antoja una amenaza.

Me levanto la capucha lo suficiente para poder ver sin tener que descubrirme toda la cabeza, y entonces, cuando la zona parece despejada, salgo.

Paso junto a una especie de tablón de anuncios con varios panfletos clavados. Estoy a punto de pasar de largo sin mirarlo, pero entonces recuerdo el papel que el hombre del bar le había enseñado a Ian. Examino el tablón y me fijo en el póster que hay en el centro.

SE BUSCA: VIVO O MUERTO. Las palabras están escritas bajo una foto de Gage.

No tiene ningún sentido. ¿Por qué iba a querer alguien matar a Gage? ¿O a Max? ¿O a Merrick, Rain o Ian? Hay pósteres con cada una de sus caras, y ofrecen recompensas por todos ellos, independientemente de si están vivos o muertos.

Pero el que está en la parte de abajo es el que me llama la atención.

Extiendo el brazo y lo arranco. Lo examino de cerca. No cabe ninguna duda de quién aparece en la imagen: yo misma, vestida con las galas imperiales.

Supongo que nos hicieron la foto en la *Caelestis*, antes de las explosiones. Pero ¿por qué salgo en un póster? Y más importante aún, ¿por qué me quieren viva o muerta?

Mi mente es un torbellino.

Miro hacia abajo y leo la letra pequeña. ¿Me buscan por hacerme pasar por una princesa de las familias gobernantes? Pero... lo soy. Soy la princesa.

Es como si el mundo se hubiera vuelto del revés. Y, de algún modo, ya ni siquiera soy yo misma. ¿Hacerme pasar por una princesa? ¿Viva o muerta? ¿Quién podría haber hecho esto... y por qué?

Una puerta se abre al otro lado de la calle, y la luz ilumina el exterior cuando salen cuatro hombres.

Me quedo paralizada como un drokaray alumbrado por un haz de luz. No sé si echar a correr o si actuar con normalidad. Lo último que quiero es llamar la atención... No, lo último que quiero es que me atrapen. Pienso en dar marcha atrás, pero la túnica blanca hace que sea un poco complicado pasar desapercibida.

Están avanzando lentamente hacia mí, y decido que no puedo quedarme a esperar a ver qué hacen. No si quiero tener alguna oportunidad de salvarme.

Agacho la cabeza y avanzo rápidamente, maldiciendo por haberme levantado la capucha.

Tengo el estómago revuelto y las piernas me tiemblan con cada paso que doy hacia ellos. No me dicen nada mientras nos acercamos, y estoy empezando a pensar que todo saldrá bien...

—¿Por qué tanta prisa, preciosa? —pregunta uno de los hombres. Habla arrastrando las sílabas, atropellándose, y mi corazón acelerado echa a volar cuando me bloquea el paso.

—Disculpen —les digo a dos de los otros, que ahora están de pie junto a él. Cuando no se mueven, cometo el error de levantar la vista un segundo y cruzar la mirada con el cuarto hombre, que todavía no ha dicho nada.

Pero, cuando nos miramos a los ojos, él abre los suyos cde par en par. Y luego lanza una mirada hacia el tablón de anuncios que hay detrás de mí.

—¡Oye! —grita él, un poco borracho—. Es la chica. La que están buscando, la que se hace pasar por la princesa.

—Qué va. No puede ser —responde uno de los otros. Pero saca del bolsillo un papel que me resulta familiar.

Se acabó el ser educada; intento abrirme paso a través de ellos, pero se dispersan para bloquear cualquier ruta de huida. El pánico me ahoga como si fuera agua fría.

—Abran paso —ordeno con altanería fingida.

—¡Maldición, si hasta suena como una princesa! —cacarea uno de los otros—. ¡Vamos a ser ricos!

Me olvido de intentar razonar con ellos. Me doy la vuelta e intento salir corriendo, pero uno de ellos me agarra del brazo antes de que pueda dar más que un par de pasos. Me jala hacia atrás, contra él, hasta que mi espalda roza su pecho.

La adrenalina me recorre todo el cuerpo y me cuesta respirar, por las lágrimas y por un terror al que me niego a rendirme. En lugar de eso, dejo caer las bolsas e intento defenderme, dándole con el talón en la espinilla y lanzando puñetazos por encima de mi cabeza.

El hombre se ríe y me hace dar vuelta.

—Es viva o muerta, y a mí no me importa cuál de las dos sea —dice; el olor a alcohol barato de su aliento hace que se me humedezcan los ojos. O al menos esa es la historia que voy a contar. El hombre continúa—: ¿Y a ti?

«A mí sí, de verdad, me importa.»

Agacho la cabeza y muerdo la mano que me sujeta, con tanta fuerza que mis dientes atraviesan la carne sucia. La sangre y alguna otra cosa repugnante me inundan la boca, y estoy a punto de tener una arcada. Pero aguanto, al menos hasta que me suelta con un grito y una palabra altisonante.

Echo a correr, levantándome la túnica para no tropezar con ella mientras avanzo calle abajo por la acera.

Sin embargo, no llego muy lejos antes de que me den un puñetazo en la espalda, y salgo disparada hacia delante, perdiendo el equilibrio. Caigo despatarrada al suelo y me golpeo la cara contra el pavimento, tan fuerte que esta vez es mi propia sangre la que me llena la boca.

Aun así, sigo intentando ponerme en pie, pero una bota me aplasta la espalda y me aprieta contra el suelo con firmeza. Casi puedo oír cómo se me rompen las costillas. El dolor es agudo y repentino. No puedo respirar, no puedo meter aire en los pulmones, y el pánico se apodera de mí. Voy a morir. Aquí, en esta calle mugrienta, rodeada por desconocidos que solo quieren cobrar un buen cheque.

Y no hay absolutamente nada que pueda hacer al respecto.

22

KALI

—Déjala en paz.

La voz, tranquila y autoritaria, proviene de delante de mí. Ian.

Cierro los ojos y una oleada de alivio me recorre el cuerpo adolorido. Nunca he estado tan contenta de oír la voz de alguien.

—Lárgate —gruñe el hombre que me está clavando el pie en la espalda.

—No puedo hacer eso —replica Ian—. Y tienes unos tres segundos para apartar esa bota de mierda de la espalda de la princesa o te vuelo la maldita cabeza.

—No es una princesa. ¿No has visto los carteles? Puede que te demos una tajada después de...

—Uno —dice Ian. Hay un destello repentino y la presión desaparece. Me doy la vuelta para tomar aire y mis pulmones se llenan con el hedor de la tela quemada... y de la carne. Huele a carne achicharrada. Puaj...

—Al resto les aconsejo que se vayan. Ya.

Hay otro destello y oigo el sonido de unos pies corriendo. Parpadeo y, al abrir los ojos, veo a Ian, que se alza sobre mí.

—No deberías deambular por ahí, princesa.

Me quedo mirándolo, intentando encontrar mi voz entre un torbellino de dolor y alivio.

—¿Estás bien? —Ian empieza a sonar preocupado—. ¿Puedes moverte? Tenemos que irnos porque volverán. Y probablemente con un montón de refuerzos.

—No..., no has contado hasta tres —replico. Es lo único que se me ocurre para no ponerme a llorar a moco tendido delante de él.

Al principio no parece entender a qué me refiero, pero luego levanta una ceja.

—Sí, bueno, ellos no estaban jugando limpio. ¿Por qué debería hacerlo yo?

Es un buen argumento, así que simplemente me impulso para incorporarme hasta quedar sentada, y después dejo escapar un chillido de sorpresa y de asco.

Hay un hombre muerto a mi lado. Un rayo láser ha agujereado la mitad de su pecho, y aún sigue humeando. Reprimo un nuevo acceso de bilis y retrocedo tan rápido como me lo permiten mis piernas temblorosas.

Una parte de mí cree que debería darme lástima —la muerte es algo terrible—, pero la verdad es que no es así. Era un hombre realmente horrible. Todavía puedo oír su risa espeluznante, puedo sentir el peso de su bota sobre la espalda mientras daba a entender que tenía planes muy siniestros para mí.

—Ven, princesa. Saca ese carácter. Endereza esa espalda imperial tuya de la que tan orgullosa estás. —Ian, con todo, parece preocupado mientras me extiende la mano para ayudarme a levantarme.

La miro durante un segundo, sin estar segura de si debería sostenérsela. Pero entonces recuerdo que se ha pasado toda la tarde llevándome de la mano. Parece ridículo preocuparme por las normas a estas alturas. Sobre todo, porque:

—Por lo visto, ni siquiera soy una princesa. Solo estoy fingiendo.

Ian resopla cuando le agarro la mano y dejo que me ayude a ponerme de pie.

—¿Puedes correr?

Quiero decirle que por supuesto que puedo, pero aún me duele la espalda. Le suelto la mano y digo:

—Eso creo.

Está recogiendo las bolsas que he dejado caer cuando me atacaron.

—Bien. Pues vamos.

Los primeros pasos son una agonía, pero aprieto los dientes y sigo adelante, porque la alternativa es estar aquí cuando vuelvan, y no se me antoja ni lo más mínimo que eso ocurra. Pero, en cuanto doblamos la esquina, oigo un grito detrás de nosotros.

Solo pasan unos pocos segundos hasta que se une más gente, hasta que toda la calle suena como una manada de popples aulladores.

—Mierda —gruñe Ian. Acelera el paso, y yo me agarro la falda de la túnica y echo a correr como si mi vida dependiera de ello, ignorando el dolor que sigue recorriéndome todo el cuerpo. No es nada comparado con lo que sentiré si nos atrapan, y soy consciente de ello.

Ian sale disparado como un cohete en dirección a un callejón; entonces duda.

—Carajo —suelta, y no es difícil averiguar por qué está molesto. Los gritos se oyen cada vez más fuerte.

—Al techo —ordena.

Repito las palabras en mi cabeza, pero no tienen sentido: «Al tejado». ¿Cómo espera que subamos allí? ¿Volando?

—¿Perdona?

—Tenemos que llegar arriba. —Ian mira a su alrededor—. Puedes subirte a ese contenedor de basura y luego impulsarte.

—No..., no puedo. —Niego con la cabeza con vehemencia.

Subirme a sitios nunca ha sido lo mío. Mis profesores de Educación Física no fueron capaces de conseguir que trepara el muro más pequeño ni con sobornos ni con amenazas cuando era una niña. Además, me duelen mucho las costillas. Estoy a punto de echarme a llorar—. Jamás conseguiré llegar tan arriba.

—Nunca digas nunca jamás, princesa. —Me rodea la cintura con las manos y prácticamente me sube al contenedor antes de impulsarse para colocarse a mi lado.

Respiro hondo e inmediatamente me arrepiento de haberlo hecho. Esto apesta más que nada que haya olido antes. Ian no parece notar el olor; lanza las bolsas al tejado, agarra el borde y se impulsa hacia arriba. Hace que parezca fácil. Pero él es más alto que yo, y sospecho que bastante más fuerte.

—Vamos —me anima Ian—. Puedes hacerlo.

Pero no puedo. Lo intento varias veces y ni siquiera consigo llegar al borde. Noto el latido del corazón en la cabeza con cada punzada de dolor en el vientre.

—Vete —le digo—. Se te acaba el tiempo.

Por un instante, espero que desaparezca y me deje aquí tirada. Después de todo, es lo que yo le hice a él. Pero entonces se tira bocabajo y se asoma por el borde, extendiendo su brazo derecho hacia mí.

Me está salvando la vida, literalmente, y no tiene que pedírmelo dos veces. Me agarro de su mano y salto al mismo tiempo que Ian tira de mí. Por un instante, quedo colgando por encima del contenedor, lanzando patadas frenéticas en todas direcciones. Entonces veo el tejado justo delante de mí. Me agarro al borde con mi mano libre mientras él me sujeta la túnica con la suya. Entonces los dos tiramos hacia arriba, arriba, arriba, y todo se acaba. Aterrizo de cara y ruedo rápidamente para quedar de espaldas mientras todo el cuerpo me palpita por el dolor.

—Graci...

—Shhh —me interrumpe mientras se tumba en el suelo azul oscuro del tejado.

Aprieto los labios y nos quedamos muy quietos mientras observo el cielo, que se oscurece rápidamente. Está saliendo la luna. El corazón me late contra el pecho con tanta fuerza que estoy segura de que nuestros perseguidores pueden oírlo.

Desde abajo nos llega el sonido de unos pasos que entran en el callejón. Llegan más o menos a la mitad antes de frenar, y mi estómago da un vuelco enfermizo. Nos van a encontrar y nos matarán, y... no quiero morir.

No es la primera vez que he pensado eso mismo esta noche, aunque por otros motivos. Y es extraño. Hace cuatro días, lo más peligroso que había hecho era ayudar a mi madre a organizar una cena conciliatoria mientras los miembros del consejo se peleaban entre ellos y amenazaban con implosionar en cualquier momento.

El murmullo de las voces nos llega desde abajo, pero hablan en voz baja y no puedo entender lo que dicen.

Junto a mí, Ian respira lenta y calmadamente, y yo intento hacerlo al mismo ritmo que él. Pero esperar a que hagan algo se me hace eterno.

Al final, los pasos se alejan. Se están yendo.

Estoy temblando por el alivio y por el dolor cuando empiezo a incorporarme, pero Ian me detiene colocándome una mano sobre el brazo que me obliga a quedarme quieta. Nos quedamos así otros cinco minutos, quizá siete, hasta que está seguro de que se han ido. Entonces se incorpora.

Puedo ver su rostro bajo la luz tenue, los duros ángulos de sus pómulos. Hay un brillo en sus ojos oscuros.

—Nos estás dando muchos problemas, princesa.

Lo sé. Y no entiendo por qué sigue ayudándome. Pero me alegro de que lo haga.

Noto el escozor de las lágrimas en los ojos al pensar en ello, pero parpadeo para deshacerme de ellas. Estoy cansada de sentirme patética. Me siento y me rodeo las rodillas con los brazos, apretándolas contra el pecho.

—¿Por qué rayos has huido? —pregunta.

Por unos segundos no sé a qué se refiere. Por algún motivo había olvidado los hombres a los que había matado. Ahora vuelvo a revivirlo todo.

—Le sacaste los ojos a ese hombre. Fue algo horrible.

—Él me habría hecho lo mismo a mí. Y a ti, probablemente algo peor.

Me estremezco al pensar en eso. Después de esta última media hora, por fin lo creo.

—El último estaba huyendo. Lo mataste de todas formas.

—No estaba huyendo, te estaba buscando. —Me lanza una mirada, pero no estoy segura de qué intenta transmitir. Compasión, quizá—. Ya no estás en el palacio, princesa. Estás en el mundo real, y no es un lugar bonito. O te adaptas o mueres.

Sopeso sus palabras. Después de todo lo que he visto, sé que tiene razón. Pero ¿cómo puede alguien que ha vivido toda su vida en la oscuridad adaptarse a la luz de un día para otro?

—Ian. Si conseguimos volver a la *Luz Estelar*, ¿me enseñarás a luchar?

Un destello de asombro cruza su rostro.

—¿Quieres aprender a luchar?

—Sí. Y quizá Gage pueda enseñarme a mí algo sobre computadoras.

Pone los ojos en blanco al oír eso.

—Puede que ese hombre sea un genio, pero un profesor seguro que no.

—Mira —continúo—. Está claro que no puedo confiar en que estés conmigo cada vez que me meta en problemas. Esos hombres habrían estado encantados de matarme, y no había nada que yo pudiera hacer para detenerlos, aunque lo he intentado.

Parece que quiere decirme que no, pero al final simplemente se encoge de hombros.

—Supongo que podríamos intentarlo. Pero mi entrenamiento no será barato.

—Bueno, ya te has quedado con todos mis objetos de valor. Considéralo mi pago.

—Cómo crees. Ese dinero era para todos nosotros. No te preocupes, ya se me ocurrirá algo. —Deja escapar un suspiro y se pasa una mano por el cabello—. Esperaremos otros cinco minutos y luego nos pondremos en marcha. ¿Qué hacemos mientras tanto?

Intento recostarme sobre los brazos, pero hago una mueca de dolor.

—¿Estás herida? —Extiende la mano hacia mí y me acaricia el labio inferior con un dedo. Un escalofrío me recorre el cuerpo—. Tienes sangre en la boca.

—Me he dado un golpe contra el suelo. —No es la primera vez que pienso en qué pocas personas me han llegado a tocar a lo largo de mi vida. Y nunca de este modo.

Me siento extraña —llorosa y rara—, no parezco yo misma. Puede que sea porque ya no sé quién soy realmente, si es que alguna vez lo supe.

Ian me roza la mejilla con el pulgar, e intento no estremecerme. Me gusta la delicadeza con la que me toca, y más aún lo que siento cuando su mano me acaricia suavemente la piel. Pero también es aterrador que alguien me toque, porque casi nunca lo hacen. Y es todavía más aterrador que me guste tanto.

—No llores, princesa —murmura Ian—. No me gustan las mujeres que lloran.

«Qué sorpresa.»

—¿Le dan miedo al malote de Ian?

Espero que se ría, no que me responda en serio:

—Pues la verdad, sí.

Eso me hace sonreír, pero me hago daño en el labio y vuelvo a hacer una mueca de dolor.

—Detesto que ese hombre te haya hecho daño —dice Ian, y luego frunce el ceño—. Y no entiendo por qué me importa tanto. En mi mundo, todo el mundo resulta herido.

Se inclina hacia mí, y me quedo completamente inmóvil. Tiene una expresión en la mirada que es mitad calculadora, mitad fascinada. Y de repente se me ocurre la idea absurda de que me va a besar.

Me quedo sin aliento y me digo a mí misma que estoy equivocada. Que sin duda estoy malinterpretando sus intenciones. Después de todo, nadie me ha besado nunca. ¿Cómo iba a saber cómo se comporta un chico antes de hacerlo?

Pero entonces Ian desliza la áspera palma de su mano por mi nuca, y concluyo que, me hayan besado o no, en este momento sus señales son difíciles de malinterpretar. Incluso antes de que me levante la cabeza para dejarme mirando hacia sus ojos oscuros, donde sus intenciones están escritas de forma clara.

Pero hay un motivo por el que nunca me han besado. La gente no puede besar a una princesa de Senestris.

A no ser que seas Ian, en cuyo caso puedes hacer lo que quieras. Y, por increíble que suene, parece que lo que quiere hacer es besarme.

A esta distancia puedo respirar su aroma cálido y cítrico, que no se parece a nada que haya olido antes. Por un instante se queda con la mirada perdida, como si estuviera pensando en algo a un millón de kilómetros de aquí. Entonces regresa y agacha la cabeza hasta que sus labios tocan los míos, y cualquier pensamiento racional se desvanece.

Cierro los ojos y me inclino hacia él, esperando que vuelva a besarme. Con más pasión y a conciencia esta vez.

Pero ya se está apartando.

Parpadeo y resisto las ganas de traerlo hacia mí. Hay una ligera arruga entre sus ojos que me dice que no iba a permitírmelo aunque lo intentara.

—Actúas como si nunca te hubieran besado, princesa.

¿En serio? ¿Por eso se ha apartado?

—Evidentemente —le digo—. Recuerdas la regla de no tocarme, ¿verdad? Pues créeme, eso convierte lo de besarse en algo más bien imposible.

Por un segundo, veo un destello de entendimiento en sus ojos.

—Claro. Lo comprendo —conviene él.

Niego con la cabeza.

—De ninguna manera, no puedes entenderlo.

—Dejaremos esa historia para otro día, princesa. —Por una vez, el título no suena como un insulto cuando lo dice él. Puede que sea porque está tan cerca de mí que puedo sentir el latido de su corazón junto al mío, incluso antes de que agache la cabeza. Y entonces sus labios están justo delante de mí, a punto de encontrarse con los míos, y susurra—: Abre la boca.

Claro que Ian tiene que dar órdenes incluso ahora. Pero, aunque normalmente eso me irrita muchísimo, ahora hace que sienta... calor. Puede que por eso hago lo que me pide y separo los labios, dejando escapar un pequeño grito ahogado.

Cuando me rodea el bíceps con las manos, su tacto es diferente. Más duro.

Y entonces aprieta su boca abierta contra la mía, y la pasión me desborda como el agua por una cascada. Me ahogo en ella —en Ian— por un instante, pero, un momento después, su lengua se abre paso a través de mi boca y entro en pánico. Porque una parte de él está dentro de mí, y no sé qué pensar al respecto, cómo sentirme. Su lengua está tocando la mía.

Entonces me pasa las manos por el cabello y me gira la cabeza para poder besarme con más pasión, y esa cascada se convierte en una avalancha de sensaciones. En una necesidad que hierve a lo largo de mi piel y me abrasa las puntas de los nervios.

Le devuelvo el beso, empujando la lengua hacia el interior de su boca para saborearlo. Sentirlo. Explorarlo.

Y aun así no es suficiente. Quiero más de él, más del calor palpitante que me recorre el cuerpo. Estoy fuera de control y actúo únicamente por instinto cuando me aprieto contra él con más fuerza. No sabía que besar fuera algo así, y ahora no puedo creer que haya esperado tanto tiempo para probarlo.

Cuando cada parte de mi cuerpo se estremece y me estoy quedando sin oxígeno, Ian levanta por fin la cabeza.

—Carajo, princesa... Si vas a aprender a luchar igual que a besar, será mejor que tengamos cuidado contigo.

Mi cabeza no está lo suficientemente lúcida como para descifrar lo que ha querido decir, pero creo que hay un cumplido en sus palabras. Quizá.

Quiero besarlo un poco más, pero Ian se aparta y se pone de pie. Baja la vista hacia mí.

—Deja de mirarme así.

—¿Así cómo?

Ian sonríe complaciente.

—Como si quisieras llevarme a la cama, princesa.

Resoplo.

—Estás delirando.

—Puede que sí. Pero te lo advierto: no me van las relaciones. Así que, si estás buscando algo más que un acostón, puesmala suerte.

«¡Mierda! ¿Quién mejor que Ian para arruinarlo todo?»

—Delirando, sin duda. ¿Te has golpeado la cabeza mientras estabas cometiendo asesinatos tan alegremente?

Ian me ignora y continúa:

—Llevo toda la vida cuidando de una persona, y solo de una.

Frunzo el ceño, porque no me lo creo.

—¿Y qué pasa con Max y Milla?

Veo un destello de algo en su rostro, y luego se encoge de hombros.

—Bueno, ellos no cuentan. —Y de repente vuelve a ponerse serio mientras toma las bolsas y se dirige hacia el borde—. Parece que todo está en calma. Volvamos a la nave. Con suerte, Gage ya se habrá ocupado del resto de los suministros y podremos largarnos de aquí.

Baja de un salto hasta el contenedor y da la sensación de que es fácil. Me quedo mirándolo, pensando en cómo descender haciéndome el menor daño posible. Me siento en el borde, luego me doy la vuelta y empiezo a descolgarme con mucho cuidado.

Mi espalda adolorida sufre con el movimiento, pero la ignoro, y también mis bíceps temblorosos. Entonces Ian me rodea la cintura con sus manos grandes y llenas de durezas, y dejo escapar un grito.

Las desliza hacia arriba sobre mi cuerpo y me baja a la superficie de metal, y estoy segura de que voy a empezar a arder. Pero entonces me da la vuelta y me suelta.

—¿Llevas algo debajo de esa cosa? —pregunta, mirándome de arriba abajo. Y aunque sé que la túnica no deja nada al descubierto, de repente me siento muy muy expuesta... del mejor modo posible.

Pienso en responderle con evasivas, pero supongo que ya sabe la respuesta. Acaba de tocarme por todas partes.

—No. —La voz se me quiebra al ver un destello repentino en

sus ojos—. ¿Recuerdas aquel vestido tan tan ajustado? No me dejaba espacio para ponerme nada debajo.

Al principio Ian permanece en silencio, pero después deja escapar un largo suspiro y se pasa una mano por el cabello.

—Maldita sea, estás haciendo que pierda la cabeza, princesa. Por no hablar de otras partes de mi cuerpo. —Da un paso hacia atrás, reticente—. Vamos.

23

RAIN

Tras oír el disparo, Beckett y yo volvemos corriendo a la nave, aunque no es sencillo con una túnica empapada que arrastra por el suelo. No había nadie a la vista, pero oímos más disparos que venían de la zona portuaria. Beckett se dejó caer en el asiento del piloto y ya había puesto los motores en marcha cuando me senté junto a la pared izquierda del puente de control triangular, donde ahora estoy intentando calmar mi corazón acelerado.

—¡Colócate el arnés! —grita Beckett sobre su hombro—. Esto puede ponerse feo. —Hay una sonrisa en su cara, como si le gustara que se pusiera feo, y eso hace que sienta un escalofrío de «algo» por todo el cuerpo.

O puede que sea solo por la túnica mojada.

Me tiemblan las manos, y estoy intentando agarrar el arnés cuando Merrick cruza la puerta a toda prisa, seguido de cerca por Gage. Merrick se detiene en seco al verme, y una expresión de alivio le cruza el rostro. Tiene un aspecto muy distinto sin la túnica, parece un tipo duro, peligroso y... tengo que admitir que muy guapo. Nunca había pensado en él de esa manera. Nunca había pensado en nadie de esa manera.

Es como si este viaje, desde el momento en que vi a Kali por primera vez, y sobre todo ahora, gracias al tiempo que he pasado con Beckett, hubiera despertado algo nuevo en mi interior, algo que me hace pensar en un montón de cosas que no he hecho nunca.

—Estás mojada —dice Merrick lanzándome una mirada extraña.

—Fui a nadar.

—Tú no nadas —responde en tono sarcástico.

—Nací en Askkandia, ¿recuerdas? —lo provoco—. Debo de llevarlo en la sangre.

Merrick resopla; luego le lanza una mirada a Beckett y frunce el ceño, probablemente porque ella tiene el cabello mojado. En ninguna parte del Libro del Sol Moribundo se afirma que los sacerdotes y sacerdotisas no puedan tener relaciones, incluso con aquellos que no forman parte de la fe. Aunque, por lo que he averiguado, es inusual que una suma sacerdotisa tenga una relación con una persona ajena a la religión... o que tenga cualquier tipo de relación, en realidad, porque no solemos abandonar el monasterio y es difícil conocer a gente interesante estando encerrada allí. No digo que la gente de la Hermandad sea aburrida, pero Merrick es probablemente la persona más interesante de aquel lugar, y es un sujeto bastante rutinario y poco aventurero.

Miro a Beckett. *Aburrida* no es el primer adjetivo que se me ocurre al pensar en ella.

Sensual. Inteligente. Fascinante. Sin duda, aburrida no.

Me aclaro la garganta.

—¿Dónde están los demás? ¿Están bien?

En ese momento, Kali entra a toda prisa, vestida todavía con la túnica de Merrick y apretando un montón de bolsas contra el pecho. Las deja caer en el suelo y sale corriendo hacia donde Beckett está preparando la nave para el despegue.

—¿Dónde está el resto? —pregunto.

—Vienen en camino. Max está recogiendo los últimos suministros, e Ian ha ido a buscarlo para echarle una mano.

Dejo escapar un suspiro de alivio al ver que no le han disparado a nadie. Pero entonces comprendo la expresión de Kali.

—¿Pero qué pasó? —Porque es evidente que ha pasado algo, la princesa parece estar asustada.

—Ha habido una llamarada solar justo detrás de nosotros —contesta Kali, respirando con dificultad—. Justo al entrar en la nave. Y juraría que venía directamente de la *Luz Estelar*.

Beckett mira sobre su hombro y frunce el ceño.

—Improbable.

—Eso pensaba yo también al principio —dice Kali—. Pero sé lo que he visto. ¿Podemos ver lo que ocurre detrás de la nave? Ian y Max están en peligro.

—A sus órdenes, princesa —responde Beckett en ese tono sarcástico que utiliza siempre con Kali. Es evidente que no le cae bien, pero, claro, Beckett ha confesado ser parte de la Rebelión, así que supongo que tiene sentido. La familia de Kali debe de ser su enemiga número uno.

Una pantalla que hay sobre la cabeza de Beckett se enciende. Ni siquiera sabía que había pantallas en el techo y, a juzgar por las expresiones de los demás, ellos tampoco. Parpadea y muestra una imagen de la parte trasera de la nave. Me inclino hacia delante, apretándome contra el arnés para ver mejor.

—Carajo... —murmura Beckett. Pero vuelve a sonreír—. Puede que tuvieras razón con lo de la llamarada. Aunque no creo que haya venido de aquí. Una nave no puede hacer eso.

No quiero dudar de Kali, pero en esto estoy de acuerdo con Beckett. Puede que estemos en el extremo más alejado de la plataforma de desembarque, pero la imagen de la pantalla se acerca lo suficiente para mostrarnos que toda la ciudad de Rangar está de repente en llamas. Los edificios son una masa ardiente que se eleva hacia el cielo y la gente corre por todas partes. Observo absolutamente horrorizada cómo los ciudadanos salen corriendo de edificios ardiendo, llevando en los brazos a sus hijos, a sus mascotas, las posesiones que han acumulado a lo largo de su vida.

Y entonces, en medio de la conflagración, aparecen Ian y Max. Corren como si sus vidas dependieran de que pudieran llegar a la nave.

Posiblemente sea así. Veo cómo uno de los edificios se derrumba tras ellos, enviando oleadas de chispas y llamas desde el otro lado del lago.

—¡Tenemos que ayudar a esa gente! —empiezo a decir, pero Merrick me detiene colocando una mano sobre mi hombro con delicadeza.

—Esto es Askkandia —repone él, y luego aclara—: Tienen agua de sobra. Podrán apagar sus propios fuegos.

Observamos con el corazón en un puño mientras los dos hombres suben de un brinco a la rampa de embarque de la nave. Beckett ni siquiera espera a que lleguen a la parte superior para apretar un botón. Y entonces nos elevamos. La nave se sacude con violencia mientras abandona el planeta.

El latido de mi corazón se calma un poco cuando veo a la gente cargando grandes mangueras llenas de agua; las abren, apuntando hacia los edificios y empiezan a apagar las llamas antes de que la nave se propulse hacia delante sin que Beckett toque nada más; es casi como si la nave hubiera estado esperando a que los hombres subieran a bordo.

Se mueve tan rápido y de forma tan repentina que salgo disparada hacia atrás, contra el asiento. Kali choca contra la pared, y Merrick pierde el equilibrio y cae al suelo con un sonoro «¡Mierda!».

No creo haberle escuchado ninguna grosería antes. Ni siquiera sabía que fuera capaz de decir cosas así.

Beckett se ríe, una carcajada tan salvaje y liberadora que le da alas a mi corazón al oírla.

Un instante más tarde, Ian aparece en la puerta con una sonrisa en la cara.

—Ha sido... interesante.

—Eres horrible —le dice Kali—. Has prendido fuego a la ciudad.

—No hemos tenido nada que ver con eso. —Max aparece tras él—. Ha sido un acto de fe. O más bien un acto del Sol Moribundo. ¿Has rezado por nosotros, Rain?

—No funciona así —respondo. Aunque de vez en cuando me gustaría que fuera así.

—¿Estabas preocupada por nosotros, princesa? —la provoca Ian.

Kali lo mira fijamente mientras le contesta:

—Sí.

Ian abre mucho los ojos y luego la boca. Después, la sorpresa desaparece tan rápido como había aparecido.

—Acostúmbrate, cariño. No hay ni un momento aburrido cuando yo estoy cerca.

Kali niega con la cabeza, se deja caer en la silla más cercana y cierra los ojos.

—Díganme por lo menos que han traído comida —dice ella, hacia la habitación en general—. Estoy muerta de hambre.

—Sí que hemos traído comida —conviene Max con una sonrisa—. Voy a ocuparme de ello. A todos nos vendrá bien comer algo.

—Pero algo grande —murmura Kali—. Enorme.

Max le sonríe, y luego le coloca una mano sobre el hombro y le susurra algo que no consigo oír. Sea lo que sea, hace que la princesa esboce una gran sonrisa, sorprendida.

Él le guiña un ojo a modo de respuesta y luego sale del

puente de control, silbando en voz baja una canción que no reconozco.

Y ahora tengo mucha mucha curiosidad por saber qué le ha dicho. No debería tenerla, porque se supone que las sumas sacerdotisas no deben preocuparse por algo tan mundano como las interacciones humanas, pero nunca he sido una buena suma sacerdotisa. Al menos no por dentro. Y cuanto más tiempo paso lejos del monasterio, más pienso que tampoco quiero serlo por fuera. Si ser buena es la voluntad de la Luz, ¿por qué deseo tanto ser mala?

—¿Crees que alguien nos seguirá? —pregunta Merrick, y quizá no lo conozca tan bien como pienso, pero juraría que suena esperanzado.

—Imposible —responde Ian—. En el puerto no hay ningún tipo de soporte aéreo. Podrían enviar un mensaje a la capital, porque tienen naves estacionadas allí. Pero ya estaremos muy lejos de aquí para cuando quieran despegar. —Se mueve para colocarse junto a Beckett—. Pon rumbo a Vistenia.

—¡Hacia Vistenia, capitán! —replica ella en su tono sarcástico habitual. Pero no suena tan hiriente como cuando habla con Kali.

Max regresa mucho antes de lo que pensaba, sobre todo porque trae consigo una caja que huele deliciosa.

—Las provisiones son casi todo mierda deshidratada, cosas que aguantarán apenas unos pocos días. Pero también tenemos algo de comida fresca. —Coloca la caja en el suelo entre nosotros.

Me ruge el estómago, y mi cuerpo funciona con el piloto automático cuando me levanto de la silla y me muevo tanto como puedo hacia la fuente de esos olores magníficos.

—¿Cómo has hecho eso tan deprisa? —le pregunto a Max—. Solo has estado fuera un par de minutos.

Gage entra con platos y cubiertos.

—Llevo cocinando desde que llegaron las provisiones —responde él—. Pero supuse que preferiríamos comerlo aquí, donde podemos echar un ojo a todo lo demás.

Empieza a ofrecernos los platos mientras yo me pongo en cuclillas para mirar el festín que tenemos delante.

—Deja de mirarlo y come —sugiere Kali. Estaba tan concentrada en la comida que no me había dado cuenta de que estaba a mi lado.

Sé que debería esperar, dejar que todos los demás llenaran sus platos primero —así es como funciona la Hermandad—; sin embargo, tengo tanta hambre que no puedo hacerlo. En lugar de eso, empiezo a llenar mi plato con un panecillo todavía caliente, un plato que no reconozco hecho de pezgalen verde y un par de cucharadas grandes de verduras asadas y arroz amarillo.

Beckett sigue en el asiento del piloto, así que sirvo un plato para ella también. Añado un bollo extra y un poco más de pezgalen, porque parece que lo necesita; luego lo llevo hasta donde está operando la consola que tiene delante.

Nos mira al plato y a mí, y abre los ojos de par en par.

—¿Para mí?

Asiento con la cabeza. Parece sorprenderse mucho cuando alguien le hace un favor, y eso me lleva a pensar que hace mucho tiempo que nadie se preocupa por ella. También me despierta las ganas de darle todo el cariño que pueda.

—Gracias —murmura ella unos segundos más tarde, cuando ya se está metiendo el tenedor lleno de arroz en la boca.

Me doy la vuelta para agarrar mi propio plato y veo que Merrick me está observando. Tiene los ojos entrecerrados como hace cuando le da vueltas a algo que no le gusta demasiado.

En este caso, me temo que lo que no le gusta tanto es Beckett. Sé que probablemente sea porque está preocupado por mi seguridad; después de todo, ella acaba de salir de una nave-prisión. No obstante, cuanto más la conozco, menos me importa eso. Es una buena persona. Diferente, pues sí. Herida, sin duda. Puede que incluso confundida. Pero veo que es buena. Muy buena.

Le dedico a Merrick una sonrisa serena que le dice que no tiene de qué preocuparse. Por algún motivo, no me sale como esperaba, y ahora parece aún más preocupado.

Pero tengo demasiada hambre para pensar en eso en estos momentos, así que tomo mi plato y me siento en el suelo con las piernas cruzadas para comer.

No tenemos peces en Serati por un motivo evidente: si no hay agua, no hay peces. Así que los trozos de carne verde brillante, cubiertos por alguna salsa cremosa que nunca he probado, me parecen especialmente deliciosos. El arroz —otra cosa que tampoco sirven en el monasterio— también es increíble. Saboreo cada bocado y no paro hasta que estoy a punto de reventar.

—¿Está bueno? —pregunta Kali sonriendo.

—Mucho —confirmo.

—¿Sabes? Creo que la comida sabe mejor cuando tienes hambre —dice ella—. Creo que no me había dado cuenta hasta ahora.

—Yo diría que eso es porque nunca has pasado hambre —le responde Beckett en tono malicioso.

Kali se muerde el labio, pero no contesta, y Beckett sigue comiendo.

Ian desaparece y vuelve un minuto más tarde sujetando dos botellas con los dedos. Le ofrece una a Max y luego quita el tapón y bebe un trago largo.

—Carajo, lo necesitaba. Han sido unos días bastante largos.

—¿Vas a contarnos qué ha ocurrido allí abajo? —propone Merrick.

—Sí, pero todavía no, porque estoy molido y necesito beber

algo. —Echa otro trago largo y le ofrece la botella a Kali—. ¿Quieres un poco de gerjgin, princesa?

—¿Puedo echármelo en un vaso?

Ian sonríe con superioridad.

—¿Te da miedo enfermarte de algo?

—Creo que ya es demasiado tarde para preocuparme por eso —murmura ella. Entonces abre mucho los ojos al percatarse de lo que ha dicho.

Ian se ríe.

—No te preocupes, princesa, no le voy a contar a nadie que me has besado en un tejado al atardecer.

Todos los estamos mirando. Es como ver una obra representada en tiempo real.

—¿Así es como lo recuerdas? —Kali lo fulmina con la mirada.

Ian levanta una ceja.

—Podemos volver a intentarlo. A ver cómo lo recuerdas tú la segunda vez.

—La tercera —susurra ella, y eso hace que él se ría con más fuerza.

Kali suelta un gruñido ronco, le arranca la botella de las manos y bebe un trago realmente largo. Abre los ojos por completo, pero se lo traga y luego se la devuelve, como si fuera un desafío.

—Esa es mi chica —dice Ian sonriendo con suficiencia.

La princesa lo mira entrecerrando los ojos.

—Eres un patán, ¿lo sabías?

—Nunca he fingido ser otra cosa, princesa. —Inclina la botella hacia los labios, pero antes le guiña un ojo, y Kali gruñe una serie de comentarios poco agradables en (casi) voz baja.

Yo puedo oírla, y estoy segura de que Ian también, pero no parece estar preocupado en absoluto. Y no entiendo por qué. Si Beckett dijera algo malo sobre mí ahora que nos hemos besado, no creo que pudiera evitar ponerme a llorar.

Pero Ian solo echa otro trago de gerjgin y le pasa la botella a Merrick mientras Gage reparte vasos. Agarro uno, y Max echa un líquido ambarino de su botella. He tomado licor de fruta en el monasterio, pero nunca he probado el gerjgin, que creo que es alcohol destilado a partir de algún tipo de cereal.

Lo olisqueo. Tiene un olor cálido y almizclado que no es en absoluto desagradable.

Tomo un pequeño sorbo y lo paladeo. Está caliente y tiene un sabor fuerte, pero me gusta. Me lo trago y bebo otro sorbo más. Casi de inmediato, noto su calor en el vientre. Definitivamente me gusta.

Vacío el vaso de un trago y levanto la vista hacia Max, que me está mirando con una pequeña sonrisa en el rostro.

—¿Puedo tomar otro?

Sonríe y me llena el vaso mientras mueve las cejas arriba y abajo.

Me retiro para apoyarme en la silla de Merrick, y luego echo un vistazo a mi alrededor. Toda esta gente es muy diferente. Tan vibrantes, tan vivos..., incluso con sus cosas malas. Y sé que está mal pensar esto, pero, si la *Caelestis* no hubiera explotado, yo no estaría aquí en este momento, con ellos. Probablemente haya muerto gente en la estación espacial, y es algo que detesto, pero, ya que estoy aquí, quiero fijarme en todo. Quiero hacerlo todo. Sentirlo todo. Cualquier día de estos volveré al monasterio, donde pasaré el resto de mi vida encerrada.

Pero por ahora estoy en una nave espacial de camino a Vistenia, piloteada por la mujer que me ha dado mi primer beso. Y el segundo también. ¿Cómo podría arrepentirme siquiera de un solo momento?

—¿Lista para probarte algo de ropa nueva? —Levanto la vista al oír la voz de Kali—. Porque yo me muero de ganas de quitarme esto... No te ofendas, Merrick.

—Tranquila —responde con una voz sorprendentemente melodiosa mientras toma otro sorbo de gerjgin. Y debo decir que ahora que sé lo mucho que lo relaja, creo que voy a llevar una botella conmigo a todas horas.

—¿Has encontrado ropa? —pregunto, inclinándome hacia delante.

—Sí. Vamos a ver si es de nuestra talla. Eso espero, porque no creo que nos reciban muy bien en la tienda si volvemos. —Se queda pensando unos segundos—. Ni en ninguna otra parte de Askkandia, de hecho.

Todavía me cuesta interpretar sus expresiones, pero no me parece que Kali esté triste mientras lo dice, solo pensativa, y me pregunto qué habrá podido ocurrirles a ella y a Ian allí abajo. Sí, había mucho fuego, pero Askkandia es su planeta natal. Vive en el palacio, por el amor de la Luz. ¿Cómo puede pensar que no va a ser bienvenida?

Y si fuera cierto, ¿por qué lo dice casi como si le pareciera bien? Está hablando de su madre. Yo haría cualquier cosa por tener la oportunidad de conocer a mis padres.

Me pongo de pie para seguirla y me doy cuenta de que me tambaleo un poco. Me siento rara y estoy algo mareada.

Kali va delante, y yo la sigo. Noto que nos observan, pero no miro hacia atrás. Nunca he tenido más ropa que mis túnicas de suma sacerdotisa, y una parte de mí sabe que no debería estar emocionada. Pero lo estoy.

«Por favor, por favor, por favor, que no sea blanco.»

Nos dirigimos a la habitación que compartimos. Cuando Kali me ofrece la botella mientras empieza a sacar el contenido de las bolsas y a colocarlo todo sobre la cama, bebo un trago de gerjgin.

—Escogí dos prendas de cada una —informa ella—. Por si hubiera algún incidente. Y tuve que elegir la talla a ojo, así que espero que te queden bien.

La primera prenda es un overol completamente negro. Mi entusiasmo disminuye un poco, aunque me digo a mí misma que el negro es técnicamente mejor que el blanco. O al menos diferente, y eso es bueno.

Pero Kali lo arroja a un lado, junto con otro atuendo similar.

—Esos son para Beckett —me indica—. Parece el tipo de persona a quien le gustaría el negro.

No puedo evitar sonreír. En parte porque tiene razón —Beckett realmente parece alguien a quien le encantaría ir de negro—, y en parte porque Kali ha pensado en ella aunque no se lleven bien. Si alguien me tratara tan mal como Beckett la trata a ella, no estoy segura de que me complicara la vida para comprarle a esa persona dos overoles nuevos. Pero ella lo ha hecho, porque es encantadora. Ojalá Beckett se diera cuenta de eso en lugar de ver las cosas malas que cree ver en ella.

—Estos son para ti —dice Kali ofreciéndome una bolsa.

«Que no sean blancos, por favor, que no sean blancos.»

Le devuelvo la botella y echo un vistazo al interior. Entonces dejo escapar un grito de placer al vislumbrar lo que hay dentro.

24

RAIN

Meto la mano con ansia, desesperada por tocar lo que estoy viendo.

El primer overol es de un precioso azul cobalto, con unos ribetes rosa chillón, y es la cosa más bonita que he visto en mi vida. Y sin duda es lo más bonito que me voy a poner jamás. Me quedo mirándolo unos segundos y luego me echo a llorar de forma ruidosa y desenfrenada.

—¿No te gusta? —pregunta Kali, con una voz serena teñida por el pánico—. Lo siento. Pensé que preferirías llevar algo de colores después de estar tanto tiempo vestida de blanco, pero, si prefieres los negros, me parece estupendo que Beckett tenga que andar por ahí con un montón de cosas rosas en el overol.

Eso me hace reír, pero las lágrimas no cesan. Así que ahora estoy llorando y riéndome al mismo tiempo, y creo que eso asusta aún más a Kali.

—Tranquila —le digo cuando por fin puedo volver a hablar—. Me encanta. Y de veras que te adoro. Eres la mejor princesa del mundo.

—Estoy bastante segura de que mi madre no estaría de acuerdo, pero gracias. ¿Y el otro? También debería haber algo de ropa interior al fondo.

Saco el segundo overol, que es verde con los ribetes naranjas. Me dejo caer en la cama y lo aprieto contra el pecho.

—Gracias, gracias, gracias.

—De nada, aunque también deberías agradecérselo a Ian. —Esboza una ligera sonrisa sin darse cuenta al oír su nombre—. Por cierto, he pensado en escoger ropa parecida para todos los tripulantes, una especie de uniforme para la tripulación de la *Luz Estelar*.

—¿La *Luz Estelar*?

—Ah, se me había olvidado. Así es como llamamos a la nave, porque tiene un pequeño dibujo en el casco y porque es del color de la luz estelar. Además, es un artefacto alienígena.

Esta revelación hace que sienta una punzada de asombro en el pecho.

—¿Cómo lo sabes?

—El dibujo es el mismo que había en la heptosfera. Y al parecer Gage ya lo sabía.

No sé qué responder a eso, ni al hecho de que en estos momentos estamos volando en una nave espacial alienígena de verdad. Aquí estoy yo, la suma sacerdotisa de la Hermandad de la Luz, en una nave construida por los Antiguos hace cuatrocientos mil años. ¿Quizá fuera realmente mi destino estar aquí?

Es increíble.

—Cámbiate, y luego volveremos al puente de control —me anima Kali—. Ya vuelvo a tener hambre. —Bebe un trago de la botella; luego la posa y se da la vuelta—. Date prisa. Me muero de ganas por ver cuál eliges.

Respiro hondo y me quito las altas botas negras con los pies, y después me saco la túnica por encima de la cabeza. Cuando me la quito, la dejo caer al suelo a mis pies, y de algún modo parece que estoy mudando la piel.

No tiene sentido. No dejo de ser la suma sacerdotisa solo

porque ya no me vista como una. Solo quiere decir que estoy sacando el mayor provecho de esta situación.

Lo único que llevo debajo de la túnica son unas bragas blancas, y me desprendo de ellas también. Saco unas negras de la bolsa, junto a una camiseta negra sin mangas con las costuras reforzadas, y me las pongo antes de meterme dentro del overol azul. Los ribetes rosas son mis favoritos.

Oigo a Kali cambiarse detrás de mí mientras me abrocho los cierres del overol. Nunca he llevado nada tan ajustado, y es una sensación extraña, como si fuera una segunda piel.

Pero, ay, el color hace que mi estómago dé saltos de alegría. Sé que no debería importarme, que preocuparme por cosas así me convierte en alguien muy muy superficial. Pero me cuesta preocuparme por eso cuando me siento tan bien.

Kali también ha incluido en la bolsa dos pares de calcetines con los colores del arcoíris, y estoy a punto de echarme a llorar de nuevo. En lugar de eso, me pongo un par antes de volver a calzarme las botas. Me doy cuenta de que nadie más sabrá que llevo puestos calcetines arcoíris, pero yo sí lo sabré, y eso es lo único que importa.

Cuando acabo de vestirme, bajo la mirada hacia mi cuerpo, intentando conciliar a la Rain que he sido durante tanto tiempo con la persona que parezco ahora mismo. Hay mucho que asimilar, pero es maravilloso. Soy la suma sacerdotisa de la Hermandad de la Luz, pero nunca me he sentido tan poderosa como en este momento, de pie en esta cabina diminuta, a bordo de la nave espacial de los renegados y vestida como una pirata espacial, con unos colores que la Hermandad jamás permitiría.

Extiendo el brazo hacia la botella casi vacía y bebo un trago largo para armarme de valor. Luego me doy vuelta.

Kali se está poniendo las botas. Lleva un overol gris y plata que hace destacar sus ojos plateados y también sus curvas.

—Tienes un aspecto increíble —murmuro.

Se pone de pie con una sonrisa.

—Y tú también. El rosa te queda bien.

—Yo también lo creo.

Su sonrisa se desvanece y se queda con su cara relajada de princesa.

—¿Te importa si te pregunto algo?

—¿Por qué me iba a importar? —Después de traerme esta ropa, podría preguntarme cualquier cosa, y se la respondería.

—¿Por qué no te pareces a los demás seratinos? Es decir, eres preciosa, y Merrick también, pero...

Mi corazón se eleva al oír el cumplido, aunque sé que mi belleza palidece en comparación con la de la princesa.

—No tengo los dibujos en la piel tan bonitos que tienen la mayoría de los seratinos porque mis padres son askkandianos.

—¿De verdad? Entonces, ¿por eso no tienes que llevar una armadura debajo de la túnica como Merrick?

—Exacto. Me cuesta moverme con la gravedad de Askkandia después de tantos años fuera, pero no tanto como a la gente cuyos ancestros han vivido con la gravedad de Serati durante milenios.

—Tienes que contarme en algún momento cómo has acabado allí, pero ahora deberíamos volver y mostrarles a los demás los resultados de mi primer viaje para ir de compras.

Kali agarra el resto de las bolsas —y su botella de gerjgin casi vacía— y sale al pasillo.

—Yo tampoco he ido nunca de compras —le confieso mientras nos dirigimos al puente de control—. Nunca había salido del monasterio antes de este viaje.

—Y yo apenas salía del palacio —admite Kali con melancolía.Luego me mira—. Parece que las dos hemos crecido con demasiadas expectativas puestas en nosotras mismas. Diciéndonos cómo debíamos comportarnos, cómo la gente dependía de nosotras, bla, bla, bla...

Tiene toda la razón. Sonrío.

—Al menos tú podías ponerte ropa más bonita.

—¡Uf! No te referirás al vestido de slogg... Es increíble lo incómodo que era. —Kali hace un pequeño giro delante de mí—. Esto es mucho mejor. Así al menos puedo moverme. Con el otro ni siquiera podía separar las piernas.

Ha sonado un poco raro, pero hace que suelte una risita.

—Te queda bien —le digo, y es cierto. Tiene un cuerpo escultural. Imponente. Voluptuoso, incluso. Bajo la mirada hacia mis curvas, mucho menos pronunciadas que las suyas. Azul y rosa. Dejo escapar un suspiro de felicidad.

—Ian ha elegido el mío... Decía que hacía juego con mis ojos.

Me llevo una mano al corazón.

—¡Qué romántico! —Puede que no sea tan raro que la haya besado si se ha fijado en el color de sus ojos.

—Ja. De eso nada.

Aunque la expresión de su rostro se ha vuelto un poco más melancólica.

Mientras continuamos avanzando, Kali se lleva la botella de gerjgin a los labios y la empina.

—Podría tomarle el gusto a esto.

—Una cosa más que tenemos en común —le comento con una sonrisa. Pero cuando llegamos por fin al puente de control, me detengo delante de la puerta y los nervios me hacen sentir un nudo en el estómago. He sido la suma sacerdotisa Rain, la de la asquerosa túnica blanca, desde que tengo memoria. No sé si estoy preparada para que alguien me vea así.

—Vamos. —Kali debe de haber averiguado lo que me preocupa, porque me susurra—: Entra ahí y sorpréndelos. Estás estupenda.

Sonrío a modo de agradecimiento; después respiro hondo y decido que no habrá ningún momento mejor que este. No obstante, al abrirse la puerta que da al puente de control y la cruzo, me alegro de que el alcohol me haya atontado la cabeza.

Alguien silba. No estoy segura de quién, pero está claro que no es Merrick, porque me está mirando fijamente, y todas las facciones de su rostro reflejan su asombro. Y por algún motivo extraño, eso hace que me sienta muy bien.

Agito los dedos en dirección a él cuando paso a su lado.

Merrick no me devuelve el saludo. Pero consigue recoger la mandíbula que se le había caído al suelo.

Beckett sigue sentada en el asiento del piloto, mirando hacia la consola como si quisiera mantenerse apartada del resto de nosotros. Sin embargo, cuando avanzamos por el puente de control, hace girar la silla y por poco se le salen los ojos de las órbitas. Sonrío y me acerco a ella lentamente, disfrutando de lo que siento cuando me mira. Mucho. Y por una vez no hay dolor en su mirada: un éxito por partida doble, diría yo.

Le ofrezco la bolsa con los overoles negros.

—Tu ropa nueva —le digo.

Beckett frunce el ceño.

—¿Cuándo has...?

—Te la ha comprado Kali.

Mira detrás de mí —supongo que hacia la princesa— y frunce aún más el ceño.

—Claro que no.

—Ay, por favor... Ha elegido el color perfecto para ti. —Le doy un codazo, juguetona.

Sé que Beckett quiere ver lo que hay en el interior de la bolsa, se muere de ganas. Pero la desconfianza que rezuman sus ojos cuando vuelve a mirar a Kali parece estar imponiéndose.

—¿Por qué no vas a cambiarte? ¿No será un alivio librarte de esa cosa?

—Su... supongo. —Todavía parece estar un poco desconcertada. Pero agarra la bolsa y se dispone a salir de la habitación—. No me toques la nave —le gruñe a Ian mientras se dirige a la puerta.

—No prometo nada —replica él. Pero no hace ningún ademán de ir hacia la silla del piloto, así que me siento yo en ella y la hago girar un par de veces, sintiéndome como si acabara de ganar algo importante. Una vez más, me recuerdo que estoy sentada en una silla de piloto... en un artefacto alienígena... que atraviesa el espacio. ¿Qué locura de vida es esta?

Los giros hacen que me maree un poco, aunque es una sensación agradable. No obstante, entonces alguien agarra el respaldo y me detiene en mitad de una vuelta.

—Merrick —murmuro, porque sé quién es incluso antes de dar la vuelta—. ¿No te parece que estoy...? —Intento encontrar la palabra.

Me estudia con los ojos entrecerrados.

—¿Demasiado laica? Sí, eso creo. ¿Es esto lo que quieres en realidad?

—No seas aguafiestas, Merrick. La túnica estaba mojada, sucia y... blanca. —Levanto la vista hacia él, con los ojos entrecerrados—. Además, tú tampoco llevas la tuya.

—Eso es un poco distinto —repone.

—¿Ah, sí? —Le aparto las manos de la silla con delicadeza y vuelvo a hacerla girar—. ¿Por qué no me había dado cuenta nunca de lo guapo que eres, Merrick?

Me mira con el ceño fruncido y niega con la cabeza.

—Creo que ya has bebido suficiente.

—Oh, no, para nada. No es suficiente en absoluto. Me gusta el gerjgin. Cuando volvamos a Serati, voy a preguntarle a la hermana Grinor si podemos beberlo en el monasterio.

Veo cómo aprieta los labios.

—Espero con ganas esa conversación.

—Y yo tengo hambre, Merrick. ¿Por qué vuelvo a tener hambre?

—Tenemos galletas —me informa con una leve sonrisa. Parece que ya se le ha pasado el susto que se había llevado al ver mi ropa.

—¡No! ¿De verdad?

Me levanto y me alejo de la silla a toda velocidad. Es bien sabido que las cosas dulces son uno de mis puntos débiles, y Merrick suele pasarme de contrabando alguna golosina en el monasterio. Huelo las galletas al instante: tampoco es muy difícil, porque están en la silla que hay junto a Max.

Ni siquiera pregunto si puedo comer una, simplemente agarro un puñado. Luego me siento en el suelo con la espalda apoyada en la pared para comerlas. Están deliciosas.

—Me gusta tu nuevo aspecto —me dice Max. Me ofrece otro vaso de gerjgin, y me lo bebo de un trago antes de que Merrick pueda confiscármelo. De ninguna manera pienso renunciar a las galletas o al alcohol si puedo evitarlo.

Max se sienta junto a mí, y Gage se coloca a su lado. Ian y Kali se sientan enfrente de nosotros..., después de que él se apropie de la caja de galletas. Otro motivo para que me caiga bien.

—¿Qué le pasa a tu amigo? —pregunta Max, haciendo un gesto con la cabeza en dirección a Merrick, que sigue de pie—. No parece contento.

—Nunca lo parece. Merrick —lo llamo—. Ven a sentarte. —Doy una palmadita en el hueco vacío que hay a mi lado—. Te he guardado una galleta.

Niega con la cabeza, exasperado, pero se acerca de todas formas para mi sorpresa. Hasta toma la última botella llena de gerjgin al pasar junto a la mesa; después se deja caer junto a mí.

Sin decir una palabra, abre la botella y le da un trago largo. Luego otro, y otro más.

Supongo que está ahogando sus penas.

También conocidas como «yo».

25

BECKETT

Me aliso la tela por la parte de las caderas. Creo que siempre he sido delgada, pero ahora estoy esquelética. Los huesos de la cadera me sobresalen como si no hubiera comido en condiciones desde... Bueno, la cena de esta noche es lo mejor que recuerdo haber comido en toda mi vida.

Pero el overol me queda bien, y sospecho —aunque hay lagunas en mis recuerdos, así que puede que me equivoque— que es lo más bonito que he tenido jamás.

Aunque haya sido la princesa Kalinda quien me lo compró. A mí.

Es demasiado para asimilar. Puede que sea eso lo que me está dando dolor de cabeza. Aunque lo más probable es que sea por lo que me hicieron en la *Caelestis*. Mi mente es un torbellino, y tengo que concentrarme mucho para no perder el hilo de mis pensamientos. A veces me siento como si estuviera avanzando a través de la niebla. Aunque mi cabeza está un poco más despejada estos días, desde la huida. Rain ayuda. Y volar también. En mi celda echaba de menos la libertad del espacio.

«Vuela libre.»

Es el lema de los rebeldes. Ahora lo recuerdo.

Regreso al puente de control, pero dudo justo antes de entrar. Alguien se está riendo. Es raro, y casi me cuesta reconocer el sonido. Inspecciono al interior. Están sentados en el suelo en una especie de círculo, pasándose una botella, y parecen estar todos bastante borrachos. Dirijo la mirada hacia Rain. Está sentada con las piernas cruzadas, y está preciosa con ese overol ajustado. Se adapta a sus curvas esbeltas, y su color hace que sus ojos parezcan aún más azules y que el cabello le brille como mechones de luz por encima de la tela oscura.

Sonríe cuando Max le dice algo. Junto a ella, su amigo el grandullón está con el ceño fruncido. Es evidente que no está contento con el cambio, pero, claro, si su trabajo es cuidar de ella, se le habrá complicado bastante. Rain no parece en absoluto una sacerdotisa.

Me acuerdo de su sabor, como el de la miel caliente. De la suavidad de su piel. Del tacto sedoso de su cabello. Esos recuerdos son como claros entre la niebla.

Es buena. Puede que sea la única buena persona que he conocido. Es algo que la hace brillar.

¿Por eso me atrae Rain? ¿Porque tengo la esperanza de que se me pegue un poco de esa bondad?

No tengo ningún derecho a quitarle ese brillo solo porque pueda hacerlo.

Aparto la vista de ella y cruzo la mirada con alguien más. Con la princesa Kalinda. Levanta una ceja al verme merodeando por allí. ¿Está esperando que le dé las gracias? Ni de broma. Ni siquiera quise aceptar esto cuando supe que era un acto de caridad de la princesa.

«Odio. Odio. Odio.»

Noto cómo ese sentimiento palpita dentro de mi cabeza.

No puedo olvidar todas las cosas de las que es responsable.

Y eso me recuerda que este no es mi lugar.

No con toda esta gente risueña, feliz, entera.

Me doy la vuelta y desaparezco en las sombras.

Ese es mi lugar.

26

IAN

Bebo directamente de la botella y disfruto la sensación que me produce el calor que me baja por la garganta. Por no hablar del efecto del alcohol en mi cabeza. Ya hace unas cuantas horas que comenzamos a beber y, aunque jamás lo admitiría en voz alta, me estoy divirtiendo.

Junto a mí, Kali extiende la mano, pidiéndome la botella. Lo pienso —se le están empezando a enrojecer los ojos—, pero ahora no es mi misión controlarla. Es adulta y puede decidir cuánto quiere beber. Además, es adorable cuando está borracha.

Le ofrezco la botella y me pongo a recorrerla con la mirada.

Está buenísima con esta ropa. Al igual que el vestido que llevaba cuando la vi por primera vez, el overol acentúa sus grandes encantos, pero parece muchísimo más fácil de quitar que el otro.

Eso no significa vaya a hacerlo.

Kali se inclina hacia mí. A esta distancia, puedo ver las manchas oscuras alrededor de sus iris plateados. Son cautivadores, del color de la luz de las estrellas.

Le da un trago largo a la botella; imagino que va a tener un buen dolor de cabeza cuando se despierte. Luego la agita hacia mí, y el gerjgin se derrama entre sus dedos.

—¿Sabes? La primera vez que te vi pensé que... —Su voz se va apagando.

¿En serio? ¿Tiene que ser en este momento cuando recuerda que tiene que cohibirse?

Me digo a mí mismo que no me importa lo que vaya a decir a continuación, pero no tardo ni quince segundos en provocarla.

—¿Qué es lo que habías pensado?

—*Casi no pareces desesperado* —se burla Max.

—*Vete a la mierda* —replico, y vuelvo a prestar atención a Kali.

Ella sonríe.

—Que tienes unas buenas nalgas.

Para bien o para mal, la conversación queda ahogada por unas voces que cantan: la suma sacerdotisa de la Hermandad de la Luz, ahora sin su túnica, está aprendiendo una canción muy (y lo digo en serio, muy) obscena que le está enseñando Gage, así que nadie más oye las palabras de la princesa. O eso creía.

—*Razón no le falta* —comenta Max—. *He oído a mucha gente decírtelo a lo largo de los años.*

Estoy demasiado ocupado intentando no reírme como para responderle. Kali se va a arrepentir de esto por la mañana. Si es que se acuerda.

—¿Me estás cosificando, princesa?

—Supongo que sí. Lo siento.

No parece que lo sienta, pero, oigan, yo tampoco. Me gusta esta faceta suya. No obstante, también es verdad que me está empezando a gustar todo de ella. Y eso es un problema.

—¿Entonces? —pregunta Kali, antes de beber otro trago.

—¿Qué? —respondo perplejo.

—*Quiere saber qué piensas de ella. Evidentemente* —me dice Max.

—Quiero saber qué piensas de mí. Evidentemente —expone Kali justo al mismo tiempo.

No me hace falta mirar a Max para saber que me está sonriendo.

Intento recordar.

—Creo que la capa es lo que más impresión me causó.

Kali abre mucho los ojos.

—¿Te gustaba?

—Por supuesto que no. Te hacía parecer una payasa.

Deja escapar un suspiro profundo.

—Pues parece que lo soy. —Se queda mirando la botella durante un instante y la deja en el suelo con delicadeza—. Y ahora mismo, creo que lo mejor es que esta payasa se vaya a la cama antes de convertirse en un circo por completo.

—Una decisión muy sensata —le digo ignorando la desilusión que siento al ver que se va a acabar la conversación.

—*Sensata* es mi segundo nombre. —Parece deprimirse nada más decirlo.

Recuerdo cómo me miró después del beso. Como si quisiera más.

—No sé... Sospecho que debajo de todo ese protocolo bien entrenado hay una mujer impulsiva que intenta liberarse.

Kali vuelve a suspirar.

—Puede que tengas razón. Y, en ese caso, sin duda es hora de irme a dormir. —Se pone de pie y se tambalea. Se apoya en la pared para mantener el equilibrio y baja la vista hacia mí—. Mataste a esos hombres como si nada. ¿Me matarías a mí con la misma facilidad?

—Si te interpones en mi camino, sí. —Pero sé que es mentira.

—*¿Quieres que te odie?* —Max suena irritado.

—*Sí.*

Resopla.

—*Mentiroso.*

Kali asiente con la cabeza.

—Intentaré no hacerlo. —Se da vuelta y camina hacia la puerta.

—Kali... —Me interrumpo, porque no estoy seguro de qué decirle. Solo sé que odio verla tan triste.

No obstante, cuando voltea para mirarme, no se me ocurre nada. Así que me paso una mano por la cara y le digo:

—Vete a la cama, princesa.

—Estoy en ello.

La observo mientras avanza tambaleándose hacia la puerta, chocando con todos los obstáculos que hay en el camino. Ahora me toca suspirar a mí. Kali es un problema que no necesito ahora mismo. Tengo que centrarme en encontrar a Milla. No puedo dejar que nada me distraiga.

—Oye, Kali, espera. —Max se pone de pie de un salto, interrumpiendo por un instante el coro estridente de Rain y Gage—. Te acompaño a tu habitación.

—*¿Qué carajos?* —le pregunto.

Max le ofrece el brazo a Kali.

—*Uno de los dos tiene que ser un caballero, y está claro que no vas a ser tú.*

—Gracias —responde ella, y engancha el brazo con el de Max después de desenredarse de una silla.

—Voy con ustedes —informa Gage, levantándose también del suelo. Guía a Rain y a Merrick por el pasillo hacia las cabinas, aunque me doy cuenta de que Merrick se lleva la botella.

Los observo irse, y de repente estoy yo solo en el puente de control. Exactamente como me gusta estar. Por un segundo, me imagino qué pasaría si fuera yo el que acompañara a Kali en lugar de Max. No iba a dejar que ocurriera nada serio mientras está borracha, pero, si quisiera volver a besarme, no le diría que no. Y por eso mismo no me he ofrecido a ir con ella. Esta noche, ninguno de los dos tiene la cabeza en su sitio.

El problema es que no creo que yo la haya tenido en su sitio desde que la vi por primera vez. No me lo parece en absoluto.

Otro motivo más para pensar que ha sido buena idea no acompañarla a su habitación.

A la mierda. No voy a seguir pensando en esto..., en ella. No me va a traer nada bueno. Nunca puede salir nada bueno de acercarse a una mujer que lleva consigo una pena de muerte.

27

IAN

Me despierto despatarrado en el suelo unas cuantas horas más tarde, con un calambre en el cuello y una gran erección.

Eso hace que piense en la princesa. En el beso. O besos, como ella misma me recordó anoche. Ninguno de los cuales se va a repetir nunca más.

Sería demasiado problemático. Rayos... A decir verdad, ya lo es.

Por no mencionar que puede que tengamos que tomar decisiones difíciles en un futuro no muy lejano, y no quiero que mi juicio se vea afectado por el sexo. Y eso quiere decir que tengo que mantener las manos —y todo lo demás— lejos de la princesa.

Así que estamos solos mi mano y yo. Otra vez.

Ignoro la sensación de desilusión que me reconcome por dentro y me pongo de pie. Tengo un sabor asqueroso en la boca, pero es lo que suele pasar después de beber tanto gerjgin barato. Valió la pena, eso sí, aunque sea solo por haber visto a la princesa con las mejillas sonrojadas y la lengua suelta. Y además llevaba puesto ese traje plateado que le compré yo.

Vaya si estaba buena.

Pero pensar en eso —en ella— no va a solucionar mi problema, así que la aparto de mi mente y me preparo para comenzar el día.

—Estás despierto —afirma una voz por encima de mí. Entrecierro los ojos para ver quién es. Carajo, ¿quién ha puesto esa luz tan brillante?

—Pensaba que estabas muerto —añade—, así que te he dado una patada. Perdona, pero quería asegurarme.

Mi cerebro está hecho un lío, pero por fin consigue relacionar esa voz con la imagen que ven en el asiento del piloto mis ojos adoloridos. Beckett. Pelearme con ella es justo lo que quiero hacer cuando tengo tanta resaca que apenas me mantengo de pie.

—No te preocupes. No he sentido nada —le digo, haciendo un esfuerzo por mantener la paz—. ¿Me buscabas por algo?

—No nos movemos —responde ella.

Me doy cuenta de que tiene razón. La nave está parada. ¿Qué diablos...?

Me pongo de pie a duras penas y avanzo tambaleándome hacia la silla del capitán.

—¿Sabemos por qué?

Beckett señala hacia la pantalla que hay a su izquierda. Es una mujer de pocas palabras.

Pero la pantalla muestra una imagen del exterior de la nave, que es exactamente lo que necesito ver. Porque a la *Luz Estelar* le han crecido... ¿alas?

Compruebo el otro lado de la nave, y es lo mismo: otras dos alas que se proyectan en ángulos extraños y hacen que parezca una estrella. Las observo un poco más de cerca, y la señal más evidente de la cantidad de alcohol que bebí anoche es que tardo mis buenos sesenta segundos en darme cuenta de que no son alas. Al menos no para volar.

La *Luz Estelar* se ha puesto mirando hacia el sol. Lo que significa que son...

—Alas solares retráctiles —murmuro—. Se está recargando.

—Sí —asiente Beckett.

Digamos que es de muy pocas palabras.

Al menos ya sabemos de dónde saca la energía la nave, algo que me llevo preguntando desde el primer día. Pero ¿cuánto tiempo va a tardar? Me imagino que muchísimo. Es una mierda, pero las naves espaciales utilizan demasiada energía.

Me paso la mano por la cara e intento espabilarme del todo.

—Voy a asearme en un momento. Avísame si...

Me interrumpo cuando un rayo de luz sale disparado desde el sol directamente hacia nosotros, cegándome por un instante.

—¡Mierda! —Otra maldita llamarada solar. Y esta vez estoy seguro de que seremos nosotros los que empecemos a arder.

Pero... pasan varios segundos y no ocurre nada. ¿Qué carajos...?

Miro hacia la pantalla con los ojos entrecerrados para evitar quemármelos. Parece que el haz se ha estrechado hasta tener unos dos metros, y golpea alternativamente el centro de cada una de las alas durante un par de segundos. Entonces, tan rápido como había empezado, se acaba todo. Las alas se retraen, el motor se pone en marcha y nos movemos de nuevo.

Beckett sonríe.

—Qué cosa —digo, porque es cierto. La tecnología alienígena es fascinante.

Como ya estamos otra vez siguiendo el rumbo previsto, voy al baño más cercano y meto la cabeza debajo de la llave. Por lo menos volvemos a tener agua, así que el viaje de ayer no ha sido completamente en vano.

Tomo una toalla y me seco el cabello. Quiero café, pero no tengo ni idea de cómo funciona nada en la cocina de la nave, y mi cerebro todavía no está preparado para averiguarlo. Ya lo haré. Mientras tanto...

—¿Max?

—¿Qué? Estoy durmiendo.

—Despierta a Gage de una patada, anda. Dile que ponga a

trabajar ese cerebro tan privilegiado del que tanto habla y nunca hemos visto en acción, y que averigüe cómo hacerme una taza de café. —Puede que Gage sea un idiota y un vago, pero anoche consiguió preparar algo de cenar. Seguro que ya sabe cómo arreglárselas en la cocina.

—¿Me has despertado para eso? Hazlo tú mismo.

—No me obligues a suplicarte.

Max deja escapar un suspiro largo y sufrido.

Sonrío. Misión cumplida, carajo.

Lleno un vaso de agua en el purificador y vuelvo al puente de mando. Este sitio es un desastre. El suelo está lleno de botellas vacías y cajas de comida. Alguien tiene que limpiar todo esto.

Y, como Beckett está ocupada manejando las pantallas de la *Luz Estelar*, parece que me toca a mí. Un capitán no descansa nunca.

Sobre todo porque también tenemos que decidir qué hacer a continuación... y hablar del problemilla de que alguien ha puesto un precio muy alto a nuestras cabezas y no le importa si estamos vivos o muertos.

¿A qué venía todo eso?, reflexiono mientras guardo los platos sucios y las botellas de gerjgin vacías en la caja en la que las habíamos traído. No es una solución perfecta, pero al menos ya no parece como si alguien hubiera estado tres días seguidos de borrachera.

Al inclinarme para recoger otra pila de platos usados, veo una pequeña bolsa llena de objetos de colores brillantes tirada junto a ellos. «¿Qué tenemos aquí?» En su interior hay unas cosas en forma de frijol, pintadas con todos los colores de Askkandia. «Parece algún tipo de golosina.» Sin duda es algo que yo no comía cuando era niño. Supongo que es mi recompensa por limpiar el desastre que han dejado estos malditos desagradecidos, así que me guardo los caramelos.

Cuando acabo de recogerlo todo y lo llevo a la cocina, vuelvo a mi silla.

Beckett sigue allí sentada, pero ahora está jugueteando con unos interruptores y apretando botones.

¿Sabe lo que está haciendo? ¿Le importa? Por algún motivo, lo dudo.

—¿Sabías que esta nave es un artefacto alienígena? —pregunto de forma tan despreocupada como puedo. Quiero añadir: «Así que quizá no sea tan buena idea apretar botones al azar, porque no sabemos lo que puede pasar», pero no quiero que se enfade. Hay botones metafóricos que hasta yo sé que no hay que tocar.

—Genial. —Sigue toqueteando cosas.

No ha captado la indirecta, vale.

—¿Dónde diablos está todo el mundo? —murmuro. Quejarme de los demás me parece menos peligroso que cuestionar su habilidad a los controles de la nave.

—En la cama.

—Sí, bueno. Si yo estoy despierto, ellos también deberían.

—Dudo que lo vean así.

—Soy el capitán.

—Claro que sí. —Lo dice como si fuera una palmadita en la cabeza, pero sigo teniendo demasiada resaca como para ofenderme. Sobre todo cuando añade—: ¿Quieres que los despierte?

—Sí, claro. —Agradezco la oferta... y el tiempo a solas para reorganizarme. Pero Beckett no va a buscarlos. En lugar de eso, simplemente aprieta otro botón.

—Todo el mundo de pie. —La oigo hablar, pero al mismo tiempo su voz proviene de algún tipo de sistema de comunicación. Es atronadora y resuena por toda la nave—. Su capitán ha convocado una reunión en el puente de control dentro de diez minutos. Estén aquí a tiempo o... —Se encoge de hombros.

—Así que ya le estás encontrando el modo a volar en esta cosa, ¿eh? —pregunto.

Beckett sopesa la pregunta un momento; puedo verla intentando concentrarse. Se aprieta la frente con un dedo y luego asiente con un gesto rápido de la cabeza.

—Más o menos. La mayor parte de las cosas las hace por sí sola. ¿O quién crees que la estuvo piloteando toda la noche? Y hasta ahora, cuando le he metido coordenadas, las ha seguido. Pero estoy esperando a que tengamos opiniones diferentes. Seguro que seré yo quien salga perdiendo.

—¿Crees que la nave puede tener una opinión? —Vaya tontería. ¿Está jugando conmigo?

—Bueno, acabas de decir que es un artefacto alienígena.

—¿Y por eso piensas que es una nave sintiente? —replico.

Beckett resopla.

—Por eso creo que es algo que no entendemos.

Pienso en eso unos segundos.

—Tiene sentido.

—Y hay algo más. ¿Esa llamarada solar que arrasó una ciudad entera y les salvó el pellejo cuando estaban en Askkandia? La princesa está convencida de que había salido de la *Luz Estelar*.

Descarto esa idea inmediatamente.

—Eso es imposible.

—Es lo que había dicho yo, pero después de lo que acabamos de ver... —Hace un gesto de resignación—. Estoy dispuesta a tener la mente abierta.

Eso es porque todavía tiene una. Estoy seguro de que mi mente se fue de juerga anoche, igual que yo.

Antes de que consiga que mi cabeza adolorida pueda llegar a pensar en algo más, aparece Rain, tan radiante y alegre como siempre.

Su mirada se dirige directamente hacia Beckett, y se acerca a ella a toda prisa ignorándome por completo.

—Anoche no volviste para pasar el rato con nosotros —dice ella—. Te he echado de menos.

Silbo entre dientes. Así queee..., así es como están las cosas. Interesante. Está claro que la pequeña sacerdotisa es más valiente que yo.

Beckett se encoge de hombros.

—Estaba cansada.

Rain frunce el ceño, pero permanece en silencio.

—¿No te duele la cabeza? —le pregunto a Rain. Para lo pequeña que es, había bebido muchísimo gerjgin.

—Ah, perdona, Ian. No te había visto.

Claro que no. Porque, al parecer, soy invisible cuando Beckett está cerca.

Esboza una sonrisa radiante como un maldito rayo de sol.

—Mi cabeza está bien, gracias. De hecho, estoy de maravilla.

Pero antes de que pueda preguntarle nada más, como por ejemplo cómo es humanamente posible, Merrick aparece en la puerta.

—Me alegro de que uno de los dos lo esté.

Tiene los ojos entrecerrados y enrojecidos, y no tiene muy buena cara.

Bien. Odio sufrir yo solo.

—¿Estás bien? —le pregunta Rain.

—Sobreviviré. —Aunque no suena como si eso fuera necesariamente algo bueno.

Max y Gage aparecen a continuación. Max lleva una bandeja con una jarra humeante de algo que espero que sea café y un montón de tazas. La deja en el suelo y todos nos servimos. Excepto Merrick, que parece que está planteándose muy en serio ponerse a vomitar.

—El sanitario está por ahí —le digo, señalando hacia el baño más cercano mientras me apoyo en la consola que tengo detrás e inhalo el olor del café. Unas cuantas tazas de esto y puede que me vuelva a sentir como una persona. Quizá.

Espero un par de minutos —y otra taza de café— antes de preguntar:

—¿Alguien sabe dónde está Kali? —Intento sonar despreocupado.

—Sigue dormida —responde Rain—. Se despertó un momento, se dio la vuelta, dijo que era demasiado temprano y siguió roncando. ¿Quieres que vaya a buscarla?

—Iré yo.

Me acabo el café de un trago, sirvo otra taza y me dirijo a la puerta. Pero siento que todo el mundo me está observando, así que me giro y les lanzo mi mejor mirada de «no me estén fastidiando».

Nadie parece impresionado, y no me sorprende.

—¿Qué? —gruño.

Todo el mundo tiene el suficiente sentido común como para apartar la mirada, incluso Max. Pero Beckett no. Levanta una ceja y comenta:

—Simplemente nos preguntamos qué ha hecho la princesa para merecerse que le lleves café a la cama.

Max suelta una risita.

Los ignoro a los dos y me dirijo a la habitación que comparten la princesa y la sacerdotisa. La puerta está abierta, pero no hay ni rastro de Kali, excepto por un pie que sobresale bajo una montaña de mantas.

Me aclaro la garganta. Nada.

Llamo con los nudillos en la puerta abierta.

Todavía nada.

—¡Kali!

—Vete.

—Traigo café. —Me acerco a la cama y lo agito cerca de donde creo que tiene la nariz y el resto de la cara.

Ni siquiera sé si le gusta el café. Me doy cuenta de que no sé nada de Kali, solo que es una princesa y que tiene más agallas de lo que pensaba al principio. Bueno, eso y el hecho de que es evidente que no se parece en nada a mí... o a cualquier otra persona que haya conocido.

Después de un rato, Kali tira de la manta hacia abajo y levanta la vista hacia mí, con un brillo en los ojos plateados.

—Déjalo en la mesa y vete —me ordena, totalmente en modo princesa.

Al principio me molestaba mucho cada vez que utilizaba ese tono, pero ahora le he tomado cariño. Cada vez que lo utiliza, significa que voy a poder meterme con ella.

Así que me dirijo lentamente a la cama en lugar de hacer lo que me ha dicho.

—Si lo quieres —le contesto—, tienes que levantarte a por él.

—No puedo —se queja ella—. Me duele la cabeza.

—Está bien, pero entonces creo que no deberías haberte bebido mi gerjgin.

—¿Tu gerjgin? —Kali resopla y luego deja escapar un quejido—. Pagado con mis botones.

Tiene razón. Pero no es un gran argumento.

—Si quieres tener voz y voto en lo que haremos a continuación —aunque no está abierto a discusión—, irás a la reunión. Dos minutos.

Me doy la vuelta y me alejo, llevándome el café. Ha tenido su oportunidad, ahora es mío.

Pero mi último comentario debe de haber surtido efecto, porque oigo cómo se revuelve en la cama. Reduzco el paso y miro sobre mi hombro, aunque me arrepiento de inmediato.

Es evidente que ha dormido vestida con la ropa nueva, y ahora se está poniendo las botas. Lleva suelto el cabello rojo oscuro, enmarañado alrededor de los hombros; está despeinada y preciosa, con un aspecto demasiado bueno para la resaca que tiene.

—¿Qué? —pregunta ella, y se levanta por fin—. Me estás mirando raro.

No es verdad. ¿O sí? No respondo, simplemente le ofrezco el café y ella se acerca rápidamente y lo acepta; luego bebe un sorbo.

—Está frío y amargo.

Resoplo.

—¿Quieres que vaya corriendo a traerte una taza de café fresco, alteza?

Una sonrisa aparece en la comisura de su boca, pero luego se desvanece.

—No será necesario. Te sigo. —Habla como una princesa.

De camino al puente de control, Kali se detiene en el centro de la nave y coloca la mano sobre el metal de las paredes interiores. Luego cierra los ojos un instante y curva los labios en una leve sonrisa.

—¿Qué haces? —le pregunto cuando abre por fin los ojos. No sé cómo, pero tiene mucho mejor aspecto que hace unos segundos.

Pero Kali se encoge de hombros.

—Saludar. Tengo la impresión de que aquí está el corazón de la nave. Es casi como si estuviera viva.

No sé qué responder a eso, sobre todo después de que Beckett y yo tuviéramos esa conversación sobre si es sintiente o no. Así que niego con la cabeza y sigo caminando. Hay una reunión que tengo que organizar.

De vuelta en el puente de control, Kali se sirve otra taza de café y se deja caer en uno de los asientos. Yo me siento en lo que, objetivamente, ahora es mi silla de capitán, estiro las piernas y examino a mi tripulación. Son un grupo lamentable, en el mejor de los casos. Ahora mismo, parece que todos ellos tengan por lo menos un pie en la tumba.

Excepto Rain, que está demasiado alegre. Debe de tener la constitución de un drokaray gigante.

Kali reprime un bostezo.

—¿Vas a decirnos por qué estamos aquí, para que podamos volver a la cama?

La miro con frialdad. No parece impresionarse, simplemente vuelve a bostezar.

—Pensé que querrías hablar de lo de que alguien te quiera ver muerta y que estén dispuestos a pagar muchísimo dinero para que eso ocurra.

Kali se endereza en la silla.

—Esos malditos panfletos...

—¿Qué panfletos? —repone Merrick en tono cauteloso.

Saco uno de ellos que tenía doblado en el bolsillo y se lo ofrezco. Se levanta con tranquilidad y lo agarra, frunciendo el ceño a medida que lo lee.

Se da vuelta hacia Rain.

—Dice que somos criminales peligrosos haciéndonos pasar por oficiales de la Hermandad de la Luz.

Los ojos de la sacerdotisa se encienden.

—¿En serio? Qué emocionante.

No sé qué responder a eso.

Por suerte, Merrick no tiene el mismo problema.

—Yo no llamaría emocionante a que ofrezcan un montón de dinero a cambio de lo que es, básicamente, tu cadáver.

Rain se encoge de hombros, pero no parece preocupada.

—Viéndolo así, puede que no.

—Por lo visto, a mí me buscan por hacerme pasar por la princesa Kalinda —dice Kali. Me mira—. ¿Qué dicen de ti? —Se levanta, arrastra los pies hacia donde está Merrick con los panfletos y extiende la mano. Él le pasa un papel, y ella baja la vista hacia lo que supongo que es mi cartel. Si la memoria no me falla, es una foto bastante buena.

—Eres un mercenario que se hace pasar por un oficial de seguridad de la Corporación, y te buscan por sabotear la Estación Espacial Imperial *Caelestis* —lee ella; después se gira para mirarme—. No lo has hecho, ¿verdad?... Por la Luz, dime que todo eso no ha sido cosa tuya.

—Claro que no. —O eso creo, al menos. Nunca le he preguntado a Max qué tipo de distracción había provocado.

Lo hago ahora, y se ríe.

—No, hombre. No he derribado una estación espacial entera, que además era nuestra mejor oportunidad para rescatar a Milla.

Luego Max asiente hacia la pila de panfletos y dice en voz alta:

—Creo que podemos dar por hecho que todo lo que dice ahí es un montón de mentiras.

—Entonces, ¿no eres un mercenario?

—Bueno, yo tampoco diría que no —contesto con evasivas. Max, Milla y yo llevamos siendo mercenarios casi diez años. Hacemos casi cualquier trabajo si pagan bien y no implica matar popples o crías de varlens. A Milla le gustan mucho los dos.

No me avergüenzo de lo que hacemos; si fuera así, ya habríamos buscado otra forma de sobrevivir. Pero siempre hemos tenido que depender de nosotros mismos, y resulta que se nos da de lujo ser mercenarios. Y menos mal, porque muchas veces era eso o morirnos de hambre.

Pero el modo en que me juzga Kali con la mirada me está molestando.

—No todos hemos nacido con una maldita cuchara de plata en la boca, princesa.

Kali aparta la vista.

—¿Qué dicen de mí? —inquiere Gage.

—Que eres nuestro cómplice —respondo—. Al parecer, has traicionado a tu gente. De hecho, tu panfleto es el único que se acerca remotamente a la verdad.

—¿Cómplice? —Parece ofendido—. Ni siquiera estaríamos aquí de no ser por mí.

—No sé si deberías sentirte tan orgulloso de eso —le dice Max con frialdad.

—¿Yo tengo uno? —pregunta Beckett en voz baja.

—Pues no. No hay ninguno tuyo —contesto. Todos tenemos uno, excepto Beckett. No estoy seguro de por qué; es posible que nadie sepa que está a bordo de la *Luz Estelar*—. Así que tenemos que suponer que no saben que estás con nosotros —continúo—. Puede que te hayan dado por muerta en la *Reformadora*, aunque dudo incluso que haya registros de que hayas estado en la *Caelestis*. Los experimentos no eran precisamente legales, aunque estuvieran autorizados.

—No sabemos si estaban autorizados —dice Kali, pero no suena demasiado convencida.

Beckett se da vuelta para mirarla, levantando la comisura de la boca en una mueca de desprecio mientras le tiemblan los dedos que tiene sobre el regazo.

—O eres demasiado ingenua o demasiado estúpida o mientes muy bien, princesa.

Ya basta. No quiero que esto acabe en pelea. No antes de que le dé a Kali las lecciones que me ha pedido, por lo menos. Nunca había pensado en ello hasta entonces, pero pueden serle útiles a bordo de la nave, y mucho más fuera de ella.

—Muy bien, tripulación, escúchenme. Quiero que piensen con detenimiento los motivos por los que alguien, quien sea, los quisiera ver muertos. Y necesito oírlos ya.

28

KALI

Bueno, está claro que Beckett me odia. Y estoy bastante segura de que Merrick también. Pero ella no tiene recursos suficientes para pagar una recompensa, y él podría haberme matado cualquier noche mientras dormía, así que supongo que puedo tacharlos de la lista.

Y eso deja... ¿literalmente a todos los demás? Los rebeldes. Todos los enemigos del Imperio. La Hermandad, ya que represento el Imperio que está intentando evitar que el sol muera. Ah, y a la doctora Veragelen tampoco parecía caerle demasiado bien. Si es que sigue viva.

Así que, en otras palabras, la lista de gente que me querría ver muerta es bastante larga. Qué suerte la mía.

No estoy dispuesta a dejar que nadie vea lo mucho que me duele saber esto, así que me dejo caer en mi silla y cierro los ojos. No quiero saber si alguien me mira como lo hace siempre Beckett. O peor aún, si me miran con pena.

No puede ser que todos piensen que soy estúpida e ingenua, como ha dicho Beckett, ¿verdad? Sé que Ian sí lo hace. Cree que soy una inútil. Y también Merrick. No he pasado el suficiente tiempo con Max y Gage para saber lo que piensan de mí, pero tampoco es que me estén defendiendo ahora mismo, ¿no?

—Princesa, ¿sigues con nosotros o has decidido que es el momento ideal para echarte una siesta? —pregunta Ian. Abro los ojos lo suficiente como para lanzarle una mirada asesina, que ignora por completo. Pero tampoco puedo decirle que estoy demasiado ocupada autocompadeciéndome—. No has respondido a la pregunta. ¿Se te ocurre alguien que quiera verte muerta? —dice.

—La pregunta sería si se me ocurre alguien que no lo quiera —comienzo a contestar—. Cuando tienes el poder y eres más rico que los demás, siempre hay gente que quiere verte muerta. A mi padre lo asesinaron cuando yo tenía quince años. Es una de las muchas razones por las que mi madre me ha mantenido alejada de la vida pública. Vivo cada día de mi vida sabiendo que esa posibilidad existe.

—¿De quién fue la idea de que estuvieras en la *Caelestis*? —inquiere Max.

—De mi madre. Y no, no me envió allí para que me asesinaran. Créeme, si hubiera querido matarme, no habría necesitado mandarme tan lejos.

La cara de Ian dice que está de acuerdo conmigo aunque no quiera. Se gira hacia Merrick.

—¿Y la suma sacerdotisa? ¿Alguien la querría matar?

—Claro que no. Todo el mundo la adora —insiste Merrick.

—¿Tú estás de acuerdo? —le plantea Ian a Rain.

Ella tiene los ojos muy abiertos, y parpadea un par de veces. Creo que está disfrutando todo esto.

—Bueno, está claro que la Hermandad no está bien vista por todo el mundo en Senestris. Sin duda, los activistas climáticos no me adoran ni a mí ni a lo que represento. Muchas veces no estamos de acuerdo con el Imperio. Así que, sí, supongo que hay muchas razones por las que alguien querría matarme. Pero, si muero, volveré a reencarnarme, así que ¿qué sentido tendría?

No puedo evitar preguntarme si se lo creerá de verdad. Que

todas las sumas sacerdotisas son la misma alma reencarnada una y otra vez. A mí me parece algo imposible.

Sin embargo, se me ocurre algo.

—¿Por qué estabas en la *Caelestis*? —digo—. Sé que estabas ocupando el lugar de la embajadora Frellen, pero ¿por qué tú? No parece que seas... —Busco una forma de decirlo sin herir sus sentimientos, porque Rain me cae bien de verdad. Puede que sea la persona más agradable que he conocido.

—¿Muy diplomática? —sugiere Merrick con frialdad—. Créeme, yo también he estado pensando en eso mismo. Puede que la Hermandad hubiera oído hablar de la heptosfera y quisieran ver si Rain reaccionaba a ella.

Rain y yo nos miramos. De repente, su presencia en la *Caelestis* parece aún más misteriosa.

—¿Por qué iba a hacerlo? —replico.

Merrick se encoge de hombros.

—Hay muchas historias en nuestras escrituras que conectan a las sumas sacerdotisas con los artefactos alienígenas.

Nunca había escuchado eso, pero la Hermandad es un grupo muy reservado.

—¿Y reaccionaste? —le pregunto a Rain.

—Creo que no. Pero solo la toqué un instante.

—Vale, entonces apuntamos «todo el mundo» para Kali y «todo el mundo» para Rain. Genial. —Ian pone los ojos en blanco y se voltea hacia Merrick—. ¿Y tú? ¿Has hecho enojar a alguien hace poco?

—Probablemente —responde Merrick haciendo un gesto de resignación.

—Me lleva el diablo —gruñe Ian, en un tono de voz cada vez más frustrado—. ¿Gage?

—Trabajo para la Corporación —afirma, señalando un hecho objetivo—. No somos demasiado populares.

—¡Carajo! —Ian camina de un lado a otro, jalándose el pelo corto.

Lo miro a los ojos.

—Bueno, ¿y tú? O sea, has secuestrado a una princesa y la tienes retenida en contra de su voluntad. Probablemente todo esto sea cosa del Imperio, intentando rescatarme.

—Eso no explicaría por qué tu cara está estampada en esos carteles de SE BUSCA junto a las nuestras, cariño —razona Ian—. Y para ser alguien que está aquí en contra de su voluntad, tampoco parece que protestes demasiado.

Dejo escapar un resoplido.

—Vale. Pero estoy segura de que has enfurecido a alguien últimamente hasta el punto de querer matarte.

Sonríe con superioridad.

—¿Aparte de ti, quieres decir? Claro, todos los días.

Levanto las manos.

—Pues no hemos avanzado nada a la hora de averiguar quién anda tras nosotros. Cualquiera podría estar persiguiéndonos, intentando matarnos. Todos somos culpables, lo que significa que todos somos inocentes —razono.

—Mira, no sé tú, princesa, pero en la *Caelestis* nadie sabía quiénes éramos realmente Max y yo —comenta Ian—. Nos hemos visto envueltos en los problemas de otro.

—¿Por qué estaban a bordo? —inquiero—. Ya sé que están buscando a Milla, pero ¿qué los hacía pensar que estaba en la *Caelestis*?

Por un momento, pienso que no me va a responder. Pero entonces mira a Max, que se encoge de hombros.

—Milla fue capturada hace unos tres meses mientras llevábamos a cabo una misión que debería haber sido sencilla. No obstante, cuando nos infiltramos en la cárcel donde se suponía que la tenían bajo custodia para rescatarla, ya no estaba allí, y no había ninguna pista que nos dijera adónde la habían trasladado.

—Puede que esté muerta —apunta Beckett, aunque al menos tiene la decencia de parecer compungida—. A veces ejecutan rápidamente a los prisioneros. Es lo que estaba esperando yo.

—¿Y qué pasa con el juicio? —pregunto—. No se ejecuta así como así a los prisioneros con el sistema judicial de Senestris.

Beckett pone los ojos en blanco con desdén, pero no responde a mi pregunta.

—No está muerta —le dice Max—. Lo sabríamos si así fuera.

Quiero preguntarle cómo pueden estar tan seguros, pero Ian ya está hablando otra vez:

—Bueno, da igual. La encontramos de nuevo después de lo de la cárcel. Tardamos un poco en hacerlo, porque teníamos que reunir dinero suficiente para un soborno, pero descubrimos que la habían trasladado a la *Caelestis*, aunque, por lo que sabíamos, no había ningún papeleo oficial que lo confirmara. Con algún soborno más conseguimos que nos contrataran como guardias: su sistema de seguridad es bastante laxo, como si pensaran que son demasiado importantes para que nadie pudiera meterse con ellos. Pero, cuando llegamos allí, Milla ya se había ido.

—¿Cuándo fue eso? —pregunta Beckett.

—Hace unos dos meses. Supusimos que la habían trasladado, así que le pedimos a nuestro querido y caro cómplice —Ian agita una mano en dirección a Gage— que se metiera en los registros, y descubrió que la habían sacado de la *Caelestis* y la habían llevado a bordo de la *Reformadora*, una nave-prisión ilegal controlada por unos saqueadores de Vistenia. Pero no había ningún registro que indicara adónde la habían trasladado.

—Así que nos quedamos por allí hasta que la *Reformadora* volviera —continúa Max—. Nuestro plan era entrar como polizones y descubrir adónde llevan a los prisioneros cuando la doctora V. acaba con ellos. Logramos averiguar que no los devuelven a las cárceles.

—A lo mejor los tira al espacio —sugiere Beckett amablemente—. Problema resuelto. Es una desgraciada de mierda.

—Ya te lo ha dicho Max —gruñe Ian—. Milla sigue viva.

Parece estar muy seguro, pero ¿cómo?

—De todas formas —continúa Max—, todos sabemos lo bien que nos ha salido el plan.

Ian frunce el ceño.

—Así que ahora nuestra única opción es hacer una visita al puerto base de la *Reformadora* en Vistenia y confiar en poder sobornarlos o coaccionarlos de alguna forma para que nos digan adónde se dirigía.

—No hace falta ir a Vistenia —dice Beckett.

Ian entrecierra los ojos hasta que no son más que dos rendijas.

—Si vuelves a decir que Milla está muerta, te...

Beckett levanta una ceja, pero no parece estar intimidada en absoluto.

—Relájate un poco, capitán. No hace falta ir a Vistenia porque sé adónde se dirigía la *Reformadora*. Al menos sé cuál era su primera parada.

—¿Por qué carajo no has dicho nada antes?

Ahora es el turno de Beckett de entrecerrar los ojos.

—Porque no sabía que querías saberlo. La comunicación funciona en ambos sentidos, capitán.

Ian cierra los ojos un momento y respira hondo. Y cuando los vuelve a abrir está sonriendo, enseñando todos los dientes.

—¿Podrías decirme, oh, sabia Beckett, adónde demonios iba la maldita *Reformadora* de mierda después de salir de la malnacida *Caelestis*? ¿Porfa?

—A Glacea.

¿Glacea? ¿En serio?

—¿Y cómo lo sabes? —Por primera vez, Max suena tan irritado como Ian.

Beckett se encoge de hombros.

—Cuando nos subieron a bordo, uno de los guardias lo preguntó. Al parecer solo iban a parar para repostar, pero probablemente allí haya alguien que sepa adónde iban después.

Glacea es el planeta más externo del sistema. ¿Adónde podrían ir después? No hay nada más allá.

—Pues pon rumbo a Glacea —dice Ian con una amplia sonrisa, que hace juego con la de Max—. Y ahora mismo, si es posible.

Puede que sea culpa de la estupidez provocada por la resaca, pero no puedo evitar sonreír yo también. Me alegra que Ian haya encontrado una pista real, nunca lo había visto tan feliz como ahora. Me vuelvo a preguntar qué es Milla para él, para ellos, pero no me atrevo a preguntar. No porque me dé miedo la respuesta, sino porque... Suspiro. Sí, me da muchísimo miedo la respuesta. Y es ridículo, teniendo en cuenta que solo hemos compartido un par de besos en un tejado mientras hacíamos tiempo para asegurarnos de que no íbamos a morir.

Eso no cuenta.

Sin embargo, cuando se acerca a Max y los dos empiezan a hablar con entusiasmo, de repente siento que necesito estar sola.

Me pongo de pie y salgo de la habitación, y ni siquiera creo que alguien se haya dado cuenta de que me he ido.

Voy a la cocina a buscar un poco de agua. Siento un martilleo en la cabeza, tengo el estómago revuelto y no importa cuántas veces me diga a mí misma que no voy a vomitar, esta vez no estoy segura de que vaya a funcionar.

Las resacas son tan malas como decía todo el mundo en el palacio.

Me gustaría decir que he aprendido la lección y que nunca volveré a probar el alcohol. Pero la verdad es que me gusta lo que me ha hecho sentir. Parecía una persona distinta, alguien con libertad para decir lo que quisiera. Me pregunto si eso mismo es lo que siente Beckett, que no necesita fingir valor para decir lo que piensa o para no dejarse pisotear.

Cuando llego a la cocina veo una caja enorme llena de platos sucios y vasos, colocada sobre una mesa. Es evidente que alguien había empezado a lavarlos, pero no se molestó en acabar la tarea.

«¿Tanto puede costar lavar un par de platos? —pienso—. Nadie más lo va a hacer... ¿Por qué no lo hago yo? Puedo ser útil.»

Dejo correr el agua en el fregadero y me arremango. Mientras las migas caen por el desagüe, pienso en lo que haremos a continuación. No quiero ir a Glacea. Quiero irme a casa y arreglar todo este lío de la princesa impostora. O, al menos, eso es lo que creo que quiero, antes de pararme a pensar con más esmero en mis sentimientos.

La verdad es que Ian no iba muy desencaminado cuando dijo que no protestaba demasiado por estar en la *Luz Estelar*. Estos últimos días me han hecho ver mi vida —y todo el Imperio de Senestris— de una forma completamente nueva. Mírame, aquí estoy, arremangada, ¡lavando un plato!

Y, sí, siempre he sabido que el Imperio no era perfecto. Que mi madre elegiría su poder por encima de todo lo demás, incluido mi padre. Y yo. Es mi madre, y se preocupa por Senestris. Por eso ha sido siempre tan dura conmigo.

Pero eso está a años luz de todo lo que esta gente la acusa de hacer. O, peor aún, de lo que no la acusan. Simplemente hablan de ello como si no tuviera importancia. Como si fuera una verdad ya aceptada.

Y creo que lo que más miedo me da es que me están empezando a caer bien. Puede que incluso esté comenzando a confiar en ellos, aunque no puedo decir que ellos hagan lo mismo conmigo. Así que ¿qué debo pensar si todo el mundo excepto Rain —que ha vivido prácticamente toda su vida encerrada en un monasterio— cree que mi madre es capaz de hacer todo tipo de cosas terribles? Peor aún, ¿qué pasa si yo misma estoy empezando a creerlo?

Rangar era un lugar horrible. Y sé que mi madre es consciente de lo que ocurre allí, porque el año pasado pidió que se hiciera un estudio sobre la ciudad. Pero al parecer no ha hecho absolutamente nada con los resultados. Y yo acepté su palabra y la del consejo de que todo iba bien.

Que la gente de Senestris admira a las familias gobernantes. Que nos respetan. Que los intentos de asesinato que tanto nos preocupan solo son acciones de algunas personas envidiosas que quieren ese respeto y ese poder para sí mismos.

Si eso es así, todavía no he visto ninguna prueba de ello.

Y en cuanto al resto... No sé qué quiero. O, más bien, no sé quién quiero ser. Lo único que sé es que no quiero ser la princesita perfecta que mi madre me estaba preparando para ser. La que acepta que las cosas son así porque tienen que serlo. Puede que necesite esto... Ahora mismo tengo una oportunidad de ver el sistema tal como es, y luego podré pensar en cómo debería ser y formular un plan para lograrlo.

O a lo mejor solo quiero quedarme para volver a besar a Ian.

«Uf.»

Ese hombre es otra historia de la que no quiero hablar ahora mismo, o al menos eso pienso cuando bajo la mirada y me doy cuenta de que ya he acabado de limpiar todos los platos de la caja. ¡Eh! A lo mejor he encontrado algo que se me podría dar bien.

Un estruendo enorme recorre la nave, seguido de un grito y otro golpe. Parecen provenir del puente de control.

Salgo por la puerta y echo a correr; entonces un segundo grito desgarra el aire.

29

RAIN

Ian y Merrick han estado discutiendo las ventajas de ir a Glacea o a Serati durante los últimos veinte minutos y, si no se calman pronto, alguien va a acabar herido. La tensión entre los dos hombres es palpable. Max mira a Merrick y le dice:

—Déjalo ya.

—No me das miedo. —Merrick mira con desdén a Max—. Y tú tampoco.

—Merrick, por favor, para —le suplico—. Me portaré bien, de verdad. Me pondré la túnica. No beberé alcohol. Por favor, no discutas por mi culpa.

—Discuto porque es lo correcto. Lo que debo hacer. Protegerte.

—¿Aunque te dispare?

—Hay cosas por las que merece la pena morir —responde Merrick con la mirada clavada en los ojos oscuros de Ian.

—Puede ser, pero por esto no. —Me volteo para mirar a Ian y Max—. Por favor, no le...

—¡No les pidas nada! —grita Merrick en un tono tan mezquino que me hace retroceder, asustada.

Pero bajo el susto se esconde una rabia que casi no reconozco. Es un sentimiento tan raro en mí que tardo un segundo en entender qué es lo que me arde en las venas. Cuando lo hago, ya casi estoy dispuesta a pegarle un tiro a Merrick yo misma, o por lo menos a darle un puñetazo en la nariz.

Aunque cuando llego a ese punto, Ian ya se está desenganchando la cartuchera de la cintura.

—No tengo que dispararle para dejárselo claro. —Le arroja la pistolera a Max, y también el arma, y luego sostiene las manos en alto—. ¿Ahora qué?

—Si gano, ¿vamos a Serati? —pregunta Merrick estudiando al hombre detenidamente.

Ian se encoge de hombros, como si fuera lo más lógico.

—Claro.

Pienso que Merrick no está en sus cabales si de verdad cree lo que dice Ian... Después de todo, es un mercenario y un asesino autoproclamado. No le va a costar decir una mentira. Merrick tensa los hombros.

—Última oportunidad. No...

Pero Ian no espera a que acabe la frase. Se lanza a por él, y los dos caen rodando al suelo. Dejo escapar un gritito y me llevo las manos a la boca mientras me aparto de ellos rápidamente.

Miro alrededor de la habitación; no cabe duda de que alguien los va a detener. No obstante, Max apenas parece interesado. Está charlando con Gage como si no estuviera pasando nada, y Beckett está mirando cómo ruedan por el suelo, con un brillo divertido en los ojos. Me gusta —de verdad, me gusta mucho mucho—, pero tiene un sentido del humor extraño.

He visto a Merrick pelear en torneos y es algo bonito de ver, como si fuera una danza coreografiada. Pero, esto no se parece en nada a una danza. Es desagradable y sangriento. Y me preocupa que no pueda moverse tan rápido como debería por culpa de la gravedad más alta. Aunque no creo que la velocidad sea algo relevante: están agarrados en el suelo, dándose puñetazos el uno al otro. Grito al ver la sangre que salpica cuando Ian le golpea en la nariz y la hace crujir. Pero entonces Merrick le encaja un puñetazo en la boca, que le hace escupir sangre.

Es horrible. Tanto que apenas puedo mirar. En cambio, me da miedo no hacerlo. ¿Y si uno de los dos se deja llevar y...?

Kali irrumpe en la habitación, un poco menos imperial que de costumbre.

—¿Qué está pasando? —inquiere. Entonces se detiene en seco al ver exactamente lo que está pasando.

—Se están peleando —contesta Beckett, de forma innecesaria. Se ha colocado a mi lado.

—Qué sorpresa. —Kali resopla—. Jamás lo habría adivinado. Pero ¿por qué? —Me mira, pero no quiero admitir que todo este lío es por mi culpa.

Beckett no tiene tantos escrúpulos.

—Merrick quiere llevar a Rain a casa porque cree que se la está pasando demasiado bien. Le exigió a Ian que nos llevara a Serati para que pudiera encerrarla otra vez en el monasterio, pero... —agita una mano en dirección a los dos hombres— Ian no estaba de acuerdo.

Ahora los dos hombres están de pie. Merrick se voltea y le da una patada en el estómago a Ian, que gruñe, pero no cae al suelo. Unos segundos después, le da un puñetazo en el pecho a Merrick con tanta fuerza que lo hace retroceder tambaleándose. Luego vuelven a agarrarse, sujetándose por los hombros y compitiendo por tener la mejor posición. Vienen hacia nosotros, tropezándose, y nos apartamos de allí. Merrick empuja a Ian y lo estrella contra la pared.

Hago una mueca. No quiero que le hagan daño a Merrick. Sin embargo, una parte de mí, esa pequeña parte oscura que ni siquiera sabía que existía hasta ahora, tampoco quiere que gane.

Entonces Ian le da un cabezazo en la cara y empieza sangrar por la nariz rota.

—Au —murmura Kali—. Los dos son buenos, pero creo que Ian es más ruin.

—Eso es porque ha aprendido en el mundo real —dice Beckett sin apartar la vista de la pelea—. Allí o ganas o mueres.

No sé qué agregar a eso, y a juzgar por la expresión del rostro de Kali, ella tampoco.

—Ha dicho que me iba a enseñar —añade la princesa.

Beckett aparta la mirada de la pelea y evalúa a Kali con la mirada. Pero, por una vez, no parece estar cargada de odio. O, por lo menos, odio no es lo único que hay en ella. También la mira con respeto, o eso creo.

—¿Enseñarte a qué? —pregunto mientras los dos hombres vuelven a acercarse tropezando hacia nosotras y tenemos que quitarnos de en medio. Esta vez incluso Max y Gage tienen que apartarse para que no los aplasten.

Kali sonríe.

—A luchar.

—Que Dios nos ayude —murmura Beckett, pero le dedica a Kali una sonrisa casi imperceptible.

Los hombres siguen agarrándose y chocan contra la consola. Una luz amarilla comienza a parpadear y entonces empieza a sonar un sonido agudo.

—¡Oigan, cuidado con la nave, carajo! —grita Beckett, corriendo hacia allí. Cuando los dos caen al suelo delante de ella, Beckett aprieta algo y la luz se apaga.

Miro a Max, que sigue hablando con Gage como si estuvieran en algún evento social en vez de siendo testigos de una pelea violenta entre su mejor amigo y alguien más. Pero entonces me doy cuenta de que sí está prestando atención a la pelea: se está frotando la barriga sin darse cuenta y sus ojos siguen la acción incluso mientras habla con Gage de la última vez que él e Ian estuvieron en Glacea.

Ahora que sé que se preocupa mucho más de lo que da a entender, me cae todavía mejor...

—¿Cuánto tiempo crees que van a estar así? —pregunto nerviosa.

Kali se encoge de hombros.

—¿Quién sabe? Ojalá tuviera algo de chobwa para picar. Esto se está poniendo interesante.

Merrick se lanza contra Ian, pero este estira una pierna y le pone una zancadilla, tirándolo al suelo.

—No está mal para ser un sacerdote —le dice Ian sonriendo—. Pero solo estás jugando. Enséñame de lo que eres capaz.

Merrick, que vuelve a estar de pie, arremete contra él, pero Ian se ríe y se da vuelta para ponerse fuera de su alcance. Entonces se detiene y parece mirar sobre el hombro del sacerdote, hacia donde estoy yo. Merrick está de espaldas a mí, así que no puedo ver su cara. Sin embargo, una expresión de sorpresa aparece en el rostro de Ian y abre los ojos de par en par. Miro hacia atrás, pero no hay nada. De repente, grita:

—¡No, Rain, no lo hagas!

¿Hacer qué? Miro a Kali, confundida, pero es evidente que ella tampoco tiene ni idea de qué está hablando.

No obstante, Merrick muerde el anzuelo y se voltea para ver qué estoy haciendo, y es entonces cuando Ian se lanza por él. Hace un movimiento circular con la pierna y Merrick pierde el equilibrio. Después, Ian lo hace caer de espaldas y le golpea la cabeza contra el suelo.

—¡No! ¡No lo mates! —Corro hacia ellos y agarro a Ian por el hombro para intentar apartarlo. No se mueve, pero eso no impide que siga gritándole—. ¡Apártate de él!

—No te preocupes, no está muerto. Ni mucho menos. —Ian se pone de pie y se limpia la sangre de la mejilla. Max le arroja su arma, y se la vuelve a atar a la cintura.

Merrick está tirado bocabajo, y le doy la vuelta con delicadeza. Por un segundo, pienso que Ian estaba mintiendo y que sí está muerto, pero entonces parpadea y abre los ojos.

Y me desplomo. Las fuerzas me abandonan por completo.

Merrick se incorpora. Se lleva la mano a la cara y se toca con cuidado la nariz rota. Luego mira detrás de mí, donde Ian está de pie con una expresión divertida en el rostro.

—No peleas limpio —gruñe el sacerdote.

Ian se encoge de hombros.

—Eso es lo que pasa cuando buscas pelea contra un mercenario. Además, ya me estaba aburriendo. Y tenemos que ponernos en marcha. —Le lanza una mirada penetrante a Merrick—. Hacia Glacea. —Se gira y le dice algo a Beckett, sentada en el asiento del piloto, que empieza a apretar botones.

A pesar de que Merrick está dejando todo el suelo lleno de sangre, no puedo evitar preguntarme si ella me enseñará a pilotear. Ian ha besado a Kali y ahora va a darle clases de lucha. Me parece justo que Beckett me enseñe algo a mí también.

—Cabrón... —murmura Merrick mientras vuelve a levantarse. Pero parece bastante impresionado.

Ian se da la vuelta.

—Ni siquiera le has preguntado a Rain si quería volver a casa.

—Eso no importa —responde él—. Todos tenemos un deber que cumplir.

—No todos —le dice Ian—. Algunos hacemos lo que nos da la gana. Así que hazlo. Pregúntale.

Contengo el aliento, porque no quiero que lo haga. La respuesta debería de ser sencilla.

—¿Rain?

Y me doy cuenta de que sí es sencilla. Pero no es la que Merrick espera.

30

IAN

Bueno, me fue mejor de lo que esperaba.

Supe desde el principio que Merrick y yo acabaríamos peleándonos en algún momento. Es de esas personas que quieren que las cosas se hagan a su manera. El problema es que yo también lo soy. Y si tiene que ver con encontrar a Milla, no estoy dispuesto a ceder.

A pesar de eso, ese tipo me cae bien. Más bien me da pena. Su misión es proteger a una chica que está claro que no quiere que la protejan. Aunque Rain evita responder a su pregunta y le dice que ya hablarán más tarde, todos sabemos cuál va a ser su respuesta.

Bien por ella.

—¿Siempre resuelves las cosas a puñetazos?

Levanto la vista al oír la voz de Kali. Está de pie junto a mí, con las manos en las caderas y una mirada demasiado acusadora. ¿Qué le pasa ahora?

—Casi siempre —respondo, porque ¿para qué voy a mentir si no es necesario? No me avergüenza quién soy. He tenido que luchar para conseguir hasta el más mínimo momento de alegría que he tenido a lo largo de mi vida, y se me da bastante bien. Por eso Max, Milla y yo hemos podido salir de aprietos en cada uno de los siete planetas—. A veces con los puños. Otras con el cuchillo. De vez en cuando con la pistola, y en una ocasión con...

—¡Ya entendí! —me grita, poniendo los ojos en blanco, antes de darse la vuelta y alejarse a grandes zancadas.

¿Por qué demonios me pone los ojos en blanco? Mi propensión a las peleas nos salvó de esos tipos anoche. Dos veces. De dos grupos distintos de cabrones. Y eso me hace doblemente impresionante.

¿Y acaso no me pidió ella que la enseñara a luchar? ¿Qué sentido tiene, si luego no espera ponerlo en práctica?

Además, no tiene ni idea de lo que es tener que esforzarse para conseguir cada una de las cosas que tiene. Para poder comer, solo para poder seguir respirando. Decido que tengo que explicárselo. Ahora mismo.

La sigo hacia el exterior del puente de control y no puedo evitar mirar el trasero que se le marca con la ropa. Y las piernas. Por no mencionar sus...

Max me lanza una mirada cuando paso a su lado.

—¿En serio? —me dice—. *¿Estás pensando en eso ahora?*

—No. Solo quiero aclarar un par de cositas sin importancia con la princesa.

—¿Alguna vez se te ha ocurrido que a lo mejor es ella la que te tiene que aclarar a ti un par de cositas sin importancia?

—Que se vaya al diablo. Y vete tú también.

Max sonríe.

—Si tú lo dices...

—Solo vamos a hablar —le digo.

—Claro que sí.

No me gusta su sarcasmo, pero así es Max. El problema es que me conoce tan bien, si no mejor —tiene la ventaja de verlo con cierta distancia—, de lo que me conozco yo mismo. Y por eso sus comentarios deberían bastar para detenerme en seco o al menos para que hiciera una pausa. Pero mis pies siguen moviéndose.

Encuentro a la princesa en su habitación. La puerta está abierta, así que me lo tomo como un «¡adelante!» sin necesidad de palabras. Si quisiera que me quedara fuera, habría cerrado la maldita puerta.

Pero, en cuanto la veo de pie, dándome la espalda y con los brazos cruzados sobre la cadera, mi rabia se desvanece.

—Kali, ¿estás bien? —Se está abrazando a sí misma como si tuviera frío... o estuviera dolida.

Se voltea lentamente.

—Tan bien como puedo estar, supongo.

—¿Qué rayos significa eso?

—Estoy en una maldita nave espacial, yendo quién sabe hacia dónde...

—Glacea —aporto amablemente, y Kali me pone los ojos en blanco. Otra vez.

—Debería estar en camino a casa. Mi madre estará frenética. El consejo estará furioso y... —Respira hondo y relaja un poco su postura—. Y me ha gustado verte luchar.

El cambio de tema hace que frunza el ceño. Y también hace que se me revuelvan las entrañas. Quiero decirle que lucharía por ella en cualquier situación, pero no creo que decir eso sea una buena idea. Así que mantengo la boca cerrada y espero a que continúe.

No dice nada más durante unos segundos, y luego se encoge de hombros.

—No estoy segura de qué dice eso de mí, pero no es nada bueno.

—No hay nada malo en luchar por lo que necesitas. O por aquello en lo que crees.

—¿Es eso lo que estabas haciendo allí? —pregunta, sonando

más contenida de lo que la había escuchado nunca—. ¿Luchar por lo que necesitabas?

—Maldición, sí. Estaba peleando por Milla. —Le lanzo una mirada de «¿Adónde quieres llegar?».

—Entonces, ¿necesitas a Milla?

—Es... —Me quedo paralizado a mitad de la frase, en parte porque no sé lo que quiero decir y en parte porque en mi cerebro ha aparecido una enorme señal luminosa de alerta, que me dice que hay peligro si sigo por el camino por el que me quiere llevar—. O sea, Max y yo... Milla... Nosotros...

Kali levanta una mano para que me calle, algo por lo que siempre le estaré agradecido. Sobre todo porque Max está riéndose al ver que me quedo en blanco.

—*Vaya labia* —me dice—. *¿Es esta la parte en la que le ibas a decir un par de cosas? ¿O eso viene después?*

Le hago un corte de mangas mental.

—*Cierra la maldita boca.*

—*Así que no tienes ningún problema para echarme bronca a mí.* —Sigue riendo entre dientes.

—*Deja de distraerme, ¿quieres? Tengo que prestar atención a Kali...*

Y ahora está otra vez riendo sin parar. Pero al menos ha dejado de hablar, así que me conformo con eso. Más tarde le daré una paliza por estarme fastidiando en estos momentos.

—*Puedes intentarlo* —me provoca.

Vuelvo a centrarme en ella.

—Kali...

—No estoy enfadada por ir a Glacea, Ian. Aunque quizá debería. Y me ha gustado verte pelear. Mucho. —Los ojos se le iluminan por un instante antes de dejarse caer en la cama y, por primera vez desde que la conozco, parece derrotada. No me gusta. Lo sé, siempre me he quejado porque se metía conmigo, pero aceptaría eso un millón de veces si la alternativa es esta tristeza que la invade.

—¿Qué quieres, Kali?

—Ese es el problema. Que no lo sé. —Se pasa una mano por el cabello, y no puedo evitar fijarme en cómo se mueve la luz a través de sus oscuros rizos rojos—. ¿Sabes cuánto significaba para mí ese viaje a la *Caelestis*? —No tengo ni idea, pero Kali sigue hablando antes de que pueda decírselo—: Era mi primera misión oficial, la primera vez que mi madre se opuso al consejo y confió en mí lo suficiente como para representarla. Tenía muchas ganas de impresionarla.

Frunzo el ceño.

—¿Por qué?

—Porque es la emperatriz de Senestris, la persona más importante de todo el sistema y, además, es mi madre.

—Yo nunca conocí a mi padre, y a mi madre la asesinaron cuando yo tenía once años. —Me doy cuenta de lo que estoy diciendo. No puedo creer que le haya confesado eso. Nunca hablo de mi madre.

Kali abre mucho los ojos.

—Lo siento mucho, Ian. Tiene que haber sido muy duro. —Extiende el brazo y toca el mío, y la piel me arde al sentir su tacto.

Que haya química es una mierda. Por lo general, no me suele importar —es difícil que te importe cuando solo pasas un par de días en cada puerto y puedes largarte volando y dejar atrás todos tus problemas—, pero ahora mismo es un asco. Sobre todo porque, cada vez que pienso que Kali es igual de monstruosa que el resto de las familias gobernantes, me demuestra que me equivoco.

—A mi padre también lo asesinaron.

No respondo. Extiendo el brazo y le acaricio la mano.

Kali me agarra los dedos.

—Era un buen hombre, y yo lo adoraba. Quiero ser una gobernante de la que él pudiera estar orgulloso.

—¿Eso no es lo mismo que ser una de la que esté orgullosa tu madre? —planteo.

No parece una pregunta difícil, pero se piensa la respuesta un buen rato. Tanto que estoy empezando a pensar que no me va a responder. Pero entonces contesta:

—Solía pensar que sí. Pero, después de los últimos días, ya no estoy tan segura. Mi padre detestaba que la gente sufriera.

Entonces eligió a la mujer equivocada para enamorarse, ¿no? Consigo contenerme para no decir eso en voz alta, pero algo en el brillo de los ojos de Kali me dice que ella está pensando lo mismo.

Su mano continúa entre la mía, y bajo la mirada hacia ella, sintiendo cómo el calor de nuestro contacto me llena por dentro. Entonces Kali se da cuenta de que prácticamente nos estamos tomando de la mano y aparta la suya.

Me pongo de pie. Es evidente que esta conversación ha terminado.

—En cuanto encontremos a Milla, nos aseguraremos de que vuelvas a casa sana y salva, ¿vale? —Siento náuseas nada más decirlo, pero siempre he sabido que el desenlace tenía que ser ese. No tiene sentido enfadarme ahora por eso.

—Puedo esperar. —Kali sonríe ligeramente—. Sé lo mucho que te esfuerzas por encontrarla. Es algo admirable, de verdad.

Sus palabras hacen que sienta una punzada de... algo. Culpa, quizá. Porque no voy a salvar a Milla por un motivo altruista, al menos no en el sentido en que lo dice ella. Odio guardar secretos, y odio aún más sentirme culpable; no lo he hecho tantas veces como para que me salga de forma natural, así que suelo volverme un patán.

Puede que por eso me meta en peleas.

—Déjame hacer lo que necesito hacer, y entonces te llevaremos de vuelta para que puedas seguir siendo una princesa bien custodiada. Y olvídate de que haya más besos —añado.

Una expresión dolida asoma en sus ojos, y ahí está de nuevo la maldita culpa, apuñalándome en las entrañas. Hasta su mirada se vuelve más dura.

—¿Qué besos? —Resopla ella—. Yo diría que ya los he olvidado. —Sus ojos resplandecen.

Y de repente el ambiente de la habitación se vuelve tenso y los dos estamos pensando en besarnos.

Doy un paso adelante.

—Y para que lo sepas, no va a volver a ocurrir nunca más.

—¿Qué cosa? ¿Aquel beso que fue tan aburrido que ya lo he olvidado?

Aprieto los labios. La triste realidad es que me gusta. Aparte de Milla —y eso es muy distinto—, nunca me había gustado una mujer. Puede que sea porque nunca me he permitido conocerlas lo suficiente como para llegar a ese punto, o quizá porque ninguna ha sido tan fascinante como Kali.

El problema es que me hace sentir como si el mundo no fuera un lugar tan malo después de todo. Y eso no tiene ningún sentido, teniendo en cuenta que su familia es en buena parte responsable de por qué este sistema nuestro es un completo desastre.

Por no mencionar que acaba de aceptar que la lleve de vuelta para ayudar a su madre a hacerlo aún peor.

Ya, ya sé que la gente dice que el mundo se va a acabar si no hacemos algo drástico, y que por eso tenemos que sufrir todos —y con *todos* se refieren a los que no son parte de las familias gobernantes—, pero siempre he pensado que todo eso no es más que otra mentira para intentar someternos. Y lo de que la

Hermandad nos salve aceptando el Sol Moribundo o algo así es solo una gran idiotez, por muy sincera que parezca Rain.

—Estás demasiado concentrado —dice Kali interrumpiendo mis pensamientos alegres.

—Solo estoy pensando en cómo está este mundo de mierda.

—Y yo que creía que estarías recordando el beso... Pero entonces me he acordado de que no hay ningún beso, porque los dos lo hemos olvidado ya.

Kali se pasa la lengua por el labio inferior y se lo muerde con unos dientes blancos y afilados. Es tan sensual que me parece obsceno.

La levanto para quedarnos cara a cara, tan cerca el uno del otro que tiene que inclinar la cabeza para mirarme a los ojos. Tan cerca que puedo ver los círculos negros que tiene alrededor de sus iris plateados.

Sus ojos me cautivan, como lo hacen siempre que los miro. Incluso veo algo en ellos, antes de que Kali niegue ligeramente con la cabeza y lo haga desaparecer.

—Detente, Ian. —Me da un manotazo en el pecho y me empuja—. Tienes razón. Deberíamos olvidarnos del beso. Esto... Tú y yo... No va a ocurrir nada. No podemos.

Eso es exactamente lo que me he estado diciendo a mí mismo, pero el problema es que nunca se me ha dado bien seguir órdenes.

Me inclino hacia ella, y esta vez Kali no se aparta.

—Odio cuando alguien me dice que no puedo hacer algo —musito, cerca de su cara—. Siempre me hace querer demostrarles que sí puedo.

—¿Y cómo vas a hacerlo? —murmura ella, levantando la cabeza hacia mí, de forma que noto cómo el calor de su aliento me acaricia la mejilla. Al mismo tiempo, sus pechos me rozan el torso, y no estoy seguro de quién de los dos está jadeando más rápido y con más fuerza.

Deslizo una mano por su nuca, bajo su cabello sedoso, y le levanto aún más la cabeza. Cada músculo de mi cuerpo se pone tenso.

Toco sus labios con los míos y...

Algo golpea la nave. Se sacude de lado y hace que salgamos volando. Caemos en la cama y tengo a Kali encima.

Entonces se oye un gran estruendo y las luces se apagan cuando la nave se sacude de nuevo; de repente estamos en el suelo y Kali está debajo de mí.

—¿Qué fue eso? —susurra ella en la oscuridad.

No tengo ni idea. Pero tengo un mal presentimiento. Que se hace diez veces peor cuando la voz de Beckett resuena por el sistema de comunicación:

—Capitán, al puente de control. Repito, al puente de control. Nos están atacando.

31

KALI

Mientras sigo a Ian fuera de la habitación, otro disparo golpea la nave y los dos chocamos contra la pared. Por un segundo me pregunto si este será mi fin, y mi cuerpo se pone tenso esperando otro impacto. Pero entonces la nave parece descender y caemos al suelo.

—Quédate quieta un minuto —susurra Ian.

Estoy más que encantada de obedecer. Beckett ha dicho que nos están atacando, pero ¿quién?

Y, carajo, si vamos a morir, me habría gustado que me hubiera dado ese beso.

Puede que besarme no sea importante para Ian, pero ¿para mí? Cada vez que se me acerca solo hace que esté más desesperada por estar con él, por sentirlo, por olerlo, por saborearlo.

Algunas veces pienso que, si no me vuelve a besar, implosionaré como una estrella que se ha consumido.

Nunca había sentido algo así. Con ninguna de las personas que mi madre había hecho desfilar delante de mí, esperando que eligiera bien a mi consorte imperial askkandiano. Ni tampoco con ninguno de los hijos de embajadores o consejeros de los que me había atrapado a lo largo de los años.

Puede que sea porque Ian ha sido la primera persona que me ha tocado de verdad. O quizá porque es un hombre, no un chico. Sí solo tiene un par de años más que yo, pero la edad no lo es todo. Solo tengo que mirar en sus ojos oscuros para saber que hace mucho tiempo que dejó de ser un chico. Y cuando Ian me toca, me hace sentir como una mujer que puede estar a su altura, beso a beso, aventura a aventura.

Me gusta ser esa mujer..., probablemente más de lo que debería.

Pasan unos cuantos segundos sin que se oiga otro golpe, y entonces Ian se pone de pie de repente.

—Ven. Vamos al puente de control, a ver quién está atacando mi nave.

No me molesto en corregirlo, aunque sé en lo más profundo de mi ser que la *Luz Estelar* es mía.

Ian me extiende una mano y se la acepto, dejando que me ayude a levantarme.

Cuando llegamos al puente de control, todo el mundo está con los arneses puestos, incluso Beckett, que nunca lo utiliza.

Ian se dirige directamente hacia ella. Me quedo cerca de él, aunque no me necesita para esto. Pero seré sincera conmigo misma: si voy a morir, prefiero estar cerca de él.

—Informe de situación —exige Ian.

Beckett le lanza una mirada inexpresiva.

—¿Eso significa que quieres saber qué está pasando?

A veces pienso que esta chica podría caerme bien.

—Eso sería un informe de situación, sí. —Cuando Beckett sigue sin decir nada, Ian suspira—. Cuéntamelo.

—Como ya te he dicho, nos están atacando —dice ella en tono sarcástico.

—¿En serio? ¿Y ya está? —Ian parece estar a punto de explotar.

Pero Beckett parece perpleja.

—No te puedo contar nada que no puedas ver por ti mismo.

—Hace un gesto con la mano hacia una de las pantallas. Y ahí está, hay una nave justo delante de nosotros.

—¿Sabemos qué nave es? —pregunto, esforzándome por intentar ver alguna marca que la identifique. Parte de mi entrenamiento imperial consistía en memorizar cada una de las insignias oficiales que se utilizan en el sistema Senestris. Los buenos tiempos.

—No —responde Beckett—. No tiene marcas ni tampoco nombre. Como hemos dicho antes, cualquiera puede querer matarnos.

La nave dispara un rayo láser. El terror me recorre el cuerpo y me agarro al brazo de Ian.

—¿Vas a intentar esquivarlo? —le pregunta a Beckett con una voz admirablemente calmada, teniendo en cuenta que yo quiero gritarle para que haga algo.

—No hace falta —responde Beckett. Se da vuelta para mirarnos con una sonrisa—. Observen un segundo.

Quiero hacerlo, pero no puedo. Cierro los ojos y arrugo el entrecejo mientras me agarro con fuerza al brazo de Ian, como si él pudiera evitar que me convirtieran en polvo espacial.

Entonces la nave vuelve a descender rápidamente, con una sacudida fuerte. Al menos esta vez, Ian y yo conseguimos mantener el equilibrio. Cuando abro los ojos, una luz cubre la pantalla. Pero entonces desaparece y, por algún motivo, todos seguimos aquí.

—¿Qué demonios...? —suelta Ian.

Beckett sonríe.

—Sí. Increíble, ¿no? Es la nave más alucinante del mundo. Creo que me he enamorado. —Se da vuelta hacia la consola—. Ahí van otra vez.

En esta ocasión mantengo los ojos abiertos. Veo cómo el láser sale de la nave; entonces, cuando está a mitad de camino, simplemente... descendemos. Y el disparo pasa por encima de nuestras cabezas.

—Entonces, ¿tú no estás haciendo nada? —pregunta Ian.

—¡Nada! —Como para demostrarlo, Beckett sostiene las manos en alto y suelta una carcajada.

—Han hecho falta un par de disparos para que se diera cuenta de que nos atacaban —comenta Gage—. Así que, si pudiéramos encontrar una forma de avisarle con antelación, estaría genial. O puede que haya un sistema de monitorización que podamos activar. Revisaré eso cuando todo esto acabe.

Volvemos a descender. Esta vez ni siquiera había visto que nos hubieran disparado.

—Esto está muy bien —repone Ian, aunque todavía no suena demasiado impresionado—. Pero quizá deberíamos largarnos de aquí antes de que esos tengan suerte.

—Ay —dice Beckett—. ¿Por qué eres siempre tan aguafiestas? Pero, bueno, supongo que el capitán eres tú.

Aprieta un par de botones y traza un círculo con la mano en la consola que tiene delante, y entonces la nave gira ciento ochenta grados. En cuanto les damos la espalda a nuestros atacantes, Beckett golpea la consola con la mano y salimos disparados hacia delante a una velocidad verdaderamente alarmante.

Vuelvo a caer al suelo, e Ian se desploma a mi lado, lo que me hace sentir un poco mejor. Me dispongo a levantarme, pero después de pensarlo un momento, decido que estoy mejor así. Eso incluso antes de que Beckett grite:

—¡Yiii-jaa! Me encanta esta nave, maldición.

32

BECKETT

Puede que sea la primera vez que admito que me encanta algo en toda mi vida, pero es que adoro esta nave.

Ya hemos dejado muy atrás a nuestros atacantes, fueran quienes fueran. La *Luz Estelar* es superrápida. Nunca había visto una nave tan veloz. Me pongo a pensar en los alienígenas que la construyeron. Puede que Rain tuviera razón: a lo mejor eran dioses, después de todo. Lo único que sé es que sabían cómo construir una tecnología alucinante.

Ahora que hemos dejado atrás la otra nave, toco el panel de velocidad y la *Luz Estelar* reduce la velocidad. No estaba segura de que fuera a escucharme, pero parece que solo toma el control cuando piensa que no me las arreglaré yo sola. Es insultante. Y bastante raro.

¿Realmente creo que la nave puede pensar por sí sola a ese nivel? Esa capacidad va más allá de cualquier cosa que tengamos, a no ser que las familias gobernantes guarden algo en secreto. Y probablemente sea así. ¿A quién le importa? Me duele la cabeza.

Confirmo nuestro rumbo hacia Glacea —aunque la *Luz Estelar* ya ha modificado su plan de vuelo— y me vuelvo a sentar con un suspiro para estudiar la situación. Mi mente empieza a estar más despejada y cada vez tengo menos lagunas en la memoria, me siento más lúcida que nunca desde que me drogaron y me subieron a bordo de la *Caelestis*. Pero supongo que solo es un alivio temporal.

La cabeza me duele constantemente. La sensación varía, desde una palpitación sorda en la base del cuello, como ahora, a un dolor tan intenso que es como si alguien me estuviera taladrando el cráneo. Ojalá recordara lo que me han hecho en esa estación espacial de mierda. No saberlo es otra violación, una más de tantas que he sufrido a manos del Imperio del sistema Senestris a lo largo de toda mi vida.

Una parte de mí piensa que no debería intentar recordarlo. Que estoy mejor sin saber lo que me han hecho. Sin embargo, cuando me quito el overol para acostarme, no puedo evitar ver las cicatrices recientes y las heridas que se me están curando por todo el cuerpo. Y el horror del desconocimiento se apodera de mí, haciendo que sea imposible dormir. También que sea imposible pensar.

Lo único que me ayuda es sentarme en el asiento del piloto... y Rain. No puedo sentirme atrapada cuando estoy aquí, con el espacio infinito al alcance de mis dedos para hacer con él lo que quiera.

Puedo ir a cualquier parte, y rápido. Y, aunque sí, probablemente Ian tendría algo que decir al respecto, no me importa. Porque saber que puedo ir a cualquier parte hace que no necesite hacerlo.

En cuanto a Rain... Noto que me sonrojo cuando pienso en ella, y yo nunca me sonrojo. Suelo ser la persona más fría del mundo —así es como me crio mi madre—, pero lo que siento por ella no es frío en absoluto. Y eso también es raro.

No tan raro como para que deje de querer abrazarla, besarla, tocarla. Pero sí lo suficiente como para que me pregunte qué me ha ocurrido. Qué me sigue ocurriendo.

Me duele el cuerpo. Otro regalito del tiempo que he pasado en la *Caelestis*. Cambio de postura y estiro un poco la espalda y las piernas. Intento contener una nueva oleada de rabia al pensar en lo que me han hecho.

Solía pasarme horas, o incluso días, sin sentir siquiera una molestia. Mi familia me había entrenado para ello desde que nací. Ahora ni siquiera puedo estar sentada en una maldita silla más de media hora sin que se me entumezca alguna parte del cuerpo.

Cuando la sorpresa y el miedo por el ataque desaparecen, los demás empiezan a hablar a mi alrededor. Dejo que sus voces me envuelvan sin prestarles demasiada atención. Cuanto más me duele la cabeza, más me cuesta comprender sus palabras, así que estos últimos días he tomado la costumbre de oír sin escuchar.

Hago girar la silla y sonrío. Rain está sentada en la silla más cercana a mí por la izquierda, y Merrick está despatarrado junto a ella. Su nariz rota se ha hinchado hasta el doble de su tamaño natural, algo que probablemente explique su expresión malhumorada. Rain parece algo apagada, pero aun así me dedica una sonrisa floja cuando sus ojos se cruzan con los míos.

Ian y la princesa siguen en el suelo. Probablemente hayan pensado que es el lugar más seguro. Él está sentado, rodeándose las piernas con los brazos, y ella está tumbada, con los ojos abiertos y mirando al techo.

Incluso yo tengo que admitir que Ian es un hombre bastante atractivo. Me tentaría si me gustaran esas cosas, pero no es así. Probablemente yo a él tampoco. He visto cómo mira a la princesa cuando cree que no se da cuenta. Le deseo suerte con eso.

Aunque tengo que admitir que lo de que ella le pidiera que le enseñara a luchar ha sido... inesperado. Y fantástico. Y eso me molesta un poco.

Todavía me duele la espalda, así que me pongo de pie y me estiro.

—Entonces... —digo—. Después de lo que acaba de pasar, ¿deberíamos retomar la conversación sobre quién los quiere ver muertos?

—Creía que ya lo habíamos hablado —comenta Rain, sentándose con la espalda más recta.

—Sí, bueno, pero acaban de volver a intentar asesinarnos, así que igual merece la pena hacerlo otra vez.

Kali se pone de pie.

—¿No crees que pueda ser alguien que quiere la recompensa? —plantea tras alisarse el overol.

Pongo los ojos en blanco.

—Los panfletos decían vivos o muertos, pero, incluso aunque los maten, necesitarían los cuerpos para demostrar que son ustedes. Y fueran quienes fueran, estaban haciendo todo lo posible para vaporizarnos. Si no hay cuerpos, no hay recompensa.

—Tiene razón —afirma Ian—. Quien estuviera en esa nave no buscaba la recompensa. Pero podría ser la misma persona que hizo circular los panfletos. —Se encoge de hombros y se pone de pie; luego saca una botella del bolsillo y le da un trago—. O podría ser alguien completamente distinto.

—Son bastante populares, ¿no? —digo. Pero es un misterio fascinante. Uno del que tendremos que encontrar algunas pistas más si queremos resolverlo.

Utilizando la lógica, creo que hay bastantes probabilidades de que sea cosa de mi grupo. Excepto que, a no ser que las cosas hayan cambiado drásticamente desde que me fui, no teníamos recursos suficientes para aceptar una misión tan importante como atacar la *Caelestis*. Al menos no sin tener mucha ayuda.

—Igual deberíamos pensarlo con calma —sugiere Gage.

—No te canses, grandullón —responde Max con sarcasmo.

Gage lanza a Max una sonrisa encantadora y luego continúa:

—¿Quién querría matar a la princesa?

—Cualquier persona de todo el sistema que tenga un poco de cordura —contesto.

Oh. Casi parece dolida. Y eso hace que casi me sienta mal. Y, de rebote, hace que tenga más ganas de meterme con ella. ¿Por qué diablos se va a sentir dolida?

—¿Qué? Ustedes controlan la comida y, a través de la Corporación, la tecnología. Controlan dónde vive la gente. Lo que hacen. Cómo mueren, algo que, por cierto, es bastante despreciable. Todo el sistema está construido alrededor de sus zonas horarias, de sus órbitas, de su calendario. ¿Tanto te extraña que te odien?

Kali abre la boca para discutir, pero la vuelve a cerrar.

—Oye, no es culpa de Kali que el sol se esté muriendo —la defiende Max—. Todo el mundo está sufriendo.

—Ya has visto el vestido que llevaba. —Me doy vuelta hacia ella—. ¿Tienes idea de lo que es pensar en beberte tu propia orina porque estás desesperada por la falta de agua? Y que encima no tengas nada que orinar, porque llevas muchísimo tiempo sin beber nada.

Kali aparta la mirada. Por mucho que esté dispuesta a no odiarla del todo, le he tocado una fibra sensible. Y me siento bien. Si todavía no es mala del todo, estoy segura de que la emperatriz se ocupará de que lo sea pronto.

—Entonces, ¿crees que podrían haber sido los rebeldes? —plantea Gage.

Me encojo de hombros.

—¿Quién sabe?

Ian resopla.

—Vamos, Beckett. Como si no pudieras sospecharlo. «Vuela libre» y todo eso.

Así que lo sabe. No estaba segura.

—¿Cómo...?

—Hablas en sueños. O gritas, más bien.

—Espera, ¿eres una rebelde? —pregunta Kali. Tiene los puños apretados y la cara encendida por la rabia. O, al menos, tanta rabia como puede tener una princesa como ella.

Entrecierro los ojos. Me quito la máscara que oculta mi propia furia. Una que podría ahogar la pequeña llama de su enfado de un solo golpe si alguna vez le doy rienda suelta.

—Asesinaste a mi padre —gruñe ella.

—Yo no lo hice, no. Pero ojalá lo hubiera hecho. —Es una cagada decirle algo así, pero no me importa. Estoy harta de que esta niñita de mierda se haga siempre la víctima.

Kali deja escapar un grito de rabia y se lanza contra mí.

—¡Deberíamos haberte dejado arder en la *Caelestis*!

Ah, qué bien, una pelea. Incluso herida y recuperándome de vete a saber qué, estoy más que dispuesta a darle una paliza a la niñita de mamá.

Me preparo para recibir un golpe que nunca llega. Ian la agarra antes de que pueda llegar hasta mí y la retiene.

—Aguafiestas —le digo.

Ian pone los ojos en blanco.

—¡Los rebeldes volaron en pedazos a mi padre! —grita Kali—. Lo mataron por sus propios motivos egoístas...

—Y los soldados de la emperatriz mataron al mío, solo porque podían hacerlo —replico, enfrentándome a ella como me moría de ganas de hacer desde el primer día—. Y él no era un rebelde. Nunca lo había sido. Fueron a buscarlo a mitad de la noche y lo torturaron hasta matarlo delante de mí y de mi hermano, que todavía era un bebé. Y unos años después volvieron a por Jarved. También lo secuestraron y lo mataron.

O al menos es lo que siempre he creído. Ahora que he estado en la *Caelestis*, no puedo evitar preguntarme si estará vivo en alguna parte, encerrado con esa tal Milla que buscan Ian y Max.

Lo único que sé es que tengo que averiguarlo, así que, sí, voy a seguir las órdenes de Ian. Si él encuentra a Milla, quizá yo encuentre a Jarved.

—De acuerdo, respiremos todos hondo... —comienza Max.

—¡Todavía no he acabado! —le grito antes de darme vuelta otra vez hacia Kali—. A lo mejor quieres seguir viviendo en tu mundo de fantasía, pero estoy harta de tener que consentirte. Mira a tu alrededor, princesa, mira a la gente con la que viajas. Cada uno de ellos, excepto quizá Rain, ha sufrido, y mucho, a manos de tu familia. Piensas que, como no nos pasamos todo el tiempo quejándonos, no tiene importancia. Que no nos han hecho tanto daño como a ti o más. Pero te equivocas. La única diferencia entre nosotros y tú es que nosotros decidimos salvarte de todas formas.

»¿Crees que no tenía la nave preparada para largarnos cuando Ian y tú volvieron de su aventura la otra noche? Podría haberlos dejado arder allí. —Utilizo a propósito la misma palabra que ha dicho ella hace unos minutos—. Pero no lo hice, y ellos tampoco. Bandido, asesino, ladrón, rebelde. Parece que somos todos mejores personas que tú y los tuyos. —Aunque sé que debería parar, y aunque una parte de mí quiere hacerlo, en estos momentos no puedo—. Así que, vete al demonio, princesa, y que se vaya al demonio tu querido y malvado Imperio.

33

BECKETT

—¡Ya está bien! —ruge Ian con una voz que resuena por todo el puente de control.

Me planteo no hacerle caso. Pero, por una vez, Ian parece que habla en serio. Además, ya he dicho todo lo que quería decir y, ahora que lo he soltado, me siento bastante tranquila. Más de lo que he estado desde hace una eternidad.

—¿Es verdad? —susurra Kali, pasando la mirada entre Ian, Max y yo.

—Kali... —empieza a decir él.

—No mientas —lo interrumpo.

—Escucha, hay cosas más importantes de las que tenemos que ocuparnos ahora mismo, y nada de esto nos ayuda —dice Ian apretando los dientes—. Beckett, vuelve a tu silla y llévanos a Glacea.

Me llevo un dedo a la frente, en una parodia de un saludo militar.

—Sus deseos son órdenes, capitán.

—Ojalá —gruñe él.

El puente de control se queda en silencio durante unos minutos, lo que puede ser un récord. Después, Rain se sienta en el suelo junto a mi silla.

—¿Estás bien? —musita ella.

—Sí —le respondo en un tono normal, porque no me avergüenzo de nada de lo que he dicho o hecho.

Rain sonríe con dulzura.

—Me alegro. —Apoya su mano sobre mi rodilla unos segundos.

Me habría gustado que la dejara allí más tiempo, pero entiendo por qué no lo ha hecho. Merrick todavía no parece estar contento, y ya ha habido suficientes peleas por hoy en el puente de control.

Pasan unos cuantos minutos más antes de que Ian empiece a hablar:

—Quizá los rebeldes...

Niego con la cabeza, porque ya sé lo que va a decir.

—No creo. No tenemos recursos suficientes para preparar un ataque así a la *Caelestis.*

—¿Alguna de las familias gobernantes, entonces? —sugiere Merrick mirando a Kali en busca de confirmación—. Todos hemos oído rumores de que hay cierta agitación.

—Y es bien sabido que ninguna de ellas es realmente leal a la emperatriz —añade Max.

—Porque es una líder de mierda que está confabulada con la Corporación. Y nadie quiere oponerse a ellos para no quedarse aislado.

—Ya basta, Beckett. —Ian se pasa una mano por los ojos cansados y luego mira a Kali—. ¿Estás de acuerdo? ¿Podría ser algún tipo de demostración de poder?

Kali lo piensa un segundo y luego se encoge de hombros ligeramente.

—Puede ser. Siempre hay cierta inquietud entre las familias, alguien que quiere conseguir más poder. Pero no tiene sentido, nunca destruirían a propósito la *Caelestis.* Era nuestra esperanza de salvar el sistema. Sin ella, lo más probable es que todos muramos calcinados.

—Pero puede que quienes volaran en pedazos la *Caelestis* no sean quienes nos están intentando matar ahora —señala Merrick—. Puede que solo se estén aprovechando de que Kali es vulnerable y está lejos de su hogar.

—Entonces, ¿quizá deberíamos llevarte a casa, después de todo? —le plantea Gage a Kali—. Es lo que quieres, y así nos libraríamos de esta amenaza.

—O podemos tirarla por la esclusa —sugiero amablemente—. Le tomamos una foto flotando en el espacio como prueba. Soltaríamos el lastre y, oye, a lo mejor hasta nos pagan la recompensa. Salimos ganando todos.

Ian parece a punto de estallar contra mí, pero es Kali quien parece que se ha llevado un puñetazo. Por primera vez me siento un poco culpable al ver la expresión de su rostro.

—¿Es así como me siguen viendo todos? —pregunta en voz baja—. ¿Como un lastre?

—Kali... —comienza a decir Ian, pero antes de que sepa cómo continuar, la princesa ya se ha ido.

34

KALI

No sé qué hacer ni qué pensar.

Me he pasado años odiando a los rebeldes por lo que le hicieron a mi padre. E incluso ahora, después de todo lo que ha dicho Beckett, los sigo odiando. O, al menos, quiero odiarlos. ¿Cómo no voy a hacerlo? Mi padre era un buen hombre. No se merecía morir.

Pero ¿cómo puedo odiar a Beckett, cuando su padre también está muerto? Y asimismo su hermano, si es que estaba diciendo la verdad. Y creo que sí lo hacía: su dolor parecía demasiado real.

Ha dicho que sus muertes eran culpa de mi madre. Del Imperio. Si es cierto, puedo entender por qué se convirtió en rebelde. Todo el odio que he sentido por la gente que mató a mi padre me ha hecho pensar cosas terribles a lo largo de estos años. Y puede que también hubiera hecho esas cosas terribles para vengarme si hubiera tenido ocasión.

Pero ¿Beckett tiene razón? ¿Mi madre es responsable de lo que le ocurrió a su padre, de algún modo? O peor aún, ¿es responsable de lo que les ocurrió a todos los que van a bordo de la *Luz Estelar*? No puedo dejar de pensar en la cara de Ian cuando Beckett dijo que todos habían sufrido por culpa de mi madre.

Se quedó con la mirada perdida y su rostro se ensombreció.

No era la típica cara de «yo estoy al mando y no tengo ganas de dar explicaciones», sino que dejaba clarísimo que Beckett tenía razón. Que le había ocurrido algo terrible que le había hecho ser tal y como es.

Siempre he sabido que mi madre era despiadada y que haría cualquier cosa en nombre del Imperio. Y se había vuelto aún más dura cuando mi padre la abandonó..., y entonces lo asesinaron antes de que pudiera regresar con ella.

Por otro lado, nos enfrentamos a una amenaza a la propia existencia. No estoy de acuerdo con que haya ningún motivo para hacer daño a la gente, ni siquiera en nombre del progreso. Pero quizá ella no lo vea así. Puede que ella y la doctora Veragelen crean que hay que dar pasos difíciles para asegurarse de que no mueran todos los habitantes de Senestris.

Pero ¿en qué momento se convierte en algo aceptable sacrificar tu propia humanidad? ¿En qué momento el sacrificio se vuelve más importante que el objetivo?

Eso por no mencionar que... la palabra *lastre* sigue resonando en mis oídos. Sabía que era una inútil cuando subí a bordo de la *Luz Estelar*, pero me he estado esforzando y he aprendido mucho. Pensaba que los demás estaban empezando a notarlo, pero es evidente que no.

No dejo de darle vueltas a la cabeza, pensando en todas esas cuestiones, en todo ese dolor, cuando alguien toca a mi puerta.

—¡Pasa! —grito, y de pronto siento el corazón en la garganta. Porque, si es Ian, no sé qué le voy a decir. Ni siquiera sé si voy a poder mirarlo a la cara después de lo que ha dicho Beckett. Noto cómo la vergüenza me arde en el vientre.

No obstante, cuando se abre la puerta no es Ian quien está allí. Es Max, con dos vasos de gerjgin en las manos.

—He pensado que te vendría bien un trago —me dice, ofreciéndome uno de los vasos.

No tenía intención de beber gerjgin en una temporada —todavía tengo secuelas de la noche anterior—, pero estoy temblando tras el enfrentamiento con Beckett, por no hablar de todo lo que he estado pensando sobre mi madre.

—¿Cómo lo supiste? —pregunto mientras agarro el vaso.

Max deja escapar una carcajada triste.

—Porque yo también necesito uno.

—Me parece estupendo. —Levanto el vaso, haciendo un brindis silencioso, y luego bebo un sorbo, disfrutando de su ardor intenso, que acaba con el frío de mi interior.

Se acomoda en la cama, a mi lado.

—¿Estás bien?

Ni siquiera sé cómo responder a eso. Así que bebo otro sorbo.

—¿Es cierto?

—¿Qué cosa? —Max me mira con recelo.

Hasta el consejo estaría orgulloso de la inexpresividad imperial de mi rostro cuando lo miro y levanto una ceja.

—No seas así.

—Todos tenemos una historia, Kali.

—Lo sé. —Bebo otro sorbo de gerjgin. Para fingir valor y todo eso—. ¿Cuál es la tuya y la de Ian?

—Eh...

—Da igual. Esa es la única respuesta que necesito.

Se encoge de hombros, y ahora le toca a él beber un sorbo.

—Es complicado.

—¿Tan complicado como para convertirlos en el daño colateral de una conspiración para asesinar a alguien?

—No me subestimes, no soy tan fácil de matar. Y tampoco te precipites a la hora de echarte toda la culpa. Todos tenemos enemigos ahí fuera, y además a Ian se le da demasiado bien molestar a la gente. —Sonríe—. Yo mismo he pensado en acabar con él un par de veces.

—¿Solo un par? —Vuelvo a levantar la ceja.

—Hoy. Un par de veces hoy.

En esta ocasión nos reímos los dos.

—Son muy unidos, ¿no? —planteo, porque tengo un montón de preguntas sobre Ian. Y porque Max es un buen tipo y me resulta fácil hablar con él.

Veo un destello en su rostro... Diversión, quizá.

—Más de lo que te imaginas. —Entonces se encoge de hombros—. Teníamos que estarlo. Los tres hemos estado solos desde que teníamos once años. Cuidamos los unos de los otros.

Frunzo el ceño.

—¿Los tres?

—Sí. Yo, Ian y Milla.

Pienso en eso un segundo.

—Entonces, ¿Milla es su hermana? —¿Por qué no me he dado cuenta antes? Max e Ian tienen una piel y un cabello oscuros bastante similares, pero igual que otra mucha gente. Nunca me habían parecido hermanos hasta ahora.

Vuelvo a ver un destello de algo en su rostro. Pero estoy demasiado absorta en la conversación para analizarlo con detalle.

—¿Quién creías que era? —pregunta él observándome con atención.

No había pensado demasiado en ello. Es evidente que es alguien que le importa mucho a Ian, y puede que hubiera querido ahorrarme los detalles más escabrosos.

Max sonríe.

—¿Creías que era su novia?

—No creía nada. —Resoplo—. ¿Y por qué me iba a importar si lo fuera?

—Oh, yo creo que sí te importa, princesa. Mucho más de lo que quieres que sepamos. Pero, para tu información y sin que haya ningún otro motivo en absoluto, Ian nunca ha tenido pareja en serio.

Como si eso tuviera alguna importancia para mí. El calor agradable que siento ahora en mi interior se debe únicamente al alcohol.

—Háblame de Milla. Es evidente que Ian es el patán desagradable y tú eres el tipo agradable y gracioso. ¿Cómo es ella?

Max esboza una sonrisa tan radiante como una llamarada solar.

—Ella es la inteligente. Es un cerebrito.

—No puedo creerlo. Tú también pareces bastante listo.

Se ríe. A carcajadas.

—Ya veo que no dices lo mismo de Ian.

—Él también es listo. Solo que es...

—Impulsivo —Max acaba la frase—. Un pugilista. Sin un ápice de sentido común.

—Todo eso. —Lo examino detenidamente—. Entonces, ¿Milla no es así?

—Bueno, la parte pugilística es algo que sí tienen en común. —Niega con la cabeza, animado, como si estuviera recordando algo gracioso del pasado—. Pero, por lo demás, no.

—Suena... —Busco la palabra adecuada y me decido por—: Increíble.

—Lo es —me dice él, con la voz más triste que le he escuchado nunca—. Ella lo es todo.

Me estiro hacia él y le aprieto la mano.

—De verdad que espero que la encuentren.

—Lo haremos. —Puedo oír la convicción en su voz, y lo último que quiero es crearle alguna duda. Pero ¿cómo puede estar seguro de que está viva? Han pasado meses desde que se la llevaron, y el sistema Senestris es un lugar peligroso. Eso lo he aprendido en los últimos días. Me da una palmadita en la pierna—. Bueno, intenta no preocuparte demasiado. En cuanto encontremos a Milla, te llevaremos a casa.

—¿Y si no quiero volver? —replico.

Me mira con atención.

—¿No quieres?

Beckett me ha descubierto muchas cosas hoy. No sé lo que quiero. Lo único que sé es que no quiero ser un lastre. Quiero... Quiero que mi madre no sea un monstruo. Que haya una explicación para todas las cosas que ha dicho Beckett. Para las cosas que he visto en Rangar. Pero ¿qué explicación podría haber?

Mi cabeza es un torbellino, con un millón de preguntas para las que no tengo respuesta. Preguntas que ni siquiera sé si tienen respuesta.

Prefiero no decírselo. No puedo. Así que, en lugar de eso, pregunto:

—¿Por qué eres mucho más amable que Ian?

Max simplemente sonríe.

—No lo soy. Aunque puedes contárselo la próxima vez que lo veas.

—¿Para que te pegue a ti también? No, gracias. —Me estremezco.

—Ian y yo hemos tenido encontronazos unas cuantas veces —contesta—. Al final siempre lo arreglamos.

—¿Antes de que alguno acabe necesitando atención médica? —le planteo en tono travieso.

—¿Dónde está la gracia, entonces? —Se pone de pie—. Y hablando de eso, voy a volver al puente de control antes de que Ian venga a buscarnos a los dos.

—No creerás que se pondría celoso si te viera aquí, ¿no?

Max me dedica una sonrisa.

—Qué va, claro que no. Ian sabe que nunca intentaría nada con su chica.

Aprieto los dientes.

—No soy su chica. De hecho, me ha dicho directamente que no le van las relaciones. Así que mi información de primera mano me dice que eso no va a ocurrir jamás.

—Se está alejando porque está asustado.

—No lo parece. No actúa como si tuviera miedo y tampoco está yendo a ninguna parte. —Suspiro. ¿Por qué estamos hablando de esto? Tampoco es que quiera ser la chica de Ian, de todas formas. Aunque tiene buenas nalgas. Unas nalgas maravillosas, de hecho, y una cara que está para morirse. A pesar de todo, no puedo evitar preguntar—: Entonces, únicamente por un interés académico..., si quisiera poner celoso a Ian, que es evidente que no quiero, ¿qué tendría que hacer?

—No lo hagas —responde con frialdad—. No si quieres evitar un derramamiento de sangre.

35

RAIN

Observo a Beckett mientras maneja la consola. Es una rebelde. No «solía ser» una rebelde ni «he sido» una rebelde, que son cosas que ya sabía. Tampoco es un «me han obligado a serlo», ni siquiera un «solía apoyar a la Rebelión, pero he cambiado de idea». Beckett es una rebelde en activo. Ahora mismo. Alguien decidida a destruir el orden de las cosas, a quien no le importa a quién maten o hieran en el proceso.

En otras palabras, es todo lo que no es la Hermandad.

No debería querer tener nada que ver con ella. Pero lo cierto es que, cuando estoy cerca de Beckett, nada de eso me importa. Lo único que me importa es hablar con ella. Tocarla. Besarla.

Quiero hacer todas esas cosas ahora mismo. Pero no sé por dónde empezar. Todo eso que le ha dicho a Kali hace un rato, sobre su padre y su hermano... Ha sufrido mucho. Perderlos, y luego dejar que la capturaran y la torturaran también a ella...

¿A alguien le extraña que sea rebelde? ¿O que no quiera tener nada que ver con el Imperio y la Corporación? Yo tampoco querría, si hubiera vivido su vida.

El hecho de que siga siendo tan amable —y lo es, me da igual lo que digan los demás— es testimonio de lo buena persona que es.

Puedo ver la suave curva de su mejilla, enmarcada por sus

rizos negros. Sus labios carnosos, fruncidos mientras examina algo en la pantalla que tiene delante. La línea larga y esbelta de su espalda cuando se arquea para estirarse.

Entonces se frota la parte posterior de la cabeza, y sé que le está doliendo. Siento que me invade la necesidad de ayudarla. Me digo a mí misma que es porque soy miembro de la Hermandad, y eso es a lo que nos dedicamos. Pero, en el fondo, sé que es mucho más que eso.

—No puede haber nada entre ustedes. Lo sabes, ¿no?

La voz de Merrick es dulce, y puedo oír la compasión en su tono. Eso me duele más que su rabia, más que su decepción.

Sé que siente que lo he decepcionado, y odio que sea así. No obstante, al mismo tiempo, noto cómo algo se rebela en mi interior. La parte de mí que ha vivido siempre para los demás sabe que debería ocultarlo y enterrarlo bien dentro de mí. Pero la otra parte..., la otra parte quiere dejarlo libre y ver qué ocurre.

Beckett se pone en pie y se estira, levantando los brazos por encima de la cabeza de forma que la tela de su overol se pone tensa, dejando ver las líneas esbeltas de su figura y de sus pechos pequeños. Debería comer más. Pero, aun así, al verla siento un calor que recorre cada parte de mi cuerpo. Y de repente mi piel se vuelve muy sensible.

—Voy por café —anuncia ella—. ¿Alguien más quiere?

No tenía por qué ofrecerlo. Otra señal de que es una buena persona a la que le han ocurrido muchas cosas malas. Nadie puede condenarla por eso.

Cuando pasa junto a mí, me pongo de pie de un salto. Me esfuerzo en evitar mirar a Merrick, aunque noto cómo se pone tenso a mi lado.

—Te ayudo.

—Vamos, porque no puedo preparar un café yo sola. —Sin embargo, sonríe para hacerme ver que está bromeando.

O al menos eso creo. Tampoco es que tenga mucha experiencia en... lo que quiera que sea esto.

Soy consciente de que todo el mundo nos está mirando mientras la sigo fuera de la habitación. A pesar de eso, no miro a ninguno de ellos, porque ya tengo suficientes problemas intentando averiguar lo que pasa por mi cabeza ahora mismo como para tener que desentrañar lo que piensan los demás.

No hablamos de camino a la cocina, y tengo que secarme las manos sudorosas en los muslos un par de veces. Pero, en cuanto entramos, Beckett cierra la puerta y se voltea hacia mí.

Me sobresalto, y el corazón está a punto de salírseme por la boca. Se me acelera el pulso. La cabeza me da vueltas. Y siento los pulmones como si alguien me hubiera metido un narthompalus gigante en el pecho.

«¿Qué estoy haciendo?»

No es demasiado tarde para marcharme, para dar la vuelta y regresar al puente de control. Si lo hago, todo volverá a la normalidad. Merrick dejará de reprocharme cosas y de meterse en peleas. Beckett se fijará en alguien más. Y pronto estaremos de nuevo a salvo en el monasterio y podré...

El narthompalus se convierte en un drokaray adulto, y de repente no puedo respirar. Siento que las paredes me asfixian y me vuelvo más y más y más pequeña...

—¡Rain! —Parpadeo cuando Beckett me saca de mi ensoñación.

Parpadeo otra vez y la vuelvo a ver con nitidez. Tiene los ojos muy abiertos y me observa preocupada.

Doy un paso hacia ella, reduciendo la distancia entre las dos.

Me mira con cautela y por un segundo pienso que he cometido un error catastrófico. Pero entonces se inclina hacia mí para apoyar su cuerpo contra el mío, y nunca me he sentido tan bien.

Le rodeo la cintura con los brazos y la jalo hacia mí; entonces levanto la cabeza, una invitación evidente.

Sin embargo, Beckett no me besa. Ni siquiera hace el gesto de agacharse para rozarme la mejilla con los labios. En lugar de eso, se queda parada, con su precioso cuerpo alto y suave apoyado contra el mío, y espera a que ocurra algo que no sé muy bien qué puede ser.

—¿Beckett? —Quiero preguntarle qué le pasa, pero soy incapaz de hacer que las palabras salgan de mi garganta cerrada.

Sonríe.

—Tú has empezado esto —susurra—. ¿Cómo vas a acabarlo?

Y ese es el problema, ¿verdad? Que no tengo ni idea. No obstante, sé que no quiero que se aparte de mí, igual que sé que quiero sentir su boca sobre la mía.

Los nervios hacen que se me revuelva el estómago y me tiemblen las manos. Pero hay cosas que merece la pena hacer, por muy asustada que se esté. Y todo mi ser me dice que esta es una de esas cosas.

Así que, en lugar de seguir soñando y esperar a que ella dé el paso, respiro hondo y deslizo las manos por su espalda hasta sostener con delicadeza —con mucha mucha delicadeza— su nuca entre mis manos.

Se le corta la respiración, y sus preciosos ojos amarillos se convierten al instante en oro fundido. Verla, oírla, sentir cómo se estremece contra mi cuerpo me da el valor para seguir adelante. Para dar el siguiente paso.

Así que me pongo de puntitas lentamente y aprieto mi boca temblorosa contra la suya.

Y entonces nos besamos, y es algo sencillo, algo que se siente bien. Muy bien.

Es perfecto.

Beckett mueve los labios, apoyados contra los míos; primero

con delicadeza y luego con más y más pasión hasta que parece que nos fundimos, somos una única persona en dos cuerpos.

La pasión arde en mi interior, danzando entre mis nervios y rugiendo dentro de mis venas. Y, de algún modo, eso me deja con ganas de más.

Le agarro el cabello, intentando tener cuidado con sus heridas, mientras el fuego me consume por todas partes. Pero Beckett se ríe, un sonido ronco y grave que solo sirve para avivar las llamas que arden en mi interior. Me muerde el labio inferior y recorre mis labios con la lengua, lamiéndome las comisuras de la boca hasta que la abro para ella. Entonces se desliza en mi interior, y su lengua acaricia la mía con lentitud, con delicadeza, de forma sensual.

Y entonces, de repente me sumerjo en ella, me muero por ella, necesito desesperadamente que este beso continúe más y más y más.

Y necesito aún más desesperadamente lo que venga a continuación.

Nunca me había sentido así, ni siquiera había imaginado que pudiera llegar a sentir algo como esto. Como si cada latido de mi corazón pronunciara su nombre, como si cada respiración fuera una forma de hacerla estar más dentro de mí.

Beckett deja escapar un sonido ronco y empieza a apartarse. Pero no estoy preparada para soltarla, para renunciar a esta sensación. Así que me aferro a ella y le enredo los dedos en el cabello, la envuelvo con todo mi cuerpo y la beso y la beso y la beso.

Ella responde con un gemido y me recorre con las manos hasta agarrarme el trasero. Y entonces me levanta.

Abro mucho los ojos y dejo escapar un sonido sobresaltado desde el fondo de la garganta, pero Beckett vuelve a reírse con esa risa suya tan sensual. Hace que un escalofrío me recorra la espalda, incluso antes de que me haga rodearle la cintura con las piernas. Y entonces nos hace girar y me apoya el trasero sobre la mesa mientras me agarra del cabello y me echa la cabeza hacia atrás con tanta fuerza que suelto un grito.

—¿Bien? —pregunta.

Pero ya me he vuelto a lanzar hacia ella; le sujeto las mejillas mientras la muerdo, la beso, y me abro paso con la lengua hacia el interior de su boca.

Huele como el viento abrasador de Serati y sabe como las pequeñas bayas agridulces que me encanta recoger de los arbustos que crecen en el invernadero del monasterio. Me siento como cada vez que sueño con mi hogar. Y no quiero soltarla nunca más.

Nos besamos hasta que se nos hincha la boca. Hasta que nos arden los pulmones, hambrientos por la falta de oxígeno; hasta que el cuerpo de cada una arde de pasión, hambriento por el de la otra. Y entonces nos seguimos besando.

Más tarde, Beckett me desliza con delicadeza por la superficie del armario hasta que mis pies vuelven a tocar el suelo. Me tiemblan las rodillas, y Beckett me sujeta con una risita; entierro la cara en su pecho y me aprieta contra ella hasta que mis piernas vuelven a ser capaces de sostener mi peso.

Solo entonces se aparta de mí, lo suficiente para deslizar un dedo bajo mi barbilla y levantarme la cara hacia ella. Tiene las mejillas sonrosadas y la boca carnosa, y sus ojos son un cálido estanque ambarino en el que siento que podría zambullirme.

Quiero perderme en sus ojos. No, quiero sumergirme en ellos —en ella—, y luego envolverla con mi cuerpo y protegerla de todas esas tragedias terribles que la atormentan.

—¿Estás segura? —murmura ella colocándome un mechón de cabello detrás de la oreja.

Sé lo que me está preguntando, y asiento con la cabeza, porque no estoy segura de que sea capaz de hablar. Aun así, me obligo a mí misma a decir las palabras, porque se las merece.

—¿Recuerdas cuando Merrick se estaba peleando con Ian? No quería que le hicieran daño a Merrick, pero tampoco quería que ganara.

No creí que fuera posible, pero la mirada de Beckett se vuelve aún más dulce.

—No tenías por qué preocuparte. Ian jamás habría cumplido el trato si hubiera perdido la apuesta.

—¿Crees que no?

—Ni de broma. —Sonríe con dulzura—. Sabes que si hacemos esto vas a enojar a unos cuantos, ¿no? No solo a Merrick. Yo ya estoy acostumbrada, pero supongo que tú no. Puedes irte ahora mismo. Lo entenderé.

¿Lo haría? ¿Y cómo puede dejarme marchar con tanta facilidad, si el mero hecho de pensar en abandonarla hace que sienta un dolor físico dentro de mí? Puede que me equivocara y que no me desee después de todo. O no lo suficiente.

—¿Lo harías? —pregunto en un tono brusco.

Beckett curva los labios hacia arriba. Y yo la fulmino con la mirada, porque no me parece que esto sea nada divertido.

Se ríe y me toca la mejilla con un dedo.

—Nunca he conocido a nadie como tú —murmura.

—¿Eso es bueno o malo? —Mi voz sigue siendo fría; aún no ha respondido a mi pregunta.

—No lo sé. —Aparta la vista un momento y, cuando vuelve a mirarme, esa risa ya no se refleja en su mirada—. Eres tan... perfecta. Tan amable... Y yo no soy así.

—Eso no es cierto —empiezo a decir, pero enseguida me interrumpe:

—Oh, sí lo es. Eres demasiado buena para mí, y todos los que están en el puente de control lo saben. Hasta yo lo sé, como también sé que esta asociación te acabará corrompiendo. Y no puedo evitar preguntarme si ese es uno de los motivos por los que te deseo tanto. Porque no puedo soportar ver a alguien tan bueno en este mundo y quiero que se vuelvan malos.

No estoy segura de qué significa eso, pero creo que se equivoca. No lo creo, lo sé.

—Nos estás infravalorando a las dos —susurro—. Y lo has entendido al revés. Tú no me vas a volver mala. Vamos a hacernos buenas la una a la otra.

Durante un segundo parece sorprendida, pero luego vuelve a mirarme con suspicacia.

—¿Tan buena crees que eres?

—Sé que lo que hacemos juntas es algo bueno. Nada que me haga sentir así de bien puede ir contra la voluntad de la Luz.

—Suma sacerdotisa —dice en voz baja mientras niega con la cabeza—. ¿Te he mencionado ya lo de que nunca había conocido a nadie como tú?

Asiento con la cabeza.

—Mírame —me ordena.

Lo hago. Es preciosa. Incluso la oscuridad que hay en su mirada y la cicatriz que baja serpenteando por su cuello. Extiendo la mano y la toco. Luego recorro la mancha oscura alrededor de sus ojos amarillos y acaricio sus pestañas largas con la punta de los dedos. Todas las marcas de su legado, de la vida que ha vivido hasta ahora.

Quiero saberlo todo sobre ella.

—¿Cómo sucedió? —pregunto—. Crecer en Permuna, quiero decir.

—Difícil. Como en la mayoría de los lugares. —Entonces se encoge de hombros—. Pero no era todo malo.

—¿Qué echas de menos?

Beckett aparta la mirada un segundo, recordando.

—Echo de menos el desierto. En cierto modo es como el espacio: inmenso y vacío. Y echo de menos los cactus estelares.

—Cierra los ojos un instante—. Solo con pensar en ellos se me hace agua la boca.

—Nunca los he probado. A lo mejor me puedes dar uno algún día.

La sonrisa desaparece de su rostro.

—Quizá.

Detesto ver cómo la alegría abandona su mirada. Puede que lo único que tengamos sean estos momentos robados en la *Luz Estelar*.

Solo el presente.

Recorro su mejilla con la mano y jugueteo rozándole los labios con los dedos. Beckett respira de forma entrecortada y tengo que apretarme la boca con fuerza para evitar sonreír. La siempre sarcástica Beckett no está, ni de lejos, tan tranquila como finge estar.

Sigo bajando, acariciándole la mandíbula y la garganta, donde noto el latido de su corazón palpitar en la punta de mis dedos. Voy todavía más abajo, hacia los ángulos duros de su clavícula y el pequeño escote de su overol negro. Deslizo los dedos por los bordes, pero no me atrevo a ir más allá.

Beckett se apiada de mí, y sus manos me rozan los hombros y los brazos mientras las baja para colocarlas alrededor de mi cintura. Noto el calor de las palmas de sus manos sobre mi piel. Las desliza hacia arriba y me cubre los pechos con ellas; los pezones se me ponen duros y presionan la tela fina de mi camisola. Beckett hace un movimiento circular con la yema del pulgar alrededor de uno de ellos, y una oleada de placer me recorre el cuerpo.

Entonces baja la cabeza y yo levanto la mía, y nos encontramos a medio camino para besarnos de nuevo.

Es un beso dulce, suave, y para nada lo que me esperaba. Noto cómo unas lágrimas empiezan a brotar en mis ojos, así que los cierro y respiro hondo de forma entrecortada.

Beckett da un paso atrás y señala una jarra de algo que parece haberse preparado por arte de magia.

—Están esperando el café.

Por un momento no tengo ni idea de qué me está hablando. Entonces le aprieto el brazo con más fuerza y le susurro con ferocidad:

—No me importa.

—Sí te importa, chica buena. —Da un paso atrás y sonríe con suficiencia—. Además, voy a tomármelo con calma. Una de nosotras tiene que ser la sensata de esta relación. Y, por desgracia para las dos, parece que voy a tener que ser yo.

36

IAN

Odio no saber lo que ocurre. Y ahora mismo no tengo ni idea.

Podría estar persiguiéndonos cualquier persona del sistema Senestris. Pero cada vez que pensamos en los panfletos, y ahora también en la nave, Max y yo creemos que tiene que ver con Kali.

Y odio decir esto, pero al final debo admitir que estaríamos muchísimo más tranquilos si no estuviera aquí. Porque puede que tenga razón, quizá sí pueda garantizar nuestra protección. La he estado subestimando demasiado tiempo.

Solo tengo que llevarla a casa..., pero es lo único que soy incapaz de obligarme a hacer.

Yo no soy así. Yo nos protejo a Max, a Milla y a mí mismo. Nada más.

Echo un vistazo hacia donde Kali está hablando con Max, muy cerca el uno del otro. Llevan así sentados desde que la trajo de vuelta al puente de control hace un par de horas. Es raro que haya ido a buscarla. Y es más raro aún que le caiga bien: a Max no le gusta mucha gente. Más bien nadie.

Los que no nos conocen siempre piensan que él es el más simpático de los dos, pero eso es solo porque no saben lo que pasa por su cabeza. No se abre con tanta facilidad. Solo habla de cosas superficiales. Siempre está sonriendo y riéndose, pero poca gente llega a conocer al verdadero Max. Probablemente sea mejor así.

—¡Ey, capitán, deberías venir a ver esto! —grita Beckett sobre su hombro. Siempre me llama «capitán» en un tono demasiado sarcástico, pero por ahora lo dejo pasar. Es una gran piloto, aunque la *Luz Estelar* haga todo el trabajo difícil por sí sola. Y a todo esto, ¿qué sentido tiene eso? Tengo que añadir «nave sintiente» a la lista de cosas que tengo que investigar.

Necesito dedicar tiempo a aprender a pilotear la nave yo mismo. Solo por si acaso, porque, aunque Beckett parece estar mejor que cuando llegó a la nave, todavía no está bien del todo. Es dura, así que lo oculta, pero es evidente que está sufriendo mucho. Y no puedo permitirme no saber qué hacer si le ocurre algo.

Quizá me pueda dar alguna lección, y también a alguien más, como refuerzo. ¿Gage? Parece la elección más lógica, pero, aunque tiene una mente brillante para las cosas tecnológicas, volar es algo más intuitivo, y él no tiene ninguna intuición. Los datos le gustan demasiado como para escuchar a su instinto. Como con el maldito botón rojo.

Miro alrededor de la habitación y poso la mirada en la suma sacerdotisa. Puede que quiera aprender a pilotear para pasar más tiempo con Beckett. Que no piensen que no me he dado cuenta de la pasión que había entre ellas cuando volvieron al puente de control hace media hora. Además, eso tendría la ventaja añadida de molestar a Merrick. El tipo me cae bien, pero no voy a dejar pasar una oportunidad de hacerlo enojar siempre que pueda.

Se lo comentaré a Max, para ver qué opina antes de tomar una decisión.

Abro la boca para pedirle un informe de situación a Beckett, pero no consigo pronunciar las palabras. Es lo que siempre nos decía Milla cuando estábamos planeando o llevando a cabo alguna misión.

«Es hora de hacer un informe de situación, chicos.»

Aparto el recuerdo de mi mente. Las cosas, de una a la vez.

—¿Qué pasa? —digo, en vez de eso.

Beckett me dedica una sonrisa.

—Compañía.

—¿Estás bromeando? Otra vez no. —¿Y por qué siempre parece estar contenta cuando hay un desastre inminente? Estoy dispuesto a apretar yo mismo el botón grande y rojo de Gage si eso sirve para hacer que pare toda esta mierda.

Murmuro algunos de mis insultos favoritos y me acerco para examinar la pantalla. En efecto, hay una señal luminosa que parpadea justo en el centro.

—¿Estás segura de que no son escombros espaciales? —pregunto esperanzado.

—Si es así, son unos escombros enormes. —Beckett aprieta un botón y amplía la imagen—. Y tienen forma de nave.

—Y una bastante grande —añade Gage amablemente mientras aparece detrás de nosotros.

—No es la misma de antes, ¿no? —planteo mirando la pantalla con los ojos entrecerrados, como si pudiera vaporizarla solo con mi fuerza de voluntad. Pero ya lo he intentado varias veces y nunca funciona—. ¿Podría habernos seguido, de algún modo?

—Podría. Pero no lo ha hecho. Esta es más grande y más rápida. —Vuelve a ampliar la imagen de la pantalla—. Y más peligrosa.

—Es una fragata, y va bien armada. —Gage señala hacia la parte inferior de la nave—. Mira qué propulsores. Y esta sí tiene marcas.

Se inclina y toca la consola, y entonces la imagen se amplía aún más. Veo que hay unas letras en un lado, pero no puedo leer lo que dicen.

—Es de la Corporación —dice Beckett.

«Carajo, carajo, carajo» Entrecierro los ojos para verlo mejor.

—¿Estás segura?

—Completamente. Es la *Arquera.*

—¿La *Arquera*? Nunca he oído hablar de ella.

—Es una cazadora-buscadora. Una nave de vigilancia con tecnología de punta.

—¿Una nave de vigilancia que casualmente está equipada con armas suficientes para aniquilarnos por completo? —pregunto con escepticismo.

Gage resopla.

—Vaya, pues sí que eres optimista... Esa nave tiene armas suficientes para destruir medio planeta. Nosotros ni siquiera la podríamos frenar.

—Puede que no nos esté buscando a nosotros —comento.

Pero, por mucho que me guste esa idea, los tres sabemos que es un sueño imposible. ¿Por qué iba a aparecer, si no, la *Arquera,* tan poco tiempo después de nuestro encuentro con otra nave a la que le gustaba mucho usar los láseres?

—Podrían estar buscando a alguien más... o algo más —sugiere Kali desde detrás de nosotros—. ¿Y si es una misión de reconocimiento y están buscando su artefacto alienígena? Imagino que les habrá molestado bastante que alguien lo haya robado.

—Yo no diría que lo hayamos robado —replico.

Kali deja escapar un pequeño suspiro.

—¿Cómo lo llamarías, teniendo en cuenta que hemos cruzado medio sistema volando en él?

Lo pienso un momento.

—Nos lo hemos apropiado en una situación de vida o muerte para salvar a la heredera del Imperio. No somos ladrones, somos héroes. Nos merecemos una maldita medalla.

Kali resopla.

—Buena suerte con eso.

Vuelvo a mirar la nave. Corporación. La Corporación significa Imperio. Y el Imperio llevaría a Kali de vuelta a su hogar. Aunque cada célula de mi cuerpo me advierte que no lo haga, digo:

—Quizá deberíamos intentar establecer comunicación con ellos. Ver si pueden poner a salvo a la princesa y llevarla a casa.

—Claro que no —repone Beckett, tan exaltada que todos volteamos a verla—. Ya fui huésped de la Corporación una vez, y no va a volver a ocurrir. Antes de eso, prefiero que me vuelen en pedazos.

La entiendo, pero aun así...

—Quizá deberíamos votar —sugiere Rain.

Beckett deja escapar una carcajada ronca.

—¿Desde cuándo esta nave es una democracia?

Vuelve a tener razón, e incluso Rain parece ser consciente de ello, pero no se deja intimidar.

—Esto nos afecta a todos. Deberíamos poder opinar.

No estoy muy a favor de todo este rollo de la democracia en mi nave, pero me interesa saber lo que votaría cada uno. Por lo menos servirá para ayudarme a tomar la decisión correcta.

Volteo hacia la mayoría de mi tripulación.

—Levanten la mano si quieren quedarse por aquí y charlar con esta gente agradable de la Corporación.

Levanto la mano. Y nadie más lo hace.

Max no, por motivos evidentes.

Gage es lo suficientemente listo para saber que está acabado si vuelve con los caprichosos de sus jefes.

Beckett nunca iba a aceptar.

Rain es evidente que quiere que su nueva novia siga siendo libre.

Entiendo sus razonamientos, pero Merrick me sorprende.

Esperaba que votara quedarse, aunque fuera solo porque está desesperado por llevarse a Rain de vuelta a Serati. Pero, cuando lo miro, tiene el rostro inexpresivo y los brazos colgando en tensión.

Está claro que ocurre algo. Hay algún motivo por el que no confía en la Corporación. Me hace preguntarme qué secretos guardará.

Entonces me doy vuelta hacia Kali y la veo de brazos cruzados.

—¿En serio? ¿Ni siquiera tú?

No obstante, lo único que dice es:

—Larguémonos de aquí.

Antes de que nadie pueda detenerla —o decir algo, siquiera—, Kali llega al panel de control y, con más fuerza de la que creía posible, golpea el botón que hemos visto pulsar a Beckett un centenar de veces. El que todos sabemos que significa: «¡Vamos, vamos, vamos!».

Todos nos apresuramos para tomar asiento. Ya nos estamos acostumbrando a que la *Luz Estelar* salga disparada cuando se aprieta ese botón.

Esta vez estoy preparado, y se disfruta mucho cuando te agarra sentado en lugar de dando vueltas por el suelo.

En apenas unos segundos, dejamos atrás la *Arquera*.

—¡Ahí se quedan, pedazos de mierda de drokaray! —grita Kali.

Y me doy cuenta de que me estoy riendo. En parte porque se me hizo gracioso, y en parte me alivió.

37

KALI

Qué bien me he sentido, carajo.

Con solo apretar un botón, no solo he mandado a la mierda a la Corporación y a mi madre, sino que también he tomado una decisión sobre mi futuro y he seguido adelante con ella. Ahora estoy en la *Luz Estelar* porque quiero estar aquí. Porque lo necesito. Y porque me he ganado mi lugar, y que se vaya al diablo quien diga lo contrario.

¿Quién es un lastre ahora?

—Vaya, eso no me lo esperaba —dice Ian. Luego me sonríe—. Bienvenida a la *Luz Estelar*, Kali.

Los demás también me dedican sonrisas muy amplias. Incluso Beckett parece menos hostil, y ¿sabes qué? Me conformo con eso. Es una sensación increíble ser útil para algo más que para ocuparse de que siempre haya una jarra de café recién hecho.

—Pon rumbo a Glacea, por favor —le indica Ian a Beckett, y ella lo hace, sin agregar ningún comentario sarcástico.

Me acerco para sentarme junto a Rain y dejo escapar un suspiro largo y profundo. Ahora que la adrenalina está empezando a desaparecer, me siento agotada.

Rain me dedica una sonrisa alentadora.

—Estuviste increíble —exclama—. Bien hecho.

—Gracias —contesto—. Parece que ya es oficial que nos vamos a Glacea.

—Lo sé. —Habla con ese tono entusiasta suyo—. Nunca he estado allí. Tengo muchas ganas. Dicen que es un sitio precioso.

—Y frío.

—¡Qué maravilla! ¿Crees que llegaremos a ver nieve?

Pienso en ello. Nunca la he visto, y no tengo ninguna duda de que Rain tampoco.

—Espero que sí. ¿Cómo crees que será tocarla?

—He leído que puede tener un montón de texturas diferentes. Que a veces es ligera y esponjosa, y otras veces pesada y muy húmeda. Pero que siempre es del blanco más prístino. —Ahora habla más rápido—. ¡Oh! ¿Y sabías que está formada por un montón de copos diminutos? ¿Y que cada uno de ellos es completamente único? No existen dos iguales. ¡Qué bonito debe de ser!

Su entusiasmo es contagioso. Intento imaginarme cómo será.

—Una vez leí una historia en la que atrapaban los copos con la lengua. ¿No sería maravilloso que estuviera nevando cuando llegáramos, que cayeran del cielo de verdad y pudiéramos intentar hacerlo?

Rain suspira.

—Poder ver la nieve de verdad... Sería algo divino. —Nuestras miradas se cruzan y las dos soltamos una risita por el sacrilegio—. Ya sabes lo que quiero decir —añade, y luego suspira de nuevo antes de mirarme a los ojos—. ¿Sabes? En cierto modo las dos tenemos el mismo problema —afirma—. A las dos nos han criado con una visión muy estricta sobre quiénes somos y qué somos. Sobre cuál es nuestro lugar en el mundo. Nunca lo había cuestionado hasta ahora: simplemente, las cosas eran de esa manera. Pero estos últimos días me han hecho darme cuenta de que no tiene por qué ser así.

—¿Le darías la espalda a la Hermandad? —Por lo que he aprendido sobre el papel de una suma sacerdotisa, es una idea impensable. Su vida eterna mientras aguardan la muerte del Sol Moribundo es el centro espiritual de la Hermandad.

—No. Como suma sacerdotisa, creo que tengo un papel importante que desempeñar y una oportunidad de hacer el bien en el mundo. Pero espero que eso no signifique que haya que tener la mente cerrada y vivir como los demás creen que debería hacerlo. Espero encontrar una forma de conciliar lo que quieren que sea y lo que estoy descubriendo que soy realmente.

—Estaría bien, ¿verdad? —Ni siquiera intento disimular el pesar en mi voz.

—Muy bien. —Sonríe—. Aunque Merrick no lo ve así. Le está costando mucho todo esto. Se supone que no debo pensar por mí misma. Eso complica muchísimo su trabajo.

Echo un vistazo hacia donde está sentado, con las piernas largas estiradas y una expresión taciturna en el rostro. Se le está poniendo el ojo demasiado morado y tiene la nariz completamente hinchada.

—Quizá deberías intentar que no se meta en líos una temporada. Solo hasta que pueda volver a ver con los dos ojos.

—Sí, ¿verdad? —Hace una mueca, arrugando la nariz—. La verdad es que no creo que sea del todo culpa mía. Sospecho que Merrick está teniendo una crisis de fe.

—Igual que todos, ¿no? —añado.

—Claro. A casi todo el mundo le pasa en algún momento de su vida. Su padre ha muerto hace poco y eso le ha afectado. Nunca habla de su familia, pero creo que estaban muy unidos. Eso le ha hecho pensar en su mortalidad y cuestionarse su misión en la vida, incluso antes de que llegáramos a la *Caelestis*.

Sus palabras hacen que vuelva a mirar a Merrick, y puede que hasta lo vea con otros ojos.

—Es gracioso, ¿no? Vemos a los demás y los juzgamos, creyendo que sabemos cómo son realmente, pero casi siempre nos equivocamos. Nunca podremos entender por lo que está pasando otra persona. Es decir, ya me cuesta entender por lo que estoy pasando yo misma, así que mucho menos podría hacerlo con alguien más.

Rain sonríe.

—Acuérdate de eso cuando pienses en Beckett. Ha tenido una vida difícil. Parece dura, pero solo es una máscara que se pone para ocultar su dolor.

Me parece que *dura* es quedarse corta, pero no se equivoca. Y después de todo lo que había dicho Beckett antes, no es difícil entender por qué es como es. ¿Cómo no va a ser difícil de tratar, con todo lo que ha pasado?

Pero pensar en eso hace que desaparezca el subidón de lo que he hecho, así que cambio de tema.

—¿A qué crees que sabe la nieve?

—A azúcar. —Rain exhala, y esta vez suspiramos las dos—. Si está nevando cuando lleguemos a Glacea, prométeme que atraparemos algunos copos con la lengua.

—Hecho —acepto con una sonrisa, y este se ha convertido oficialmente en el mejor día de mi vida.

Así que, por supuesto, en ese momento Ian decide dar una palmada.

—Odio ser el portador de más malas noticias, pero creo que tenemos otro problema. Y de este no podemos huir.

38

KALI

—He estado pensando... —comienza a decir Ian.

—Qué miedo... —comenta Gage con una voz áspera.

Ian le hace un corte de mangas sin alterarse y continúa:

—Los malos no dejan de encontrarnos, y ahora mismo considero malo a cualquiera que no esté en esta nave. Y aunque estoy dispuesto a creer que la primera vez fue porque tuvimos una suerte de mierda, que ocurra dos veces significa que deberíamos prestar más atención. Lo que tenemos que averiguar es... cómo. ¿Cómo demonios logran perseguirnos estos cabrones?

Mira alrededor, fijándose en cada uno de nosotros. Su mirada se detiene un poco más en mí, y le dedico mi sonrisa más inocente. Es fácil hacerlo porque realmente no tengo ni idea.

—¿Cuál es tu teoría? —pregunta Merrick, aunque suena un poco gracioso, porque todavía tiene el labio inferior hinchado tras el puñetazo de Ian.

—Aunque podría aceptar que la primera nave había detectado nuestra trayectoria desde Askkandia y nos había seguido el rastro, en el caso de la segunda ya estábamos demasiado lejos del planeta para que eso funcionara. Así que creo que tenemos algún bichito.

—¿De qué tipo de bicho hablas? —dice Rain poniendo cara de asco.

Al menos hasta que me inclino hacia ella y susurro:

—Electrónico. Para rastrearnos... y quizá escucharnos.

—Eso suena todavía peor de lo que me había imaginado —responde ella en voz baja, con los ojos muy abiertos.

—¿Por qué no se lo preguntamos a nuestro experto en tecnología? ¿Gage? ¿Es posible que tengamos un micrófono oculto? ¿Podría haberlo colocado alguien en la *Luz Estelar* mientras estaba atracada en la *Caelestis*? —pregunta Ian.

Gage frunce el ceño mientras piensa en ello.

—No es imposible, pero sí improbable. Dudo que nadie haya pensado que la *Luz Estelar* iba a ir a ninguna parte, así que ¿para qué molestarse en colocar un micro? Carajo, por lo que yo sé, llevaban años intentando hacerla funcionar sin éxito.

—Sí, pero alguien lo ha colocado —continúa Ian—. Habías utilizado detectores de micrófonos en la *Caelestis*, cuando trabajabas para la Corporación en la plataforma de embarque, ¿verdad? ¿Podrías poner uno para usarlo aquí?

Gage se queda pensativo un momento y luego asiente con la cabeza.

—De acuerdo, sí. Creo que podré hacerlo.

—¿Y qué estás esperando? —Ian lo mira como si no pudiera creer que aún siguiera allí sentado.

Gage murmura algo poco halagador, pero ya se ha puesto de pie y está saliendo de la habitación arrastrando los pies. Unos segundos más tarde, Max se levanta y va tras él.

Pienso en quedarme un rato por aquí para ver qué más tiene que decir Ian, pero en ese momento me ruge el estómago. Supongo que no hay nada en lo que pueda ayudar ahora mismo, así que me dirijo a la cocina para buscar algo de comer. Quizá pueda adelantar trabajo y empezar a preparar algo de cena para todos.

Todavía nos queda un poco de comida fresca, así que agarro

un bollo de pan y una especie de pasta de pezgalen del armario refrigerador, junto con un vaso de agua del purificador. Después de los primeros días que pasamos en la *Luz Estelar*, no voy a desaprovechar ninguna oportunidad que tenga de beber agua.

Me siento en la mesa grande para comer, porque ahora mismo deseo mucho estar sola. Algo bueno es que descubro que esta pasta me gusta de verdad. Mi madre dice que el pezgalen es comida de pobres y, cuando falleció mi padre, el chef del palacio dejó de servirlo y empezó a centrarse en proteínas importadas desde todos los rincones del sistema. Sin reparar en gastos.

Suspiro. Todo lo que dicen sobre mí es cierto. He sido una niña consentida.

Pero no voy a dejarme caer de nuevo en la autocompasión. En lugar de eso, empiezo a cortar pedazos de la hogaza de pan, tal vez para preparar unos sándwiches de pezgalen para la tripulación, mientras intento analizar lo que sé y lo que no sobre la tecnología actual para intentar encontrar algunas respuestas.

La Corporación siempre ha sido muy reservada sobre lo que son capaces de hacer. Y controlan toda la tecnología. La gran mayoría de la población vive en un mundo virtualmente libre de avances tecnológicos, aunque las familias gobernantes sí tienen acceso a algunos. Tenemos aparatos que nos permiten comunicarnos entre nosotros, y también entre planetas. Contamos con vehículos motorizados y acceso a naves que hacen viajes interplanetarios. Pero todo esto proviene de la Corporación. Es un intercambio enrevesado entre ellos y las familias gobernantes, mediante el cual nosotros más o menos controlamos sus actividades, pero ellos poseen y delegan todos los recursos. Y ahora, por primera vez, me pregunto qué es lo que les damos nosotros a cambio de esos recursos.

Recuerdo que Ian nos dijo que había oído que algunos prisioneros de la *Caelestis* morían después de que los obligaran a tocar la heptosfera. Y, aun así, cuando los delegados estábamos en el laboratorio, la doctora Veragelen nos animó a todos a tocarla. ¿Por qué hizo eso si sabía que podíamos morir? ¿Y cómo pensaba explicarlo si éramos Rain o yo quienes moríamos? Éramos dos de las oficiales de más alto rango a bordo de la *Caelestis* cuando explotó.

Cuanto más pienso en esas cosas, menos sentido tienen. Quizá no quiera desenredar toda esa maraña de hilos, porque entonces lo vería todo con claridad y puede que no me gustara lo que descubriera. De hecho, todo mi sistema de creencias se podría venir abajo, como parece que ya lo ha hecho mi vida.

Agotada y todavía con un poco de resaca —puede que incluso borracha de nuevo, tras haber bebido con Max—, apoyo la cabeza en la mesa e intento despejar la mente. Pero, en cuanto cierro los ojos, empiezo a quedarme dormida.

No estoy segura de qué es lo que me despierta.

Aun así, al abrir los ojos oigo voces, así que salgo de la cocina para ver qué ocurre, y estoy a punto de chocar con Gage y Max. Por algún motivo se ríen de forma histérica mientras Gage agita una especie de vara por toda la nave.

—¿Qué hacen? —pregunto cuando pasan a mi lado.

—Lanzar hechizos —responde Gage apuntándome con la vara lisa—. Ríndete o te convertiré en un slogg.

Doy vuelta para mirar a Max con las cejas levantadas.

Este niega con la cabeza y sonríe.

—Estamos buscando micrófonos por la nave. Pero Gage se ha puesto a lanzar hechizos, inspirado por un viejo cuento de hadas que ha leído.

—Muy bien, pero seguro que hay alguien más a bordo a quien le harías un favor más grande que a mí si lo conviertes en un slogg —le digo con mi voz de princesa más fresa. Porque, ya que la tengo, ¿por qué no voy a alardear de ella en un momento así?

—Sí, pero Ian no juega limpio —contesta Gage—. No hay más que ver la cara de Merrick.

Bueno, eso no puedo discutírselo.

—¿En cuántos sitios han buscado ya? —pregunto pensando en ofrecerme a relevarlos, porque los dos parecen estar un poco cansados.

—Ya hemos buscado en la esclusa y en las cabinas, y... bueno, en todas partes, excepto en la cocina y el puente de control.

Niego con la cabeza, pero me apoyo en la puerta y observo a Gage avanzar metódicamente por el pasillo, agitando lentamente la vara arriba y abajo, en dirección a las paredes.

—Supongo que has adaptado un sensor de una cazadora-buscadora, pero ¿dónde has encontrado suficiente aleación de aluminio para la base? —planteo—. No había visto ninguna en la *Luz Estelar* hasta ahora. He estado intentando averiguar de qué estaba hecha la nave, y tengo claro que no es ninguna aleación que conozca.

Gage me mira entrecerrando los ojos.

—He sacado algunas piezas de un dron de la *Caelestis* que había acabado en mi caja de herramientas. ¿Por qué lo preguntas?

Me encojo de hombros, noto que me arden las mejillas.

—Me gusta la ciencia.

—Tomo nota —dice Gage—. Aunque esto no es ciencia, es pura magia.

Agita la vara delante de la cara de Max, y tengo que admitir que este hace una imitación perfecta de un hombre convirtiéndose en slogg. Ni siquiera yo puedo evitar reírme.

—Imagino que no han encontrado nada, ¿verdad? —comento.

—Nada de nada —responde Gage—. Tampoco esperaba hacerlo. Es imposible que hayan puestos micrófonos en esta nave. Pero Ian no me creerá hasta que registremos hasta el último centímetro.

Entra en la cocina, sosteniendo la vara como si fuera una espada. Mientras tanto miro a Max, que sigue sonriendo.

—Parece que se la están pasando bien —le digo.

Hace un gesto de asentimiento.

—Gage imita muy bien a... —Entonces se queda callado, como si acabara de recordar con quién está hablando.

Así que, por supuesto, ahora tengo más ganas de saber a quién estaba imitando.

—¿A...? —pregunto.

Pero Max niega con la cabeza. A diferencia de Ian, él sí sabe cuándo mantener la boca cerrada.

Voy a ver a la cocina justo a tiempo para ver cómo Gage acaba el barrido.

—Listo, ya solo nos queda el resto de este pasillo y el puente de control —dice.

Los sigo y observo cómo repiten el proceso mientras todos los demás los miran. No hay sonidos ni tampoco alarmas. Ni siquiera parpadea ninguna luz que indique problemas.

Gage deja la vara sobre la consola trasera y se deja caer en un asiento.

—Ya les había dicho que era improbable —murmura. Pero, aun así, parece fastidiarle no haber encontrado nada.

—Mierda. —Ian se pasa una mano por la cara—. Entonces, ¿cómo mierda nos han encontrado?

—Puede que hayan desarrollado la forma de rastrear artefactos alienígenas —sugiere Gage—. Sé que estaban trabajando en una especie de prototipo.

—Bueno, esperemos que no sea así, o jamás podremos librarnos de ellos.

Max agarra la vara, la lanza al aire y la atrapa; luego apunta a la cabeza de Gage.

—¡Prepárate para...!

Suena.

Todo el mundo se queda inmóvil y se voltea para mirar a Gage.

Max se acerca a él y mueve la vara por encima de su cabeza. El ruido suena más fuerte.

Gage frunce el ceño. Después la expresión de su rostro se calma.

—No es un micrófono —afirma apartando la vara con la mano—. Es mi chip neural. Todo el mundo lo tiene en la Corporación. Nos lo implantan cuando nos unimos a ellos. —Luego observa a su alrededor y frunce el ceño—. ¿Por qué me miran así?

—¿Tienes un chip en la cabeza? —pregunta Ian—. ¿Un chip neural?

—Sí. ¿Qué más da? Ya te lo he dicho, lo tenemos todos.

—¿Y para qué sirven exactamente?

—Hacen un montón de cosas graciosas, pero no te dan acceso a la mayoría hasta que llegas a los niveles superiores. Al principio, solo sirven para hacer un seguimiento de... —Su voz se va apagando y abre los ojos de par en par—. Oh, mierda.

—Pues sí, carajo —murmura Ian—. Y se supone que tú eres el inteligente del grupo. Me muero del coraje. —Se pasa una mano por el cabello corto. Me he dado cuenta que tiene esa costumbre cuando está enojado por algo—. Entonces, ¿tienes un chip neural en la cabeza y pueden utilizarlo para rastrearte?

—Sí, pero no sé a qué distancia pueden captar la señal.

—Voy a jugármela y a decir que llega bastante lejos. —Ian niega con la cabeza—. ¿Qué hacemos ahora? —Mira a Gage con los ojos entrecerrados—. Yo voto por tirar a este idiota por el compartimiento junto con su chip neural.

Beckett levanta la mano.

—Secundo la moción.

Son unos drokarays sedientos de sangre, los dos.

Gage se jala el arete y luego mira a Max, que se encoge de hombros como si no le importara el resultado de la votación.

Y ahora Gage se está poniendo un poco pálido.

—No sean tontos —dice Rain. Se acerca a él y le da una palmadita en el hombro—. Claro que no vamos a dejarte morir en el espacio.

—Qué pena. —Ian se mete las manos en los bolsillos y mira al otro hombre—. Me vendría bien algo para romper la monotonía. ¿Y si nos deshacemos solo de su cabeza y nos quedamos el resto, por los viejos tiempos?

Curvo los labios y estoy a punto de reírme, pero no estoy del todo segura de que esté bromeando. Ese es el problema con Ian, que he visto la facilidad con la que puede matar. Y en cuanto lo ves, es algo imposible de olvidar.

—¿Podemos quitárselo? —sugiero con timidez—. ¿Sabes dónde está exactamente, Gage?

Parece bastante alarmado al oír mi idea.

—De ninguna manera. Lo tengo dentro del cráneo. No voy a dejar que unos imbéciles se pongan a hurgar en mi cabeza. Para nada. —Se pone de pie de un salto y empieza a caminar de un lado a otro—. Escuchen, lo apagaré —dice rápidamente—. He oído que hay una forma de desactivarlos. Solo necesito un pulso electromagnético. Uno grande, pero seguro que puedo crear algo. Denme un poco de tiempo.

—Suena doloroso —comenta Ian—. Puede que lo de la esclusa sea una opción mejor. He oído que es bastante rápido.

Creo que lo está provocando otra vez. Pero, como ya he dicho, siendo Ian, ¿quién sabe?

Gage abre mucho los ojos.

—Vamos, Ian. ¿En serio? Puedo hacerlo. Tienes que darme al menos una oportunidad. Me necesitas para encontrar a Milla.

—No tengo por qué hacer nada. —Ian da un paso hacia él—. Pero, por el bien de Milla, puedes intentarlo... antes de que tus malditos compañeros nos encuentren otra vez. Porque entonces sí que te tiraré por la esclusa, y ni siquiera me sentiré mal al hacerlo.

39

KALI

Gage vuelve más o menos una hora después, con los ojos llorosos y un brillo de dolor en la mirada. Max entra tras él, visiblemente alterado. Cuando le lanzo una mirada de «¿Qué demonios pasó?», se encoge de hombros. Pero volvemos a pasar la vara por la cabeza de Gage y ya no pita, así que lo consideraré una victoria.

Después de «desactivar» a Gage, no nos persiguen más naves, y no hay más incidentes durante el resto de nuestro viaje hacia Glacea. Ian es muy buen capitán. Por lo general mantiene la paz, y se asegura de que haya dos personas en el puente de control a todas horas, aunque me he fijado en que nunca me deja a solas con Beckett. Pasamos la mayor parte de los días viajando o discutiendo, y hay algunos momentos breves en los que Ian está dispuesto a enseñarme algunas maniobras sencillas de autodefensa. Estoy orgullosa de haber aprendido a dar una patada en la entrepierna que, sinceramente, no está nada mal.

Por lo general, Ian me asigna al puente de control junto con Max o Rain, y los dos son muy buenos compañeros. Él me hace reír todo el rato, y ella hace que sienta que quizá este sistema no sea el lugar horrible que empiezo a sospechar que es.

Ian también ha preparado una lista de turnos para cocinar y limpiar. Es una persona sorprendentemente ordenada para ser un ladrón asqueroso y un asesino. La primera vez que me tocó estar en cocina, todos esperaban con el alma en vilo para ver qué clase de desastre iba a preparar. ¡Ja! Mi padre me enseñó a cocinar en el palacio comida de todos los rincones del sistema Senestris, y nuestro plato favorito era una adaptación deliciosa de la cocina seratina utilizando una proteína de Askkandia: el espantoso pezgalen que todo el mundo detesta, excepto Merrick.

Lo rehidraté, preparé una salsa con cebollas resecas y hongos, y lo serví todo con gachas de maíz, un alimento esencial en Kridacus. Rain dijo que le había encantado, que había hecho que se sintiera como en casa, y, por una vez, parecía que ese sentimiento era algo agradable. Incluso Ian se comió dos raciones, y eso que había dicho de antemano que el olor del pezgalen le daba arcadas. Seguro que mi madre diría que es comida de campesinos, pero no me importa.

Y a mi padre tampoco le importaba. Él creía que todo el mundo debería saber cocinar, al menos para cuidar de sí mismo, así que me enseñó a hacerlo. Decía que ser de la familia imperial no significaba que tuviéramos que ser unos inútiles. Aunque nunca decía nada así si mi madre podía oírlo.

En cualquier caso, fue divertido cocinar para todos, y tampoco me importaría limpiar. Cuando acaba el día estoy agotada, pero me siento feliz; noto un dolor agradable en los hombros que significa que ese día he hecho algo. Algo importante, que me hace sentir parte de una comunidad.

Parte de este equipo.

Así que, sí, me he sentido feliz.

Pero eso está a punto de cambiar, porque nos estamos aproximando a Glacea. No tenemos que pasar ningún control para entrar en la atmósfera, pero eso es porque el planeta es prácticamente inhabitable fuera de los puertos protegidos. Espero que las credenciales askkandianas falsas nos sirvan cuando nos acerquemos a la civilización. Quizá encontremos a Milla, quizá no. Aunque estoy bastante segura de que no va a ser fácil.

Pero, antes de eso, empiezo a sonreír cuando oigo que Ian le dice «cinco minutos» a Rain por enésima vez.

—Tienes cinco minutos para volver a la nave o nos iremos sin ti.

Rain se pone de puntitas y le da un beso en la mejilla.

—Eres el mejor capitán del mundo —le responde. Ian parece un poco perplejo.

Nuestro destino final es el puerto estelar de Rodos, pero Beckett ha tomado un desvío hacia el paso de las montañas de Herodios, en dirección al polo norte. Porque Rain ha convencido a nuestro capitán de que las dos necesitamos ver la nieve.

Hemos tenido que adentrarnos en la inmensa cadena montañosa; Glacea es el planeta al que menos ha afectado la situación actual porque es el más alejado del sol, pero incluso aquí son evidentes los efectos del calentamiento del sistema. Sin embargo, por fin hemos encontrado la nieve, y el paisaje que nos ofrecen las pantallas es completamente blanco. Hay mucha nieve en el suelo, en todas direcciones, pero por desgracia, no está cayendo más.

Rain extiende la mano hacia mí.

—Tienes que venir conmigo —afirma.

—Claro —convengo, y solo dudo un instante antes de colocar la palma de mi mano sobre la suya.

—¿Beckett? —pregunta esperanzada.

Por un momento pienso que Beckett va a quedarse donde está, pero entonces se pone de pie y cruza el puente de control; se coloca al otro lado de Rain y le toma la mano.

—¿Merrick? —dice Rain—. ¿Quieres venir?

—Paso —murmura él. Su cara está mucho más curada después de las últimas dos semanas, pero todavía parece infeliz. Y distraído. Sin duda hay algo que le inquieta, y sospecho que no es solo por Rain. Pero, bueno, sé lo distraída y lo dolida que estuve yo cuando murió mi padre. No me sorprende que Merrick no parezca estar en plenas facultades.

Rain, Beckett y yo empezamos a alejarnos del puente de control. Para mi sorpresa, Ian nos sigue. Antes de que lleguemos al final de la rampa, Rain se echa a correr como una niña mientras Beckett va tras ella, perpleja.

Rodeo mi cuerpo con los brazos cuando empiezo a tiritar, pero sigo adelante. Es muy divertido ver cómo Rain descubre la nieve.

Está haciendo piruetas. Con lentitud, porque es evidente que le cuesta moverse con la gravedad alta de Glacea. Lleva puesto el overol azul y rosa, y destaca mucho sobre la blancura. Me alegro de que no lleve la túnica; si no, no podría distinguirla.

Pero, de repente, la pequeña suma sacerdotisa se detiene, se agacha y hace una bola de nieve, que lanza de inmediato a la cara de una confiada Beckett.

—Me apuesto trescientos créditos a que no se la devuelve —murmura Ian junto a mi hombro. No habíamos estado tan cerca el uno del otro desde la última vez que casi nos besamos.

—No tienes trescientos créditos —replico—. Y, si los tienes, probablemente sean míos de todas formas. ¿Recuerdas los botones? —Solo pasan un par de segundos antes de que Beckett haga una bola de nieve y se la tire a Rain—. Parece que habrías perdido.

—Los milagros nunca terminan. —Ian niega con la cabeza. Y entiendo la sonrisa leve que aparece en sus labios. Beckett, aunque sigue siendo arisca conmigo, en los últimos días parece estar mucho más calmada, a falta de una palabra mejor. No sé si es por Rain o porque está empezando a sentirse mejor al llevar tantos días alejada de la *Caelestis*.

Espero que sea por las dos cosas.

De pronto, como si fuese cosa de una fuerza invisible, unos pocos copos blancos empiezan a caer del cielo. Rain grita como no la he oído gritar nunca.

—¡Kali! ¡Trae hasta aquí esas nalgas tan bonitas ahora mismo! ¡Está nevando!

Ni una manada de drokarays rabiosos podría impedírmelo. Echo a correr con la lengua fuera, intentando atrapar las pequeñas motitas blancas cuando caen al suelo. En algún lugar hacia mi izquierda, Rain se está riendo, gritando y persiguiendo a Beckett mientras las dos compiten por saborear el primer copo de nieve.

Probablemente yo nunca pueda atrapar uno. O a lo mejor sí. Sea como sea, estoy viva. Esto es vivir.

Me volteo para sonreír a Ian y veo que me está mirando con una expresión curiosa en el rostro. La forma en que me mira es estimulante, embriagadora, y de repente mi corazón se acelera por un motivo totalmente nuevo. Vuelvo a ponerme a perseguir copos de nieve, pero aprovecho para contonear un poco las caderas y, aunque estoy de espaldas a él, sigo notando cómo me clava la mirada. Siento que la cara se me pone roja.

—Oigan, niñas —grita Ian un rato más tarde—. Se acabó el tiempo. A trabajar.

Rain se voltea, levanta los brazos, se deja caer de espaldas y está a punto de desaparecer en un montículo de nieve.

—Por favor, papá. ¿Podemos hacer otro Antiguo de nieve antes de irnos?

Con una carcajada, Beckett la levanta del suelo y las dos vuelven tropezando hacia la nave, enganchadas por los brazos y riéndose como las niñas que Ian las ha acusado de ser.

Siguen riéndose cuando pasan junto a él, sacudiéndose los últimos restos de nieve y dejando un rastro de agua tras ellas mientras se dirigen al puente de control. Las sigo con reticencia, pero antes empujo a Ian con el hombro cubierto de nieve cuando paso a su lado.

—Creo que he atrapado mi primer copo —murmuro, sacando la lengua por la comisura de la boca.

Ian deja escapar un gemido. Y es algo maravilloso.

Un par de minutos después, Beckett está de vuelta en su puesto. Entonces volvemos a volar y nos dirigimos hacia el puerto estelar de Rodos.

Está cerca de la capital de Glacea, Lanberu, en una zona densamente poblada. Podrían reconocernos, y eso no sería lo ideal teniendo en cuenta lo de los panfletos de «vivo o muerto». Pero Rodos es adonde se dirigía la *Reformadora*, así que nosotros también vamos allí.

—¿Cuál es el plan? —pregunto mientras Ian y yo volvemos hacia el puente de control a un ritmo más tranquilo.

—Gage y yo vamos a hacer unas cuantas preguntas.

—¿Y si no reciben las contestaciones que esperan?

Espero que lo consigan, pero tengo mis dudas. Y me preocupa lo que pueda hacer a continuación si no encuentra a Milla en este lugar.

—Gage es de la Corporación, ¿recuerdas? Tiene la autoridad que necesitamos para conseguir respuestas. —Se encoge de hombros—. Y, si no, quizá pueda meterse en sus sistemas. La *Reformadora* debía de tener un plan de vuelo registrado; aunque no sea exacto, al menos nos dirá qué hacer a continuación. Y la seguridad en estos sitios suele ser una mierda. No hay mucha gente que sepa cómo hackear una red de control de vuelos espaciales. La mayoría ni siquiera han visto una.

Me cuesta mucho menos creérmelo después de nuestra parada en Rangar. Sin embargo, lo único que digo es:

—Tienes suerte de contar con Gage, entonces.

—Sí, aunque de vez en cuando todavía me parece buena idea tirarlo por la esclusa. —Ian sonríe.

—¿Y los demás?

—A ti solo he pensado en tirarte por ella un par de veces —me provoca, aunque se pone serio cuando ve cómo lo estoy mirando—. Ustedes se quedan aquí. Beckett va a despegar para que la *Luz Estelar* no parezca un varlen varado en el puerto, aunque estará cerca. No sabemos si habrán enviado algún informe sobre la nave, pero es mejor no arriesgarse. Nos encontraremos todos aquí en un par de horas.

—Creo que yo debería ir contigo y con Gage.

Se voltea hacia mí para examinarme con una ceja levantada.

—No voy a contactar con mi madre —protesto—. Supongo que a estas alturas ya me creerás.

Ian parece incómodo, pero asiente:

—Sí.

—Es solo que creo que, si se meten en problemas, llevarme con ustedes puede ser útil. Pueden utilizarme... o más bien fingir utilizarme como rehén. O podría convencerlos para que no les dispararan. Las posibilidades son infinitas.

—Creo que se te olvida que a ti también te buscan viva o muerta.

—Claro que no se me olvida. Pero estoy segura de que hay más de un grupo persiguiéndonos. A lo mejor alguno nos quiere muertos. —Y me encantaría saber por qué—. Pero el otro, la Corporación, creo que solo quiere llevarme a casa. Y puede que nos encontremos también con las fuerzas de seguridad. Seguro que mi madre ha enviado a todo el mundo a buscarnos.

Ian lo sopesa. Casi puedo ver sus pensamientos revoloteando mientras me examina, y cruzo los dedos detrás de la espalda.

—Quizá tengas razón —conviene por fin, pero entonces aprieta los labios—. Mmm... Dame un minuto. Creo que tengo una idea. —Desaparece en dirección a su habitación y reaparece unos instantes después, con cara de estar demasiado satisfecho consigo mismo—. Extiende la mano derecha —me pide.

Frunzo el ceño, pero hago lo que me dice.

Y me arrepiento inmediatamente; tan rápido como un bicho saltando de un drokaray muerto, me agarra la muñeca y me coloca unas esposas de plata. Me quedo mirándolo con incredulidad mientras cierra la otra parte alrededor de su muñeca izquierda, uniéndonos oficialmente.

—¿Qué demonios...? —grito dándome tirones en la muñeca—. ¡Habías dicho que confiabas en mí!

—He dicho que te creía, no es lo mismo —señala él—. De todas formas, esto solo refuerza tu historia de los rehenes. Así haremos que sea creíble.

Me río.

—Claro, claro... ¿Y qué clase de pervertido va por ahí con un par de esposas?

—Uno que está preparado para cualquier cosa.

Merrick aparece en la puerta del puente de mando. Nos ve, abre mucho los ojos y luego los entrecierra casi inmediatamente.

—¿Interrumpo algo? —El tono de desaprobación en su voz sería gracioso si yo no estuviera alucinando tanto con el último giro de los acontecimientos.

—Solo estamos preparándonos para desembarcar —comenta Ian con una sonrisa, sosteniendo en alto nuestras muñecas unidas—. La princesa quiere venir con nosotros... Al parecer, no puede soportar que estemos separados. Así que me estoy asegurando de que nuestras historias coinciden.

Merrick se gira hacia mí.

—¿A ti te parece bien esto?

¿Qué voy a decirle? No, no me parece bien en absoluto. No obstante, lo último que quiero es provocar otra pelea entre Merrick e Ian: el moretón del ojo de Merrick apenas está empezando a desaparecer.

Y también es que quiero bajar a este planeta; es cierto que creo que podría ser de ayuda si las cosas salen mal. Y aunque estoy enojada con Ian, también estoy un poco impresionada. La cantidad de artimañas de este hombre nunca deja de sorprenderme.

Así que le dedico una sonrisa resignada.

—Yo no diría que bien, exactamente, pero no me pasará nada. Por lo menos así no me podrá dejar tirada.

—Tengo la llave —murmura Ian.

—Si tan poco confiable soy, ¿no te preocupa que te deje inconsciente, te robe la llave y deje atrás tu cadáver ensangrentado?

—Es sanguinaria, ¿eh? —le dice a Merrick—. Pero tienes razón. —Ian saca una pequeña llave plateada del bolsillo y se la lanza—. Quédate esto hasta que regresemos.

Merrick la atrapa y expone:

—Beckett me ha pedido que les diga que bajaremos en Rodos dentro de cinco minutos. Prepárense para desembarcar, porque la *Luz Estelar* volverá a despegar inmediatamente después. Nos han dado permiso para dejarlos salir, pero no para quedarnos.

Ian asiente con la cabeza.

—¿Dónde está el imbécil de Gage?

—Aquí —contesta Max desde detrás de nosotros. Volteo. Gage está con él. Lleva una manta sobre la bata de laboratorio como si fuera un poncho. Buena idea.

—Bonito brazalete, Kali. —Max sonríe—. Si hubiera sabido que te van las cosas perversas, te habría hecho un favor.

—Ja, ja. Ha sido un regalo de Ian.

—Sí, las ha sacado de mi bolsa.

Así que el pervertido no es Ian, después de todo. Estoy algo decepcionada. Max le lanza una manta a él y luego otra a mí. La mía es gris y la suya, negra.

¿Cómo sabía Max que iba a necesitar una manta? ¿Que iba a apuntarme al viaje? Su intuición da un poco de miedo.

Ya le ha hecho un agujero para la cabeza, así que me la pongo. Tiene la ventaja añadida de que oculta las esposas, que podrían haber dado pie a algunas preguntas incómodas.

Siento el momento en que la *Luz Estelar* toca tierra, descendiendo con la delicadeza de una pluma de doklen.

—Parece que nos toca —comenta Ian, y se dirige a la salida, arrastrándome con él. Gage le da a Max un besito en la mejilla y echa a andar detrás de nosotros.

La rampa ya está bajando, dejando entrar en la nave una ráfaga de viento gélido, así que me envuelvo en el poncho. Cuando me detengo junto a Ian, no puedo evitar quedarme boquiabierta al ver el puerto estelar de Glacea.

El cielo está gris, casi blanco, y el paisaje está desprovisto de color. Es un lugar inhóspito y desolador que hace que me estremezca, y no solo por el frío. Tengo la sensación de que algo va a salir mal.

Ahora, cuando ya es demasiado tarde, no me habría importado quedarme en la nave.

40

IAN

Kali se detiene en seco, y la jalo del brazo con suavidad. Admito que no es ni de lejos el paisaje más acogedor, y ya noto cómo el frío me cala los huesos. No obstante, quedarnos holgazaneando por aquí no va a hacer que las vistas mejoren. Ni mucho menos va a ayudarnos a cumplir la misión.

Vuelvo a expandir mi mente; sin embargo, como todas las veces que lo he intentado, solo encuentro a Max.

—*No te preocupes* —me dice—. *La encontraremos.*

—*Lo sé. Pero ¿podrías intentar sonar un poco más convencido cuando lo dices?* —pregunto.

—*Hago lo que puedo.*

—*Ya, lo sé.*

Los dos lo hacemos. Hasta ahora no ha sido suficiente, en absoluto.

Y estoy empezando a pensar que esta parte del viaje no va a tener el final feliz que esperaba. Si Milla estuviera aquí, la habría sentido con más intensidad. Pero aquí no hay nada. Ni un destello de su amabilidad o de su humor sarcástico. Lo que significa que, si todavía está en Glacea, está fuera de mi alcance. O quizá ya se haya ido, han podido sacarla del planeta para llevársela a cualquier parte.

Sospecho que es esto último. Pero tengo esperanza. El eterno optimista, ese soy yo.

Claro.

—Vamos. Acabemos con esto.

Empiezo a bajar por la rampa y Kali viene conmigo, aunque tampoco es que tenga muchas opciones. Lo de las esposas ha sido una buena idea. No obstante, pueden complicar un poco las cosas si tenemos que correr o pelear. Espero que no tengamos que llegar a eso.

En cuanto llegamos a la parte baja de la rampa, Beckett empieza a subirla y oigo que se ponen en marcha los motores de la *Luz Estelar*. Entonces despega, y nos quedamos mirando cómo sale disparada hacia el espacio. El plan es que vuelvan dentro de dos horas. Si no estamos aquí, se irán y volverán una hora después. Y así sucesivamente, hasta que hayamos acabado.

—¿Y si no vuelven? —pregunta Kali.

Ya lo había pensado. Por eso he dejado a Max a bordo. No es que no confíe en los demás, pero... No, no confío en ellos para nada.

—Volverán. Max se asegurará de ello. —Entonces miro a Kali, porque no puedo evitarlo cuando está tan cerca de mí. Es imposible ignorarla cuando puedo oler su aroma a agua fresca y a bayas dulces. Teniendo en cuenta que todos utilizamos la misma regadera y el mismo gel, no entiendo por qué su olor es tan diferente al de los demás. Mucho más atractivo. Empiezo a pensar que lo que me atrae es ella, y eso no me supone ningún problema, qué va.

Se está mordiendo el labio inferior con tanta fuerza que me preocupa que empiece a sangrar, y quiero decirle que todo va a salir bien. Pero no sé si es verdad. De hecho, estoy bastante seguro de que no va a ser así.

Todo se ha ido a la mierda. Hace tiempo ya, y no hablo solo

de Milla. Porque, si la Corporación no nos atrapa aquí, alguien lo hará en nuestra siguiente parada. Y si por algún milagro consiguiéramos evitar a quien nos la tiene jurada, el maldito sol está listo para acabar el trabajo.

Nunca he pensado demasiado en lo de la muerte del sol. Y cuando lo hacía, supongo que daba por hecho que solo era una excusa más para que las clases altas nos jodieran. Le han estado diciendo a todo el mundo que las cosas van muy mal y que necesitan todos los recursos que puedan conseguir para evitarlo. Y yo pensaba que, claro, que seguramente lo decían solo para llenarse los bolsillos.

Pero ahora, después de todo lo que he visto y oído —en la *Caelestis*, en Rangar y ahora por boca de Kali—, empiezo a creer que hay algo de cierto en ello, después de todo. Puede que nos estén diciendo la verdad y que todo el sistema esté a punto de arder si no consiguen averiguar qué hacer para impedirlo.

Odio creer que sea así, sobre todo porque detesto pensar que Kali pueda tener razón y que la emperatriz haya tenido que tomar decisiones difíciles por el bien común. Y ahora que la *Caelestis* ya no está —según Kali, la única esperanza de salvación que tenía este sistema de mierda—, parece que estamos jodidos de verdad.

Kali me sacude el brazo.

—Estás mirando al infinito, como si fuera el fin del sistema —dice ella.

—¿Y no es así? —Dejo escapar un suspiro y luego me volteo hacia Gage—. Tú has estudiado los mapas. ¿Adónde vamos?

—A la oficina del supervisor del puerto. Puede que hable conmigo. ¿Te queda algo de dinero, por si lo necesitamos?

—Un poco —respondo, aunque no es cierto. Todavía me queda un montón de lo que había sacado vendiendo los botones de Kali, pero no se lo voy a decir a Gage. Se pone un poco tonto cuando tiene delante cantidades importantes de dinero.

Empezamos a caminar, y cada paso gasta el doble de energía de lo habitual, debido a la gravedad altísima de Glacea. Es más alta incluso que la de Kridacus, donde recorrer una sola calle cuenta como entrenamiento cardiovascular.

Y a eso hay que añadirle que el aire está demasiado enrarecido, como si tuviéramos que esforzarnos el doble para conseguir suficiente oxígeno, así que es difícil pensar que Glacea no sea un lugar de mierda. No me dan ninguna envidia los pobres desgraciados que vivan aquí.

—Esta ciudad es horrible. —Es evidente que Kali y yo estamos en la misma onda; nos abrimos paso como podemos a través del espacio abierto, azotados por el viento gélido que parece ir más rápido con cada segundo que pasa. La parte buena de haber llegado a un puerto estelar es que aquí hay menos operadores que puedan relacionar nuestras caras con las de los carteles de SE BUSCA; la parte mala es que los puertos estelares siempre están a gran altitud y están diseñados para trabajos de carga y descarga, así que es demasiado difícil abrirse camino a pie. Es una tormenta perfecta, al juntar un frío helador con un lugar apartado y hostil con los forasteros. Maravilloso.

—¿Por qué querría vivir alguien aquí? —pregunta Kali, como si pudiera oírme refunfuñar.

—Tampoco es que tengan alternativa —contesto—. Si has nacido aquí, te toca vivir aquí y morir aquí. Así es como funciona en todos los planetas.

Noto cómo sus ojos plateados me atraviesan.

—Menos para ti.

—A veces el sistema es un lugar terrible, princesa.

—¡Ya lo sé! —exclama ofendida.

Levanto una ceja.

—Supongo que ahora sí lo sabes.

Gage se detiene delante de un edificio gris y ruinoso.

—Ya hemos llegado —dice él, y entonces mira a Kali—. No todo es malo. Algunos tenemos la oportunidad de salir y mejorar nuestra situación. Yo vengo de una familia de granjeros de Vistenia. Si quieres saber lo que es el trabajo duro, intenta arrancar tubérculos treinta y cinco horas seguidas. Conseguí una autorización imperial para cambiar de categoría y un trabajo en la Corporación.

—Pero eso es porque tienes un cerebro tan grande como una estación espacial —replico. Siempre me había preguntado cuál sería la historia de Gage, y ahora que la estoy escuchando, no puedo decir que me sorprenda. No me extraña que esté tan obsesionado con el dinero. Cuando naces en una familia extremadamente pobre, tienes que cosechar un buen montón de verduras para ganar una décima parte de lo que le había pagado yo por ayudarnos en la *Caelestis*—. Aunque no sé si unirte a la Corporación es mejorar tu situación.

Gage hace una mueca.

—Lo sé, yo tampoco. Últimamente, sobre todo.

Entonces abre la puerta principal del edificio y nos hace un gesto para que entremos.

En la sala hace un poco más de calor que fuera, pero no mucho más. Solo hay una pequeña llama encendida en una chimenea, en el otro extremo de la enorme habitación. Hay un mostrador cerca del fuego, y un hombre vestido con un overol beige está sentado tras él, envuelto con unas sucias pieles grises. Incluso sentado se nota que es bajo —los glaceanos suelen serlo, por culpa de la gravedad—, y su cara pálida está oculta por una tupida barba negra. Levanta la vista cuando entramos y entrecierra sus pequeños ojos redondos.

—¿Quiénes son? —pregunta, y no en un tono agradable.

Doy un paso al frente, lo que hace que Kali me fulmine con la mirada. Se había estado acercando poco a poco al fuego, y al moverme la he arrastrado conmigo. Mala suerte. «Mejor con frío que muerto», ese es mi lema.

Gage me lanza una mirada de «deja que me ocupe yo», así que no meto las manos. De todas formas, coloco la mano sobre la pistola que llevo en la cadera, por si las cosas se ponen feas.

Lo primero que hace Gage es girar la cabeza para que el hombre barbudo pueda ver las letras *CT* que lleva tatuadas en el cuello, el símbolo de la Corporación. Este frunce los labios, pero no parece estar demasiado contento, y no lo culpo. Una visita de la Corporación no suele ser motivo de alegría.

—Estamos buscando información sobre la *Reformadora* —dice Gage.

—Sí, y yo también. —Resopla—. Lo único que sé de esa nave es que tendría que haber aparecido en nuestro radar extraatmosférico hace dos días, y todavía no hay ni rastro de ella. Ni siquiera han recibido su señal en Vistenia.

Interesante. Parece que la Corporación no le ha contado a nadie lo que había ocurrido con la nave. ¿Significa esto que tampoco saben lo de la *Caelestis*?

Miro a Kali, que parece tan sorprendida como yo.

—No es posible —me susurra—. No pueden haber ocultado... —Se queda callada cuando niego bruscamente con la cabeza.

No es el momento ni el lugar para hablar de eso.

—Estamos más interesados en la última vez que estuvo aquí —le dice Gage—. ¿Adónde se dirigía? ¿Y dejó aquí algún... cargamento?

—¿Cómo rayos voy a saberlo yo? No tomo nota de todo lo que hace la Corporación.

Gage hace un gesto con la cabeza hacia el terminal que hay sobre el mostrador.

—Búscalo.

El hombre se reclina en el asiento y nos mira fijamente. Creo que está empezando a sospechar que no somos de fiar.

—¿Por qué iba a hacerlo? —pregunta.

Estoy seguro de que esa es la señal para que me meta en la conversación.

—¿Porque te lo estamos pidiendo de buenas maneras? —sugiero.

—Creo que podrían ser un poco más amables.

Ya nos vamos entendiendo. Meto la mano en el bolsillo y saco un puñado de créditos planetarios. Cuando los sostengo en alto, veo un brillo avaricioso en su mirada. Entendido.

Los dejo caer sobre el mostrador, delante de él, pero cuando estira el brazo para agarrarlos, pongo la mano encima de ellos.

—Primero la información.

El hombre enciende la terminal y empieza a revisar los registros.

—Después de estar aquí, la *Reformadora* se dirigía a Askkandia. Solo habían parado para repostar. Y no han dejado ningún cargamento. —Vuelve a comprobar—. Tampoco han cargado nada.

Ni de broma.

La rabia me invade, y ni siquiera intento ocultarlo. Acabamos de venir de la maldita Askkandia. Hemos tardado semanas. ¡Semanas! Y apuesto mi cuchillo a que la *Luz Estelar* es más rápida que cualquier nave-prisión. Es imposible que la *Reformadora* vuele hasta aquí desde la *Caelestis* para «repostar», para luego dar la vuelta y volver a Askkandia, sin dejar nada por el camino ni tampoco cargar nada.

Ni de broma.

Ya sabía que Milla no estaba aquí: podía sentirlo, y Max también. Pero toda esta mierda de Askkandia significa que no tenemos nada. No hay ni una pista que podamos seguir.

Porque la *Reformadora* no se fue de aquí hacia Askkandia. No tiene ningún sentido, ni lógica ni económicamente. Y aunque la Corporación no siempre actúe de manera lógica, siempre siempre lo hace de forma que gane dinero.

La rabia se entremezcla con la decepción que me invade, y tengo que utilizar cada pizca de autocontrol para no dar un puñetazo en la pared que tengo más cerca... o al infeliz que tengo más cerca.

Pero entonces una mano se desliza sobre la mía y me la aprieta. No miro a Kali; no puedo hacerlo. Pero me acaricia la palma de la mano con el pulgar, y un poco de esa rabia desaparece y me permite volver a pensar con claridad.

—No tiene sentido —digo—. No vendrían hasta aquí sin ningún motivo. Así que ¿qué estaban haciendo, si no era cargar ni descargar? —Porque ni de broma habían venido a repostar, diga lo que diga la terminal de este tipo.

El hombre se humedece los labios y mira el dinero que tiene delante.

—¿Tienes más de esos?

Me encojo de hombros.

—Puede ser. Depende de lo que me puedas contar.

El hombre sorbe por la nariz y mira a Gage como si estuviera pidiéndole permiso. Incluso en este lugar, la Corporación tiene más autoridad.

—Adelante —le dice Gage.

—Mira, todo el mundo sabe que la *Reformadora* no es muy legal. Sin embargo, nadie hace nada al respecto porque tiene el respaldo de la Corporación, y nadie se mete con ellos. —Se detiene y le lanza una mirada a Gage.

—Empiezo a pensar que debería quedarme algunos de estos créditos —murmuro.

—¡Espera, espera! —El hombre levanta las dos manos en un gesto tranquilizador—. No sé adónde va cuando sale de aquí. Ni dónde está su manifiesto.

—¿He dicho «algunos»? —Hago un amago de recoger el dinero—. Quizá debería quedármelos todos.

Se pasa un dedo por debajo del cuello de pieles toscamente cosido, nervioso. Luego dice a toda prisa, como si tuviera miedo de cambiar de opinión si no lo suelta rápido:

—Hay un hombre que se aloja en la ciudad. Es parte de la tripulación de la *Reformadora* y ha volado en ella muchas veces. No obstante, lo hirieron en una pelea la última vez que la nave estuvo en el puerto. Lo dejaron aquí hasta el siguiente viaje.

Eso suena mucho más prometedor. Si este hombre ha hecho el trayecto antes, es probable que estuviera a bordo a la vez que Milla y que sepa adónde se la llevaron. Siento una pequeña chispa de esperanza, pero hago lo posible por contenerme. Por lo de mantener las expectativas bajas y todo eso.

—¿Dónde está? —pregunto.

El hombre traga saliva con fuerza.

—Se aloja en la pensión que hay cerca del muelle C3.

—En el centro de este nivel, entonces —aclara Gage—. Cerca de los bares.

—Sí. Es un sitio conocido —conviene él arrastrando las palabras, con una voz de asco que me hace enderezar la espalda.

Es hora de irnos. Saco otro puñado de créditos planetarios y los dejo sobre el mostrador.

—Gracias. Nos has sido de gran ayuda. —Entonces le dedico la sonrisa que Max siempre me dice que parece una amenaza—. Pero si le hablas a alguien de esta visita, te dispararé. Y si ya estoy muerto, me aseguraré de que te disparen mis amigos.

—¿A quién carajo se lo iba a decir, de todas formas? —El trabajador pone los ojos en blanco—. Ni siquiera sé quiénes son.

—Pues que siga siendo así —le replica Gage, porque yo ya estoy dirigiéndome a la puerta, arrastrando a Kali conmigo.

—Se avecina una tormenta —anuncia el hombre, que sale de detrás del mostrador y avanza hacia nosotros.

Por un exceso de precaución —y por todos los años en los que me han jodido—, llevo la mano a la pistola que tengo en la cadera.

Me volteo para mirarlo.

—¿Y?

—Que quizá quieran encontrar refugio antes de que llegue. O quedarse aquí... por un precio. Puedo añadir un poco de café para que se calienten.

—Lo del café suena genial. —Kali suspira—. ¿Con azúcar?

—¿Azúcar? —repetimos el hombre y yo al mismo tiempo. Con todo, cuando doy vuelta, veo que la está mirando con los ojos entrecerrados.

Kali parece confundida.

—¿Para el café?

Niego con la cabeza e intercambio una mirada con Gage. Solo a una princesa se le ocurriría pensar que tienen azúcar en Glacea. Y nadie más que una princesa pensaría que un desconocido iba a compartirlo con ella si lo tuviera. Tenemos que salir de aquí. Ahora mismo.

—Estaremos bien —le digo al hombre con brusquedad, aunque lo cierto es que se me está empezando a acelerar el corazón—. Vámonos.

Vuelvo a tirar de las esposas de Kali hacia la puerta. Pero esta vez se pone terca y se niega a moverse.

—Está a punto de llegar la tormenta —comenta, pasando la mirada entre Gage y yo—. ¿No deberíamos esperar aquí hasta que pase lo peor?

—No vamos a esperar —le digo entre dientes. Lo último que deberíamos hacer es pararnos a tomar café con este tipo, que seguramente vendería hasta su mano izquierda si le pagaran bien por ella y está mirando a Kali como si estuviera hecha de oro puro.

—¿Están seguros? —vuelve a preguntar el tipo. Hay algo en su voz que hace que cada célula de mi cuerpo se ponga en alerta roja.

—Vamos, Kali —le ordeno con una voz mucho más calmada de lo que estoy en realidad.

Cuando me mira como si tuviera ganas de volver a discutir, decido que se acabó lo de ser educado y la arrastro hacia la salida. Gage debe de haber tenido la misma sensación que yo, porque ya está pisándonos los talones cuando abro la puerta.

Y me encuentro con el cañón de una pistola muy grande.

41

IAN

—¡Mierda! —Me dispongo a cerrar la puerta de un golpe, pero el cabrón de la pistola láser mete una bota en la jamba para impedirlo.

Saco mi propia pistola y me doy la vuelta para apuntar al tipo que está detrás del mostrador. De repente oigo el gruñido fuerte de un hombre y Kali vuelve a cerrar la puerta.

—¡Lo he hecho! —grita ella—. ¡Le he dado una patada en la entrepierna!

—¡Pon el maldito pasador! —le ordeno gritando mientras disparo al cabronazo al que le acabo de pagar un montón de dinero.

Tiene una pistola en la mano y está devolviendo los disparos. Se le desvía el tiro y no nos da ni a Kali ni a mí. En cambio, yo le acierto en el pecho y cae al suelo, muerto.

—¡Vamos! —les digo con fuerza a Kali y Gage—. ¡Tenemos que meternos detrás del mostrador! ¡Ya!

No ofrece demasiada protección, aunque la puerta tampoco. Puedo oír cómo el sujeto de fuera dispara a la cerradura, y sé que solo tardará unos segundos en entrar.

Kali está a mi lado —tampoco es que tenga muchas opciones, con las esposas puestas—, y espero que Gage también. Pero no está. Cuando me giro para buscarlo, lo veo tirado en el suelo, agarrándose el costado. Mierda, carajo.

—¡¿Por qué paramos?! —pregunta alarmada Kali. Pero entonces ella también mira sobre su hombro. Y grita. En mi maldito oído.

—¿Es grave? —gruño, corriendo junto a Gage.

Ya se está poniendo de pie con dificultad.

—Solo es un rasguño —murmura. Tiene la cara pálida y parece a punto de desmayarse.

Me acerco para sostenerlo y el brazo de Kali se mueve conmigo. Las malditas esposas ahora ya no me parecen tan buena idea. Necesito quitárnoslas, pero no hay tiempo. Ese último disparo a la cerradura ha sonado a premio gordo.

—¡Ayúdame! —le gruño a Kali mientras vuelvo a estirar el brazo hacia Gage.

Ya se ha puesto de pie y está moviendo el culo hacia el mostrador. Quizá fuera solo un rasguño, después de todo.

—¡Vamos! —le grito a Kali, y nos lanzamos por encima del mostrador, haciendo que la terminal caiga al suelo encima de su dueño muerto, al mismo tiempo que la puerta se abre de golpe.

Unos rayos láser golpean la pared por encima de nuestras cabezas. Pongo una mano sobre el cabello de Kali y la empujo hacia abajo justo cuando lanzan otra descarga directamente hacia donde había estado.

—Son tres —calcula Gage. Está bocabajo, mirando por la ranura que hay donde acaba el mostrador y empieza el suelo.

Mierda, mierda, mierda.

—Bueno, por lo menos no nos superan en número —digo para animarlos. Solo que uno de nosotros está herido y otra es una princesa. Sin ofender a ninguno de los dos, pero, seamos sinceros, más superados en número que eso no podemos estar.

Se acercan al mostrador a toda prisa, disparando los láseres. Y aunque es de madera gruesa y de sorprendentemente buena calidad para el sitio en el que estamos, no es rival para los disparos. Tenemos una sola oportunidad de salir vivos de aquí.

—¡Agarra su pistola! —le grito a Gage, señalando con la cabeza el arma del hombre muerto, que ha caído a un par de metros de su cuerpo—. Luego cuenta hasta tres y dispara a quienquiera que se acerque al mostrador.

No espero para ver si será capaz de tomarla. En vez de eso, digo entre dientes:

—Cierra los ojos. —Y luego disparo a las luces que hay sobre nuestras cabezas.

No es de noche en el exterior, pero la tormenta ha teñido el cielo de un gris oscuro y deprimente. Si le añades a eso que esta pocilga solo tiene una ventana, toda la habitación parece estar sumida en una oscuridad crepuscular. Entonces levanto la taza de café del sujeto muerto y la arrojo contra una de las paredes laterales con todas mis fuerzas.

En cuanto la golpea, los cabrones que están al otro lado del mostrador se voltean hacia el ruido y empiezan a disparar. Son solo un par de segundos, pero es la pausa que estaba esperando. Me asomo lo suficiente para disparar una descarga láser al tipo que está más cerca de nosotros.

Apunto a la cabeza, y lo que queda de él cae al suelo en un instante. Volteo rápidamente hacia el segundo y le lanzo otro rayo. Pero se agacha con la misma velocidad, y el láser al rojo vivo pasa por encima de su cabeza.

—¡¿Agarraste la pistola?! —le pregunto gritando a Gage.

—¡Sí! —me dice Kali, y la agita en el aire como si fuera un juguete.

—¡No hagas eso! —vocifero. Miro a Gage poniendo los ojos en blanco, como diciendo: «¿Qué carajo...?».

Sin embargo, parece estar un poco pálido cuando se encoge de hombros, como respondiendo: «¿Qué podía hacer?», y me digo a mí mismo que no debería darle una paliza a un hombre que ya está herido. Pero, mierda, es tentador.

—¡Fuiste tú quien dijo que agarráramos la pistola! —responde Kali a gritos.

—Sí, pero para apuntarles a ellos, no a mí.

Miro alrededor del mostrador, solo por ver qué está ocurriendo. Pero es demasiado tarde. Uno de ellos ya está aquí. Salta por encima y aterriza sobre Gage, que grita cuando todo el peso del hombre cae sobre su costado herido.

Agarro al tipo con mi mano libre y lo aparto de Gage de un tirón justo cuando el segundo da la vuelta al mostrador a toda prisa. Lanzo a su amigo contra él y apunto. Pero Kali se me adelanta; agita la pistola más o menos en dirección al hombre y aprieta el gatillo varias veces en una sucesión rápida.

La mayoría de sus disparos no aciertan —ni se acercan—, pero me dan la cobertura necesaria para disparar yo también. Yo no fallo. Y unos segundos más tarde están los dos en el suelo, tan muertos como sus dos amigos, y me dejo caer contra el mostrador, respirando hondo e intentando pensar en qué carajo podemos hacer ahora.

42

KALI

—Te has lucido, princesa —me recrimina Ian mientras tira de mi mano esposada hacia la suya para dedicarme el aplauso más lento de la historia de todo Senestris.

—¿Qué? —pregunto ofendida—. Esos tipos están muertos, ¿no?

—No gracias a ti. —Extiende el brazo y me quita la pistola de la mano—. ¿Habías disparado alguna vez una de estas?

—Ahora sí —contesto, y no puedo evitar sentirme un poco orgullosa por haber ayudado a defendernos. También estoy contenta por no haber matado realmente a nadie. No sé si habría podido soportarlo... Hay un gran abismo entre hacer mi parte y asesinar a alguien.

—Ni siquiera sé qué quieres que responda a eso. —Ian pone los ojos en blanco, pero tuerce la boca en una leve sonrisa, y no puedo evitar sonreír un poco yo también. Luego voltea a ver a Gage—. ¿Cómo estás?

—Ya te lo he dicho. Solo es un rasguño. —No obstante, su tono, arrogante a causa del dolor, dice otra cosa.

—De acuerdo. Tenemos que largarnos de aquí. Quién sabe cuántos refuerzos habrá pedido el cabrón este... —Ian se agacha, recoge los créditos planetarios que se han desperdigado por el suelo durante la pelea y se los guarda en el bolsillo; luego voltea hacia mí—. Hazme un favor y no dispares a nada más, ¿vale? No creo que Gage y yo podamos sobrevivir una segunda vez.

No puedo evitar reírme.

—¡Oye, estaba disparando con la mano izquierda! ¡Porque alguien me había esposado la derecha! Y mira, he destrozado aquella pared. La he hecho polvo.

—Y vaya que sí. Le has enseñado a ese yeso quién manda. —Nos reímos los dos, y me cuesta creer que haya cuatro personas muertas a nuestros pies.

—Yo creo que lo has hecho muy bien, Kali —dice Gage con una sonrisa débil—. Los has mantenido entretenidos mientras Ian se ocupaba de ellos. Es una tarea superimportante.

Sus palabras me hacen sentir una calidez en el vientre, pero también me recuerdan que es él a quien han disparado.

—¿Qué puedo hacer para ayudar? —le pregunto a Ian.

—Abre la puerta. Nos largamos. Ya.

—¿Y qué pasa con Gage? —vuelvo a preguntar, preocupada por su aspecto, porque parece que está a punto de vomitar—. No creo que pueda ir muy lejos...

—Si tiene que elegir entre quedarse aquí y morir o largarse y sobrevivir, seguro que elige lo segundo. —Ian empieza a moverse más velozmente, medio ayudando a Gage y medio tirando de él.

—Sin ninguna duda. —Gage renquea más rápido para intentar seguirnos el ritmo. Y como sé lo que se siente, voy arrastrando los pies a propósito para que Ian tenga que ir un poco más despacio.

Al menos hasta que paso junto a ellos y abro la puerta para adentrarnos en lo que ya es una verdadera tormenta. Una tormenta de las de los libros de texto, de las que dudaba que existieran en las clases de Geografía con mis tutores de Askkandia. En apenas unos segundos, el viento y la nieve nos golpean en la cara con tanta fuerza que ya no hace falta que intente frenar a Ian. La naturaleza se está ocupando de ello más que de sobra, frenándonos a los tres.

De repente, el concepto de la nieve cayendo del cielo ya no me parece tan dulce e inocente como antes. Y tengo más en la boca de la que habría deseado.

No me dan ganas de salir; Glacea se ha convertido en una pesadilla helada. Pero, como Ian ha explicado de forma muy gráfica, la alternativa es quedarnos aquí a esperar que lleguen los refuerzos de los hombres muertos y acaben con nosotros.

Nos quedamos con la pesadilla helada.

Nada más salir, otra ráfaga de viento se levanta y me arranca la puerta de la mano, cerrándola con fuerza. Por un momento nos quedamos parados en el pequeño refugio que nos ofrece el edificio, intentando orientarnos mientras pensamos en qué hacer a continuación.

Tiemblo mientras el viento penetrante me corta la piel y una lluvia gélida me golpea la cara.

—¿Hacia dónde vamos? —pregunta Gage con una voz más apagada de lo que estoy acostumbrada a oírle.

—Solo tenemos que alejarnos un poco de este lugar —contesta Ian mientras empieza a caminar a grandes zancadas por el piso, arrastrándonos a Gage y a mí—. Max llegará en cualquier momento para llevaros de vuelta a la nave.

—¿Cómo lo sabes? —repongo—. ¿Ya ha pasado tanto tiempo como...?

—¿No será peligroso para él? —Gage me interrumpe con una voz llena de preocupación que me hace mirarlo para analizar la expresión de su rostro. Es... algo que no reconozco, está retorcido por el dolor.

—¿Hay algo que no sea peligroso en este lugar de mierda? —replica Ian.

La respuesta es no: ahora mismo no hay nada en Glacea que parezca seguro, sobre todo los elementos.

—Deberíamos volver todos... —empiezo a decir, pero me interrumpo cuando Ian me lanza la mirada más intensa y furiosa que he visto jamás.

—Fuiste tú quien quiso apuntarse a este viaje, princesa. Y aquí estás. Así que alegra esa cara y vamos a acabar con esto.

Ian continúa andando rápidamente, obligándome a ir tropezando para poder seguirle el ritmo, a pesar del viento gélido y la nieve que golpea cada milímetro de piel desnuda. No se detiene hasta que nos subimos a un ascensor que nos hace bajar hasta un patio con una verja de hierro gigante. Nos metemos por la abertura estrecha.

—¿Qué es este lugar? —pregunto.

—No importa —responde él.

Estoy a punto de preguntarle que por qué no cuando la verja se abre detrás de nosotros con un sonido metálico. Me doy la vuelta con el corazón en la boca y me encuentro a Max.

No dice nada, y tampoco Ian, pero se quedan ahí parados, mirándose el uno al otro durante unos cuantos segundos; entonces Max desliza una mano bajo el brazo de Gage y dice:

—Ten cuidado.

Ian resopla.

Él y yo observamos cómo las siluetas de Max y Gage desaparecen entre los copos blancos que se arremolinan por la tormenta. Espero que la *Luz Estelar* esté por aquí cerca, preparada para ofrecerle primeros auxilios, pero no consigo ver nada.

Me dispongo a salir para volver a la calle y al viento, pero Ian me agarra en el último segundo y tira de mí hacia su pecho.

Es lo último que me espero, y grito cuando el tirón me hace perder el equilibrio. Apenas tengo un segundo para darme cuenta de que sus muslos duros, su vientre plano y su pecho aún más duro se aprietan contra mí, antes de que Ian deslice su mano libre sobre mi boca.

«¿Qué demonios?»

Me revuelvo, pero me tiene completamente inmovilizada.

—¡Tranquila, princesa! —me calma Ian entre dientes justo cuando cinco hombres pasan a nuestro lado, armados hasta los dientes.

Dejo de luchar al percatarme de que Ian cree que nos están buscando.

Cuando se van, me suelta lentamente y me advierte:

—Quédate callada.

—Entendido —convengo. El hecho de que todavía pueda sentir la huella de su cuerpo, desde el cuello hasta las rodillas, es algo que nadie tiene por qué saber—. La próxima vez, avísame —le pido intentando alejar esa sensación.

—Lo tendré en cuenta cuando te salve de nuevo la vida. Vamos. Tenemos que llegar a la pensión.

—¿Lo dices en serio? —pregunto—. Acabamos de matar a cuatro personas...

—¿Acabamos? —replica con las cejas levantadas.

—Estaba intentando jugar en equipo y no echarle la culpa a nadie.

—Si es por salvarte la vida, puedes culparme siempre que quieras, princesa.

Pongo los ojos en blanco.

—Muy bien, pues tú acabas de matar a cuatro personas que nos habían atacado. Y hay más aún buscándonos. ¿Y todavía seguimos con el plan A?

—Tenemos que encontrar a Milla —responde sencillamente.

Quiero discutir con él: si de verdad cree que hay gente detrás de nosotros, entonces tenemos todo puesto para meternos en un lío si vamos a cualquier parte del puerto espacial, sobre todo si nos acercamos al centro a hacer preguntas sobre alguien que podría o no haber desaparecido aquí hace meses..., pero en cuanto observo su rostro malhumorado, sé que no vale la pena gastar saliva.

Y aunque no esté de acuerdo con él, lo entiendo. Ha buscado a Milla por todo el sistema. Ahora que estamos tan cerca, no puede irse de aquí hasta que consiga información sobre ella.

Así que, en lugar de discutir, le digo:

—Vamos, pues. Se nos acaba el tiempo.

Parece sorprendido, como si que yo apoye lo que podría acabar siendo una misión suicida lo hubiera tomado desprevenido. Eso me entristece: es evidente que no ha habido mucha gente en su vida que lo apoyara de este modo.

Ian abandona el refugio del edificio, y yo lo sigo. En cuanto salimos se me llena la cara de copos de nieve, cortesía del viento salvaje.

«¿Por qué, por qué, por qué quise venir a este maldito sitio? Tendría que haberme quedado en la *Luz Estelar*, que es donde debo estar.» Pero, claro, nadie había dicho nada sobre tormentas bajo cero, una gravedad alta que convierte cada paso en una batalla o un nivel de oxígeno tan bajo que hace que cada respiración parezca la última. Por no mencionar lo de tener que lidiar con todo eso estando esposada a un hombre que no da ninguna muestra de tener instinto de supervivencia.

Interesante, teniendo en cuenta que Ian solo se preocupa por salvar su propio pellejo. Aun así, cuando Milla entra en la ecuación, lo deja todo a un lado. Todo excepto salvarla a ella.

Sigo adelante porque tengo que hacerlo, luchando contra la gravedad alta para seguirle el ritmo a Ian. Zarandeada por una ráfaga de viento demasiado fuerte, me tambaleo, y entonces Ian me agarra con más fuerza y tira de mí hacia él.

Dejo la mente en blanco y me concentro en poner un pie

delante del otro. No puede faltar mucho, ¿no? La luz se desvanece y pronto se hará de noche, y entonces imagino que hará aún más frío, si es que eso es posible. «Por favor, por favor, que no sea posible.»

Caminamos en silencio y en soledad, excepto por el rugido del viento. No hay nadie tan estúpido como para salir con este temporal, así que al menos no tenemos que preocuparnos por que nos reconozcan.

Cuando creo que ya no puedo seguir avanzando, Ian me da una palmadita en el brazo.

—Ahí está —dice señalando con la cabeza hacia un edificio ruinoso que hay a nuestra derecha.

Me siento tan aliviada que estoy a punto de llorar. Espero que tengan chimenea.

Acelero un poco hasta que soy yo quien tira de Ian por primera vez, e incluso consigo llegar a la puerta antes que él. La abro y me detengo cuando me percato de que no tengo ni idea de dónde me estoy metiendo. ¿Y si, por lo que sea, quienquiera que nos estuviera persiguiendo hubiera averiguado adónde íbamos y se nos hubiera adelantado? ¿Y si hay todo un contingente en el interior, esperando para matarnos?

Sé que Ian ha pensado lo mismo que yo. Lleva la pistola en la mano y está examinando cada rincón mientras entramos. «Por favor, por favor, por favor, que no haya nadie dentro. Por favor, por favor, por favor.»

La puerta da a una especie de bar. La luz es tenue, solo hay un par de focos colgando del techo. Pero una sensación de alivio me inunda al ser consciente de que está completamente vacío. No hay nadie ni siquiera detrás de la barra.

Me siento aún más aliviada cuando clavo la mirada en lo único que le había suplicado al universo. Utilizando una fuerza que no sabía que tenía, arrastro a Ian hacia el fuego que arde en la enorme chimenea que hay enfrente de la entrada. Puedo notar el calor desde aquí, y dejo escapar un gemido por la sensación tan agradable.

Por una vez, Ian no intenta detenerme y salirse con la suya. Probablemente porque tiene tanto frío como yo, aunque quiera fingir que es un tipo duro inmune a los elementos. Nos quedamos varios minutos delante del fuego con las manos extendidas mientras entramos poco a poco en calor. Un rato después, cuando por fin estoy convencida de que ya no hay un riesgo inminente de morir por congelación, me pongo a inspeccionar para asimilar lo que hay a nuestro alrededor.

La habitación es más o menos del tamaño del puente de control de la *Luz Estelar*. Dicho de otro modo, no es muy grande. Hay una barra a lo largo de la pared y tres mesas, cada una de ellas con cuatro sillas desvencijadas. Ian señala con la cabeza hacia la que está más cerca del fuego, y me dejo caer en ella de buena gana. Me tiemblan las piernas. De hecho, me tiembla todo el cuerpo. No creo que vuelva a entrar realmente en calor nunca más.

Un hombre aparece en la puerta que hay detrás de la barra. Al igual que el supervisor del puerto, es muy pequeño y robusto, y tiene una barba tupida de un intenso rojo cobrizo. La poca piel que tiene al descubierto también es roja, sin duda debido a la exposición a los elementos.

Se dirige hacia nosotros con una mirada curiosa, pero no hay ninguna malicia en ella. Y, por lo que veo, tampoco hay ninguna señal de que nos haya reconocido. Probablemente se esté preguntando qué clase de gente es tan estúpida como para andar por ahí con este temporal. Pero lo único que nos dice es:

—¿Les sirvo algo, chicos?

—Gerjgin —responde Ian. Saca un crédito del bolsillo y se lo arroja al hombre, que lo mira, levanta una ceja y se lo guarda en el delantal.

—Ahora mismo.

—Espera un segundo. —Ian lo detiene cuando empieza a alejarse—. ¿Se aloja aquí un miembro de la tripulación de la *Reformadora*?

—¿Quién lo pregunta? —El camarero parece sospechar de repente—. ¿Y por qué?

—Solo queremos hacerle un par de preguntas. Si está dispuesto a hablar con nosotros, habrá una recompensa para los dos —le dice Ian.

El hombre nos estudia unos segundos y asiente bruscamente con la cabeza.

—Brent está arriba. Le diré que lo están buscando.

No hablamos mientras esperamos. No tengo nada que decirle; nada educado, al menos. Aunque sé que no puedo echarle la culpa de esto a Ian. Él no quería que viniera, incluso intentó convencerme de que no lo hiciera. Y también puedo entender por qué insiste tanto en hacer esto. De hecho, saber que lo está dando todo para encontrar a Milla hace que me sienta un poco mejor. Alguien dispuesto a recorrer un sistema solar entero y a poner en riesgo tantas cosas como él no puede ser tan malo como intenta hacernos creer.

El camarero reaparece, esta vez con una botella de gerjgin y tres vasos.

—Brent ya viene —me dice, y lo coloca todo en la mesa delante de nosotros.

Ian nos sirve dos vasos. Me bebo el mío de un trago, disfrutando del calor en la garganta y en el estómago; luego extiendo el brazo para pedir más. Ian me lanza una mirada dubitativa, pero lo rellena.

—No te voy a llevar a cuestas —me advierte—. Así que no bebas mucho.

Me reclino y me pongo a beber a sorbos, aunque tengo ganas

de tomarlo de un solo trago. Pero Ian tiene razón: llegar aquí ya ha sido complicado estando sobrios, no puedo ni imaginarme cómo sería luchar contra ese viento después de unos cuantos vasos.

De repente, la puerta que hay al fondo de la habitación se abre y aparece un hombre. Es de mediana edad, de mediana altura..., parece que no destaca en ningún sentido. Tiene la piel gris y el cabello blanco y lacio, y cuando se humedece los labios, veo un destello de sus dientes rojos. Así que es de Ellindan. Interesante.

Nos observa con cautela y luego se acerca a nuestra mesa arrastrando los pies. Ian echa gerjgin en el tercer vaso y hace un gesto con la cabeza hacia la silla que está enfrente de él.

Brent se sienta.

—No te conozco.

—Nunca he dicho que lo hagas —replica Ian.

El hombre entrecierra los ojos.

—Sam dice que quieren hablar conmigo. No hablo con desconocidos.

—¿Ni siquiera con desconocidos dispuestos a pagar por ese honor? —Ian coloca un par de créditos en la mesa, delante de él.

Brent toma un sorbo de su bebida.

—Quizá pueda hacer una excepción.

—Te lo agradecemos. —Ian le dedica una sonrisa que, de alguna forma, parece más una amenaza—. ¿Eres parte de la tripulación de la *Reformadora*?

—¿Y qué si lo soy?

Ian le contesta con otra pregunta:

—¿Estabas en el último viaje que hizo aquí? ¿Qué cargamento llevaban?

El hombre se encoge de hombros y esboza una sonrisa desagradable.

—Solo era chatarra vieja. No había nada de valor.

A pesar de la gravedad alta, Ian se mueve tan rápido que casi ni me doy cuenta. De lo que sí me percato es del resultado: su cuchillo atravesando la mano de Brent y sujetándosela a la mesa.

43

KALI

Dejo escapar un pequeño grito de sorpresa.

Brent, por otro lado, reacciona de inmediato y suelta un grito desgarrador.

—¡Carajo! ¡Mierda! ¡Me cago en la maldita Luz! —Brent está intentando liberar la mano, pero Ian aprieta con más fuerza. Me atrevo a observar su cara, y después deseo no haberlo hecho. Tiene una mirada fría y letal, perversa de un modo que nunca había visto en él, ni siquiera mientras mataba a aquellos hombres en el callejón.

Brent se está poniendo pálido, y el sudor le cae por la frente mientras pasa la mirada frenéticamente entre su mano y la cara de Ian.

El camarero ha aparecido en la puerta al oír el primer grito. Echa un vistazo y vuelve por donde venía.

—¡Tenemos que darnos prisa! —lo apremio, aunque no puedo creer las palabras que salen de mi boca. Si alguien me hubiera dicho hace un mes que estaría sentada en un bar en Glacea mientras la única persona a la que he besado apuñala a un desconocido, me habría reído. Pero aquí estamos. Y las probabilidades de que vuelva el camarero con refuerzos son más altas con cada segundo que perdemos.

Ian debe de haberse dado cuenta de lo mismo, porque en vez

de intentar razonar con Brent, que está sangrando y sudando, lo que hace es girar el cuchillo, abriendo más la herida y haciendo que la sangre salga a chorros sobre la mesa.

El hombre vuelve a gritar, pero Ian no le hace caso.

—¿Volvemos a intentarlo? —pregunta él, en un tono sensato—. ¿Qué había exactamente en el cargamento de la *Reformadora*?

—Pri... prisioneros —tartamudea Brent—. Solo eran unos prisioneros de esa estación espacial. Nadie importante.

Oigo cómo Ian toma aire, y de repente su rabia tiene mucho más sentido.

—¿Y adónde los estaban llevando?

—De vuelta a Askkandia. Pregúntale al supervisor del puerto. Ya había registrado nuestro itinerario de vuelo. Te estoy diciendo la verdad.

—No es cierto. —Ian hace girar el cuchillo de nuevo, esta vez hacia el otro lado, y oigo un sonido húmedo cuando corta los músculos y los ligamentos.

«No vomites. No vomites. Que no se te ocurra vomitar.»

—Está bien, está bien. Para. Por favor, para. —Ahora Brent está llorando, y yo estoy a punto de hacerlo también. Me iría de aquí, pero estoy atrapada, encadenada a Ian en un futuro inmediato, pase lo que pase—. Los llevábamos a las Tierras Salvajes. Los vendemos allí. Es la verdad. Te lo juro. Por favor, tienes que creerme.

—Oh, te creo —exclama Ian. Se ha puesto pálido—. ¿Son saqueadores?

—¡No! No. O sea, sí, algunos de ellos sí..., pero yo no. Yo no hago esa mierda. Solo arreglo los comunicadores. Tienes que creerme.

La expresión del rostro de Ian no cambia.

—¿En qué asteroide?

Esta vez, Brent no duda.

—Delta V47.

—Vamos. Ya tenemos lo que necesitamos. —Ian arranca el cuchillo y se pone de pie—. Solo una cosa más —dice, y entonces clava la hoja en la garganta de Brent.

El hombre deja escapar un ruido gorgoteante y se lleva las manos temblorosas al cuello, como si así pudiera contener la sangre que lo está salpicando todo. Ian saca el cuchillo, lo limpia tranquilamente en la chamarra de Brent y lo vuelve a guardar en la funda que lleva en el muslo. Luego se da la vuelta y echa a andar, agarrando la botella y arrastrándome con él.

Y no me queda otra que seguirlo.

Cuando pasamos junto a la barra, veo una pantalla parpadeando; debe de tener un siglo y está encajada en la pared, justo debajo del cartel de NO SE TOLERA LA VIOLENCIA EN EL INTERIOR. Y en esa pantalla parpadeante hay un mensaje que ya se está volviendo demasiado familiar. «Mierda.» Es una de esas publicaciones de VIVO O MUERTO en formato digital, porque conseguir papel en Glacea, donde no hay árboles, probablemente sería más caro que la recompensa que ofrecen. Esta es de Ian, y es fácilmente reconocible, incluso con esta tecnología de mala calidad. Las cosas no dejan de mejorar.

Cuando salgo al exterior, agradezco el aire frío, porque tengo el estómago revuelto y siento que me arde todo el cuerpo. ¿Por qué me han sorprendido las acciones de Ian? Ya lo había visto matar antes... Maldición, lo vi matar a cuatro personas y ni siquiera lo había asimilado. Sé exactamente quién y qué es. Pero esta vez no me lo esperaba. No, porque no había ningún motivo para matar a ese hombre cuando ya nos había dado todo lo que le habíamos pedido.

Necesito saberlo.

Ian va delante de mí, prácticamente cargando con mi peso a

pesar de la gravedad y del viento cortante que nos golpea en la cara una y otra vez.

Pero ahora clavo los pies en el suelo y me niego a moverme. Si no quiere llevarme a cuestas, su única opción es detenerse. Y lo hace, fulminándome con la mirada.

—¿Qué? —gruñe.

—No tenías por qué matarlo.

—Claro que sí, carajo. —Su voz está tan llena de dolor y rabia que doy un paso atrás por puro instinto.

Las esposas se tensan, obligándome a detenerme.

Entonces Ian respira hondo y suelta el aire poco a poco.

—No tengo por qué explicarte una mierda, pero, aunque sea solo por esta vez, lo haré. Era muy probable que ese hombre hubiera enviado un mensaje a sus jefes para avisarlos de que íbamos a ir. No podía arriesgarme. —Niega con la cabeza—. Pero no lo he matado solo por eso. Estaba traficando con seres humanos, Kali. Era un saqueador. Una escoria de la peor calaña. Carajo, ha vendido a Milla y a quién sabe a cuánta gente más para que se los lleven a algún lugar de mierda en el cinturón de asteroides o más allá. Es una sentencia de muerte, por no mencionar una vida de torturas. Y cuando las personas que ese tipo ha vendido a cambio de un día de paga se suiciden o mueran por culpa de los abusos, de las negligencias o directamente asesinados, los cabrones que están allí solo tienen que seguir comprando más a la Corporación cada vez que los necesiten. Así que no, a lo mejor no tenía por qué matarlo, pero tenía ganas de hacerlo. ¿Alguna pregunta más?

Niego con la cabeza; mi rostro es una máscara imperial perfecta mientras sus palabras dan vueltas en mi cabeza.

Sé que hay negocios en la frontera interior de las Tierras Salvajes, pero nunca había pensado demasiado en ello. Y, sin duda, nunca había pensado en cómo conseguían convencer a la gente para ir a trabajar a un sitio tan apartado.

De repente, el malestar en el estómago se vuelve muchísimo peor, y esta vez da igual cuántas veces me repita a mí misma que no vomite, no lo voy a poder evitar. Me doy la vuelta y me agacho para devolver en la calle húmeda y cubierta de hielo.

No tengo nada dentro aparte de alcohol. Aun así, me quedo doblada, con arcadas, durante un minuto entero, hasta que se me asienta un poco el estómago. Mi mente no va por el mismo camino, convertida en un torbellino mientras intento asimilar una verdad indiscutible. He sido muy ingenua. En todo.

Me enderezo y veo a Ian mirándome como si supiera exactamente lo que estoy pensando.

En lugar de decir nada, extiende la mano con la botella como si fuera una ofrenda de paz, y se la acepto, porque incluso el gerjgin barato tiene que dejar un sabor más agradable que mi boca ahora mismo. Echo un trago rápido y espero que esta vez se quede dentro. Lo hace, y le devuelvo la botella. Ian bebe un poco antes de volver a ponerle el tapón.

Entonces echamos a andar. Rápidamente. Por suerte, el viento amaina un poco y avanzamos a buen ritmo. Estoy horrorizada, devastada y tan agotada física y emocionalmente que tengo que utilizar hasta la última gota de energía para seguir adelante.

Los copos de nieve se arremolinan en el aire, pero no se llegan a posar en el suelo, y todavía hay ráfagas de viento ocasionales que nos golpean, haciéndonos resbalar por la carretera helada. Ya es completamente de noche, excepto por el brillo tenue de las fragatas, naves espaciales y lanzaderas atracadas, esperando para cargar o descargar cuando pase la tormenta. Ya hemos llegado al límite del puerto, donde vamos a encontrarnos con la *Luz Estelar*, cuando Ian se detiene.

—¿Qué pasa? —pregunto.

Levanta la cabeza y la inclina hacia un lado, como si estuviera escuchando algo.

—Alguien se acerca. Muchos *alguien.* —Me agarra de la mano—. ¡Corre!

Lo hago, pero es como avanzar pisando pegamento. Aunque, claro, tampoco tengo muchas alternativas... La historia de mi vida. Los escucho cerca. El ruido de las botas al atravesar el hielo. Se acercan rápidamente.

—¡Quietos! —grita un hombre a nuestra derecha—. Quietos o disparamos.

Seguimos avanzando, aunque siento mis músculos ponerse tensos por los nervios. Sé que nos estoy haciendo ir más lentos. Ian es más alto y está en mejor forma, y yo ya voy resoplando y soy incapaz de meter suficiente oxígeno en los pulmones. Debería abandonarme aquí, pero, claro, no puede hacerlo. Apuesto a que ahora mismo está despotricando de las esposas.

Oigo un estallido detrás de nosotros, e Ian suelta una palabrota. Entonces algo me golpea en el muslo izquierdo, y me tiran al suelo tan rápido y con tanta fuerza que el impulso arrastra a Ian conmigo. Por un momento no siento absolutamente nada; entonces, una punzada de dolor ardiente me atraviesa la pierna y dejo escapar un quejido.

—¡¿Estás bien?! —grita Ian, deteniéndose para arrodillarse junto a mí—. Kali, háblame. ¿Estás bien? Carajo, responde.

«No, no estoy bien. Me han disparado.»

—Estoy viva —consigo decir entre dientes. Es lo mejor que puedo ofrecerle ahora mismo.

—¿Puedes caminar? —Ian mira hacia atrás—. Mierda. —Empieza a levantarse mientras nos siguen disparando; luego rueda hacia un lado y una bala impacta en el suelo cerca de donde estamos.

«Balas —aporta mi cerebro desconcertado, envuelto en una neblina de dolor—. Qué raro. Balas de verdad.»

Ian saca su pistola láser y dispara hacia ellos. El tiroteo se detiene y entonces se pone de pie, arrastrándome con él. Me carga al hombro, retorciendo en el proceso todo lo que hay entre nuestras muñecas y los hombros, gracias a las esposas.

Apenas lo noto, porque el dolor arrasa con todo lo demás; todo mi mundo se reduce a la agonía que siento en la pierna. Empiezo a ver borroso. Estoy segura de que este es mi fin. Ian echa a correr en zigzag para evitar las balas, pero casi siento cómo pasan silbando a nuestro lado. Entonces nos hace saltar por encima de un muro bajo hecho del acero oxidado típico de Glacea. Choco contra el suelo y pierdo el conocimiento por un instante. Cuando vuelvo en mí, Ian está agachado a mi lado, asomado por encima del muro. Debe de darse cuenta de que estoy despierta, porque se gira un instante para mirarme.

—Menos mal, carajo. Pensaba que estabas muerta.

—No, sigo aquí. —Por poco—. ¿Se han ido?

—Sí, han decidido volver a casa para ponerse a cantar todos juntos. —Entonces niega con la cabeza—. Perdona, no es el mejor momento para la ironía. Sí, por desgracia siguen ahí.

Me estiro para tocarle el brazo justo por encima de las esposas de plata.

—En el bar... vi una publicación sobre ti, de las de VIVO O MUERTO, en una pantalla. Me fijé en ella cuando nos íbamos. Apuesto a que sale en todos los boletines digitales del puerto.

Ian se queda mirando fijamente el lugar en que mis dedos entran en contacto con su muñeca.

—Genial. Entonces estos pueden ser los refuerzos de los otros cuatro tipos o podrían ser cazarrecompensas. Sea como sea, parece que se han decidido por la opción de «muerto».

Desvía su atención hacia mi pierna.

—¿Crees que podrás caminar?

Sigo su mirada y hago una mueca de dolor. Hay un agujero en la tela de mi nuevo y precioso overol, y, a través de él, puedo ver otro agujero más. En mi pierna. Voy a vomitar otra vez. Está rezumando sangre. Una oleada de náuseas me invade.

—Ni la más remota posibilidad —respondo.

Mirándolo por el lado bueno, sigo viva, lo que significa que la bala no me ha dado en una arteria. O puede que eso sea algo negativo, teniendo en cuenta lo que nos espera. Ahora mismo no estoy segura.

—Eso había pensado. Parece que estamos jodidos, princesa. —Una lluvia de balas pasa volando sobre nuestras cabezas mientras habla, para dar más énfasis a sus palabras.

Tampoco es que necesite más pruebas, ya me había dado cuenta yo sola.

Ian saca la pistola láser por encima del muro y dispara unas cuantas veces. Después me pasa la botella de gerjgin.

Pero cuando voy a echar un trago, me dice:

—Es para la herida. La limpiará.

—¿Ah, sí?

¿Qué sentido tiene si vamos a morir? Me dispongo a preguntárselo, porque tampoco es que nadie vaya a decir: «Vaya, qué limpia tenía la herida cuando murió». Pero Ian me está mirando con una cara que me dice que me dé prisa, así que respiro hondo y me echo un poco de alcohol en la pierna. Luego suelto un grito cuando el fuego me quema por dentro.

—¡Carajo! ¡Carajo, carajo, carajo, carajo! —Cierro los ojos con fuerza y el dolor amenaza con sobrepasarme.

Cuando empieza a remitir un poco, otra ráfaga de balas golpea el muro y pasa también por encima.

«No vomites. No vomites. Que no se te ocurra vomitar.»

Ian dispara unos cuantos rayos más de su pistola láser a

modo de respuesta, y a juzgar por los dos gritos que se oyen casi seguidos, les ha dado a un par de personas. Me alegraría más si no hubiera tantos. Y si pudiera acallar la agonía que me destroza por dentro y no me deja pensar.

Respiro hondo un par de veces más, y el dolor por fin se calma lo suficiente como para que pueda abrir los ojos y vea la mirada preocupada de Ian.

—Ahora sí puedes beber —me dice.

—Empiezo a pensar que tendría que haberlo hecho antes —le respondo antes de echar un trago largo.

Al menos el dolor hace que no piense en el frío. Le ofrezco la botella con una mano temblorosa. Pero, antes de que pueda agarrarla, nos disparan otra ráfaga; los gritos que la acompañan suenan más cerca, como si los mercenarios que van tras nosotros se estuvieran armando de valor.

Ni siquiera Ian, que se da la vuelta y dispara varios rayos láser por encima de la barrera, parece hacerlos retroceder. Y eso hace que me pregunte cuánto tiempo pasará hasta que decidan que la recompensa merezca el riesgo y arremetan contra nosotros.

Cuánto tiempo pasará antes de que todo esto acabe.

44

KALI

—Aun así, me alegro de que hayas venido, princesa —declara Ian sosteniendo en alto nuestras muñecas.

—Pensé que podría ayudar —respondo, preguntándome en qué estaba pensando—. Apuesto a que ahora mismo te gustaría no haberle dado la llave a Merrick.

—Probablemente —dice él con una expresión difícil de interpretar mientras se lleva la mano al bolsillo y saca una llave plateada—. Menos mal que tengo una de repuesto.

La miro y aprieto los dientes; no estoy segura de si quiero reír o llorar.

—¿Y por qué no la has utilizado cuando salimos de la pensión? —gruño—. O antes de eso, cuando estábamos yendo a pie en mitad de la tormenta.

—A lo mejor es que estaba disfrutando de tu compañía.

—Claro, eso sí me lo creo... —Respiro hondo y sacudo la muñeca—. Bueno, Ian, ha sido un placer, pero creo que ya es hora de separarnos.

Ian desliza la llave en la cerradura, y las esposas se abren con un chasquido.

Me obligo a no resoplar.

Supongo que esto es una despedida de verdad.

Ian no está herido. Tiene una pistola. Puede salir de esta y volver a la *Luz Estelar*. Yo no creo que pueda.

Intento ponerme de pie, y un sollozo escapa de mi garganta a causa del dolor. Pero me niego a morir tirada bocarriba.

Ian al principio parece desconcertado, pero cuando por fin entiende lo que estoy haciendo, se inclina sobre mí y me ayuda a incorporarme para quedarme apoyada contra el acero, con las piernas estiradas por delante de mí.

En esta posición puedo ver mejor la pierna, así que me bajo el poncho para no tener que mirar el agujero ni tampoco la sangre que sigue goteando de él.

Nos disparan otra ráfaga de balas, y los gritos que la acompañan suenan aún más cerca.

Hay una parte de mí que quiere suplicarle a Ian que no me abandone. No quiero morir. Y, sobre todo, no quiero morir en esta mierda de planeta helado. Quizá, si se siente generoso, me deje el alcohol y pueda emborracharme hasta olvidarme de todo antes de que me alcancen.

Teniendo en cuenta lo cerca que están, no creo que eso vaya a ocurrir. Y tampoco quiero estar incapacitada cuando vaya a morir. No quiero estar sola y asustada, y sinceramente no creo que pueda hacer nada para evitar ninguna de las dos cosas.

Y por mucho que no quiera estar sola, deseo cien veces menos que Ian se quede conmigo. Porque, si lo hace, él también morirá. Ian es la persona más viva que he conocido. Pensar en que puede morir me duele aún más que la pierna, y mucho más que pensar en que pueda morir yo misma.

Además, Ian tiene que sobrevivir para rescatar a Milla de las Tierras Salvajes, donde la tienen retenida contra su voluntad y la obligan a hacer cosas realmente terribles.

—Parece que te estés compadeciendo, princesa —comenta Ian—. Alegra esa cara.

Tiene razón. Levanto la barbilla. Ya es hora de dejar de lamentarme, y esta vez lo digo en serio.

—Será mejor que te vayas —le recomiendo a Ian—. Si me dejas tu pistola, quizá pueda retenerlos mientras escapas.

—Como si fuera a dejarte mi pistola... —Resopla—. ¿Para que puedas cargarte otro par de paredes antes de morir?

—Eh, ¿no lo habíamos dejado claro ya? ¿Lo de que era mi primera vez usando un arma y todo eso?

Oímos otra ráfaga de balas, e Ian dispara su láser una vez más. Pero sus voces suenan más cerca, y solo es cuestión de tiempo para que hagan un ataque directo y arrasen con nosotros.

—Muy bien —le digo—. Pues agarra tu estúpida pistola y lárgate de aquí antes de que sea demasiado tarde.

—No sé... Estoy bastante cómodo y me gusta este muro, así que creo que me voy a quedar.

—¡No te puedes quedar! —insisto—. Morirás.

Ian levanta las cejas.

—Ya me estás infravalorando otra vez.

—No es infravalorar si es la verdad. Y no tenemos por qué morir los dos. ¡Tienes que irte!

Me sonríe con suficiencia.

—La princesa Kalinda, la mártir. No creo que sea lo tuyo. Además, siempre he tenido debilidad por una damisela en apuros.

—¡Mentira! —replico, y mi desesperación es cada vez mayor. Porque se nos acaba el tiempo.

—Vale, tienes razón. Es mentira. —Dispara unos cuantos rayos láser hacia los hombres y luego me mira, por una vez con expresión seria.

—¡Vete, Ian! Por favor. Vete.

Estudia mi rostro durante varios segundos, como si estuviera intentando decidir qué decir o cuánto quiere contarme. Pero, al final, simplemente se encoge de hombros y dice:

—No puedo.

—¡Sí que puedes! Ya no tenemos las esposas. Claro que puedes...

—No lo digo por eso, princesa. —Niega con la cabeza—. La verdad es que una parte de mí me pide a gritos que eche a correr. Pero no puedo hacerlo. No sé qué carajo tienes, pero, en cuanto te vi por vez primera, he sentido una necesidad bastante inconveniente de protegerte. Lo detesto, pero no va a desaparecer, así que yo tampoco.

—Bueno, pues por ahora lo estás haciendo genial —le digo poniendo los ojos en blanco. Pero, aunque me estoy metiendo con él, sus palabras me fascinan. También hacen que sienta algo agradable en mi interior... o, al menos, tan agradable como puede ser cuando mi pierna gotea sangre a una velocidad alarmante y en cualquier momento nos va a atacar una horda con la intención expresa de matarnos.

Así que puede que no sea muy agradable. Puede que lo que sienta sea frío, tristeza y un poco de agradecimiento. Porque se va a quedar. Habría jurado que él sería el primero en dejarme tirada, y sin embargo, aquí está.

Noto el escozor de las lágrimas en los ojos, así que parpadeo. Si voy a morir, no será llorando desconsolada solo porque un tío bueno me haya dicho algo amable. Soy más fuerte que eso. Además, probablemente sea culpa del gerjgin.

Otra ráfaga de balas entremezclada con gritos. Ian dispara su pistola láser y luego mira por encima de la barrera.

—Mierda —murmura, estirándose para apretarme la mano—. Creo que se acabó, princesa.

45

IAN

Nunca pensé que mi final sería así.

De hecho, nunca había pensado demasiado en cómo sería.

Durante un momento me arrepiento por Max y Milla. Max sigue intentando hablar conmigo, pero lo bloqueo siempre que puedo, y lo ignoro cuando no. Porque sé que esta decisión no es justa para él, para ninguno de los dos. Sin embargo, es la decisión que debo tomar.

—*¡Deja de hacerte el idiota, Ian, y dime dónde están!* —Ahí está de nuevo; su voz resuena dentro de mi cráneo. En los últimos minutos, Max ha pasado de estar bromeando a preocupado, molesto y luego adulador, intentando que le hiciera caso. Ahora parece que ha vuelto al enojo.

No lo culpo. Pero tampoco le voy a pedir que traiga a esa pandilla de incompetentes para que mueran conmigo. No podrían hacer nada, aunque consiguiera llegar a tiempo. No tiene sentido darle un asiento de primera fila para que vea cómo se va todo a la mierda.

No vuelvo a mirar a Kali. No puedo soportarlo, porque es culpa mía que ella esté aquí. Tendría que haberla dejado volver a casa la primera vez que me lo pidió. Pero nunca he sido especialmente altruista. Y no quería dejarla marchar.

Me da risa cómo soy capaz de admitirlo ahora que ya es demasiado tarde.

Mierda. Soy tan patán como ella cree.

Las balas llegan en un bombardeo constante, lo que significa que se están volviendo más valientes. Más descarados. Me atrevo a echar un vistazo por encima de esta cosa de metal que nos hace de muro y, como era de esperar, se han dispersado y se dirigen hacia aquí. Son unos veinte y, aunque se acercan en formación de combate para evitar que les dispare con la pistola láser, no tardarán mucho en llegar al muro. Unos pocos minutos, quizá.

Y es imposible que acabe con todos. Moriré disparando, que es mucho mejor que la alternativa. Pero ¿qué pasará con Kali?

El miedo que siento al pensar en ello sobrepasa mi sensación de culpa y hace que me voltee hacia ella. Está pálida, tiene la mirada ensombrecida y se está mordiendo el labio, probablemente para no gritar. La pierna tiene que dolerle muchísimo. Su actitud es sorprendentemente valiente para ser una princesa.

¿Qué pasará con ella cuando esté muerto? Lo más probable es que la maten directamente, el póster dice VIVA O MUERTA. Pero ¿y si no lo hacen? ¿Y si se la llevan con vida? Intento convencerme a mí mismo de que se la devolverán a su madre. Pero no me lo creo ni por un momento.

Por algún motivo, esta gente quiere verla muerta. Lo que significa que, si se la llevan, lo más probable es que la torturen para conseguir información y después la maten. O peor aún, que la vendan, como hicieron con Milla. Al pensar en ello siento ganas de vomitar. No puedo permitir que ocurra.

—¿Qué? —pregunta ella de repente—. Me estás mirando raro.

Noto el sabor asqueroso de las palabras que salen de mi boca:

—No puedo salvarte, Kali.

—Mierda, debe de ser serio. No me has llamado «princesa».

—No querrás que te atrapen con vida. —Respiro hondo y digo lo último que querría decirle—: Puedo asegurarme de que eso no ocurra.

Soy consciente del instante en que asimila mis palabras. Su rostro se vuelve espantosamente inexpresivo y traga saliva mientras pasa la mirada de mi cara a la pistola que tengo en la mano. Luego niega con la cabeza. Con energía.

—Ni de broma. —Vuelve a mover la cabeza, con más vehemencia todavía—. ¿Qué vas a hacer tú?

—Voy a morir disparando.

—Entonces yo también. Solo tienes que ayudarme a levantarme. —Aprieta la mandíbula—. Dame la otra pistola.

Me doy cuenta de lo que quiere decir, y admito que me siento aliviado. No estoy seguro de que hubiera podido dispararle, por mucho que fuera necesario. Aunque tampoco es que hubiera tenido que vivir demasiado tiempo con la culpa.

—¿Estás segura? —pregunto.

Kali asiente con la cabeza y extiende la mano. Está temblando. Quiero consolarla, pero casi no nos queda tiempo.

Los disparos cesan de nuevo. Probablemente estén discutiendo su estrategia.

—*Adiós, Max. Lo siento.* —Es la primera vez que le he hablado desde que empezó todo esto—. *Lo siento mucho.*

—*Con una mierda, Ian. ¡Jódete! Dime dónde estás. Dime...* —Se le quiebra la voz.

No le respondo. En vez de eso, hago lo que puedo para bloquearlo mientras le tomo la mano a Kali y se la aprieto. Acto seguido le coloco en ella la pistola con la que casi nos mata a todos, y respiro hondo antes de acercarme a ella.

Le rodeo el hombro con el brazo para consolarla y porque, si vamos a morir, quiero estar abrazándola cuando eso ocurra.

Entonces utilizo la otra mano para rebuscar en mi bolsillo. Saco la bolsa pequeña que lleva ahí lo que parece una eternidad, la que estaba guardando para mí, para cuando acabara esta modesta aventura.

Miro con tristeza las pequeñas grageas de colores. Después le paso la bolsa a Kali.

—Azúcar —digo—. Para ti.

Durante un segundo no dice nada, simplemente se queda mirando la bolsa con una admiración que solo había visto en una ocasión en su rostro: la primera vez que vio la nieve caer del cielo.

—Gracias —susurra—. Esto es muy... importante.

Deja la pistola en el suelo, junto a ella, y agarra la bolsa. Deshace el lazo para abrirla y saca unas cuantas golosinas de diferentes colores. A continuación se las mete en la boca y cierra los ojos para saborearlas una a una.

Nunca la había visto tan preciosa.

Cuando abre los ojos, me ofrece la bolsa.

—¿Has probado alguna vez las grageas?

—Nunca —admito—. Pero ahora parece un momento maravilloso para hacerlo.

Deja caer unas cuantas en mi mano, y los dos las masticamos en silencio por un momento. Las golosinas son pegajosas y se me quedan pegadas a los dientes; sinceramente, no entiendo por qué a la gente le gusta tanto el azúcar. Pero recordaré su sabor durante el resto de mi vida.

—Eh —exclama Kali de repente, mirándome con una ligera sonrisa—. Al menos he podido darle una patada en la entrepierna a un tipo antes de morir.

Me rio entre dientes.

—Vaya si lo has hecho, princesa.

—Ha estado genial. Gracias por enseñarme.

Antes de que pueda responder, el tiroteo se reanuda, y están más cerca que antes. Me arrodillo y lanzo una descarga continua hacia los hombres que se acercan. Kali da el toque final con unos disparos por su cuenta.

«Buena chica.»

De repente, la ráfaga de disparos vuelve a cesar, algo que no me esperaba. Estaban preparados para recibir las descargas, así que no debería haberles afectado en absoluto.

Echo un vistazo a través del humo y veo que están mirando al cielo. Entonces, de forma inesperada, rompen filas y huyen para cubrirse.

Yo también levanto la vista. Tardo un segundo en darme cuenta de lo que ocurre, y entonces grito:

—¡Agáchate!

Pero no espero a que Kali obedezca. En vez de eso, la tiro al suelo y me coloco encima de ella, cubriéndola con mi cuerpo tanto como puedo.

Un potente rayo de luz blanca brilla sobre nuestras cabezas. Se parece mucho a una llamarada solar concentrada, y unos segundos más tarde unos gritos agudos llenan el aire, seguidos de un olor a carne quemada.

Parece durar una eternidad, y no me arriesgo a levantar la vista por si el fogonazo me alcanza a mí también. Kali sigue debajo de mí y, en mitad del infierno que se está desatando, me percato de que no se mueve. Ni un milímetro.

¿Y si le ha dado otra bala? ¿Y si está muerta? Me aparto un poco de ella para intentar ver qué ocurre. ¿Y si...?

Kali toma aire con fuerza y lo deja escapar lentamente. Entonces no está muerta. Solo la estaba asfixiando.

Me pongo de rodillas para seguir protegiéndola sin aplastarla. Parece que pasa una eternidad hasta que los últimos gritos enmudecen. Cuando lo hacen, me aparto de Kali rodando hacia un lado, pero no consigo reunir fuerzas para ir más allá.

—¿Ya está? —murmura ella—. ¿Estoy muerta?

—Para nada, princesa.

—¿Qué ha ocurrido, entonces?

—*¿¡IAN!?* —Es Max, gritando en mi cabeza. Y parece bastante alarmado. Y muy enojado, pero de eso ya nos ocuparemos más tarde.

—*Estoy vivo* —le digo mientras me incorporo—. Parece que hoy no vamos a morir, princesa. Ya han venido a buscarnos —informo a Kali—. Hora de mover el trasero.

—¿Volvemos a lo de «princesa»? —pregunta.

—Eso creo, sí. —Es mejor así.

No me puedo creer lo cerca que hemos estado de morir. Y lo mucho que deseaba que Kali no muriera, lo mucho que odiaba no poder salvarla.

Ahora que la amenaza ha desaparecido, ninguno de esos sentimientos tiene sentido. Yo no soy así. Y ni de broma quiero ser alguien así. Tengo responsabilidades —muchas—, y la princesa Kalinda no es una de ellas.

Tengo que recordarlo. Y lo haré. Pero quizá no ahora mismo.

Me impulso para ponerme de pie, y lo primero que veo es que la *Luz Estelar* está aterrizando justo detrás de nosotros. Nunca he estado tan contento de ver a alguien o algo en toda mi vida.

Mientras espero a que baje la rampa, miro a mi alrededor. Hay un círculo de tierra quemada en torno a nosotros, y los restos chamuscados de lo que habían sido nuestros atacantes están al otro lado del muro.

La devastación es total.

Nunca había visto algo así. No solo el rayo de la *Luz Estelar* ha acabado con todos los asaltantes, sino que lo ha hecho con una precisión que no había visto jamás. Así que Kali tenía razón sobre la llamarada solar. Me siento ridículo, carajo. Si hubiera sabido que la nave tenía capacidad de ataque, habría pedido refuerzos mucho antes. La tierra quemada acaba a menos de un metro de donde estaba tirado en el suelo con ella. Un pequeño error de cálculo y habríamos muerto nosotros también.

Y deberíamos haber muerto, pero, por algún motivo, seguimos aquí.

—¿Qué es todo esto? —pregunta Kali, y ahora ella también está mirando alrededor.

—No lo sé —le respondo con sinceridad—. No tengo ni idea. Pero empiezo a pensar que quizá deberíamos haber tenido más miedo de la nave sintiente que hemos robado y de lo que es capaz de hacer.

46

KALI

Reprimo un sollozo mientras Ian me lleva hacia la nave. Ahora que la adrenalina está desapareciendo, me duele todo y no puedo parar de temblar. La rampa desciende cuando nos acercamos, y Max baja corriendo. Merrick, Rain y un vendado pero sonriente Gage están en lo alto, observándonos, y Beckett no está por ninguna parte. Supongo, y me alegro si es así, que está en el puente de control, preparada para sacarnos de aquí.

—Ya casi hemos llegado, princesa —me comenta Ian, y su voz es mucho más dulce que la que suele utilizar conmigo, así que no puedo evitar parpadear. O me estoy muriendo o estoy delirando, y ahora mismo no sé cuál de las dos cosas sería peor.

Max se detiene delante de nosotros y nos mira de arriba abajo.

—Me alegro de verlos —dice. Y después—: ¿Está viva? —Parece no estar muy seguro cuando se me queda mirando.

Levanto la cabeza ligeramente y agito los dedos.

—Más o menos viva —contesto—. Gracias por salvarnos, por cierto. Estaba segura de que era nuestro fin.

—No los hemos salvado nosotros —aclara Max mientras seguimos caminando—. Veníamos hacia aquí para intentar reunirnos con ustedes por segunda vez, pero no pudimos llegar a tiempo. —Se pasa una mano por el cabello—. Estaba convencido de que estaban muertos.

—¿Y por qué no lo estamos? —pregunta Ian.

—La *Luz Estelar* tomó el mando. Por completo. Beckett no tuvo que hacer nada. La nave nos trajo hasta aquí y empezó a disparar. Fue increíble: era como una llamarada solar concentrada, lo mismo que había visto Kali en Rangar. Estaba seguro de que los había atrapado en medio y los había achicharrado.

En cuanto llegamos a lo alto, la rampa se eleva tras nosotros y la nave despega. Entonces nos alejamos volando de esta pesadilla de planeta. A pesar de haber sobrevivido a lo que debería haber sido una muerte segura más de una vez, no puedo evitar tener un mal presentimiento al oír las palabras de Max.

¿Quién está al mando en esta pequeña aventura? ¿Nosotros o la *Luz Estelar*?

Y en caso de que sea realmente la nave, ¿cuáles son sus intenciones?

No puedo pensar demasiado en ello cuando echamos a andar: el dolor es demasiado molesto y pierdo la consciencia por instantes. Imagino que vamos a mi habitación —¿adónde vamos a ir si no?—, pero, cuando Ian gira por el pasillo equivocado y los demás nos siguen, no discuto con él. No puedo.

Me palpita la pierna, pero también me duele. Cada pocos segundos siento un dolor intenso que la atraviesa, y tengo que apretar los labios e intentar no gritar.

Así que cierro los ojos y apoyo la cabeza contra el pecho de Ian. Huele a humo, a sangre y a algo propio de Ian. Se está convirtiendo en algo habitual y extrañamente reconfortante para ser un tipo tan duro.

Los demás lo siguen, y puedo oír cómo hablan, aunque intentar asignarle un significado a sus palabras es demasiado complicado, así que no hago caso a la conversación.

A decir verdad, ahora mismo todo me cuesta demasiado. Siento que todo mi cuerpo es extraño, como si estuviera flotando, desconectada de todo y de todos los que me rodean. Excepto de Ian. A él sí puedo sentirlo. Puedo oírlo, verlo y olerlo. Me aferro a eso, a él, mientras el mundo vuelve a cambiar y a realinearse bajo mis pies.

Había creído que iba a morir, me había resignado a ello, lo había aceptado. Y ahora que he vuelto de ese abismo, todo me parece extraño. Diferente. Como si nada pudiera volver a ser como antes, ni mi vida ni yo misma.

Estoy segura de que Ian me diría que estoy siendo dramática, pero no me importa. Si no puedo serlo después de estar a punto de morir, ¿cuándo voy a poder?

Oigo el silbido de una puerta, y entonces Ian me baja para colocarme en una cama mientras todo el mundo se agrupa a mi alrededor.

—Vamos, princesa. Inclínate hacia delante, hazlo por mí. —Me está quitando el poncho mojado por encima de la cabeza.

Abro los ojos y veo un techo que no me resulta familiar. Es evidente que no es mi habitación.

—Bienvenida a la enfermería —dice Max, colocándome una manta alrededor de los hombros—. Eres nuestra segunda paciente.

Estoy tumbada en una cama ancha. Es más alta que la mía y está cubierta por algún material blanco impermeable, probablemente para poder limpiar la sangre.

—¿Cómo te encuentras? —se interesa Ian mientras me quita las botas ensangrentadas.

Lo miro fijamente.

—Como si me hubieran disparado.

Gage se ríe.

—Me alegro de que no hayas perdido el sentido del humor.

—Y yo me alegro de que tú no hayas perdido el tuyo —replico al instante.

—¿Es así como lo llamas? —Max ha levantado la parte posterior de la cama para que pueda estar reclinada, y me apoyo contra ella con un suspiro de agradecimiento.

—¿Estás bien? —le pregunto a Gage. Parece que sí, pero no estoy en mi mejor momento, así que quiero oírlo de su boca.

—Casi como nuevo —contesta—. Solo tengo elogios para esta enfermería. Y además, me han dado unos analgésicos maravillosos. Así que ya sabes lo que te espera a ti también.

—Ahora mismo no me vendrían nada mal unos analgésicos —confieso. Siento la pierna como si estuviera en llamas, y solo quiero echarme a llorar.

Pero es algo que no pienso hacer, porque están todos aquí, incluso Beckett, que tiene aspecto de querer ayudar pero sin saber muy bien cómo hacerlo.

Ian está de espaldas a mí. Está rebuscando entre los suministros de primeros auxilios que conseguimos en Rangar. Se da la vuelta y me dedica una sonrisa forzada.

—Vamos a remendarte. —Se acerca a mí.

—¿Alguna vez has cosido una herida de bala? —pregunta Rain, en un tono tan preocupado como su rostro.

—Técnicamente no —responde Ian—. Pero seguro que tengo más experiencia con ellas que un médico cualquiera.

No pregunto por qué. Ante todo porque lo he visto en acción.

Tiene un par de tijeras en una mano y está blandiendo una aguja hipodérmica en la otra. Tengo la mirada clavada en la aguja; no porque me den miedo, sino porque no estoy segura de querer que sea Ian quien me apuñale con ella.

—Yo soy una costurera excelente —declara Rain con convicción, colocándose junto a Ian—. Paso mucho tiempo haciendo labores en el monasterio. ¿Por qué no me dejas ocuparme a mí de los puntos?

—¿Y por qué no me das esa aguja enorme que tienes en las

manos? —añade Beckett, colocándose junto a ella—. He visto unas cuantas de estas mientras estaba en la *Caelestis.* —Me guiña un ojo, y ahora estoy segura de que estoy delirando, porque... ¿en serio Beckett me acaba de guiñar un ojo?

Ian da un paso atrás, y el extraordinario equipo formado por Beckett y Rain se pone a trabajar. Apenas siento el pinchazo de la aguja —a Beckett se le da mejor de lo que había imaginado—, pero en solo unos segundos siento que la pierna se me duerme, y es maravilloso.

Todo el cuerpo se me relaja.

—Qué agradable.

—Muy bien, vamos a sacarla —propone Ian—. Recuperar balas es sin duda mi especialidad.

—¿Puedo incorporarme un poco más? —Ahora que el dolor está desapareciendo, quiero ver lo grave que es la herida. Max aprieta un botón que hay cerca de mi cabeza y la parte de atrás de la cama se levanta hasta dejarme casi sentada.

Resulta que no puedo ver demasiado en estos momentos, porque un montón de sangre negruzca coagulada cubre la herida, así como mi querido overol.

Ian me aprieta la pierna con un dedo.

—¿Notas esto?

Niego con la cabeza.

—No. —Menos mal.

—Sigamos, entonces.

Mientras él trabaja, los demás se agrupan a mi alrededor y hacen que no preste atención a lo que está haciendo Ian diciéndome lo valiente que soy, lo preocupados que estaban y lo genial que había estado la *Luz Estelar* al utilizar esa extraña llamarada solar.

—Oye, Kali —dice Gage de repente—. ¿Te sabes el del drokaray que cruza el sistema solar?

Sé perfectamente lo que está haciendo, pero muerdo el anzuelo de todas formas.

—No, Gage. ¿Por qué no me lo cuentas?

—¿Por qué cruzó el drokaray el sistema solar?

Todos lo miramos, esperando con paciencia la respuesta.

—¡Para ir al otro lado!

Rain suelta una risita, pero todos los demás nos miramos los unos a los otros, e Ian resopla.

—Es espantoso, hombre —dice él.

—Lo sé —admite Gage—, pero a mí me sigue dando risa. Al otro lado. Je.

Ian me mira y pone los ojos en blanco, pero sonríe.

—La bala ya está fuera, princesa.

Observo. Ian sostiene la bala en alto. Es negra y bastante pequeña, no parece capaz de provocar tanto dolor como lo ha hecho, ni mucho menos.

Pero ahora la pierna está sangrando sin que nada lo impida. Max se inclina sobre mí y me limpia la sangre; luego aprieta la herida mientras Rain hace su trabajo con la aguja. Se le da muy bien, y solo pasan unos minutos hasta que se aparta y Max me envuelve la pierna con un vendaje.

Mi estómago se asienta cuando lo tapan todo, pero me sigue doliendo. Mucho. Max me ofrece algunos analgésicos y un vaso de agua mientras Ian me da otro piquete, esta vez en el brazo.

—Para detener las infecciones —me dice.

Y entonces se acabó.

Ian se dirige a la parte delantera de la cama, me quita las botas y después me tapa con una manta. Al menos ya no estoy temblando, pero, en cuanto me quede sola, voy a quitarme lo que quede del overol empapado.

Me arropa. Ay. Hemos avanzado mucho.

—¿Por qué no intentas descansar un poco? —me propone

él—. Nosotros iremos a decidir qué carajos hacemos a continuación.

Es una buena idea, pero no quiero estar sola en estos momentos.

—No puedo dormirme todavía. No paro de darle vueltas a la cabeza. Y quiero ayudarlos a pensar en qué hacer. Como soy la que ha estado más cerca de morir, y encima dos veces, creo que me interesa bastante esta decisión.

Sorprendentemente, Ian no discute. En lugar de eso, afirma:

—Me parece bien.

—Pónganse cómodos, gente. —Max mira a Beckett—. ¿Tienes que ir a hacer algo?

Ella niega con la cabeza.

—No, estamos en órbita. Demasiado lejos como para que nos detecten desde el planeta. Así que por ahora estaremos bien. —Se voltea hacia Ian—. Supongo que no has encontrado a tu amiga.

—No. Se la han llevado. —Su voz suena tan vacía como su mirada—. Está en las Tierras Salvajes. La han vendido en uno de los asteroides.

—Mierda. Eso no pinta bien. ¿Quieres que cambie el rumbo?

—Todavía no.

Ian deja escapar un suspiro y se aparta de mí. Hay una repisa en la pared de enfrente; se apoya en ella y luego mira alrededor.

—Antes de hacer nada más, tenemos que idear un plan.

47

KALI

—¿Quieres decir aparte de no morir? —pregunta Max—. Porque ese es más o menos mi plan ahora mismo.

—Es un buen plan —concede Beckett—. Sin ninguna fisura.

—Sí, muy bien, pero las probabilidades de salir con vida de todo esto están disminuyendo rápidamente. —Ian se pasa una mano cansada por la cara—. Así que necesitamos ideas de verdad.

—Creo que deberíamos plantearnos ir a Serati —sugiere Merrick, y me cuesta creer que todavía piense que alguien va a estar de acuerdo con él a estas alturas—. El monasterio ofrece asilo y protección.

—Claro, porque a unos mercenarios profesionales les iba a costar muchísimo asaltar un edificio lleno de monjas —dice Gage, arrastrando las palabras. Es lo más beligerante que le he oído decir hasta ahora, pero parece estar un poco atontado por las medicinas. Yo debería saberlo bien, estoy llegando a ese punto bastante rápido.

Estoy empezando a sentirme como si estuviera flotando, y no me parece que sea algo malo. Siento un hormigueo en los dedos de los pies, y también en los labios. Aun así, cuando nadie tiene nada más que añadir, decido hacer una pregunta a la que llevo dándole vueltas desde que sobornamos a aquel tipo en Glacea:

—¿Cuánto cuesta un mercenario?

—¿Por qué? ¿Estás pensando en contratar a uno? —replica Beckett, con las cejas levantadas.

—Si lo hiciera, sé a quién le pediría que matara en primer lugar. —En el mismo instante en que esas palabras salen de mi boca, me siento fatal—. Lo siento. No quería decir eso.

Pero Beckett simplemente sonríe y, por una vez, la sonrisa parece reflejarse también en su mirada.

—No te eches para atrás ahora, princesa. Parece que haberte llevado un balazo te da la razón.

Hago una mueca.

—No creo que pudiera ir tan lejos. —Pero la sensación de ligereza se extiende con rapidez, y ahora siento el hormigueo en muchos más sitios que en los dedos de los pies.

—Yo diría que es cosa de los analgésicos —dice Max, divertido.

No voy a discutírselo. Esta sensación es muy rara, pero al mismo tiempo maravillosa. Una parte de mí quiere que desaparezca para poder volver a pensar, y otra parte de mí agradece no sentir dolor.

Aunque eso no significa que no le deba una disculpa a Beckett. Tengo que ser una persona decente.

—Lo siento. Te he dicho algo terrible, y no lo decía en serio.

Y puede que haya sufrido algún encontronazo con Beckett, pero me da la sensación de que por fin la entiendo. Además, ahora que sé lo que hace la Corporación con sus prisioneros, el pequeño lado positivo de esto es que, gracias a que la *Caelestis* ha explotado, Beckett no está en camino a las Tierras Salvajes.

Pensar en eso hace que esa maravillosa sensación de ligereza desaparezca.

—¿Por qué has preguntado por los mercenarios? —dice Rain.

—No sé mucho sobre ellos, evidentemente. —Al parecer, hay muchas cosas de las que no sé casi nada—. Pero imagino que no son baratos, sobre todo tantos. Había por lo menos veinte hombres, y parecían saber lo que hacían. Lo que significa que quienquiera que nos esté intentando matar no solo tiene dinero suficiente para perseguirnos por todo el sistema, sino también para contratar a un montón de mercenarios.

—A muchísimos —comenta Rain.

—A muchísimos —coincide Ian en tono sombrío—. Pero probablemente no tenga nada que ver con la Corporación. Lo único que les gusta más que el dinero es conservar ese dinero.

—Exacto —convengo. Y aunque es lo último que quiero decir, acabo añadiendo—: Esto me huele al Imperio.

—Mierda —exclama Ian—. Otros más para añadir a la lista de gente que nos persigue.

La cabeza está empezando a darme vueltas además de flotar, pero por lo menos ya he podido aportar mi idea.

—¿Podemos seguir hablando de esto mañana? —pregunto—. ¿Cuando Gage y yo hayamos descansado un poco?

—¿Qué le has dado? —pregunta a su vez Rain, acercando la cara demasiado a la mía. Puedo ver sus pestañas y la expresión preocupada en sus ojos—. Habla arrastrando las palabras.

—Los analgésicos son bastante potentes —concede Max.

Merrick se ríe por la nariz.

—Es una forma de decirlo.

Como si quisiera demostrar sus palabras, Gage se tambalea un poco. O puede que sea yo quien lo hace. Ya no soy capaz de distinguirlo.

Bostezo al mismo tiempo que me ruge el estómago. Con fuerza.

—¿Tienes hambre, princesa? —Ian sonríe con suficiencia,

pero no me importa: me ha salvado la vida, así que puede hacerlo tanto como quiera. Pero solo hoy.

—Estoy famélica. —No he comido en todo el día y, ahora que el dolor casi ha desaparecido, y gracias a las medicinas también mis inhibiciones, lo único en lo que puedo pensar es en comer y en dormir.

—Muy bien, pues hemos acabado —anuncia Beckett a toda la sala—. Propongo que dejemos que Gage y la princesa cenen algo y duerman hasta que se les pase la euforia. Mañana nos reuniremos de nuevo, y con suerte todos habremos tenido tiempo para procesar toda esta mierda y tendremos alguna idea nueva.

—Suena bien. Voy a preparar algo de comer. —Ian mira alrededor—. El resto vaya a hacer algo de provecho.

—Yo siempre hago cosas de provecho —replica Gage, como si se sintiera insultado. Y entonces se estampa de frente contra la pared de la enfermería.

—¿Qué mierda había en esa jeringa? —Beckett se ríe mientras engancha el brazo con el de Gage—. Ven, manitas, vamos a arroparte.

—Siempre me has caído bien, Beckett —dice él mientras lo guía hacia la puerta.

—Ya, ya, ya. Tú a mí también. —El tono de su voz es de resignación, pero la expresión de su rostro es de... algo. ¿Cariño, quizá?

Es tan extraño relacionar esa palabra con Beckett que estoy segura de que mi mente drogada me la está jugando. Pero es evidente que hay algo ahí, solo que ahora mismo no sé qué es. Quizá más tarde, cuando no esté tan cansada y pueda ver bien las cosas.

Mientras se alejan, algo brillante se desliza desde el bolsillo de Gage y cae al suelo, junto a los pies de Beckett.

—¡Ups! —exclama él, soltando una risita. No suena para

nada como Gage; él no es de risitas. Si estamos tomando lo mismo, ya sé lo que me espera a continuación.

—Yo lo agarro —se ofrece Max, agachándose para recoger lo que se le había caído a Gage. Pero debe de ser algo raro, porque se queda paralizado en cuanto lo hace—. ¿De dónde has sacado esto? Está manchado de sangre.

—Es mi sangre —explica Gage, y suena muy lejano. No sé si es cosa de su voz o de mis oídos—. Se le cayó a uno de los tipos de la oficina. Después de que Ian lo matara, lo vi y lo recogí.

—Es una medalla de la Hermandad —anuncia Max en tono sombrío.

—¿Qué hace una medalla de la Hermandad en el suelo de un sitio así? En Glacea, nada menos... —plantea Ian.

Está mirando directamente a Merrick cuando hace la pregunta, pero es Rain quien responde:

—Puede que el soldado fuera creyente.

—Me encantan los creyentes —resopla Beckett—. Sobre todo los que asesinan a gente.

—Tenemos un pequeño grupo en cada planeta —expone Merrick en voz baja.

—¿Un grupo? —pregunta Rain levantando la voz.

—Ha habido mucha inquietud en los últimos años —contesta él—. Desde que el sol empezó a morir. Nuestros seguidores estaban en peligro, así que tuvimos que reunir una pequeña fuerza militar en cada planeta para protegerlos.

—¿Para protegerlos? —inquiere Ian—. ¿O para actuar como mercenarios?

—Solo para su protección —le responde Merrick en un tono firme.

Ian entrecierra los ojos.

—¿Estás seguro?

—Sí, lo estoy. —Merrick suena muy convencido.

—Entonces ahora tenemos pruebas de que la Corporación ha intentado matarnos, una corazonada de que el Imperio iba a ser el siguiente y lo completamos todo con la Hermandad. De puta madre —suelta Ian—. Ya no es que haya alguien persiguiéndonos, es que lo hace todo el mundo. —Justo entonces me vuelve a rugir el estómago, con más fuerza todavía esta vez, y me doy cuenta del instante en que Ian decide poner fin al problema—. Volveré dentro de un rato con algo de comer —me dice mientras se dirige a la puerta.

Los demás salen en fila tras él, excepto Rain, que va de un lado a otro durante un par de minutos, recogiendo los últimos suministros que la tripulación había utilizado para arreglarme la pierna. La observo con los ojos medio cerrados, que es lo máximo que puedo hacer.

Una parte de mí solo quiere darse la vuelta y ponerse a dormir, pero me parece de mala educación. Además, estoy agotada pero también inquieta: mi cerebro no para de darle vueltas a que Ian, Gage y yo hemos estado a punto de morir hoy. Tengo la mente demasiado nublada como para pensar en nada más complejo que eso, pero los recuerdos del miedo —y del arrepentimiento— flotan por allí, en algún lugar. Me está costando mucho cerrar los ojos y rendirme al sueño.

—No pasa nada, Kali. —La voz tranquilizadora de Rain me envuelve mientras mueve la única silla que hay en la habitación para sentarse junto a mi cama—. Ahora estás a salvo.

—Lo sé —susurro con los labios resecos.

—¡Oh! —Se pone de pie de repente y se acerca al lavabo a toda prisa—. Te llevaré un poco de agua. Debes de tener mucha sed.

Acepto la taza que me ofrece y me la bebo de un trago, antes incluso de que Rain se vuelva a sentar. La toma con una sonrisa leve y la vuelve a llenar. Esta vez, mientras la bebo más despacio, humedece un trapo limpio y me lo acerca.

—He pensado que querrías lavarte la cara y las manos —me comenta ofreciéndomelo—. O podría hacerlo yo por ti...

—Creo que me las arreglaré —respondo. Agarro el trapo y me limpio la cara y el cuello, y después las manos y las muñecas. Es una cosa muy sencilla, pero no puedo creer lo bien que me hace sentirme.

—Gracias —vuelvo a decir cuando ya ha tirado el paño y se está sentando de nuevo.

Me sonríe con dulzura. Típico de Rain.

—No tienes que seguir dándome las gracias. Sabes que estamos juntas en esto.

—¿Una princesa y una suma sacerdotisa a la deriva por el espacio, a bordo de una nave antigua llena de gente que no cree en la ley y el orden? —planteo. Y aunque hablo arrastrando tanto las palabras que casi ni yo misma sé lo que estoy diciendo, Rain se ríe.

—Qué locura, ¿eh? No he hecho nada en toda mi vida, y ahora...

—Ahora tienes novia.

—Sí. —Su sonrisa desaparece—. Y una amiga a la que han disparado. Dos amigos, realmente.

—¿Eso es lo que somos todos nosotros? —Normalmente no haría una pregunta tan directa, pero los analgésicos han tomado el control de mi lengua—. ¿Amigos?

—No lo sé. Nunca había tenido amigos de verdad. Pero supongo que es lo que somos, ¿no?

La tristeza me invade, porque su pregunta me hace pensar en Lara.

—Yo solo he tenido una amiga. Murió en la *Caelestis*.

—Lo siento. —Rain me aprieta la mano.

—Yo también. Aunque me gusta que seamos amigas, Rain. Me caes bien, aunque tengas un gusto de mierda en cuanto a mujeres.

—Tú también me caes bien, Kali. Y Beckett es genial en cuanto la conoces un poco más.

—Voy a tener que confiar en tu palabra. —Noto que me pesan cada vez más los párpados, hasta que me tengo que esforzar por mantener los ojos abiertos—. No hace falta que te quedes. Estaré bien sola.

—Claro que sí. O sea, acabas de enfrentarte a un grupo de mercenarios profesionales.

Sonrío al oír esa descripción mientras me rindo en la lucha por seguir con los ojos abiertos.

—Estoy bastante segura de que eso lo han hecho Ian y la *Luz Estelar*. Pero he ayudado un poco. De hecho, le di una patada a un tipo en la entrepierna.

—Eso es... impresionante —me dice Rain, y vuelve a apretarme la mano—. Duérmete, Kali. Te sentirás mejor cuando hayas descansado un poco.

Me esfuerzo por decir algo más, algo importante que me ronda la cabeza y no consigo identificar, pero el sueño me vence rápidamente. Así que me conformo con devolverle el apretón a Rain y me rindo ante la oscuridad que me envuelve.

48

IAN

—La próxima vez que decidas enfrentarte a un grupo de mercenarios profesionales, podrías avisarme con un poco más de tiempo —me recrimina Max mientras entramos a la cocina.

—Te diría que no va a haber próxima vez, pero creo que los dos sabemos que sería una mentira tan grande como el trasero de un drokaray.

—Carajo, así es —coincide, y nos sirve dos vasos de gerjgin. Desliza uno hacia mí y toma el suyo de un par de tragos.

Bebo el mío del mismo modo. Ha sido un día de mierda de principio a fin.

Realmente no esperaba encontrar a Milla en Glacea, pero la esperanza es lo último que se pierde. Aunque, claro, también tenía esperanza en salir del planeta sin que dispararan a Kali, así que...

—*No estás muerto* —me dice Max, como si pensara que sus palabras iban a calar más si me las decía directamente en la cabeza—. *Y Kali tampoco, ni Gage. Eso debería contar.*

—Puede. —Lo miro y asiento con la cabeza—. Al menos ya sabemos dónde está.

—Sí, y no va a ser fácil sacarla de allí. Todo lo que hay en ese lugar está bien protegido.

—Encontraremos la forma. Siempre lo hacemos.

No estoy seguro de eso. Puede que esté especialmente pesimista porque acabo de ofrecerme a matar a Kali para que no cayera en manos de unos extraños. No hay nada que te fastidie más el ánimo que verte obligado a matar por compasión a la chica en la que pasas demasiado tiempo pensando.

—Así que pasas demasiado tiempo pensando en ella, ¿eh? —pregunta Max, en un tono travieso.

No me molesto en responderle, teniendo en cuenta que sabe de sobra —y de primera mano— cuánto espacio ocupa Kali en mi cabeza estos días. Y tampoco es que tenga ninguna intención de hablar de ello.

—¿Ya has comido?

—Sí, claro. —Max pone los ojos en blanco—. Me he puesto cómodo, he agarrado unos fideos y me la he pasado en grande viendo cómo Kali y tú luchaban por sobrevivir.

—Sigue así y te preparas tu propia comida. —Rebusco en el armario, tomo el trozo de comida deshidratada menos asqueroso (así que no es pezgalen) y lo coloco en el procesador.

Cuando está listo se lo ofrezco a Max; luego lleno rápidamente otros dos envases para Kali y para mí, y los coloco en una bandeja de horno, que voy a utilizar para llevarlos. Añado unos cubiertos, otra bebida para mí y el último de los jugos de planzina para Kali. Necesita calorías después de haber perdido tanta sangre.

—¿Te importa quedarte de guardia en el puente de control esta noche? —pregunto—. Mi idea era relevar a Beckett, pero...

—Yo te cubro —contesta él.

Recojo la bandeja y asiento con la cabeza; luego doy un breve rodeo para ir a mi habitación a cambiarme —y a sacar una camisa limpia de la ropa de Max— antes de volver a la enfermería.

Mientras avanzo me doy cuenta de lo jodido que estoy, y

me pregunto por qué habrá sido Max tan indulgente. Si yo hubiera estado en su lugar, sin duda habría amenazado con darme una buena paliza por la aventura de hoy.

Podría haber huido. Y Max podría argumentar con facilidad que debería haberlo hecho. Pero no lo hará, porque no es de esos. Aunque debería. Estamos haciendo todo esto precisamente para salvar a Milla, y ella nunca habría sobrevivido si me mataban a mí. Ya sé —los tres lo sabemos— que no podemos vivir los unos sin los otros. No es por ser dramático, sencillamente es así.

Siempre los he antepuesto a mí, siempre me he asegurado de salvar mi propio pellejo porque eso significaba que también los estaba salvando a ellos, pero hoy me he alejado de lo que llevo haciendo toda la vida. Por Kali. No por salvarle la vida, sino porque no podía soportar la idea de que muriera sola.

Y eso habría estado bien si solo tuviera que preocuparme por mí mismo. Pero también tomé esa decisión por Max y por Milla, y eso no puede volver a ocurrir.

Kali tiene los ojos cerrados cuando entro en la enfermería, y me planteo marcharme y dejarla dormir. Pero ¿y si no se encuentra bien en mitad de la noche? ¿Y si necesita más analgésicos o tiene que ir al baño y no puede hacerlo sin ayuda?

Y sí, soy consciente de que ahora mismo parezco un completo perro faldero.

—*Completo no* —me provoca Max—. *Pero a medias, sin duda. Por lo menos.*

Le hago un corte de mangas mental mientras dejo la bandeja sobre la repisa y agarro mi comida. Tomo asiento en la silla que alguien ha acercado a la cama —supongo que Rain— y ceno rápidamente mientras veo a Kali dormir.

Su aspecto es el de haber salido de una guerra. Está pálida y con unas marcas oscuras bajo los ojos. Sus labios morados y carnosos tienen grietas por el frío, y la piel de sus mejillas está tirante. El cabello rojo alborotado le cae por la cara y su overol parece estar en las últimas. Aun así, no puedo apartar la vista de ella.

Y ese es exactamente el maldito problema.

Algunas personas parecen del todo distintas mientras duermen. Supongo que es porque se quitan las máscaras y entonces puedes ver cómo son realmente, de un modo que nunca te permiten cuando están despiertos. Pero eso no ocurre con Kali. Oh, sí que se había puesto una máscara aquel primer día en la *Caelestis*, me di cuenta nada más de verla. Pero ¿desde entonces? ¿En la *Luz Estelar*? La máscara se le iba cayendo cada vez más. Al principio creí que era porque pensaba que a nosotros no nos importaba tanto, que se guardaba su imagen pública para la gente relevante, pero a medida que la he ido conociendo me he dado cuenta de que ella es así realmente.

No lleva puesta la máscara porque con nosotros no le hace falta. No sé qué dice eso ni de ella ni del resto de nosotros.

Kali empieza a tiritar —me parece fatal que no le hayamos quitado el maldito overol—, pero no me atrevo a despertarla ahora que está dormida tan plácidamente. Así que dejo a un lado mi plato vacío y tomo otra manta del armario de suministros para taparla antes de bajar las luces.

Entonces me siento en la silla rígida y cierro los ojos mientras estiro las piernas hacia delante. No sé qué dice de mi vida que este no sea ni de lejos el sitio más incómodo en el que he dormido.

Un ruido me llama la atención unas horas más tarde, y me pongo de pie, sobresaltado, con la mano en la pistola; luego parpadeo para despertarme. Tardo un segundo en ser consciente de dónde proviene el ruido, pero, cuando veo que es Kali, me relajo.

—Perdona —se disculpa, sentada con la espalda recta en el borde de la cama—. No quería despertarte.

Me encojo de hombros.

—¿Por qué no estás dormida?

—Me duele la pierna. Me he despertado y me he dado cuenta de que... —Kali se queda callada y agacha la cabeza.

—¿Tienes que ir a hacer pis? —deduzco mientras me acerco un poco más a la cama.

—Sí, pero la pierna no ayuda demasiado.

—Ya pensaremos en algo por la mañana para ayudarte a moverte —le digo—. De momento te llevaré yo.

Y cuando me inclino para levantarla, me da una cachetada.

—¡No me vas a llevar al baño!

—Te he traído a la nave. ¿Por qué es diferente esto? —pregunto, con las cejas levantadas.

—Lo es y ya está. —Pero, cuando intenta bajarse de la cama, suelta un grito de dolor y vuelve a dejarse caer sentada. Ahora me percato de que eso es lo que me había despertado.

Un hombre más caballeroso sin duda se habría ofrecido a ayudarla a ir rodeándole la cintura con un brazo o algo así. Creo que Kali necesita hacerlo por sí misma, así que estoy dispuesto a echarme a un lado para que lo haga ella sola.

Pero resulta que he infravalorado su testarudez... y subestimado mi capacidad para ver cómo se hace daño. Kali intenta bajarse de la cama dos veces más y fracasa las dos; al tercer intento, mi paciencia se viene abajo junto con ella.

—Vale, princesa. Ya sé que a lo mejor no deba pensar en la existencia de las vejigas imperiales, y mucho menos hablar tan específicamente de ellas, pero vas a pasarte ahí todo el día si nadie te ayuda. —Así que lo hago yo: la tomo en brazos y cruzo la enfermería a grandes zancadas en dirección al baño. El hecho de que esta vez ni siquiera proteste me dice que está adolorida... y casi sin fuerzas.

La dejo sentada en el baño y permito que me eche de allí,

aunque estoy atento por si la oigo caerse mientras limpio el plástico de la cama en la que estaba tumbada —había dejado algunas manchas de sangre— y pongo una manta para que esté más cómoda.

Oigo correr el agua de la cisterna, pero, cuando pasan otro par de minutos y no se abre la puerta, no puedo resistirme a gritar:

—¿Todo va bien ahí?

—¡Estoy bien! —responde. Pero no lo parece. Suena como si estuviera terriblemente frustrada.

—Voy a entrar —le advierto, y el hecho de que no proteste me dice todo lo que necesito saber.

Cruzo la habitación de un par de zancadas y, cuando abro la puerta, Kali está desplomada sobre el lavabo, frustrada, y lleva lo que queda de su overol alrededor de los tobillos. No está desnuda —lleva puesta una fina camiseta de tirantes y unas bragas—, pero eso no impide que me fije en un montón de cosas que me hacen sentirme como un pervertido, teniendo en cuenta que está herida y que es evidente que le duele.

—No puedo subírmelo —comenta ella en un tono derrotado—. Sigue mojado y se me pega al cuerpo y...

—Yo te ayudo —contesto mientras me pongo en cuclillas, pero en vez de subírselo, acabo de quitárselo por los pies.

Kali suspira.

—Todavía lo necesito. —Sin embargo, de nuevo, el hecho de que no esté discutiendo me dice lo cansada que está y lo mucho que le duele.

—Te he traído una camisa. Perdona, no se me ocurrió dártela antes de entrar. —Entonces, ignorando todas las partes bonitas de ella en las que me niego a pensar ahora mismo, le pido permiso con la mirada. Cuando asiente con la cabeza, la vuelvo a tomar en brazos y la llevo a la cama.

Después de dejarla allí de nuevo, agarro la camisa y la ayudo a ponérsela antes de volver a arroparla con la manta.

—Lo siento —se disculpa ella, con una voz cargada de frustración y lo que creo que son lágrimas. Mierda... Puedo lidiar con cuatro tipos con pistolas láser sin pestañear, pero ¿una mujer llorando? Prácticamente puedo sentir cómo me tiemblan las manos. Ya se lo he dicho antes: no me gustan las mujeres que lloran.

—¿Por qué lloras? ¿Te duele? Te traeré más analgésicos. Pero no llores. —Llego al armario de las medicinas casi de un salto.

—Siento ser tan inútil —se lamenta ella, y hay más lágrimas: en su voz, en sus mejillas.

—Te han disparado —le respondo—. No es lo mismo que ser inútil.

—La sensación es más o menos igual.

Le coloco otro analgésico en las manos junto con el vaso de jugo que le había traído antes.

—Créeme, he visto a gente inútil. No es lo mismo.

—No te creo.

—Pues no lo hagas. —Hago un gesto de desdén—. No es problema mío. Pero tómate las malditas medicinas para que estés mejor.

Kali me mira entrecerrando los ojos, pero ya no está llorando y se toma la pastilla, así que, ¡carajo!, misión cumplida.

—También deberías comer algo —le digo.

—Ten cuidado, Ian, o alguien va a pensar que te caigo bien.

—Sí, bueno, mi reputación podrá soportarlo. —Agarro la bandeja de comida y se la acerco.

—¿Me has traído la cena? —Hace un gesto abriendo y cerrando las manos en dirección a la bandeja—. Te querré para siempre.

Un escalofrío extraño me recorre el cuerpo al oír esas palabras. Lo ignoro porque sé que estaba bromeando, pero lo que no puedo ignorar es la amplia sonrisa que me dedica cuando toma con el tenedor un poco del puré mediocre que le he traído. Está muy guapa y, mientras sigue comiendo, me doy cuenta de que hasta ahora nunca la había visto con una sonrisa auténtica.

Había visto sonrisas de princesa, sonrisas educadas, incluso sonrisas de «no me estés chingando». No obstante, la que me acaba de dedicar... Puede que sea hora de volver a tener esa conversación de «no me van las relaciones». Pero esta vez conmigo mismo.

—¡Está delicioso! —exclama extendiendo el tenedor hacia mí—. ¿Quieres un poco?

Niego con la cabeza.

—Ya he comido hace unas horas.

Se encoge de hombros como diciendo que yo me lo pierdo. Por primera vez, no puedo evitar preguntarme si tendrá razón..., y no hablo del puré.

Carajo, esto es ridículo. Estar a punto de morir debe de haberme jodido la cabeza. No hay otra explicación para que esté pensando estas cosas.

—¿Has acabado? —Su plato no está vacío, pero ya ha dejado el tenedor y se ha recostado en la cama.

—Sí, estoy llena.

Llevo la bandeja hasta la pequeña repisa y vuelvo con un antiséptico y unas vendas limpias.

—Esto no debería dolerte —le digo mientras empiezo a quitarle la gasa ensangrentada—. Solo tenemos que limpiarla un poco.

—No estoy preocupada. —Kali baja la vista hacia la herida—. ¿Me va a quedar una cicatriz?

—Ninguno de nosotros es médico, así que es probable.

—Bien. —Me dedica otra de esas sonrisas—. Han hecho un buen trabajo entre todos. Además, así pareceré enigmática y peligrosa.

—Solo si la gente te puede ver las piernas. —Le limpio la sangre recién seca con el antiséptico.

—Buen apunte. —Hace una pequeña mueca—. Puede que me meta en unas cuantas peleas más antes de que acabe esta aventura. Intentaré que la próxima vez me disparen o me apuñalen en un sitio que se vea mejor.

Sonrío.

—Primero vamos a curarte esta cicatriz de guerra, ¿vale?

Le seco la herida y la cubro con unas vendas para que absorban cualquier goteo mientras Kali se acaba el jugo.

Concentrarme en eso hace que no me fije en lo bien que le queda la camisa de Max, en el brillo de sus ojos y en el cabello revuelto alrededor de sus hombros. Pero yo no me aprovecho de mujeres heridas o borrachas, así que no me importa lo guapa que esté. Lo único que importa es que la herida esté limpia y curándose.

—Entonces, ¿iremos a las Tierras Salvajes a buscar a Milla? —plantea después de que le ponga la manta por encima. No suena asustada, como lo estaría mucha gente. Solo parece tener curiosidad.

—Sí. Pero antes tengo que pensar detenidamente en cómo vamos a sacarla de allí. Es un lugar peligroso, y cualquiera que nos encontremos allí será alguien a quien no queramos joder.

—¿Como quién?

—Todo tipo de salvajes. Piratas espaciales. Saqueadores. Hay un mercado negro para todo si conoces a la gente adecuada. Y aquel es un lugar sin ley.

—¿Por eso pueden traficar con seres humanos sin que haya consecuencias? —pregunta ella, espantada.

—Probablemente. Cuando era pequeño, en Kridacus los padres contaban historias para asustar a sus hijos: «Sé bueno o te enviaremos a las Tierras Salvajes».

—No paro de pensar en la pobre gente que estaba en la

Caelestis. Gente como Beckett o Milla, con los que hacían experimentos y luego se deshacían de ellos como si no tuvieran ningún valor. Es algo inadmisible, y tiene que parar.

No puedo discrepar. Pero también sé que las cosas son así desde hace mucho tiempo. No será fácil que cambien, si es que alguna vez lo hacen.

—¿Y quién va a pararlo?

Kali no dice nada más. Es evidente que este viaje le está abriendo los ojos a cómo es realmente el sistema..., y también su madre. Sé que Kali era una idealista que vivía en su burbuja dorada. No obstante, esa burbuja ya ha explotado del todo.

Aparte de eso, sospecho que hay un corazón de acero en su interior que está empezando a salir a la luz. Y algún día, si tiene la oportunidad, podría convertirse en una buena líder, que es exactamente lo que necesita este sistema. Eso si no ardemos todos antes de que tenga la oportunidad de hacerlo. Y si podemos mantenerla con vida, y también a todos los demás de la nave, el tiempo suficiente para que lo consiga.

Carajo. Me dejo caer en la silla y me paso una mano por la cara. ¿Cómo he llegado a adoptar este rol de protector? Esto nunca ha sido lo mío.

Estoy agotado. Y bastante abrumado. Tengo que mantener vivo a todo el mundo, encontrar la forma de rescatar a Milla del cinturón de asteroides y asegurarme de que esta maldita nave con mente propia no haga nada terrible, y Kali...

Me interrumpo antes de seguir por ahí. Kali y esa sensación extraña que experimento cuando pienso en ella van a tener que esperar. Porque tengo un montón de cosas más importantes en las que pensar ahora mismo que en algo tan nebuloso como mis sentimientos.

Pero antes de que pueda ponerme a pensar en soluciones necesito dormir un poco.

Kali se estira y me agarra la mano. Traga saliva y le tiembla el labio inferior, de ese modo que quiere decir que está intentando ser valiente, pero también que está muy asustada o triste. Y estoy acabado. Incluso antes de que me pregunte:

—¿Te puedes quedar conmigo?

Es una mala idea. No hay ninguna duda.

Lo sé, y quizá cualquier otra noche me importaría. Pero después del día que hemos tenido los dos no quiero dejarla aquí, igual que ella tampoco quiere quedarse sola.

Así que me quito la chamarra de los hombros y las botas con los pies. Desato la cartuchera que llevo a la cintura.

Kali observa cada uno de mis movimientos con un ligero rubor en las mejillas. Me desea. Siempre lo he sabido. Quizá porque soy algo que no puede tener.

Tal vez yo la desee a ella por el mismo motivo.

Carajo, ¿quién sabe?

Sin embargo, esta noche estamos a salvo. Los analgésicos han hecho que Kali ya tenga los ojos cansados.

Me muevo hacia el otro lado de la cama, donde tiene la pierna sana, y levanto la sábana.

—Muévete hacia allí, princesa.

Se echa hacia el otro lado, y me meto en la cama junto a ella, haciendo lo que puedo para no empujarla. Pero no hay mucho espacio, y puedo sentir el calor de su cuerpo mientras intento ponerme cómodo moviéndome lo menos posible. Así nunca voy a conseguir dormir.

Junto a mí, Kali ya está respirando con más calma. Sincronizo mi respiración con la suya. Y cuando su cuerpo dormido se relaja y la curva de su costado se fusiona con la mía, me duermo por fin.

49

RAIN

Me siento al borde de la cama, en la cabina que suelo compartir con Kali. Y técnicamente con Beckett, aunque no parece que duerma nunca aquí. No estoy segura de dónde duerme. Quizá ni siquiera lo haga.

Es tarde, muy tarde, pero no he sido capaz de conciliar el sueño.

Porque Ian, Kali y Gage han estado a punto de morir hoy.

Cuando cierro los ojos, todavía puedo ver a Kali e Ian escondidos detrás de ese muro. Estábamos muy cerca de ellos, pero estaba segura de que no llegaríamos a tiempo. Max estaba muerto de la desesperación detrás de mí, gritándole a Beckett para que se diera más prisa, y todo daba mucho miedo.

Hasta ese momento, un poco de peligro había sido divertido, excitante. Sin embargo, esa vez no.

Y entonces los dos se pusieron de pie, y hasta el último hueso de mi cuerpo se disolvió en el mismo instante.

Estar en la *Luz Estelar* ha sido una tragedia tras otra, como ver cómo implosionaba la *Caelestis*, sabiendo cuántas vidas se habían perdido, o cuando la llamarada solar prendió fuego a Rangar. Y ha sido aterrador, como cuando las naves nos atacaron. Pero, para mí, una chica que ha vivido siempre recluida por una causa que quizá nunca me pareció del todo real ha sido un viaje lleno de vida. Tanto lo bueno como lo malo.

Y ha habido partes buenas, muchas. Hacerme amiga de Kali, Ian, Gage y Max. Llevar ropa de colores. Comer nieve. Y Beckett. Sobre todo, Beckett.

Pero hoy, cuando parecía que Ian y Kali iban a morir, y no podíamos hacer nada al respecto, la realidad me golpeó con tanta fuerza como las frecuentes lluvias de meteoritos que caen en Serati. Me di cuenta de lo mucho que me importan todos ellos.

Nunca había tenido amigos, y ahora que los tengo... Ahora me preocupa mucho más que no salgamos de esto con vida. Reencarnaciones o no, no quiero que ninguno de nosotros muera. No obstante, ¿cómo puedo evitar que ocurra si hay alguien que está empeñado en matarnos?

Quizá debería hablar con Merrick. Siempre ha sido una persona muy serena, y casi siempre sé lo que está pensando. Pero ahora nunca me habla. Puede que sea porque lo he decepcionado, pero no creo que sea solo eso. Le ocurre algo más. Ojalá supiera qué es.

¿Hay algo más que debamos saber sobre la medalla de la Hermandad que ha encontrado Gage? ¿O sobre las fuerzas de seguridad que tenemos en Glacea?

Necesito saberlo. No voy a poder dormir si le sigo dando vueltas en la cabeza.

Me pongo de pie de un salto y me dirijo a la puerta. Merrick no está fuera como las primeras noches. Al igual que yo, ha acabado por creer que puede fiarse de los demás de la nave. O al menos confiar en que no me maten.

De camino al puente de control, paso junto a la cocina y allí está, sentado a la mesa, con una taza de algo que parece café delante de él y una expresión taciturna en su bonito rostro. Todavía no asimilo lo diferente que parece sin su túnica.

Levanta la vista cuando me paro delante de la puerta.

—Deberías estar durmiendo —comenta, antes de volver la mirada hacia el café.

—No puedo. No paro de darle vueltas en la cabeza. —Entro en la habitación y me dejo caer en la silla que hay enfrente de él; entonces me percato de que el olor a café debe de venir de otro sitio, porque está claro que su taza huele como si estuviera llena de gerjgin.

—¿Me das un poco? —pregunto.

Saca una botella de debajo de la mesa y agarro una taza. Me echa un par de centímetros de un líquido ambarino y bebo un sorbo. Nos quedamos un rato sentados en silencio.

—Pareces diferente desde lo de la *Caelestis* —digo.

Merrick levanta una ceja.

—¿Que yo parezco diferente? ¿Te has mirado al espejo últimamente?

Me inclino sobre la mesa y le toco el brazo.

—Por favor, Merrick, habla conmigo —le suplico—. Quizá pueda ayudar.

Se encoge de hombros.

—No lo sé.

Parece tan despreocupado que noto cómo la rabia crece en mi interior. No es una emoción que suela experimentar a menudo, pero ahora la reconozco. Me está mintiendo en algo, pero no estoy segura de qué es.

—Estoy teniendo dudas, Merrick. Necesito ayuda.

—Todo el mundo las tiene de vez en cuando, Rain.

—¿Tú también? ¿Es eso lo que te ocurre? ¿Estás dudando de tu fe?

Merrick bebe un sorbo. Esa expresión taciturna vuelve a aparecer, y no creo que me vaya a contestar. Entonces exhala.

—Ya te lo he dicho, todo el mundo tiene dudas en algún momento. —Hace una pausa, como si estuviera sopesando sus siguientes palabras—. Es solo que yo llevo teniéndolas más tiempo que la mayoría.

Parpadeo un par de veces. ¿Acaba de admitir que ya no cree? ¿Que lleva tiempo sin hacerlo? Y si él no cree, ¿qué se supone que debo hacer yo?

Un atisbo de sonrisa aparece en su rostro y luego desaparece igual de rápido.

—No te preocupes. No seríamos humanos si no nos cuestionáramos las cosas.

—Eso espero —le digo. Detesto pensar que la esté pasando mal. Y detesto más aún la idea de perderlo.

Y ahí está de nuevo ese amago de sonrisa.

—Eres una buena persona, suma sacerdotisa. Siempre lo he sabido.

Voy a necesitar tiempo para procesar todo esto. A pesar de todo, está hablando conmigo, así que puede que esta sea mi mejor oportunidad para llegar hasta el fondo y descubrir qué es lo que le molesta. Habla como si llevara mucho tiempo teniendo dudas, pero ha cambiado desde el viaje a la *Caelestis*. Así que, ¿qué es lo que ha provocado ese cambio?

—¿Por qué crees que me eligieron a mí como embajadora temporal? —pregunto.

Su rostro se contrae, y me doy cuenta de que he cometido un error. Merrick sabe algo, pero no está preparado para compartirlo. Lo vuelvo a intentar:

—¿Por qué crees que la Hermandad ha atacado hoy a Ian y a Kali?

—No lo sé. Pero no estamos seguros de que haya sido la Hermandad.

—Vamos, Merrick. Sé que sabes más de lo que me estás contando.

Frunce los labios mientras me examina, y luego anuncia con serenidad:

—Kali y yo somos primos.

Por un momento, sus palabras no tienen ningún sentido.

—¿Tú y la princesa Kalinda? ¿Primos? ¿Qué? ¿Cómo?

Merrick asiente con la cabeza.

—Su padre y el mío eran hermanos.

Sé que el padre de Kali era un sacerdote seratino, todos lo sabemos. Pero ¿cómo no me había enterado de que mi guardaespaldas estaba emparentado con ella?

—No lo entiendo. ¿Por qué no lo habías mencionado antes?

—No es algo de lo que hablemos nunca. Cuando mi tío se casó con la emperatriz, dio la espalda a la Hermandad y a su familia. Había mucho resentimiento, y eso hizo que se apartara de mi padre y del suyo. Entonces lo asesinaron, y cualquier posibilidad de reconciliarnos se perdió para siempre. Yo nunca había llegado a conocer a Kali. Al menos, hasta aquel día en la *Caelestis*.

Guau. O sea, sabía que había algo que lo inquietaba, pero jamás habría imaginado que fuera algo así. Examino su cara intentando encontrar alguna similitud. Y están ahí si sabes dónde buscarlas. La piel de los dos tiene la misma textura, aunque la de Kali es más oscura. Los mismos pómulos elevados y la misma mandíbula fuerte.

—¿Lo sabe Kali?

—No.

—¿Se lo vas a contar?

—No.

—Pero son familia. Eso tiene que significar algo. —Yo nunca he conocido a mi propia familia. Me entregaron a la Hermandad cuando era un bebé y renunciaron a todos los lazos que los unían a mí por el bien mayor.

Intento que eso no me afecte.

Fue un honor para ellos, aunque imagino que también habría dinero de por medio. Al parecer eran bastante pobres.

—La familia suele ser algo... complicado —opina Merrick—. Y el amor, más aún. Mi tío se vio atrapado en medio de las dos cosas.

—Quizá no tuvo elección. Quizá su amor era demasiado fuerte.

Merrick niega con la cabeza.

—Eres demasiado buena. Pero siempre existe una alternativa. Simplemente hay que aceptar las consecuencias. —Se pone de pie—. Hora de irse a la cama.

Me da la sensación de que guarda muchos más secretos de los que cuenta. Que me ha dicho que él y Kali son primos para evitar que le hiciera otras preguntas que no quería responderme. Una parte de mí quiere seguir insistiendo, pero sé que hoy ya no va a contarme nada más.

—Vale, pero creo que deberías decírselo —digo.

Merrick inclina la cabeza.

—Lo pensaré.

Y se va, dejándome más confundida que nunca. Me quedo allí sentada hasta mucho después de que se haya ido, e incluso me sirvo otro trago mientras reflexiono sobre lo que me ha dicho y todo lo que implica.

Merrick y Kali son familia. ¿Podría tener alguna conexión con lo que nos está ocurriendo?

Y me pongo a pensar en cómo me siento respecto a que Merrick no sea un verdadero creyente.

¿En qué lugar me deja eso a mí?

Estoy más confundida que nunca.

De repente siento la necesidad de estar cerca de la única persona en esta nave que sé que me dirá la verdad. La única que me ve tal como soy.

No como una suma sacerdotisa. Como una mujer.

50

RAIN

El corazón me late sin control mientras guío a Beckett por el pasillo hacia mi habitación. Nuestra habitación, aunque ella no haya dormido allí ni una sola vez.

Tras mi charla con Merrick, me la encontré sentada en la silla del piloto, medio adormilada. En cuanto me acerqué a ella, abrió los ojos y se puso en alerta máxima inmediatamente. Pero se relajó al ver que era yo.

La tomé de la mano y la hice levantarse sin decir una palabra.

Mientras caminamos, me imagino lo que ocurrirá cuando lleguemos allí. Estoy extrañamente agradecida de que Kali esté durmiendo esta noche en la enfermería, de que la habitación vaya a estar vacía cuando lleguemos. Me imagino rodeando con los brazos la cintura de Beckett, atrayendo su cuerpo alto y fuerte contra el mío, besándole los labios, el cuello y los hombros, antes de seguir bajando más y más, hasta haber tocado, probado y lamido cada rincón de su cuerpo.

Me imagino siendo valiente. Segura de mí misma. Siendo sensual, atractiva y todo lo que Beckett podría desear en una pareja.

Y en ese instante me doy cuenta de que ya no necesito utilizar la imaginación, esas ensoñaciones bobas e infantiles. Porque ninguna fantasía podría ser mejor que la realidad de este momento.

Está todo ahí mismo, esperando por mí. Solo tengo que extender la mano y agarrarlo.

Pero siento un nudo en el estómago, que se aprieta más y más con cada paso que damos, y empiezo a respirar de forma entrecortada. Porque no importa lo que me imagine —no importa cómo quiera que vaya todo esta noche—, la verdad es que no soy ninguna de esas cosas en lo que se refiere al sexo. Ni valiente, ni segura de mí misma, ni mucho menos sensual.

Solo soy yo. Rain. Una chica que se ha pasado la vida entera en un monasterio. ¿Cómo se me había ocurrido pensar que podría hacer esto?

Pero quiero hacerlo. Con toda mi alma.

Para cuando llegamos a la cabina, soy un manojo de nervios. Intento disimularlo para que Beckett no lo note, pero, en cuanto se cierra la puerta tras nosotras, puedo sentir el peso de su mirada dc ojos amarillos sobre mí.

—Oye... —musita ella deslizando los brazos por mi cuerpo y atrayéndome hacia sí, mi espalda contra su pecho. Siempre he odiado ser bajita, pero cuando me rodea con su cuerpo, debo admitir que es una sensación agradable sentir que me envuelve por completo. Más que eso. Es sensual.

—No tenemos por qué hacer nada —me susurra al oído—. Si te estás arrepintiendo, no pasa nada. Podemos dormir y ya está.

—¡No! —le digo, con tanta energía que resulta vergonzoso. Siento que me arden las mejillas y por un segundo me planteo hacerle caso. Pero entonces esto sería como todo lo demás en mi vida: una fantasía que me he imaginado y con la que he soñado, pero que no he sido lo suficientemente valiente para atreverme a llevarla a cabo. Y no quiero eso. Con Beckett no.

Con nosotras no.

Así que me trago hasta la última pizca de miedo y de vergüenza, y me doy vuelta para mirarla. Después de buscar sin éxito las palabras adecuadas, me conformo con decirle la verdad:

—Nunca he hecho esto antes. Acostarme con alguien, quiero decir. Ni... cualquier otra cosa. El Libro del Sol Moribundo no prohíbe las relaciones, pero nunca he encontrado a nadie con quien quisiera... Pero quiero hacerlo. Contigo. —Levanto los brazos y sostengo su cara triste, cansada y preciosa en las palmas de las manos—. De verdad, tengo muchísimas ganas.

Beckett estudia mis ojos durante unos segundos, y no sé lo que ve en ellos, pero debe de ser suficiente. Porque me susurra:

—Vale.

—¿Vale? —repito, y de repente parece que el corazón me haya dado varios vuelcos.

Beckett sonríe con dulzura.

—Date la vuelta.

—¿Que me dé...?

—... la vuelta.

Al ver que no me muevo de inmediato, me coloca las manos con delicadeza sobre los hombros y me voltea hasta ponerme de nuevo mirando a la cama. Pero esta vez, en lugar de envolverme con su cuerpo, me quita la cinta que llevo en la parte de abajo de la trenza y empieza a soltarme el cabello poco a poco.

No parece algo demasiado sensual. Cuando era joven, las hermanas del monasterio me lo hicieron mil veces, pero nunca me había sentido así. Pero, cuando lo hace Beckett... Cuando lo hace Beckett, no hay nada en el mundo que pueda ser mejor que esto.

Se toma su tiempo para deshacerme la trenza; para pasarme los dedos llenos de callos por el cabello hasta que me cae por encima de los hombros y por la espalda. Y entonces se toma su tiempo para acariciarme con esos mismos dedos la cabeza, el cuello, los hombros..., hasta que la última pizca de tensión y de preocupación abandona mi cuerpo y lo único en lo que consigo pensar es en Beckett.

Es todo lo que puedo desear.

—Es como la luz del sol —murmura introduciendo los dedos entre los mechones de mi cabello—. Unos rayos de sol únicamente para mí.

—Es muy aburrido comparado con tus rizos —murmuro, porque no quiero romper el encanto.

—No hay nada en ti que pueda ser aburrido, Rain —responde ella, susurrando también. Luego me pasa el cabello por encima de un hombro y se inclina para apretar su boca contra mi nuca.

Suelto un grito ahogado y un escalofrío me recorre el cuerpo. Beckett deja escapar una risita, pero no se está riendo de mí, sino que está contenta por tenerme. Es la primera vez que la oigo reírse de esa forma, y me gusta cómo suena. Es un sonido agradable, dulce y sincero. No se parece en nada a la imagen que Beckett muestra al mundo. En cambio, sí se parece a la que me muestra a mí.

—Haz eso otra vez —le pido, ladeando la cabeza para que pueda tener mejor acceso.

Esta vez su risa es un poco más oscura, un poco más perversa. Y ese sonido me gusta aún más.

En lugar de besarme como le he pedido, me mordisquea la zona sensible donde el cuello da paso al hombro, y pierdo por completo el control de mi cuerpo. Me tiemblan las rodillas y cierro las manos, y, durante varios segundos imposibles, mis pulmones se olvidan de cómo respirar.

Beckett vuelve a hacerlo, y ese temblor se convierte en una sacudida a gran escala. Apenas consigo mantenerme erguida mientras una oleada de placer me recorre el cuerpo.

—¿Confías en mí? —musita ella colocándome de nuevo las manos sobre los hombros con delicadeza.

«Con toda mi alma.» Las palabras se atropellan en mis labios temblorosos, pero no las pronuncio. No porque no lo sienta así... Sí que lo hago, muchísimo; sino porque Beckett no confía tanto ni siquiera en sí misma. Para nada. Y lo último que quiero es que se ponga a pensar en todos los motivos por los que no esté segura de que debamos hacer esto.

—Sí —asiento por fin inclinándome hacia atrás, hacia ella, para que sepa que es cierto.

Todavía tiene la boca apretada contra mi piel, y puedo sentir su sonrisa mientras desliza las manos alrededor de mi cintura. Las deja allí un segundo, acariciándome el vientre y la parte alta de las caderas hasta que mi cuerpo empieza a restregarse contra el suyo por voluntad propia.

Me digo a mí misma que tengo que quedarme quieta, esperar a ver qué quiere hacer a continuación. Pero es muy difícil hacerlo cuando estoy ardiendo. Cuando cada una de mis terminaciones nerviosas pide más a gritos. La pide a ella.

Siento un dolor en el vientre, un vacío en mi interior que suplica algo que nunca imaginé que fuera a necesitar. No de este modo. Y eso es antes incluso de que Beckett deslice las manos hacia arriba por mi tórax hasta cubrirme los pechos con ellas.

—¡Oh! —dejo escapar un grito ahogado, y cuando toca por primera vez la parte inferior de mis pechos con los dedos, empiezo a restregarme con ansia contra su cuerpo—. ¡Beckett!

Se detiene.

—¿Quieres que pare?

—¡No! —La palabra sale de dentro de mí como una explosión—. Por favor, no.

Ahí está de nuevo esa risa.

—No lo haré.

Y entonces empieza a mover los pulgares de un lado a otro por encima de mis pezones; los bordes de sus uñas los pellizcan a través de la tela fina de mi overol.

—Oh, Dios... —Todo mi cuerpo se estremece—. ¡Beckett!

—Oh, «dios Beckett». —Sonríe con la boca apretada contra mi cuello, recorriéndolo de arriba abajo y besándome con ternura—. Me gusta.

—A mí también —jadeo. Me estremezco, estoy temblando y todo mi cuerpo anhela el suyo de una forma que nunca había sentido antes.

—Bien.

Sigue deslizando las manos más allá de mis pechos, y dejo escapar un pequeño quejido por la pérdida. Pero pide que me calle y, lentamente y con sumo cuidado, empieza a quitarme el overol.

Sus dedos me rozan la piel desnuda, y nunca me he alegrado tanto de no haber tenido una camisola limpia para ponerme esta mañana. Y cuando por fin —por fin— me desnuda los hombros y me baja el overol hasta la cintura, estoy a punto de soltar un grito de alegría.

—Tienes un tatuaje —me comenta tras un instante, recorriendo el dibujo en mi hombro izquierdo con la punta del dedo—. Es bonito. Me recuerda al diseño de la *Luz Estelar*.

—Es una marca de nacimiento —le digo, refiriéndome a la estrella rodeada de rayos de luz—. Todas las sumas sacerdotisas las tienen. Es una de las maneras de reconocernos al nacer.

Beckett está callada, recorriéndome la marca con los dedos.

—Interesante —declara por fin—. Me gusta. —Se inclina hacia delante y me da unos besos apasionados en el hombro con la boca abierta; luego saca la lengua para recorrer con ella las líneas de mi marca de nacimiento.

Mis rodillas están a punto de ceder, y estoy segura de que lo único que me mantiene en pie es el brazo fuerte con el que Beckett me rodea la cintura.

—¿Sigues estando bien? —musita ella mientras se abre camino por mi espalda lamiéndome, besándome, mordiéndome.

—Claro que sí —consigo decir, jadeando.

Se detiene más o menos en la mitad de mi espalda.

—¿En el buen sentido?

—En el mejor de todos.

—El mejor de todos... —murmura mientras se pone de rodillas detrás de mí—. Eres buena para mi ego.

—Sí, pues tú eres buena para mi todo. —Ni siquiera estoy exagerando.

Beckett se ríe y se mueve para desabrocharme las botas. Me las quito con los pies y ella tira del overol, bajando la tela por mi trasero y por las piernas, para que pueda librarme de él. Y entonces estoy de pie, vestida únicamente con las bragas que Kali me compró en Askkandia hace lo que parece una eternidad.

De repente estoy nerviosa. ¿Y si a Beckett no le gusta mi cuerpo? Soy demasiado pálida en comparación con su piel, de un intenso color aceitunado, y mis pequeñas curvas son muy distintas a sus ángulos largos y esbeltos. Es difícil estar aquí de pie sin poder verle la cara, sin poder juzgar si le gusta lo que ve.

Pero entonces Beckett deja escapar una exhalación entrecortada y ronca, y su respiración me acaricia la parte baja de la espalda mientras desliza unas manos reverentes por mis caderas, bajando hacia los muslos.

—Eres preciosa —susurra ella con la voz ronca.

—Tú también —replico.

Pero no me está escuchando: sus manos y su atención se desvían hacia las costuras de mis bragas. Roza con un dedo la parte interior de mis piernas, y lo mueve de un lado a otro varias veces antes de subir para acariciarme el pubis y el contorno del sexo.

Dejo escapar un gemido al primer contacto; mis rodillas temblorosas se vuelven completamente inútiles en apenas un instante. Beckett se mueve con rapidez a mi alrededor y se queda de rodillas delante de mí, rodeándome los muslos con los brazos para mantenerme firme.

—Agárrate a mis hombros —me indica mientras sus besos suaves me hacen cosquillas en el abdomen.

Obedezco, porque soy incapaz de pensar en decirle que no, y tampoco querría hacerlo. En cuanto lo hago, Beckett mete los dedos por dentro del elástico de mis bragas y me las baja más y más y más por las piernas. Cuando me las quito, se inclina hacia delante y me da un beso largo y húmedo en la parte alta del pubis.

Estoy temblando; soy un manojo de nervios hecho de sollozos y de deseo, de necesidad y de fuego: siento una pasión ardiente que me atraviesa la piel y me recorre las venas hasta llegar al mismísimo centro de mi ser.

—Por favor —gimo mientras Beckett traza dibujos en mi piel con la lengua. Por encima de mi cintura, alrededor del ombligo, y luego baja hacia el lugar donde las piernas se juntan con el torso—. Beckett, por favor.

Vuelve a reírse —esta vez no me cabe duda de que es un sonido salvaje y perverso— y se pone de pie, subiendo la boca directamente por el centro de mi cuerpo: desde el ombligo hasta el corazón, y luego hacia el hueco de mi garganta. Saborea cada una de las distintas partes de mí y luego da un paso atrás.

Estiro hacia ella unas manos desesperadas. No quiero que pare, no quiero que esta sensación desaparezca nunca más.

—Solo necesito un segundo —susurra ella, inclinándose hacia delante para abrirse paso a mordisquitos hacia mi clavícula.

Entonces se quita las botas y el overol, dejándolo todo en un montón desordenado en el suelo, algo impropio de Beckett, que suele ser una obsesiva del orden. El hecho de que no le importe me dice que tiene tantas ganas de esto como yo, y siento una oleada inmensa de gratitud.

Por esta noche.

Por este momento.

Pero, sobre todo, por Beckett. Siempre por Beckett.

Ahora me toca a mí dar un paso atrás mientras ella se baja las bragas. Y me alegro de haberlo hecho, porque ahora tengo las vistas más espléndidas: sus oscuros pezones rosados, su cuerpo alto y esbelto, los suaves rizos que tiene entre las piernas.

—No soy bonita como tú —afirma Beckett señalando sus cicatrices, y por primera vez me doy cuenta de que tiene tantos complejos como yo. O quizá más, aunque no hay ningún motivo para que los tenga.

Le tomo las manos y las sujeto con fuerza mientras me las llevo al corazón.

—No hay nada por lo que debas acomplejarte —le digo con pasión.

—Sé lo que soy —asevera ella.

—Muy bien —respondo—. Me alegra que sepas que eres preciosa, poderosa y fuerte... —Mi voz se quiebra al mirar las incontables cicatrices que marcan su cuerpo de guerrera—. Muy muy fuerte. Por no mencionar que eres la persona más sensual que he visto en mi vida.

—Creo que te equivocas —me provoca—. Ese título te corresponde a ti.

—No es así, pero me alegra que lo pienses. Eso es lo único que me importa.

Beckett sonríe y desliza un dedo bajo mi barbilla. Me levanta la cabeza y entonces, poco a poco y con cuidado, de una forma perfecta, baja su boca hacia la mía.

En el instante en que nuestros labios se encuentran, mi cuerpo se hunde sobre el suyo. Beckett sabe como las bayas más dulces del jardín del monasterio, como la nata y el azúcar, con un ligero toque de gerjgin.

Su tacto es aún mejor, las pendientes y los valles de su cuerpo son pura magia bajo mis manos aventureras.

Y cuando nos guía hacia la cama, cuando me tumba cruzada sobre ella, cada partícula de mi cuerpo desea más. Lo desea todo. A ella.

Beckett me sigue y su boca vuelve a encontrarse con la mía mientras la rodeo con los brazos y le acaricio la cálida espalda. Paso los dedos por sus cicatrices, y una parte de mí desea dejarlos allí un rato, explorar cada una de ellas con las manos, con los ojos, con la boca. Sin embargo, me da miedo que hacerlo sirva para que se aleje de mí —al menos por ahora—, así que ignoro las marcas de valentía y supervivencia que lleva en el cuerpo y me centro en todas las demás cosas que hacen que Beckett sea Beckett.

Jugueteo con los rizos gruesos que le enmarcan la cara.

Recorro su carnoso labio inferior con un dedo.

Coloco la mano sobre su corazón, grande y fuerte.

Beckett susurra mi nombre cada vez que toco un lugar nuevo, hasta que ese sonido nos envuelve una y otra vez, como las gotas ligeras de una tormenta de verano.

Me deja unos minutos para que pueda explorarla, para saborearla y tocarla y oler cada una de las partes preciosas de su cuerpo. Y entonces Beckett toma el control y me besa la garganta, la mandíbula, el punto palpitante que tengo debajo de la oreja.

La pasión arde en mi interior cuando se desplaza hacia abajo, besando y chupando para abrirse paso desde mi clavícula hasta el hueco de mi garganta, y luego hacia la curva superior de mi pecho. La cabeza me da vueltas, el corazón se me acelera y me agarro con fuerza a sus hombros, a sus brazos, a su cintura.

Nunca me había sentido así, jamás había imaginado que pudiera sentir tantas cosas al mismo tiempo sin ponerme a llorar... o sin morirme. Y, aun así, de algún modo, quiero más.

Arqueo el cuerpo por fuera de la cama, en una súplica desesperada por algo que no sé cómo pedir. Pero Beckett me entiende —siempre lo hace— y sigue bajando, más y más, hasta que su boca está sobre mis muslos y sus dedos danzan por encima de mi pubis, hacia el contorno de mi sexo.

Siento una necesidad que explota en mi interior cuando Beckett me separa las piernas y me da unos besos suaves en la parte interior de los muslos. Cuando suelto un gemido ronco y muevo las caderas hacia ella, se vuelve más atrevida. Más segura. Más devastadora.

Desliza los dedos sobre mi sexo, acariciándome, manoseándome y moviéndolos en círculos, y no puedo quedarme quieta. Saco las caderas por el borde de la cama, le agarro el cabello y la rodeo con las piernas mientras la apremio:

—Rápido, rápido, rápido.

Pero Beckett no se da prisa, se abre paso a besos por el interior de mis labios hasta llegar al clítoris. Mueve la lengua de un lado a otro mientras desliza los dedos en mi interior, y no he sentido nada ni remotamente tan maravilloso en toda mi vida.

Me acaricia una y otra vez; se mete el clítoris en la boca y pasa la lengua por los labios de mi sexo mientras mi respiración se vuelve cada vez más entrecortada y mis movimientos, más salvajes.

Siento cómo asciendo en espirales más y más, cómo mi cuerpo está en equilibrio al borde de un precipicio de placer tan intenso que apenas soy capaz de procesarlo. Estoy cerca, muy cerca de algo que no comprendo, y lo único en lo que puedo pensar es que quiero más. Necesito más. Lo necesito todo.

Beckett me lo da: hace girar los dedos en mi interior mientras traza círculos alrededor de mi clítoris con unos breves pero firmes movimientos de su lengua. Y entonces siento que vuelo, que mi cuerpo se eleva de la cama y alza el vuelto hasta perderse en el olvido mientras una oleada de placer me inunda, me atraviesa, me rodea, me llena por dentro.

Beckett me va guiando con los dedos, con los labios, con la lengua, hasta que no importa nada más que ella, yo y la pasión que arde con tanta intensidad entre las dos. Y entonces, cuando se acaba, Beckett lo hace de nuevo. Y otra vez. Y otra.

Hasta que se me olvida cómo respirar, cómo pensar.

Hasta que se me olvida lo que es existir sin este pozo de placer sin fin.

Hasta que se me olvida lo que soy si no estoy con ella. Si no estoy con Beckett.

Cuando acaba, se desliza hacia arriba por mi cuerpo y la abrazo. Estoy exhausta, sin fuerzas, pero estoy decidida a devolverle al menos una fracción de lo que ella me ha dado a mí.

—Quiero hacer que te sientas así —susurro, jugueteando con sus rizos alborotados mientras bajo la otra mano lentamente, acariciando su cuerpo.

Pero me responde con un beso en la boca que me deja probar mi propio sabor, que permanece en sus labios.

—Cuando nos despertemos —murmura, y quiero protestar, pero ya se me están cerrando los ojos, y a ella también.

Me quedo dormida con el suave sonido de su respiración en mi oído, y me despierto de la misma forma. Y cuando empieza a revolverse en la cama, hago lo que había querido hacer desde el primer momento.

Voy abriéndome paso por su cuerpo a besos, hasta que me agarra el cabello y arquea las caderas contra mi boca, y el sabor dulce de su orgasmo me inunda con la fuerza de un río.

Y nunca me he sentido tan bien.

51

BECKETT

Han pasado seis días y todavía estamos en la órbita de Glacea. La *Luz Estelar* se niega a moverse.

He hecho todo lo posible para convencerla, y también Gage, pero no ha funcionado nada. Es, sin duda, uno de esos momentos en los que la nave tiene una mente propia y no permite que la hagan cambiar de idea.

Ian, por supuesto, está perdiendo los nervios. Cada hora que pasa está más gruñón y más molesto. Ni siquiera Kali y Max consiguen tranquilizarlo, y lo sé porque he roto todas mis reglas sobre no pedir ayuda y les he suplicado que lo intenten. Porque, si vuelve a entrar en mi puente de control para machacarme con lo de arrancar la *Luz Estelar*, no puedo asegurar que no lo vaya a destripar. O al menos darle unos cuantos puñetazos. Después de todo, él no es el único desesperado por llegar a las Tierras Salvajes.

Lo que le ha salvado hasta ahora es que he estado un poco... ocupada con Rain. Kali ha vuelto a la habitación, así que no puedo estar con ella todas las noches como me gustaría. Pero, como lo de volar ha sido imposible últimamente, hemos pasado unas cuantas horas encerradas en la cabina. Y, de algún modo, cada vez es mejor que la anterior.

Tampoco es que pasemos todo el tiempo en la cama. También hemos estado horas hablando sobre su vida en el monasterio y sobre la mía con los rebeldes. Hablando de historias que hemos leído, de lugares a los que queremos ir, y de cualquier otra cosa que nos llamara la atención.

Rain me ha contado tantas historias sobre la gente del monasterio que es casi como si los conociera ya. En concreto me gustaría conocer a la hermana Malconi, que tiene el mayor invernadero de flores de todo el complejo, construido bajo tierra para protegerlo del calor, y trata a todo el mundo como si fueran criminales si intentan tocar alguna flor.

Todos los días, Rain me explica algo nuevo sobre ella. Nos reímos mucho. No lo sé, porque no tengo nada con qué compararlo, pero creo que esto que siento es felicidad.

También le he enseñado cosas sobre la *Luz Estelar* y sobre —en teoría— cómo pilotarla. Algunas veces Kali se ha unido a nosotras, y también se lo he explicado a ella. Parece estar realmente ansiosa por aprender, así que ¿quién soy yo para negárselo?

Pero, por algún motivo, cuando me he despertado hoy, lo he hecho con una nube negra en la cabeza. Estoy tensa e impaciente, y la rabia que me ha acompañado desde la muerte de mi padre no me deja en paz.

Jarved habría cumplido hoy diecinueve años.

Diecinueve.

Todavía era un niño la última vez que lo vi. Ahora sería todo un hombre, de la misma edad que Rain.

Tanta rabia...

Si hay una mínima posibilidad de que esté vivo, tengo que ir a buscarlo.

Noto una punzada de dolor en la base del cráneo, la amenaza de una migraña; perfecto para acabar de joderme el día.

Entro en el puente de control a grandes zancadas, esperando

poder disfrutar de un momento a solas antes de tener que ver a todos los demás en la cocina a la hora de comer. Y me detengo en seco, porque están todos aquí. Todos. En mi puente de control, justo en el momento en que quiero estar sola.

Merrick y Rain están sentados juntos a lo largo de la pared derecha. Ella levanta la vista y vuelve a hacerlo para asegurarse de algo. Parece que se ha dado cuenta de que estoy de mal humor. Max está sentado en la silla del capitán y Gage se halla de pie tras él, apoyado sobre el asiento. Y todos ellos miran a Ian y a Kali, en el centro de la sala.

Una rabia incontrolable me invade cuando me quedo mirando a la princesa. Algunas veces consigo olvidar quién es, que su familia es la responsable de todas las cosas horribles que me han pasado en la vida, y en esos momentos creo que hasta podría caerme bien. Pero otras veces, como ahora mismo, el día del decimonoveno cumpleaños de Jarved, no puedo hacerlo.

Los soldados de su madre torturaron y mataron a mi padre.

Los mismos que se llevaron a mi hermano unos años después y casi con toda seguridad le hicieron lo mismo.

Y entonces esos soldados volvieron por mí y me condujeron a la *Caelestis* para que me torturaran y experimentaran conmigo antes de intentar enviarme al lugar más aterrador de todo el sistema.

Y ahí está ella, sonriendo como si no tuviera ninguna preocupación en la vida. Está mirando a Ian, provocándolo de algún modo, con una gran sonrisa en la cara. Tengo que apretar los puños a los costados para no cruzar la habitación y darle un puñetazo en esa boca sonriente.

Por ahora funciona, pero sé que es una solución precipitada e inútil. Una que no durará para siempre..., ni siquiera unos minutos.

52

KALI

Me fijo en Beckett en cuanto entra al puente de control.

Estoy bastante segura de que lo hacemos todos, teniendo en cuenta que parece un agujero negro dispuesto a atraernos a todos a la abrumadora gravedad de su furia. Es raro verla así, enfadada y con el rostro imperturbable, cuando la última semana había tenido una actitud muy distinta a lo habitual en ella. Estaba más tranquila. Más relajada, a pesar de que Ian la ha estado haciendo enojar sin parar.

Es evidente que algo ha cambiado hoy, porque su hostilidad es casi abrasadora. Sus ojos amarillos tienen un brillo frío y la cicatriz de su cuello destaca sobre su piel. Tiene los labios apretados en una fina línea cuando me mira directamente de una forma que soy incapaz de ignorar, por mucho que quiera hacerlo.

«¿Quién rayos se habrá orinado en sus malvas lunares esta mañana?»

—¿Estás prestando atención? —dice Ian en un tono brusco mientras me mira con impaciencia. Es impaciente e irritable a su manera, igual que Beckett lo es a la suya. Esto va a hacer que el día sea aún más divertido.

«Qué suerte la mía.»

Aparto la mirada de Beckett para centrarme en él, aunque

una parte de mí piensa que sería mejor no quitarle el ojo de encima. Realmente parece que esté a punto de explotar.

—Por supuesto —respondo.

Además de molestar a Gage para que me explicara los entresijos de la *Luz Estelar* y a Max para que me diera clases de cocina para así poder ayudar en las comidas, he estado por días intentando que Ian me volviera a dar otra lección de combate. Se ha estado negando hasta esta mañana, diciendo que tenía que esperar a que la herida de bala se curara. Con todo, ya estoy bien: siempre me he curado rápido, aunque admito que los rasguños que me hacía de pequeña no se parecían en nada a esto. Todavía me duele, claro, pero comparándolo con cómo estaba hace una semana, estoy de maravilla.

Ahora que todo el mundo —Beckett incluida— nos mira, pienso que quizá deberíamos haber ido a un sitio más privado para la clase. Pero este es el sitio con más espacio de toda la nave.

—Para ganar una pelea —está explicando Ian—, tienes que descubrir el punto débil de tu oponente. Eres alta, pero aun así eres más delgada que la mayoría, así que es complicado que ganes a alguien solo con la fuerza bruta. Y necesitas tiempo para volverte hábil. Así que tienes que utilizar el cerebro. Encontrar su punto débil. Hacerlo enojar. Hacer lo que sea necesario para tener alguna ventaja.

—¿Hacer trampas, quieres decir? —inquiere Merrick. Parece que todavía le escuece la pelea que tuvieron, y también la jugarreta que había hecho Ian para terminarla.

—En un combate real no existen las trampas —contesta Ian. Pero no parece haberse ofendido por la acusación—. Solo se puede ganar o perder. Vivir o morir. Hacer lo que sea necesario para sobrevivir.

Con el rabillo del ojo, veo que Beckett se deja caer en la silla que hay junto a Rain. Como eso debería mantenerla ocupada un rato, me relajo un poco y le presto toda mi atención a Ian.

Está frunciendo el ceño de nuevo.

—¿Seguro que estás preparada para esto, princesa?

—Por supuesto. —Flexiono la pierna y solo me duele un poco—. Creo que hasta estoy lista para quitarme los puntos.

—Muy bien, entonces empezaremos con unos pocos movimientos defensivos básicos.

No suena nada divertido. Ya tengo dominada la patada en la entrepierna, así que esperaba algo más avanzado.

—¿Puedo usar una pistola láser?

—Carajo, no. —Ian se pone pálido.

No esperaba que me dijera que sí.

—¿Y un cuchillo? —lo provoco. Después de lo que ocurrió en Glacea, supongo que la idea de verme con cualquier tipo de arma hace que Ian se ponga extremadamente nervioso.

—Quizá más tarde. —Hace una mueca—. Mucho más tarde.

—¡Yo tengo un arma aquí, Kali! —me grita Max.

Le dedico una sonrisa amplia, y él me responde guiñándome el ojo y sonriendo.

—Aguafiestas —le digo a Ian, burlona—. ¿Y cómo me voy a defender si no voy armada?

—Tienes que elegir de forma estratégica dónde golpear. —Me viene a la mente la imagen de Ian clavándole los pulgares en los ojos al hombre de Askkandia. El horrible sonido húmedo que hicieron al explotar. Uf. No lo olvidaré nunca, pero no estoy segura de que yo pudiera hacer algo así. Ni aunque mi vida dependiera de ello. Seguro que hay otros sitios para golpear.

—Vale, pues dime dónde eres vulnerable —le pido.

Sonríe con suficiencia.

—En ninguna parte. Pero, para los demás, por lo general: garganta, plexo solar y ojos, además de tu parte favorita, la entrepierna. Un golpe fuerte en cualquiera de esas zonas puede darte la oportunidad de salir corriendo.

—No quiero salir corriendo. Quiero ser capaz de detenerlos.

—¿Quieres decir matarlos? —Me estudia durante un momento con la cabeza ladeada—. No creo que tengas lo que hay que tener para ser una asesina, princesa.

Oigo un resoplido desde el otro lado de la habitación. Beckett. La ignoro.

—No necesariamente matarlos —replico, porque yo tampoco estoy segura de ser capaz de hacerlo—. Pero sí incapacitarlos para que no puedan perseguirme a mí ni a nadie que vaya conmigo.

—Primero vamos a centrarnos en mantenerte con vida —responde Ian—. Después ya nos preocuparemos de detener a quien sea. Entonces, si te ataco de frente...

Se mueve hacia mí y me agarra por los hombros. Me retuerzo para apartarme y entonces me suelta, sin más.

—Bien... —empieza a decir, pero lo interrumpo con el ceño fruncido:

—¿Por qué me da la impresión de que no te estás esforzando? —pregunto—. Vamos, Ian. ¿Cómo voy a aprender si no te lo tomas en serio?

—Si me esfuerzo estás muerta, princesa.

Tiene sentido.

—Vale. ¿Y si empiezas a dejar de tratarme como a una niña? No soy tan frágil como para que tengas que preocuparte por si me rompes.

—Dice la mujer a la que acaban de disparar... —susurra para sí mismo. Pero debe de haberme tomado en serio, porque la siguiente vez que me ataca, lo hace superrápido.

Me agarra del brazo y tira de mí hacia él, haciendo un giro rápido que acaba con su brazo alrededor de mi garganta. El pánico me invade cuando aprieta con más fuerza y mi suministro de aire se vuelve mucho más limitado.

Una parte de mí sabe de sobra que no me va a hacer daño, pero no es la misma parte a la que le están apretando la garganta. Esa está muerta de miedo, así que levanto la mano para arañarle el brazo en un intento de ganar un poco más de espacio.

—Vamos, princesa —me provoca él—. Te quedan unos treinta segundos antes de desmayarte. ¿Qué vas a hacer?

Intento liberarme, pero no cede. Le doy un pisotón y se ríe muy cerca de mi oído.

—Diez segundos —murmura Ian. Se me nubla la vista.

Intento golpearlo con el codo en el plexo solar, pero apenas llego a tocarlo.

Me suelta por fin y da un paso atrás.

—Ese es el problema. Nunca serás rival para alguien más grande y más fuerte que quiera hacerte daño.

Tiene una expresión engreída en el rostro que hace que quiera borrársela.

—Eso no tiene por qué ser así —repone Max—. He visto a Milla enfrentarse a sujetos el doble de grandes que ella y darles una paliza.

—Sí, pero Milla lleva toda la vida peleando. La princesa no ha movido un dedo contra nadie.

—No, solo paga a la gente para que maten por ella —murmura Beckett.

Max ignora la interrupción.

—Solo hace falta que Kali empiece contra alguien más pequeño. Tiene que poder sentir qué funciona y qué no. Eso no puede hacerlo entrenando contigo, porque nunca va a conseguir darte.

Ian levanta una ceja.

—¿Te estás ofreciendo voluntario?

—No soy mucho más pequeño que tú —resopla Max—. Y Merrick tampoco. Pero Gage...

Gage suelta un grito.

—No, gracias. Yo soy un intelectual, no un guerrero.

Con el rabillo del ojo, veo que Beckett se pone en pie. Tengo un mal presentimiento.

—¿Quieres pelear, princesa? —me pregunta, con un brillo malicioso en la mirada—. Porque pelearé contigo.

Oh, demonios, no. Me volteo para mirarla. Tiene el temperamento de un faconal rabioso y la energía contenida de un rattlez. De ninguna manera pienso acercarme a ella o a la sonrisa insolente de su rostro. Además, estoy bastante segura de que ella también se ha pasado la vida luchando. No creo que haya conseguido esa cicatriz por ser agradable y simpática.

—Siéntate, Beckett —gruñe Ian. Debe de pensar lo mismo que yo.

—¿Por qué no dejas que decida la princesa? —sugiere Beckett.

El estómago me da un vuelco. Hoy Beckett me vuelve a odiar, es evidente. Pero yo también tengo mi propia rabia acumulada en mi interior. Porque ella no es la única que ha perdido a su padre. Y aunque llevo días diciéndome a mí misma que no ha sido culpa suya, una parte de mí sigue culpándola por ello.

El Imperio mató a su padre, pero la Rebelión mató al mío.

—Lucharé con ella. —En cuanto pronuncio las palabras, sé que estoy cometiendo un gran error. Uno enorme. Probablemente Beckett acabe matándome.

—No es buena idea, Kali. —Ian parece preocupado. Pero necesito entrenar. Y la verdad es que hay cosas entre nosotras que debemos resolver.

—Solo vamos a darnos unos golpes —replico, con lo que espero que sea una sonrisa tranquilizadora—. ¿Verdad, Beckett?

—Claro —coincide ella, y aunque estamos en bandos distintos, en esto estamos de acuerdo.

Pero cuando la miro a los ojos, un escalofrío me recorre el cuerpo. Porque veo una rabia absoluta, abyecta. Es lo más terrorífico que he visto jamás, porque es algo personal.

Max se pone de pie y da varios pasos hacia mí. Tiene la boca apretada. Nuestras miradas se cruzan, y niego con la cabeza.

El hecho de que esté ahí, dispuesto a defenderme si se lo pido, significa mucho para mí. Más de lo que habría imaginado.

Rain se mueve para colocarse al lado de Max, con un brillo de preocupación en los ojos, mientras nos mira alternativamente a Beckett y a mí. Y luego Ian... Ian parece estar muy enojado, y él también nos mira a las dos. Por un segundo pienso que va a utilizar su rango para evitar que sigamos adelante. Veo que quiere hacerlo, es evidente con solo observar a su poderoso rostro.

Me mira a los ojos con tanta intensidad que casi hace que retroceda un paso. Sin embargo, si ni siquiera soy capaz de enfrentarme a su mirada, ¿cómo voy a esperar aguantar un ataque directo de Beckett? Así que me mantengo firme y le transmito con la mirada toda mi frustración, mi rabia y mi necesidad de poner fin de una vez al conflicto entre nosotras.

Debe de ser suficiente, porque Ian parpadea y aparta la vista. Entonces da un paso atrás y nos hace un gesto para que ocupemos nuestras posiciones en el centro del puente de control.

—Recuerden, es solo un ejercicio de entrenamiento —dice mientras se dirige a la silla del capitán.

Cuando mis amigos se reúnen a nuestro alrededor, sé que sí, que es cierto. Pero hoy también resolveremos otra cosa si de mí depende.

Beckett se acerca lentamente, pero con elegancia. Cuando llega junto a mí, está manteniendo el equilibrio de puntitas.

Intento recordar lo que me ha enseñado Ian en nuestras sesiones de entrenamiento: encontrar su punto débil y hacerla enojar.

Pero no estoy segura de que Beckett tenga puntos débiles, aparte de Rain. Y ni de broma pienso ir por ella.

Me pongo yo también de puntitas y empiezo a imitar sus acciones, de modo que nos movemos en círculos la una alrededor de la otra. Beckett sonríe como si se muriera de ganas de atacarme. Me aparto un poco hacia atrás, por si acaso.

Su otro único punto débil, por lo que sé, es que me subestima. Aunque realmente no lo hace, ¿verdad? Cree que soy una mierda como luchadora... y tiene toda la razón.

Se acerca un poco a mí, y yo me aparto un poco hacia atrás y hacia la derecha. Me sigue, y vuelvo a hacer lo mismo. No es la táctica más impresionante, pero, ey, llevo treinta segundos luchando y todavía no he muerto, así que quizá no sea tan mala.

Beckett se lanza a por mí y dejo escapar un grito mientras pego un brinco hacia atrás. Me odio a mí misma inmediatamente, porque veo que se está riendo de mí..., y no la culpo. Sobre todo cuando me percato de que había sido un ataque fingido. Solo estaba intentando alterarme.

Como si necesitara estar aún más alterada.

Esta vez se mueve hacia la izquierda como un relámpago, y yo me aparto igual de rápido, trazando un círculo hacia la derecha. Tengo apenas un instante para felicitarme a mí misma por aguantar otros treinta segundos, y Beckett vuelve a intentar golpearme. Esta vez, convencida de que solo está jugando conmigo, no me alejo tanto como antes. Y entonces da vuelta sobre sí misma y me lanza una patada.

Lo siguiente que sé es que estoy tumbada de espaldas y Beckett está encima de mí; hay una oscuridad aterradora en su mirada mientras me aprieta el pecho con la rodilla.

El aire abandona mis pulmones con un silbido.

—Esto es por mi padre. Y por Jarved —gruñe ella, y me clava con más fuerza la rodilla.

De repente yo también estoy furiosa. ¿Qué derecho tiene a pensar que es suyo el monopolio de las tragedias?

Me relajo y cierro los ojos como si fuera débil y patética, y soy lo suficientemente honesta como para admitir que lo soy. Me doy cuenta del instante en que piensa que me he desmayado y, cuando su cuerpo se relaja, lanzo el brazo hacia arriba con todas mis fuerzas.

Le golpeo la nariz con el puño y un chorro de sangre lo salpica todo. Beckett tiene el descaro de parecer un poco sorprendida antes de dejar escapar un grito que me hiela la sangre. Se coloca a horcajadas sobre mis caderas y me aprieta los hombros contra el suelo con las dos manos. Y estoy segura de que voy a morir, pero sigo demasiado enfadada como para preocuparme por ello. Su sangre me gotea en la cara.

—Eso ha sido por mi padre —le grito—. Tu gente lo mató, y no se lo merecía. Era la mejor persona que he conocido.

Al principio, Beckett no reacciona. Pero entonces veo que vuelve a ser ella misma y la oscuridad desaparece de su mirada. Mueve una pierna para apartarse de encima de mí y se sienta con las rodillas dobladas, mirándome como si no pudiera creerse que no me hubiera matado. La rabia ha desaparecido y ahora simplemente parece... triste.

Me humedezco los labios y noto el sabor intenso y metálico de la sangre. No estoy segura de si es mía o suya.

—Nosotros no matamos a tu padre —me dice mientras se pone las manos a ambos lados de la nariz y se la acomoda de un tirón.

—Puede que tú no, pero lo hicieron los rebeldes.

—Eso es lo que te estoy diciendo. Los rebeldes no tuvieron nada que ver con su muerte.

—No te creo.

Beckett me mira con compasión.

—Créeme, no es algo que negaría si lo hubiéramos hecho. No siempre estoy orgullosa de las cosas que hacemos, pero sí las admito. ¿Y sabes qué? La Rebelión no mató a tu padre.

No quiero creerla, pero hay un dejo de sinceridad en su voz que me cuesta ignorar. Y tampoco puedo ignorar el hecho de que mi madre ya me ha mentido antes. ¿De verdad sería tan difícil creer que me haya podido mentir también en eso?

No obstante, si es así, ¿por qué? Y si la Rebelión no mató a mi padre, ¿quién lo hizo?

53

KALI

Una hora más tarde estoy tumbada en la cama, bebiendo un vaso de agua y mirando el extraño metal alienígena del techo, intentando encontrar aún la respuesta a la cuestión de la muerte de mi padre.

Pero no se me ocurre nada. Mi madre se esforzó tanto en convencerme de que la Rebelión era responsable de su muerte que no me molesté en investigar más mientras estuve en palacio. Y, ahora que quiero hacerlo, estoy en la frontera del sistema, sin ninguna pista más allá de la palabra de una rebelde que casi siempre me quiere ver muerta.

Qué mierda. Todo esto es una mierda.

Puede que alguna de las otras familias gobernantes decidiera matar a mi padre. O quizá alguien del consejo... El ansia de poder es algo peligroso, en el mejor de los casos. En un sistema solar al borde de la extinción, es más que peligroso. Es directamente apocalíptico.

Así que ¿tan descabellado sería pensar que uno de los consejeros decidiera acabar con mi padre? No sé qué podrían esperar ganar con eso, excepto quizá... ¿desestabilizar lo suficiente a mi madre como para poder llevar a cabo un golpe de Estado? Si es así, no les ha funcionado.

También es sabido que había muchos en nuestra familia y en

el consejo que no estaban contentos con la unión entre mi madre y mi padre. Quizá su muerte fue una consecuencia de eso.

O quizá lo haya hecho la Hermandad. Puede que le guardaran rencor por haberlos abandonado por mi madre. Yo solía creer que eran gente pacífica. Ahora ya no estoy tan segura, porque tienen un maldito ejército apostado en cada planeta. Y Merrick no es lo que yo llamaría precisamente un pacifista...

Si no han sido los rebeldes, ni el consejo, ni mi familia, ni la Hermandad, ¿entonces quién?

Mi mente es un torbellino, y lo único en lo que puedo pensar es en que mi madre me mintió sobre la muerte de mi padre. Le mintió a todo el sistema Senestris mientras ella y sus fuerzas imperiales llevaban a cabo una purga con el objetivo de eliminar por completo a los rebeldes. Tanta gente muerta sin ningún motivo...

Tanta gente encerrada y torturada sin ningún motivo.

«No vomites. No vomites. Que no se te ocurra vomitar.»

Mi advertencia llega demasiado tarde, aunque puede que nunca hubiera servido de nada, teniendo en cuenta las cosas en las que estoy pensando. Sea como sea, acabo yendo al baño a toda prisa, a vomitar el agua que Ian ha insistido en que beba nada más acabar la pelea.

No tengo nada más en el estómago —lo que hace que vomitar sea una experiencia maravillosa—, así que me lavo los dientes y vuelvo a la habitación, donde me encuentro a Rain sentada en la cama.

—¿Estás bien? —me pregunta.

—Tengo muchas cosas que procesar —admito—. Tengo suerte de que Beckett decidiera no matarme.

Rain parece triste.

—Está dolida, Kali. Hace mucho tiempo que lo está. Y culpa de ello a tu familia.

—Me culpa a mí.

—Al principio, tal vez. Ahora no tanto. Creo que está empezando a entender que todos somos producto de nuestras circunstancias. Tú, yo, ella, Ian, Max, Gage. Incluso Merrick. Todos somos quienes somos porque nos han enseñado a ser así. Y, excepto Gage, nunca hemos intentado ser nada más.

—Creo que yo ni siquiera sabía que había algo más —reconozco.

—Sí. —Sonríe de una forma un poco triste—. Yo tampoco. Pero ahora sí lo sé. Y no puedo seguir escudándome en la ignorancia.

—Beckett también siente mucho dolor —declara Rain después de estar unos minutos sentadas en silencio—. Dolor físico, quiero decir. Lo oculta porque no quiere que nadie lo sepa, pero me doy cuenta. Lo que sea que le hicieran en la *Caelestis* ha hecho algo más que destrozarle la cabeza. También le ha hecho daño a su cuerpo.

—Lo sé, y me siento fatal por ello —respondo con sinceridad—. Ojalá pudiera ayudarla.

—La estamos ayudando en estos momentos... o lo haríamos si consiguiéramos que la *Luz Estelar* echara a volar —dice Rain—. Cree que su hermano puede estar en el mismo sitio donde enviaron a Milla. Si es que está vivo. Piensa que hace cuatro años podrían haber mandado a Jarved a la *Caelestis*, como hicieron con ella, y que podrían haberse deshecho de él como de todos los demás prisioneros que se llevaron en la *Reformadora*.

Tiene mucho sentido. Ian ha dicho que utilizan a la gente en los asteroides. Que mueren bastante rápido y las empresas simplemente reciben un nuevo cargamento de gente. No obstante, entonces, ¿cómo iba a haber sobrevivido Jarved tanto tiempo? Si es que había sobrevivido siquiera a la *Caelestis*. Recuerdo que

Ian creía que algunos prisioneros habían muerto al tocar la heptosfera, y, viendo el estado físico de Beckett, tampoco me sorprendería que murieran en otros experimentos igual de terribles.

En ese momento, la voz de Beckett resuena por el comunicador.

«Toda la tripulación al puente de control. Órdenes del capitán.»

Beckett es la única que se refiere a Ian como capitán... Bueno, aparte del propio Ian. Rain y yo nos miramos y ponemos los ojos en blanco; entonces suspiro y me pongo de pie. Me duele todo, como si me hubieran zarandeado y se me hubieran sentado encima, y supongo que es lo que ha ocurrido.

Somos las últimas en llegar y, cuando entramos, me fijo en que todo el mundo está sentado con las correas puestas. Bueno, todos menos Gage, que se encuentra en el suelo jugueteando con algunos de los controles de la nave. Al parecer, la escasa paciencia de Ian se ha agotado por completo.

—¿La *Luz Estelar* ya está lista para volar? —inquiero, sentándome y empezando a abrocharme el arnés.

—Todavía no —responde Ian en tono sombrío.

—Entonces, ¿por qué estamos...?

Me quedo callada cuando me doy cuenta de lo que está mirando todo el mundo. Las pantallas delanteras están con los escudos bajados por primera vez en días, y muestran tres naves que se acercan a nosotros a velocidad de crucero. Todavía están bastante lejos, pero eso no significa nada. Las armas espaciales tienen mucho alcance y vuelan rápido.

—¿Qué sabemos? —pregunto.

—No mucho —contesta Ian con impaciencia—, pero sabríamos más si nuestros sistemas de comunicación funcionaran y pudiéramos establecer contacto con ellos.

—Vete a la mierda —murmura Gage.

—¿No podemos dejarlos atrás otra vez? —plantea Rain.

—Quizá podríamos. —Ian suena más resentido todavía—. Si tuviéramos una piloto que consiguiera que la nave que debe hacer volar..., no sé, volara.

—Que te vayas a la mierda —suelta Beckett mientras sigue apretando botones y jalando palancas sin ningún éxito.

—Así, ¿cuál es el plan? —pregunto, porque esas naves están cada vez más cerca.

—No hay ningún plan —afirma Max con tristeza—. Creo que por eso está todo el mundo desanimado ahora mismo.

—Vaya, ¿es un buen momento para que yo también esté desanimada? —Porque lo estoy desde que me he sentado.

—Oh, sí —entona Merrick. Está inclinado hacia delante con la cabeza apoyada en un codo, en una postura que dice: «No me puedo creer que esté pasando toda esta mierda otra vez»—. Es un momento excelente.

De repente, la *Luz Estelar* se eleva unos quince metros. Un torpedo más grande que un drokaray pasa volando junto a nuestra esclusa.

—¡Está viva! —grita Beckett.

—Sí, no me digas —gruñe Ian—. ¿Ahora puedes hacer que vuele?

—Lo estoy intentando —contesta ella, malhumorada. Pero no ocurre nada.

—Están utilizando torpedos —señalo—. Es una violación del protocolo de basura espacial. Es ilegal.

—Me aseguraré de decírselo —comenta Ian en un tono sarcástico.

Otro torpedo se acerca a nosotros y, esta vez, la *Luz Estelar* se desplaza hacia arriba unos diez metros para que nos pase por debajo.

—Mirándolo por el lado bueno, al menos estas naves parecen igual de inútiles que las otras a la hora de dispararnos —dice Gage, poniéndose de pie y sacudiéndose el overol.

—De acuerdo, pero ¿y si...? —Rain se queda callada cuando vemos que se acercan tres torpedos a la vez, seguidos por otros tres, y otros tres más, todos al mismo tiempo.

—¡Haz que se mueva, Beckett! —grita Ian.

—Lo estoy intentando. Pero no...

La *Luz Estelar* hace una pirueta a través del espacio, que acaba siendo una vuelta vertical completa de trescientos sesenta grados que hace que Gage salga disparado por el puente de control y los demás comencemos a gritar.

Pero los tres primeros torpedos fallan, y también los siguientes...

De repente, la *Luz Estelar* se sacude; toda la nave empieza a crujir y a inclinarse cuando un torpedo impacta contra el lado izquierdo.

54

IAN

—¡Beckett! —grito cuando otros dos torpedos impactan en el casco de la *Luz Estelar*—. ¡Informe de situación, ya!

—Lo estoy intentando, pero la nave no está cooperando, Ian.

—El hecho de que me llame Ian en vez de su clásico «capitán» me dice lo abatida que está.

—Gage, ¿puedes acercarte y ver si consigues hacer algo antes de que nos revienten la nave? —Me paso una mano por el cabello.

Gage no responde. Me doy la vuelta y veo que está desmayado a unos metros de la puerta, y Kali está arrodillada junto a él.

—¡Vuelve a tu asiento! —grito desabrochándome el arnés y atravesando el puente de control a toda velocidad para llegar junto a ella.

—Necesita...

—Lo que necesita es abrocharse al asiento, y tú también, o serás la siguiente en acabar con una conmoción cerebral. —Me echo a Gage al hombro y lo llevo hasta la silla vacía más cercana. Max ya está allí, esperando para abrocharle el arnés.

—Siéntate tú también —gruño mientras la *Luz Estelar* se mueve rápidamente hacia la derecha para evitar el impacto de más proyectiles.

La maniobra es eficaz, pero no es ni mucho menos tan fluida como la primera vez, y estoy a punto de salir volando.

—*Tal vez deberías seguir tu propio consejo* —me contesta Max levantando una ceja.

Antes de que pueda decirle que se vaya a la mierda, la *Luz Estelar* vuelve a moverse, y esta vez acabo chocando de cabeza contra él. Caemos enroscados, y Gage se queda despatarrado en la silla, amarrado y felizmente inconsciente.

—Tenemos que dejar de quedar como tontos y salir de aquí —grita Merrick mientras intento ponerme de pie, y estoy a punto de salir volando otra vez cuando la *Luz Estelar* hace otra maniobra complicada.

Caigo al suelo, esta vez junto a Rain, y ya estoy harto. A la mierda. Me arrastro hacia la silla del capitán, dispuesto a llegar allí antes de que pase nada más.

Pero los torpedos llegan de inmediato, uno tras otro, y me cuesta hasta arrastrarme mientras la nave hace las maniobras de evasión más raras que he visto en mi vida para esquivarlos.

—¿Por qué no se aleja de aquí? —pregunta Rain, y suena como si estuviera a punto de echarse a llorar.

—Porque los que se nos están echando encima son catamaranes de la Corporación —responde Max en tono sombrío—. Las naves más rápidas jamás construidas. Es imposible que las dejemos atrás.

—Sí, bueno, pero deberíamos intentarlo, al menos —replico—. Esta maldita nave sintiente y sus putos planes secretos... Sabía que nos iba a traer problemas. Lo sabía, carajo.

—¿Y lo de las llamaradas solares? —plantea Kali—. ¿Podemos disparar una?

—¿Qué parte de «no tenemos el control de esta maldita nave» no has entendido? —le grita Beckett—. ¡Es que no podemos hacer nada!

—Pues será mejor que empecemos a hacer algo o vamos a morir todos. —Max me mira—. ¿Alguna idea?

—¿Aparte de sacarlos a patadas de este maldito sistema, cosa que parece incapaz de hacer? —gruño—. No, no se me ocurre nada.

Otro torpedo nos golpea, justo a la derecha del frente, y toda la maldita nave se sacude como si estuviera a punto de venirse abajo. Empieza a sonar una alarma, la misma que oímos en nuestro primer día a bordo, cuando Gage presionó el gran botón rojo. Algo me dice que volver a apretarlo no va a servir para apagar la alarma esta vez.

—¡Tenemos que averiguar qué es eso! —le grito a Beckett para hacerme oír por encima de la alarma—. ¿Puedes poner el vídeo de...? —Me quedo callado, porque ya lo está haciendo.

—¿Han destruido algo vital? —pregunto mientras ella revisa las imágenes a toda velocidad.

—No lo parece, pero esa alarma significa algo. —Deja escapar un largo suspiro—. Y, si seguimos así, solo será cuestión de tiempo. Tenemos que...

La *Luz Estelar* emite un sonido que solo se puede describir como un chillido agudo y mecánico. Me hiela la sangre y hace que todos miremos a nuestro alrededor, intentando averiguar de dónde proviene.

—¿Qué demonios fue eso? —inquiere Merrick.

Me volteo hacia la piloto.

—¿Beckett?

—No lo sé. —Suena desesperada—. No tengo ni idea. Esta nave no me contesta, y tampoco hace nada de lo que quiero que haga. No sé qué...

Otro chillido agudo atraviesa el puente de control. Y entonces la *Luz Estelar* por fin —¡por fin!— echa a volar.

55

BECKETT

—¡No, no, no, no, no! —grito cuando me percato de lo que está ocurriendo. El alivio que he sentido cuando la *Luz Estelar* echó a volar desaparece en un instante cuando me doy cuenta de que no está intentando dejar atrás a las naves. No, está volando directamente hacia ellas.

—Oigan... ¿No deberíamos estar dando la vuelta? —plantea Rain en lo que debe de ser el tono más educado que se ha utilizado en este puente de control desde que empezó toda esta mierda—. ¿Por qué estamos volando hacia las naves aterradoras en vez de alejarnos de ellas?

—Buena pregunta, carajo —murmuro mientras hago lo mismo que hago siempre cuando quiero que la *Luz Estelar* vire. No funciona.

Vuelvo a intentarlo. Sigue sin funcionar.

—¿Beckett? —pregunta Ian con su mejor voz de capitán—. ¿Qué mierda está pasando?

—No lo sé. —Aprieto los botones que ayudan con las maniobras de giro. Nada. Jalo de la palanca que controla la velocidad para intentar reducirla. Eso hace que vaya aún más rápido.

Y lo mismo pasa si aprieto los controles.

O si no hago nada.

—Creo que está enfadada —sugiere Kali.

—¡Las naves espaciales no se enfadan! —le grita Ian.

—Sí, bueno. Está dolida —señala ella—. Actúa igual que Beckett cuando le di un puñetazo en la nariz. El dolor se convierte en enfado, y el enfado en un «haz que paguen por ello».

—Pero solo es una... —Ian se queda callado cuando la *Luz Estelar* deja escapar lo que solo se puede describir como un grito de guerra y nos hiela la sangre.

He librado decenas de batallas. Nunca había oído nada que me provocara tantos escalofríos como este grito.

—Pues sí. —Ian cambia su discurso en un instante—. Está furiosa.

—¿Ah, sí? —respondo arrastrando las palabras—. Jamás lo habría adivinado.

Nos están lanzando más torpedos, y me preparo para el impacto que nos hará volar en un millón de pedazos. Sin embargo, antes de que eso ocurra, la *Luz Estelar* dispara una especie de haz de impulsos verdes que hace que todos los torpedos se desvíen en direcciones distintas, alejándolos de nosotros.

—¡Un momento! ¿Podía hacer eso desde el principio? —grita Merrick—. ¿Por qué ha dejado que nos golpeen entonces?

No tengo ninguna respuesta que darle, para nada de lo que ha dicho. La *Luz Estelar* está fuera de control, y no hay nada que yo pueda hacer para cambiar eso. Así que, de momento, voy a sentarme, disfrutar del espectáculo y rezar para que no muramos todos.

Nos estamos acercando mucho a las otras naves —demasiado para que esté cómoda— y ellos deben de verlo también, porque cambian los torpedos por rayos láser. Uno detrás de otro y de otro...

Es imposible que la *Luz Estelar* pueda esquivarlos todos a no ser que se haya guardado bajo la manga otro de esos haces de impulsos verdes. Si lo tiene, no lo dispara, así que cuando los primeros rayos se acercan a nuestro casco, me preparo para el impacto.

Pero ya no estamos allí. De forma inesperada, la nave hace la maniobra más impresionante que he visto jamás, una pirueta hacia delante para pasar por encima de las tres naves espaciales y colocarse tras ellas.

En cuanto lo hace, la alarma deja de sonar y también cesan los gritos sin sentido, porque la *Luz Estelar* ya no está allí. No me refiero a que haya entrado en modo sigilo y se haya ocultado de las demás naves.

Quiero decir que también ha desaparecido para nosotros.

Seguimos atados a los asientos; puedo sentir la silla del piloto debajo de mí y también el arnés que me mantiene inmóvil, pero no puedo ver ninguna de las dos cosas. Y tampoco puedo ver nada más en la nave. No hay consola. Ni paredes. Ni suelo. Es como si estuviera sentada en una silla invisible que flota por el espacio mientras otras seis personas, una de las cuales sigue desmayada, hicieran exactamente lo mismo que yo.

No, más bien otras cinco personas, porque Kali también ha desaparecido.

—¿Qué carajo está pasando? —pregunta Ian, haciendo girar la silla.

Me doy cuenta del momento exacto en que ve que Kali ya no está, porque se le pone tensa la mandíbula y los ojos prácticamente se le salen de las órbitas.

—¡Kali! —grita—. Kali, ¿dónde estás, maldición?

—¿Aquí? —responde ella, desde la zona aproximada donde había estado sentada—. ¿Por qué te pones así?

—Pero. Qué. Carajo —dice Max, y también tiene los ojos abiertos como platos. Todos los tenemos.

Porque esto es lo más raro que seguramente habremos vivido cualquiera de nosotros.

Las naves que tenemos delante deben de estar entrando en pánico también, porque deciden largarse a toda velocidad. ¿Es porque piensan que hemos desaparecido? ¿O porque están viendo a cinco personas flotando en el espacio como si fuera lo más normal del mundo?

Y no lo es. No lo es, en absoluto.

—¿Vamos a ir tras ellos? —plantea Rain—. ¿O simplemente los dejamos marchar?

—Lo dices como si creyeras que tengo algún tipo de control sobre lo que está pasando. Y no es así para nada. —Estoy intentando que ese hecho no me ponga los pelos de punta.

Antes de que pueda decir nada más, la *Luz Estelar* se sacude bajo nuestros pies y lanza una llamarada solar gigante hacia las tres naves. Es como la que había disparado en Askkandia y en Glacea, pero esta vez dura mucho más, es mucho más amplia e imagino que mucho más fuerte, porque vaporiza a los tres catamaranes.

Hace un segundo estaban ahí, y ahora han desaparecido. Así, como si nada.

—Maldita sea. —La voz de Max suena casi reverente.

Antes de que nadie pueda decir nada, la *Luz Estelar* vuelve a sacudirse. Y el camuflaje más extraño jamás creado desaparece y todo vuelve a ser como antes. La nave sigue dañada —algo que tendremos que arreglar en cuanto se despierte Gage—, pero parece que sigue estando operativa.

—¡Kali! —Ian se da la vuelta frenéticamente y ve a Kali sentada en el mismo sitio en el que había estado cuando empezó esta pequeña aventura.

Parece estar tan preocupada como los demás.

—¿Qué fue eso?

—¿Estás bien? —pregunta Ian, quitándose el arnés y cruzando a toda prisa el puente de control hasta ella mientras todos los observamos con atención.

La saca del asiento y la envuelve en un abrazo que la hace levantar los pies del suelo, y eso demuestra lo que todos excepto Kali e Ian sospechábamos desde el principio: que el capitán está enamorado a más no poder de la princesa.

Como esa idea me provoca náuseas, vuelvo a mirar los controles que tengo delante. Y, con el permiso de la *Luz Estelar*, pongo rumbo a las Tierras Salvajes, tengamos o no un plan.

56

IAN

—¿Estás bien? —me intereso mientras vuelvo a dejar a Kali en el suelo y la suelto a regañadientes.

—Sí —me asegura, pero está un poco pálida.

Rain se acerca para abrazarla también.

—¿Estás segura, Kali? ¡Has desaparecido!

—¿Cómo que he desaparecido? —pregunta, perpleja—. He estado aquí todo el tiempo.

—Pues sí, pero nosotros no podíamos verte. Estábamos aquí, sentados en medio del espacio, sin nave ni cascos ni nada. Han sido los minutos más aterradores de mi vida, y eso ya es un decir. —Max le rodea los hombros con un brazo—. No vuelvas a hacerlo, ¿vale?

—Te diría que vale, si supiera qué es lo que se supone que he hecho —le asegura Kali—. Pero al menos estamos a salvo, ¿no?

—Por ahora —replico en tono sombrío—. Pero lo que voy a hacer es...

Me quedo callado cuando oigo a Gage quejarse.

—¿Por qué siento la cabeza como si fuera del tamaño de un narthompalus?

—¡Tenemos muchas cosas que contarte! —exclama Rain, y casi parece emocionada. Debe de ser la única—. Ven. Vamos a la enfermería y te inspeccionaremos. Te contaré todo lo que ha ocurrido.

Gage levanta las cejas.

—Ya no nos atacan. ¿Significa eso que la *Luz Estelar* ha empezado a portarse bien?

—La nave ha hecho algo —le respondo dándole una palmada en la espalda—. No estoy seguro de que haya sido portarse bien. Pero no cabe duda de que vamos a averiguar qué ha pasado.

Porque ni de broma voy a volver a pasar por eso. No solo el ataque que no fui capaz de repeler, sino ver a Kali desaparecer de esa forma. No creo que vuelva a ser el mismo.

—Yo diría que tenemos que celebrarlo —propone Max hacia la sala en general.

—¿Celebrar que hemos estado a punto de morir? —gruñe Merrick mientras se desabrocha por fin las correas y se pone de pie.

—Estoy segura de que lo que quiere celebrar es que no hemos muerto —dice Kali con una sonrisa—. Y me parece una idea fabulosa.

Engancha su brazo con el de Max y lo guía hacia la puerta.

—Ven. Vamos a la cocina y organicemos un festín para la fiesta de esta noche. O lo más parecido a un festín que podamos hacer con pezgalen.

Mientras los demás se preparan para la celebración de Kali, me siento junto a Beckett y a un Gage evidentemente conmocionado y medicado, e intentamos averiguar qué rayos ha pasado. Pero, como nadie tiene ninguna pista, diría que no es una reunión demasiado productiva. Aunque al menos pensamos en un plan de acción para que Gage empiece a reparar la nave en cuanto tenga la cabeza un poco mejor.

Aun así, cuando acabamos, revisamos minuciosamente cada uno de los controles de la *Luz Estelar*. Los Antiguos eran una raza increíblemente avanzada, y eso resulta más evidente con cada día que pasamos en esta nave. Así que no me creo de ninguna manera que hubieran entregado todo lo que tenían a una nave sintiente con problemas de ira para que hiciera lo que le diera la gana. Sobre todo porque así era igual de probable que los matara o que los salvara.

Y como lo único que se nos ocurre sobre la desaparición de Kali es que ha podido tener algo que ver con la silla —es diferente a las demás: es un poco más grande y el arnés es de un gris un poco más claro, aunque nunca me había fijado en ello—, hago lo único que se me ocurre para asegurarme de que no vuelva a ocurrir: la destrozo para que no se pueda volver a utilizar. Ahora solo tenemos siete asientos, pero, carajo, creo que es un precio a pagar bastante justo.

Esos minutos en los que ha desaparecido Kali han sido de los más aterradores de toda mi vida. No pienso arriesgarme a que vuelva a pasar. Ni de broma.

—*Ni yo, hombre. Ni yo* —conviene Max mientras regreso al puente de control.

—*No quiero hablar de eso.*

Max se ríe, pero sin demasiada gracia.

—*Dime algo que no sepa.* —Hace una pausa—. *¿Vamos a las Tierras Salvajes?*

—*Sí.*

—*¿Qué crees que...?*

—*La encontraremos* —le digo, porque cualquier otra cosa no es una opción. Ahora no. Ni nunca. En qué estado la encontremos es otro tema. Pero al menos está viva. De cualquier otra cosa podremos reponernos—. *¿Tienes alcohol?*

Porque no saber es peor que saber, y va a ser un vuelo demasiado largo hasta el cinturón de asteroides. Para los dos.

—*Yo ya llevo tres tragos.*

—*Me apunto a la fiesta. Ahora mismo voy.*

57

KALI

Ian y los demás entran justo cuando Max y yo le damos los toques finales a la receta del guisado de pezgalen que me enseñó Gage el otro día. No es el plato más delicioso del mundo, pero, comparado con comer directamente del paquete la comida deshidratada, es bastante decente. Además, Max ha asado las últimas verduras y hierbas frescas que teníamos para hacer una guarnición con muy buena pinta. Me muero de ganas de probarlas.

Ser atacados y sobrevivir ha hecho que esté completamente famélica.

Max me ha dicho que es por la adrenalina, y es probable que tenga razón. Pero no puedo evitar pensar en si esa cosa tan rara que ha hecho la silla cuando me hizo desaparecer tendrá algo que ver.

Estuve allí todo el tiempo —podía oírlo todo, verlo todo—, pero al mismo tiempo era como si no estuviera. No solo para los demás, sino para mí misma. No podía sentir mi propio cuerpo, ni tampoco moverme para tocar nada.

Ha sido la experiencia más extraña de todas, en un viaje lleno de experiencias extrañas. Y tengo que admitir que no siento la más mínima pena cuando Ian dice que ha destrozado la silla. No creo que me hubiera podido volver a sentar en ella.

Hablando de Ian, va directamente a por el gerjgin en cuanto cruza la puerta y después se dirige hacia mí. El estómago me da un vuelco cuando se planta a mi lado, con un brillo de preocupación en sus ojos oscuros que no suelo ver en él.

—¿Estás bien? —me pregunta mientras me mira de arriba abajo, como si estuviera buscando algo que arreglar.

Pero no estoy rota. Al menos no por fuera.

—Estoy bien. —Hago un gesto con la cabeza en dirección a los platos que está sacando Max del procesador—. Agarra algo de comer.

Ian levanta el vaso.

—Tengo aquí todo lo que necesito.

—Porque lo que necesitamos ahora mismo es un capitán completamente borracho —respondeo mientras sirvo un plato y se lo pongo en las manos—. Toma, come esto. Así compensarás un poco el gerjgin.

—Comeré si tú también comes algo —responde.

—Oh, tengo intención de hacerlo.

Continúa observándome mientras me sirvo un plato, y hay algo diferente en su mirada, algo que no había visto antes. No diría que es exactamente algo depredador, pero tampoco diría que no. Lo único que sé es que, cuando me siento, todo mi cuerpo parece estar en alerta roja, y no es por lo que ha ocurrido antes.

No, los sentimientos que dan brincos por mi interior están ahí por culpa de Ian.

No pasa demasiado tiempo hasta que estamos todos sentados alrededor de una de las mesas finas de la cocina, comiendo guisado de pezgalen y bebiendo gerjgin. No se parece en nada a las fiestas a las que asistía en palacio, donde solo se me permitía beber una copa de fiznachi y no paraban de sacar los mejores platos de todo el sistema, pero no pasa nada, porque esto es mucho mejor.

Ian y Max están contando historias de las cosas raras que les han ocurrido en los años que han pasado volando a lo largo del sistema. Rain los está acribillando con un millón de preguntas, mientras que Beckett no se ha unido a nosotros y nos observa con una mirada penetrante. Gage y Merrick cuchichean e intentan superarse el uno al otro contándose sus propias historias. Merrick ha bebido tanto gerjgin que es casi tan divertido como Ian y Max.

En cuanto a mí, todavía sigo con el mismo vaso de alcohol que me ha dado Ian al sentarnos. Aún recuerdo la resaca de la noche de nuestro viaje a Rangar y no me dan ganas de repetirla.

Ian está sentado a mi lado y no se ha movido de ahí desde que entró en la cocina; sorprendentemente, tampoco le está tomando a la botella tanto como esperaba. En lugar de eso, no deja de preguntarme si necesito algo o de ir corriendo a traerme agua, comida o una servilleta extra, por mucho que le repita que no quiero nada.

Max, por otro lado, está sentado enfrente de mí, bebiendo tragos como si le fuera la vida en ello. Me sorprende, porque por lo común él no es así, aunque Ian lo sea. Los dos han estado a punto de morir en este viaje —Ian más de una vez—, y nunca había visto a ninguno de los dos reaccionar de esta forma. Puede que sea porque esta vez no han podido hacer nada al respecto. Las otras veces sí habían podido controlar lo que hacían, pero esta vez ha sido la *Luz Estelar* la que ha movido los hilos y los ha dejado a su merced.

Teniendo en cuenta que los dos parecen, a su manera, unos maniáticos del control, puedo entender por qué están tan alterados.

Max termina de contar, arrastrando las palabras, una historia desternillante sobre la vez que los convencieron para pasar semillas askkandianas de contrabando en Visenia, y acabaron con un borgameloon gigante en la bodega de carga que los alimentó durante meses, porque se resistía a todos sus esfuerzos por arrancarlo de raíz.

—Entonces, ¿eso es lo que estarían haciendo ahora si no hubieran capturado a Milla? —plantea Rain mientras se echa otra ración de guisado en el plato—. ¿Pasar cosas de contrabando de un planeta a otro?

—Puede ser. —Max se encoge de hombros—. O quizá luchando en alguna pelea en nombre de otra persona. El trabajo de mercenario suele ser el mejor pagado.

—Y no hace que acabes con una planta salvaje que se adueña de tu bodega de carga —dice Ian, y apura rápidamente el último trago de gerjgin.

—¿Alguna vez han trabajado para los rebeldes? —inquiere Beckett. Suena como una pregunta despreocupada, hasta que me fijo en cómo los está mirando.

—Solo al principio, cuando escapamos de los campos de trabajo.

—¿Campos de trabajo? —repito, porque nunca he oído hablar de ellos.

La mesa se queda en un silencio incómodo, y me percato de que he dicho algo que no debía... o, más bien, que he hecho algo mal al no saber lo que son esos campos. Hasta Rain parece incómoda, y normalmente ella sabe tan poco como yo de este tipo de cosas.

Me doy vuelta hacia Ian.

—Cuéntamelo. —Si es otra cosa terrible que han hecho mi madre y el consejo, quiero saberlo. ¿Cómo voy a arreglar las cosas si no sé lo que está roto?

—La Corporación hace incursiones en los siete planetas habitados para conseguir recursos varias veces al año —explica Beckett sin ninguna emoción—. Se supone que hacen barridos en busca de actividades ilegales, pero en esas incursiones muere gente defendiendo su hogar y a sus familias, y entonces la Corporación se apropia de todo lo que tenían..., incluyendo cualquier hijo que dejaran huérfano. Se los llevan a los campos con la promesa de cuidar de ellos y de enseñarles un oficio para que puedan llevar una vida próspera, pero no hay mucha gente que salga adelante en esos lugares.

El estómago me da un vuelco al pensar en lo que está insinuando.

—¿Cuántos años tenían cuando murieron sus padres? —dice Gage. Tiene puesta una bolsa de hielo en la cabeza, pero ya no habla arrastrando las palabras ni tiene náuseas, así que creo que está bien.

Max no responde, solo se sirve otro trago. Así que Ian dice por fin:

—Teníamos once cuando llegamos a los campos. Todavía éramos unos niños.

—¿Once años? —exclamo, y noto el sabor de la bilis en la garganta. No sé lo que ocurre en esos campos, pero, a juzgar por la descripción de Beckett, imagino que no es nada bueno.

—Milla, Max y yo nos conocimos allí —afirma Ian—. Y nos escapamos juntos cuando teníamos doce.

Hay un montón de cosas que no dice con su explicación. Un montón de cosas que desconozco, aunque me dejo llevar por la imaginación y pienso en todo tipo de situaciones, y ninguna de ellas es buena. Y si mi imaginación no basta para convencerme, la expresión en el rostro de todo el mundo sin duda lo hace.

—¿Y han estado solos desde entonces? —inquiero, horrorizada ante la idea de tres niños de doce años cuidando de sí mismos por los siete planetas sin tener absolutamente a nadie. Yo tengo casi veinte y esta es la primera vez en mi vida que estoy sola. Y, aunque soy consciente de que mi situación no es la más corriente, es mucho más normal que lo que están diciendo Ian y Max.

Se me parte el corazón por ellos. No me extraña que estén tan decididos a encontrar a Milla. Los tres fueron forjados en el mismo fuego.

—Haces que suene como algo malo, princesa. —Ian me dedica esa sonrisa viciosa que nunca se ve reflejada en sus ojos—. Estar a cargo de tu propio destino con doce años es la fantasía de cualquier niño.

«Claro, hasta que se encuentran solos de verdad.»

En lugar de decir eso, estiro la mano bajo la mesa y le aprieto la rodilla a Ian en un gesto de apoyo. Se sobresalta un poco y, cuando miro al otro lado de la mesa, veo que Max me está observando con los ojos muy abiertos.

Le sonrío y niega con la cabeza, pero no antes de que pueda ver cómo dibuja con los labios una leve sonrisa.

—¿Y tú? —le pregunto a Gage, decidida a hacer que otra persona sea el centro de atención en lugar de Ian y Max—. ¿Qué estarías haciendo si no estuvieras aquí?

—Probablemente habría muerto en la *Caelestis*, así que, con o sin conmoción, creo que estoy bastante bien. —Se encoge de hombros.

—Nosotros nos estaríamos preparando para el Festival de la Luz —se anima a decir Rain, y le lanzo una mirada agradecida—. Es mi fiesta favorita.

Merrick sonríe ligeramente.

—La mía también.

—¿Y tú, Kali? —pregunta Gage mientras acaba de comerse el guisado—. ¿Qué estarías haciendo ahora mismo en el palacio?

—Intentar convencer a mi madre para que me dejara irme, tal vez.

Beckett parece confundida.

—¿Qué significa eso? ¿Ya no querías vivir allí?

Me río.

—Oh, esa no es una decisión que pueda tomar yo. Simplemente me refería a salir del terreno del palacio. A mi madre no le gusta demasiado dejarme estar a mis anchas.

—Pero estabas en la *Caelestis* —dice Gage—. Eso está bastante lejos del palacio real.

—Cierto —admito—. Son cuatro horas de viaje en lanzadera. Era la primera vez que salía del palacio. La primera misión imperial, y estoy casi segura de que ha sido la última, teniendo en cuenta que ha sido un fracaso estrepitoso.

—Es una buena forma de describirlo —afirma Max riéndose—. Un fracaso estrepitoso.

—Lo ha sido —coincide Rain, que también deja escapar una risita.

Los demás no tardan en unirse. Todos hemos vivido la explosión de la *Caelestis* desde nuestro propio punto de vista, y es bueno abrir la mente y conocer lo que ha significado para los demás. Tanto que ni siquiera me importa que todos se estén riendo de mí. Porque yo también lo hago, y después de las últimas semanas llenas de terror y confusión, me siento muy muy bien.

Al menos hasta que observo a Ian y veo que me está mirando fijamente, con una intensidad que parece atravesar la parte de mí que se está divirtiendo hasta llegar a mi corazón, asustado y confundido.

58

IAN

No puedo dejar de mirar a Kali. No puedo dejar de rozarle el brazo o de ofrecerle cosas solo para sentir el calor de sus dedos cuando acarician los míos.

Está viva. Después de pasar las últimas semanas convenciéndome a mí mismo de que no me importaba una mierda —de que no podía importarme—, Kali consiguió meterse y atravesar mis defensas, de todas formas.

Y ahora no quiero perderla de vista.

Mañana todo volverá a la normalidad. Pondré entre nosotros esa distancia que es evidente que debe existir. Pero que no me pidan que lo haga esta noche, porque no lo haré. No puedo.

Agarro la botella de gerjgin y me sirvo el segundo vaso mientras todo el mundo a mi alrededor está cada vez más borracho. Sobre todo Max. Hoy estaba tan aterrorizado como yo, y lo está llevando igual de mal que yo. De un modo distinto, sí, pero igual de mal.

Una hora después, la gente empieza a quedarse dormida sobre la mesa —bien hecho, Max y Merrick— o se dirigen a sus cabinas para hacer lo mismo, hasta que Kali, Gage y yo somos las únicas personas conscientes a bordo.

—Pueden irse a la cama —indica ella mientras lleva un

montón de platos al fregadero—. Yo voy a lavar esto antes de irme a dormir.

Gage me mira desde el otro lado de la mesa, levantando las cejas. Entiendo lo que me está preguntando, y se lo agradezco, pero no estoy seguro de cómo va a acabar la noche. De todas maneras, me encojo de hombros ligeramente en un gesto afirmativo, porque, pase lo que pase, quiero estar un rato a solas con Kali, aunque sea solo para asegurarme de que está bien.

—Creo que voy a ir al puente de control —anuncia Gage levantando demasiado la voz—. Quiero comprobar un par de cosas.

—Muy bien. Avísanos si te vuelve a doler la cabeza —le dice Kali con una sonrisa amable—. O si necesitas ayuda.

Gage le devuelve la sonrisa. Diría que se siente un poco fascinado por ella, y lo entiendo, aunque no quiera hacerlo. Entonces le responde:

—Creo que estaré bien, pero gracias.

Agarra otro vaso de agua —nada de alcohol después de una conmoción— y se dirige a la puerta.

Espero a que se cierre la puerta y le comento a Kali:

—No tienes por qué lavar tú todos los platos. Esta noche le toca a Merrick.

—Merrick está bastante borracho, por si no te has dado cuenta —informa—. Y no es justo dejarle todo esto a Rain para que lo haga por la mañana, cuando empiece su turno. Además, a mí no me importa. Lavar los platos me relaja.

—Nunca pensé que te fuera a oír decir eso —confieso mientras empiezo a recoger los platos y los vasos que quedan, con cuidado de no chocar contra Max ni contra Merrick, que están fuera de combate, cada uno en un extremo de la mesa larga.

—Yo tampoco —responde ella con una risita—. Pero han cambiado muchas cosas en las últimas semanas.

—Y que lo digas. —Limpio los últimos restos de comida y los tiro por el vertedero.

—¡Yo me ocupo! —se ofrece ella—. Solo me llevará un par de minutos. Vete a la cama.

Levanto una ceja.

—¿Estás intentando librarte de mí, princesa?

—Claro que no. —Sus mejillas se sonrojan con ese tono rosado oscuro que tanto me gusta—. Pero he supuesto que estarías cansado.

—Creo que puedo ocuparme de lavar unos cuantos platos.

Kali parece querer discutir un poco más, pero al final se encoge de hombros, como diciendo: «Haz lo que quieras».

Tengo que contenerme para no decirle que siempre lo hago.

Trabajamos en silencio mientras hacemos que la cocina esté presentable. Solo tardamos unos diez minutos y, cuando acabamos, dejamos a Max y a Merrick roncando, borrachos, y recorremos el pasillo en dirección a las cabinas.

Llegamos primero a la de Kali, y sé que debería seguir avanzando. Incluso me digo a mí mismo que lo haga. Pero, por algún motivo, mis pies se quedan inmóviles exactamente donde están. Justo delante de su puerta.

—¿Estás cansado? —me pregunta, vacilando de una forma que no estoy acostumbrado a oír viniendo de ella. Ha estado comportándose conmigo como una princesa desde el principio y, aunque antes me sacaba de mis casillas, ahora que de repente la veo tan tímida e indecisa, he de admitir que la prefiero cuando me mangonea.

—No necesariamente —respondo.

Me mira con extrañeza.

—No sé qué significa eso.

—Significa que, si quieres que te enseñe mi habitación, estaré encantado de hacerlo.

Kali abre los ojos de par en par, y me pregunto si habré sido demasiado directo. Pero yo soy así, y me parece bastante absurdo intentar cambiar a estas alturas. Además, en este caso concreto, quiero asegurarme de que Kali sepa que es ella la que tiene el control sobre si llega a ocurrir algo y cuándo.

Espero a que me diga algo y, como no lo hace, doy un paso atrás. Sí, esta noche es el momento ideal porque Max está fuera de combate, pero ya habrá otros días en los que ella pueda sentirse más cómoda con esto. Con nosotros.

Pero el labio inferior de Kali tiembla de ese modo que me vuelve loco; es lo que hace cuando está nerviosa e intenta reunir valor para hacer algo, sin estar segura de si lo va a conseguir. Y esta vez de verdad que deseo que lo consiga.

Así que espero un momento más para ver lo que decide. Lo justo para ver si le vuelve a temblar el labio: si lo hace, no sé si seré capaz de contenerme para no mordérselo.

Kali respira hondo y empieza a abrir la puerta de su habitación, y estaría mintiendo si dijera que no me siento completamente desilusionado. Al menos hasta que la oigo decirle a Rain:

—Voy a llegar tarde esta noche, así que siéntanse libres y aprovechen mi ausencia. —Unas risitas femeninas se oyen tras su anuncio, seguidas de un murmullo ronco que me indica que Rain y Beckett están tan encantadas con la ausencia de Kali como yo con la de Gage y Max.

Entonces Kali se voltea para mirarme y declara:

—Me encantaría que me enseñaras tu habitación.

59

KALI

Estoy nerviosa.

Sé que no debería estarlo, que solo es Ian el que me está mirando con un brillo en los ojos como si quisiera devorarme. Ian, el hombre con el que me paso la mayor parte del tiempo discutiendo en la nave. No porque nunca tenga razón, sino porque es divertido meterme con él.

No es el primer hombre que me mira así; ya tengo casi veinte años. No obstante, sí es el primero al que le devuelvo esa misma mirada, con un interés que ni siquiera intento ocultar.

Ian abre la puerta y me guía hacia el interior de su cabina, sorprendentemente limpia. Ni él ni Gage dan la impresión de ser unos obsesivos de la limpieza, pero, claro, tampoco es que tengamos tantas cosas como para que pueda estar hecho un desastre. Ninguno de nosotros tiene demasiadas pertenencias. Y en otras circunstancias me parecería estupendo, pero en este momento, cuando estoy buscando algo que decir o que hacer, no me importaría que Ian tuviera una colección de rocas espaciales por la que pudiera preguntarle.

Después de hacerme pasar, Ian cierra la puerta tras nosotros. Y, por un segundo, pienso en salir corriendo. No porque no quiera hacer esto, sino porque sí quiero. La verdad es que llevo mucho tiempo esperándolo, aunque he hecho todo lo posible para no admitírmelo a mí misma, y mucho menos a los demás. Pero ahora que por fin ha llegado el momento, lo único que soy capaz de pensar es que es una mala idea.

Una idea muy muy mala.

¿Y si hago el ridículo? ¿Y si no sé hacer lo que quiere que haga? ¿Y si se me da fatal?

—¿Estás bien? —pregunta Ian mientras viene hacia mí—. Puedo volver a la cocina y traerte un vaso de agua, si quieres.

No es mala idea: de improviso siento la boca seca como un desierto. Pero no creo que ni toda el agua del mundo pueda cambiar eso. No cuando Ian seguirá delante de mí, tan alto y tan sensual. Demasiado sensual.

—No necesito agua —le digo por fin cuando consigo que mi boca se ponga de mi parte.

Su mirada se ensombrece aún más, o puede que sea solo que las pupilas se le dilatan tanto que sus preciosos iris cafés quedan reducidos a unos finos círculos a su alrededor.

—¿Y qué necesitas?

—No... —Me interrumpo cuando se me quiebra la voz—. No lo sé.

Ian detiene su avance al oír mis palabras, y por un segundo me aterra que me vaya a echar de allí. Pero entonces sonríe y extiende la mano hacia mí, y me relajo.

Solo necesito reunir el valor para colocar mi mano sobre la suya y todo irá bien.

Cuando la alternativa es volver a mi habitación sin haber sentido sus labios sobre los míos ni su cuerpo contra el mío, es fácil olvidarme de los nervios. Es fácil olvidarme de todo lo que no sea Ian y la forma en que me mira. Cómo me hace sentir.

Como si, al menos durante un momento, yo fuera la persona más atractiva de todo el sistema.

Cuando las palmas de nuestras manos se tocan y nuestros

dedos se entrelazan, Ian tira de mí con delicadeza y me desplazo suavemente desde el borde de su cama hasta sus brazos fuertes y poderosos.

Me siento bien. Me siento a salvo. Y, cuando levanto la vista, me encuentro su boca a unos pocos centímetros de la mía.

—Ahora voy a besarte —dice, y es la primera vez que ha sentido la necesidad de anunciarlo de esa forma. Hace que me pregunte lo nerviosa que debo de parecer—. ¿Te parece bien?

Más que bien. Me dispongo a decirle que sí con entusiasmo, pero todavía tengo la lengua un poco trabada. Así que me conformo con asentir con la cabeza y espero, con el corazón a punto de salírseme del pecho, a que baje su boca hacia la mía.

No es nuestro primer beso, pero, a juzgar por la sensación que me recorre el cuerpo en cuanto se tocan nuestros labios, bien podría serlo. Ya he descubierto que Ian sabe besar bien, pero, cuando mueve su boca despacio y con delicadeza contra la mía, no puedo evitar pensar que lo hace muy bien. Y que quiero que me siga besando mucho mucho tiempo.

Desliza las manos por mis brazos hacia los hombros, y desde allí a mis mejillas. Cuando me sostiene la cara entre sus manos, pienso que volverán los nervios. Pero no hay rastro de nerviosismo ni de incomodidad, ni tampoco tengo miedo de que parezca que no sé qué hacer. No cuando su boca reclama la mía y lo único que siento es deseo. Placer. Necesidad.

Muchísima necesidad cuando me pasa la lengua por el borde de los labios. Cuando juguetea con las sensibles comisuras de mi boca. Cuando rebusca con ella, lentamente y con dulzura, en mi interior.

—Sabes muy bien —murmura él mientras me succiona el labio inferior con delicadeza entre los dientes—. Siempre has sabido muy bien.

—Tú también —respondo humedeciéndome los labios para

intentar saborearlo aún más. Sabe a gerjgin caliente, a café amargo y a hombre, un sabor puro y cálido. Desde el momento en que me sirvió mi primer vaso de gerjgin, me encanta su regusto: disfruto de su calor en la lengua, del ardor cuando me baja por la garganta y del fuego que me quema en el vientre. Y ahora también disfruto del sabor de Ian, suave, intenso y delicioso, todo al mismo tiempo, y no puedo evitar preguntarme si me gusta tanto el gerjgin porque me recuerda a él.

No tengo la respuesta a esa pregunta, pero sí sé que nunca voy a poder volver a beber ese licor sin acordarme de Ian. Sin acordarme de este momento, cuando tiene los dedos enredados en mi cabello y la boca pegada a la mía.

Cuando me agarra el cabello con más fuerza —no tanta como para hacerme daño, pero más que suficiente para que unas nuevas sensaciones me recorran el cuerpo—, obedezco la petición que me ha hecho sin palabras y echo la cabeza hacia atrás para facilitarle el acceso.

Y entonces vuelve a apoyar su boca contra la mía, y nunca he sentido nada tan bueno. Tan perfecto. Tan real.

Me muerde el labio, esta vez con delicadeza, y una oleada de sensaciones se abre camino por mi cuerpo. Siento un escalofrío a lo largo de la espalda y un calor que se me acumula en el vientre; un vacío que nunca había sentido antes se instala en lo más profundo de mi ser. Entonces Ian alivia ese pequeño dolor con su lengua, haciéndola danzar por la parte interna de mis labios hasta que me tiemblan las manos, y también las rodillas.

A Ian se le da muy bien esto. Muchísimo.

Y eso hace que yo también quiera hacerlo bien.

Así que, cuando se mueve para apartarse de mí, no se lo permito. En lugar de eso, lo mordisqueo yo a él, clavándole los dientes en el labio superior; luego me lo llevo a la boca y se lo chupo para aliviarle el dolor.

Ian deja escapar un gruñido ronco al sentir el pequeño piquete, y ese sonido me excita más de lo que debería. Deslizo las manos hacia arriba por su espalda para enredar los dedos entre los rizos cortos que tiene en la nuca. Me sorprende lo mucho que me gusta sentir su tacto cuando se mueven de un lado a otro sobre la palma de mi mano, cuando se deslizan sobre mi piel, cuando se enredan en mis dedos. Ojalá pudiera quedarme a vivir para siempre aquí mismo, en este momento lleno de posibilidades.

Pero entonces Ian me inclina la cabeza aún más hacia atrás, y encuentro un nuevo momento en el que quedarme a vivir cuando su boca devora la mía. Cuando se abre paso hacia el interior de mi boca mordiendo, chupando, lamiendo; su lengua se aprieta contra la mía y se mueve en círculos hasta que lo único en lo que puedo pensar es él. Hasta que Ian es lo único que puedo ver, oír o saborear.

Dejo escapar un gemido ronco y, esta vez, cuando le agarro el cabello, no hay ninguna delicadeza. ¿Cómo iba a haberla, cuando Ian me está volviendo loca, lenta e inexorablemente? Y se está asegurando de que adoro cada segundo.

Ahora es mi turno de morderle los labios, de pasar la lengua por sus dientes y por la parte sensible entre su encía y el labio superior. Suelta un gemido cuando le doy un lengüetazo por dentro; después me atrapa la lengua y la absorbe hacia el interior de su boca.

Nunca me habían besado así, ni siquiera había imaginado que pudiera existir un beso como este, y quiero disfrutar de esta sensación tanto como me sea posible. Tanto como me deje Ian.

Pero entonces se mueve, y sus labios me dejan un rastro ardiente a lo largo de la mejilla mientras se dirige a la oreja. Se detiene allí y me mordisquea el lóbulo antes de darme unos besos apasionados con la boca abierta en el punto sensible que tengo justo debajo de la oreja.

Suelto un grito ahogado cuando se abre paso por mi piel a con su lengua, deteniéndose un momento para succionar con fuerza a lo largo de la garganta, en un movimiento que estoy segura de que mañana me dejará unas marcas de la mejor clase, de las que me harán recordar que todo esto no es un sueño.

—¿Te gusta esto? —musita mientras me toquetea cada vez más abajo, jugueteando con los dedos con la cremallera de mi overol, que baja hasta el centro de mis pechos.

Estoy demasiado ocupada arqueando la espalda y agarrándome a su cabello para mantener su boca apretada contra mi piel como para hacer mucho más que asentir con la cabeza.

Por suerte, eso es todo lo que necesita, y sus dedos siguen bajando, recorriendo las curvas de mis pechos antes de hurgar en mi camisola para echar un vistazo a mis pezones. Una vez, dos, y luego otra y otra más, hasta que ya no puedo respirar, no puedo pensar, no puedo hacer nada más que ahogarme en las sensaciones que me provoca con tanta facilidad.

—Quiero verte —murmura mientras se abre paso a besos por mi clavícula y sigue bajando por el centro de mi cuerpo hasta el punto que hay entre mis pechos.

—Sí, por favor. —Me arqueo contra su boca para que pueda acceder con más facilidad, y se ríe, un sonido oscuro y seductor que resuena en mi interior.

Ian baja por completo la cremallera de mi overol, liberándome los brazos y el cuerpo hasta que la tela se queda amontonada alrededor de mi cintura. Entonces se detiene y desliza unos dedos cálidos y llenos de callos por mi piel sensible, acariciándome bajo la camisola, subiendo más y más y más por mi tórax, hasta que sostiene en sus manos todo el peso de mis pechos.

Al mismo tiempo mueve la boca hacia abajo, mordisqueándome el cuello mientras baja hacia la zona donde este se une con el hombro. Succiona allí con delicadeza, y todo mi cuerpo se enciende como una lluvia de meteoros; una sensación que recorre mis terminaciones nerviosas en todas direcciones.

Se detiene unos minutos en esa zona antes de seguir deslizándose hacia abajo por el hombro, hasta la cicatriz redonda que tengo allí desde que era una niña.

—¿Qué es esto? —pregunta, dándome unos besos apasionados con la boca abierta en los pequeños pliegues de la piel.

—Me caí cuando era pequeña y me clavé uno de los balaústres de hierro forjado del palacio. Yo no lo recuerdo, pero mi madre dice que no paraba de gritar.

—Me lo imagino. Es una zona peligrosa para hacerse daño siendo una niña. —La vuelve a besar, varias veces, antes de continuar.

—Ian —jadeo, y le sujeto la cabeza con las manos mientras baja aún más, y todo mi mundo se reduce a este momento. A este hombre y a cómo me hace sentir solo con tocarme.

Necesito tocarlo yo a él también.

Pero no tengo ni de lejos tanta habilidad como él, y mis dedos tiemblan un poco cuando los deslizo por la piel cálida y fuerte de su cintura, cuando los meto por debajo de su camisa para acariciarle la parte baja de la espalda, los costados, el abdomen liso y tirante. Es esbelto y musculoso, y tiene la piel tan tan caliente que no creo que me haya sentido mejor que ahora en toda mi vida..., al menos hasta que él me hace lo mismo a mí y se me olvida cómo respirar. Cómo pensar. Cómo hacer cualquier cosa que no sea simplemente existir.

Y entonces me sigue quitando el overol, bajándolo por la cintura y por las piernas, mientras acaricia con sus dedos cada nuevo centímetro de piel que queda al descubierto. El overol se queda enganchado en mis botas y por un segundo las mejillas me arden por la vergüenza de haberme olvidado de quitármelas con los pies.

Pero Ian se ríe y se pone de rodillas delante de mí para descalzarme, y luego me quita también el overol.

—Levanta el pie —murmura, y lo hago, agarrándome a sus hombros mientras mis rodillas amenazan con ceder.

Vuelve a reírse y me rodea las caderas con un brazo fuerte para ayudarme a mantener el equilibrio; luego se abre paso con su lengua por el elástico de mis bragas, y sigue bajando más y más hasta apretar su boca contra el algodón húmedo que cubre lo más profundo de mi ser.

Las piernas me fallan por completo y caigo de espaldas sobre su cama.

—Me gusta cómo piensas —me provoca mientras se coloca sobre mí. Y a continuación su boca, esa boca perversa, salvaje y maravillosa, está por todas partes. Por todas.

Abriéndose paso a besos por mi vientre.

A mordiscos por las curvas de mis piernas.

Succionando a lo largo de mis pechos.

Y nunca me he sentido tan bien.

Pero no es suficiente... No lo es, ni de lejos.

No cuando cada parte de mí anhela cada parte de él.

Así que me toca a mí quitarle la camisa.

Me toca a mí ponerme de rodillas delante de él para quitarle las botas y bajarle los pantalones.

Me toca a mí recorrer el centro de su cuerpo con un beso lento y apasionado.

Ian deja escapar un gemido ronco y profundo. Y entonces me hace subir más y más y más, por encima de su cuerpo, y me separa los muslos para colocarme a horcajadas sobre él, con una rodilla a cada lado de su cara.

Por un segundo, siento una oleada de vergüenza —estoy demasiado expuesta, demasiado vulnerable—, pero entonces Ian deja escapar un gemido gutural, me arranca las bragas y entierra la cara en mi sexo.

—¡Ian! —jadeo al sentir su boca sobre mí por primera vez,

pero él mueve las manos hacia mis caderas para mantenerme inmóvil. Y entonces me besa por todas partes (por todas), y nunca me he sentido tan bien—. Por favor —gimo mientras el placer crece en mi interior—. Por favor, por favor, por favor.

Ni siquiera sé lo que le estoy pidiendo, pero Ian me lo da, lentamente, lamiendo una y otra vez. Acto seguido se mete mi clítoris en la boca y me sujeta con fuerza mientras succiona con muchísima delicadeza.

La pasión se convierte en necesidad y la necesidad en éxtasis, y de repente mi cuerpo explota como una supernova. Grito su nombre una y otra vez mientras me ahogo en una vorágine de sensaciones tan intensas que me habrían aterrorizado si Ian no hubiera estado ahí conmigo, sosteniéndome, besándome, amándome durante cada segundo poderoso y abrumador.

Y cuando se acaba, cuando el placer deja por fin de atravesarme como una estrella fugaz, Ian me da la vuelta y se coloca entre mis muslos. Entonces vuelve a empezar: me cubre los pechos con las manos, me roza los hombros con la boca y desliza su cuerpo sobre el mío. Y de algún modo, como sea, la pasión se reaviva en mi interior, y no pasa mucho tiempo hasta que lo envuelvo con mi cuerpo y le suplico más.

Ian se toma su tiempo para atizar las llamas que arden dentro de mí, hasta que estoy a punto de perder la cabeza por el deseo. Solo en este momento, cuando arqueo el cuerpo, temblando y retorciéndome contra él, se desliza por fin dentro de mí.

Y esta vez, cuando me vuelve a hacer subir para colocarme sobre él, se une a mí. Y nunca me he sentido tan bien.

60

KALI

Cuando me despierto, Ian ya no está.

Empiezo a sentirme mal —¿qué chica no lo haría, si se despierta y ve que el hombre con el que se ha acostado la noche anterior ha desaparecido?—, pero entonces veo la taza de café en la pequeña estantería empotrada en la pared junto a la cama de Ian, y recuerdo cómo me había besado en la cara mientras la dejaba allí.

Gage lo había necesitado en el puente de control, algo sobre reparar los daños de la *Luz Estelar*, y aunque me había ofrecido a ir yo, Ian me había dicho que me quedara durmiendo. Que volvería en cuanto pudiera.

Al parecer, lo que sea que estuviera haciendo Gage le está llevando más tiempo del que pensaba, porque ya es casi mediodía y todavía no ha regresado.

Estiro el brazo hacia el café y echo un trago largo, no me importa que esté templado. En cuanto el líquido amargo se introduce en mi cuerpo, las telarañas de mi cerebro —estoy segura de que son un efecto secundario de aquel placer extraordinario— empiezan a desaparecer.

Y menos mal, porque no puedo pasarme el día en la cama, por muy tentadora que sea la idea, sobre todo si Ian está a mi lado. Así que me vuelvo a poner el overol y salgo para buscar a los demás.

Cuanto más me acerco al puente de control, más avergonzada me siento. Ian y yo nos la pasamos genial anoche y, a juzgar por la forma en que me abrazaba esta mañana —y el café que me había llevado—, no se arrepiente de ello. Yo tampoco. Pero todavía no sé qué se supone que debo hacer cuando lo vea, sobre todo porque será delante del resto de la tripulación.

¿Debería fingir que lo de anoche no ha ocurrido? No para siempre, pero ¿delante de todos los demás?

¿O sí debería fingir para siempre que lo de anoche no ha ocurrido? ¿Como si hubiera sido algo de una sola noche que nunca se fuera a repetir?

¿O debería mencionarlo sin más, como si no fuera nada importante?

Lo peor es que no sé cuál de todas esas opciones hace que sienta un nudo peor en el estómago.

Supongo que no importa, porque el camino desde la cabina de Ian hasta el puente de control no es lo suficientemente largo y no da tiempo a muchas más recriminaciones. Además, si algo he aprendido en este viaje es que, si no te gusta cómo están las cosas, espera cinco minutos. Entonces cambiarán.

Respiro hondo y echo otro trago largo al café antes de cruzar la puerta abierta que da al puente de control.

Sorprendentemente, soy la última en llegar. Otra vez.

Me tomo un segundo para estudiar la situación: Gage es el centro de atención, en la parte delantera de la sala; Ian está a su lado, escuchando con atención lo que tiene que decir. Beckett también está allí, con una actitud tan impasible como siempre, mientras que Rain parece completamente infeliz, algo que no es normal en ella.

Merrick parece tan indiferente como Beckett, una prueba infalible de que ocurre algo. Y Max... Max levanta la mirada y me ve antes que los demás.

De inmediato esboza una sonrisa amplia, a pesar de que hace menos de diez horas estaba inconsciente en medio de la cocina por culpa del alcohol. Parece que tanto Rain como él estén bendecidos.

Lo saludo con la mano y le dedico una leve sonrisa, y él se pone de pie con rapidez y se dirige hacia mí. ¿Para contarme lo que está ocurriendo ahí delante? ¿O para hacer de mediador entre Ian y yo?

Algo me dice que es lo segundo, y mi estómago da un vuelco extra, incluso antes de que Ian levante la cabeza. Desde el otro lado del puente de control se da la vuelta para ver qué ocurre, y su mirada se cruza inmediatamente con la mía. Siento que tengo el corazón en la garganta y no sé qué hacer. Pero entonces sonríe. No es su sonrisa habitual, sarcástica, de «gracias por unirte a nosotros, princesa», sino una auténtica. La que vi por primera vez anoche, en la cama.

Me doy cuenta de que le estoy devolviendo la sonrisa antes incluso de decidirlo. ¿Cómo no iba a hacerlo? Un Ian sonriente es algo digno de ver.

Y lo mismo ocurre con Max, si soy sincera, aunque no del mismo modo.

—Tienes buen aspecto —le digo cuando se acerca a mí.

—Teniendo en cuenta cómo me he despertado esta mañana, creo que esta recuperación rápida es, como mínimo, un milagro —responde.

—Si es así, ¿podrías pedir un par más? Porque todo se está volviendo muy raro. —Ian está hablando con Gage de nuevo, pero eso no impide que le eche alguna mirada furtiva más o menos cada treinta segundos.

—¿Ah sí? —Él también mira hacia Ian.

—¿Qué ocurre? —pregunto—. ¿Por qué todo el mundo parece estar o feliz o como si estuvieran a punto de perder los estribos?

—Gage ha conseguido que funcione el comunicador.

Esas palabras son tan inesperadas que tardo un segundo en procesarlas.

—¿Ah, sí? —exclamo por fin, cuando las asimilo—. ¿Cuándo?

—Dice que se ha despertado en mitad de la noche con un montón de ideas en la cabeza y que ha estado trabajando aquí desde entonces. Supongo que las conmociones son buenas para tener ideas.

No me extraña que Rain esté tan triste. Que funcione el comunicador externo significa que podemos contactar con los planetas y decirle a la gente que estamos bien. Preparar puntos de reunión para volver a casa sin incidentes. No hace falta ser un genio para percatarse de que no quiere volver al monasterio, sobre todo si Beckett no puede ir con ella.

Me esfuerzo por no pensar en lo que implica esto para mí. Todavía no estoy preparada para volver al palacio. Y sin duda no estoy preparada para volver al gobierno con mano de hierro de mi madre. Todavía hay muchas cosas quc tengo que aprender sobre el sistema. Cosas como los campos a los que enviaron a Ian, Max y Milla. Y sobre el asesinato de mi padre, del que acusaron a gente que no lo había cometido.

Mi madre jamás me contará la verdad. Ni sobre eso ni sobre ninguna otra cosa. Por el bien de Senestris... Vaya mierda.

Pero al menos debería llamarla, decirle que estoy bien. Averiguar si es ella la que no para de intentar volar en pedazos la *Luz Estelar* y a todos los que van en ella.

—No puedes, Kali —dicc Ian; es evidente que me está leyendo la mente mientras se acerca para colocarse junto a mí—. Todavía no, al menos.

Está tan cerca de mí que puedo sentir su calor en mi cuerpo, desde los hombros hasta los dedos de los pies. Y me ha llamado Kali, no princesa.

—Ya lo sé, Milla es lo primero. —Para mí también, pero no se lo digo.

Asiente con la cabeza.

—Sí. Después te llevaremos a casa.

Su voz está desprovista de emoción mientras lo dice, y no sé si eso es bueno o malo. ¿Se muere de ganas de librarse de mí después de lo de anoche o quiere realmente que me quede por aquí?

Odio pensar así, no saber cómo actuar cuando está cerca. Y odio todavía más el hecho de que estoy lista para seguir su ejemplo, como si sus sentimientos fueran mucho más importantes que los míos propios. Y también odio que, de entre todos los días, haya sido justo hoy cuando Gage ha descubierto cómo arreglar el comunicador. ¿No podía haber esperado un par de días más, hasta que Ian y yo pudiéramos averiguar qué es lo que hay entre nosotros, si es que hay algo?

Básicamente, esta mañana lo odio todo, algo que me habría pensado imposible, teniendo en cuenta lo bien que me sentía cuando me he despertado. ¿Cómo puede transformarse la energía que me han dado mis cuatro orgasmos fantásticos en este torbellino emocional?

—Entonces, ¿qué es lo primero que quieres hacer con el comunicador, ahora que está operativo? —le pregunto a Ian. Ha estado metiéndole presión a Gage para que los arreglara desde el principio.

—Estoy harto de no saber qué carajo está pasando ni por qué. Quiero tantear el terreno con un par de personas que conozco, ver si alguien sabe lo que ha ocurrido con la *Caelestis*. Y después quiero identificar las naves que nos han estado siguiendo. ¿Son todas de la Corporación? ¿O tal vez algunas son de la Hermandad, como implica la medalla que ha encontrado Gage? Y si es así, ¿por qué demonios están dispuestos a volar en pedazos a la suma sacerdotisa?

—Ya te lo he dicho —dice Rain en voz baja—. Volveré a reencarnarme, así que eso no les supone un problema.

—Bien, pues a mí me supone un problema de mierda —gruñe Beckett. Y, por una vez, estoy de acuerdo con ella, aunque no por los mismos motivos. Evidentemente.

—Bueno, si quieres saber quién nos persigue —propone Gage desde la pared de atrás, donde estaba jugueteando con el comunicador—, podrías empezar por comprobar quién ha estado intentando contactar con nosotros.

61

IAN

—¿Alguien nos ha estado llamando? —pregunto—. ¿Por qué no has dicho nada?

—Porque acabo de encontrar el registro hace unos treinta segundos —responde Gage—. Hay veintidós llamadas registradas. Todas con el mismo origen.

Lo miro fijamente con los ojos entrecerrados.

—¿Y es...?

—Askkandia. Y no solo eso: el palacio real.

Mierda. Pues claro que son ellos. Y me apuesto hasta mi último crédito planetario a que es la mismísima emperatriz la que nos ha contactado.

—Que el palacio esté intentando ponerse en contacto con nosotros no significa que sepan quién está en la nave —argumenta Max.

—Cierto. Pero es probable que se hagan una idea de quiénes son al menos un par de pasajeras. —Beckett mira fijamente a Rain y a Kali.

Tiene razón. Sé que la tiene. Si no, ¿por qué iba a importarle una mierda al Imperio esta nave? Sea o no un artefacto alienígena.

—Sí, bueno, pues no pienso entregarle a ninguna de las dos —digo. Abandonar a Rain con esa mujer sería como llevar a un kanadoo al matadero. Y Kali..., de eso nada. Acabo de encontrarla. Ni de broma se la va a llevar.

Ni de broma.

—¿Podrá localizar nuestra posición si hablamos con ella? —le pregunta Max a Gage.

—No. Debería ser capaz de encriptarla.

—¿Deberías o puedes? —inquiere, en un tono que le avisa de que no me fastidie.

—Puedo —responde él, tras seguir toqueteando cosas unos segundos más.

Sigo pensando que es una mala idea. Pero quizá si hablamos con la emperatriz podamos tener alguna pista de quién voló la *Caelestis*. Y de por qué todo el mundo en este maldito sistema solar parece tenernos ganas.

—*¿Por qué no se lo preguntas a Kali?* —dice Max—. *No es una decisión que debas tomar tú solo. La afecta sobre todo a ella.*

—*Porque si resulta herida por ello, no quiero pasarme el resto de mi vida sintiéndome culpable, carajo.* —Mierda. Echo de menos al viejo Ian que solo hacía lo que fuera mejor para Milla, Max y para sí mismo, y que se fueran al demonio todos los demás. Todo esto de preocuparse por la gente es una mierda.

—*Exacto. Pues deja que Kali sea una agente en esta decisión.*

—*¿Una agente?* —repito levantando una ceja.

—*¿Sabes lo que es un libro de autoayuda?* —repica Max a la defensiva—. *Igual deberías leer unos cuantos.*

Que no me ría de él por eso demuestra lo mucho que he cambiado.

—*¿Y si quiere quedarse a Kali?*

—*Pues que se aguante, maldición* —gruñe él.

Es lo mismo que pienso yo.

Me doy vuelta hacia los demás.

—Odio tener que hablar con ella, pero quizá la emperatriz pueda darnos alguna pista sobre lo que está ocurriendo. Todos los que estén a favor de tener una pequeña charla con una imperial, que levanten la mano.

62

KALI

Observo a mi alrededor, pero todo el mundo está paralizado, observándome. Y yo no tengo ni idea de lo que quiero hacer.

Me doy vuelta para mirar a Ian.

Parece que quiere votar que no. Pero, en lugar de eso, deja escapar un suspiro y me pregunta:

—¿Tú quieres hablar con ella?

Lo pienso durante un momento.

—No...

—Muy bien —me interrumpe inmediatamente, y parece sentirse muy aliviado—. Pues vamos a...

—Pero creo que debería hacerlo. —El corazón me late con fuerza y los nervios se apoderan de mí. Aun así, que algo sea difícil y quizá un poco aterrador no significa que no deba hacerlo—. Es mi madre. Debe de haber estado preocupada por mí.

Para dar más énfasis a mis palabras, levanto la mano y luego miro a mi alrededor mientras todos los demás levantan las suyas lentamente. Excepto Ian, aunque eso era de esperar.

Parece que vamos a hablar con mi madre.

Noto el sabor de la bilis en la garganta al pensar en ello. No por hacerle saber que estoy viva, sino por las implicaciones de que eso ocurra. Ian y yo hemos tenido por fin un momento de intimidad, y me aterra pensar que vaya a tener que marcharme sin llegar a saber lo que podría ocurrir después.

Ian asiente con la cabeza, como si fuera la decisión que había esperado desde el principio. Entonces pregunta:

—¿Cuándo lo haremos, entonces? —dice con una voz tan resignada como su aspecto.

—No se me ocurre ninguna razón para postergarlo —responde Max—. Vamos a hacerlo ya.

Me dejo caer en uno de los asientos de los lados mientras Gage aprieta unas teclas en la consola principal.

La imagen se proyecta justo delante de mi silla, y me alegro de que Gage haya manipulado el comunicador para que no se pueda ver al resto. Porque cuando se enciende la pantalla, mi madre está ahí sentada, con los ojos entrecerrados y tamborileando con impaciencia sobre el escritorio de mármol que tiene delante. Por un breve instante, la niña que hay en mi interior se siente emocionada al verla. Es mi madre, después de todo. Pero entonces todo lo que he aprendido sobre ella en las últimas semanas me sobrepasa, y la emoción se convierte en una oleada de decepción y miedo que me oprime el pecho.

Cierro los ojos un segundo y respiro hondo para concentrarme. Cuando los abro de nuevo, estoy preparada para cualquier cosa. Incluso para la emperatriz.

Tenemos el mismo tono de piel tostada y el mismo cabello rojo oscuro que mi madre heredó de la suya y también de su abuela. Pero yo tengo los ojos de mi padre, y también me parezco a él en la altura, así que soy mucho más alta que mi madre. Excepto por los ojos entrecerrados, su rostro no muestra ninguna expresión, pero puedo ver que tiene un tic en la mejilla, una señal de que no está contenta.

Siento que el estómago me da un vuelco al darme cuenta, y puedo sentir cómo se me tensa todo el cuerpo. Han pasado semanas desde la última vez que la vi, unas semanas en las que me han ocurrido un montón de cosas nuevas y sorprendentes, así que no entiendo cómo con solo mirar su rostro me vuelvo a sentir como una niña esperando su castigo.

Mi madre abre los ojos de par en par al verme, y luego vuelve a entrecerrarlos. Al principio no entiendo lo que he hecho para enfadarla, hasta que me percato de que está mirando mi overol plateado. Parece ser que, a pesar de todos los problemas que hay en el sistema solar, que su hija no lleve puestas las galas imperiales es una de sus mayores preocupaciones.

Aun así, me obligo a poner una expresión neutra.

—Hola, madre.

—Kalinda. Me alegra ver que estás bien. Dame tus coordenadas —me ordena, con la voz que utiliza con las niñas desobedientes y los consejeros recalcitrantes—. Enviaré inmediatamente a un grupo para recogerte.

—No puedo hacerlo. —La emperatriz deja de tamborilear; su rabia acaba de llegar a otro nivel—. Todavía no puedo volver, madre. Hay algo que debo hacer antes.

—Tonterías. Tienes que volver a casa, este es tu sitio.

—Aún no.

Entrecierra los ojos, y soy consciente de que nunca le había dicho que no a mi madre en toda mi vida. Me siento bien. Es liberador.

—Kalinda, si no quieres volver a casa porque te lo pide tu madre, entonces hazlo porque es una orden de tu emperatriz.

Está sacando el armamento pesado. Y no me impresiona.

—¿Qué vas a hacer? ¿Encerrarme en una celda?

—Pensaré en un castigo apropiado. —Entonces la expresión de su rostro se relaja—. ¿Es por la gente con la que estás? He oído que son bandidos, asesinos...

«Amigos», pienso. Son mis amigos, y no voy a permitir que me arrebate esto solo porque no lo entienda.

—Me salvaron la vida en la *Caelestis*.

—A veces la gente siente cosas inapropiadas por sus captores. Incluso pueden llegar a enamorarse de ellos. ¿Es eso lo que te ha ocurrido, Kalinda?

Noto cómo me ruborizo, y me obligo a no mirar a Ian.

—No son mis captores, y tampoco amo a nadie.

Beckett resopla y Max se lleva una mano al corazón, fingiendo estar destrozado. Los ignoro a los dos y mantengo una expresión tranquila.

Mi madre continúa:

—Tenemos motivos de peso para creer que el ataque a la *Caelestis* fue intencionado, un intento de asesinarte por parte de la Rebelión.

Beckett vuelve a resoplar. Y esta vez quiero hacerlo yo también.

Mi madre ha estado utilizando a la Rebelión para asustarme desde que era una niña. Se volvió todavía más dura cuando asesinaron a mi padre y me convenció de que ellos eran los responsables. Pero, si aquello era mentira, ¿por qué iba a creerme ahora que esto es cierto?

—Nuestra información sugiere que siguen persiguiéndote —dice mi madre—. Que saben que estás perdida y vulnerable, y no van a detenerse hasta que te den caza y te maten.

Eso no lo dudo, hay alguien que quiere matarnos y tiene sentido que yo sea su objetivo. Pero no nos está dando ninguna información nueva, así que, si quiere asustarme, lo está haciendo muy mal. Ya hemos sobrevivido a cinco intentos de asesinato: tres en la *Luz Estelar*, y dos contra Ian y contra mí. Decirme que hay alguien detrás de nosotros no es ninguna novedad.

Miro de soslayo a Ian, que está apoyado sobre la consola del piloto. Tiene el ceño ligeramente fruncido y parece preocupado. Le dedico un leve movimiento de cabeza para tranquilizarlo y vuelvo a voltearme hacia mi madre.

Si está tan preocupada por mí, hay algo con lo que sí me podría ayudar.

—He sido consciente de que hay carteles por todo el sistema que declaran que soy una impostora y ofrecen una recompensa por mi cabeza. ¿Los has visto?

La emperatriz aprieta los labios con fuerza.

—El servicio de inteligencia me ha informado de ello, pero todavía no hemos sido capaces de llegar al fondo del asunto. Lo haremos, te lo aseguro, y el responsable será llevado ante la justicia. Pero, Kali, cariño mío, eso solo es otra señal de que no puedo protegerte ahí fuera.

—Puede que no necesite que me protejas —respondo.

—¿Y a tus nuevos amigos? —pregunta ella—. ¿Necesitas que los proteja a ellos?

—Están bien —le digo.

—¿Seguro? —Arquea una ceja—. Es evidente que te preocupas por ellos. Quieras o no creerme, alguien está intentando matarlos. ¿De verdad quieres poner en peligro a tus amigos? ¿Estás dispuesta a dejarlos morir contigo? Porque eso es lo que ocurrirá. Sea quien sea, al final los encontrará, y entonces todos morirán y será culpa tuya. ¿De verdad quieres tener las manos manchadas con su sangre?

Por primera vez, sus palabras me afectan. Se me cierra el estómago y siento náuseas. Llevamos semanas intentando averiguar quién nos quiere matar y quién es su objetivo. Y ahora mi madre me dice que lo sabe. Que soy yo, y que estoy poniendo a todo el mundo en peligro al quedarme aquí.

No quiero que sea cierto, pero hay una parte de mí que ha sabido desde el principio que tenía que ser yo. Pienso en cuando le dispararon a Gage. En Ian quedándose conmigo cuando debería haber vuelto corriendo a la nave. En la *Luz Estelar* lanzándose directamente contra los acorazados, haciendo que estuviéramos a punto de morir. Si mi madre tiene razón y la gente que nos busca anda persiguiéndome a mí y no a Rain o a cualquiera de los demás, entonces es cierto que los estoy poniendo en peligro.

Como si supiera que estaba obteniendo cierta ventaja —la emperatriz es una experta en observar las debilidades de los demás—, se dispone a rematarme:

—Piensa en lo que te estoy diciendo, Kali. Pero no tardes mucho o será demasiado tarde. Envía tus coordenadas e iré a buscarte. En cuanto podamos demostrar que estás a salvo en el palacio, ya no tendrá sentido que sigan yendo tras ellos. Estarán a salvo. Es la única forma.

Y la pantalla se apaga.

Mi madre se ha ido.

Y lo único en lo que puedo pensar es en que mis amigos van a morir por mi culpa. Una cosa es saber que alguien está intentando matarnos a todos, pero otra muy distinta es saber que únicamente te quieren matar a ti y que el resto solo son daños colaterales.

Un escalofrío me recorre la espalda mientras mi mente da vueltas y más vueltas, imaginándome situaciones de pesadilla. Todas ellas acaban con mis amigos muertos. Todas ellas acaban con Ian muerto.

Solo con pensar en ello noto cómo unas lágrimas me arden en los ojos. ¿Y si mi madre no está solo intentando salirse con la suya? ¿Y si por una vez me está diciendo la verdad, y quedarme aquí solo sirve para hacer daño a toda esta gente que tanto me importa?

Ian se acerca a mí y me apoya una mano en el hombro. Incluso antes de saber que voy a hacerlo, doy vuelta y lo rodeo con los brazos, sujetándolo con todas mis fuerzas mientras una certeza crece poco a poco en mi interior.

Voy a perder a Ian antes de tener una oportunidad de tenerlo de verdad.

Me digo a mí misma que no puedo perderlo porque nunca ha sido mío, que todo esto no es más que un interludio emocionante para los dos y que el final era inevitable. Pero no me siento como si fuera un interludio, al menos no de corazón. Para mí no lo es.

—No le has creído, ¿verdad? —pregunta Ian.

Tomo aire y no lo suelto hasta que se me pasan las ganas de llorar. Porque sí le creo. No necesariamente lo que dice de la Rebelión —Beckett dice que no tienen recursos suficientes para llevar a cabo las explosiones de la *Caelestis*, y estoy dispuesta a creerle—, pero sí lo demás.

Tiene todo el sentido.

Desde el primer momento he sabido que yo era el objetivo. ¿Por qué, si no, iban a esperar a que yo estuviera a bordo para volar en pedazos la *Caelestis*? Una cosa es destruir la principal estación espacial del sistema; otra muy distinta, hacerlo con la princesa heredera a bordo.

Una de las dos es asesinato y destrucción de la propiedad. La otra es todas esas cosas y además una traición en toda regla. Nadie hace eso por accidente, sobre todo teniendo en cuenta todos los protocolos de seguridad que se habían activado para preparar mi llegada. Ha tenido que ser algo deliberado, lo que significa que realmente su objetivo era yo.

—Oye, Kali. —Ian se aparta de mí lo suficiente para colocarme un dedo bajo la barbilla y levantarme la cabeza para que lo mire—. Hasta ahora nos ha ido bien, ¿no?

Es cierto. Pero ¿hasta cuándo? ¿Y a qué precio? ¿Cuánto tiempo más podremos aguantar así?

—Es solo que... —Me quedo callada cuando noto que Ian se pone tenso. Me dispongo a preguntarle qué ocurre, pero, antes de que pueda hacerlo, al otro lado del puente de control, Max grita y cae de rodillas.

63

IAN

Un grito estridente me atraviesa el cráneo.

Al principio pienso que han sido Rain o Beckett —se trata de un grito de mujer, y Kali está delante de mí, y está perfectamente—, pero entonces me doy cuenta de que no pueden ser ellas. Porque el sonido viene de dentro de mi cabeza.

El dolor es insoportable; me atraviesa cada terminación nerviosa y toma el control por completo de todo mi cuerpo, hasta que siento como si me estuvieran haciendo pedazos. Nunca había sentido nada igual, ni siquiera había imaginado que pudiera existir una sensación como esta, e intento luchar contra ello mientras me esfuerzo por entender lo que está ocurriendo.

—¿Ian? —Kali abre mucho los ojos; se pone de pie a toda prisa y me coloca las manos sobre los hombros—. Ian, ¿qué te pasa?

Intento responderle, pero no puedo. No puedo hablar, no puedo pensar, no puedo hacer nada más que soportar esto. La agonía es abrumadora, dominante, por completo devastadora.

Caigo de rodillas y casi me llevo a Kali conmigo, y a través de una neblina roja provocada por la agonía, veo a Max de rodillas a unos metros de mí, con las manos colocadas a ambos lados de su cabeza, como si así pudiera de alguna forma mitigar el dolor.

Y sé qué es lo que nos ocurre.

Milla.

La busco con mi mente, gritando su nombre una y otra vez. Unos segundos más tarde, Max se une a mí y grita también, con una voz ronca y dolida.

Al principio no oímos nada, solo la oscuridad profunda que nos hemos encontrado todos estos meses cada vez que hemos intentado buscarla. Pero entonces lo oigo, tan débil que no puedo estar seguro de que mi mente no me esté jugando una mala pasada.

—*Ayuda. Por favor, ayúdenme. Por favor, por favor, por favor. Ayuda.*

—*¡Milla!* —grito.

—*Ian, por favor.* —Me evoca la imagen de unas lágrimas que corren por unas mejillas demacradas—. *Por favor, ayúdame.*

—*¡Ya voy, Milla! ¡Voy ahora mismo!*

Pero es demasiado tarde. El dolor —y con él, mi conexión con Milla— desaparece tan rápido como había llegado.

Me doy vuelta hacia Max, que, como yo, sigue de rodillas. Me mira fijamente con los ojos abiertos de par en par, aterrorizado.

—*¿Lo has oído?* —le pregunto. Incluso dentro de mi cabeza, mi voz suena ronca.

—*Sí.* —Si es que eso es posible, la suya suena aún peor que como me siento yo.

—Ian, ¿qué ocurre? —Kali se deja caer de rodillas junto a mí. Está examinando mi cara con una mirada llena de pánico mientras me pasa las manos por la cara y el pecho, como si estuviera buscando alguna herida—. ¿Dónde te duele?

No sé por dónde empezar.

Hace días que quiero contárselo, pero no es así como pensaba hacerlo.

—*¿Estás bien?*

—*¿Y tú?* —me responde Max.

En absoluto. Después de lo que acabo de oír, no creo que vaya a estar bien nunca más.

—¿Qué pasa? —pregunta Merrick mientras entra a grandes zancadas en el puente de control. Rain va tras él, y Gage detrás de ella—. Hemos oído gritos.

Max no contesta, solo niega con la cabeza y se pone de pie con dificultad.

Es más fuerte que yo, porque no creo que pueda levantarme todavía. Estoy temblando demasiado, y lo único que puedo oír, lo único en lo que puedo pensar... es en Milla.

Max cruza la habitación tambaleándose y se desploma en una silla que hay en la pared derecha. Entonces saca una botella medio vacía de gerjgin de debajo de ella y echa un trago largo antes de ofrecérmela.

La acepto con unas manos que siguen temblando como si fuera un novato, pero estoy demasiado jodido para sentir vergüenza. Echo un par de tragos largos y noto cómo el alcohol hace su efecto. Mi ritmo cardíaco disminuye, y por fin puedo dejar de temblar lo suficiente para ponerme de pie y arrastrarme hacia la silla del capitán.

Dejo escapar un suspiro y echo otro trago antes de devolverle la botella a Max. ¿Qué carajo acaba de pasar? Y lo que es más importante, ¿qué significa?

—¿Cómo hemos podido oírla? —me pregunta él—. *¿Crees que está cerca?*

Es lo que tiene más sentido —por lo general solo podemos transmitir pensamientos entre nosotros si estamos a poca distancia—, pero niego con la cabeza.

—Todavía no estamos cerca de las Tierras Salvajes.

—¿Estás seguro de que está allí?

Vuelvo a recordar la conversación con aquel cabrón de Glacea. Apostaría todo lo que tengo —que, cierto, no es mucho, pero la intención es lo que cuenta— a que me estaba diciendo la verdad.

—*Sí.*

—*Tiene que estar sufriendo mucho, entonces.* —Max se pasa una mano por la cara, todavía temblando.

El dolor amplía el rango al que podemos transmitir, pero estamos hablando de una distancia imposible. Aún nos hallamos muy lejos de las Tierras Salvajes, en el espacio profundo, pero ¿significa eso que vamos en la dirección correcta? Es la segunda vez que la hemos percibido desde que desapareció, y la primera vez fue poco después, cuando seguramente todavía estaba muy cerca.

Entonces no había sido tan intenso como ahora. A decir verdad, nunca había sentido nada tan intenso. Lo que significa que Milla debe de estar pasando por un infierno.

—*Pero al menos sigue viva* —le digo—. *Tiene que estarlo.* —Porque nosotros seguimos aquí.

—¿Alguien quiere explicarnos qué mierda acaba de pasar? —protesta Kali en un tono que no es una pregunta. Pasa la mirada de Max a mí. Todos nos están mirando a los dos, confundidos—. Y con «alguien» me refiero a ti. —Me lanza una mirada penetrante.

—*Cuéntaselo* —aconseja Max en mi mente.

—*Nunca se lo hemos contado a nadie* —respondo—. *Nunca creí que fuéramos a hacerlo.*

—*Eso es porque nunca hemos tenido a nadie a quien contárselo. Ahora es distinto.*

Tiene razón. Y, por un momento, esa idea me asusta. Bebo otro trago de gerjgin y miro al grupo. Merrick y Rain, Kali, Gage, Beckett. Todos nos observan con distintos grados de preocupación. Puede que tengamos nuestras diferencias, y en otras circunstancias quizá habríamos intentado matarnos los unos a los otros, pero es evidente que ahora mismo todos se preocupan por nosotros.

El problema es que lo nuestro no es nada fácil de explicar. De hecho, es algo bastante increíble. Carajo, muchas veces ni siquiera yo me lo creo.

Miro a Max, que levanta un hombro.

Respiro hondo. Después vacilo.

—Vamos, Ian —me pide Beckett—. Suéltalo ya. ¿Tan difícil es de explicar?

—Es muy difícil, de hecho.

—Sí, bueno, yo me estoy inventando mis propias historias sobre lo que ha ocurrido, y la mayoría de ellas acaban teniendo que tirarlos por la esclusa porque son unos maníacos homicidas, así que supongo que será mejor que eso, ¿no? —Me lanza una mirada penetrante idéntica a la de Kali de hace unos minutos, y casi hace que suelte una carcajada. Esas dos tienen más en común de lo que están dispuestas a admitir.

Me paso una mano por el pelo, intentando decidir qué palabras utilizar para explicar algo que no tiene explicación.

—A la mierda, se lo contaré yo —dice Max—. *Vas a acabar haciéndote daño.*

Le hago un corte de mangas.

—Siéntete libre.

De todos modos, no quiero ser yo el que se lo cuente a Kali. No quiero estar mirándola cuando todo cambie..., y lo hará. ¿Cómo no iba a cambiar?

—Sé que algunos de ustedes se preguntarán cuál es la relación entre Ian, Milla y yo —comienza a decir Max.

—Empiezas fuerte —lo interrumpo.

—¿En serio? —Me mira, como mandándome a la mierda—. *¿Quieres hacerlo tú?*

—Para nada.

—*Pues cierra la maldita boca* —me gruñe.

—Hasta que cumplí once años —abro la maldita boca—, Max y Milla no existían. Entonces tuve una... experiencia traumática y, por algún motivo, me... —Me vuelvo a pasar la mano por el pelo.

—*Dilo sin más* —me anima Max—. *Cuanto más tardes, peor.*

—Me dividí en tres. —Los demás responden a mis palabras con el silencio. Miro alrededor, y ahora todo el mundo está con el ceño fruncido. Excepto Merrick, cuya expresión dice que está empezando a comprenderlo.

¿Significa eso que sabe algo sobre lo que somos? Y si es así, ¿cómo?

—¿Como... tres personalidades? —pregunta Beckett, pensativa, con los ojos entrecerrados.

Recuerdo aquel día. Recuerdo acabar mis tareas antes de tiempo y atravesar un agujero en la verja del campo de refugiados para niños, donde me habían llevado cuando asesinaron a mi madre. Había varios agujeros por los que nos solíamos meter; nadie prestaba mucha atención a nuestras idas y venidas, porque no había ningún sitio al que pudiéramos ir, tan solo un desierto yermo que se extendía cientos de kilómetros en todas direcciones.

Llegó una tormenta de arena y cavé un agujero en una duna, para intentar refugiarme. Me escondí allí durante una hora, quizá dos. Algo ocurrió en aquella duna, algo doloroso y aterrador que no se parecía a nada que hubiera sentido antes. Y cuando salí de allí al acabar la tormenta, era tres en vez de uno.

—Como ser tres personas —le digo—. Primero era yo, y después fui nosotros. Yo, Max y Milla. Estaban allí, y yo no lo entendía, pero al mismo tiempo sí lo hacía. Eran yo. Yo era ellos.

—Cada uno de nosotros —apunta Max en voz baja— puede oír los pensamientos del resto. Sentir lo que sienten los demás.

Sabemos lo que van a hacer antes de que lo hagan. Yo soy Ian. Él es yo. Y los dos somos Milla.

—Es como un *gestalt* o una mente colmena —explico. Hemos investigado mucho a lo largo de los años, antes siquiera de descubrir esos términos y entender que eran la explicación que más se acercaba. Años de investigación antes de que pudiéramos siquiera aceptar lo que somos.

Y ahora no lo cambiaríamos por nada del mundo.

—Pero ¿cómo? —repone Kali. No parece asqueada, menos mal. Solo está muy confundida. Y es comprensible, teniendo en cuenta que estamos hablando de algo bastante complicado—. Nunca había escuchado nada parecido, y creía que las bibliotecas imperiales contenían todo el conocimiento del mundo.

—Yo sí —dice Merrick. Parece que tenía razón sobre la expresión de su rostro—. Se llama «tripartición». Se produce cuando una única entidad, en este caso Ian, se divide en tres y forma una tripleta.

—Pero, aun así, ¿cómo? Darle un nombre no hace que tenga más sentido. —Kali no me mira cuando lo dice. No sé si eso significa que le damos asco o que no quiere que me sienta incómodo mientras intenta entenderlo. Espero que sea lo segundo, pero lo dudo.

—La Hermandad cree que persiste en nosotros la genética de los Antiguos —expone Merrick—. Llevamos milenios recopilando registros. Algunas personas, sobre todo los seratinos, tienen restos de ADN que perduran desde antes de que la humanidad evolucionara en Senestris. Creemos que estas anomalías genéticas son bendiciones de la Luz, y suelen ir acompañadas de algunos efectos secundarios que estudiamos: visiones, clarividencia, longevidad. También se producen otros efectos cuando alguien que no tiene ADN alienígena entra en contacto con él. La tripartición es uno de ellos, aunque es muy raro. Solo he oído hablar de otro caso en los últimos cien años, y murieron cuando...

Claro. Exposición al ADN de los Antiguos. Tiene tanto sentido como cualquier otra cosa que hayamos leído sobre lo que ocurrió en aquella duna.

—¿Cuando qué? —pregunta Rain. Está inclinada hacia delante, con una fascinación que Kali no parece compartir en absoluto.

¿Eso es bueno o malo? Aunque tampoco importa, ¿verdad? Somos lo que somos. No puedo cambiarlo, y tampoco lo haría aunque pudiera, así que no tiene sentido preocuparse por si a Kali le parece bien o no.

—Cuando uno de ellos murió en un accidente —responde Merrick a regañadientes—. Todos ellos murieron.

Y ahí está. El único gran —enorme, diría— inconveniente de nuestro pequeño *gestalt*.

—Exacto —convengo—. Si uno de los tres muere, morimos todos.

Descubrimos esa perlita al principio de nuestra investigación. Nunca encontramos una explicación como la que me acaba de dar Merrick, pero sí historias y leyendas que solo podían referirse a eso mismo.

Kali se aparta de mí y se deja caer en la silla que hay detrás de ella. Tiene los ojos muy abiertos.

—Entonces, ¿qué acaba de ocurrir? —Le tiembla la voz.

—Hemos sentido a Milla. Estaba sufriendo. Es la única forma de poder sentirla a gran distancia.

—¿Está muerta? —pregunta Beckett, y por un segundo parece estar esperando a que Max y yo nos desplomemos.

Max la mira y pone los ojos en blanco.

—¿Qué parte de «si ella muere, nosotros también» no has entendido?

Beckett se encoge de hombros.

—Solo quiero asegurarme de que no íbamos a tener que prepararnos para verlos estirar la pata en cualquier momento.

—¡Beckett! —Rain parece horrorizada.

Levanta las manos.

—Lo único que digo es que esto es muy raro. Solo estoy intentando comprenderlo.

—Me alegro de que no estén muertos —dice Kali en voz baja.

—Nosotros también —contesta Max.

—Entonces, ¿cómo funciona? —le pregunta Kali a Merrick—. Todo esto de la tripartición. O sea, si una persona se convierte en tres, tiene que haber algún tipo de explicación biológica. Es decir, hay que tener en cuenta la física, y la masa ocupa un espacio concreto. Por no mencionar cosas como los órganos, los sistemas nerviosos o la sangre.

—Como he dicho, en Serati tenemos constancia de esto, pero no hemos tenido muchas ocasiones de aplicar este conocimiento en la práctica —aclara Merrick—. Por lo que sabemos, el ADN alienígena actúa como un virus dentro del huésped que entra en contacto con él. Poco después... No sé cuánto tiempo, pero los registros de la Hermandad dicen que un par de horas, las células sanas empiezan a dividirse a gran velocidad. Lo hacen tan rápido que a las otras células no les da tiempo a deteriorarse como lo harían normalmente.

—Espera un momento —pide Gage—. ¿Se dividen todas las células? ¿El cerebro, los órganos, todo?

—Insisto, ningún profesional médico ha sido jamás testigo de esto, al menos que yo sepa, pero es lo que suponemos. Cuando hay demasiadas células para que las contenga un solo cuerpo, este se divide.

—Así pues, es como clonarse —dice Gage—. Pero con una sola consciencia.

—Y, en el caso de Ian, suficiente ADN alienígena femenino como para crear al menos una mujer en la tripleta —termina Merrick, y se me queda mirando como si fuera un bicho raro.

Todos lo hacen, incluso Kali. Y ese es el otro motivo por el que nunca le decimos a nadie lo que somos. No puedo ni imaginar lo que ocurriría si alguien como la doctora Veragelen conociera esa información.

—La Hermandad considera hijos de los dioses a aquellos alterados por el ADN alienígena —afirma Rain—. Los llamamos los Bendecidos.

—Pues yo no me siento especialmente bendecido ahora mismo.

—No, Rain tiene razón —añade Merrick—. En Serati los considerarían un milagro y serían venerados por su santidad. —Parece que le divierte la idea.

Beckett sonríe con suficiencia.

—San Ian y san Max. Por lo que sea, dudo que cuajara.

Yo también.

—Entonces tenemos que encontrar a Milla —dice Kali de repente—. No solo porque es evidente que está sufriendo, que ya es bastante malo, sino porque, si no lo hacemos...

Su voz se va apagando, como si no quisiera decirlo. Pero es una realidad con la que Max y yo vivimos a diario, y por eso me sentí tan egoísta al quedarme en Glacea con Kali cuando le dispararon. Porque esa decisión nos condenó a todos.

—Si no lo hacemos —Max acaba la frase por ella—, a Ian y a mí tampoco nos queda mucho tiempo.

64

KALI

Dos horas más tarde, sigo intentando asimilar todo lo que he aprendido hoy.

Estoy en la cocina, utilizando todos los trucos que me ha enseñado Gage para hacer que la comida rehidratada sepa mejor e intentando preparar algo decente para todos, pero no estoy segura de si me saldrá bien. No dejo de distraerme pensando en lo que me ha dicho mi madre: que soy el objetivo de todos esos ataques. Que no están intentando matarnos a todos, solo a mí.

Lo que significa que soy el motivo por el que las naves siguen intentando volarnos en pedazos.

Es culpa mía que dispararan a Gage.

Y es culpa mía que Ian haya estado a punto de morir dos veces.

«No vomites. No vomites. Que no se te ocurra vomitar.»

Respiro hondo para intentar calmar mi estómago revuelto, pero no funciona. Quizá la vieja Kali, la que había llegado aquí pensando que todo el mundo servía al Imperio, podría haber lidiado mejor con la idea de que la gente muriera por proteger a la princesa heredera.

Pero ¿la mujer en la que me he convertido desde lo de la *Caelestis*? Lo último que quiero es que nadie se sacrifique por un imperio que parece que no se preocupa una mierda por ellos.

Y, sin lugar a duda, no quiero que le ocurra nada a la gente de esta nave solo por ser yo quien soy o por las decisiones que tomo.

Porque todavía no estamos fuera de peligro, podrían volver a atacarnos si nos encuentran. Y ahora que sabemos que a Milla no le queda mucho tiempo es mucho peor. Porque, si llegamos tarde y muere, Ian y Max también morirán.

No puedo permitir que ocurra. No lo haré. No morirán ni ellos ni tampoco nadie más de la *Luz Estelar*.

Puede que al principio fuéramos desconocidos o enemigos, pero no es lo que somos ahora. Parece que hayamos vivido una vida entera en solo un par de semanas, y ahora apenas recuerdo cómo eran las cosas antes de que pudiera contar con ellos... o de que ellos pudieran contar conmigo.

No sé si diría que somos todos amigos —Merrick y Beckett a veces son difíciles de comprender—, pero está claro que no somos enemigos. Y todos ellos me importan muchísimo. Demasiado como para quedarme de brazos cruzados y dejar que se conviertan en un daño colateral de las maquinaciones del Imperio. Ya han sufrido demasiado por Senestris. No pienso ser el motivo por el que muera toda esta gente inteligente, divertida y valiente.

Me pongo enferma solo de pensar en un mundo sin ellos.

¿Un mundo sin Rain, cuyo amor y alegría son tremendamente inspiradores?

¿Sin Max, que siempre va con una sonrisa, dispuesto a escuchar con atención? ¿Que me ha enseñado tantas cosas desde que estoy en la *Luz Estelar*?

¿O sin Merrick y Gage, que, aunque sean totalmente diferentes, han estado ahí para nosotros cuando más los necesitábamos?

Incluso Beckett, con su oscuridad, su sarcasmo y su odio hacia mí. Ha sufrido demasiado y ha tenido una vida terrible, pero es increíblemente resiliente. No sé cómo, pero siempre acaba recuperándose. ¿Cómo no voy a admirar eso?

Y, por último, Ian... ¿Qué voy a decir sobre Ian? Se suponía que iba a odiarlo, era un cabrón presumido, arrogante y controlador. Y, por algún motivo, lo quiero más que a cualquier otro. No solo porque nos hayamos acostado, sino porque, detrás de esa fachada de gruñón que no se preocupa por nadie más que por sí mismo, hay un hombre que se preocupa demasiado. Por todos y por todo.

Desde que nos fuimos de la *Caelestis*, han estado cuidando de mí de muchas maneras distintas. Cosiéndome las heridas. Bromeando conmigo. Diciéndome que era valiente. Enseñándome a pelear... y dándome palizas. Ahora me toca a mí cuidar de ellos de la única forma que puedo. No importa cuánto me duela. Porque perderlos me dolería aún más.

Desde que he llegado aquí, lo único que quería era ser útil. Ser mucho más que un lastre. He jugueteado con la tecnología. He limpiado baños. He cocinado. Pero quizá, después de todo, lo mejor y lo más útil que podía hacer era... irme.

—Oye, ¿puedo hablar contigo un minuto?

Me quedo paralizada al oír la voz; se me encoge el estómago y se me empieza a acelerar el corazón por los nervios. Porque sabía que este momento llegaría desde que me fui del puente de control. Pero tampoco es que tenga elección. Tenemos que tener esta conversación.

—Claro. —Intento que mi voz suene despreocupada mientras lleno el fregadero de agua con jabón para lavar los cuencos que he utilizado para preparar el guisado que ahora se está acabando de hacer en el procesador—. ¿Qué necesitas?

—¿Así es como quieres hacer esto? —pregunta Ian mientras cruza la habitación a grandes zancadas hacia mí—. ¿Como si no hubieras huido del puente de control en cuanto has tenido ocasión?

Meto las manos en el agua jabonosa para que no pueda ver lo mucho que me tiemblan.

—No he huido. Solo quería ponerme a cocinar.

—¿Ahora vamos a empezar a mentirnos? —repone él apoyando la cadera contra el armario que hay junto a mí, como si tuviera todo el tiempo del mundo para tener esta discusión. Y de repente estoy tan enfadada como nerviosa. Porque ya tiene que tener agallas para acusarme a mí de mentir.

—Oh, no creo que vayamos a empezar ahora, ¿no te parece? —replico.

Ian se pone pálido por lo que implican mis palabras, pero no se aparta ni desiste, como esperaba que hiciera. Pero, claro, es Ian, y todavía no lo he visto retirarse de una pelea. Sin embargo, en lugar de ir a por mí con uno de esos comentarios mordaces que conozco tan bien, simplemente niega con la cabeza, como si quisiera despejarse, y declara:

—El secreto no era solo mío, no podía contarlo.

La diminuta llama de mi justa indignación —provocada por mi propia culpa y mi tristeza, soy consciente de ello— se apaga de una forma terrible.

—Lo sé. No quería acusarte de nada.

—Claro que querías —dice Ian con naturalidad, liberando la tensión de sus hombros—. Pero no te culpo por ello. Lo que soy es algo difícil de contar y más difícil aún de entender.

No se equivoca.

—Para mí no cambia nada, excepto que... —Me quedo callada, sin saber cómo preguntarle lo que estoy pensando.

Pero Ian lo sabe, puedo ver la comprensión en sus ojos incluso antes de que me diga:

—Se había desmayado por la borrachera, Kali. No ha sentido ni visto nada, te lo juro. Nunca habría hecho el amor contigo sin que supieras lo que era si hubiera habido alguna posibilidad de que no estuviéramos los dos solos.

Una oleada de alivio me invade al oír sus palabras. Y al ver que comprende que me había puesto de los nervios al pensar que me había acostado con los dos sin saberlo. No es que no me guste Max, y tampoco es que me incomode tanto todo esto del *gestalt* como para no querer estar con Ian. Simplemente me sentía rara al pensar que alguien me había visto de ese modo —tan vulnerable, tanto física como emocionalmente— sin que yo tuviera ni idea.

—Gracias por explicármelo —le digo—. Significa mucho para mí que te aseguraras de ello.

Asiente con la cabeza.

Hay un silencio incómodo en la cocina, y no puedo soportarlo. Ian y yo nos hemos peleado, nos hemos reído, hemos criticado juntos, hemos hecho el amor..., y nada de todo eso había sido incómodo en ningún momento. Pero ahora... ahora parece que todo es un poco raro, como una imagen que estuviera mínimamente desenfocada.

Lo detesto. Preferiría pelearme con él a tener que mantener esta extraña cordialidad entre nosotros un minuto más.

Puede que sea por eso por lo que elijo este momento para decir:

—Voy a llamar a la emperatriz y a decirle que vuelvo a casa.

65

KALI

Ian se queda paralizado mientras se estaba pasando una mano por el cabello.

—No, para nada.

Levanto una ceja.

—¿Eso lo dice Ian el capitán o...?

—Lo dice el hombre con el que te acuestas —gruñe—. No puedes largarte sin más en cuanto las cosas se ponen un poco incómodas.

—No lo sé, porque nunca me ha pasado, pero estoy bastante segura de que morirse es algo muy incómodo, no es por nada. Y preferiría que no le ocurriera a ninguno de nosotros en una buena temporada.

Ian no parece impresionado.

—¿Y esperas que me crea que ese es el motivo por el que sales huyendo?

—¡No estoy huyendo! —le digo—. Me voy a ir para que quienquiera que esté intentando matarme deje de perseguir a la *Luz Estelar*. Todos ustedes estarán a salvo, y yo...

—¿Volverás a casa con mamá? —acaba mi frase—. ¿Y qué pasa si la persona que te quiere matar está en el palacio?

—Bueno, entonces también estarán a salvo. Y puede que mi madre no sea una buena líder... —Ian resopla, pero lo ignoro y sigo hablando—, pero de ninguna manera va a permitir que alguien mate a la única heredera a su trono. Así que allí estaré más a salvo que aquí. Y ustedes también.

—¿Y ese es el único motivo para irte? —vuelve a preguntar—. ¿Para protegernos?

—Claro. ¿Por qué iba a querer irme, si no? Me encanta estar en la *Luz Estelar*.

Ian cruza los brazos sobre el pecho.

—No lo sé, Kali. ¿Por qué ibas a querer irte, si no?

—¡Eso mismo te estoy preguntando! —le respondo exasperada.

Pero no me responde. Sigue mirándome intentando no mostrar ninguna expresión, pero no le funciona, porque está poniendo una cara de lo más desagradable. Una parte de mí quiere mandarlo a la mierda y largarme ahora mismo, pero no lo hago. Porque, cuanto más tiempo paso mirándolo, más me doy cuenta de que hay algo en su rostro después de todo: un dolor extraño, tan enterrado en lo más profundo de su mirada que apenas me había fijado en él.

Pero ¿por qué iba a estar dolido? Soy yo quien se va a ir de la *Luz Estelar*, dejando atrás a los únicos casi amigos de verdad que he tenido en toda mi vida. Él se quedará aquí con todos los demás, y él y Max irán a buscar a Milla y...

Y entonces lo entiendo. Por qué está tan enfadado... y tan dolido.

—Oh, Ian. —Entonces extiendo el brazo hacia él y apoyo la mano sobre su bíceps mientras recorro la distancia que hay entre nosotros—. No creerás que es por lo del *gestalt*.

Aprieta su mandíbula ridículamente cincelada con tanta fuerza que hasta me da miedo que se vaya a romper un molar... o tres.

—Me cuesta pensar que sea por otra cosa, teniendo en cuenta que acabas de enterarte de ello y ahora de repente tienes muchísima prisa por largarte de la nave.

—También acabo de enterarme de que soy el objetivo de los intentos de asesinato —digo crispada—. ¡Literalmente unos minutos antes de descubrir lo tuyo con Max y Milla! Así que podrías no ser tan duro conmigo, ¿vale? Estoy intentando hacer lo mejor para todos.

No me responde, pero puedo notar que está pensando en ello. Intentando sopesar si quiere creerme o no. Y eso podría ponerme furiosa —yo nunca miento, y mucho menos a él—, si no fuera porque es evidente que es culpa de sus inseguridades más profundas, así que no puedo enfadarme con él.

—A mí no me parece que eso sea hacer lo mejor —dice Ian por fin.

Y no se equivoca. Porque no me siento como si lo fuera. Me siento fatal, horrible, como si estuviera cometiendo el mayor error de mi vida al pensar siquiera en abandonar la *Luz Estelar*. Pero no se me ocurre otra manera de mantenerlos a salvo del Imperio.

Pero no le digo eso. No puedo hacerlo. No si quiero terminar esta conversación sin llorar. O si quiero tener la oportunidad de demostrarle que no tiene por qué sentirse inseguro.

Es raro pensar en él de esa forma: es el gran Ian, el tipo duro que siempre tiene una respuesta para todo y está dispuesto a llevarse por delante a quien sea necesario para salirse con la suya. Pero eso es solo una parte de él... y no me refiero al *gestalt*. También es el mismo tipo que se ha pasado toda la vida evitando cualquier tipo de intimidad emocional con nadie que no fueran Max y Milla, porque no se puede imaginar que nadie los acepte tal y como son.

Que lo acepten a él por quien es, por lo que es.

Yo también he vivido así toda mi vida, convencida de que, si alguien veía a la persona pequeña y sencilla que había detrás de la princesa, se sentiría decepcionado.

No le desearía eso a nadie. Y de ningún modo se lo desearía al hombre del que me estoy...

Me detengo antes de poder pensar siquiera en ello. Porque ¿qué sentido tiene admitirlo, si solo va a servir para hacerme más daño cuando me vaya?

En lugar de eso, me centro en Ian. En su aspecto, más fuerte y sensual de lo que debería estar permitido. Y me doy permiso a mí misma para disfrutar de él una última vez.

Tengo algunas dudas: el *gestalt* me fascina, pero también me pone un poco nerviosa, así que decido no pensar en ello. Me centro en Ian, solo en Ian, y no en la pena que me aplasta el estómago como un meteorito, hundiéndome y abrasándome al mismo tiempo.

Doy un paso adelante y cruzo el espacio que Ian ha dejado deliberadamente entre nosotros. Entrecierra los ojos oscuros, como si estuviera intentando adivinar qué estoy tramando, pero no me molesto en comunicárselo. Es un tipo listo, estoy segura de que lo adivinará.

Estamos tan cerca el uno del otro que puedo sentir el calor que emana su cuerpo, y es un contraste tan fuerte con el frío que se ha instalado en mi interior que no puedo resistirme. No puedo resistirme a él.

Extiendo el brazo y apoyo las manos en el pecho de Ian, deleitándome con la fuerza de sus poderosos músculos bajo mis dedos. Sus ojos se oscurecen, las pupilas se le ensanchan incluso antes de que deslice las manos hacia arriba, de que le recorra la garganta con la punta de los dedos y juguetee con el pelo de su nuca. Es maravilloso y suave, y me encanta sentir su tacto en mi piel.

Me gusta aún más la forma en que se le corta la respiración, cómo empuja su cuerpo caliente y duro contra el mío cuando le sostengo la nuca entre las manos. Me pongo de puntitas y, lentamente y con cuidado, acerco su boca hacia la mía.

Ian deja escapar un gemido antes siquiera de que nuestros labios se toquen, un sonido triste y hambriento que resuena en mi interior mientras recorro la poca distancia que queda entre nosotros. Y entonces mis labios están sobre los suyos, y los suyos sobre los míos, y nunca me he sentido tan bien.

Es como mezclar las guirnaldas de luces que cubren el techo de mi habitación del palacio con la efervescencia de las grageas que Ian me dio en Glacea.

Le mordisqueo el labio inferior y vuelve a gemir, esta vez con un sonido gutural. Tomo la delantera inmediatamente y se lo succiono, para luego apretarlo entre los dientes. Ian se pone tenso un segundo y un escalofrío le recorre el cuerpo; después me rodea con los brazos.

Tira de mí para acercarme aún más a él, apretándonos para que pueda sentir todas las partes de su cuerpo sobre el mío. Ahora toma el control, y su lengua se abre paso por mi boca y se aprieta contra mis dientes, contra mi lengua, contra mi paladar. Una oleada de placer me invade, unos espasmos de pasión que me calientan desde dentro.

Ahora soy yo la que deja escapar un ruido, un lamento sordo que sale de lo más profundo de mi ser cuando Ian desliza las manos por mi espalda. Me sostiene el trasero con las palmas de las manos y me levanta sin ningún esfuerzo para cargar conmigo. Le rodeo los hombros con los brazos y la cintura con las piernas.

Me hace sentir bien, muy bien, y suelto un gemido cuando nos hace girar para apoyarme la espalda contra la pared. Y entonces me arqueo hacia él y mi cuerpo toma el control cuando me aprieto contra su pene una y otra y otra vez.

Siento un calor que crece en mi interior, y también un vacío, hasta que lo único en lo que puedo pensar es en Ian y en lo que siento al tenerlo dentro de mí.

—Por favor —musito mientras le doy besos apasionados en la mandíbula, en la garganta, en ese punto sensible detrás de la oreja que hace que suelte un gruñido.

—Por favor, por favor, por favor. —Es una letanía que resuena en mi interior, una súplica jadeante que sale de mis labios una y otra vez.

Y entonces deja que mis piernas se deslicen por su cuerpo hasta que mis pies vuelven a tocar el suelo. Todavía me sujeta con fuerza contra él, y menos mal, porque no estoy segura de que mis piernas temblorosas fueran a soportar el peso de mi cuerpo.

Pero entonces se pone de rodillas delante de mí y me baja el cierre mientras lo hace.

—Eres preciosa —murmura mientras sus labios descienden por mi cuerpo, por el esternón, por el ombligo y aún más abajo, hacia mi mismísimo centro.

Me deja el overol más o menos puesto, incluso cuando nos inclina de forma que mi cuerpo queda oculto tras la anchura del suyo: estamos en la parte de atrás de la cocina, después de todo. Y aunque todo el mundo está ocupado y las probabilidades de que alguien entre aquí no son muy altas, tampoco sería algo imposible.

Hay algo sensual en esa idea, algo prohibido, ardiente y que me puede volver loca, sobre todo si pienso que puede ser Max el que nos interrumpa.

¿O ya nos estará viendo?

Pero entonces Ian desliza los dedos por encima de mi pubis; me baja las bragas y juguetea por la hendidura de mi sexo antes de metérmelos con delicadeza.

Todo mi cuerpo se enciende y dejo escapar un grito ahogado desde lo más profundo de mi ser cuando introduce dos dedos fuertes y gruesos dentro de mí. Me llena con ellos y me hace cabalgarlos como si mi vida y mi cordura dependieran de ello. Y acto seguido se inclina hacia delante y me empieza a dar besos en el abdomen antes de continuar bajando más y más con sus labios.

Saca la lengua y traza unos círculos con ella alrededor de mi clítoris. Entonces me dejo llevar y le agarro el cabello mientras mi cuerpo se arquea, tiembla y se sacude contra él.

Ian se ríe y levanta las manos para apoyarme las caderas contra la pared mientras sigue lamiéndome, succionándome y acariciándome con la nariz hasta que lo único que me importa es él, este momento y el fuego infernal que arde en mi interior.

—Ian, por favor —suplico, y la sensación se vuelve cada vez más molesta, hasta que llega a ser dolorosa. Hasta que me encuentro ante un precipicio de deseo, balanceándome en el borde pero incapaz de caerme, porque él no me lo permite. Porque está decidido a dejarme allí, justo allí, a punto de llegar al éxtasis, tanto tiempo como le sea posible—. Necesito... necesito...

Noto el calor de su respiración en mi centro, su lengua perversa y salvaje y maravillosa que se desliza sobre mí. Vuelvo a soltar un gemido —cuanto más dura esto, menos control tengo sobre mi cuerpo—, y entonces Ian me levanta una pierna y la pasa por encima de su hombro mientras me introduce aún más los dedos.

Encuentra un punto en mi interior que me hace arder por dentro, que pone en alerta roja cada una de las terminaciones nerviosas de mi cuerpo y hace que cada parte de mí implore por hallar el alivio.

Dejo escapar un gemido en voz alta, y a continuación Ian levanta la mano libre para silenciarme, apretando un dedo contra mis labios. Pero a estas alturas ya no me importa que me oiga alguien, y le muerdo con fuerza la punta del dedo antes de metérmelo en la boca y succionar.

Ahora es el turno de Ian de gemir; su boca y sus dedos se vuelven más insistentes, más desesperados, más decididos.

Otra caricia de su lengua en mi clítoris, otro movimiento de sus dedos muy dentro de mí, y me vuelvo loca. Siento una explosión de placer en mi interior como una supernova; me quema viva desde dentro, recorre todas mis venas y mis nervios y mi piel, y brota de mi cuerpo en unas oleadas que soy incapaz de contener.

—Ian, Ian, Ian. —Mi orgasmo no tiene fin, y su nombre es una súplica en mis labios, una bendición y una petición de clemencia, todo al mismo tiempo.

Pero no se aparta y tampoco da marcha atrás, porque lo siguiente que sé es que ha reemplazado los dedos por la lengua y se está abriendo paso a lamidas hacia lo más profundo de mi ser. Y de repente vuelvo a sentirme sobrepasada, aliviándome una vez tras otra, mientras pierdo por completo el control de mi cuerpo.

Cuando acaba, cuando creo que puedo pensar y respirar de nuevo, Ian vuelve a colocarme la pierna en el suelo y se pone de pie con cuidado, dejando una mano apoyada en mi cadera para sostenerme en caso de que mis piernas temblorosas tengan problemas para funcionar por sí solas. Y entonces me coloca las bragas en su sitio y me sube el cierre del overol para volver a dejarme presentable.

Si no fuera por el rubor en mis mejillas y el brillo de placer que seguro tengo en los ojos.

Me estiro hacia él y deslizo las manos por su pene duro y sensual. Un escalofrío le recorre el cuerpo, y empiezo a quitarle el cinturón, a desabrocharle los pantalones para poder darle el mismo placer que me ha dado él a mí. Pero Ian me detiene con un beso y entrelaza sus dedos con los míos para apartarme la mano de su cuerpo.

—¿No quieres...? —comienzo a decir, pero me muerde el labio inferior antes de apartarse de mí a regañadientes.

—Más tarde —murmura—. Vendrán en cualquier momento por algo de comer.

—Sí, pero... —Lo vuelvo a intentar acariciando toda su dureza a través de sus pantalones.

Ian se estremece y no puede evitar apretarse contra mi cuerpo al sentir mi caricia. Pero entonces se aparta y me endereza el cuello del overol, además de adecentarse él mismo.

Justo a tiempo, porque, apenas un minuto después, Rain y Merrick entran a grandes zancadas en la cocina.

Ian y yo estamos presentables, pero ha faltado poco. Ian se lava las manos y se las seca antes de dirigirse al procesador para sacar el guisado. Está sereno y con la cabeza fría, y, si alguien lo mirara solo a él, no tendría ni idea de lo que ha ocurrido. ¿A mí, por otra parte? No hay ningún espejo, así que no puedo mirarme, pero estoy bastante segura de que tengo el aspecto de alguien a quien se acaban de coger en la cocina. Y ni siquiera me importa.

Sobre todo cuando Max entra medio minuto más tarde. Su mirada se cruza con la mía desde el otro lado de la habitación, y lo veo en lo más profundo de sus ojos: sé que lo sabe, siento su pasión y su interés.

Eso debería avergonzarme, pero no es así. En lugar de eso, aviva el fuego en mi interior: mi corazón empieza a latir de forma salvaje y se me ponen duros los pezones. Max se da cuenta, y también Ian. De repente, el ambiente a nuestro alrededor parece estar cargado con una electricidad que no puedo explicar, y que tampoco estoy segura de que quisiera hacerlo.

Pero entonces Max sonríe y rompe el contacto visual, y esa sensación se disipa como el vapor.

Beckett y Gage entran poco después, y entonces todos nos sentamos a comer en la mesa que he preparado. Y mientras la conversación fluye entre unos y otros, no puedo dejar de pensar en que esto es lo que quiero. Este momento perfecto de risas, camaradería y satisfacción —mucha satisfacción—, todo al mismo tiempo. Hemos tardado bastante en llegar hasta aquí, pero, ahora que lo hemos hecho, solo quiero que dure para siempre.

Pero estos momentos son efímeros. No importa lo mucho que intentemos capturarlos, desaparecen tan rápido como han llegado. Y mientras Gage y Merrick recogen los platos, sé lo que tengo que hacer.

Solo deseo tener la fuerza suficiente para hacerlo.

66

KALI

Espero hasta que Rain se queda dormida y salgo a hurtadillas de la habitación, cruzando el pasillo en dirección al puente de control. Estamos en mitad de la noche y todo el mundo está durmiendo excepto yo y espero que Beckett. Necesito hablar con ella, como sea.

Por suerte, está sentada en su asiento del piloto, como siempre, mordisqueando una barrita de proteínas y haciendo algo que no puedo ver en la pantalla que tiene delante.

—Hola —saludo desde la puerta para no sobresaltarla. Es asustadiza en el mejor de los casos, por motivos evidentes, y ya hemos aprendido todos que es mejor avisarla a recibir el golpe de cualquier objeto que utilice como arma si se asusta.

Se pone tensa, pero no agarra nada para lanzarme, así que lo considero una victoria.

—¿Qué haces aquí? —pregunta.

Me doy cuenta de que ha intentado hablar en el mismo tono venenoso que suele utilizar cuando habla conmigo, pero no lo ha conseguido. Creo que me estoy empezando a hacer un hueco en su corazón, como los hongos que crecen en Ellindan.

—Quería hablar contigo. Tengo que pedirte un favor. —Cruzo el puente de control y Beckett se apresura a apagar la pantalla, pero no antes de que pueda ver lo que hay en ella—. ¿Estás jugando al stirobi? ¿Contra quién?

—Haces muchas preguntas para ser alguien que quiere que le hagan un favor —gruñe, y después se reclina en la silla y pone los pies sobre la consola que tiene delante.

Me dejo caer en el asiento que hay a su lado.

—Es un juego. No sabía que la respuesta fuera algo supersecreto.

—Estoy jugando contra la *Luz Estelar*. Siempre me gana, pero estoy mejorando. —Le pega un gran bocado a la barrita de proteínas y me mira, como diciendo: «¿Ya estás contenta?»—. ¿Qué quieres? Creía que estarías tirándote al capitán y a su otra mitad, o algo así.

—Guau, cuánta clase. —Pongo los ojos en blanco y Beckett se ríe.

—Pues sí, así soy yo. —Bebe un trago de agua—. Así que dime qué favor quieres que te haga, para poder decirte que no y que te largues de una maldita vez de mi puente de control.

—¿Sabes, Beckett? Lo que más voy a echar de menos de esta nave es tu increíble amabilidad. Es algo conmovedor.

—Sí, bueno... —empieza a decir, pero se detiene—. ¿Dices que lo vas a echar de menos?

—De eso quería hablarte. ¿Estamos cerca de algún lugar con una atmósfera respirable?

Beckett entrecierra los ojos.

—Define cerca.

—¿A menos de tres horas? Me gustaría hacer esto antes de que se despierten los demás.

Se queda mirándome varios segundos. No es que esté sorprendida, sino más bien es como si estuviera intentando decidir si lo digo en serio. No sé qué ve en mi cara, pero la convence de que es así, porque no dice ni una palabra más. Simplemente se gira hacia la *Luz Estelar* y aprieta unos botones.

Unos segundos más tarde, un mapa del sistema a nuestro alrededor aparece en las pantallas.

—Resulta que estamos a unas dos horas de una de las lunas exteriores de Glacea y a unas cuatro de otra. —Señala sus posiciones relativas en las pantallas.

—¿Hay algo en la más cercana? —pregunto.

—No demasiado. Pero es un puesto de avanzada militar, así que no creo que tengas problemas para que te lleven a casa..., si es ahí donde estás planeando ir.

—Sí.

—Lo suponía. —Toquetea los controles de la *Luz Estelar* durante unos segundos—. ¿Quieres que ponga rumbo hacia allí?

¿Quiero hacerlo? En absoluto. ¿Voy a pedirle que lo haga de todas formas?

—Sí, por favor.

Beckett no dice nada más, simplemente introduce las coordenadas de la luna y entonces, después de observar hacia donde estoy, vuelve a centrarse en su juego.

Por eso le he pedido ayuda a ella. Es la única de los que están a bordo, excepto quizá Merrick, que no me iba a intentar disuadir. Y como no quiero irme, de verdad que no, me temo que no sería demasiado complicado convencerme..., sobre todo si es Ian quien lo hace.

Nos quedamos sentadas en silencio más de una hora, Beckett jugando a su juego y yo utilizando el papel que he encontrado en la bodega para escribirle un mensaje a Ian, intentando explicarle algo que apenas logro entender yo misma.

—Se va a enojar. Lo sabes, ¿verdad? —dice Beckett cuando la luna de Glacea ocupa toda la pantalla que tenemos delante.

—Mejor enojado que muerto —respondo. Es lo que necesito oír yo también, para liberarme de la bola de tensión que siento en el estómago y de la lista de remordimientos en mi cabeza. Porque preferiría que todos los de esta nave estuvieran enfadados antes que muertos, incluso Beckett, y si tengo una oportunidad de salvarlos, he de aprovecharla.

—¿En serio crees que tu madre decía la verdad? —pregunta ella. Si fuera cualquier otro, el tono de su voz sería de total indiferencia, pero viniendo de Beckett, cualquier mínimo rastro de interés es el equivalente a una curiosidad apasionada.

—¿Sobre que los intentos de asesinato iban dirigidos a mí? Sí —asiento—. Nunca me ha cuadrado que fuera cosa de la Corporación: a ellos lo único que les interesa son los beneficios, y mi madre es quien hace que los sigan teniendo. La Hermandad jamás se arriesgaría a hacer daño a su suma sacerdotisa volándonos en pedazos. No pueden ser los rebeldes, porque has puesto la mano en el fuego por ellos. Y confío en ti.

Beckett levanta una ceja al oír eso, pero no dice nada.

Me atuso temblorosa el cabello, porque decirlo en voz alta solo sirve para convencerme aún más:

—El Imperio es la única otra entidad con dinero suficiente para controlar tantas naves y con el alcance suficiente para distribuir todos esos panfletos. Si no estás de acuerdo, soy todo oídos. Pero lo he estado pensando mucho, y para mí es lo único que tiene sentido.

—Para mí también, pero así al menos podré decirle a Ian que intenté que cambiaras de idea.

Le dedico una sonrisa triste.

—Salvándote el pellejo, ¿eh?

—Nadie más lo hará por mí —replica ella, encogiéndose de hombros.

No se equivoca, excepto...

—Eso es lo que estoy intentando hacer, Beckett. No me voy solo por Ian, ya lo sabes. Me voy por todos ustedes.

No me contesta, pero vuelve a girarse hacia la consola y se pone a toquetear algunos de los interruptores, una prueba irrefutable de que se siente incómoda. Y es comprensible, pero eso no impide que añada:

—Hay otra cosa que quiero decirte. Espero que no te importe.

Se encoge de hombros, pero deja de mover las manos y casi parece que esté conteniendo el aliento.

Intento ordenar mis pensamientos, porque solo tengo una oportunidad para decir lo que tengo que decir.

—En el tiempo que he pasado en la *Luz Estelar*, no creo que haya sido un secreto que las dos teníamos objetivos completamente diferentes. Y aunque hayamos nacido en bandos muy distintos dentro del conflicto que sacude Senestris, necesito que sepas que lo siento. La princesa heredera del Imperio que te ha maltratado, que te ha hecho daño y que ha sido muy injusto contigo lo siente. Nunca deberían haberte tratado como lo hicieron. Nunca deberías haber sufrido todo lo que has sufrido. Y te prometo que pasaré hasta el último día de mi vida, mientras mi familia esté en el poder, haciendo lo posible para que nadie vuelva a sufrir en nuestras manos como lo has hecho tú.

Un escalofrío poderoso recorre el cuerpo demasiado delgado de Beckett, e inclina la cabeza para que sus rizos negros le cubran la cara. Otro escalofrío, y toma aire con fuerza. Acto seguido susurra:

—Me alegro de no haberme esforzado demasiado en intentar matarte.

Estoy a punto de reírme, pero noto la sinceridad en su voz. Y realmente es una concesión mayor de la que me merezco.

—Yo también —confieso. Y aunque una parte de mí quiere abrazarla, hay otra parte que quiere seguir conservando las manos y los brazos. Además, me da miedo ponerme a llorar, porque, si lo hago, no creo que pueda parar nunca más.

El centro de mando de la *Luz Estelar* empieza a sonar, y Beckett se ocupa de los controles.

—Iniciando aterrizaje —dice—. ¿Eh? El puesto de avanzada nos ha dejado pasar sin pedirnos las credenciales. Llegaremos en unos cuatro minutos si los datos de la nave son correctos.

Siempre lo son, y las dos lo sabemos. Así que agarro la bolsa que he preparado antes con una manta y unos cuantos paquetes de pezgalen deshidratado, y me la echo al hombro. Entonces dejo la carta que le he escrito a Ian sobre la silla del capitán que tanto le gusta y me dirijo a la puerta del puente de control.

—¿Llamarás a la emperatriz cuando se hayan alejado? ¿Para decirle dónde me puede recoger?

—Lo haré. —En ese instante, Beckett me mira—. Aunque no sé por qué confías en mí para eso. ¿Y si decido dejarte para siempre en un viejo y destartalado puesto de avanzada en esta luna?

—Porque, si eso ocurre, la emperatriz montará un gran escándalo al no tener de vuelta a su querida hija. Y alguien, en algún momento, aparecerá con suficiente armamento para derribar la *Luz Estelar*... y a ti.

Beckett sopesa mis palabras mientras dirige la nave hacia una zona de tierra morada.

—Es un argumento bastante convincente.

—Me alegra que lo veas así. —Le sonrío y, por una vez, ella me devuelve la sonrisa... o al menos hace una pequeña mueca, que ya es un progreso. Y no hace ningún comentario sobre mi labio tembloroso, algo que también aprecio.

Le da un puñetazo a un botón y el tren de aterrizaje desciende.

—¿Estás segura? —me pregunta.

No.

—Claro que sí. —Obligo a mis pies a moverse, cuando lo que quieren es quedarse exactamente donde están. Y también el resto de mí.

—Llamaré a tu madre en cuanto nos alejemos un poco de aquí.

—Gracias, Beckett. —Extiendo la mano para darle un apretón, y ella la acepta. A continuación, para sorpresa de ambas, se acerca a mí y, con torpeza, me da algo que está a medio camino entre una palmadita en la espalda y un abrazo, y que es mucho más reconfortante de lo que debería.

Empiezo a descender por la rampa, con un nudo en el estómago y unas lágrimas a punto de brotar en los ojos. Ya he bajado hasta la mitad cuando Beckett me llama de nuevo, y cuando me doy vuelta la veo de pie en la parte alta de la rampa.

—Gracias por no ser tan imbécil como pensaba que serías —dice.

—Lo mismo digo —respondo. Y entonces sigo caminando hasta llegar abajo.

Miro cómo Beckett vuelve a subir la rampa. Cómo pone en marcha la *Luz Estelar*. Cómo despega y sale volando hacia la noche. Y entonces sigo mirando, hasta que la nave no parece más grande que un cometa atravesando el cielo completamente negro.

Solo entonces me siento en la tierra morada y sollozo. Porque estoy bastante segura de que mi corazón iba en esa nave, y acabo de ver cómo salía volando.

67

KALI

Cuando por fin dejo de llorar, me seco la cara con la manta que he tomado prestada de la *Luz Estelar*. Está helando —no está cubierto de nieve como en Glacea, pero, aun así, hace mucho mucho frío—, así que me envuelvo en ella tanto como puedo. En ese momento me pongo de pie y echo un vistazo alrededor por primera vez.

Serai ya se alza en el horizonte, y la atmósfera de esta luna hace que parezca azul. No es una buena señal para mi supervivencia a largo plazo en el exterior, si la radiación se dispersa de una forma tan diferente a como lo hace en Askkandia, pero la *Luz Estelar* había indicado que estaría a salvo al menos durante unas cuantas horas después del aterrizaje, así que confío en ella. El mundo a mi alrededor está tan bien iluminado que puedo distinguir una enorme cadena montañosa de color morado a lo lejos. También veo cinco edificios grandes de aspecto industrial a mi izquierda y una cápsula militar negra y plateada que se dirige hacia mí a toda velocidad.

Después de todo lo que ha ocurrido en Rangar y Rodos, estoy bastante nerviosa por lo que pueda pasar cuando lleguen junto a mí. Pero me recuerdo a mí misma que es un puesto militar, presumiblemente leal a la emperatriz, y yo soy la princesa. Solo tengo que recordarlo y actuar como tal, al menos por ahora.

Me tomo un segundo para atarme el cabello, alisándomelo lo mejor que puedo. Acto seguido enderezo los hombros, pongo la cara de plácida princesa que ya no estoy acostumbrada a utilizar —aunque debo admitir que me ayuda a sentir que tengo las cosas bajo control— y espero a ver qué ocurre a continuación.

Y lo que ocurre a continuación es que salen tres soldados de la cápsula enorme que se detiene flotando delante de mí. Los tres van armados con rifles láser, y los tres los apuntan hacia mí.

—¡Levanta las manos! —grita la primera. Es una mujer de aspecto serio, con cara de estar de mal humor, y la insignia que lleva en su grueso uniforme color óxido me dice que es la que tiene mayor rango de los tres. Imagino que es de Kridacus, a juzgar por su complexión robusta y su aterciopelada piel color melocotón. Sea de donde sea, está muy lejos de su hogar si vive en cualquiera de los planetas interiores, así que, si está aquí, significa que es probable que haya hecho algo que no le ha gustado al Imperio.

Y eso hace que automáticamente me caiga bien.

Aunque una parte de mí solo quiere levantar las manos —de verdad, no quiero haber hecho todo esto solo para morir aquí, en un remoto puesto militar—, sé que mi madre jamás lo habría hecho. Así que centro toda mi atención en la teniente y le dedico mi mejor cara de desaprobación, una que he aprendido de la mismísima emperatriz.

—Bajen esas armas —les ordeno con una voz tan fría como una tormenta en Glacea—. Soy la princesa Kalinda, hija de la emperatriz Violatta del sistema Senestris, y necesito su ayuda. Por favor, llévenme a su base para que pueda hablar con mi madre.

Los tres parecen confundidos al oír mis palabras, pero sus armas no se mueven ni un milímetro. El corazón me late sin control.

—Les daré tres segundos para bajar las armas antes de que haga que los arresten y los juzguen por traición.

Nunca lo haría, solo están haciendo su trabajo. Además, ni

siquiera sé si se siguen haciendo esas cosas. Pero no quiero que me disparen, así que es mi única baza.

Los tres vacilan, y después bajan los rifles láser.

—¿Princesa Kalinda? —La teniente da un paso adelante—. ¿Qué hace aquí?

—Con ayuda, conseguí escapar de la *Caelestis* tras el desafortunado incidente de hace un par de semanas. He estado en una nave desde entonces. Ya es hora de que regrese a casa. —Mi labio quiere ponerse a temblar al pensar en ello, pero lo mantengo inmóvil a base de fuerza de voluntad—. Imagino que puede ayudarme con eso.

—Por supuesto, alteza. Me llamo Belinda, y mis hombres son Jakob y Vincen. Nos ocuparemos de usted. Bienvenida a Espia.

En cuanto aceptan quién soy, las cosas suceden bastante rápido. Me hacen entrar a toda prisa en el asiento delantero de la cápsula y me ponen una manta extra sobre los hombros. Uno de los soldados —Jakob, creo— me coloca en las manos un termo lleno de café caliente, y entonces nos alejamos a toda velocidad hacia los edificios que hay a lo lejos.

En menos de una hora, me dan acceso a las dependencias de los soldados mientras la teniente Belinda no para de pedirme perdón por la humildad del alojamiento. A mí me parece estupendo, sobre todo porque incluye una ducha con agua caliente y una cama cómoda.

Cuando acabo de cepillarme el cabello y de ponerme el grueso uniforme que me ha dejado Belinda, alguien está tocando la puerta.

—¡Ya voy! —grito.

Abro la puerta y me encuentro a dos mujeres soldado; me habían dicho que se llamaban Julia y Dominique cuando nos presentaron. Una de ellas lleva un montón de sábanas y la otra, una bandeja con comida.

—Adelante, adelante —les indico invitándolas a entrar—. Muchas gracias por todo.

—¿Dónde quiere que le deje el desayuno? —pregunta Dominique. Es alta y delgada, y tiene una mirada amable, la piel morena y el pelo rapado que llevan todos los soldados en las unidades militares del Imperio.

—En la repisa está bien —le respondo haciendo un gesto hacia la pequeña zona de la cocina.

—¿Le preparo la cama, alteza? —se ofrece Julia sosteniendo las sábanas.

—¡Oh, no hace falta! Puedo hacerlo yo misma.

Las dos dan un paso atrás, pero no estoy segura de si es por asombro o por terror. Sea como sea, me lo reprocho. ¿Cómo he podido olvidar que las princesas no hacen su propia cama? Rain me tuvo que enseñar cómo hacerlo el primer día que pasamos en la *Luz Estelar*, pero desde entonces se ha convertido en una costumbre.

Una que al parecer debo olvidar si voy a volver al palacio de mi madre.

—Sí, puedes preparármela.

Julia asiente con la cabeza y vuelve a aparecer su mirada amable.

—¿Cuánto tiempo llevan apostadas aquí? —le pregunto a Dominique mientras Julia se dirige hacia la cama que hay en el rincón y empieza a prepararla.

—Dos años, alteza —responde cambiando el peso de los pies ligeramente, como si estuviera nerviosa—. Julia y yo llegamos juntas, nada más salir de la instrucción.

—¿Les gusta?

Intercambian una mirada que me dice todo lo que necesito saber. Pero Dominique solo responde:

—Es una base tranquila, alteza. Sin duda, usted es lo más emocionante que ha ocurrido en Espia en los dos años que llevo aquí.

—A decir verdad, ver a la princesa aparecer de repente sería emocionante para cualquiera, no solo para nosotras —añade Julia.

—Tienes razón —concede Dominique—. Sin duda tendremos algo de lo que presumir en la próxima base.

—¡Dom! —la reprende Julia, y la otra soldado se ruboriza al darse cuenta de lo que ha dicho.

Yo me río, porque me recuerdan que hay gente buena en el mundo que trabaja para el Imperio, algo que era fácil de olvidar en la *Luz Estelar*, cuando a casi todos mis compañeros de viaje los habían tratado de una forma horrible.

Me dispongo a hacerles más preguntas, pero, antes de que pueda pensar en algo, vuelven a tocar la puerta.

Dominique se apresura a abrir, y allí está la teniente Belinda. Hace un saludo militar cuando me acerco a la puerta, llevándose un dedo a la frente.

—Quería informarle de que hemos contactado con el palacio, alteza. Nos han dicho que ya tenían varias lanzaderas desplegadas por los alrededores, porque la estaban buscando. La que estaba más cerca ya ha partido rumbo a Espia, y llegará mañana antes de la hora de comer.

Una oleada de alivio me invade al oír las noticias. Le doy las gracias a la teniente, que se ofrece a enseñarme la base. Quiero decirle que no —estoy agotada emocionalmente, abatida, y el frío de este lugar me recuerda al paseo por los muelles de Rodos con Ian—, pero no estoy segura de que quedarme sola en mi habitación vaya a ayudarme.

Así que al final acepto. ¿Cuánto podría durar una visita por Espia, después de todo?

La respuesta es que bastantes más horas de las que había imaginado, porque hay mucho más de lo que parecía cuando aterricé. Sí, la base es pequeña, pero no me había fijado en que había tantas cosas más allá de las montañas.

Conducimos a través de un túnel abierto en la montaña mientras la teniente Belinda me explica que lo han excavado para optimizar el acceso a las instalaciones desde el otro lado.

Añade que se instalaron en Espia hace mucho tiempo, cuando la Corporación quería explorar Tybris y Nabroch, los dos planetas muertos del sistema.

Están en la frontera exterior, justo antes de llegar a las Tierras Salvajes. Allí casi no llega nada del calor de Serai, y ese es uno de los motivos por los que los planetas murieron hace tanto tiempo. Pero cuando no encontramos nada que pudiera ser de utilidad, se puso fin a la exploración y no ha habido más actividad en esa zona desde entonces.

O eso me habían contado.

Pero ahora creo que no es cierto. Si no, ¿por qué iba la *Reformadora* a llevar a Milla hasta allí, hasta las Tierras Salvajes? ¿Y cómo iba a saber Ian que es un lugar tan horrible y que nadie vuelve de allí con vida?

Es evidente que hay algo allí. ¿Quizá una prisión llena de gente como Milla y Beckett, con las que hacen experimentos? ¿Un campo de refugiados infantil como aquel en el que creció Ian? ¿Algo aún peor?

Resulta que en Espia no hay ninguna de esas cosas. Solo hay un parque industrial, mucho más grande que la base y lleno de edificios idénticos, todos pintados con el color negro de la Corporación.

Empiezo a sospechar aún más. Tengo un mal presentimiento sobre este lugar. ¿Por qué tiene la Corporación una presencia tan activa en Espia? Sin embargo, cuando le pido que me haga una visita guiada por las instalaciones, la teniente Belinda niega con la cabeza.

—A los militares no se nos permite interrumpir las operaciones en este lugar —me dice con frialdad, y me doy cuenta de que es un tema delicado para ella.

Me dispongo a preguntarle por qué me ha traído aquí, pero entonces lo entiendo. Es porque ella tiene las mismas sospechas que yo, y este es su modo de hacérselo saber a sus líderes. A pesar del pequeño incidente con las armas láser de esta mañana, la teniente Belinda está empezando a caerme bien.

Comprobaré esto en cuanto llegue a casa. Y si tengo que volver aquí en una lanzadera dentro de unos meses, lo haré. Mi madre y la Corporación no me van a controlar nunca más.

Casi hemos vuelto al túnel cuando veo que alguien se acerca bajando por la ladera de la montaña. La teniente debe de haberlo visto también, porque reduce la velocidad de la cápsula hasta casi detenerse.

Es un hombre alto, creo que incluso más que Merrick, y lleva una especie de dispositivo mecánico en la pierna derecha, probablemente para ayudarlo a subir por la montaña. No parece demasiado extraño, y sin duda no es la prueba incriminatoria que esperaba encontrar. La Corporación está a cargo de la tecnología de todo el sistema, y siempre están investigando y desarrollando cosas nuevas.

Una tecnología para ayudar a la gente a avanzar por terrenos difíciles me parece un gran proyecto, teniendo en cuenta las condiciones en las que se quedan algunos planetas a medida que se muere el sol.

El hombre desaparece de nuestra vista, y volvemos a acelerar. En cuanto regresamos a la base, me disculpo y vuelvo a mi habitación para pasar el resto del día haciendo lo que me había dicho a mí misma que no iba a hacer: regodearme en mi propia tristeza. La parte buena es que la base tiene una biblioteca digital bastante extensa, así que, después de cenar con los soldados, me relajo y tomo prestada una tableta.

Leo hasta quedarme dormida en mitad de la noche y, cuando me despierto, ya es casi la hora de irme. Me pongo el uniforme que me dieron el día anterior y guardo mi overol sucio en la mochila. Sé que debería deshacerme de él, llevo usándolo tanto tiempo que estoy segura de que no tiene arreglo, pero no consigo reunir el valor para hacerlo. Así que lo meto en el fondo de la bolsa y me digo a mí misma que ya me ocuparé de él cuando llegue a casa.

Tras comer con los soldados, doy una vuelta por allí y les agradezco sus servicios uno por uno. Dominique se emociona demasiado y está a punto de lanzarse a darme un abrazo, algo que horroriza a la teniente, pero que a mí me pone muy contenta. Cuando llegue a casa, pienso derogar la ley que prohíbe que la gente me toque.

En ese momento ya han localizado una nave al otro lado de nuestra atmósfera, así que salgo del perímetro de la base y espero a que vengan a buscarme. Diez minutos más tarde, la lanzadera aterriza. Es una nave de transporte de alcance medio, con la insignia de mi madre en un lado, un diamante cubierto de estrellas. El miedo me provoca un nudo en el estómago en cuanto la veo, pero lo ignoro. Nunca he pensado que el viaje de vuelta a Askkandia sería fácil, pero es la decisión que he tomado. Ahora tengo que asumir las consecuencias.

Observo la nave mientras el ruido de los motores se convierte en un murmullo grave, la puerta exterior se abre y la rampa empieza a descender lentamente. En cuanto se extiende por completo, un hombre vestido con la armadura negra y morada de las fuerzas de seguridad del Imperio aparece en lo alto. Nada más verlo, la tensión desaparece de mi cuerpo, porque no es cualquier soldado imperial, sino uno de mis favoritos.

Echo a correr hacia la nave espacial mientras él baja a grandes zancadas por la rampa, hacia mí.

—¡Arik! —grito.

—¡Princesa Kali! —Una sensación de alivio aparece en su

rostro al ver que estoy bien. Cuando llego junto a él, me lanzo entre sus brazos, y él abre los ojos de par en par, alarmado.

Me atrapa, y después del asombro inicial por haberlo tocado, se permite rodearme con los brazos.

Me doy a mí misma unos segundos para abrazarlo con fuerza —huele a mi hogar—, y entonces, a regañadientes, libero sus hombros de mi agarre letal.

—Me alegro de verla, alteza —me dice cuando nos separamos—. Aunque casi no la reconozco.

Teniendo en cuenta que llevo el uniforme de un soldado, me lo puedo imaginar.

—Tú estás exactamente igual, Arik.

—Usted no. —Me examina un minuto más—. Me recuerda a su padre.

—Es lo más bonito que me has dicho nunca. Me alegro de verte.

—Y yo a usted. Temíamos lo peor cuando desapareció en la *Caelestis*.

—Me aterraba lo que les hubiera podido ocurrir. —Respiro hondo, y luego le hago la pregunta que me ha perseguido durante semanas—. ¿Lara ha sobrevivido?

Arik asiente con la cabeza.

—Sí. Se había roto un brazo, pero ya está de vuelta en Askandia. Esperándola.

Mi alivio es casi palpable. Pase lo que pase, al menos volveré a verla.

—¿Y Vance?

—No lo ha logrado. —Arik tiene la mirada triste—. Más de un centenar de personas murieron tras las explosiones, incluyendo a los embajadores Terra y Holdren.

—Lo siento mucho. —No conocía mucho a Vance, pero, aun así, pensar en su muerte, sobre todo cuando me estaba protegiendo, me llena de tristeza—. No debería haber ocurrido.

—No, alteza. Pero estamos haciendo todo lo posible para encontrar a los responsables y llevarlos ante la justicia.

Me pregunto si será cierto. O si, como había ocurrido con la muerte de mi padre, mi madre va a esperar un par de semanas y entonces presentará «pruebas» en contra de la Rebelión. Arrasar de nuevo los escondites de los rebeldes suena exactamente a algo que le gustaría hacer.

Pero no lo digo. En lugar de eso, me conformo con un simple:

—Eso espero. Mucha gente inocente ha muerto, y tenemos que averiguar por qué, para asegurarnos de que no vuelva a ocurrir nunca más.

—Ahora está hablando como su padre. Ha madurado, alteza.

Sus palabras me reconfortan y me hacen sentir... esperanza. Mi padre era un buen hombre. Espero poder ser como él.

—Volvamos a casa. ¿Esa bolsa es todo lo que tiene?

Asiento con la cabeza, aunque retrocedo al oír sus palabras. Porque ya no siento que el palacio sea mi casa. Mi hogar es la *Luz Estelar*, y ahora está muy lejos de nosotros.

«Que es exactamente lo que yo quería», me recuerdo a mí misma. Aunque ahora me parece una mierda.

Aunque, claro, también lo es tener que enfrentarme a mi madre. Por suerte, aún tengo unos días para mentalizarme. Porque algo me dice que no va a salir bien.

68

KALI

La nave desciende con delicadeza sobre la plataforma de aterrizaje del palacio, y respiro hondo. Me duele el pecho y tengo un nudo en el estómago, y una parte de mí piensa que he tomado la decisión equivocada. Pero ¿qué alternativa tenía? ¿Dejar que mis amigos —o que Ian— fueran asesinados por mi culpa?

Nunca habría podido vivir con ello.

Hemos tardado unas cuantas semanas en llegar aquí, en las que he tenido tiempo de sobra para pensar, porque tampoco tenía nada más que hacer. Y he llegado a la conclusión de que tengo que olvidarme de lo que ocurrió en la *Luz Estelar*. Al menos por ahora. Senestris sigue enfrentándose a la mayor amenaza a su existencia que ha habido jamás, una amenaza que puede destruir todo el sistema, y esa tiene que ser nuestra prioridad. Mi prioridad. Si he aprendido algo en este viaje, debería ser eso. Que puedo cambiar las cosas.

Arik se aclara la garganta.

—Tenemos permiso para desembarcar, alteza.

Es entonces cuando soy consciente de que me están esperando. No sé cuánto tiempo llevo inmóvil en mi asiento, con el arnés todavía abrochado, pero ha sido suficiente como para que pudieran completar todo el protocolo que siguen normalmente al aterrizar en palacio.

Me duele el corazón cuando recuerdo cómo me explicaba Gage que los mecánicos de una nave la ayudan a despegar y aterrizar. Cómo escuchaba las clases que le daba Beckett a Rain sobre pilotear, y, aunque Beckett siempre ignoraba mi presencia, nunca me había echado de allí. He aprendido muchísimo.

Y ahora estoy de vuelta en casa.

Respiro hondo y vuelvo a poner mi cara de princesa.

—Gracias, Arik.

He esperado tanto tiempo que la rampa ya está bajada. Cuando me acerco a la puerta exterior, miro hacia abajo. Y ahí está, con el mismo aspecto que tiene siempre mi madre.

Preciosa: mucho más que yo.

Imponente: incluso ahí, de pie, mientras espera a que regrese su única hija, es evidente que es ella quien está al mando.

Diminuta: he heredado la altura de mi padre y de mi legado seratino. Mi madre solo me llega hasta la barbilla, pero tiene una presencia tan impresionante que no creo que nadie se dé cuenta de lo pequeña que es.

Creo que todo lo que he aprendido sobre ella en la *Luz Estelar* ha hecho que crezca en mi cabeza la idea de que es un monstruo. Y, en cierto sentido, está claro que lo es. Pero, por otra parte, es simplemente mi madre, con todo lo bueno y lo malo.

Tengo que recordar eso cuando llegue la hora de defender mi causa.

Enderezo los hombros —la postura es tan importante como la expresión del rostro cuando eres una princesa— y finjo lo mejor que puedo una serenidad imperial. Entonces empiezo a descender con delicadeza por la rampa, hacia mi pasado y mi futuro, asegurándome de tener la barbilla levantada en todo momento.

No puedo descifrar nada de la expresión del rostro de mi madre, pero eso era de esperar. He heredado de ella mi cara de princesa, después de todo. Aun así, lo último que espero cuando me detengo delante de ella es que me abrace.

Pero lo hace, atrayéndome hacia ella y sujetándome con fuerza durante varios segundos. Al principio estoy tan sorprendida que no sé qué hacer —ella no me había abrazado jamás en toda mi vida—, pero después decido rodearla con los brazos yo también.

Huele a flores, a los grandes arbustos del jardín, llenos de flores moradas y rojas. Es un olor reconfortante, y respiro hondo para dejar que me impregne mientras intento averiguar cómo me siento.

Es raro. Incómodo. Pero quizá esto era lo correcto, después de todo.

Mi madre me quiere. Sea lo que sea lo que haya hecho o que planee hacer en el futuro, sé que mi madre me quiere.

Solo tengo que recordar eso cuando ocurra lo que tenga que ocurrir después.

Luego da un paso atrás y me sujeta con los brazos estirados mientras arruga la nariz como si estuviera oliendo algo asqueroso. Quizá sea yo: pasarme varias semanas autocompadeciéndome durante el viaje de vuelta no ha ayudado precisamente a que me duche con demasiada frecuencia. El transporte imperial tenía todas las comodidades con las que podría soñar una princesa, por supuesto, pero cada uno de esos lujos hacía que sintiera que se me clavaba una nueva astilla dolorosa en el corazón, porque no era la *Luz Estelar*.

—Kalinda —me dice, y hay una emoción real en su voz—. Creía que te había perdido. Creía que habías muerto. —Posa su mirada sobre mí—. Y por todos los planetas del sistema, ¿qué es eso que llevas puesto?

—Yo también te he echado de menos, mamá. Y supuse que lo reconocerías. Es un uniforme militar del Imperio.

—Ya sé lo que es. —Sus fosas nasales se ensanchan—. La pregunta es qué hace eso en el cuerpo de mi hija.

Bueno, las opciones que tenía eran esto, el viejo overol andrajoso o la ropa de Arik, que me queda demasiado grande como para ser cómoda. Pero me conformo con:

—Este viaje ha sido una locura.

Me lanza una mirada penetrante.

—Has cambiado.

Así es. Pero no tengo ninguna intención de pedir perdón por eso, ni tampoco de poner excusas.

—He tenido que adaptarme a la vida en la *Luz Estelar*, pero ahora estoy en casa.

—Tienes que olvidar esa época. Y a esa... gente con la que estabas.

Jamás.

—Me han salvado la vida.

—He visto los informes. Son asesinos y bandidos, todos ellos.

—¿Y qué hay de la suma sacerdotisa de la Hermandad de la Luz y de su guardaespaldas?

—Ya sabes lo que opino de la Hermandad. —Resopla—. Pero veo que te han influido, de algún modo. Siempre has tenido debilidad por los más desamparados del sistema. Tendremos que trabajar en eso.

«Me parece que eso no va a ocurrir.» Pero asiento con la cabeza.

—Ya lo he superado. Pero estaría muerta de no ser por ellos. —Esto es importante, así que la miro directamente a los ojos—. Por favor, prométeme que no irás tras ellos. Prométemelo, mamá.

Me da una palmadita en el brazo.

—Claro que no. No hay por qué seguir pensando en ellos. Y siempre les estaré agradecida por haberte salvado.

—Muchas gracias. —Sabía que entraría en razón. Pero eso no significa que las palabras de Ian no me sigan resonando en la cabeza, diciéndome que no se puede confiar en la emperatriz. Por si acaso, hablaré con Arik cuando acabe todo esto para preparar algún plan alternativo que no conozca mi madre.

Hay una pregunta que no puedo esperar más para hacerle.

—Madre, ¿sabes qué ha ocurrido? ¿Quién ha atacado la *Caelestis* y por qué?

—Todavía no, y esta conversación tendrá que esperar, Kalinda. Primero tenemos que asearte un poco, y después harás una aparición en público para el resto del mundo. Debemos mostrarle a todos que estás a salvo y de vuelta en el lugar al que perteneces, que los planes para acabar con tu vida han fracasado y que daremos caza y castigaremos a todos aquellos involucrados. Ya he emitido una orden para que traigan a cualquier simpatizante de los rebeldes que conozcan para ser interrogado.

—Pero has dicho que no sabías quién había lanzado el ataque.

—Puede que no, pero esto nos servirá para frenar a los rebeldes. Son como sloggs, procreando en las alcantarillas. De vez en cuando hay que erradicarlos.

Me quedo fría al oír sus palabras. Es exactamente lo que temía que hiciera, pero oírla decirlo de esa forma, con tanta facilidad, es absolutamente aterrador. Y exasperante. Y también lo es la idea de que había aprovechado la muerte de mi padre para hacer esto mismo en vez de buscar al verdadero asesino.

Me muerdo el labio, recordándome a mí misma que todavía no puedo decir nada que la moleste —hay tantas cosas que quiero decirle—, pero me cuesta. Me cuesta muchísimo.

Por suerte, la emperatriz aprovecha ese momento para echar a andar.

—Entra —me dice—. Hay alguien que quiere verte.

«¿Lara?», me pregunto mientras una oleada de entusiasmo me recorre el cuerpo por primera vez en días. Me cuesta no echar a correr hacia el palacio. Pero me he esforzado en evitar que mi madre sepa lo mucho que me importa Lara como para echarlo a perder ahora. La emperatriz suele arrebatarme todo lo que me importa y, si no quiero que ocurra lo mismo con ella, debo mantener esta fachada.

Uno de los guardaespaldas personales de mi madre nos sostiene la puerta, y no puedo evitar esbozar una leve sonrisa mientras entramos. Al menos hasta que me doy cuenta de que me he equivocado, y de una forma horrible. Porque no es Lara quien me está esperando en el interior del palacio.

Es la doctora Veragelen. Está viva. Está aquí. Y está sonriendo.

«Santa caca de drokaray...»

69

KALI

Tengo los pies pegados al suelo.

Una parte de mí quiere echarse a correr, pero ¿adónde iba a ir? Solo puedo seguir hacia delante.

«Mierda, mierda, mierda.»

Cuadro los hombros. Porque no me importa que la doctora Veragelen esté aquí, voy a convencer a mi madre para ayudar a quienes lo necesitan, y no podrá detenerme.

Es esa idea la que me da fuerzas para avanzar, para obligar a mis pies a cargar conmigo, paso a paso, directamente hacia ella.

«No vomites. No vomites. Que no se te ocurra vomitar.»

«No te pongas nerviosa y todo saldrá bien.»

La saludo con un gesto de la cabeza de lo más imperial, el que me reservo para la gente a la que odio.

—Doctora Veragelen, me complace verla aquí. Me alegró saber que ha sobrevivido al... incidente... de la *Caelestis*.

—El sentimiento es mutuo, alteza, aunque temo que usted lo habrá pasado mucho peor que yo.

Pienso en el ataque a Rangar.

En las naves que nos perseguían por todo el sistema.

En que Ian y yo hemos estado a punto de morir en Glacea. En que Max y Milla también estuvieron a punto de morir aquel día.

—Estoy segura de que ha sido... difícil para las dos —le digo en un tono refinado—. Pero me alegro de estar en casa.

—También yo. Y ahora podremos dejar todo eso atrás y avanzar hacia un futuro mucho más brillante.

No me gusta nada cómo suena eso.

Mi madre hace un gesto hacia el grupo de sillas que hay alrededor de una pequeña mesa ornamentada, donde han dejado unas botellas de fiznachi y unas copas de cristal, y de repente tengo muchas ganas de probar el sabor ardiente del gerjgin.

La doctora Veragelen y mi madre se sientan a un lado de la mesa y yo al otro, tan lejos de la doctora como puedo sin dejar de ser educada.

Está claro que los bandos ya están elegidos.

Levanto mi copa de fiznachi y la vacío de un trago; después me sirvo otra.

Mi madre me fulmina con la mirada, y una parte de mí solo quiere levantar la copa hacia ella y hacer un brindis por el pueblo. A lo mejor llevarse un pequeño susto hace que se vuelva un poco más agradable.

—Entonces... —comienza a decir la doctora Veragelen, sin siquiera probar la bebida—. Ahora que ha regresado, Kalinda, hay algo que debe saber. La heptosfera...

—¿No la han destruido las explosiones? —pregunto. Estaba segura de que habría sido así.

—Claro que no. Por lo que sabemos, es inmune a cualquier tipo de daño. Y menos mal, porque es de una vital importancia en nuestra estrategia para salvar el sistema.

Su supuesta trascendencia no es nada nuevo, es la misma historia que nos había contado a bordo de la *Caelestis*. Le dedico la mirada menos impresionada que soy capaz de poner.

—Pero hasta ahora —continúa la doctora Veragelen— hemos sido incapaces de... activarla.

—No estoy segura de qué tiene que ver eso conmigo —le digo.

—Aquel día en el laboratorio, usted... la despertó.

—¿Yo? Yo no tuve nada que ver con todas aquellas luces giratorias.

—Quizá no fuera a propósito. Pero estaba cerca de ella después de la explosión, y vi con mis propios ojos cómo se activaba. Usted, princesa Kalinda, es exactamente lo que llevamos tanto tiempo buscando. Es la persona que puede salvar el sistema.

Me quedo sorprendida un segundo, pero entonces me doy cuenta de que está exagerando.

—Seguro que hay mucha gente que...

—No —me interrumpe—. Llevamos años intentando encontrar a una persona que reaccione a ella. No cabe duda de que esa persona es usted. —Debe de percatarse de lo estridente que suena, porque su voz se relaja inmediatamente—. Juntas podremos solucionar todos los problemas causados por el Sol Moribundo. Hacer que el sistema vuelva a ser un lugar de paz y prosperidad.

Mi mente es un torbellino. Normalmente no me creería algo así, pero sus ojos brillan con el fervor del fanatismo, y me cuesta creer que no diga en serio cada una de sus palabras.

¿Y si soy la única persona capaz de salvar el sistema?

¿Y si puedo cumplir por fin la promesa de salvar a aquellos que más me necesitan? O mejor aún, ¿de salvar a todo el mundo?

70

IAN

—¿Qué demonios te pasó? —gruño cuando Gage entra en el puente de control. Tiene un ojo morado y un corte en la sien izquierda.

Abre mucho los ojos al oír el tono de mi voz y retrocede unos pasos. No me sorprende, todo el mundo me está evitando desde que descubrimos que Kali se había largado en mitad de la noche como una maldita ladrona. No he visto a Merrick en toda la mañana, y esta es la primera vez que Gage ha reunido el valor para asomar la cabeza y ver cómo iba todo.

—Me he caído —dice tras un minuto—. Perdí el equilibrio durante el último acelerón de la *Luz Estelar* y me di un cabezazo contra la llave de agua de la cocina. Me encanta la racha de golpes en la cabeza que llevo.

—Au —exclama Beckett, no sin falta de compasión—. No se ve nada bien. Igual deberías parar.

—Ya he parado, pero volveré a darme dentro de un rato. —Se deja caer en la silla más alejada de mí. Probablemente le dé miedo que le ponga morado el otro ojo.

Y no es un miedo infundado. Ya me he peleado con Beckett media docena de veces por tonterías en las últimas horas..., y eso después de arremeter contra ella por haber dejado a Kali anoche en una maldita luna en mitad de la nada.

Entiendo que Kali ha tomado una decisión y que, como Beckett me ha recordado, no era nuestra prisionera. Pero habría estado de puta madre que nos hubiera avisado. Que me hubiera dado una oportunidad de convencerla. En lugar de eso, estuve durmiendo mientras pasaba todo eso, como un idiota.

No sé si estoy más molesto por que se haya ido o por que me haya tomado por un tonto. Si tantas ganas tenía de irse, ¿por qué no me lo dijo? Sí, me habría enojado, pero no la habría detenido. No suelo retener a nadie en contra de su voluntad... casi nunca.

—*Ha hecho lo que tenía que hacer.* —La voz calmada de Max apenas consigue atravesar la neblina de furia en la que se ha convertido mi cerebro traicionado.

—*Y una mierda de drokaray. No tenía por qué irse. Eligió hacerlo.*

—*Para protegernos* —me recuerda.

—*O porque no podía soportar lo nuestro* —murmuro, y ahí está. El origen de mi rabia, y el dolor que se oculta bajo ella—. *En cuanto ha descubierto lo del* gestalt *se ha largado, Max. Eso es lo que ha hecho.*

—*No piensas eso de verdad.*

—*Ya lo creo que sí. ¿Por qué carajo iba a salir huyendo así nada más?*

Max suspira.

—*Exactamente por lo que ha dicho. No quería ser la responsable de nuestra muerte.*

—*Nunca habría permitido que ocurriera.* —Me paso una mano por la cara y me digo a mí mismo que tengo que calmarme. Creía que... No sé lo que creía. Fuera lo que fuera, era algo ridículo. No pensaba realmente que una princesa se iba a enamorar de mí, ¿verdad? ¿De un chico pobre de Kridacus con más señales de alarma que un laboratorio secreto de la Corporación?

Claro que no. Solo se me había olvidado por un momento, y

aquí estoy ahora. Jodido y sin nadie con quien pelearme. Es una situación mala para todos.

—*La volveremos a ver, Ian.* —Max suena demasiado convencido—. *Cuando todo esto acabe y rescatemos a Milla...*

—*No quiero volver a ver a Kali* —le digo. Y como quiero que oiga la maldita verdad que hay en mis palabras, ni siquiera las digo refunfuñando.

Debe de funcionar, porque Max no vuelve a intentar hablarme. Me deja dándole vueltas a la cabeza y planeando la perdición de la princesa. No lo haré, porque no voy a volver a verla jamás, pero, si la viera, sin duda me aseguraría de...

—Ian. —Es Merrick, de pie en la puerta, despeinado como si se hubiera despertado tarde y hubiera venido corriendo a toda prisa—. Rain me acaba de decir que Kali se ha ido.

—Carajo, se fue —gruño—. Y no va a volver.

—Tenemos que encontrarla —me gruñe él a mí—. ¡Ahora!

Por encima de mi cadáver.

—Sí, bueno, pues eso no va a pasar, así que igual deberías ir pensando en algún otro deseo para pedirle a tu hada madrina.

—No es un deseo. Es una necesidad: tenemos que encontrarla antes de que sea demasiado tarde.

—Vaya. Qué bien y qué pena, porque Kali ya no es problema mío —le informo, esforzándome por sonar tan despreocupado como me siento—. Ahora se las arreglará ella sola.

—¿Qué quieres decir? —pregunta Beckett—. ¿Kali está en peligro?

Quiero preguntarle desde cuándo le importa lo que le pase, pero estoy demasiado ocupado prestando atención a la respuesta de Merrick. Que no es que me importe una mierda lo que le pase —por mí, como si se cayera en un agujero negro—, pero probablemente debería estar al tanto de lo que ocurre. Solo por si nos afecta a los demás. O a Milla.

—Todo el sistema está en peligro —asevera Merrick.

—Debería ir a buscar a Rain —añade Beckett poniéndose de pie—. Tenemos que estar todos juntos para esto. —Sale corriendo en dirección a las habitaciones.

—Merrick, vas a tener que contarme algo más que eso —le provoco.

—La heptosfera es... —dice— un arma. La heptosfera es un arma.

—Me importa una mierda ese trozo de metal —replico. Entonces me regaño a mí mismo. Se supone que no debería estar escuchándolo, y mucho menos debería importarme lo que dice. Me distraigo examinando esos botones del asiento del capitán que nunca he sabido para qué sirven. Es un buen momento para averiguarlo.

Merrick suspira.

—Es un arma, una que creen que es lo suficientemente potente como para revitalizar el Sol Moribundo.

—Bueno, suena bastante conveniente —admite Max—. ¿No es eso lo que necesitamos que ocurra?

—Sí y no —responde Merrick—. ¿Saben por qué motivo muere un sol?

—No —digo—. ¿Por qué no nos ilustras?

Merrick me mira con recelo, pero, cuando entrecierro los ojos, empieza a hablar:

—Creo que para entender por qué muere un sol, deberíamos empezar por entender cómo se forman —expone—. Para explicarlo de manera sencilla, las estrellas se forman cuando unas nubes de polvo llamadas nebulosas se vuelven lo suficientemente densas como para tener atracción gravitatoria propia. Al encontrarse bajo presión, la temperatura del interior de las nebulosas aumenta hasta alcanzar varios millones de grados, y en ese momento tiene lugar la fusión nuclear.

—Y eso es lo que hace que el sol arda —aclaro—. Y sigue ocurriendo una y otra vez, ¿verdad?

—Sí, así es como la estrella se mantiene viva —añade Max.

Asiento con la cabeza.

—Entonces, ¿muere porque ya no hay fusión nuclear? —Cuando Merrick lo confirma, continúo—: ¿Y qué hace que se detenga la fusión nuclear?

—Las estrellas están en un equilibrio: la gravedad tira hacia dentro y la energía se proyecta hacia fuera —explica Merrick—. Pero, mientras tiene lugar la fusión nuclear, el helio se transforma en carbono, oxígeno, neón, etcétera. Al final, el núcleo acaba por convertirse en hierro.

»Cuando eso ocurre, ya no queda hidrógeno. Y si no hay hidrógeno, no hay fusión, ni tampoco energía. La gravedad toma el mando y ejerce su fuerza hacia el interior, de modo que el núcleo se vuelve más denso, pero al mismo tiempo las capas externas se expanden. La estrella se vuelve inestable y vibra, irradiando energía.

—¿Y nosotros estamos en ese punto? —pregunto.

—Sí. El Sol Moribundo es inestable: lanza llamaradas, su núcleo está cada vez más caliente y las capas externas se expanden, y pronto devorarán por completo los planetas interiores. —Frunce el ceño—. El problema es que esto suele tardar millones de años, pero, por algún motivo, nuestro sol está viviendo un proceso acelerado. Y en vez de eso, va a tardar décadas.

»Y en algún momento —continúa—, en un futuro no muy lejano, el núcleo se comprimirá aún más, la temperatura aumentará y el sol explotará.

—¡Bum! —exclama Gage desde su asiento en la esquina—. Así suena cuando una estrella se convierte en supernova.

—Y todos moriremos abrasados —añado.

Merrick asiente con la cabeza.

—¿Alguien ha oído hablar de la Portadora de Estrellas?

Nos miramos los unos a los otros; la mayoría de nuestras caras reflejan nuestra confusión. Pero Gage se endereza un poco en el asiento. De repente parece nervioso, como si quisiera estar en cualquier lugar que no fuera este. Aun así, se acerca hacia donde estamos sentados los demás.

—Yo no trabajaba con la heptosfera cuando estaba en la *Caelestis*. Pero conozco a una mujer que sí lo hacía, y me dijo que la doctora Veragelen creía que la heptosfera era lo suficientemente poderosa como para mandar un rayo de energía al sol y reactivar su núcleo. Y que se refería a ella como Portadora de Estrellas.

—¿La Portadora de Estrellas? —Me estrujo el cerebro, intentando recordar si he escuchado algo así en mis viajes, pero no se me ocurre nada.

—A mí me sigue sonando exactamente a lo que necesitamos —vuelve a decir Max—. ¿La doctora creía de verdad que funcionaría?

—¿Quién sabe? —Gage se encoge de hombros—. Pero según las predicciones, funcionara o no, los planetas Serati, Kridacus y Permuna quedarían completamente destruidos por la explosión.

—¿Destruidos? —repito, y espero a que me corrija. Porque ya sabía que el Imperio era malvado, pero ¿tanto como para asesinar a toda la población de tres planetas enteros? ¿Qué carajo...?

Pero Gage no me dice que me equivoco. En lugar de eso, dice:

—Sí, destruidos. La doctora Veragelen planea utilizar la heptosfera para aniquilar tres planetas y a todos sus habitantes.

—No puede ser. Incluso aunque pudiera hacerlo...

—Las simulaciones dicen que puede. Todavía no lo ha conseguido, porque no ha conseguido hacer funcionar la heptosfera. Pero si lo lograra...

Merrick parece estar a punto de explotar.

—Eso es lo que he venido a decirles. La heptosfera no es la Portadora de Estrellas. Es una persona. Es Kali. Y eso significa que, si la activa, todos estamos en grave peligro.

71

IAN

Lo único que oigo es «Kali».

Kali está en peligro.

—¿Por qué ella? —pregunto mientras noto cómo me palpita el corazón en la garganta—. ¿Por qué crees que Kali es esa... Portadora de Estrellas?

—ADN alienígena —declaran Merrick y Gage al mismo tiempo.

Los miro como si estuvieran los dos confundidos. Muy muy confundidos.

—Perdón, ¿qué?

Gage se frota las manos.

—He oído que la doctora Veragelen ha estado buscando a alguien con genes alienígenas que pudiera despertar la heptosfera...

—ADN alienígena. —Tiene que ser una broma—. ¿Quieren decir... como los Antiguos?

—Yo tampoco lo entiendo del todo —señala Gage—. Pero en eso consistían muchos de los experimentos. Por eso llevaban a los prisioneros a la *Caelestis*. No estoy seguro de cómo ha ocurrido, pero hay muchas personas en el sistema Senestris, sobre todo en los planetas interiores, que tienen genes alienígenas mezclados con los suyos. Algunas pueden provocar que los artefactos se activen y hagan cosas. Y para la gente que no tiene ADN alienígena, algunas veces estos artefactos tienen... efectos adversos.

—¿Como acabar achicharrado? —pregunto, y de alguna manera extraña todo empieza a tener sentido. Había muchas muertes de las que no se hablaba mientras estuve trabajando a bordo de la *Caelestis*.

—Sí. O eso he oído. Pero, resumiendo, la doctora V. no ha conseguido activar la heptosfera sin la Portadora de Estrellas.

—Pero todavía no entiendo por qué tiene que ser Kali en concreto —admito mientras doy vuelta hacia Merrick—. ¿Por qué estás tan seguro de que es ella?

Beckett y Rain eligen ese momento para volver al puente de control, un poco fatigadas. De repente, Merrick parece que se sentiría menos incómodo si pudiera salir disparado por la esclusa.

—Beckett me ha contado el plan para destruir los Interiores —dice Rain, con una expresión sombría. Entonces debe de ver algo en todas nuestras caras, porque añade:

—¿Qué? ¿Qué me perdí?

72

RAIN

—Estábamos hablando de algo llamado «Portadora de Estrellas» —dice Ian.

Siento una punzada de sorpresa en el estómago y me atraganto. Beckett es tan amable que me da un par de palmadas en la espalda hasta que vuelvo a respirar con normalidad.

Merrick mueve los dedos, nervioso, mientras nos mira fijamente durante un minuto. Después le pregunta a Ian:

—¿Qué sabes de la Hermandad de la Luz?

—No mucho —admite él.

—La Hermandad de la Luz fue creada en Serati, porque era el hogar de los Antiguos; todavía conservamos muchos de sus artefactos, y también restos de su civilización. Descifrar algunos de esos restos nos ha enseñado mucho sobre cómo era su cultura, y hemos aprendido que los Antiguos fueron los arquitectos y creadores de este sistema. Tenían el poder de crear soles y planetas con la ayuda de un orbe conocido como la heptosfera.

Merrick parece sentirse cómodo mientras habla de nuestras creencias, como si ya hubiera resuelto todas aquellas dudas de las que me había hablado. Pero quizá esto sea la parte sencilla. Yo también puedo hablar con elocuencia de nuestra historia —la he estudiado desde que era una niña—, pero eso no quiere decir que no dude de que sea cierta.

Ni tampoco que no me pregunte por qué me ha elegido a mí el universo para ser la suma sacerdotisa, cuando estoy tan confundida y tengo tantas dudas como cualquier otra persona. Sobre todo ahora que he conocido a Beckett.

Puede que ese sea el motivo: si fuera fácil, no sería una elección. Pero me gustaría que no fuera tan difícil. He intentado convencerme a mí misma de que todo lo que deseo debe de ser voluntad de la Luz, pero cada día que pasa me siento más alejada de la Luz y más yo misma, sola en un sistema enorme y oscuro, tomando decisiones cada vez más difíciles.

—Entonces, ¿no es un arma, como le habían dicho a Gage? —pregunta Ian.

—No es su función principal —responde Merrick—, pero, como todas las cosas que tienen un gran poder, puede utilizarse tanto para destruir como para crear.

—¿Y lo del ADN alienígena? —plantea Max—. ¿Es cierto?

Merrick sonríe.

—Lo es. Al menos en algunos de nosotros. Nadie sabe qué ocurrió con los Antiguos o por qué desaparecieron. Pero, al encontrar los artefactos, los investigamos y descubrimos muchas de las cosas que les estoy contando.

—Y parece que la Corporación estaba haciendo una investigación parecida —afirma Gage.

Merrick frunce el ceño.

—Sí. No lo sabía. Pero era inevitable que esos secretos acabaran por salir a la luz.

Siento náuseas. Durante todos estos años, la Hermandad ha visto nuestra doctrina como una forma de difundir la palabra, y ahora, tanto tiempo después, la gente está siendo torturada y asesinada por la Corporación por algo sobre lo que no tiene ningún control: su ADN. Es repugnante. Y aterrador. Y aún peor de lo que me imaginaba.

—Es su forma de decir que cualquiera podría tener genes alienígenas. —Max está un poco pálido, y entiendo su inquietud. La posibilidad de descender de los Antiguos es algo con lo que he vivido toda mi vida. Creo que eso nos hace especiales, que llevamos una parte de la Luz en nuestro interior. Pero imagino que ser parte de un *gestalt* puede hacer que alguien se cuestione muchas de las creencias de la Hermandad.

—Según el Libro del Sol Moribundo —digo—, cuando una suma sacerdotisa muere, una nueva renace. Y esa persona tiene el poder de activar y controlar artefactos alienígenas como la heptosfera. En esencia, la suma sacerdotisa es la Portadora de Estrellas. Soy yo.

Todos me miran excepto Ian. Él está fulminando a Merrick con la mirada, como si le hubiera vomitado encima de sus zapatos buenos.

—Entonces, ¿has... activado algún artefacto alienígena? —me pregunta Beckett. Por suerte, parece fascinada en lugar de estar asqueada.

—No. Pero tampoco lo ha hecho ninguna de las sacerdotisas que hubo antes que yo. Nuestras escrituras dicen que nuestros poderes se manifestarán cuando llegue el momento adecuado.

Ian sigue mirando a Merrick cuando pregunta:

—¿La Portadora de Estrellas es por casualidad la suma sacerdotisa, Merrick?

Merrick suspira, y el sonido carga con el peso de todo el sistema. Hace que se me hiele la sangre por un segundo.

—Sí —asiente. Me mira directamente—. La suma sacerdotisa es la Portadora de Estrellas. Y la Portadora de Estrellas es... Kali.

73

RAIN

Por un segundo, estoy segura de que lo he oído mal. Merrick no puede haber dicho lo que creo que ha dicho. Kali no solo es la Portadora de Estrellas, ¿sino que también es la suma sacerdotisa? Pero eso es imposible. Soy yo.

No obstante, antes de que pueda decir nada, Ian se da vuelta y se dirige hacia Merrick lleno de furia, como si quisiera matarlo o al menos sacarle las tripas a puñetazos. Max debe de pensar lo mismo —claro que sí: entonces recuerdo que está dentro de la cabeza de Ian—, porque de repente se coloca entre los dos hombres.

Le golpea el pecho a Ian con la mano.

—Atrás —le dice, pero Ian no parece estar de humor para escucharlo. La verdad es que no ha querido escuchar nada ni a nadie desde que nos despertamos y descubrimos que Kali se había ido.

—No hasta que me diga de qué demonios está hablando —gruñe Ian—. ¿Qué conexión hay entre la Portadora de Estrellas y la suma sacerdotisa de la Hermandad de la Luz?

—Son la misma persona —aclara Merrick—. La Hermandad elige específicamente a su suma sacerdotisa porque es quien puede interactuar con la tecnología alienígena. Porque es la Portadora de Estrellas.

—¿Qué carajo? —Ian dice lo que me imagino que estamos

pensando todos—. ¿Por qué todo el mundo cree que la suma sacerdotisa es Rain, si afirmas que en realidad es Kali?

—Porque la Hermandad mintió —contesta Merrick—. Y todo se ha ido a la mierda desde entonces.

—¿Es mentira? —Dejo escapar un grito ahogado mientras se me revuelven las entrañas al oír sus palabras—. ¿Cómo es posible? ¿Y por qué? Me he pasado toda la vida encerrada en ese monasterio, pensando que algo no iba bien dentro de mí porque no sentía lo que me decían que debía sentir, como habían hecho siempre todas las sumas sacerdotisas. ¿Y ahora me entero de que me ocurría eso porque era todo una mentira? ¿Que solo soy... una persona normal?

¿Por qué le harían algo así a Kali? ¿Y por qué me lo harían a mí?

Por un segundo no puedo respirar.

Sé que es egoísta, que no debería pensar en mí misma en estos momentos cuando hay tanto en juego. Incluida la seguridad de Kali, además de la de los tres planetas interiores y la de todo el sistema. Todas esas cosas me importan. De verdad. Pero necesito un minuto, porque esto está mal. Muy mal.

—¿Cuánto hace que lo sabes? —le pregunto a Merrick con voz ronca.

Niega con la cabeza.

—Lo sospechaba desde hace algún tiempo. Pero solo lo supe a ciencia cierta cuando vi cómo Kali activaba la heptosfera.

—¿Fue ella? —repongo, y el corazón me late sin control—. ¿Estás seguro de que lo hizo ella y no yo?

—Estaba atento —asevera—. Prestaba mucha atención, porque quería que fueras tú. Quería estar equivocado. Pero no fue así. No tengo duda de que fue Kali.

—¿Por qué no dijiste nada, entonces, si estabas seguro de que era ella?

—He pasado toda mi vida siendo leal a la Hermandad —responde—. ¿Tendría que haber renunciado a todo eso por un puñado de gente a la que apenas conocía? Además, pensé que se iba a quedar en la nave, al menos hasta que llegáramos a las Tierras Salvajes. Pensé que tendría más tiempo para confirmarlo y decidir qué hacer.

Sabía que le pasaba algo desde lo de la *Caelestis*. Creía que era por mi culpa, por no estar comportándome como debía hacerlo una suma sacerdotisa. Pero resulta que estaba teniendo de verdad una crisis de fe. Por esto, no por mí.

—Deberías haber dicho algo —le recrimino mientras noto en el fondo del estómago un calor que no me resulta familiar. Es tan raro en mí que tardo unos segundos en reconocer que es rabia—. Si no a ellos, por lo menos a mí. Sabes todas las dudas que he tenido. Y ahora sé que solo se debían a que soy una impostora.

—Rain... —empieza a decir, pero lo interrumpo negando con la cabeza.

—Deberías habérmelo dicho.

Ian ya se ha calmado lo suficiente para que no parezca que quiere matar a Merrick, pero imagino que eso puede cambiar en cualquier momento. Max debe de pensarlo también, porque me fijo en que no se aparta de su sitio entre los dos.

—¿Por qué empezaste a sospecharlo? —pregunto.

—Tuve una visión hace cinco años de lo que creía que era la muerte de mi padre —responde él. Espero a que diga algo más, pero no lo hace.

—Tu padre murió hace solo unos meses —replico en un tono amable, porque sé que es algo que le duele mucho. Y da igual lo enfadada que esté con Merrick en estos momentos, jamás querría hacerle daño.

—Lo sé. Porque no era una visión sobre su muerte. Era la de su hermano.

Recuerdo lo que me había dicho en la cocina, cuando ninguno de los dos podíamos dormir.

—El padre de Kali —murmuro.

—¿Kali y Merrick son primos? —pregunta Max.

Al mismo tiempo, Ian exclama:

—Vaya lío.

—Todo es demasiado complicado —gruñe Beckett. Me percato de que está detrás de mí, de que tiene las manos en mi cintura y de que está soportando casi todo mi peso. He estado tan sorprendida que ni siquiera había sido consciente de que estaba ahí, ni mucho menos de que estaba apoyándome tanto en ella.

—Cuando el padre de Kali se casó con su madre, renunció a su vínculo con mi familia y cortó todo contacto con ellos. Eso estuvo a punto de destrozar a mi padre: eran casi de la misma edad, muy parecidos, y lo habían hecho todo juntos toda la vida. Así que, cuando tuve la visión de su asesinato, mi padre se dio cuenta de que no era sobre él. Era sobre su hermano, así que viajó en secreto hasta Askkandia para advertirlo.

—¿Sabías lo del asesinato del padre de Kali antes de que ocurriera? —pregunto. Esto se pone cada vez peor.

Merrick asiente con la cabeza, sombrío.

—Sí. Las visiones no siempre ocurren como las vemos. Pero esta sí lo hizo, aunque había sido advertido. Mi padre le suplicó que volviera a Serati, pero se negó a abandonar a Kali. Y la emperatriz nunca le habría permitido llevársela con él, así que se quedó allí.

—¿Y no se lo dijiste a Kali? —inquiere Beckett—. Ella culpaba a los rebeldes de la muerte de su padre, y tú lo habías visto todo...

—No sé quién es responsable de su muerte. Eso no lo he visto, solo que había muerto. Pero en aquel viaje le contó algo a mi padre que lo cambió todo.

Quiero gritarle que me diga qué es, pero las sumas sacerdotisas no gritan. Aunque yo ya no lo soy, según Merrick. Todas las reglas que he seguido a lo largo de mi vida ya no me afectan.

—¿Qué le dijo? —gruñe Ian, y hay algo en su mirada que me dice que ya lo sabe.

—La emperatriz no quería entregar a su hija a la Hermandad —explica Max—. Así que, cuando Kali nació, se negó a aceptar los augurios, ¿verdad?

—Peor aún —le contesta Merrick—. Mi tío le dijo que supo desde el primer momento lo que era Kali. Pero la emperatriz no le permitía contactar con la Hermandad. Borró la marca de nacimiento de Kali con...

—¿Marca de nacimiento? —repite Ian—. ¿Dónde la tenía?

—En el hombro izquierdo —murmuro. Porque ahí está la mía.

Ian entrecierra los ojos.

—Tiene una cicatriz ahí. La vi cuando... —Se queda callado, pero todos sabemos cómo acaba la frase.

—¿Y la mía? —pregunto. Las rodillas me tiemblan tanto que sé que Beckett es lo único que me mantiene erguida ahora mismo—. ¿Cómo me hicieron la mía?

Merrick parece estar devastado cuando me responde:

—Por lo que me contó mi padre al final, solo eras un bebé que había nacido en el momento adecuado... o en el peor. La emperatriz pagó a tu madre y, cuando llegó la Hermandad, te encontraron a ti. Te tatuaron una marca idéntica a la de Kali y sobornaron a la gente para que pareciera que eras la auténtica suma sacerdotisa. Todas las pruebas que confirmaban tu alma reencarnada eran falsas. Nadie de la Hermandad lo puso en duda.

Siento que me invade una sensación de traición. Y necesito desahogarme. Me doy la vuelta hacia Beckett.

—¿Tú lo sabías?

—¡Claro que no! —Pero su mirada dice que no está muy segura—. O sea, cuando vi tu marca de nacimiento, me pareció un poco artificial, pero ¿cómo iba a saberlo con seguridad?

Dejo escapar un lamento. Todo el mundo lo sospechaba menos yo. He sido tan tan ingenua...

—No puedo creer que unos padres sean capaces de hacerle eso a su hija. —Y tampoco puedo creer que Merrick no me lo contara en cuanto lo supo—. ¿Quién lo sabe? —pregunto dándole vueltas a la cabeza.

—Nadie —responde Merrick—. El padre de Kali le hizo jurar al mío que guardaría el secreto. Mi padre solo me lo contó cuando estaba en su lecho de muerte.

—Y nunca me lo dijiste a mí —le digo con voz temblorosa—. Lo sabías desde hace meses y no dijiste ni una palabra.

—Lo sospechaba, Rain. No lo sabía. No quería creerlo. —Me mira con una súplica en los ojos—. Al final, mi padre era un hombre anciano y roto. Quería que solo fuera la pesadilla incoherente de un hombre que iba perdiendo la cabeza con cada día que pasaba. Y, como he dicho, no tenía ninguna prueba, solo lo que él me había contado. No fue hasta ese día en la *Caelestis* que tuve que admitirme a mí mismo que lo que me había dicho era cierto.

Tiene sentido. Tal vez yo tampoco se lo habría dicho hasta tener pruebas. Aun así, me duele tanto que apenas puedo respirar. Toda mi vida ha sido una mentira, desde el momento en que mis padres me vendieron —¡me vendieron!— a la Hermandad. Y la única persona en quien he confiado, aparte de la tripulación de la *Luz Estelar*, ha ayudado a perpetuar esa mentira.

Toda mi vida es una mentira. Yo misma lo soy.

Carajo. Probablemente hasta la mismísima Luz sea una puta mentira.

Siento cómo la habitación empieza a dar vueltas.

—No me encuentro bien —digo con la voz entrecortada—. Creo que...

Lo siguiente que sé es que estoy en el suelo con una almohada bajo la cabeza, y Beckett está sentada con las piernas cruzadas junto a mí, observando con nerviosismo mi rostro con sus ojos amarillos.

Me incorporo y veo a Merrick sentado a un metro de mí, con un aspecto tan devastado como me siento yo.

—¿Y qué va a pasar ahora? —pregunto.

Estoy pensando en la Hermandad, en el hecho de que no puedo volver allí y fingir ser la suma sacerdotisa. Es un sacrilegio. Está mal. Y, además, quiero vivir mi vida tan lejos como me sea posible de la gente que nos ha hecho esto a mí y a Kali.

Es Beckett quien responde, y no es lo que esperaba:

—El capitán ha ordenado cambiar el rumbo. Milla tendrá que esperar un poco más. Vamos a buscar a Kali.

74

KALI

—Le estaba diciendo a su madre que nos están trayendo la heptosfera desde los restos de la *Caelestis* en estos momentos —dice la doctora Veragelen—. Debería estar aquí por la mañana, si todo sale bien.

¿Tan pronto? Será mucho más rápido de lo que había imaginado. Pero, cuanto antes pueda ayudar a detener el Sol Moribundo y proteger a todo el mundo, mejor.

—Annora —dice mi madre girándose hacia la doctora V.—, quizá podrías explicarle a Kalinda lo que se espera de ella en lo que se refiere a la heptosfera. —El tono refinado de mi madre resuena por mi espalda como un escalofrío.

La doctora Veragelen vuelve a sonreír, curvando sus finos labios de una forma que me pone de nervios.

—Por supuesto, majestad. Es bastante sencillo, alteza. Cuando llegue la heptosfera, la llevaremos allí. Colocará las manos sobre ella y, cuando lo haga, se activará.

No puedo evitar preguntar:

—Había mucha gente en el laboratorio aquel día. Todos los delegados la tocaron. ¿Ha pensado que podría haberla activado cualquiera de ellos?

—Sé lo que vi, alteza. —Me lanza una mirada fría—. Debería considerarse una mujer muy especial.

—Es la princesa heredera del sistema Senestris —declara mi madre, como si eso lo explicara todo—. Ya es alguien muy especial.

Hay un tono de crispación en su voz que no estaba ahí hace un minuto, y es la primera señal de que quizá no esté tan cómoda con esta situación como nos quiere hacer ver. A primera vista parece que son las familias gobernantes las que están al mando de todo, pero la realidad es que hay un equilibrio de poder muy tenso entre nosotros y la Corporación. Sin su acceso a la tecnología, ahora estaríamos totalmente aislados. Desconectados los unos de los otros en nuestros pequeños planetas, sin que hubiera ningún tipo de comunicación entre ellos.

—Por supuesto que lo es —intenta tranquilizarla la doctora Veragelen—. Me refiero a ser especial de un modo completamente distinto.

Respiro hondo, despacio, y miro directamente a los ojos a la doctora.

—Y cuando se active la heptosfera, entonces, ¿qué?

La doctora toma por fin un sorbo de fiznachi.

—Con suerte, su parte en todo este proceso ya habrá llegado a su fin. Por supuesto, le pediremos que se quede por aquí, por si la volviéramos a necesitar. Pero creo que a partir de ahí podremos ocuparnos nosotros; lanzaremos un rayo de hidrógeno puro al sol, lo que ocasionará una reacción de fusión inversa y detendrá el declive de Serai para que las cosas vuelvan a la normalidad.

—Detener el declive de Serai —repito. Pero hay algo que me preocupa. Algo que hace que el corazón empiece a latirme con fuerza—. Si se dispara a Serai con hidrógeno puro, ¿qué ocurrirá con los planetas más cercanos a él?

La mejilla de la doctora Veragelen tiembla violentamente,

pero cuando por fin me responde lo hace con una voz tan calmada como siempre.

—Por desgracia, los planetas interiores serán destruidos por la explosión. Pero, como bien sabe, vivimos tiempos difíciles y es necesario hacer sacrificios.

No.

Siento náuseas al ver la cara de mi madre mientras habla la doctora Veragelen, buscando alguna señal de reticencia, de repugnancia. Pero no veo nada, excepto un atisbo de alivio que me deja helada.

Ella sabía que este era el plan de la doctora V. desde el principio y no siente ningún remordimiento. ¿Cómo es posible? ¿Y cómo no me había dado cuenta hasta ahora?

—No puedo aceptar la decisión de sacrificar a la población de tres planetas enteros —asevero—. ¿Por qué no puede evacuar primero a la gente de los planetas interiores? Ponerlos a salvo antes de que active la heptosfera.

—Por desgracia, me temo que no es una opción —me dice la doctora Veragelen con una voz que da a entender que no le parece en absoluto que sea una desgracia.

—No puedes apoyar esto en serio, ¿verdad? —le pregunto a mi madre, suplicando por alguna muestra de arrepentimiento. Alguna señal de que no es tan horrible como me temo que es.

Tiene la espalda completamente recta.

—La Corporación me ha proporcionado los informes y los datos que necesito para tomar esta decisión. Una líder tiene que tomar decisiones difíciles, Kalinda. Si no hacemos nada, entonces morirá todo el mundo. Es la única opción que tenemos.

—Entonces hay que evacuarlos —digo—. Todavía hay tiempo. Pasarán años antes de que el sistema alcance unos niveles peligrosos.

—Te equivocas. Lo hemos mantenido en secreto para evitar

que la gente entre en pánico, pero la Corporación cree que tenemos unos meses, no años, antes de que Serai muera y nos arrastre a todos con él.

¿Meses? La sorpresa me deja paralizada unos segundos. No me parece posible que podamos estar todos muertos dentro de solo unos meses. Pero no me importa. Asesinar a millones de personas para salvar a otras no es la solución. No puede serlo.

La doctora Veragelen continúa:

—Quizá si no hubiera tomado su pequeño... desvío, podríamos haber evacuado los planetas interiores a tiempo. Pero, como la dábamos por muerta, hemos estado explorando otras opciones. Ha sido realmente desconsiderado por su parte no contactar con nosotras en todo este tiempo.

¿Está intentando decirme que es culpa mía? Me esfuerzo por evitar que se me note la rabia en la cara.

—Si trabajamos con rapidez —dice la doctora Veragelen—, quizá nos dé tiempo de salvar de Serati algunos artefactos alienígenas que puedan ser de interés. Pero nada más.

—Entonces trabaje con rapidez y saque primero de ahí a toda esa gente, carajo. —Estoy levantando la voz, perdiendo la calma que tanto me ha costado mantener.

—No seas grosera, Kalinda. ¿Y dónde propones que metamos a tanta gente? —me pregunta mi madre—. Ningún planeta está preparado para un flujo de inmigrantes de esa magnitud. Apenas podemos alimentarlos tal y como estamos ahora.

La doctora Veragelen elige ese momento para ponerse de pie y se sacude una mota de polvo imaginaria de su inmaculada bata de laboratorio negra.

—Me temo que debo dejarlas a solas para discutirlo. Tengo que ocuparme de los preparativos. Las veré mañana, alteza. —Cuando termina de hablar me lanza una mirada penetrante.

Ni siquiera volteo hacia ella ni respondo a su comentario.

Estoy mirando fijamente a mi madre. Tiene las mejillas ligeramente ruborizadas y la boca apretada en una línea fina. No dice nada hasta que la puerta se cierra tras la doctora.

Pero, en cuanto oímos el sonido del clic al cerrarse, se vuelve hacia mí.

—¿Has perdido la cabeza para cuestionarme de ese modo? —dice—. ¿Qué te pasa, Kali? Actúas como si fueras una... rebelde.

—¿Por qué? ¿Solo porque no creo que debamos matar a millones de personas?

—No. Porque estás cuestionando a tu emperatriz. —Su voz es dura como el acero, y su mirada tiene un brillo demasiado peligroso.

Y aunque no hay nada que desee más que preguntarle por qué nadie puede cuestionarla —si está haciendo lo correcto, no tendría por qué temer ninguna pregunta—, soy lo suficientemente inteligente para saber que eso solo serviría para hacerla enloquecer. Y como no quiero que se aparte por completo de mí esta noche, hago rechinar los dientes y doy un paso atrás metafórico.

—Lo siento, madre. Pero siempre me has enseñado que debo entender las decisiones que tomamos. Y esta no consigo entenderla. Parece que... —No encuentro las palabras.

Mi madre estira el brazo por encima de la mesa y me llena la copa de fiznachi, una gran concesión por su parte.

—Sabes lo que hay en juego, Kalinda, y ya te hemos contado cuáles son los plazos de los que disponemos. Seguro que puedes entender la situación imposible en la que nos encontramos. Todo pende de un hilo, y el más mínimo imprevisto puede hacer que nos veamos abocados a un desastre seguro. Estoy haciendo esto para salvar a tanta gente como pueda. Pero no puedo salvarlos a todos.

Quiero creerme la tristeza que veo en sus ojos, pero no puedo. Porque sé que no le importa la vida de la gente que vive en los planetas interiores. Solo le importa tener su vida perfecta en el palacio. Maldición, probablemente podríamos alojar a unos cuantos cientos de refugiados solo con las habitaciones que tenemos vacías.

Pero entonces se encoge de hombros.

—Además, piensa en esto de manera racional. Reducir la población significa que los recursos durarán más tiempo, porque ya no tendremos que suministrar cereal a los Interiores. Y, por supuesto, está la ventaja añadida de que con la destrucción de Serati eliminaremos también la amenaza de la Hermandad de la Luz, que se está volviendo demasiado poderosa. Y al destruir Permuna, eliminaremos a la mayoría de los seguidores de la Rebelión y acabaremos con sus revueltas sin fin.

Esa idea me repugna, hace que sienta un nudo en el estómago y que se me cierren los pulmones hasta el punto de dolerme. Mi madre es una sociópata. No hay otra explicación posible para lo que está diciendo, para lo que estoy oyendo. Quiere asesinar a millones de personas porque eso hará que las cosas sean más convenientes para ella. ¿Cómo no me va a gustar esa idea?

—¿Y qué pasa con Kridacus? —pregunto en un tono sorprendentemente calmado, teniendo en cuenta que necesito cada pizca de autocontrol para no gritarle. O para no vomitar encima de su elegante sofá blanco.

Mi madre hace un gesto despreocupado con la mano.

—Son unos parásitos que chupan los recursos de otros planetas sin dar nada a cambio. ¿No ves que es una situación en la que todos ganamos, Kali? Estaremos ayudando a un montón de gente si hacemos esto. —¿Que todos ganamos? Esto es una pesadilla—. No me mires así —me levanta la voz de repente, y sus intentos por mantener un tono civilizado llegan a su fin.

—¿Así cómo? —pregunto.

—Como lo hacía tu padre cuando sentía que lo decepcionaba. ¡Yo! ¡Su emperatriz!

Está claro que no la miró así lo suficiente. Si lo hubiera hecho, quizá no estaríamos haciendo esto ahora.

—¿Y si no acepto? —pregunto.

Entrecierra los ojos.

—Bueno, siempre podemos llevarte encadenada hasta esa cosa y ponerte la mano encima... literalmente. Pero no creo que sea necesario, ¿verdad?

—No lo haré, madre. No voy a ser responsable de matar a toda esa gente.

Me analiza durante un instante, con la cabeza ladeada como hace siempre que está pensando.

—¿Sabes? La doctora Veragelen no es la única que ha sobrevivido a la *Caelestis*, además de tu grupo de bandidos. Tu asistente y tu guardaespaldas también están aquí. Había pensado en ejecutarlos para dar ejemplo de lo que ocurre cuando alguien no cumple con su deber hacia las familias gobernantes. Decidí no hacerlo al recibir la noticia de que seguías viva. Pero, Kali, traicióname en esto y ellos sufrirán. No te equivoques.

Noto el sabor de la bilis en la garganta y el corazón amenaza con salírseme del pecho. Lara y Arik están vivos. ¿Cómo voy a perderlos, ahora que los acabo de encontrar de nuevo? Pero no digo nada más. Hasta yo me doy cuenta de que el momento de dialogar con mi madre ya se ha acabado, si es que alguna vez existió.

Se pone de pie.

—Pero no tendremos que llegar a eso.

En silencio, niego con la cabeza.

—Bien. Ahora bébete el fiznachi. Debes ir a asearte. Tienes una aparición pública dentro de una hora, y creo que no hace falta recordarte que debes hacer que me sienta orgullosa. —Se va.

No me muevo hasta que se cierra la puerta. Entonces agarro la botella de fiznachi y bebo un trago largo. No basta para aliviar el horror que da vueltas en mi interior. Aunque no creo que haya nada que lo pueda lograr, ni siquiera una botella del gerjgin de Ian.

Creo que he cometido un error terrible al irme de la *Luz Estelar*.

75

KALI

—Alteza. —Lara me saluda con una ligera reverencia cuando entro en mi habitación unos minutos más tarde.

Incluso con la amenaza de mi madre flotando en el aire, la alegría de ver con vida a Lara, aunque no esté a salvo, es sobrecogedora. La abrazo igual que había abrazado a Arik, y me responde del mismo modo que él: con asombro, seguido de un abrazo casi tan desesperado como el mío.

—Me alegro muchísimo de que estés bien —susurro, apretándola con fuerza contra mi cuerpo.

—Y yo me alegro de que lo esté usted. —Se aparta de mí—. Aunque apesta, si no le importa que se lo diga.

—Ya me han avisado.

—Le prepararé la bañera. —Se dirige hacia el cuarto de baño, que es casi tan grande como toda la *Luz Estelar*. Darme cuenta de ello hace que me avergüence.

—No hace falta. Me daré una ducha rápida.

Lara niega con la cabeza de forma obstinada.

—Mi trabajo es prepararle la bañera.

—Sí, bueno, pero después de todo lo que te ha hecho pasar mi madre, creo que te mereces un descanso. O diez. —No quiero asustar a Lara, todavía no, pero la amenaza de mi madre no deja de resonarme en los oídos. No puedo permitir que maten a toda la población de tres planetas, pero ¿cómo voy a sacrificar a la primera amiga que he tenido?

Cuando baja la mirada hacia sus zapatos, siento una presión en el pecho.

—¿Ha sido muy horrible? —le pregunto. Me da miedo su respuesta, pero no voy a esconderme para no escucharla.

No voy a esconderme nunca más.

—Seguro que ni de lejos tan horrible como lo que le habrá ocurrido a usted —responde ella por fin—. ¿Qué le ha hecho ese guardia?

Está hablando de Ian.

—Me ha salvado la vida. —No es lo único que me ha hecho, pero es todo lo que necesita saber Lara, al menos por ahora.

Me observa un segundo.

—Se preocupa por él, ¿verdad?

Que sea capaz de entenderme con tanta facilidad me toma desprevenida por un instante, pero sonrío. No tiene sentido negarlo.

—Me importaba, sí. Pero tuve que irme, y sé que nunca me perdonará por ello. Aun así, he hecho lo que tenía que hacer.

Lara me observa un instante, y veo en su mirada el mismo entendimiento que había visto en la de mi madre. Incluso antes de que me diga:

—Ha cambiado, alteza. —Pero viniendo de ella no suena como si fuera un crimen.

—¿Qué te ha hecho mi madre a ti y a Arik? —La miro detenidamente y me fijo en su piel magullada y en las sombras que hay bajo sus ojos.

—No importa.

Quiero insistirle, pero es evidente que este tema hace que se sienta incómoda. Me recuerda que en este palacio la confianza es algo aterrador, y que no es algo a lo que estemos acostumbradas ninguna de las dos. Después de las semanas que he pasado en la *Luz Estelar*, me cuesta imaginar cómo había vivido así durante tanto tiempo, vigilando mi propia espalda cada segundo del día, esperando a que alguien me clavara un cuchillo entre las costillas.

—Escucha, Lara. He vuelto, y ahora estás a salvo. Sea lo que sea que te haya hecho, no permitiré que lo vuelva a hacer.

Lara asiente y traga saliva antes de darse la vuelta y dirigirse hacia el baño.

—Le abriré la llave de la ducha.

—No tienes que... —empiezo a protestar, pero ya se ha ido.

Después de frotarme el cabello y cada milímetro de mi cuerpo, salgo de la ducha y me estiro para agarrar una toalla. Pero Lara ya está allí, preparada para secarme y echarme una loción aromática en la piel.

La despido con un gesto de la mano. Llevo semanas cuidando de mí misma. Creo que puedo arreglármelas para secarme sin ayuda.

Una vez más, Lara parece sorprendida y un poco triste, pero se pone a sacarme del armario la ropa que voy a llevar en mi aparición en público. Me viene a la mente la tienda de Rangar en la que estuve con Ian, cuando lo veía regatear por las prendas que yo había elegido para Beckett, para Rain y para mí misma. Han pasado muchas cosas desde ese momento, pero la sensación en mi corazón no ha cambiado. Fue divertido y emocionante. Fue real.

De repente echo de menos a Ian con todas mis fuerzas. No me había dado cuenta de lo segura que me hacía sentirme. Protegida, incluso cuando estaba enfadado conmigo. Ahora estoy aquí con Lara y Arik, y me toca a mí cuidar de ellos.

Me toca a mí mantenerlos a salvo.

No me importa, haría cualquier cosa por ellos. Pero un abrazo reconfortante de Rain o un gruñido de Ian me ayudarían mucho a la hora de deshacer el nudo que tengo en el estómago... o el que tengo en el corazón.

La paciencia de Lara con mi recién descubierta independencia se acaba en cuanto me pongo la ropa interior. Me pasa un albornoz, que me pongo, y me señala hacia el tocador. Aunque una parte de mí quiere protestar, a otra parte le importa una mierda mi aspecto.

Así que probablemente debería dejar que Lara se encargara.

—Su madre mandó hacer este vestido en cuanto Arik la recogió en aquella luna de Glacea —me dice Lara mientras lo saca—. ¿No es precioso?

Lo es, pero también es ostentoso, y un gran recordatorio de la forma repugnante en que el Imperio trata a su gente. El vestido es, por supuesto, de un morado imperial. No es tan elaborado como las galas imperiales que llevaba en la *Caelestis*, pero lo suficientemente elegante como para que me dé un vuelco el estómago. Antes incluso de ver el complejo diseño que forman unas piedras diminutas incrustadas en el terciopelo. Unas piedras que sé que podrían alimentar a un montón de gente durante muchísimo tiempo.

«Que no se te ocurra vomitar.»

Es como si nunca me hubiera ido. No ha cambiado nada en absoluto..., excepto yo.

Me quedo completamente inmóvil, como debe estar una princesa, mientras Lara me cierra los botones del elaborado vestido y me coloca la capa imperial sobre los hombros.

Cuando le da vuelta para asegurarse de que cuelga de manera adecuada, no puedo evitar pensar en Ian. Otra vez. En la *Caelestis* me había dicho que me quedaba ridícula. Lo que daría por que me lo volviera a decir, solo una vez más...

—Bueno, mejor que esto (o peor) no voy a estar —digo cuando Lara deja de preocuparse por fin por los detalles.

—Está preciosa.

—Estoy horrible, pero ¿a quién le importa? Acabemos de una vez con esto.

Da la impresión de que Lara quiere decir algo, pero al final solo niega con la cabeza y me sostiene la puerta para que salga.

Que empiece la farsa.

76

IAN

—¿Ya llegamos? —le pregunto a Beckett. Debo de haberlo hecho ya un millar de veces, a juzgar por cómo me pone los ojos en blanco. Y no me responde.

—*Relájate* —me dice Max. Pero él no es el que tiene el corazón a punto de salírsele del pecho—. *¿Crees que no estoy igual de preocupado que tú?* —me pregunta con aires de superioridad—. *Tú nos has metido en este lío. Lo mínimo que podrías hacer es reconocer que no eres el único que se preocupa por ella.*

Dejo de caminar de un lado a otro solo para fulminarlo con la mirada, porque tiene razón. Excepto en lo de que me preocupo por ella. No lo hago. Ya no.

Max se ríe.

—*Sí, tú sigue diciéndote eso.*

—*Esa es mi intención.* —Entonces me doy vuelta hacia Beckett—. ¿Esta cosa no puede ir un poco más rápido?

Beckett me responde con un gruñido gutural, una advertencia clarísima. Y si no estuviera tan enloquecido, quizá me habría importado. Pero tal como están las cosas, estoy más que preparado para devolverle el gruñido...

—*Estar molestando a Beckett no va a hacer que lleguemos antes a Askkandia.*

No, pero así siento que estoy haciendo algo. Si tengo que

quedarme aquí sentado un minuto más preguntándome qué le habrá pasado a Kali, voy a perder la cabeza.

Hace días que tengo un mal presentimiento, algo en mi interior me dice que no le está yendo bien. Sé que solo vamos tres o cuatro días por detrás de ella —quitando un pequeño y necesario desvío para cargar suministros, Beckett ha estado obligando a la *Luz Estelar* a ir lo más rápido posible, y probablemente ese sea el motivo de que me haya gruñido—, pero a una persona pueden pasarle muchas cosas en un par de días.

En el lugar de donde vengo, pueden pasarte en solo un instante. Estás vivo, y un segundo después estás muerto. Así de simple.

Por favor, que Kali no esté muerta.

—*No te importa una mierda, ¿eh?* —Max se está riendo dentro de mi cabeza.

Le gruño.

—*Que no quiera que esté muerta no quiere decir que esté enamorado de ella.*

—*No, pero pasarte cada segundo del día pensando en ella es una señal de que sí podrías estarlo.* —Levanta las manos—. *No te juzgo. Yo también pienso en ella. Todos lo hacemos.*

—*Simplemente no quiero que muera. Sin ella no tenemos nada para controlar a la emperatriz.*

Max vuelve a poner los ojos en blanco, y sé que no se cree lo que le estoy contando. Pero no me importa. No necesito que me crea. Solo necesito que Kali esté bien para poder gritarle por haberse largado a escondidas en mitad de la noche. Y luego la ignoraré para siempre, porque no tengo ninguna intención de darle otra oportunidad para...

Me interrumpo, pero no antes de que Max me mire con superioridad.

—*¿Otra oportunidad para qué? ¿Para romperte el corazón?*

—*Vete al diablo.*

—*Mejor esperamos a que te mande Kali* —replica.

—Kali está bien, Ian. —La voz de Rain viene de detrás de mí, donde está acurrucada en su silla, envuelta con una manta, pero es evidente que está interpretando las expresiones en mi rostro y en el de Max—. Pronto llegaremos.

Parece agotada; los círculos oscuros que hay bajo sus ojos normalmente animados son el testimonio de que no ha podido dormir. Pero, claro, ¿cómo vas a dormir cuando acabas de descubrir que toda tu vida es una mentira? Mis primeros años no fueron nada divertidos: sin padre, una madre muerta, el campo de trabajo infantil, la huida aterradora, llevar una vida de crimen para sobrevivir... Por no mencionar lo de tener que lidiar con todo eso de la tripartición. Pero no creo que lo cambiara, ahora que sé cómo son las cosas al otro lado.

Sí, a Rain y a Kali nunca les ha faltado comida. Han vivido en lugares seguros y tenían camas en las que dormir cada noche. Pero las traiciones que han sufrido las dos... Al menos yo siempre veía el cuchillo que se dirigía hacia mi plexo solar. A ellas no paran de apuñalarlas por la espalda.

Me acomodo en la silla del capitán; no porque quiera sentarme, sino porque supongo que, si estoy tan desquiciado como para molestar a Rain, deben de faltar un par de minutos para que Beckett intente tirarme por la esclusa. Y, aunque sea más fuerte que ella, no creo que tenga muchas probabilidades de vencerla.

Para mantenerme ocupado, aprieto las teclas que encienden la interfaz de mi asiento de capitán. Es uno de esos artilugios realmente útiles en los que ha estado trabajando Gage en los últimos días. Me ofrece lecturas de todos los datos disponibles sobre la nave, y también puedo acceder a cualquiera de los sistemas desde aquí.

O al menos a los que conocemos. Gage cree que hay unos cuantos más que todavía no hemos visto. Pero está empezando a entender cómo funciona la *Luz Estelar* y a descubrir un montón de cosas que yo nunca había visto en una nave. Pensaba que era porque solo había piloteado naves destartaladas, pero Gage dice que no. Ni siquiera él había oído hablar de algunas de estas cosas.

Basta decir que se la está pasando en grande.

La interfaz muestra que Askkandia todavía está a unas horas de aquí. Y eso no es malo, o eso intento decirme a mí mismo. Unas pocas horas más y podré asegurarme de que Kali está bien. Y podré sacarla para siempre de ese palacio de pesadilla.

Eso me recuerda...

—Vamos directamente al palacio, ¿no?

—No —me contesta Beckett con un gruñido—. Vamos a un restaurante que conozco en la ciudad. He pensado que nos vendría bien cenar algo antes.

Sé que se está burlando de mí. Aun así, le lanzo una mirada asesina.

Me responde con un corte de mangas.

Una mano se posa con delicadeza sobre mi hombro, y cuando volteo veo a Rain. Todavía lleva la manta alrededor de los hombros y, ahora que la observo de cerca, tiene aún peor aspecto.

—Sé que está bien —vuelve a decirme—. Probablemente estará envuelta en alguna capa enjoyada, comiendo pasteles caros o algo así. Probablemente ya se habrá olvidado de nosotros.

Nadie se molesta en discutírselo, aunque creo que todos sabemos que es mentira.

—¿Ya hemos decidido qué haremos cuando lleguemos allí? —pregunta Merrick desde su lugar al fondo del puente de control.

Rain se pone tensa al oír su voz, pero no dice nada. Tampoco se molesta en darse la vuelta hacia él, y eso parece irritarlo, a juzgar por la forma en que aprieta la mandíbula.

—Eso, ¿cuál es el plan, capitán? —insiste Beckett. Es su venganza por haber estado molestándola: ella sabe mejor que nadie que no tengo ningún plan.

—Gracias por preguntar, Beckett. Me encantaría trazar un plan con la inmensa cantidad de información de la que dispongo —respondo—. ¿Podrías hacer que la *Luz Estelar* nos mostrara los planos del palacio, por favor?

Claro, como si el palacio imperial fuera a tener sus planos a disposición de cualquier nave que pasara por allí. Puede que la *Luz Estelar* sepa hacer algunos trucos interesantes, pero el Imperio no va a dejar por ahí tirada ninguna información clasificada. Solo estoy haciéndome la tonta para ganar tiempo.

Y Beckett lo sabe.

—¿Por qué no se lo pides tú mismo? —sugiere encogiéndose de hombros.

Pues sí, tiene demasiadas ganas de venganza. Sabe que odio hablar con la maldita nave. Y que mi sugerencia era solo una manera de quitarme la tarea de encima.

—*Luz Estelar*, ¿puedes mostrarnos los planos del palacio de Askkandia? —Max viene a rescatarme.

Unos segundos más tarde los planos aparecen en mi interfaz, y dejo escapar un silbido.

—¡Increíble! —exclama Gage—. Debe de haber superado todos los niveles de seguridad de Askkandia para conseguirlos. La doctora V. mataría por poder hacer lo que acaba de hacer esta nave.

Beckett es la única que no parece impresionada, y entonces me mira a los ojos.

—A lo mejor esta nave se merece un poco más de respeto por parte de su capitán —dice.

Tiene razón, pero no pienso darle la satisfacción de decírselo. En lugar de eso, me centro en la interfaz.

—Es un palacio bastante grande.

—Mejor para nosotros —comenta Merrick—. Habrá más sitios por los que entrar.

Tiene razón.

—Muy bien. Entonces, ¿alguna idea de cuál de estas zonas puede ser la habitación de Kali?

No he vivido en una casa desde que tenía once años y, cuando lo hacía, no se parecía en nada a este palacio. Y como ninguna de las habitaciones está señalizada, no tengo ni idea de qué parte es cada cosa.

Beckett frunce el ceño y se inclina para ver mejor.

—Supongo que será una de estas dos habitaciones —afirma después de estudiar los dibujos un par de minutos.

—¿Por qué estás tan segura?

—Porque son las más grandes. —Señala la más pequeña de las dos—. Y es evidente que son dormitorios. —Señala asimismo los diferentes cuadrados que hay en los planos—. Sala de estar, baño, habitación, vestidor, armario.

Estoy tan horrorizado como fascinado. No me extraña que Kali se sintiera como una pordiosera en la *Luz Estelar*.

—¿Quién carajo necesita cinco habitaciones? ¿O un armario más grande que nuestra pendeja nave?

De repente, la *Luz Estelar* se sacude.

—Creo que no le ha hecho mucha gracia que la llames «pendeja nave» —apunta Gage desde debajo del cuadro de instrumentos, donde está toqueteando algo.

—O puede que hayas tocado tú algo que no debías —replico—. Ten cuidado con lo que andas jodiendo ahí abajo. Y será mejor que te asegures de que nuestras credenciales de aterrizaje no están en la lista negra cuando entremos en el espacio aéreo del Imperio.

Gage me hace un corte de mangas; parece que está muy de moda últimamente.

—Entonces, suponiendo que nuestro genio no nos joda las credenciales, tenemos que averiguar cómo entrar allí sin que nos vean —dispongo—. Parece que va a ser complicado, teniendo en cuenta que sus habitaciones están literalmente en el centro del palacio.

—Una prueba más de que son las suyas —dice Merrick—. Así es más fácil protegerlas, a ella y a la emperatriz.

—Sí, y ese es el problema —repongo—. Es más fácil protegerlas. Más difícil para nosotros sacarla de allí a escondidas. —Miro a los demás—. ¿Alguien tiene alguna sugerencia?

Por lo general, yo soy el típico sujeto que improvisa. Pero asaltar el palacio imperial no parece dar pie a ninguna situación en la que se pueda improvisar.

Beckett se inclina sobre mi hombro y señala una entrada que hay en la parte trasera del palacio.

—Ese puede ser el mejor sitio por el que meternos.

Ya había pensado en eso, pero por mi experiencia de meterme en sitios, sé que las entradas que parecen más vulnerables suelen ser las que menos lo son en realidad. Los guardias suelen compensar esa debilidad con un aumento del personal.

Pero, cuando se lo digo, Beckett levanta las manos.

—Bueno, si crees que se puede hacer mejor, ¿por qué no le pides a la *Luz Estelar* que nos trace un plan?

—No es mala idea —digo, por seguirle la corriente—. Eh, *Luz Estelar*, necesitamos rescatar a Kalinda de las garras de la malvada emperatriz antes de que aniquile sin querer a toda la población de tres planetas enteros. ¿Alguna idea?

No espero que ocurra nada. O sea, es una nave espacial. Quizá pueda defenderse de un ataque, pero no puede tener ideas de verdad. Para hacer eso necesitaría algún tipo de tecnología mágica que todavía no se ha inventado.

Pero siento que vuelve a sacudirse. Y entonces aceleramos, y el mapa que tenemos delante refleja un ligero cambio en nuestra trayectoria. Veo cómo las nuevas coordenadas aparecen en mi interfaz, junto con unos planos nuevos del palacio.

—Mierda —exclama Beckett—. Lo está haciendo. Carajo, que lo está haciendo en serio. Me encanta esta nave.

Empiezo a entender por qué. Estoy un poco inquieto, pero me pongo cómodo en la silla y estudio los nuevos planos que nos acaba de dar, junto con la simulación de cuál sería el mejor sitio por donde entrar.

—¿No es maravillosa? —presume Beckett.

Vaya que lo es. Pero no pienso admitirlo.

Aunque sí memorizo todos los puntos que ha señalado como vulnerables. Por si la *Luz Estelar* es realmente tan lista como cree Beckett.

77

KALI

El encuentro en público ha sido insoportable. Me duele la mandíbula de tanto mantenerla en una posición concreta. Sin embargo, se ha transmitido a todas las familias gobernantes, así que por fin las noticias trascenderán y todo el mundo se enterará pronto de que he vuelto al palacio. Eso, combinado con el encuentro privado que acabo de tener con Arik, por fin me ha hecho creer que Ian y los demás estarán a salvo. Y eso hace que todas las mentiras terribles que acabo de contar valgan la pena. O al menos eso es lo que me digo a mí misma.

Ahora estoy sentada en la cama de mis aposentos palaciegos, pero siento claustrofobia. Como si las paredes cubiertas de seda me asfixiaran. Todavía llevo puesto el vestido morado, y no consigo reunir las fuerzas necesarias para cambiarme. Lara se ha ofrecido a ayudarme, pero necesito estar sola unos minutos para pensar. Y para no hacer nada.

Pero no puedo quedarme quieta. Me pongo de pie y empiezo a caminar de un lado a otro, intentando pensar en una forma mejor de proteger a toda la gente de los planetas interiores. Pero no se me ocurre nada. Mientras esté aquí, en el palacio, mi madre y la doctora Veragelen encontrarán el modo de obligarme a hacerlo.

Y eso significa que ya he hecho todo lo que podía hacer al

venir aquí y proteger a mis amigos de la *Luz Estelar*. Si consigo convencer a Lara y a Arik para que vengan conmigo, entonces tengo que escapar. Ahora mismo.

Pero, antes de que pueda pensar en cómo hacerlo, alguien llama a la puerta con delicadeza. Me apresuro a abrir y me encuentro a Lara, que lleva una bandeja de comida. Hay un guardia a cada uno de sus lados; es evidente que están apostados en mi puerta.

«Por tu seguridad —casi puedo oír decir a mi madre—. No es porque estés prisionera, sino porque alguien intenta matarte y ahora saben dónde estás.»

Qué pena que no me crea ni por un segundo que lo único que quiera sea protegerme. Estoy prisionera en este palacio. Debería haber escuchado a Ian. Me mortifica tener que admitirlo, pero la verdad es la verdad.

Nunca debería haber vuelto.

—¿Está bien, alteza? —pregunta Lara—. Parece muy alterada.

—Es que estoy muy alterada. Hay guardias en mi puerta.

—Lo sé. Es terrible. —Suspira—. Pero tiene que descansar y comer algo. No ha comido nada en condiciones desde que ha llegado. Tiene que reponer fuerzas.

Dejo que Lara entre en la habitación; supongo que, en cuanto estemos solas, podré sincerarme con ella y preparar un plan para huir de aquí. Entra y cierra la puerta con cuidado tras ella; después deja la bandeja en la pequeña mesa que hay en un rincón de la habitación. Empiezo a comer. Está delicioso, pero me apetecería mucho más un guisado de pezgalen.

—¿Quiere que le sirva café, alteza? —pregunta Lara.

Asiento con la cabeza, porque es más sencillo que decirle que lo haré yo misma. Y entonces estoy a punto de ponerme a llorar cuando echa una cucharada y media de azúcar en la taza, exactamente como me gusta.

Hubo un momento en el que había pensado que no volvería a probar el azúcar. Y me parecía bien, de verdad.

Cuando se acomoda en la silla que hay enfrente de la mía, con las manos colocadas con delicadeza sobre su regazo, pienso en la mejor manera de abordarlo, de convencerla de que está en peligro y de que tiene que venir conmigo. No obstante, al observarlo, me doy cuenta de que se está mordisqueando el labio, moviéndolo de un lado a otro. Conozco a Lara desde hace mucho tiempo, y esa es una prueba indiscutible de que le preocupa que lo que me tiene que decir me vaya a molestar.

Y eso solo hace que quiera saber aún más lo que está ocurriendo.

—Suéltalo de una vez, Lara —digo por fin.

Abre mucho los ojos al oír unas palabras tan poco imperiales, pero empieza a hablar:

—No estaba segura de si debía contárselo —comienza a decir—. Esto es, no pensé que le fuera a importar de todas formas. Pero antes me ha dicho que esa gente eran sus amigos. Y he estado pensando en ello desde entonces. Es por algo que había escuchado sin querer mientras su madre hablaba con la modista sobre el vestido que ha llevado hoy. También estaba teniendo una conversación con Mikhaela.

Asiento con la cabeza, porque no es nada raro. Mikhaela es la consejera principal de mi madre en asuntos políticos del sistema Senestris.

—Justo después de que Arik la rescatara —prosigue Lara—, parece ser que su madre se puso en contacto con la Corporación e hizo que un montón de naves se movilizaran alrededor de Glacea. Creía que sus... amigos se quedarían por allí cerca hasta que los salvaran, y esperaban poder localizarlos. —Hace una pausa—. Todavía no los han encontrado, pero, ahora que está aquí, ha ordenado que los maten a todos, no solo que los capturen. Todas las naves que tenemos desde Serai hasta Glacea los están buscando. Al parecer, saben demasiado.

Pronuncia las últimas palabras a toda velocidad, como si tuviera mucha prisa por soltarlas.

Tengo que decir que desearía no haberme tomado el café, porque estoy bastante segura de que lo voy a vomitar.

«No vomites. No vomites. Que no se te ocurra vomitar.»

Hay veces que ni con mi mantra lo puedo evitar. Puedo sentir cómo la cena me sube desde el estómago, y echo a correr hacia el baño.

Llego justo a tiempo.

Cuando termino, Lara me acerca un trapo húmedo y un enjuague bucal. Me lavo la cara y la boca, y vuelvo a la habitación a trompicones para pensar en lo que me acaba de contar.

Lo peor es que ni siquiera me sorprende. Me horroriza, sí. Pero no me sorprende ni lo más mínimo. Deshacerse de las amenazas podría decirse que es el *modus operandi* de mi madre.

Cada cosa nueva que descubro parece estar pensada para demostrarme que es una mujer sin ningún honor.

Me quedo muy quieta, sentada mientras le doy vueltas a lo que me ha dicho Lara. Mi mente es un torbellino. No puedo respirar, y noto cómo el sudor me cae por la espalda. Sí, Arik y yo habíamos trazado un plan, pero solo hace una hora de eso, así que no debe de conocer los planes de mi madre. Al parecer, la orden de ejecución lleva dada desde que aterricé aquí.

Mis amigos podrían estar muriendo en estos momentos.

Podrían haber volado en pedazos la *Luz Estelar*.

Ian podría estar muerto, y también Rain. Max. Gage. Merrick. Beckett.

Mi estómago, que ya estaba revuelto, amenaza con volver a rebelarse, pero me niego a permitirlo.

A la *Luz Estelar* se le dan demasiado bien las maniobras evasivas como para que la derriben tan fácilmente. Nos ha sacado de un lío tras otro. Tengo que confiar en que lo vuelva a hacer.

Es probable que ya estén en las Tierras Salvajes rescatando a Milla, lejos del alcance de las naves de la Corporación. Cualquier otra cosa no tendría sentido.

Pero ¿y si mi madre tiene razón?

¿Y si no se han tomado mi marcha tan bien como pensaba que lo harían?

¿Y si algo ha fallado en su plan y están volando directamente hacia la trampa cruel de mi madre?

En cuanto se me ocurre esa idea no puedo dejar de pensar en ello, por mucho que lo intente.

Creía que los estaba protegiendo al irme. En realidad, lo que había hecho era firmar sus sentencias de muerte.

Entonces, ¿qué debería hacer? ¿Qué podría hacer?

Tengo que encontrar la forma de salvarlos. Tengo que hacerlo. Pero no sé cómo.

—Alteza, hábleme. Cuénteme lo que esté pensando. ¿Qué quiere que haga?

Al oír sus palabras me quedo paralizada, y me digo a mí misma que me tengo que tranquilizar. Entrar en pánico nunca ha ayudado a nadie.

—Lo he estropeado todo —confieso por fin—. Nunca debería haber vuelto.

—Sea lo que sea que necesite para arreglarlo, puede contar conmigo. La ayudaré en todo lo que pueda. Y hay otros en palacio que también la ayudarán.

No dice su nombre, pero sé que habla de Arik.

—¿Sabes lo que ocurrirá si te enfrentas a mi madre?

—Lo sé. —Lara deja escapar una carcajada sin rastro de humor—. Me lo han dejado bastante claro en las últimas semanas. Pero ya estoy cansada de temerla.

—Yo también —le digo—. Las semanas que he pasado en la *Luz Estelar*, cuando no estaba asustada, cuando era yo misma..., han sido las mejores de toda mi vida. —Extiendo el brazo por encima de la mesa y le tomo la mano—. Esta vez te llevaré conmigo. A ti y a Arik. No tendrán que quedarse aquí ni un minuto más.

—Arik y yo ya hemos hablado de ello, antes de traerle la comida. Y juramos que, si quería escapar, encontraríamos la forma de ayudarla.

—Y de venir conmigo.

—Y de ir con usted —confirma.

—Gracias —susurro apretándole la mano.

—De nada —responde.

Nos quedamos en silencio un momento, pensando en la enormidad de la tarea que tenemos por delante.

—¿Cómo? —pregunto por fin—. Los guardias de la puerta no me van a dejar salir así como así.

—Arik y yo vamos a ocuparnos de ellos. Esté lista para partir.

—¿Cuándo?

—Dentro de una hora, quizá dos. —Lara se pone de pie y se arregla la falda—. Volveré en cuanto lo tengamos todo preparado.

Y entonces se va.

Siento una punzada de terror al pensar en lo que estamos a punto de hacer... y en lo que ocurrirá si nos atrapan. Pero hay cosas por las que merece la pena luchar. Y también personas.

Ian y los demás ya han luchado por mí demasiadas veces. Aquí, esta noche, me toca a mí pelear por ellos.

78

KALI

Cada segundo me parece una eternidad mientras espero a que Lara y Arik vuelvan por mí. Pienso en preparar una bolsa, pero, si me atrapan merodeando por el palacio por la noche, pareceré mucho menos sospechosa si no llevo nada conmigo.

También lo pareceré si llevo puesto mi vestido elegante. Por lo menos este no es tan apretado como para no poder correr con él puesto.

Aun así, todavía me considero un poco práctica, por lo que agarro todos los pendientes y collares enjoyados que puedo guardarme en los bolsillos. Serán mi dinero mientras busco la *Luz Estelar*. Y después de eso quizá sean un regalo para Ian, para ayudar a pagar el combustible, la comida y cualquier otra cosa que requiramos. A estas alturas ya habrán rescatado a Milla, y necesitará ropa nueva. Quizá podamos abastecernos de su comida favorita. Me pregunto si ella también odiará el pezgalen reseco, como Ian.

Solo tardo un par de minutos, y después me siento en la cama a esperar.

Veinte segundos más tarde vuelvo a estar de pie, caminando de un lado a otro. Esto es una tortura, simple y llanamente. Ojalá Lara y Arik se dieran prisa en venir.

Pasan dos horas, solitarias e insoportables, antes de oír que alguien llama a la puerta con delicadeza. Tengo que reprimir mis ganas de abrirla de golpe y pedirles explicaciones. Pero se abre sola, y ahí está Lara de nuevo. Arik está con ella, y está arrastrando lo que parece un guardia imperial muerto o inconsciente. Lo mete a rastras en mi habitación y cierra la puerta. Entonces saca unas esposas de su bolsillo —me recuerdan a Ian y siento una punzada de dolor en el corazón—, y lo ata al dosel de metal de mi cama; acto seguido le coloca una especie de mordaza en la boca, se voltea hacia mí y me hace una pequeña reverencia. Inconsciente, entonces. Bien.

—Alteza.

Me doy cuenta de que he estado conteniendo el aliento desde que entraron en la habitación, así que tomo aire y dejo que el oxígeno entre en mis pulmones hambrientos.

Por un momento me siento aterrorizada —vamos a hacerlo, va a ocurrir de verdad—, pero entonces suelto el aire, y el miedo se va con él. Porque ya es demasiado tarde para echarnos atrás.

—Gracias —le digo—. No hacía falta que...

—Perdone que os interrumpa, pero le prometí a su padre que cuidaría de usted. Esta noche podré cumplir esa promesa. ¿Está lista para irnos?

Más lista que nunca.

—¿Cuál es el plan?

—Hay una lanzadera esperándonos en la azotea. El piloto nos llevará hasta Luna. Lo he preparado todo para que haya allí otra nave de mayor autonomía esperándonos.

—¿Cómo lo has hecho tan rápido? Es como si...

—Llevo tiempo sospechando que algún día necesitaríamos una vía de escape.

—Pero ¿por qué?

Se dispone a decir algo, pero lo debe de pensar mejor, porque simplemente niega con la cabeza, incómodo.

—Creo que es una conversación muy larga que deberíamos tener en otro momento. Pero me alegro de haberlo hecho, y también de poder serle de ayuda.

—Yo también, Arik. Siempre te estaré agradecida.

—Me conformo con que se convierta en el tipo de persona de la que su padre estaría orgulloso —afirma Arik—. Eso será mejor que cualquier agradecimiento.

Parpadeo para contener las lágrimas. Me estoy convirtiendo en una llorona.

—Lo haré lo mejor que pueda.

—Bien. Vámonos, entonces.

El guardia sigue inconsciente cuando salimos de la habitación. Arik cierra con llave, y entonces echamos a andar: yo voy delante, Lara en medio y Arik a la retaguardia. Queremos parecer lo más normales posible, como si me estuviera dirigiendo a la azotea para dar un paseo nocturno como solía hacer con mi padre.

Pero no vemos a nadie. Y cuando nos detenemos delante de la puerta que da a la azotea y a la plataforma de embarque de las lanzaderas, empiezo a pensar que realmente todo va a salir bien.

Arik abre la puerta y miro con cuidado al exterior. Hay una noche preciosa, con el cielo despejado y lleno de estrellas.

Por un momento, no puedo evitar pensar en que la *Luz Estelar* estará ahí fuera, en algún lugar. Espero que esté bien y que las personas que van a bordo se hallen a salvo, a gusto y viviendo libres en las Tierras Salvajes. En cuanto salga de aquí, encontraré la forma de enviarles un mensaje para avisarlos de lo que se avecina.

—Está despejado —murmura Arik.

Respiro hondo y salgo a la azotea. La lanzadera está en el otro extremo de la plataforma de embarque, y el zumbido de sus motores es el único ruido que se oye en esta noche tranquila.

Tan cerca... Estamos muy cerca. Solo un poco más y seremos libres.

Un poco más y no tendré que volver a ver este palacio jamás.

Se me encoge el estómago al pensar en ello: ha sido mi hogar durante muchísimo tiempo.

O más bien mi casa; me doy cuenta cuando pienso en el tiempo que he pasado en la *Luz Estelar*. Este sitio no ha sido un hogar para mí desde que murió mi padre.

Echamos a correr por la azotea, manteniéndonos cerca del borde que se alza sobre la ciudad. No puedo evitar pensar en toda la gente que hay allí abajo. Solía venir aquí cuando me sentía triste, frustrada o simplemente abrumada. Miraba hacia abajo por el borde del palacio y me inventaba historias sobre la gente de la ciudad que se extendía bajo él o sobre las estrellas que cubrían el firmamento.

Historias de aventuras, de gente que se divertía, de una vida más allá de la soledad del palacio. Solo ahora, cuando estoy intentando dejar todo esto atrás, me doy cuenta de que, aunque no durara mucho tiempo, esas historias se habían convertido en realidad. Durante un breve período de tiempo, viví una vida llena de aventuras entre las estrellas.

Espero poder volver a hacerlo. Espero que no sea demasiado tarde.

La rampa de la lanzadera ya está bajada, y ya puedo saborear mi libertad. Nos hallamos a mitad de camino cuando Arik se detiene de repente y levanta la cabeza. Entonces da vuelta hacia mí y veo la tristeza en su rostro.

—Lo siento mucho —murmura—. He hecho todo lo que he podido.

Un grupo de soldados, con las armas desenfundadas y apuntando hacia nosotros, sale de detrás de un edificio en el extremo de la plataforma. Llevan la armadura corporal negra y gris de las fuerzas de seguridad de la Corporación. Tras los soldados están mi madre y la doctora Veragelen.

Se me detiene el corazón. La huida ha llegado a su fin. Y aunque no creo que mi madre me vaya a hacer daño, he puesto a Arik y a Lara en un grave peligro.

Echo a correr hacia ellas, con las manos por delante en un gesto evidente de rendición.

—Madre, por favor. Todo esto es un...

—Mátenlo —me interrumpe mi madre con una voz completamente carente de emoción. Suena tan vacía, de hecho, que tardo un momento en asimilar lo que ha dicho.

Pero, cuando lo hago, grito:

—¡No! —Me lanzo hacia un lado, desesperada por proteger a Arik a toda costa.

Lara se agarra a mí, rodeándome el brazo con los suyos para inmovilizarme. Los guardias abren fuego, y Arik ni siquiera grita cuando le disparan. Cae al suelo a mis pies, con los ojos abiertos eternamente, mirando al vacío.

—Agarren a la sirvienta —exige mi madre—. Parece que mi hija le tiene cariño, y podría sernos útil.

Uno de los soldados da un paso hacia Lara, y ella retrocede.

—Lo siento —susurro—. Encontraré la forma de ayudarte. Te...

Me callo cuando se sube a la cerca que rodea la azotea.

—No permitiré que me usen contra usted —grita—. No se rinda, Kali. No se rinda jamás.

El horror me invade cuando me doy cuenta de lo que está ocurriendo; echo a correr hacia ella y me lanzo hacia sus pies. Pero llego un segundo demasiado tarde y mis manos se cierran alrededor del aire donde había estado Lara mientras ella se tira de espaldas y cae, cae, cae.

Por unos segundos me siento tan devastada que estoy tentada a seguirla: aquí ya no hay nada para mí excepto tristeza. Pero sin mí no quedará nadie para advertir a mis amigos, y no he llegado tan lejos para dejar que mueran ahora.

Una docena de manos me agarran mientras bajo la mirada hacia el cuerpo magullado y roto de Lara. Me las quito de encima y me doy vuelta, y, aunque me tiemblan las rodillas, me mantengo firme. Una princesa del Imperio no se viene abajo solo porque su vida se haya acabado. Estamos hechas de otro material.

Así que tenso las piernas, enderezo los hombros y dejo que la rabia que arde en mi interior salga a la superficie.

—Jamás te lo perdonaré —le espeto a mi madre.

—¿A mí? —pregunta con las cejas levantadas—. Te recuerdo que eres tú quien ha provocado todo esto. Es culpa tuya que hayan muerto, no mía.

Quiero discutir con ella —ha sido ella quien ha dado la orden de matar a Arik—, pero lo cierto es que he sido yo quien los ha metido en todo esto. La que había jurado protegerlos, y en vez de eso he dejado que murieran. Las dos somos responsables de su muerte.

—No tenías por qué hacerlo —replico.

—Oh, no seas tan dramática, Kalinda. Solo eran sirvientes, y seguro que sabías que estabas poniendo su vida en peligro cuando decidiste involucrarlos en tu pequeño plan de huida. —Da un paso hacia mí—. O sea, ¿dónde creías que ibas a ir? ¿Y por qué? Jamás lo habría creído de no ser porque Annora me había contado sus sospechas.

Miro a la doctora Veragelen. Me devuelve la mirada con una leve sonrisa.

—Hemos simulado todas las situaciones posibles utilizando los algoritmos, y todos ellos nos dieron la misma respuesta. Ibas a huir.

—Kalinda —dice mi madre—, ya sabes lo que está en juego.

No me puedo creer que hayas arriesgado el futuro de todo el sistema. ¿Para qué?

—Me habías dicho que mis amigos estaban a salvo. Era mentira. Habías enviado una orden a todo el sistema para que los ejecutaran.

Una arruga casi inapreciable aparece entre sus ojos, y prácticamente puedo ver cómo funciona su mente. Es evidente que no esperaba que supiera eso.

—Era lo mejor a largo plazo. Al final te habrías dado cuenta de que es cierto. No eran gente de nuestra clase. Eran del interior. Escoria.

—¡¿Y mi padre?! —grito—. ¿Él también era una escoria del interior?

La mirada de la emperatriz se vuelve fría como el hielo.

—No vamos a hablar de tu padre. —Entonces suspira—. Kali, no quería tener que llegar a esto. Pero supongo que tendré que obligarte.

Es increíble. Aparto la cara para no mirarla. Pero eso solo sirve para hacerme posar la mirada sobre Arik. Así que me vuelvo a girar.

—No puedes obligarme a hacer nada. Ya no tienes nada que puedas utilizar contra mí.

—Puede que no, pero no hará falta. Al parecer, Annora ha estado trabajando en una droga que te hará ser un poco más... obediente. Y que, esperamos, no tendrá ningún efecto secundario a largo plazo.

No me gusta cómo suena eso. En absoluto. Pienso en Beckett. Nunca ha hablado de lo que ocurría en los laboratorios de la *Caelestis*, pero sé que era algo horrible.

—Mientras tanto, nos aseguraremos de que no vuelvas a deambular por ahí. Y te daremos un poco de tiempo para considerar tus opciones. —Voltea hacia los guardias—. Llévensela a... algún lugar seguro. —Acto seguido se aleja de mí. La doctora Veragelen va tras ella y abandonan la azotea, desapareciendo de mi vista.

Unas manos me agarran por los brazos, y entonces sé que todo se ha acabado.

79

KALI

Los guardias me sacan a rastras de la azotea, y las lágrimas que me caen silenciosas por las mejillas borran mi rostro de princesa.

Es el fin. Se ha acabado todo, y no hay nada que pueda hacer al respecto.

Intento mirar hacia atrás, mirar por última vez a Arik antes de que me hagan cruzar a empujones la puerta que da al palacio. Pero hay demasiados guardias entre él y yo, y lo único que veo es un océano negro y gris.

¿Qué voy a hacer? Me obsesiono pensando en ello mientras me arrastran por las escaleras y a través de los pasillos. ¿Qué voy a hacer? Lara está muerta. Arik está muerto. Y mis amigos de la *Luz Estelar*... Si no están muertos ya, pronto lo estarán.

El dolor que me produce esa idea me hace caer de rodillas.

Golpeo el suelo a pesar de que unas manos me empujan hacia delante, y mis sollozos hacen que me tiemble todo el cuerpo. Yo he hecho esto. Con mi determinación egoísta e imprudente, he provocado todo esto.

Beckett intentó advertirme. Es una persona siniestra y confundida, pero sabía que mi madre era malvada e intentó avisarme. No le creí y ahora es demasiado tarde. Mi ignorancia deliberada nos ha condenado a todos.

—¡De pie! —grita uno de los guardias que me sujeta.

No me muevo. No puedo hacerlo. Siento las piernas como si se hubieran convertido en agua.

«¿Qué he hecho?»

«¿Qué he hecho?»

Esas palabras son un mantra en mi cabeza, un martilleo de culpabilidad, una devastación que arde en mi sangre. Quiero volver atrás en el tiempo, quiero cambiar todo esto. Pero no puedo. Ya está hecho. Arik y Lara han muerto, y no hay nada que pueda hacer al respecto.

—¡De pie! —vuelve a gruñir el guardia, y esta vez tira de mí con tanta fuerza que siento que me disloca el hombro.

Apenas soy consciente del dolor físico, empañado por la agonía emocional que me abruma. Todavía siento las piernas débiles, y el cuerpo me tiembla tanto que apenas puedo sostenerme de pie. Y eso solo hace que los guardias se enfurezcan aún más.

Empiezan a arrastrarme por el pasillo, uno de ellos por cada lado. En circunstancias normales me defendería, pero no me quedan fuerzas para pelear. Solo puedo pensar en Arik, con su cuerpo desplomado en el suelo, y en Lara, con el suyo roto. Solo puedo pensar en sus miradas vacías. Y no puedo evitar imaginarme eso mismo con la cara de Ian. Con la de Max. Con las de Rain, de Merrick, de Beckett y de Gage.

No, no, no.

Por favor, que estén bien.

Por favor, que no estén muertos.

Ni siquiera sé a quién le estoy suplicando. ¿Al universo? ¿Al poder superior nebuloso en el que cree Rain? ¿Al mismísimo destino?

Por favor, por favor, por favor, no permitas que mi madre los haya matado.

Los guardias me hacen bajar a rastras otro tramo de escaleras y después me llevan por el pasillo que da a mi habitación. Me pregunto por un momento si mi madre habrá cambiado de opinión. Pero entonces pasamos de largo la puerta, medio empujándome y medio tirando de mí, y sé que no lo ha hecho en absoluto.

Hay una celda preparada para mí. Hasta hoy, ni siquiera sabía que teníamos celdas en el palacio.

Doblamos otra esquina, y luego otra y otra más, y estoy llorando tanto que apenas puedo ver el suelo bajo mis pies. Ya no tengo ni idea de dónde estamos, no sé a qué parte del palacio me han arrastrado, y una parte diminuta de mi cerebro —la parte dedicada casi por completo a la venganza— me apremia para que preste atención. Para que averigüe dónde estoy, y así pueda tener alguna idea de qué hacer si consigo escapar.

Pero escapar es un concepto tan imposible que apenas logro comprenderlo. No cuando la pena me abruma, me aplasta, convierte mis entrañas en un vacío oscuro e infinito.

Estamos a medio camino cuando oigo un ajetreo detrás de nosotros. Ni siquiera me molesto en volver la cabeza. Sea lo que sea, no va a hacer que regresen Lara y Arik, y ahora mismo es lo único que me importa.

De repente, los guardias que me sujetan me golpean la cara contra el suelo. Veo disparos láser a mi alrededor; sus rayos amarillos rebotan en las paredes, en el techo e incluso en el suelo, apenas a unos centímetros de mí.

Junto a mí, los guardias caen uno tras otro. Quien los esté atacando es inteligente: han esperado hasta que estuvieran en un pasillo largo y estrecho para que no tuvieran escapatoria ni tampoco posibilidad de contraatacar.

Otro guardia se desploma muerto a mis pies, y ahogo un grito. Un ápice de mi instinto de supervivencia se abre paso a través del dolor; me apoyo con las manos y las rodillas, y empiezo a arrastrarme por el pasillo, por encima de la sangre y la carne quemada que cubre el suelo en todas direcciones.

No sé qué está ocurriendo, no tengo ni idea de quién se ha podido meter en el palacio para matar a los guardias de mi madre y de la doctora Veragelen. Y tampoco me importa, mientras no me maten a mí también. Porque no pienso morir a no ser que con ello pueda destruir a mi madre y a la doctora. Se merecen perderlo todo por lo que han hecho.

Pero antes tengo que escapar. Los rayos láser siguen volando y los gritos resuenan a mi alrededor, así que me mantengo tan cerca del suelo como puedo, recordando lo que me enseñó Ian. Hay una esquina más adelante, un pasillo que se aleja de este, y esa es mi meta ahora mismo. Llegar allí y salir de la línea de fuego. Por ahora. Todo lo demás puede esperar.

Ya casi estoy allí —quizá a unos tres metros— cuando aparecen un par de botas gastadas justo delante de mí. Al principio no sé qué estoy mirando, pero entonces los disparos cesan. Y la persona que está pegada a las botas se pone en cuclillas.

—Parece que esta vez te has metido en un buen aprieto —dice una voz familiar—. ¿Qué te parece si nos largamos de aquí, princesa?

Ian. Es Ian. Está vivo y, a pesar de todo, ha venido a buscarme.

80

IAN

—¡¿Todo despejado?! —le grito a Merrick, que está al otro lado del pasillo con la pistola desenfundada, asomándose a la esquina.

—Eso parece —me responde a voces.

Bien. Solo hemos tenido que acribillar a unos veinte soldados imperiales para conseguirlo y quizá a algunos tipos de seguridad de la Corporación, pero me trae sin cuidado. Hace tiempo que quería liquidar a unos cuantos de estos tipos.

—Muy bien, princesa. —La estrecho entre mis brazos y vuelvo a ponerme de pie—. ¿Lista para irnos?

—Estás vivo —susurra Kali, y estira una mano temblorosa para tocarme la mejilla, como si no se lo creyera.

Y carajo. He estado molesto con ella tanto tiempo que me parece una eternidad. Todavía lo estoy. Pero, cuando me mira de esa forma, con los ojos muy abiertos y llenos de lágrimas, me cuesta mucho recordar por qué me había enfadado. Me cuesta recordar cualquier cosa excepto la sensación que me produce al tenerla entre mis brazos.

—*Siento interrumpir una reunión tan bonita.* —La voz irónica de Max me inunda la cabeza—. *Pero Beckett y yo estamos conteniendo a unos treinta guardias nosotros solos. Por si quieren echarnos una mano.*

—*Lo dices como si fuera algo complicado* —le recrimino,

pero ya he echado a andar por el pasillo a grandes zancadas, pasando por encima de los cadáveres.

Merrick va por delante, corriendo pasillo abajo hacia nuestro punto de acceso, moviendo la pistola láser de un lado a otro en busca de amenazas. Tengo que admitir que para ser un sacerdote se le da bastante bien utilizar esa cosa. No me extraña que lo hayan elegido para ser el guardaespaldas de Rain.

—¿Crees que podrás caminar? —le digo a Kali cuando nos acercamos a la puerta. No sé lo que nos vamos a encontrar ahí, y necesito tener las manos libres.

Asiente con la cabeza apretada contra mi pecho, donde está acurrucada, y me aparto de ella a regañadientes. Notar las curvas de su cuerpo mientras se desliza sobre el mío es una sensación agradable, pero ahora mismo no tengo tiempo para pensar en esas cosas. En lugar de eso, cuando paso a su lado, le grito:

—Quédate detrás de mí.

Entonces los dos movemos el trasero para llegar junto a Merrick, que nos espera en la puerta, con dos guardias estrangulados a sus pies. Nos los hemos despachado al entrar.

—¿Listos? —pregunta, y luego mira a Kali con la sonrisa más grande que le he visto nunca—. Me alegro de verte —le dice.

—No tanto como yo de verte a ti —responde ella, e intento no mosquearme. A mí solo me ha dicho un «estás vivo».

—Más listos que nunca —gruño, y abro la puerta.

Entramos directamente en un pandemonio; los disparos vuelan en todas direcciones mientras Max y Beckett hacen lo que pueden para acabar con un montón de guardias de seguridad de la Corporación y soldados imperiales. Cuando Max dijo que serían unos treinta, es evidente que estaba siendo comedido. O puede que estuviera contando solo a los que estaban muertos. Con todo el humo de las granadas que hemos utilizado como distracción es difícil de calcular.

—¡¿Dónde está la nave?! —grita Kali para hacerse oír por encima de los disparos.

—Justo delante de nosotros —contesto mientras nos metemos en la refriega.

Dos guardias salen de detrás de una jardinera gigante y nos apuntan directamente a la princesa y a mí. Merrick acaba con uno y yo con el otro, pero otros tres se acercan corriendo hacia nosotros.

—¡Dame una pistola! —grita Kali.

—No tengo más —le respondo a voces.

Suspira como si la estuviera decepcionando terriblemente, algo que me molesta bastante teniendo en cuenta que he venido a salvarle el trasero. Pero ¿qué otra cosa esperaba de esta mujer, carajo? Lleva siendo una molestia desde el día que nos conocimos.

De repente, otra horda de guardias llega corriendo a través del jardín de la emperatriz, que hasta ahora había estado bien cuidado.

—¡Son demasiados! —le grito a Merrick—. ¡Tenemos que largarnos! ¡Ya!

Asiente con la cabeza mientras otra ráfaga de disparos llega desde la *Luz Estelar*. Unos cuantos guardias caen al suelo, mientras que el resto se cubren.

—Gracias —le digo a Max.

—En todo caso, dáselas a Beckett —responde él—. Esa mujer sí que sabe disparar.

—¡Vamos, princesa! ¡La *Luz Estelar* nos espera!

—¿Dónde? —vuelve a gritar Kali—. No la veo.

—Eso es porque está camuflada —le explica Merrick mientras dispara a un guardia por encima de mi hombro.

Le devuelvo el favor disparando a los dos que se le echan encima.

Y entonces salimos corriendo directamente hacia los rayos que golpean sin parar en el suelo que hay entre los guardias y nosotros.

De pronto, un guardia aparece y agarra a Kali, rodeándole el cuello con una mano y la cintura con la otra, y tira de ella hacia atrás.

Lo apunto con la pistola, pero la está utilizando como escudo además de como rehén, así que no consigo tenerlo en la mira. Al menos no sin darle también a Kali. Y no he venido hasta aquí para perderla ahora.

Kali debe de tener la misma opinión sobre lo de morir, porque se inclina hacia delante y luego se echa hacia atrás con energía, para darle un cabezazo en la nariz al guardia. Deja escapar un grito mientras la sangre lo salpica todo, pero la princesa no tiene piedad. Le da un pisotón con todas sus fuerzas y, cuando el hombre afloja su agarre, Kali se aparta de él, se da la vuelta y le da una patada en los huevos.

—He encontrado unos cuantos puntos vulnerables —anuncia en un tono sarcástico.

Dejo escapar un gruñido. Pero estoy más que orgulloso de ella.

—Parece que las clases que te dio Ian están empezando a dar frutos —le dice Merrick mientras la agarro por la muñeca y tiro de ella hacia mí.

—He aprendido la mayor parte de esto viéndolo luchar —contesta ella—. Ian juega sucio.

Solo porque me he pasado la vida entera teniendo que esforzarme para jugar en igualdad de condiciones. La única pelea buena es aquella de la que sales con vida.

Apunto con la pistola al soldado que ha tenido el descaro de tocar a Kali, pero parece estar tan destrozado que decido dejarlo en paz. Atravesarle el cerebro con un rayo láser sería una manera demasiado rápida de acabar con su sufrimiento.

Ya casi hemos llegado a la nave y, aunque siguen llegando guardias, mis niveles de ansiedad han bajado mucho. Porque una vez que estemos a bordo, sé que ya no habrá forma de que puedan tocarnos.

—¡Ya estamos aquí! —le grito a Max mientras me doy la vuelta para disparar entre los ojos a un sujeto que viene hacia nosotros.

Cae muerto a nuestros pies, y Kali salta por encima de su cuerpo como una profesional. Se ha vuelto más dura desde aquella primera pelea en Rangar. Mucho más dura.

—¿Cuánto falta para llegar? —pregunta.

Apunto por encima de su hombro y mato a otros dos guardias.

—*¡Dile a Gage que baje la rampa!* —le pido a Max.

—*Ya estamos en eso* —responde.

Sin hacer ruido, la *Luz Estelar* desactiva el camuflaje en mitad de lo que imagino que es el jardín más preciado de la emperatriz. Parece que va a necesitar unos nuevos setos de Verbosnia.

Merrick va en primer lugar mientras subimos por la rampa a toda velocidad, en mitad de una lluvia de rayos láser. Agarro a Kali y la coloco delante de mí para recibir cualquier disparo que vaya dirigido a ella. En cuanto llego a la parte alta, la *Luz Estelar* despega hacia el cielo, incluso antes de replegar del todo la rampa.

—¡Buen trabajo, capitán! —Beckett me da una palmada en la espalda.

—¿Estás bien? —le pregunto a Kali revisando que no esté herida. Milagrosamente, aparte de unos pocos moretones y magulladuras, parece haber salido ilesa de toda esa debacle. Todos lo hemos hecho.

—¡Kali! —grita Rain. Entra corriendo en la diminuta plataforma de carga y rodea con los brazos a la princesa—. ¡No vuelvas a hacernos eso! Marcharse en mitad de la noche es algo horrible.

«Pues sí —quiero decirle—. Ha sido bastante horrible.» Pero si le digo eso pensará que me preocupo por ella más de lo que lo hago. Porque no me importa una mierda. Si quiere irse, que se vaya. Pero no va a volver con la maldita emperatriz para acabar con la mitad del sistema solar.

De improviso, la *Luz Estelar* se sacude y casi nos hace perder el equilibrio.

—¿Qué fue eso? —inquiero echando a correr hacia el puente de control.

Beckett va detrás de mí.

—¿Qué hiciste? —le pregunta a Gage, que está de pie junto al asiento del piloto como si no tuviera ninguna preocupación en su vida.

—No he hecho nada. —Señala la consola delantera de la *Luz Estelar*—. Fue ella.

—Beckett —le digo en tono de advertencia. Una cosa es que la nave nos saque volando de aquí por su cuenta. Otra muy distinta es que decida tomar las riendas. Me dejo caer en la silla del capitán—. Toma el control de la nave —le grito a Beckett.

—Gracias por la sugerencia —me responde con un gruñido mientras golpea los controles con la mano.

La *Luz Estelar* ni siquiera parece reaccionar a su presencia. Es como si el piloto automático estuviera lleno de esteroides. Sin embargo, un piloto automático se puede desactivar.

Lanzo una mirada a Gage.

—¿Podemos hacer algo?

Se encoge de hombros.

—Gracias —le digo.

Vuelve a hacerlo. Maldito inútil...

—¡Todo el mundo, a sus asientos! —ordeno—. ¡Ya!

Porque algo me dice que las cosas se van a poner feas. Y si la *Luz Estelar* tiene el control, yo no puedo hacer nada.

—Creía que Gage había arreglado esto —protesta Max mientras se abrocha el arnés del asiento más cercano.

—Yo también —se suma Gage.

—¿Quieres decir que no lo sabes? —¿Qué voy a hacer con este sujeto? Menos mal que Max piensa que es un maldito genio...

Gage me mira y pone los ojos en blanco.

—Bueno, no se había vuelto a poner en piloto automático desde que creí haberla arreglado. Por lo tanto, supuse que estaba arreglada.

—Sí, bueno, pues igual quieres volver a intentarlo, porque... —Me interrumpo cuando aparece un mensaje en mi interfaz.

ATAQUE DE MISIL BALÍSTICO DE CORTO ALCANCE.
MANIOBRAS EVASIVAS INMINENTES.

—¿Qué mierda...? —pregunto, justo antes de que la *Luz Estelar* se mueva unos cuantos metros hacia la izquierda.

—Ha estado cerca —comenta Merrick mientras vemos en las pantallas cómo un misil pasa volando a nuestro lado.

Otra vez no.

—¡Gage! —exclamo—. ¡Mueve el trasero de una vez y métete debajo de esa consola a ver qué pasa!

—Ahora mis... —comienza a decir, pero entonces la nave empieza a dar vueltas, y Gage sale disparado por el puente de control.

—¡¿Están todos bien?! —grita Beckett desde el asiento del piloto. Al parecer, ella y Max han sido los únicos lo suficientemente inteligentes como para colocarse el arnés (sí, carajo, incluyéndome a mí), porque todos los demás estamos tirados en el suelo.

La *Luz Estelar* se calma por fin y deja de girar, así que aprovecho la ocasión para arrastrarme de vuelta hasta mi silla. Me abrocho el arnés justo cuando la nave empieza a dar vueltas en la dirección opuesta. Y entonces estamos bocabajo. Luego bocarriba. Y luego otra vez bocabajo.

Hay muchos más gritos, y unos cuantos golpes más por los choques. Se me revuelve el estómago —que suele ser de hierro—, pero consigo reprimir las náuseas. No pienso ponerme a vomitar ahora. Beckett nunca dejaría de echármelo en cara.

Nos damos de nuevo la vuelta para quedar al derecho, y me atrevo a ilusionarme pensando en que la nave se haya podido calmar de una puta vez.

MANIOBRAS EVASIVAS COMPLETADAS CON ÉXITO.
MISILES ESQUIVADOS. NO SE REQUIERE NINGUNA ACCIÓN ADICIONAL.

¡Bien, carajo! Suena prometedor.

Echo un vistazo alrededor del puente de control. Beckett está en el asiento del piloto, sonriendo como si acabara de vivir la mejor aventura de su vida. Rain, Merrick y Max están un poco pálidos a pesar de estar abrochados a sus asientos, y Gage y Kali todavía se están levantando del suelo. Observo rápido a Gage y con mayor detenimiento a Kali, pero ninguno de los dos parece herido.

A lo mejor la próxima vez se dan más prisa en seguir mis consejos.

La parte buena es que, en cuanto se ponen de pie, los dos se lanzan corriendo a sus asientos y se colocan los arneses. Justo a tiempo, porque otro mensaje aparece en mi interfaz.

ATAQUE CON LÁSER. ACCIÓN EVASIVA INMINENTE.

A la mierda. Esta nave está decidida a matarnos a todos, por mucho que se esfuerce en protegernos.

Veo venir los láseres, uno tras otro. Unos rayos de luz amarilla que salen de la superficie del planeta, lo bastante potentes como para seguirnos fuera de la atmósfera, que creo que estamos a punto de atravesar. Me agarro a los brazos de mi asiento y me preparo para lo peor. Pero lo único que ocurre es que aparece una especie de escudo que cubre el exterior de la nave. En la pantalla que hay en el frente podemos ver todo lo que está pasando, y me agarro con fuerza cuando los rayos láser vienen directos hacia nosotros y toda la pantalla se llena con una luz blanca.

La nave tiembla ligeramente cuando impactan, y después hay un par de sacudidas más fuertes que hacen que Rain deje escapar un grito ahogado y Merrick suelte unas cuantas groserías. Pero seguimos aquí cuando todo acaba, así que, aunque el ataque haya provocado algún daño, sigue siendo una victoria.

OBJETIVOS LOCALIZADOS

—Oh, mierda. —Beckett golpea el panel de control, apretando un botón tras otro para intentar evitar lo que está a punto de ocurrir—. ¡Para, para, para!

—Déjala en paz —le ordeno.

—¿Cómo que la deje en paz? —replica Beckett—. Está a punto de destruir el palacio de la emperatriz. Estoy bastante segura de que eso sería una declaración de guerra.

—Pues es igual que matar a varias docenas de sus guardias y largarnos en mitad de la noche, ¿no? —pregunto con las cejas levantadas—. Además, es mejor saber ahora lo que va a hacer la *Luz Estelar* a descubrirlo más tarde, cuando nos pueda enterrar hasta las cejas en mierda de drokaray.

Me gusta vivir al límite. Por no mencionar que me molesta muchísimo que a la emperatriz le parezca bien disparar a una nave en la que sabe que está su hija. Es la mujer con más sangre fría que he conocido jamás.

Sobre todo cuando observo a Kali y veo que ella también lo ha pensado. Los guardias no nos están disparando por voluntad propia. Es evidente que alguien les ha dado permiso, teniendo en cuenta que la princesa heredera está a bordo.

Mi interfaz muestra que la aceleración de la *Luz Estelar* para salir de la atmósfera askkandiana se ha reducido. Estamos apuntando al palacio imperial.

OBJETIVOS FIJADOS

Una potente luz blanca, muy parecida a la que había utilizado contra la gente que nos había atacado a Kali y a mí en Glacea, sale disparada por la parte delantera de la *Luz Estelar*, directamente hacia la hilera de armas antiaéreas que nos han estado atacando desde que despegamos.

Veo unos destellos cuando impacta contra algo, aunque no tengo ni idea de qué es. Al menos hasta que...

ARMAS ENEMIGAS ELIMINADAS aparece en mi interfaz.

Los escudos se levantan, y a través de las pantallas puedo distinguir la azotea del palacio. Hay mucho más humo que antes y los guardias corren en todas direcciones, aunque no sé si están buscando refugio o armas.

OBJETIVOS INDIVIDUALES LOCALIZADOS

—¡Sácanos de aquí, Beckett! —ordeno. Lo último que necesito es que Kali vea cómo la *Luz Estelar* abre fuego contra todo el batallón de su madre, con las imágenes ampliadas y en alta definición.

—¡Eso intento! —me responde a gritos mientras sigue ocupada con el panel de control.

OBJETIVOS INDIVIDUALES FIJADOS

—¡Ya, Beckett! —gruño.

—¡Estoy...! —Coloca la mano sobre el regulador de velocidad por enésima vez. Pero en esta ocasión funciona, y la *Luz Estelar* sale disparada hacia atrás y hacia arriba, arriba, arriba. Noventa segundos después dejamos atrás la atmósfera de Askkandia y salimos directos hacia el espacio.

—Pon rumbo a las Tierras Salvajes —le ordeno a Beckett mientras me reclino en mi asiento.

Porque ahora que la tripulación vuelve a estar reunida, se nos acaba el tiempo, y nada me impedirá volver junto a Milla antes de que sea demasiado tarde.

81

KALI

En cuanto estamos a salvo fuera de la atmósfera de Askkandia, me quito el arnés con torpeza y salgo corriendo de la habitación. El dolor, el horror y la vergüenza me abruman y no me dejan pensar. No me dejan respirar.

Por suerte, consigo llegar al baño antes de que nadie pueda detenerme para ver cómo estoy, y me encierro allí. El agua de una nave espacial no es ilimitada —en absoluto—, pero ahora mismo no puedo pensar en eso. Abro la llave y dejo que el agua me corra por las muñecas durante un par de minutos. El frío hace que me calme y me da algo en lo que centrarme, aparte del latido frenético de mi corazón y de las imágenes de todo lo que acaba de ocurrir, que mi cerebro quiere repetir una y otra vez.

Cada vez que cierro los ojos, veo a Lara lanzándose por la cerca. Veo a Arik cayendo por el disparo de ese guardia. Veo a mi madre mirándolo todo con un brillo de satisfacción en los ojos. Satisfacción. Dos personas que conocía desde hace años están muertas por su culpa, y parece satisfecha.

Saber eso hace que se me revuelvan las tripas. Estoy enfadada, pero estoy más triste todavía. Triste por Lara y por Arik. Por mí misma. Por mi madre.

Y es eso último lo que me destroza. Mi madre es una mujer realmente horrible. No se merece que nadie esté triste por ella.

Y aun así, aquí estoy, con las manos temblorosas y las lágrimas a punto de brotar mientras intento pensar en qué se supone que voy a hacer ahora. Y en cómo debería sentirme.

Pero no puedo esconderme en el baño para siempre, por mucho que quiera hacerlo. Así que recojo agua con las manos y me la echo por la cara hasta que desaparece todo ese maquillaje que me convierte en la princesa Kalinda y solo quedo yo: Kali.

Todavía estoy descubriendo quién es, y probablemente tardaré un tiempo en hacerlo. Pero al menos sé quién no quiero que sea.

No importa lo que pase, no importa cuánto daño me hagan o lo asustada que esté, nunca seré como mi madre. Nunca me preocuparé más por mí misma que por la gente a la que debo cuidar. Por la gente de la que soy responsable.

Cuando por fin consigo quitarme todo el elaborado maquillaje, agarro una toalla y me seco la cara antes de dirigirme a mi cabina. Sé que probablemente debería volver al puente de control y agradecerles a todos que hayan vuelto por mí, pero estoy agotada, destrozada, y lo único que quiero es tirarme en la cama y llorar. Aunque sea un rato. Ya pensaré después en qué hacer, en cómo salvar el sistema sin matar a millones de personas.

Pero apenas consigo llegar al pasillo que hay cerca de mi habitación antes de encontrarme con Ian. Está saliendo de su cabina y parece tan cansado como yo, aunque con un poco más de mal humor.

Nuestras miradas se cruzan, y espero a que me diga algo. Es la primera oportunidad que hemos tenido de hablar el uno con el otro sin que nos estuvieran disparando o la *Luz Estelar* nos estuviera lanzando de un lado a otro. Pero no me dice nada. Se da la vuelta y se aleja sin saludarme con la cabeza siquiera.

Y de pronto mi cansancio desaparece. La rabia ocupa su lugar, y antes de ser consciente de que voy a hacerlo, echo a andar tras él.

—¿Qué te pasa? —pregunto mientras lo persigo por el pasillo hacia la cocina.

No me responde, y eso hace que me enfurezca aún más. Me he pasado la vida siendo ignorada por mi madre: o me decía que mis preguntas y mis opiniones no eran importantes o directamente no me respondía. No pienso dejar que Ian me trate de la misma manera.

—¡Oye! —Le agarro el brazo—. Estoy intentando hablar contigo. —Ian se suelta y entra en la cocina, donde se sirve un vaso de agua y se lo bebe de espaldas a mí—. ¿En serio? ¿Vas a fingir que no existo? No me lo merezco.

—¿Que no te lo mereces? —gruñe él volteándose por fin para mirarme—. Fuiste tú quien no quiso hablar cuando Beckett te dejó en la maldita Espia como si estuvieras huyendo. No quisiste hablar cuando decidiste volver con tu madre y tus vestidos elegantes. —Hace una mueca de desprecio al mirar mi ropa de arriba abajo—. Y no quisiste decir ni una jodida palabra cuando te largaste de mi nave en mitad de la noche y desapareciste de mi vida como si no te importara una mierda lo nuestro. Así que ¿por qué demonios quieres hablar ahora?

Por primera vez desde que había aparecido en Askkandia, me doy cuenta de que Ian está furioso. No solo enfadado, no solo rabioso, sino lleno de una furia honda y fría que no creo haber visto nunca en él. Claro que lo había visto enfadado, enojado o frustrado, pero nunca de este modo. Como si no quisiera saber nada de mí. O, peor aún, como si yo le diera asco.

Noto el escozor de las lágrimas en los ojos y se me cierra la garganta, pero me recompongo e intento mantener la expresión del rostro tan controlada como me sea posible. No pienso llorar delante de él mientras me esté mirando de esa forma. No pienso intentar nada con él.

Retrocedo un paso y levanto las manos en un gesto de rendición; luego salgo de la cocina, más decidida que nunca a esconderme en mi cabina hasta que pueda recuperarme.

Pero esta vez es Ian quien me sigue a mí.

—¿No tienes nada que decir, Kali? —dice con desprecio—. No sé por qué me sorprende. Me parece bastante típico de ti.

Pasa a mi lado, rozándome, y de repente las lágrimas desaparecen y vuelvo a estar enfadada, tanto como él.

—¡Me fui mientras estabas dormido porque sabía que intentarías detenerme! —le grito a la espalda.

—¿Esa es tu excusa? —Se da la vuelta—. Literalmente huiste de la nave como si yo fuera un patán que te maltratara. ¿Cómo crees que me hizo sentir eso? Oh, espera, ni siquiera te importó, ¿verdad? O sea, ¿por qué iba a importarte? Tampoco es que yo sea una persona normal con sentimientos, ¿no? ¡Solo soy un bicho raro del que huiste en cuanto tuviste la oportunidad!

Me quedo paralizada y parpadeo, confundida.

—¿Qué quieres decir con «un bicho raro»? —repongo.

Ian entrecierra los ojos.

—No te hagas la inocente conmigo. Si es eso lo que sientes, pues bien. Pero me habría gustado que me lo dijeras en vez de largarte.

Ahora no solo estoy confundida, estoy totalmente desconcertada.

—¿Que te dijera qué?

—Lo del *gestalt*, Kali —grita él—. La mente colmena entre Milla, Max y yo. En cuanto te enteraste, te largaste de aquí a la primera de cambio.

Retrocedo, aterrorizada.

—No puedes creer eso en serio, Ian. No puedes creer que me

he ido de la nave porque me daba... —Me quedo callada, ya no estoy segura de qué palabra utilizar.

—Asco —Ian acaba la frase por mí—. Vamos, dilo. Te daba asco. Te lo dábamos, todos nosotros.

—No.

—Carajo, Kali, es peor aún si lo niegas. Si es así como te sientes, pues muy bien, lo entiendo. No creas que eres la única de todo Senestris que se incomoda al saber lo que soy. Sé que hay mucho que asimilar, todos lo sabemos. Por eso mantenemos el pico cerrado y no se lo contamos a nadie. Pero podrías haber sido sincera conmigo. Podrías haberme dicho cómo te sentías. No te lo habría recriminado.

—¿Igual que no me recriminas haberme ido? —pregunto con aires de superioridad.

—Ah, no. Eso sí que te lo echo en cara. Has sido una imbécil, y si ni siquiera eres capaz de entender por qué, entonces no sé qué más puedo decirte.

Vuelve a intentar pasar a mi lado, y vuelvo a ponerme en medio. Porque estoy empezando a entender lo que ocurre. Ian no está enfadado conmigo, está dolido. Le he hecho daño, y no va a ser fácil que me perdone por ello.

Aun así, cuando le haces daño a alguien, debes pedirle disculpas. Es una de las cosas que aprendí de Lara cuando éramos niñas. Me había tirado al suelo sin querer, y me pidió perdón por ello.

Era la primera vez en toda mi vida que escuchaba las palabras «lo siento», y recuerdo cómo me había hecho sentir. Como si fuera alguien importante. Pero no por ser una princesa, sino porque era yo misma.

Por algún motivo, he conseguido que Ian sienta que no es importante. Y es algo horrible, porque la gente lo ha hecho sentirse así toda la vida.

—Lo siento —le susurro colocando una mano sobre su antebrazo musculoso—. Lo último que quería es que creyeras que me dabas asco.

—Olvídalo, Kali. —Una vez más, vuelve a intentar apartarse de mí. Pero en esta ocasión me aferro a él.

—Mírame —susurro, y no lo suelto hasta que lo hace—. Siento muchas cosas por ti, Ian. Pero lo que está claro que no siento, lo que jamás podré sentir, es asco.

—Princesa...

—No. —Le coloco dos dedos sobre los labios—. Ahora me toca hablar a mí y a ti, escuchar. No me fui de la nave por haber descubierto lo de tu *gestalt*. ¿Me sorprendió? Sí, sin duda. ¿Hizo que dejara de desearte? —Me sonrojo al pensar en la última vez que estuvimos juntos, en la cocina—. En absoluto.

»Nunca he deseado a nadie en toda mi vida como te deseo a ti. Y enterarme de lo de Max y Milla no ha cambiado nada. Si te digo la verdad, no creo que haya ninguna cosa que lo pueda cambiar.

Para demostrárselo, me acerco a él y aprieto mi cuerpo contra el suyo. Y aunque sé que es una mala idea, aunque sé que es lo último que debería hacer ahora mismo, enredo las manos entre su pelo corto y áspero, y le acerco la boca hacia la mía.

Durante un momento perfecto, la pasión explota a nuestro alrededor. Pero Ian da un paso atrás y aparta la boca.

—¿Por qué te fuiste así, entonces? ¿Por qué te largaste en mitad de la noche, si no era porque no podías esperar para alejarte de mí?

Pienso en mentirle. No para protegerle a él, sino para protegerme a mí. He tenido un día de mierda, y ya me siento más vulnerable de lo que quiero volver a estar jamás. Pero él también es vulnerable. Para Ian, un hombre que preferiría dar puñetazos a algo antes que hablar de sus sentimientos, abrirse así conmigo no es ninguna tontería. Mentirle ahora —o en cualquier otro momento— me parece algo espantoso.

Así que no lo hago. En lugar de eso, respiro hondo y admito la verdad.

—Porque sabía que tenía que irme para protegerlos a todos. Y si hubieras estado despierto, vigilándome, no habría podido irme. No cuando te quiero de la forma en que lo hago.

Ahora le toca a él respirar hondo. Le toca dejar escapar el aire poco a poco. Y le toca mostrar lo vulnerable que es cuando susurra:

—¿Y cómo me quieres, Kali?

—Demasiado —le contesto en voz baja—. Te quiero demasiado.

Su mirada se ensombrece, y el abismo de deseo que se abre en sus ojos amenaza con devorarme. Pero antes de que Ian pueda tocarme, Max llega a toda velocidad doblando la esquina. Ni siquiera parpadea cuando nos ve tan cerca el uno del otro, pero ¿por qué iba a hacerlo? Si Ian y él comparten la misma mente, probablemente ya sepa todo lo que acaba de ocurrir.

¿O no? Me doy cuenta de que no lo sé. Y quizá fuera buena idea averiguarlo.

—¿Necesitas algo? —dice Ian tras un segundo.

—Beckett me ha pedido que los busque. Hay algo importante que tienen que ver en el puente de control. Ahora mismo.

82

IAN

—¿Qué quiere decir eso? —pregunto, enojado porque me han interrumpido justo cuando estaba empezando a hacer progresos con Kali. Pero puede que sea mejor así. Tenemos mucho de que hablar, y complicarlo todo con sexo quizá no ayude a que lo hagamos. Sobre todo porque poco después de que lo hiciéramos por última vez, huyó en mitad de la noche.

Puede que no fuera por lo del *gestalt*. Quizá se sentía abrumada por todo lo que sentía. Pero parece que deberíamos tener otra conversación, u otras cinco, antes de volver a llegar a ese punto.

—*Creo que quiere decir que muevan el trasero y vayan al puente de control* —me dice Max, claramente irritado—. *Si supiera algo más, ya te lo habría dicho.*

Le hago un corte de mangas mental. Pero me doy vuelta hacia Kali, que dice:

—Vamos. Ya hablaremos luego.

—*¿Quieres hablar de ello?* —pregunta Max mientras volvemos al puente.

—*No si quieres seguir con la cabeza pegada al cuerpo.*

Se ríe.

—*Entonces estuvo buena la plática, ¿eh?*

—*Me alegro de que te parezca divertido.*

—*¿Enamorarte en el peor momento posible de la peor mujer posible?* —El resoplido de Max no tiene ni rastro de humor—. *Pues no, no creo que sea muy divertido.*

—*¿Quién ha dicho algo de amor?* —gruño.

Ahora se ríe a pleno pulmón, una carcajada que hace que quiera darle un puñetazo en su cara de engreído. Pero eso solo serviría para que los dos tuviéramos un buen dolor de cabeza más tarde.

No espero a oír su respuesta, sobre todo porque ya sé cuál va a ser. En vez de eso, acelero el paso para llegar al puente de control unos cuantos pasos por delante de Max y Kali.

—¿Qué pasa? —le pregunto a Beckett, que mira la consola como si estuvieran allí guardados todos los secretos del universo.

—La *Luz Estelar* está yendo en otra dirección —responde—. Y creo que es por esto —añade, haciendo que aparezca un gráfico en la pantalla principal.

—Eso es algo que no se ve muy a menudo —murmura Max desde detrás de mí.

—¿Qué es? —pregunto—. ¿Una mancha negra?

—Con «muy a menudo» supongo que quieres decir nunca —comenta Merrick.

—Nunca digas nunca jamás —canturrea Gage, e incluso él se estira para ver lo que ocurre.

—Menos aún que jamás —dice Rain en voz baja, y me doy cuenta de que es la primera vez que habla desde hace mucho tiempo. La observo para asegurarme de que está bien, pero está sentada como todos los demás, prestando atención a lo que tenemos delante.

Es decir, un orbe inmenso y oscuro.

La heptosfera.

Es negra casi por completo, como la primera vez que la vi. Y la están trasladando entre dos naves, como si fuera un satélite averiado. Solo que mucho mucho más grande.

Kali se acerca hacia el frente de la nave y estira una mano, como si pudiera tocar la esfera. Cuando la veo allí de pie, embelesada por el artefacto antiguo, no puedo evitar pensar que Merrick tiene razón.

Que quizá Kali sea realmente la Portadora de Estrellas.

Y tenemos que decirle la verdad.

—¿Qué están haciendo con ella? —quiere saber Rain.

—Se la están llevando al palacio —responde Kali—. Su plan era que yo destruyera unos cuantos planetas mañana por la mañana.

—Entonces, ¿lo sabes? —pregunto.

—¿Que puedo activar la heptosfera? Sí, la doctora Veragelen me ha insistido bastante en ello —confirma Kali.

Miro a Rain, que niega con la cabeza ligeramente con una expresión triste. Ya le contaremos más tarde lo demás: lo de la Portadora de Estrellas, todo el engaño, su rol como la verdadera suma sacerdotisa... Más tarde.

—Pero ¿qué hacemos aquí, mirándola? —planteo, ya que me parece bastante evidente que es esto por lo que la nave ha cambiado el rumbo—. ¿Qué tiene que ver la *Luz Estelar* con la heptosfera?

Los demás se encogen de hombros y niegan con la cabeza.

—Supongo que estamos a punto de averiguarlo. —Max se mueve y coloca un brazo reconfortante alrededor de los hombros de Kali. Cuando se apoya sobre él, reflexiono sobre si será verdad que no le pasa nada conmigo, después de todo. Puede que haya entendido mal lo que había ocurrido entre nosotros. No sería la primera vez.

La *Luz Estelar* reduce la velocidad hasta detenerse, justo en la trayectoria de las dos lanzaderas que trasladan la heptosfera.

Menos mal que son naves de pasajeros de corta distancia y no tienen armas.

—¿Qué está haciendo? —pregunta Gage, y no parece estar impresionado.

—No lo... —Me quedo callado cuando, sin ningún tipo de advertencia, dos rayos salen disparados desde la *Luz Estelar*.

Impactan al mismo tiempo contra las dos lanzaderas, y unos segundos más tarde, las naves desaparecen en un estallido. Simplemente se desvanecen.

—Maldita sea —susurra Beckett.

—No creo que fueran láseres normales normales —aporta Gage.

—Muchas gracias, genio de la tecnología —respondo arrastrando las palabras, pero no se equivoca. La *Luz Estelar*, de una forma bastante literal, acaba de vaporizar dos naves en apenas un instante.

Ahora que han desaparecido, la heptosfera está libre de sus ataduras. Se ha soltado y está flotando sin rumbo por el espacio. Al menos hasta que la *Luz Estelar* empieza a avanzar hacia ella en línea recta.

—¿Puedes detenerla? —pregunto.

Beckett niega con la cabeza.

—Imposible. Imagino que por eso se había desviado.

—Pero ¿cómo sabía la nave que estaba aquí? —plantea Rain. Parece tan fascinada y horrorizada como me siento yo.

—Las dos son artefactos alienígenas —sugiere Merrick—. Puede que emitan algún tipo de señal que les permita comunicarse entre ellas.

O a lo mejor hay algo más detrás de todo esto. Algo de lo que no tenemos ni idea.

Sea como sea, ya estamos a la misma altura de la heptosfera, mirándola de frente mientras nos acercamos a ella más y más.

—Tiene que acercarse más —contesta Kali, y vuelve a colocar la mano sobre la pantalla, como si se muriera de ganas de estirarse para tocar el orbe negro gigante, mientras la *Luz Estelar* da una vuelta alrededor de la esfera; luego vira y se aleja de ella volando.

—¿Y ya está? —replica Max—. ¿Solo quería verla?

—Para nada, no es eso. —Beckett presiona un par de botones en su consola, y la pantalla de la derecha muestra la parte trasera de la nave.

La heptosfera nos está siguiendo a través del espacio.

83

KALI

—Así que ahora nos está persiguiendo una heptosfera, porque no teníamos suficiente con todo lo que nos estaba pasando —comenta Max, a mi lado—. ¿Estás bien, Kali?

No tengo ni idea. No me siento bien, pero no creo que tenga nada que ver con la heptosfera. No me he sentido bien desde que vi morir a Arik y a Lara, y todo lo que ha ocurrido desde entonces solo lo ha empeorado. Incluido el hecho de que ese orbe negro me atrae como no lo había hecho nada nunca.

Excepto quizá Ian. Pero ese es un tema distinto del que no quiero hablar ahora mismo. Max ha interrumpido nuestra charla de antes, y no tengo ni idea de dónde lo habíamos dejado.

No sé si me cree cuando le digo que lo del *gestalt* no ha tenido nada que ver con que me fuera.

No sé si sigue enfadado conmigo.

Básicamente, no tengo ni idea de cómo están las cosas entre nosotros, y ahora mismo no consigo que me importe. No cuando todo el sistema está a punto de implosionar.

—Vuelvo a tener el control —anuncia Beckett—. Parece que la *Luz Estelar* ya ha hecho lo que había venido a hacer.

—Entonces larguémonos de aquí —responde Ian—. Y espero que no tengamos más compañía no deseada de camino a las Tierras Salvajes.

Ir allí y rescatar por fin a Milla es lo único que realmente quiero hacer ahora mismo. Después de todo lo que hemos pasado, de todos los sacrificios, Ian y Max por lo menos se merecen reunirse con ella. Y Milla se merece estar a salvo.

Pero ¿qué ocurrirá con la muerte del sol? Si solo nos quedan unas semanas y no años, como pensaba, ¿cómo voy a huir, a dejar ese problema para más adelante? Porque, si va a implosionar, eso es lo único que importa.

—No puedo ir a las Tierras Salvajes, Ian —le digo en voz baja—. Tenemos un problema más grande. Serai puede estar muriendo mucho más rápido de lo que creíamos, y todavía tengo que ayudar a proteger todo el sistema.

Me mira con los ojos encendidos, y no en el buen sentido.

—Que se muera el sol me importa un carajo, princesa. Hemos llegado demasiado lejos como para no rescatar a Milla. Estoy seguro de que a tu madre se le ocurrirá algo.

—Esto es lo que se le había ocurrido. Lo que habían pensado la doctora V. y las mentes más inteligentes del sistema. No tenemos más opciones. Se nos acaba el tiempo.

—Bueno, pues el tiempo tendrá que esperar un poco más —gruñe Ian—. Tu madre, la doctora V. y su plan de mierda son los culpables de que Milla esté donde está. Así que perdóname si no me da la gana de hacer las cosas según su jodido calendario.

Suspiro, porque de verdad entiendo lo que dice..., y más aún, lo que siente. Pero eso no invalida el hecho de que, si el sol implosiona, Milla tampoco estará viva. Ninguno de nosotros lo estaremos.

—¿Sabes siquiera cómo utilizar la heptosfera? —pregunta Merrick de repente—. Todo el mundo, tú incluida, parece estar convencido de que puedes arreglarlo todo con ella. Pero ¿sabes qué es lo que tienes que hacer?

—Supongo que había pensado que sería bastante autoexplicativo —respondo.

Levanta una ceja.

—¿Igual que lo fue en el laboratorio de la *Caelestis*?

Hago una pausa. No se equivoca.

—Esta conversación es irrelevante —dice Ian—, porque vamos a ir por Milla.

Empiezo a darle vueltas a una idea. Merrick tiene razón cuando dice que no sé cómo controlar la heptosfera. Pero, si quiero tener alguna esperanza de utilizarla para salvar el sol, tengo que aprender cómo hacerlo. El único problema es que tengo que suponer que la curva de aprendizaje es realmente empinada: esa cosa es peligrosa, y quién sabe lo que ocurriría si empiezo a comprenderla cuando estemos cerca de los planetas más poblados.

No, es mucho mejor rescatar a Milla y después poner a prueba la heptosfera en los límites del sistema, donde solo hay unos pocos asteroides y dos planetas muertos. Sería matar dos varmaks de un tiro.

—Vale —concedo mirando a los ojos a un Ian muy enfadado—. Vayamos a las Tierras Salvajes. Y mientras estamos por allí, veré qué somos capaces de hacer juntos este trozo de metal y yo.

Beckett parece impresionada.

—Te estás volviendo más diabólica al hacerte vieja, Kali. Creo que me gusta.

Ahora sé que el universo está completamente al revés. Mi madre es una asesina desalmada. Una rebelde dice que le gusta algo de mí. Y acabo de darle la espalda a todo lo que conocía para montarme en una nave sintiente que se dirige hacia las Tierras Salvajes.

Ya no hay vuelta atrás.

84

BECKETT

Estoy hecha una mierda, pero vuelvo arrastrándome al puente de control. La única alternativa es irme a la cama, y lo último que quiero es fingir que todo va bien cuando Rain venga a ver cómo estoy.

Conmigo. Con ella. Con nosotras.

Quiero ayudarla, pero todavía está demasiado dolida por lo que le ha dicho Merrick como para aceptar mi ayuda. En el caso de que supiera cómo ofrecérsela. Pero no lo sé.

Ella también quiere ayudarme a mí, pero la verdad es que ya no hay forma de hacerlo. En mí solo hay oscuridad, y no puedo seguir echando a perder su luz.

Rain piensa que el tiempo lo cura todo, pero eso es solo una fantasía. El tiempo no me está curando, me está haciendo estar peor aún. Sí, el vacío en mi mente y las lagunas han mejorado un poco desde que estoy en la *Luz Estelar*, pero el dolor es mucho más fuerte que antes. Es como si un taladro me estuviera atravesando el cerebro todo el tiempo, como si me estuvieran destrozando con un cincel, desgastando todo mi ser hasta que lo único que queda es una rabia ciega y desesperada.

No quiero eso para ella, y de ninguna manera lo quiero para nosotras.

Meto la mano bajo mi silla y saco la botella de analgésicos

que he traído de la enfermería. Me tomo un puñado sin agua y cuando levanto la mirada veo que Ian me está observando.

Al cruzarse nuestras miradas, levanta una ceja. Le respondo encogiéndome de hombros. Entonces me reclino en el asiento del piloto y espero a que se alivie el dolor. Nunca desaparece del todo, pero los analgésicos hacen que pueda pensar. Al menos durante un rato.

Me pregunto por enésima vez qué le habrán hecho a mi cabeza en la *Caelestis*. Sea lo que sea, han roto algo dentro de mí. Puedo sentir cómo estoy cambiando, convirtiéndome en... algo. No sé qué es, y no sé si quiero saberlo. Pero algo me dice que al final será una carrera entre la locura y la muerte, y tengo que irme de aquí antes de que ocurra cualquiera de las dos cosas. Rain no se merece ver eso. Es mejor que piense que me he ido porque quería irme.

Y no me quiero ir, pero tampoco puedo quedarme aquí.

Nunca he sentido que tuviera realmente un hogar. Incluso cuando estaba en la Rebelión, me mantenía al margen. Intentaba buscar la aprobación de mi madre. Ser lo que ella y los rebeldes necesitaban que fuera. Algunas veces, a altas horas de la noche —como ahora—, me doy cuenta de que nuestra relación no es tan diferente de la que tiene Kali con su madre. Antes de llegar a la *Luz Estelar*, jamás me habría fijado en ello ni me lo habría creído, pero ahora... me cuesta no ver los paralelismos entre nuestras vidas.

Nuestros padres murieron en circunstancias trágicas.

Las dos tenemos madres controladoras, aunque creo que no me equivoco si digo que la suya es peor que la mía.

Las dos creemos que nuestro modo de hacer las cosas es el correcto.

Y lo que es más patético de todo es que las dos hemos sido tan cortas de miras como para meternos en una nave llena de inadaptados. Y, peor aún, las dos nos hemos enamorado de alguno de ellos.

Ah, Kali lo negará. Y claro, yo también, si alguien me pregunta. Pero eso no hace que sea menos cierto.

Y ese es el otro motivo por el que sé que es hora de irme. Porque últimamente he estado teniendo la ridícula sensación de que este sí es mi sitio.

Me encanta esta nave. La *Luz Estelar* es el hogar que no he tenido desde que murió mi padre. Pero no es solo por la nave. También es la gente; no solo Rain, sino todos ellos. Nunca había tenido amigos, así que puede que esté completamente equivocada. Pero creo que les importo. Y sé que ellos me importan a mí. Incluso Kali, con sus vestidos morados y su actitud de privilegiada. Es estorbo, pero es nuestro estorbo.

Y una parte de mí, diminuta y optimista, piensa que quizá sea eso lo único que importe.

Por eso tengo que irme. Porque ese tipo de pensamientos es el que hace que la gente sufra. Me da igual lo que me pase a mí, pero no puedo soportar la idea de que les ocurra algo a ellos. Sobre todo a Rain.

Aun así, antes de irme debo averiguar lo que le ocurrió a mi hermano. Tengo que descubrir si ha seguido la misma ruta que Milla. Si es así, ¿habrá alguna forma de encontrarlo también a él?

Es demasiado pedir para una nave sintiente y siete personas que todavía están empezando a aprender a confiar los unos en los otros. Pero he estado dándole vueltas a una idea para lograrlo. No es una buena idea, pero tampoco puedo quitármela de la cabeza.

Miro a mi alrededor. Todo el mundo parece un poco deprimido, pero creo que era de esperar. Ian está sentado en la silla del capitán, desanimado. Creía que estaría más contento ahora que hemos rescatado a la princesa. Pero es evidente que no. Ya han pasado unas dos horas desde que Kali se fue a la cama, y él sigue mirando hacia la puerta como un popple enamorado.

Compruebo las pantallas. No nos persigue nadie, solo ese enorme orbe espeluznante que va siguiéndonos el rastro.

¿Debería comentarles mi idea? ¿O debería olvidarme de ello? O sea, es bastante probable que no estén dispuestos a aceptarla, de todos modos, porque implica muchos riesgos. Pero, al mismo tiempo, puede que sea la mejor oportunidad que tenemos. ¿No deberíamos aprovecharla? ¿Acaso no se lo merecen Milla y Jarved?

Antes de que pueda decidirme, oigo el zumbido de una llamada entrante por el comunicador. Ian se pone de pie de un salto y se dirige hacia allí.

—¿Quién es? —inquiere.

Gage aprieta un par de teclas.

—El mercenario con el que me pediste que contactara en las Tierras Salvajes. Parece que ya tiene la información.

—Genial. ¿Puedes ponerlo en las otras pantallas? —propone Ian.

Entonces aparece un torrente de datos. Empiezo a leer. Es un mapa del edificio donde esperamos que tengan retenida a Milla, teniendo en cuenta que es la estructura más grande de todo Delta V47, adonde se dirigía la *Reformadora*. Tenemos la localización exacta del asteroide. Y el número de guardias, sus turnos y las horas de sus relevos. Es un montón de información útil, pero también son muy malas noticias.

Al menos no tienen ningún sistema de vigilancia de largo alcance, pero hay entre cincuenta y cien guardias en activo en todo momento, y además tenemos que suponer que los que no estén de servicio se unirán a ellos si los atacamos. Nunca podremos acabar con tantos. No, si solo somos siete y, de esos siete, solo cuatro saben luchar.

A juzgar por la expresión en el rostro de Ian, está pensando lo mismo que yo.

—Mierda —murmura—. ¿Cómo demonios vamos a hacer esto?

—De ninguna forma —respondo—. Solos no.

Kali elige ese momento para aparecer. No parece estar mucho mejor que cuando se fue a dormir.

—¿Qué pasa? —pregunta.

Ian da un paso hacia ella y luego se detiene. Probablemente desanimado por su expresión severa y su aire de «déjame en paz», en general.

—Hemos recibido información desde las Tierras Salvajes. No pinta bien.

—Hay demasiados guardias —añade Max—. Vamos a necesitar ayuda.

—¿Y a quién se supone que se la vamos a pedir? No hay tanta gente en la que confiemos. Y no creo que muchos estén dispuestos a apuntarse a un viaje hacia las Tierras Salvajes. No con toda la mierda que ocurre en aquel lugar. —Ian está caminando de un lado a otro por el puente de control, a punto de perder los estribos. Este sujeto es incapaz de quedarse quieto cuando está tenso. Estoy segura de que ha dejado una marca nueva en el suelo durante los días de antes de liberar a Kali del palacio.

Y eso significa que no hay momento mejor para lanzar mi idea y comprobar lo desesperados que están.

Pero, antes de que pueda hablar, Kali da un paso adelante.

—¿Podríamos contratar a alguien? ¿Mercenarios, quizá?

Ian niega con la cabeza.

—No tenemos dinero.

—¿Ayudaría esto? —Kali mete la mano en el bolsillo y saca un puñado de joyas, bonitas y brillantes. Las coloca en la mano de Ian—. He traído todo lo que he podido. Pensé que nos sería útil.

Ian se queda mirándose las manos un instante, como si no pudiera creerse lo que está viendo.

—Y también tengo el vestido. —Kali hace un gesto con la mano hacia el vestido morado con el que ha vuelto a nosotros, que tiene el dobladillo incrustado de piedras preciosas.

Ian mira a Max, y supongo que están haciendo eso de hablar mentalmente, porque Max niega con la cabeza. Sinceramente, no me puedo creer que no me haya dado cuenta antes. No son nada sutiles.

—Gracias, princesa. Pero no serviría. Es demasiado peligroso. No conozco a nadie que esté dispuesto a ir a las Tierras Salvajes, ni siquiera por esto. —Intenta devolverle las joyas, pero Kali niega con la cabeza y se las mete en el bolsillo.

—Yo sí —le digo.

Todo el mundo se da vuelta para mirarme.

—¿Que tú qué? —replica Ian frunciendo el ceño.

—Conozco a gente que irá a cualquier sitio que necesitemos que vaya. O al menos podrá crear una distracción, mantener ocupados a unos cuantos de esos guardias mientras nos metemos para buscar a Milla y a...

No acabo la frase. Como si fuera a ser de mala suerte si digo en voz alta el nombre de mi hermano.

—¿Quién? —pregunta Ian.

—La Rebelión, claro.

Frunce el ceño como si se estuviera perdiendo algo.

—¿Y por qué nos iban a ayudar?

—Porque se lo pediré yo.

—¿Y te escucharán? —Ian no parece convencido—. ¿Por qué?

—Porque mi madre es Marlina Orsgood.

Abre los ojos de par en par, pero no me contesta. Podría darme a mí misma una palmadita en la espalda: no es tan fácil dejarlo sin palabras.

—¿Quién es Marlina Orsgood? —inquiere Rain.

—La líder de la Rebelión —dice Merrick con parsimonia. Me está estudiando como si me hubiera crecido una segunda cabeza—. La líder más despiadada que han tenido jamás.

Max frunce el ceño.

—¿No la llaman la Carnicera de Narreth?

—Es una exageración —concluyo con los dedos cruzados a la espalda. Masacró a toda una guarnición de soldados imperiales en Narreth.

—¿Y la Asesina de Snolmek? —añade Merrick.

—No ocurrió exactamente como se cuenta en las historias. —Porque fue mucho peor.

—¿Y qué pasa con...? —empieza a decir Gage, pero lo interrumpo:

—¿Quieren que nos ayude o no?

—No lo sé —responde Ian, indeciso.

—Sí, bueno, tampoco es que tengas muchas más ofertas. Y no se va a volver contra ti.

Ian se sienta en su gran silla, lo que significa que lo está pensando. Le doy tiempo. Si insisto demasiado, se echará para atrás. Pero realmente es nuestra única opción, y no tardará mucho en darse cuenta.

—¿Por qué? —pregunta tras cinco minutos de reflexión—. Explícamelo. ¿Por qué nos iba a ayudar? ¿Y por qué ibas a pedirle ayuda?

Me humedezco los labios y me planteo cuánto debo desvelar.

—Yo voy a ir de todas formas. Hay una pequeña posibilidad de encontrar a mi hermano. O al menos de descubrir lo que le ha ocurrido.

Kali me mira con un interés renovado.

—Pensaba que habías dicho que tu hermano estaba muerto.

—Lo está. Bueno, probablemente lo esté. Pero tanto hablar de Milla me ha hecho pensar... O sea, ella ha sobrevivido. ¿Por qué no iba a hacerlo también Jarved? Así que tengo un interés personal en que nuestra misión tenga éxito, y mi madre también lo tendrá, por el mismo motivo. Puede que sea despiadada, pero nos quiere.

La cabeza me empieza a palpitar de nuevo —el efecto de los analgésicos ya no me dura demasiado—, pero tengo que convencerlos. Porque realmente creo que es la única forma de conseguirlo. Y será mi manera de salir de aquí, quiera hacerlo o no.

—Además, un ataque a las Tierras Salvajes es un ataque a la Corporación... y al Imperio. Y a eso siempre se apunta. Y si piensas que los rebeldes necesitan un incentivo extra, puedes darles las joyas. Siempre necesitan financiación.

—¿Les vas a decir que Kali está con nosotros? —pregunta Max.

—No, si ella no quiere.

Kali se encoge de hombros.

—No me importa. No me da miedo la Rebelión.

—Pues debería. —Aun así, tiene mi respeto por no esconderse. En algún momento, todos tenemos que vivir nuestra propia vida, y que se vayan a la mierda los demás.

—Y luego están Rain y Merrick —agrega Max—. La Rebelión no se lleva precisamente bien con la Hermandad. Ni con la Corporación, a decir verdad. Y eso incluye a Gage.

—No les hará nada si se lo pido yo. —Eso espero. Nunca se sabe quién va a aparecer, si mi madre o la Carnicera de Narreth. Pero no me parece el mejor momento para mencionarlo—. Le diré que todos ustedes me han salvado la vida. Eso tendrá algún valor.

—¿Sabes cómo contactar con ella? —plantea Ian.

—Sí. —Siempre hemos tenido una línea de comunicación

privada para emergencias. Teniendo en cuenta que sus dos hijos están desaparecidos, estoy segura de que eso no ha cambiado.

Ian observa alrededor de la habitación.

—¿Qué piensan los demás? ¿Nos arriesgamos?

—¿Tenemos alternativa? —repone Max—. Beckett tiene razón. No es que nos sobren las opciones.

—¿De verdad crees que podemos confiar en esta gente? —pregunta Merrick. Se da vuelta hacia mí—. Tú lo sabes mejor que nadie, ¿respetará lo que acordemos?

—Sí. Lo difícil puede ser llegar al acuerdo. Pero, una vez que se comprometa, no los traicionará. Tiene su propio código de honor y no lo romperá.

—Escucha —le dice Ian a Merrick—, no hay ningún motivo para que Rain y tú vengan con nosotros. Podemos dejarlos en cualquier sitio, cerca de algún cuartel de la Hermandad, y pueden volver a casa.

Contengo el aliento mientras Merrick y Rain intercambian una mirada. No quiero que se vaya. Aún no estoy preparada para ello. Sé que he dicho que tengo que irme, pero todavía no. Por favor.

Rain niega con la cabeza ligeramente —creo que piensa lo mismo que yo—, y espero que Merrick discuta con ella. Pero no lo hace. Otra cosa más, de una larga lista, que me hace creer que le pasa algo a ese hombre. Pero todavía no sé qué.

—Nos quedaremos —resuelve él por fin.

—Bien. —Ian se da vuelta hacia Gage—. ¿Y tú?

—Yo digo que adelante. Pero quizá no deberíamos darle todas las joyas.

«Vaya sorpresa, Gage.» Nunca he visto a nadie tan obsesionado con el dinero como él.

Ian debe de pensar lo mismo, porque resopla, pero no dice nada. Después mira a Kali.

—¿Y tú, princesa? ¿Crees que deberíamos unir nuestras fuerzas con los rebeldes?

Kali se encoge de hombros.

—Confío en Beckett. Si dice que funcionará, entonces le creo.

Eso sí que ha sido una sorpresa, y hace que me sienta un poco rara. Sí, ya me había dicho que confiaba en mí antes de irse la última vez, pero en aquel momento habíamos estado solas. Ahora, delante de todo el mundo... Quiero decirle algo cursi, como «no te decepcionaré» o...

Dejo ese pensamiento a medias cuando una punzada de dolor me atraviesa el cráneo. Tenemos que acabar con todo esto cuanto antes.

—Entonces, ¿qué? ¿Vamos a hacerlo? —pregunto.

—A la mierda, ¿por qué no? —replica Ian levantando las manos—. No puede ser peor que cualquiera de las otras decisiones que hemos tomado últimamente. Adelante. Llama a mamá.

Me pongo de pie. Debería sentirme más contenta por esto. Me ayudará a conseguir lo que necesito.

Miro a Rain, y ella me responde con una sonrisa.

Aunque no sea lo que quiero.

85

KALI

No puedo dormir. Han pasado tres días desde que volví a la *Luz Estelar* y todavía no he conseguido dormir nada. Cada vez que cierro los ojos, lo único que veo es a Arik desplomándose delante de mí: estaba vivo, y un instante después había muerto. Y el rostro de Lara al caer por la cerca, con la boca abierta mientras gritaba.

Han muerto por mí. Por mi culpa. Si me hubiera quedado quieta y hubiera hecho lo que me habían pedido, seguirían vivos. Y millones de personas habrían muerto.

Si es esto lo que significa ser una princesa, estoy preparada para renunciar al cargo. Ahora mismo me gustaría ser cualquier cosa menos eso.

—Hola —saluda Ian al entrar en la cocina, donde estoy preparándome otra taza de té. La tripulación lo había comprado en una parada para reponer suministros mientras iban a rescatarme, y no podría estar más contenta por ello. Tengo el estómago revuelto y me resulta imposible retener cualquier otra cosa, así que llevo una taza conmigo dondequiera que vaya.

—¿Quieres uno? —le ofrezco sosteniéndola en alto.

—¿Es café? —dice él esperanzado.

—Té.

—Paso, gracias. —Arruga la nariz y se sirve un vaso de agua—. ¿Tienes unos minutos para hablar?

Teniendo en cuenta que estamos de brazos cruzados, esperando a llegar a las Tierras Salvajes —y a que la madre de Beckett nos devuelva la llamada—, me parece una pregunta ridícula. Tampoco es que tengamos muchas más cosas que hacer ahora mismo. Pero solo digo:

—Claro. —Aunque me da un vuelco el estómago al pensar en ello.

No hemos estado a solas desde que volví a la *Luz Estelar*, cuando hablamos de por qué me había ido. Creía que lo había convencido de que no lo había hecho por Milla y Max, pero ahora ya no estoy tan segura. Sobre todo porque no ha vuelto a intentar besarme desde entonces.

Dejo reposar el té y me siento a la mesa. Imagino que Ian tomará asiento enfrente de mí, pero, en vez de eso, se deja caer en la silla que hay junto a la mía.

—¿Estás bien? —pregunta.

—Sí —afirmo. Siempre que no cierre los ojos—. ¿Por qué?

—¿Porque has sufrido mucho?

Me encojo de hombros.

—Todos hemos sufrido. Tú estás bien, ¿no?

—Qué va. —Se ríe.

Pongo los ojos en blanco y bebo un sorbo de té.

—Ya sabes a qué me refiero.

No me responde inmediatamente y yo no tengo nada que decirle, así que nos quedamos un rato en silencio. Al final, Ian me pregunta:

—Entonces, ¿estás aguantando bien? ¿Incluso después de todo lo que ha ocurrido con tu amiga y tu guardaespaldas?

Doy un respingo, sobresaltada. Oír esas palabras salir de su boca hace que todo sea real de una forma para la que no estaba preparada.

—¿Cómo sabes eso? Pensaba que todavía no habían llegado.

Ian tiene una expresión amable en el rostro, y es más de lo que puedo soportar.

—Estábamos lo suficientemente cerca como para que la *Luz Estelar* nos mostrara lo que ocurría en la azotea. Lo siento. Habría hecho algo más si hubiera podido, pero estábamos demasiado lejos y ocurrió todo demasiado rápido.

Aparto la mirada. No tiene sentido desear que hubiera llegado antes. Ya está hecho.

—¿Te ha pedido Max que vengas? —Ha estado preguntándome a menudo cómo me encuentro, supongo que esperando a que me derrumbe. Pero ahora mismo hasta llorar me parece un esfuerzo demasiado grande.

—No. Pero sé que también está preocupado. Todos lo estamos.

Cambio de tema.

—¿Por qué regresaron por mí? —planteo, porque me lo he estado preguntando desde la primera noche de vuelta en la *Luz Estelar*.

—¿No querías que lo hiciéramos? —replica él observándome con atención, no sé si porque tiene algo que ocultar o porque aún se siente inseguro por cómo me fui.

—Claro que sí. Ahora mismo estaría muerta o encerrada si no lo hubieran hecho. —No me estremezco al decirlo. Me he pasado los últimos días intentando aceptar quién es realmente mi madre—. Pero todavía no sé qué es lo que hizo que volvieran a buscarme.

—De hecho, es una de las cosas de las que quería hablar contigo. Había pensado que quizá sería mejor que te lo contara Rain, pero ella cree que debería ser yo quien lo hiciera.

No me gusta cómo suena eso. ¿Qué podría tener que contarme que fuera tan malo como para que hubiera que discutir sobre quién me lo iba a decir?

—¿Ha muerto mi madre? —Es lo único que se me ocurre.

—¿Qué? ¡No! —Parece sorprendido de verdad, así que me lo creo.

—Entonces, ¿de qué quieres hablar? —pregunto, un poco molesta por los rodeos que está dando—. Suéltalo ya.

—No es algo que se pueda soltar así sin más. —Deja escapar un suspiro largo—. Sabes que Rain es la suma sacerdotisa de la Hermandad de la Luz, ¿verdad?

Le lanzo una mirada de «Pero ¿qué dices...?».

—Pues claro.

—Bueno, pues descubrimos algo después de que te fueras.

—¿Descubrieron algo? —Mi estómago empieza a encogerse, aunque no sé por qué. Puede que sea porque Ian está titubeando mucho a la hora de hablar de esto, y él nunca titubea—. ¿Qué quieres decir?

—Resulta que Merrick y tú están emparentados. Sus padres eran hermanos.

La sorpresa me deja paralizada unos segundos.

—No es posible —le digo.

—¿Por qué no? Creía que tu padre era de Serati. —Ian me está mirando muy atentamente, y eso hace que me asuste aún más.

—Lo era. Pero no tenía familia, nunca hablaba de nadie.

—Porque se alejó de ellos cuando se casó con tu madre. Me da la impresión de que no lo aprobaban.

Quiero discutírselo, pero después de lo que acabo de sufrir por culpa de ella, no me cuesta mucho creérmelo.

—¿Y esto te lo ha contado Merrick?

—Nos ha contado muchas cosas. Como que sus padres hicieron las paces poco antes de que el tuyo muriera. Y que tu padre le dijo al suyo algo que puede ser... duro de escuchar para ti.

Los nervios que me retuercen el estómago se convierten en algo más oscuro, más desagradable. El miedo me cierra la garganta, y una parte de mí quiere gritarle que se calle. Que no me diga nada más. Que no puedo soportarlo, no con todo lo demás con lo que estoy intentando lidiar ahora mismo.

Pero solo han pasado unos días desde que me prometí a mí misma que no volvería a elegir vivir en la ignorancia, así que no le digo nada de lo que me pasa por la cabeza. En lugar de eso, susurro:

—Dímelo y ya está. Sea lo que sea, acabemos rápido con eso.

—Tu padre le dijo al de Merrick que, cuando naciste, todas las señales indicaban que tú serías la suma sacerdotisa. Pero tu madre se negó a entregar a su hija, la heredera del Imperio, a la Hermandad. Así que quemó tu marca de nacimiento y pagó a otra pareja y también a la Hermandad para que fingieran que su hija era la suma sacerdotisa en tu lugar.

Sus palabras son tan inesperadas que por un momento ni siquiera las comprendo. Pero, cuando lo hago, me echo a reír. Porque:

—Es imposible que yo sea una suma sacerdotisa. Eso es absurdo, Ian.

—No una cualquiera, Kali. *La* suma sacerdotisa.

—Es totalmente ridículo. Rain es mucho mejor persona que yo. Además, ella tiene fe y yo no. Es imposible que sea yo. —Empiezo a reírme de nuevo, pero entonces se me ocurre otra cosa, algo que hace que me detenga—. ¿Y qué tiene que ver esto con que hayan ido a buscarme? —La mirada atenta de Ian solo hace que mi corazón lata con más fuerza—. ¿Ser la suma sacerdotisa tiene algo que ver con activar la heptosfera?

Ian asiente con la cabeza.

—No es solo por eso, Kali. Activar la heptosfera quiere decir que tienes ADN alienígena. Eres lo que la Hermandad llama una Portadora de Estrellas.

—Así que, ¿han ido a buscarme porque decidieron que soy esa... Portadora de Estrellas? Y que si tocaba la heptosfera... —Me quedo callada cuando la verdad me golpea, poderosa e indiscutible. Me arde el estómago y los pulmones se me cierran tanto que me cuesta respirar.

Siempre he sentido una conexión innegable con esta nave. Me ha reconfortado de una forma que nunca he sido capaz de explicar. También me he sentido atraída por la heptosfera, algunas veces con tanta fuerza que casi me había obsesionado.

Y... cuando desapareció la *Luz Estelar*, dijeron que yo también había desaparecido.

Rain no. Yo.

Entonces Ian me atrae hacia su pecho y me rodea con sus brazos fuertes. Y aunque sé que debería apartarme de él, aunque sé que las cosas entre nosotros están en un punto muy raro y que en estos momentos no debería buscar apoyo en él, no puedo evitarlo. Es una sensación tan agradable... Es tan grande, tan fuerte, tan firme, que me resulta imposible apartarme. En lugar de eso, me acurruco contra él y le agarro la camisa mientras entierro la cara en su pecho y respiro su aroma a café caliente y gerjgin.

Noto el ardor de las lágrimas que no he sido capaz de derramar desde que murieron Arik y Lara, mezclándose con la pena por mi padre y la rabia por mi madre, hasta que ya no puedo respirar. No puedo ni pensar. Lo único que puedo hacer es sollozar; todo mi cuerpo se estremece contra el de Ian, y lloro, lloro y lloro.

Me sostiene todo el tiempo, acariciándome el cabello, frotándome la espalda y apretándome con fuerza contra él. Y sé que las cosas entre nosotros no están bien, pero en estos momentos parece que él es lo único estable en mi vida. Lo único que no cambia en un mundo que de improviso se me ha puesto patas arriba.

Llega un momento en el que ya no me quedan lágrimas, y en ese momento también está Ian. Me levanta en brazos y me lleva pasillo abajo hacia su cabina. Gage y Max aún están en el puente de control, así que estamos solos. Aparta las sábanas de la cama y me mete bajo ellas con delicadeza.

Estoy agotada, física y emocionalmente, y lo único que quiero es dormir. Pero no quiero estar sola. Todavía no. Ahora mismo no.

—Por favor —le digo cuando empieza a apartarse—. Por favor, no me dejes sola.

—No voy a ir a ninguna parte, princesa —musita. Y entonces se quita las botas con los pies y se mete en la cama, a mi lado, rodeándome de nuevo con los brazos—. Duerme. Estaré aquí cuando despiertes.

Asiento y me acurruco contra él cuando apaga la luz. Y solo entonces, en la oscuridad, consigo reunir fuerzas para decir lo que llevo pensando desde que Ian me contó lo que nos hizo mi madre a Rain y a mí.

—Fue ella quien mató a mi padre, ¿verdad? —susurro, y las palabras consumen toda la pena que hay en mi interior llenándome el corazón de rabia—. No podía permitir que se supiera lo que había hecho, así que, cuando él se lo contó al padre de Merrick, mandó asesinarlo.

Ian cambia de postura en la oscuridad.

—Eso no lo sé —afirma. Pero noto en su voz que él también cree que es posible.

—Yo sí —le respondo mientras la rabia que hay en lo más profundo de mi ser se convierte en una urgente necesidad de justicia—. Lo mató para guardar su secreto y luego lo utilizó como excusa para capturar y torturar a centenares de rebeldes. A gente como Beckett y su hermano.

—Puede ser —concede Ian.

—Nada de «puede ser»: es —le corrijo mientras el sueño me invade por fin—. Y voy a encontrar el modo de demostrarlo.

86

BECKETT

Todos los demás están dormidos, y vuelvo a estar sola en el puente de control. Rain ha venido hace un rato y me ha intentado convencer para irme a la cama. Y quería hacerlo, de verdad que sí. Los días que me quedan para sostenerla en mis brazos, besarla y estrechar su dulce y suave cuerpo contra el mío están llegando a su fin.

Pero he llamado al número de emergencia de mi madre hace casi veinticuatro horas. Y eso significa que debería recibir una respuesta muy pronto. Siempre nos hemos dado un plazo de veinticuatro horas para devolver las llamadas que se hagan por ese canal, y tengo que creer que eso no ha cambiado.

Todo lo demás está claro que sí lo ha hecho.

Un dolor agudo me atraviesa el cráneo, y por un segundo me supera tanto que soy incapaz de hacer nada aparte de soportarlo. Es imposible incluso respirar. Dura más que la última vez, que ya había durado más que la anterior. Otra señal de que algo va mal. De que se me acaba el tiempo.

Me quedo mirando el comunicador, deseando que suene. Tengo que dejar esto listo. Tengo que asegurarme de que Rain y los demás estén a salvo antes de que me vaya. La idea de irme cuando todavía están en peligro hace que el dolor, y también todo lo demás, sea mucho peor.

Busco bajo la silla y tomo los analgésicos. Ya casi no me quedan y, para ser sincera, no estoy segura de por qué los sigo tomando. Apenas me alivian esta agonía. La esperanza es lo último que se pierde, supongo, aunque me parece una idea ridícula: yo perdí la capacidad de tener esperanza al mismo tiempo que perdí a mi padre.

Me trago un par de analgésicos, porque tomarlos es mejor que no hacerlo, y luego empiezo a juguetear con los comandos de la *Luz Estelar*. Cada día aprendo algo nuevo sobre la nave, algo que me deja boquiabierta y me hace preguntarme a qué clase de tecnología tenían acceso los Antiguos. He piloteado un montón de naves a lo largo de mi vida, y ninguna —¡ninguna!— se acerca a lo que es capaz de hacer esta.

Es la nave más extraña y alucinante que he visto jamás. Creo que la voy a echar de menos casi tanto como a Rain.

Bostezo y miro el reloj que hay en el salpicadero de la *Luz Estelar*. Faltan diecisiete minutos para que acabe el plazo de las veinticuatro horas. Diecisiete minutos para meterme en la cama con Rain y fingir, al menos un rato más, que todo va bien.

Cuando quedan ocho minutos, justo cuando ya me he convencido a mí misma de que no me va a llamar, el comunicador empieza a sonar. Podrían ser muchas personas, pero incluso antes de agarrarlo ya sé que es mi madre.

Y así es, en el momento en que acepto la llamada, su cara familiar llena la pantalla. Parece más vieja que la última vez que la vi. Pero han pasado muchas cosas en estos diez meses, así que supongo que no es nada raro.

—¡Beckett! —Sus ojos amarillos se iluminan cuando se da cuenta de con quién está hablando—. ¡Estás viva! Creía que... —Se le quiebra la voz. Se aclara la garganta y vuelve a intentarlo—. Todos los informes que he recibido decían que habías desaparecido del recinto de la prisión hace meses y que el Imperio te había declarado muerta.

—Que se vaya al carajo el Imperio —respondo, y ella se ríe con alegría. No se puede decir que no conozca a mi público.

—Dime dónde estás, cariño, y enviaré a alguien a buscarte. —Ahora que la alegría por descubrir que sigo viva se ha suavizado, me inspecciona con una mirada crítica—. ¿Qué te han hecho?

—¿Acaso importa? —pregunto—. Ahora soy libre. —Por un segundo, pienso que va a seguir insistiendo sobre mi salud. Y aunque una parte de mí quiere que alguien lo haga, no es eso de lo que necesito hablar ahora mismo—. Tengo una pista, mamá. Sobre Jarved.

—Tu hermano está muerto. —Su tono es concluyente, no deja ningún margen de discusión. Y lo entiendo. Durante mucho tiempo yo tampoco fui capaz ni siquiera de pensar en Jarved. Lo echaba mucho de menos.

Aún lo hago, pero le he dado demasiadas vueltas en la cabeza a lo de Milla. Al hecho de que yo misma estuve a punto de acabar en el mismo sitio. No importa cuánto intente resistirme a la idea de que mi hermano pueda seguir vivo, ya no me lo quito de la cabeza. Y nunca podré hacerlo hasta que lo sepa con total seguridad.

Le cuento a mi madre lo que me ha ocurrido: la captura, el encierro, los experimentos en la *Caelestis*. Y luego le cuento todos los motivos por los que creo que Jarved sigue vivo.

Cuando acabo, sus mejillas han perdido todo su color y sus ojos ya no tienen esa chispa de alegría. En su lugar hay una rabia que me resulta muy familiar. De tal madre, tal hija, después de todo.

—¿Eso es lo que te han hecho a ti? —pregunta—. ¿Experimentos? ¿Torturas? ¿Con qué fin?

—No lo sé —respondo—. Tengo lagunas. Hay muchas cosas que no recuerdo. Solo...

—Solo... ¿qué? —me pregunta con una voz tan fría como las lunas de Glacea.

—El dolor. —Me siento bien al admitirlo delante de alguien. Y aunque una parte de mí se preocupa por si parezco débil al decirlo, me imagino que, si no puedo contárselo a mi madre, ¿a quién se lo voy a contar? Aunque tenga fama de carnicera.

—Dime dónde estás —me pide de nuevo—. E iré yo misma a por ti.

—Por eso mismo te estaba llamando. Tengo una propuesta.

—¿Para mí? —replica cautelosa.

—Para la Rebelión. —Le cuento los detalles: las Tierras Salvajes, la *Reformadora*, los saqueadores que trafican con humanos. Y le hablo de otras cosas también: de la heptosfera, de la *Luz Estelar*. Quizá le cuento más de lo que debería, pero me siento bien al hablar con mi madre. Al verla asentir con la cabeza. Y acabo—: La gente con la que estoy tiene dinero. Podemos pagarles por su ayuda.

—Me estás diciendo que hay una oportunidad de devolvérsela a los cabrones que han torturado a mi hija y que muy probablemente han matado a mi hijo. Lo haría gratis. —Levanto las cejas. Mi madre nunca hace nada gratis. Antes de que pueda siquiera preguntárselo, me dedica una sonrisa triste—. Me alegro de no tener que hacerlo, eso sí, pero lo haría.

Eso ya suena más a mi madre.

—Vamos a necesitar armas. Y alguien que provoque una distracción, para que nos podamos meter y rescatar a Milla y Jarved.

—¿En qué tipo de armas estás pensando? —inquiere poniéndose seria.

Saco la lista que hemos preparado entre Merrick, Ian y yo esta mañana, y recito a toda prisa lo que necesitamos.

Mi madre deja escapar un silbido.

—Es mucha potencia de fuego, mi niña.

—Nuestra información nos muestra que hay muchos guardias. Y mucha seguridad.

Asiente con la cabeza, comprensiva.

—¿Estás segura de que quieres verte involucrada en esto? Parece que hay muchas probabilidades de que te vuelvan a capturar...

—Es mi hermano —le digo—. Tengo que comprobarlo.

La sonrisa de mi madre es triste pero orgullosa.

—No serías mi hija si no lo hicieras. —Baja la vista hacia la lista que ha tecleado en su propia consola—. Tardaré unos días en conseguir todo esto.

—No pasa nada. Aún estamos a unos cuantos días de Glacea.

—¿Cómo sabes que sigo allí? —pregunta ella—. Podría estar en cualquier parte.

—Podrías —concedo—, pero reconozco la pared que tienes detrás. Es de la base rebelde de Glacea.

—Nunca se te ha escapado ningún detalle —asevera con una sonrisa que no se refleja en sus ojos tristes—. Te veré pronto, cariño.

—Te veré pronto, mamá.

—Antes de que te vayas. —Me detiene—. ¿Quién es esa gente con la que estás? Para saber qué me voy a encontrar.

Aquí es donde se complica la cosa. ¿Se lo digo todo?

Al final, me decido por contarle la verdad, pero no toda la verdad:

—Solo son unas personas de cuando explotó la *Caelestis* —contesto en tono vago—. Estaban huyendo de la destrucción y me dejaron unirme a ellos.

—¿La *Caelestis*? —Su mirada se hace más penetrante; pierde esa ternura que reserva para mí y para mi hermano, y sus ojos se vuelven fríos y vacíos, como los de una mujer que se ha ganado el apodo de la Carnicera de Narreth—. La princesa heredera desapareció en esa estación espacial —menciona ella en tono reflexivo—. Y también la suma sacerdotisa de Serati.

—Parece que sabes mucho al respecto —comento yo.

—Es mi trabajo saber esas cosas. —Me mira con dureza a través de la pantalla—. ¿Estás viajando con la princesa Kalinda?

Y ahora estoy acorralada.

—No estoy segura de que siga siendo princesa —le digo con evasivas—. Ella y la emperatriz han tenido una pelea muy importante.

—Siempre es así con las de su clase. —Mi madre agita una mano, despreocupada—. Pero, cuando realmente importa, son leales los unos a los otros. El Imperio está por encima de todo, incluso de la decencia como seres humanos. Lo hemos visto un millón de veces.

Normalmente tendría razón. Pero no creo que Kali vaya a volver. Vi su cara en aquella azotea, cuando estaba huyendo de los soldados de su madre. Y la he seguido viendo desde entonces, cada vez que intenta no pensar en las cosas terribles que ha hecho la emperatriz. Pero no soy tan ingenua como para decir algo tan escandaloso como «Kali es diferente, mamá». En parte, porque todavía estoy asimilando la idea de que lo es, y, en parte, porque a mi madre no le iba a importar. Tiene muy clara cuál es su declaración de intenciones, y «Muerte al Imperio» es un comienzo con mucho gancho.

Por eso ni siquiera me sorprendo cuando me lanza una mirada especulativa. Me dice:

—Mata a la princesa, y entonces puedes decirles a tus amigos que les daré gratis las armas, y también el soporte aéreo.

Decide dejarla con vida, y el trato les saldrá caro. Probablemente más de lo que se pueden permitir.

De eso no me cabe duda. Mi madre sabe cómo hacer que la gente desee no haber nacido; a veces, incluso yo. No me gusta vivir de ese modo, pero entiendo que en ocasiones es necesario.

—Te veré pronto, mi niña —me dice, antes de cortar la transmisión—. Y no te preocupes. Encontraremos la forma de acabar con la princesa y veremos si tu hermano sigue con vida. Cueste lo que cueste.

La pantalla se apaga; apoyo la frente contra el salpicadero que tengo delante e intento no llorar. Normalmente no me cuesta mucho, pero, ahora mismo, conseguir contener las lágrimas me parece un milagro.

87

RAIN

Me despierto y veo que la cama que hay junto a la mía está vacía. Otra vez. Un vistazo rápido al reloj que hay sobre la puerta me dice que es de madrugada. Beckett me había prometido que vendría a la cama esta noche, igual que me lo había prometido todas las noches anteriores. Todavía no ha ocurrido.

La mayoría de las noches me quedo aquí tirada esperándola mientras mi corazón se rompe un poco más con cada hora que pasa. Pero esta noche no tengo fuerzas para quedarme esperando por una mujer que no va a venir. Puede que sea porque ya no me queda más corazón que romper.

Sin duda, el anuncio de Merrick sobre la Hermandad me ha arrancado un buen pedazo, y Beckett se ha ocupado del resto noche tras noche la última semana. ¿Qué sentido tiene tener una novia a la que amas si esa novia ni siquiera te habla? O, peor aún, si te miente a la cara y te dice que está bien cuando es evidente que está a punto de derrumbarse.

Cuando es casi igual de evidente que tú misma estás a punto de venirte abajo.

Todos los días, desde el anuncio devastador de Merrick —muchas gracias, por cierto—, me paso horas preguntándome qué hacer. Preguntándome quién soy. Preguntándome cómo podríamos cualquiera de los dos regresar a nuestra vida en Serati.

Y la respuesta es que no voy a volver. ¿Cómo iba a hacerlo, si toda mi vida, desde la infancia, ha sido una mentira perfectamente elaborada? Estaba atrapada en un monasterio y me habían dicho que no podía hacer nada, que no podía ser nada excepto el objeto de salvación de millones de personas. Me habían dicho que tenía que esforzarme más, ser mejor, estar a la altura de lo que significaba ser una suma sacerdotisa.

Y resulta que nunca tuve ninguna oportunidad de serlo.

No importaba lo mucho que me esforzara ni lo que hiciera, porque la tarea que tenía ante mí era una tarea imposible. Nunca pude ser una buena suma sacerdotisa, porque nunca estuve destinada a ser una.

Me he pasado muchas horas pensando en esto durante los últimos días, y en que ha tenido que haber mucha gente involucrada en esta mentira para conseguir que funcionara.

Los padres de Kali.

Los míos, fueran quienes fueran.

Las ancianas de la Hermandad.

Las hermanas que se ocuparon de mí cuando era un bebé, y también más adelante. Quizá la mayoría no lo supieran, pero estoy segura de que habría rumores, especulaciones.

Todas sabían que esa mentira se iba perpetuando, y no les importaba. Seguían repitiéndola, hasta que se hizo más y más grande y se escapó de su control. Hasta que acabó por arrebatarme la vida, y también a Merrick, a Kali..., quizá incluso al padre de Kali.

Porque también he estado pensando en eso. Y he comprendido que una organización que hiciera todo eso —que mintiera, traicionara y robara— no pondría el límite en el asesinato. Para guardar el secreto, harían lo que fuera necesario. Tendrían que hacerlo, porque, si se descubría, lo perderían todo.

No me extraña que Merrick tuviera una crisis de fe tan grande.

Si pueden manipularlo todo sin más, si pueden utilizar a una suma sacerdotisa falsa en lugar de la auténtica, ¿cómo va a ser real nada que tenga que ver con la Hermandad? Y en ese caso, estamos tan jodidos como todos los demás en lo que se refiere al Sol Moribundo. Aunque en Serati nadie quiera admitirlo.

Si la Hermandad no es real, quizá no lo sea ni la mismísima Luz.

No puedo quedarme tirada en la oscuridad ni un segundo más, no cuando todos estos pensamientos no paran de darme vueltas en la cabeza, así que aparto la colcha y me pongo el overol azul y rosa; después me preparo para pasarme la noche deambulando por la nave.

Pero esta noche mis pies no deambulan. En lugar de eso, me llevan hasta el puente de control, hacia Beckett.

Quiero que me abrace. Más aún, quiero que me rodee con los brazos y me diga que todo va a salir bien. En mi vida, en la suya, en nuestra vida en común. No creo que sea cierto, pero me gustaría oírlo aunque sea una vez.

No obstante, cuando llego al puente de control, veo que Beckett no está tapada en el asiento del piloto, contemplando el universo que hay en el exterior de la *Luz Estelar*, como suele hacer a estas horas. En su lugar, está sentada en la zona de comunicaciones con la cabeza apoyada entre las manos, y le tiembla todo el cuerpo.

Mi propio descontento desaparece en cuanto clavo la mirada en ella. Porque es evidente, sobre todo para alguien que ha pasado tanto tiempo como yo fijándose en ella, que algo está muy muy mal.

No la llamo mientras atravieso a toda prisa la distancia que nos separa: pienso que es mejor que no tenga tiempo para recomponerse. Que no tenga tiempo para fingir que me estoy imaginando cosas y que está bien. No porque quiera mentirme, no creo que sea eso, sino porque nunca ha tenido a nadie que se preocupara por ella y no sabe cómo actuar.

—Beckett. —Le coloco una mano en el hombro con delicadeza y ella se pone de pie de un salto, tan rápido que me sorprende un poco que no me derribe o que no se caiga de culo.

—¿Cuánto tiempo llevas ahí? —inquiere.

Examino su rostro, cuestionándome qué será lo que la ha dejado en ese estado. Y me quedo totalmente pasmada al ver unas lágrimas que se agitan en sus pestañas. En todo el tiempo que hace que conozco a Beckett —y en todas las situaciones que hemos vivido—, nunca la había visto llorar.

—¿Qué te ocurre? —pregunto, olvidando mis propios problemas.

Beckett niega con la cabeza, y ya sé lo que va a decir incluso antes de que lo diga:

—Nada.

—No parece que no sea nada —replico. Y aunque una parte de mí quiere ponerse a gritarle hasta que sea sincera conmigo, nunca le he gritado a nadie en toda mi vida. Ni siquiera tengo ni idea de cómo se hace.

—Estoy bien —responde ella, ignorando mi preocupación una vez más—. Deberías volver a la cama.

Intento que no me afecte esta incesante necesidad que siente Beckett por apartarme de ella. Pero se me hace un poco más difícil con cada día que pasa.

Aun así, tengo que intentarlo. No puedo dejarla así, sufriendo. No es mi naturaleza. Y más importante, no es como quiero ser. No por todo el tema de ser la suma sacerdotisa, sino por mí misma. Por Rain. Lo último que quiero es darle la espalda de forma deliberada a alguien que está sufriendo.

Sobre todo a Beckett.

Así que le rodeo la cintura con el brazo, reafirmada por el hecho de que apenas se resiste cuando la aparto del comunicador y la guío hacia la puerta del puente de control.

Me gustaría llevarla a nuestra habitación —le cuesta mucho más mentirme cuanta menos ropa llevo puesta—, pero Kali está durmiendo allí en estos momentos. Así que la llevo hasta el almacén, y después de colocarla en el catre que hemos instalado allí, comienzo a darle un masaje muy muy delicado con la punta de los dedos.

—¿Qué estás haciendo? —me pregunta con la voz ronca.

—Quererte —respondo con tanta sinceridad como soy capaz—. De la única manera en que me lo permites.

—Rain...

—Calla —le ordeno, masajeándola con un poco más de fuerza. Tengo cuidado para evitar las cicatrices de su cabeza, aunque ya las conozco tan bien como mi propio cuerpo, pero aprieto un poco más en los músculos de la parte superior de la cabeza, en las sienes y a lo largo de la nuca, a ambos lados de la cicatriz que le recorre la espalda.

Beckett se mantiene rígida la mayor parte del tiempo, pero cuando le toco los músculos de la base del cráneo, arquea todo el cuerpo por fuera de los bordes del catre.

—¿Te he hecho daño? —Dejo escapar un grito ahogado e inmediatamente relajo la presión.

Beckett niega con la cabeza, y me pide con una voz ronca:

—Por favor. Vuelve a hacer eso.

No podría rechazarla, igual que no podría cortarme mi propia mano. Así que aprieto más, con cuidado, trazando unos círculos firmes y deliberados alrededor de su nuca, subiendo por los dos lados.

Cuando llego a la coronilla, todo su cuerpo parece haberse hundido, pero en un buen sentido. Así que continúo hasta que por fin me pide que pare.

—Gracias —susurra ella, rodeándome la cintura con un brazo y atrayéndome hacia ella para que me siente en su regazo.

—No tienes que agradecérmelo —contesto en voz baja—. Odio verte sufrir. Y odio aún más que casi nunca me dejes ayudarte.

—No quiero que... —Su voz se apaga.

Intenta apartar la mirada, pero le coloco un dedo bajo la barbilla y le vuelvo la cara hacia mí con delicadeza, para fijarme en esos maravillosos ojos que tiene. Esta noche parecen oro fundido —ardientes, infinitos, peligrosos—, y tengo que controlarme para no perderme en ellos.

Para no perderme en ella.

—¿Qué es lo que no quieres? —pregunto, en un tono que le dice que no voy a dejar el tema hasta que hable conmigo, por mucho que Beckett quisiera que lo hiciera.

—No quiero que me veas como alguien débil —responde por fin.

Estoy a punto de soltar una carcajada.

—¿Débil? —repito, incrédula—. Beckett, ¿cómo puedes no ver lo fuerte que eres? ¿Que no hay ninguna parte de ti que no sea increíble?

Niega con la cabeza, y sus gloriosos rizos negros le caen por la frente y por los hombros.

—Soy un desastre, Rain. Y lo sabes.

—Todos lo somos —replico—. ¿Todavía no te has dado cuenta?

—Tú no. —Me está rodeando la cintura con los brazos para sujetarme, y sus dedos trazan pequeños dibujos en mi espalda y hacen que unos escalofríos me suban por la columna, incluso aunque lo haga a través del overol.

Esta vez sí me río, porque es lo más absurdo que he oído en mi vida.

—¡Yo soy la más desastrosa de todos! —exclamo.

—No es verdad —me contesta.

—¿Ah, no? Toda mi vida ha sido una mentira, desde el principio. No tengo ni idea de quién soy ni de dónde vengo. Y, peor aún, no tengo ni idea de adónde voy. Al menos tú sí sabes todas esas cosas.

—Sí, pero no sé dónde he estado. Y... —Señala hacia su cabeza.

—¿El dolor de cabeza está empeorando? —me intereso.

Se encoge de hombros, lo que viniendo de Beckett es un claro «sí».

No me gusta cómo suena eso. Esperaba que mejorara un poco al alejarse de aquellas crueles instalaciones.

—¿Qué puedo hacer para ayudar? —pregunto.

—Ese es el problema. Que no quiero tu ayuda. Ni con esto..., ni con nada.

Sus palabras se me clavan como si fueran los cuchillos que Ian lleva encima todo el tiempo; sus pequeñas puntas me atraviesan la piel y se introducen aún más, hasta hacerme sangrar.

—¿Y qué quieres, entonces? —replico, y luego contengo el aliento, porque por primera vez me da miedo de verdad su respuesta. Por primera vez le tengo miedo a Beckett. No me va a hacer daño físicamente, eso lo sé. Pero ¿emocionalmente? Ya me está destrozando, y ni siquiera me ha abandonado todavía.

Pero ahora que la miro, sé que lo hará. No importa con cuánta fuerza se aferre a mí —ni cuánto me apriete contra su cuerpo—, puedo ver la verdad en lo más profundo de sus ojos. Ya he perdido contra los demonios que lleva dentro. Todo lo demás es cuestión de tiempo.

88

IAN

Gracias a la velocidad completamente increíble de la *Luz Estelar* —una velocidad que las naves espaciales no deberían poder alcanzar, sobre todo cuando van arrastrando una heptosfera gigante; no sé qué tramaban los Antiguos, pero no cabe duda de que lo hacían bastante bien—, estamos a punto de aterrizar en Glacea, y eso hace que esté de mal humor. Odio este maldito sitio, y no solo porque Kali estuviera a punto de morir aquí. Aunque, si soy sincero, ese es uno de los motivos principales.

—¿Estás preparado? —me pregunta Beckett mientras se ajusta la correa del cuchillo que me ha pedido prestado.

—Creo que debería ser yo quien te preguntara eso a ti —le contesto—. Eres tú la que siente la necesidad de ir armada para reunirse con su madre.

La sonrisa de Beckett es un poco salvaje, y muy temeraria. Ahora la miro y me recuerda a la Beckett de los primeros días en la *Luz Estelar*, algo para nada preocupante.

Simplemente se encoge de hombros.

—Es por aparentar. Mi madre jamás respetaría a alguien que no fuera armado a una reunión. Si me viera sin un arma, se convencería de que me he vuelto débil. Y eso no nos interesa a ninguno de nosotros, y mucho menos a mí.

No puedo discutírselo. No cuando mi experiencia por los

Nueve Planetas me ha demostrado que mostrar debilidad solo sirve para que te maten. Y, si eres blando, te matan aún más rápido. El sistema es un lugar jodido, y hay mucha gente dispuesta a aprovecharse de ello.

—Entonces, ¿adónde vamos exactamente? —pregunto mientras Beckett se deja caer en el asiento del piloto y aterriza la *Luz Estelar* en las afueras de un pequeño pueblo llamado Sorcha, del que nunca he oído hablar. Al parecer, los rebeldes tienen una base aquí, y Beckett ha organizado una reunión con su madre para intercambiar joyas por armas.

—Ya lo verás —responde Beckett.

Max y yo intercambiamos una mirada. Una cosa es poner nuestra vida en manos de los rebeldes: ese es un riesgo calculado, que tenemos que aceptar si queremos tener alguna posibilidad de rescatar a Milla.

Pero otra cosa muy distinta es poner nuestra vida en manos de Beckett, cuando tiene un brillo extraño en la mirada que se parece demasiado al caos... o a algo aún peor. Observo a Rain, esperando que ella sepa lo que le pasa a su novia, pero me aparta la mirada, y ahora mismo eso es lo peor que podría haber hecho.

«Mierda.»

—*Parece que hay problemas en el paraíso* —me comenta Max.

—*Eso es porque estamos viviendo una pesadilla* —le replico.

—*¿Todavía piensas que esto es buena idea?*

Resoplo.

—*Carajo, no. Vamos a adentrarnos en una fortaleza rebelde con la hija pródiga, que parece que esté a punto de hacer algo bastante malo, y no tenemos nada para defendernos aparte de un par de armas insignificantes. Súmale a eso que, si la cagamos ahora, perderemos a Milla para siempre. Así que no, no creo que sea una buena idea. Pero, bueno, nunca lo ha sido.*

Las ideas que surgen de la desesperación no suelen ser buenas, aunque todos los involucrados tengan la cabeza en su sitio. Cuando ni siquiera es así —paso la mirada de Rain a Beckett, y otra vez a Rain—, las malas ideas suelen convertirse en ideas espantosas.

Qué suerte la nuestra.

—¿Están preparados? —pregunta Kali.

En absoluto. Pero sonrío. Que nunca sepan lo jodido que estás, ese es mi lema.

—Yo ya nací preparado, princesa.

Kali pone los ojos en blanco, pero está sonriendo cuando me suelta:

—Te juro que hay días que no eres más que un cliché con patas.

—Y yo que pensaba que era muchas más cosas... —Para demostrárselo, tiro de ella hacia mí y le doy un beso en sus labios perfectos y rosados. Esperaba que solo fuera un beso rápido, pero cuando abre la boca, no puedo resistirme a entregarme a ello.

—¿En serio? —comenta Beckett en tono aburrido—. ¿Tengo que recordaros que la Carnicera de Narreth odia que la gente llegue tarde?

—Habías dicho que eso era una exageración —respondo cuando por fin suelto a Kali. Carajo, cómo me gusta su sabor. Y me gusta aún más sentirla contra mi cuerpo, pero eso lo dejaremos para más tarde. Cuando los héroes regresen victoriosos.

—Puede que estuviera exagerando cuando dije que era una exageración —dice Beckett mientras se pone uno de los ponchos que hemos hecho con las mantas que nos sobraban en la nave.

—¿Estás intentando confundirlos? —me plantea Gage mientras él y Kali nos guían hacia la puerta exterior.

—Mejor que lo haga yo a que lo haga mi madre —contesta Beckett mientras aprieta el botón para bajar la rampa de la *Luz Estelar*.

Genial. El día no para de mejorar.

Me dispongo a bajar la rampa.

—Acabemos con esto.

—¡Tengan cuidado! —grita Kali desde detrás de nosotros.

Es la primera vez que alguien me dice eso, y es una sensación bonita. No puedo evitar sonreír cuando ponemos un pie en Glacea, algo que nunca creí que pudiera ocurrir. Pero saber que Kali me está esperando en la nave es agradable, aunque todavía tengamos que resolver ciertos asuntos.

—*Muchos asuntos* —comenta Max.

Resoplo.

—*¿Por qué tienes que aguarme la fiesta?*

—*Oh, ¿así que ahora es una fiesta?*

—*Es mejor que los trabajos a los que estamos acostumbrados.*

—*Sin duda.*

Me da una palmada en la espalda mientras nuestras botas aplastan el hielo y la nieve que cubren de forma perpetua las calles de este lugar helado de mierda.

Todavía es muy temprano, así que hace aún más frío; el sol débil ilumina la escarcha a nuestro alrededor, pero no hace nada por calentarnos. Me envuelvo aún más con la chamarra mientras cruzamos el pueblo. Beckett va delante, porque es la que sabe adónde vamos.

He intentado sonsacarle la ubicación para poder reconocer el terreno desde la *Luz Estelar* y asegurarme de que es un sitio seguro. Pero la que es rebelde, lo es para siempre, y de ninguna forma iba a darme las coordenadas exactas de su fortaleza.

Tiene sentido, supongo. Aun así, odio meterme en esto a ciegas. Puede que Beckett confíe en su madre, pero eso no significa que yo también lo haga. Cuentan muchas historias sobre Marlina Orsgood, y ninguna es buena.

Pero se nos acaba el tiempo, y ahora mismo esta es nuestra mejor opción. Carajo, incluso aunque consiguiéramos que nos ayudaran los rebeldes, no tenemos ninguna garantía de que vayamos a tener éxito. Podríamos morir todos en el ataque, aunque estoy ideando un plan para mantener a salvo al menos a Kali y Rain. Si parece que todo se va a ir a la mierda, usarán la *Luz Estelar* y se largarán de aquí tan rápido como puedan. Gage también, probablemente. Sirve para muchas cosas, pero no para pelear. Ese tipo es básicamente una conmoción cerebral con patas, carajo.

Evidentemente, todavía no les he contado nada de esto, y algo me dice que Kali se va a poner de muy mal humor. Puede que ni siquiera vaya a importarme, pero aplazaré esa conversación hasta que no tenga más remedio.

Beckett da un pequeño resbalón en el hielo que hay delante de nosotros, así que me apresuro para sujetarle el brazo y evitar que se caiga de culo. Por supuesto, ella me devuelve el favor gruñéndome y apartándose de mí. Pero no antes de que pueda observar atentamente su cara.

Está pálida y, a pesar del frío, tiene una capa de sudor en la frente. Tomo nota para abastecernos de esos analgésicos que se traga como si fueran caramelos, aunque la verdad es que no creo que puedan arreglar lo que sea que tenga.

—¿Estás segura dc que esto es lo correcto? —pregunto por enésima vez en los últimos días. Pero la vida de Milla depende de que no la caguemos, así que tenemos que hacerlo bien.

Beckett me mira y parpadea, como si tardara un segundo en comprender mis palabras. Cuando lo hace, dice:

—No. De hecho, creo que deberíamos volver todos a la *Luz Estelar* y hacerle una visita a la madre de Kali. A ver si ella nos ayuda.

Odio el sarcasmo. Cuando lo usan los demás.

Max suelta una risita, y lo mando a la mierda con la mirada, lo que hace que se ría aún más.

No sé qué motivo puede haber para que esté tan contento. Excepto lo de que Beckett nos haya dado una oportunidad real.

Siempre había imaginado que rescatar a Milla sería una misión suicida, pero ahora pienso de verdad que tenemos una posibilidad de lograrlo. Pero solo si conseguimos convencer a los rebeldes para que nos ayuden.

Estamos cruzando el pueblo y, aunque todo está cerrado —todavía es temprano—, parece un lugar bastante próspero, sobre todo comparado con la otra parte del planeta, donde todo es una mierda.

Las casas son de ladrillo y parecen firmes. Hay muchas tiendas que venden productos bastante impresionantes. Incluso hay algunas que venden comida con buen aspecto.

No cabe duda de que es uno de los pueblos más ricos de todo el sistema.

Eso hace que me pregunte si es gracias a los rebeldes o si está ocurriendo algo más que se me escapa. No tiene importancia, supongo, pero no me gustan los misterios. Y, sobre todo, no me gustan los misterios que implican un dinero inexplicable, porque eso suele significar que hay más cosas por las que preocuparse de las que creía.

Para la mayoría de la gente del sistema Senestris, la Hermandad de la Luz no es su religión. Lo es la codicia, y la gente haría cualquier cosa por un billete.

Tomo nota, para investigar un poco más lo que ocurre en Sorcha cuando volvamos a la *Luz Estelar*.

Si es que volvemos.

El viento se levanta de nuevo —ninguna cantidad de dinero puede cambiar el hecho de que Glacea tiene un clima de mierda—, y me encorvo contra el frío mientras cruzamos unas cuantas calles, serpenteando más y más hacia el centro de la ciudad.

No me gusta que estemos tan lejos de las afueras y de la *Luz Estelar*. Pero no soy yo quien manda, sino Beckett.

Se detiene por fin delante de una taberna llamada El Varnook Bailarín.

—Ya hemos llegado —anuncia ella, y por primera vez parece estar un poco nerviosa.

—¿Estás bien? —pregunto. Puede que su palidez se deba más a tener que ver a su madre que a su malestar.

—Preocúpate por ti mismo —me gruñe, y empuja la pesada puerta de doble hoja. Max y yo intercambiamos una mirada para serenarnos y la seguimos al interior. Está oscuro después de haber estado a la luz del sol, y mis ojos tardan un momento en adaptarse.

La habitación es más grande de lo que esperaba; tiene un montón de mesas —todas vacías, de momento— y unas chimeneas encendidas en ambos extremos. Me dispongo a acercarme a una de ellas, pero Beckett tose y hace un gesto con la cabeza hacia la puerta que hay junto a la barra.

Un hombre alto con barba negra está delante de ella, con una pistola en cada cadera y el ceño fruncido. Beckett se dirige hacia él, y Max y yo vamos tras ella.

—*Todo saldrá bien* —me dice.

—*Eso espero.*

El hombre, que es claramente permuniano, como la mayoría de los rebeldes, no dice nada. Nos echa un vistazo rápido con un rostro completamente inexpresivo, y luego abre la puerta y asiente con la cabeza para que entremos.

La habitación que hay al otro lado es mucho más pequeña; hay una segunda puerta enfrente y no tiene ventanas. Pero sí hay una chimenea, y puedo sentir cómo el calor se me mete en los huesos. De verdad que odio muchísimo este pendejo planeta.

Pero hay otro problema. Aquí no hay nadie aparte de nosotros. Puede que la madre de Beckett no vaya a venir, después de todo. Quizá ha decidido que no confía en nosotros.

—*Vendrá.*

Max está siendo tan optimista que es irritante.

—*Y tú eres un idiota deprimido.*

Levanto una ceja.

—*¿Un realista, quieres decir?*

En ese momento, la puerta que hay al fondo de la habitación se abre y entra un hombre. Este no es permuniano. A primera vista diría que es de Serati. Es alto y fornido, grande en todos los sentidos. Tiene la piel recargada de marcas, unos ojos azul oscuro y la cabeza cubierta por una mata de pelo negro tupido que se parece demasiado a la de Max cuando se pasa una temporada sin ir al peluquero.

A mi lado, Beckett deja escapar un pequeño grito de asombro. Llevo la mano automáticamente a mi arma, pero entonces echa a correr hacia delante.

El gigante abre los brazos y ella se abalanza sobre él. El hombre la hace girar en el aire con una carcajada que llena la habitación.

—*Eso es algo que no se ve todos los días* —le digo a Max.

—*¿Un gigante?*

—*A Beckett contenta.*

Max se encoge de hombros, como diciendo: «Vive y deja vivir».

El hombre la deja en el suelo y le da una palmadita en la mejilla..., y Beckett ni siquiera intenta arrancarle la mano de un mordisco. Surrealista.

—¡Me alegro de volver a verte, Vix! —dice ella.

Entonces el hombre se da vuelta hacia Max y hacia mí con el ceño fruncido.

—Armas —gruñe.

—Ya tengo, gracias. —Le doy una palmada a la pistola láser que llevo en el costado. Sé exactamente lo que quiere decir, pero no me gusta dársela a nadie.

—Armas —repite él.

—Y yo que esperaba un abrazo...

El hombre entrecierra los ojos a modo de advertencia.

—Confía en él, Ian. Dale la pistola —dice Beckett. Luego sonríe—. Yo te protegeré, te lo prometo.

—Mierda —murmuro. Pero me rindo ante lo inevitable y me desengancho la cartuchera de la cintura. Cuando se la entrego, veo que Max está haciendo lo mismo.

—Y el resto —ordena el grandullón.

Frunzo el ceño, pero saco el cuchillo que llevo bajo la chamarra y lo dejo de un golpe sobre la mesa. El hombre levanta una ceja. ¿Este tipo puede leer la mente o qué? Me agacho y saco el que llevo en la bota izquierda y, sin esperar a que me lo vuelva a pedir, el último, el que tengo en la parte baja de la espalda. Me siento desnudo.

—¿Ves? No era tan difícil —dice él.

—Era casi imposible, carajo —respondo.

Vix vuelve hacia la puerta y da tres golpes. Unos segundos después se abre y entra la madre de Beckett. Sé que es ella porque el parecido es increíble. Se parecen tanto que pasarían por hermanas en lugar de madre e hija, aunque su madre tiene un aspecto más saludable que Beckett. Es de estatura media y tiene la piel aceitunada, el cabello negro rizado recogido en una cola y esos característicos ojos amarillos que solo tienen los permunianos. Viste unos pantalones color caqui metidos por dentro de unas botas altas y una camisa a juego bajo un abrigo largo de cuero. Lo lleva abierto, y puedo ver que lleva una pistola láser atada con una correa a la cintura y un cuchillo en el muslo.

Apuesto a que tiene todavía más armas ocultas de las que suelo llevar yo.

En general es preciosa, pero también parece ser una mujer bastante dura; es fácil ver de dónde lo ha sacado Beckett. No puedo interpretar su mirada, y eso no me gusta. Pero su expresión se relaja un poco cuando mira a Beckett.

—Hija mía. —Le coloca una mano sobre la mejilla—. Pensaba que estabas muerta.

Beckett sonríe.

—Seguramente lo habré estado en algún momento.

—Te dije que aquella estúpida misión era demasiado peligrosa. Pero ¿me escuchaste?

—No, mamá.

—Siempre hay que calcular el riesgo. Eso es lo que te he enseñado. La próxima vez no lo olvidarás, ¿verdad que no?

Beckett niega con la cabeza.

Solo entonces su madre voltea hacia nosotros.

—Soy Marlina Orsgood, y creo que tengo que agradecerles a ustedes que hayan salvado a mi hija.

Me encojo de hombros.

—Aunque me encantaría llevarme el mérito, estoy bastante seguro de que se ha salvado ella sola. Podría decirse que se apuntó a nuestro viaje.

—Sea como sea, tienen mi gratitud.

—Es bueno saberlo.

Una sonrisa ladina aparece en el rostro de la madre de Beckett.

—¿Por qué no nos sentamos para que me cuenten exactamente cómo quieren que les exprese mi agradecimiento?

Bueno, de momento nos está yendo bien. Demasiado bien.

—Idiota deprimido.

Las palabras resuenan en mi cabeza, pero no respondo. Tengo que mantenerme alerta y concentrarme en lo que tenemos entre manos. Es nuestra mejor oportunidad para sacar a Milla de allí. Además está lo de que si esta reunión no sale como esperamos, tengo mis sospechas de que no saldremos de esta habitación con vida. Así que hago lo que me han pedido y me siento. Marlina está enfrente de mí, con Beckett a su lado, y Max elige la silla que está junto a la mía.

El grandulón saca una botella y cuatro vasos, y los pone en la mesa entre nosotros antes de ir a colocarse en la puerta, con los brazos cruzados sobre el pecho.

Marlina nos sirve un trago bastante abundante de lo que supongo que es blazketty y luego levanta su vaso.

—Muerte al Imperio —murmura en un tono desafiante.

—Libertad para el pueblo —respondo, la segunda parte del brindis rebelde. Lo he oído tantas veces a lo largo de mis viajes que sé cuándo utilizarlo. Levanto el vaso y lo tomo de un solo trago.

—Muy bien. Habla —ordena Marlina.

Había esperado que ella y Beckett tuvieran antes una charla para ponerse al día, pero está claro que es una profesional.

No he decidido cómo abordar este tema, porque primero quería conocer a la mujer. Pero supongo que es alguien a quien no le gustan las charlas insustanciales, así que voy directo al grano.

—Tengo que sacar a alguien de Delta V47. Necesitamos armas para hacerlo; además, Beckett cree que estarían dispuestos a provocar una... distracción para ayudarnos.

—¿Y por qué iba a hacerlo?

Sonrío.

—En agradecimiento.

—Por mucho que quiera a mi hija, no estoy segura de si estoy tan agradecida. Después de todo, simplemente «se apuntó a su viaje». Y los edificios de ese lugar están muy bien protegidos por la Corporación. Nadie entra en las Tierras Salvajes si no tiene un buen motivo para hacerlo. —Bebe un sorbo—. ¿Qué gano yo con esto?

—Un ataque a la Corporación es un ataque al Imperio —asevera Max.

—Eso es cierto. ¿Y...?

—Puedes quedarte cualquier cosa que encontremos allí.

Lo piensa un momento.

—Nadie sabe lo que hay en esos edificios. Podría no haber nada.

—Una nada muy bien protegida —le recuerdo.

No parece impresionada, así que recurro a la última arma de mi arsenal.

—Mi información dice que la próxima nómina se paga dentro de seis días. Podemos hacer que coincida con nuestra llegada. Podrías robarles en cuanto cobraran.

Parece que empieza a estar interesada.

—Háblame de los prisioneros —le pide ella—. Mi hija me contó algo el otro día, pero quiero saber más.

—La... hermana de Ian y Max —Beckett nos mira, arrepentida— estaba en una de las remesas que salieron de aquí. Es a ella a quien intentan rescatar. Y se me ocurrió que quizá... —Traga saliva—. Que quizá Jarved estuvo allí antes que yo. Las dos sabemos que desapareció de repente de los registros penitenciarios. Y nunca pudimos encontrar ninguna prueba de su ejecución, por mucha gente que sobornáramos.

Su madre se ha quedado completamente inmóvil.

—Dices esto, pero es imposible. Tu hermano está muerto. —Hace una pausa, y todos esperamos—. Una parte de mí no quiere creerlo —admite—. No quiere pensar en que puede haber estado allí, sufriendo todos estos años. En el fondo de mi corazón había sido yo quien lo había matado, y eso estuvo a punto de acabar conmigo. Pero no sé si esto será peor aún. ¡Mierda! Lo hemos defraudado. Lo hemos abandonado.

—Y no podemos volver a hacerlo —replica Beckett con un tono feroz—. ¿Y si todavía está vivo? Sé que es una posibilidad muy remota, pero no podemos ignorarla. Como mínimo, podríamos descubrir por fin lo que le ocurrió.

Marlina se pone cómoda en la silla. Rellena su vaso de blazketty y empieza a beber a sorbos, en silencio. Me muero de ganas de decir algo.

—*No* —oigo decir a Max dentro de mi cabeza, y aprieto los labios con fuerza—. *Marlina tiene que pensarlo bien.*

Cuando el vaso está vacío, lo deja sobre la mesa con delicadeza.

—Dime cuál es su plan y cómo podemos ayudar.

Exhalo. Aún no hemos acabado, pero ahora que hemos llegado tan lejos, me permito el lujo de pensar que quizá pueda funcionar, que rescataremos a Milla y toda esta pesadilla acabará.

Me paso unos cuantos minutos explicándole nuestro plan. La madre de Beckett me escucha, interrumpiéndome de vez en cuando para señalarme algunos fallos o hacerme preguntas.

Cuando acabo, Marlina lo medita unos minutos más, y después asiente con un gesto brusco de la cabeza, y tengo que contenerme para no soltar un grito de alegría.

—Parece que han conseguido su distracción —comenta ella.

Me inclino sobre la mesa y me echo otro vaso; después me dejo caer en la silla. Estoy agotado. No me había dado cuenta de lo tenso que estaba.

—*Vamos a rescatar a Milla* —dice Max dentro de mi cabeza.

—*Lo sé.*

—Hay otro tema del que tenemos que hablar —le anuncia Marlina.

Levanto una ceja.

—¿Y qué tema es?

—Es entre mi hija y yo. —Da vuelta hacia Beckett—. ¿Has hecho lo que te he pedido?

La cara de Beckett se pone completamente pálida, y de algún modo sé que estamos jodidos. Otra vez.

89

BECKETT

Sabía que me iba a hacer esa pregunta, y temía este momento. Porque no, claro que no he matado a Kali. Quizá podría haberlo hecho hace unas semanas, durante los primeros días que pasamos juntas a bordo, pero ¿ahora que la conozco? ¿Ahora que somos más o menos un equipo? ¿Ahora que Rain jamás me lo perdonaría?

—No, no lo he hecho.

Su madre aprieta la boca.

—Solo tenías que hacer una cosa. Te dije que te ayudaría, pero tenías que hacer eso por mí.

—¿Qué cosa? —Max nos mira alternativamente a las dos, con cautela.

No le respondo. No necesita saberlo.

—Sé lo que estoy haciendo, mamá —le digo, aunque puede que sea la mayor mentira que he contado en toda mi vida. Hace mucho tiempo que no tengo ni idea de lo que estoy haciendo—. Tienes que confiar en mí.

—Confiaba en ti, y me has decepcionado. —Voltea hacia Ian y Max—. No hay trato.

—¿Qué carajo? —Ian se pone de pie de un salto, lo que hace que Vix se acerque a él con aire amenazador. No le suelen gustar los movimientos repentinos cerca de mi madre—. No puedes cancelar...

—Puedo hacer lo que quiera. Están en mi ciudad. —Mi madre se aparta de la mesa.

Ian me lanza una mirada que claramente quiere decir: «Arregla esto».

No sé si puedo hacerlo, pero lo intentaré.

—¿Por qué no van afuera? Déjenme unos minutos para hablar a solas con mi madre.

Recibo miradas escépticas de los dos.

—No pasa nada —les digo.

La mirada que me echa mi madre —y ellos también— deja claro que sí pasa algo.

Pero, como todo depende de que sea capaz de convencerla, no tengo muchas opciones. Y como a Ian no le iba a gustar tener una plática sobre asesinar a Kali, la única forma de que esto funcione es que salgan de esta habitación.

—¡Salgan! —les ordeno—. Pero dejen aquí las joyas.

—¿Joyas? —pregunta mi madre con las cejas levantadas. Y, en apenas un instante, vuelve a estar interesada. Es lo que esperaba que ocurriera.

Parece que Ian tiene ganas de protestar, pero le pido con la mirada que me haga caso. Lo hace, a regañadientes, y deja un puñado de los collares de Kali sobre la mesa. Me fijo en que no los deja todos, pero supongo que, si yo fuera él, también me guardaría algo. Sobre todo porque, en su cabeza, todo acaba de irse a la mierda porque sí.

Después de devolverles sus armas, Vix los guía hacia la zona del bar. Y yo me quedo con mi madre.

—¿Estabas a solas con la princesa heredera en esa nave y no la has matado? —gruñe ella—. ¿Eres una traidora a la Rebelión o solo una cobarde?

—Ninguna de las dos cosas. Pero matarla no servirá de nada, mamá. La emperatriz ha renegado de ella.

—Por ahora. Ya te lo dije el otro día: la sangre imperial llama a la sangre imperial, Beckett. Harías bien en recordarlo.

Después de todo lo que ha ocurrido entre Kali y su madre, lo dudo mucho. Pero puede que me equivoque: mi madre tiene más experiencia con las familias gobernantes que yo.

—Y eso no es todo. —Juego mi última carta—. No podía matar a Kali en la *Luz Estelar*, mamá. No si quería tener más posibilidades de volver aquí que una bola de nieve de sobrevivir en Serai.

—¿Crees que una princesita podría contigo? —Parece desconcertada—. ¿Con mi hija?

—Kali no. Ian. Está enamorado de ella.

Mi madre ladea la cabeza, sorprendida.

—¿Ese mercenario enorme y con aspecto de tipo duro que estaba aquí está enamorado de la princesa heredera?

—Está completamente loco por ella. Si Kali hubiera muerto con solo otras cinco personas a bordo de la nave, Ian no habría parado hasta matar al responsable. No habría tenido ninguna oportunidad de sobrevivir. Por no mencionar que habríamos perdido nuestra mejor oportunidad para averiguar si Jarved ha estado en Delta V47.

Durante un buen rato, mi madre no dice nada. Me mira fijamente como había mirado a Ian y Max hace unos minutos, como si estuviera intentando decidir si puede confiar en mí.

—¿Y cuando acabemos la misión? —plantea—. ¿Cuando hayas ido al asteroide para buscar a tu hermano? ¿Matarás entonces a la princesa?

Reprimo las náuseas que se forman en mi estómago. Hago lo que puedo para ignorar el dolor que me hace sentir como si me estuvieran partiendo el cráneo en dos. Y susurro:

—Sí, por supuesto. —Pero no puedo imaginarme haciéndolo de verdad.

Me vuelve a mirar fijamente.

—¿Y volverás con nosotros cuando hayas cumplido la misión? ¿Cuando muera la princesa?

—Por supuesto —repito.

Siempre he sabido que acabaría así, que tendría que abandonar a Rain más temprano que tarde. Pero, aun así, me duele oírlo en voz alta, saber lo cerca que estamos del final.

Mi madre desvía su atención hacia los cuatro collares que hay sobre la mesa, delante de nosotras.

—Son de Kalinda, imagino.

—Sí.

Sostiene en alto uno de ellos, un enorme colgante morado y feo, rodeado de diamantes. Los examina de cerca y luego lo levanta para que la luz se refleje en las joyas.

—No cabe duda de que es auténtico. Y de que es una de las joyas imperiales.

Vuelve a mirarme.

—Vete a confirmar la lista de armas con tus amigos. Las tendré preparadas cuando nos encontremos en las Tierras Salvajes dentro de seis días.

Fue mejor de lo esperado, casi mejor de lo que había soñado.

Pero, cuando me dirijo al bar, mi madre me llama:

—Tendrás que cumplir tu parte del trato. O habrá consecuencias.

Ian levanta la vista al oír sus palabras y sus ojos oscuros se encuentran con los míos, con una pregunta en la mirada que no tengo intención de responder. Y con un atisbo de sospecha que no tengo forma de despejar.

Me volteo hacia mi madre y asiento con la cabeza, lanzándole una mirada que le dice que lo entiendo. Claro que habrá consecuencias. En mi mundo siempre las hay. Y suelen ser malas.

¿Por qué iba a ser diferente esta vez?

90

RAIN

Tenemos las Tierras Salvajes justo delante de nosotros y, al mirarlas a través de las pantallas frontales de la *Luz Estelar*, no sé cómo sentirme al respecto. Porque, en cuanto rescatemos a Milla —y quizá a Jarved— del asteroide, no tendremos nada más que hacer. Nos separaremos y puede que no vuelva a ver a ninguna de estas personas.

Puede que nunca vuelva a ver a Beckett.

Ya me lo había dicho la semana pasada, antes de ir a ver a su madre. Pero oírlo entonces y saber ahora lo poco que falta son dos cosas muy distintas. Si le añades a eso el hecho de que ya he decidido que no voy a volver a la Hermandad, me siento como si estuviera vagando totalmente sin rumbo.

Un escalofrío me recorre cada nervio y el estómago se me revuelve por el miedo. Hay tantas incógnitas, tanto dolor... Todo esto de vivir en el mundo real es mucho más difícil de lo que parece. Pero no cambiaría las últimas semanas y todo lo que he aprendido —todo lo que he hecho— por la ignorancia y la seguridad del monasterio. Ni por nada del universo.

—¿Podemos hablar? —oigo detrás de mí.

Quiero decirle que no. Hablar con Beckett es lo último que

quiero hacer, pero, hablemos o no, no va a cambiar nada, así que... Asiento con la cabeza.

Me toma de la mano y me guía hacia el exterior del puente de control.

—¿Quieres algo de beber? —pregunta cuando pasamos por delante de la cocina—. Una taza de té o...

La agarro, entonces, sujetándole la cara con las manos, y aprieto mi boca contra la suya como si el destino de todo el universo dependiera de este beso.

Y quizá sea así. No el destino de todo el universo, pero sin duda el del mío.

Beckett se pone tensa al apretarse contra mí y por un segundo pienso que se va a apartar. Pero acto seguido nos hace girar y me pone de espalda a la pared al mismo tiempo que empieza a bajarme el cierre del overol.

Aparto mi boca de la suya.

—¿Qué estás...? —Dejo escapar un grito ahogado e intento decirle que no estamos en el almacén ni en nuestra habitación. Estamos en el pasillo, y cualquiera podría pasar por aquí.

Pero no me deja hablar. En lugar de eso, vuelve a apretar su boca contra la mía, abriéndose paso a mordiscos y succionando desde mi labio superior hasta el inferior mientras unos suspiros roncos de pura necesidad salen del interior de su pecho. Su mano está dentro de mi ropa interior, sus dedos recorren la repentina humedad de mi sexo antes de introducírmelos.

Dejo escapar un grito de sorpresa, pero en esos momentos se me olvida dónde estamos y lo aterrorizada que estoy al pensar que quizá esta sea la última vez que la pueda tener entre mis brazos. La última vez que la sienta dentro de mí. Mi misteriosa, oscura y preciosa Beckett.

Y, en lugar de eso, me ahogo en sensaciones.

Pasión. Necesidad. Placer. Surgen de mi interior y me abruman por completo, igual que lo hace Beckett.

—Por favor —jadeo mientras enredo los dedos en su cabello y le rodeo la cintura con una pierna—. Por favor, por favor, por favor.

—Te tengo —susurra ella, y entonces su pulgar está sobre mi clítoris, y frota con sus dedos ese punto dentro de mí que me hace sentir como una estrella fugaz cada vez que lo toca—. Te tengo, mi Rain. Mi dulce dulce Rain.

El sonido de mi nombre en sus labios combinado con la magia de sus dedos en mi sexo es todo lo que necesito para perder el control. Llego al orgasmo, jadeando su nombre, y Beckett vuelve a apretar su boca contra la mía para acallar el sonido.

—Por favor —gimoteo cuando se aparta por fin. Las lágrimas me caen por el rostro, pero no hago nada por detenerlas. En mi cabeza le estoy suplicando que no me abandone. Que nos dé una oportunidad real. Que se quede, solo un poco más. Pero lo único que soy capaz de decir es—: Por favor, por favor, por favor.

Así que se abre paso a besos por mi cuello y me frota el pezón duro con su mano libre mientras hace girar los dedos dentro de mí y me posee una vez más.

Una última vez.

Para cuando vuelve a subirme el cierre del overol, ya me he recompuesto lo suficiente como para evitar que me sigan cayendo las lágrimas. Y cuando se aparta de mí, sé que este es el final. Así que hago lo único que puedo hacer: coloco mis labios sobre los suyos con delicadeza. Y aunque todo mi ser ansía decirle que la quiero, que siempre la querré, dejo que las palabras mueran en el fondo de mi garganta cerrada.

Y en lugar de eso, susurro:

—No pasa nada.

—Rain...

—No pasa nada —le digo, volviendo a colocar las manos sobre sus mejillas.

»No pasa nada —repito, dándole un último beso en la boca.

»No pasa nada —insisto mientras me doy la vuelta y echo a andar por el pasillo, hacia un futuro sin ella.

91

KALI

Un escalofrío me recorre el cuerpo cuando aterrizamos en el asteroide para ir al punto de encuentro acordado con la madre de Beckett. La líder de la Rebelión. Es extraño que dependa de ella protegernos a mis amigos y a mí, cuando me he pasado tanto tiempo odiándola a ella y a todo lo que representa.

Pero ese odio estaba basado en una mentira, me recuerdo a mí misma. Y el futuro que estoy intentando construir estará basado en la verdad, incluso en las partes más incómodas. Y la verdad es que he juzgado mal a Beckett, y también a su madre. Les debo una disculpa a las dos.

Aunque, bueno, como princesa heredera del sistema Senestris, creo que le debo una disculpa a mucha gente. Quizá algún día tenga la oportunidad de arreglar todo lo que ha roto mi madre.

Si sobrevivimos a las Tierras Salvajes.

Si el sol no se muere.

Si encuentro la forma de traer la paz a Senestris.

Pero esas son preocupaciones para más adelante, hoy ya tengo suficientes cosas por las que agobiarme.

Empezando por el hecho de que la *Luz Estelar* no tardará en bajar la rampa, y podré ver por primera vez un asteroide. Y esa es una frase que hasta hace unas semanas jamás habría creído que fuera a pensar, mucho menos a vivirlo.

La madre de Beckett ha elegido este lugar, al parecer, porque está en la frontera de las Tierras Salvajes, tiene una gravedad decente y solo está a una hora de viaje de Delta V47, donde el hombre que mató Ian en Rodos nos había dicho que la *Reformadora* habría llevado a Milla. Por desgracia, la atmósfera de este lugar no es respirable, igual que la de la mayoría de los asteroides. Excepto Delta V47, que por lo visto ha sido terraformado y es más grande que Serati y Kridacus juntos.

Sin embargo, Gage ha encontrado unos respiradores en la nave. Los hemos probado y parece que funcionan, a pesar de estar construidos por y presumiblemente para los Antiguos. Son grandes y raros, pero si se aprietan con fuerza, son funcionales.

—¿Qué haces aquí abajo? —pregunta Beckett mientras se me acerca por detrás, y no puedo evitar fijarme en el mal aspecto que tiene. Quiero preguntarle qué le pasa, pero la paz que hay entre nosotras es demasiado reciente y frágil. Presionarla sería una buena forma de romperla.

—Solo quería ver el asteroide sin tener que hacerlo a través de la pantalla. —Sostengo en alto mi respirador para que vea que vengo preparada.

Pero Beckett no parece impresionada.

—Sí, muy bien, pero tienes que quedarte lejos de la vista. Muy lejos. Vamos a tratar con los rebeldes y, por muy reformada que estés como princesa, no eres exactamente la persona favorita de esta gente.

Supongo que nunca lo había visto así, pero debería haberlo hecho. Lo último que quiero es echar a perder el trato que Ian, Beckett y Max se han esforzado tanto por conseguir.

Retrocedo un paso cuando Ian aparece en el pasillo, seguido por Max y Merrick.

—Quédate en la nave, y que no te vean —me indica Ian, y ni siquiera me esfuerzo por no poner los ojos en blanco al mirarlo.

—Oh, sí, amo y señor. Tus deseos son órdenes.

—Carajo, qué sexy. Repítemelo luego, cuando hayamos acabado con todo esto.

—¡Ian! —Las mejillas me arden por la vergüenza, y quizá un poco también por las expectativas, pero él se ríe. Y entonces baja su boca hacia la mía y me da un beso que hace que se me retuerzan los dedos de los pies y el corazón empiece a latirme demasiado rápido.

—¿No deberías estar pensando en lo que tienes que hacer ahí abajo? —aventuro cuando se aparta por fin. Mis palabras suenan un poco forzadas, porque me cuesta respirar más de lo que quiero admitir. A pesar de todos sus errores, y son muchos, sin duda Ian sabe besar bien. Y alguna cosa más, pero no tengo intención de demostrárselas a nuestros compañeros de tripulación.

—Estoy pensando en ellos. Y por eso tienes que prometerme que te vas a quedar aquí.

—Lo haré. Ya se lo he prometido a Beckett.

—¿Ah, sí? —replica Ian, y la mira con una expresión inescrutable. Ella le devuelve la mirada con interés.

—Muy bien, ¿estamos listos? —pregunta Max, colocándose delante de Beckett e interrumpiendo ese contacto visual tan raro que había entre Ian y ella.

Le preguntaré por ello más tarde, cuando todo acabe. Ahora mismo tenemos cosas más importantes en las que pensar que en una pelea insignificante.

Todos, excepto Rain y yo, se colocan los respiradores; parece ser que somos dos delicadas florecitas y no se fían de que salgamos ahí fuera. Tampoco Gage, que se queda en el puente de control por si tenemos que salir huyendo a toda velocidad. Entiendo por qué no quieren que vaya yo, pero ¿por qué Rain tampoco? Pensé que querría conocer a la madre de Beckett.

Me dispongo a preguntárselo, pero no parece estar de mejor humor que Beckett. Supongo que no soy la única que está agobiada por lo que va a ocurrir a continuación.

La rampa de la *Luz Estelar* empieza a desplegarse, y los demás empiezan a bajar por ella mientras Rain y yo esperamos en la esclusa. No obstante, cuando llega el momento de volver a subir la rampa, Rain no aprieta el botón. En lugar de eso, se pone su máscara y vuelve a asomarse a la parte alta de la rampa. Al principio creo que va a ignorar el plan y a salir de todas formas, pero entonces me doy cuenta de que solo está mirando. Y de que yo también puedo hacerlo sin romper las promesas que les he hecho a Ian y a Beckett. Con la máscara puesta, nadie tendrá ni idea de quiénes somos.

Así que yo también me coloco el respirador y me acerco a Rain en lo alto de la rampa.

Esta reunión es para recoger las armas que nos han traído los rebeldes y para asegurarnos de que llegamos a Delta V47 al mismo tiempo. Durante los últimos días se han pasado horas y horas ultimando los detalles del plan a través del comunicador, y creo que por fin lo tienen todo listo.

Más les vale, porque es hora de irse. Y no habrá una segunda oportunidad.

Espero que esta reunión salga bien. Si es así, será mucho más fácil creer que todos los demás pasos que tendremos que dar para llegar hasta Milla y Jarved, desafiando a la muerte, también saldrán bien.

92

BECKETT

Voy a vomitar. Nunca me pongo nerviosa, pero ahora mismo me sudan las manos y no consigo recobrar el aliento. Me digo a mí misma que es por la máscara de oxígeno: desde que desperté en la *Caelestis,* he sentido miedo a estar atrapada o rodeada, y los respiradores sin duda me provocan esa sensación.

Pero sé que no es por la máscara. Es por todo lo que ha ocurrido con Rain y por la incertidumbre de lo que está a punto de ocurrir con mi madre. Una parte de mí cree que todo saldrá bien. Que mi madre va a cumplir su parte del trato y volveremos a la *Luz Estelar* para despegar hacia el asteroide como habíamos planeado.

Otra parte de mí la conoce mejor. Incluso aunque se está llevando la mejor parte, entre las joyas y su hija, va a seguir buscando algún resquicio. Va a seguir buscando la manera de ser quien salga ganando. Después de todo, no ha sobrevivido tanto tiempo como líder de la Rebelión sin ser más astuta que cualquier oponente al que se haya enfrentado.

Y me temo que piensa que eso incluye a su propia hija. Si es así, entonces no tengo ni idea de qué hará. Solo sé que una puñalada por la espalda no sería algo tan raro.

No le he dicho nada a los demás, pero no creo que haga falta. Ian y Max han tenido la misma vida de mierda que yo, llena de desgracias, y siempre están preparados para lo peor. Solo espero que esta vez la preparación sea innecesaria, por parte de todos.

En cuanto pisamos tierra, levanto la vista hacia la nave, y mi mirada se cruza con la de Rain. Me saluda con la mano cuando ve que la estoy mirando, y el dolor en mi cabeza —y en el estómago— se vuelve un millón de veces peor. Todavía puedo olerla en mis dedos, puedo sentir el movimiento de su cuerpo contra el mío.

No puedo creer que esa fuera la última vez.

La lanzadera de mi madre ya ha aterrizado, a unos cien metros de la *Luz Estelar*. Mientras avanzamos hacia ella, la puerta se abre y despliegan la rampa. Aparecen dos personas: Vix y mi madre, con la cara cubierta por dos respiradores traslúcidos.

Doy un paso adelante para saludarlos, con Merrick a un lado e Ian al otro. Parece que mi madre no es la única que ha venido con protección. Sin embargo, cuando llegamos junto a ellos, está claro que no nos están prestando atención a nosotros. Están mirando fijamente la heptosfera que flota a unos metros del suelo, justo detrás de la *Luz Estelar*.

—¿Qué demonios es eso? —pregunta mi madre.

—Es la heptosfera —respondo—. Ya te he hablado de ella.

—No pensé que fuera tan grande. —Niega con la cabeza—. Está claro que vivimos tiempos extraños, ¿no?

—Y se vuelven cada vez más extraños —apunta Ian.

Le lanzo una mirada asesina, pero se me queda mirando sin ninguna emoción. Entonces voltea hacia mi madre y dice:

—Me alegro de volver a verte, Marlina.

—Y yo a ti. —Asiente con la cabeza, y luego hace lo mismo con Merrick y Max.

Se la presento a Merrick, y aunque no le informo de que es miembro de la Hermandad, mi madre lo mira con los ojos entrecerrados como si supiera exactamente quién y qué es. Pero, claro, mi madre ha estado en todos los rincones de Senestris —incluso en las Tierras Salvajes—, y oye rumores por todas partes. No me sorprendería que supiera que Merrick era el guardaespaldas de la suma sacerdotisa.

—Y ahora que ya nos conocemos todos, ¿tienes las armas? —plantea Ian. No le gusta nada perder el tiempo platicando, pero no lo culpo. Lleva mucho tiempo esperando este momento.

Mi madre mira a Vix y asiente con la cabeza, y él se dirige a la lanzadera e introduce un código para abrir las puertas de la bodega de carga. Dentro hay tres cajas negras de metal, espero que llenas de armas.

Max y Merrick se dirigen hacia allí, sacan las cajas y las traen hasta donde estamos. Mientras lo hacen, me doy cuenta de que mi madre está mirando de nuevo la *Luz Estelar*. Me volteo para ver qué hay, pero no veo nada fuera de lugar.

—¿Te importa que hagamos inventario? —sugiere Ian.

Mi madre le dedica una amplia sonrisa.

—Me sentiría insultada si no lo hicieras.

Los chicos abren las cajas y comprueban el contenido. Yo también tomo nota desde aquí: pistolas láser, granadas aturdidoras y de humo, explosivos... Es más de lo que podríamos necesitar. Pero Ian y Merrick creen que hay que estar preparados para cualquier imprevisto, y no puedo decir que los culpe. Los únicos con los que es más difícil lidiar que con los rebeldes son los de la Corporación. Da igual lo listo que seas o lo preparado que estés, siempre encontrarán la forma de joderte.

Sin duda, yo tengo experiencia de primera mano con ellos.

—¿Está todo bien? —pregunta mi madre cuando vuelven a colocar las tapas.

—Eso parece —concede Ian. Entonces le estrecha la mano.

Ella se la acepta, sonriendo mientras lo mira directamente a los ojos.

—Un placer hacer negocios con ustedes —le dice mi madre. Y entonces, rápida como una estrella fugaz, saca la pistola láser de la cartuchera que lleva a la cintura y dispara... hacia la parte superior de la rampa de la *Luz Estelar*.

Directamente hacia Rain... y Kali.

—¿Qué carajos...? —exclama Ian, pero veo en sus ojos que ya sabe lo que está ocurriendo.

Intenta arrebatarle la pistola a mi madre, pero ella le da una patada en los huevos y sigue disparando hacia la rampa una y otra y otra vez.

Me lanzo hacia ella y trato de detenerla, agarrándola por el abdomen y derribándola.

«A Rain no. —Es lo único que puedo pensar cuando caemos al suelo con fuerza—. A Rain no, a Rain no, a Rain no.»

—¡No tenías por qué hacer eso! —grito mientras intento arrebatarle la pistola.

—Claro que sí —me responde ella, y me lanza un codazo que me impacta en la mandíbula—. Ya has demostrado que no eres lo bastante mujer como para hacer lo que había que hacer.

Detrás de mí, oigo a Ian y Merrick peleando contra Vix, y el pánico está a punto de consumirme. Los dos son buenos luchadores, pero Vix es más una montaña que un hombre, el mejor guerrero que he visto en toda mi vida. Juntos puede que tengan alguna oportunidad contra él, pero no demasiadas.

Me dispongo a darme la vuelta para advertirlos, pero mi madre se coloca sobre mí y echa el puño hacia atrás. Y de verdad que no quiero empezar una pelea a puñetazos contra ella, pero no estoy muy segura de tener alternativa. Sobre todo cuando lanza el brazo hacia delante, apuntando hacia mi nariz.

Levanto mi propio puño y le doy en la boca. Mi madre suelta una carcajada —genial, mamá—; luego se me quita de encima y dispara unas cuantas ráfagas más hacia la parte superior de la nave.

Me imagino que Kali y Rain no son tan estúpidas como para seguir allí, pero da igual. Esta gente son las únicas personas que me importan de todo el sistema, y ya está bien.

Le doy un puñetazo a mi madre en toda la cara y, cuando cae hacia atrás, sorprendida, le arrebato la pistola de las manos y apunto con ella a Vix, que se las arregla demasiado bien contra los otros dos sujetos.

No sé adónde ha ido Max, y ahora mismo me importa una mierda.

—¡Apártate, Vix! —grito, disparando a sus pies para que sepa que hablo en serio. Nunca le dispararía a él, pero no tiene por qué saberlo.

—¡Tomen las armas y lárguense! —les ordeno a Ian y Merrick, que me miran sorprendidos. Supongo que no es así como se imaginan que deberían ser las reuniones familiares.

Mi madre se incorpora e intenta quitarme el arma, así que le doy una patada en la cara con tanta fuerza que vuelve a caer al suelo. No quiero matarla, solo dejarla fuera de combate unos minutos más.

Ian se agacha para recoger su propia pistola, pero me muevo para colocarme entre él y Vix. Hoy no se va a volver a disparar a no ser que sea yo quien lo haga.

—¡Vete! —vuelvo a gritar. Esta vez los apunto a ellos con la pistola, para que vean que soy igual de cabrona con todos.

No vuelven a discutir. En lugar de eso, cada uno agarra una caja de armas y empiezan a subir la rampa a toda prisa hacia la *Luz Estelar* como si los persiguiera la mismísima muerte.

Cuando llegan a lo alto, voltean y me hacen un gesto con la mano para que me reúna con ellos. No obstante, es demasiado tarde. Ya he tomado una decisión. Además, si lo que sea que me ha hecho la Corporación acaba por matarme, moriré sola. No pienso arrastrar a Rain conmigo.

Pero mientras observo cómo la *Luz Estelar* despega y se adentra en el sistema sin mí, no puedo evitar preguntarme qué ocurrirá ahora. Y si sobreviviré lo suficiente como para averiguarlo.

93

IAN

—Por la Luz, ¿qué acaba de pasar? —inquiere Merrick mientras la rampa de la *Luz Estelar* se repliega tras nosotros.

—Que nos han jodido, eso acaba de pasar —gruño—. La madre de Beckett nos ha jodido.

Observo a mi alrededor, desesperado por ver a Kali. ¿Y dónde demonios está Max?

—*¡Por aquí!* —grita desde detrás de mí, y cuando me doy la vuelta los veo a él y a Kali, de pie alrededor de Rain, que está tirada en el suelo con los brazos y piernas en cruz. Parece que ha perdido un montón de sangre.

Me avergüenza admitir que mi primer pensamiento ha sido de gratitud porque no era Kali, pero entonces me inclino sobre ella para ver mejor la herida.

—¿Es grave? —pregunta Merrick mientras se deja caer de rodillas junto a ella. Tiene un aspecto de mierda, casi peor que Beckett cuando nos apuntó con el arma y nos ordenó que nos fuéramos.

—No se ve nada bien —responde Max—. Es una herida en el brazo, pero le ha dado en una arteria.

—Tenemos que cerrarla —dice Merrick levantando la vista hacia mí—. ¿Sabes cómo...?

—Podría intentarlo —contesto en tono sombrío—. Pero Rain siempre ha sido la mejor curandera de los dos.

—Voy por el botiquín. —Kali se pone de pie de un salto y echa a correr hacia la enfermería, y me vuelve a invadir esa abrumadora sensación de agradecimiento por que no sea ella la que está tirada en el suelo. Haber operado una vez a la mujer que amo ya es más que suficiente para mí.

Otro día tendré que darle vueltas a ese pensamiento.

—¡Gage! —grito—. Ahora eres tú el piloto.

—¿Beckett no ha vuelto con nosotros? —pregunta asomándose desde el puente de control, y luego palidece al ver a Rain—. ¿Adónde vamos? Sé que hay un hospital en Rodos...

—No aguantará tanto tiempo —le advierto. Aunque Max le ha hecho un torniquete alrededor del bíceps, ya ha perdido mucha sangre. Tenemos que solucionarlo ahora mismo—. Pon rumbo al asteroide.

—¿Adónde? —gruñe Merrick—. De ninguna manera vamos a ir tras ellos ahora...

—No tenemos alternativa. Los rebeldes conocen nuestros planes. Si intercambian esa información con la Corporación mañana o la semana que viene, estamos jodidos. Sabrán que vamos a ir.

—No tenemos nada que usar como distracción —asegura Gage.

—Sí, bueno, se supone que tú eres el cerebro de esta operación —replico—. Tienes más o menos una hora para pensar en algo.

Kali vuelve corriendo por el pasillo, empuñando unas toallas y una botella de gerjgin en una mano, y el botiquín grande en la otra.

—Creo que lo tengo todo —me dice.

—Sí —contesto, y entonces agarro la botella y se la acerco a Rain a los labios—. Deberías echarle un buen trago a esto, cariño. Porque va a dolerte de como no tienes idea.

94

IAN

Una hora más tarde, tengo Delta V47 a la vista. La tripulación está un poco tensa: entre perder a Beckett, estar a punto de perder a Rain y que además Gage tuviera que hacerle una transfusión de sangre directamente de su brazo al de ella, todos hemos tenido tardes mejores.

Y aunque no creo que Beckett nos traicionara jamás a la Corporación, su madre ha demostrado que no se puede confiar en ella. Y sabe exactamente cuál es nuestro plan.

En estos momentos, la *Luz Estelar* está situada por detrás y un poco a la izquierda del asteroide —que es una masa enorme de roca gris, más grande que mi planeta natal—, oculta al abrigo de otro pedazo de piedra. Este lugar es letal. Por algo se llaman las Tierras Salvajes.

Por suerte, los edificios que tenemos como objetivo están todos en la parte interior del cinturón de asteroides. No creo que la *Luz Estelar* hubiera sobrevivido a un viaje hacia las zonas más profundas. Incluso en este lugar hay trozos de roca flotando por todos lados, que tiene que estar esquivando constantemente.

Esta es la parte del plan en la que la nave rebelde habría atacado para crear una distracción, pero ya no podemos contar con eso. Parece que nosotros mismos tendremos que ocuparnos tanto de la distracción como de la operación de rescate.

Gage ha montado una especie de bomba computarizada que la *Luz Estelar* debe lanzar delante de los edificios mientras nosotros pasamos volando. Tiene un temporizador que debería hacerla explotar unos dos minutos antes de que lleguemos a la zona de extracción elegida. Es un plan flojo —muy flojo—, pero es todo lo que tenemos.

Malditos rebeldes. Si salimos vivos de esta, no pienso olvidar lo mucho que nos han jodido.

Pero que se vayan al diablo. Es hora de seguir adelante.

El estómago se me cierra, y noto una punzada de entusiasmo que chisporrotea a lo largo de mis nervios. Por fin va a ocurrir.

Doy vuelta para ver dónde está Kali —algo que no he podido dejar de hacer desde que estuvieron a punto de dispararle de nuevo, desde que dispararon a Rain—, y está bien, con el arnés puesto y alerta; está preciosa, aunque un poco pálida.

—Voy a lanzar la distracción —dice Gage apretando uno de los botones del arsenal. Unos segundos más tarde, la bomba está en posición.

«Allá vamos.»

—Voy hacia allí —continúa Gage, y presto atención a la interfaz de mi asiento del capitán.

Salimos de nuestro escondite. Miro fijamente hacia Delta V47 mientras se hace cada vez más grande en la pantalla y contengo el aliento, esperando ver el destello de luz que indique que nos han detectado y están contraatacando. Nuestra información dice que no tienen ninguna arma defensiva en este lado del asteroide, porque no creen que alguien pueda ser tan temerario como para aventurarse tan adentro en las Tierras Salvajes. Aunque claro, todavía no nos conocen a nosotros. Y no sería raro que la información comprada a unos mercenarios turbios con los que trabajé hace años pueda estar equivocada.

Por suerte, nadie dispara en nuestra dirección.

—Activa el modo oscuro —digo, y la nave apaga las luces al acercarnos. Porque poder ver dónde aterrizamos en esta roca es de principiantes. Obviamente.

Estaría genial hacer que la *Luz Estelar* se volviera invisible otra vez, pero es su secreto mejor guardado. Otra desventaja de ser el capitán de una nave con una mente propia y demasiado terca.

Descendemos y volamos rozando la superficie mientras nos dirigimos a nuestro destino. La idea es aterrizar tan cerca de las entradas a los edificios como nos sea posible. Con suerte, los guardias estarán demasiado ocupados intentando averiguar de dónde ha salido la bomba como para notar que el paisaje a este lado del complejo ha cambiado.

Estamos camuflados, obviamente, pero no puedo hacer nada con el orbe gigante que nos sigue, así que solo podemos ocultarnos hasta cierto punto.

Nuestro plan es colarnos tan sigilosamente como podamos y encontrar a Milla y a Jarved..., si es que está aquí, aunque tengo mis dudas. Una parte de mí piensa que deberíamos dejarlo aquí después de la cagada de hace una hora, pero no puedo hacerlo. No puedo abandonar a nadie. Si pudiera, refugiaría a todas las personas que hay aquí..., y eso no suena en absoluto como el viejo Ian.

Pero eso no es factible ahora mismo, así que haré lo que pueda por encontrar a Jarved. Aunque la lógica me dice que, si lo han traído aquí, llevará mucho tiempo muerto. Nadie aguanta años en las Tierras Salvajes. Nadie.

En cuanto los encontremos, saldremos con el mismo sigilo que utilizamos para entrar, con suerte antes de que nadie se dé cuenta de que estamos aquí.

Pero estamos listos para pelear. Todos llevamos armas, gracias a las dos cajas que conseguimos llevarnos mientras volvíamos a la rampa. Cada uno de nosotros tiene dos pistolas, y yo llevo en una bolsa al hombro los explosivos y las granadas que había pedido. Por si necesitamos reventar alguna puerta más adelante.

Ya puedo distinguir los edificios: unas oficinas de techos bajos contra el paisaje gris, y otro edificio, más oscuro, que se parece demasiado a un laboratorio y a una prisión. Mi instinto me dice que Milla estará allí.

Me estremezco al pensar que lleva tres meses en este infierno. Tres meses.

Gage aterriza con delicadeza la *Luz Estelar* justo al lado de la entrada al laboratorio. No veo ningún movimiento a nuestro alrededor, así que espero que nadie se haya dado cuenta.

Gage hace girar el asiento del piloto y me mira con cautela.

—¿Listo para salir?

—Lo estaré.

Me lo he tomado con calma porque me aterra pensar que Milla ya no esté aquí, que la hayan vuelto a trasladar y que esta vez no logremos encontrarla, pero no puedo seguir alargándolo más.

Me limpio el sudor de las manos en las perneras de los pantalones; luego respiro hondo y lo intento.

—¿Milla?

Nada. Miro a Max, que también lo está intentando. Niega con la cabeza.

—Milla, ¿estás ahí?

Pasan unos segundos demasiado largos y se me revuelve el estómago.

—Ya era hora, carajo.

La oigo con total claridad. Max está sonriendo, así que sé que él también la ha oído.

—No te vayas a ninguna parte —digo—. *Vamos por ti.*

95

KALI

—¡Vamos! —gruño, porque Ian se ha quedado parado a medio camino mientras bajaba por la rampa y me mira como si fuera una niña obstinada, como si él fuera mi padre y se tuviera que asegurar de que estoy donde debería.

Y con «donde debería» quiero decir donde me ha ordenado estar.

Es casi como si Ian esperara que hiciera algo estúpido, como quedarme en lo alto de la rampa a la vista de la mujer más buscada de todo el sistema, alguien que ha dedicado su vida a aniquilar a toda mi familia y a quien estaba claro que le daba igual disparar a cualquiera que estuviera a bordo de la *Luz Estelar* si había una posibilidad de que resultara ser yo.

Rain —que, por suerte, ha estado despierta un rato— y yo hemos admitido que no fue la idea más inteligente. Pero Ian no está listo para aceptar nuestra disculpa.

Aun así, tengo intención de quedarme cerca de él; algo bueno, teniendo en cuenta que él no piensa perderme de vista. Max y Merrick se separarán para desactivar las cámaras y luego volverán a salir para detener a cualquiera que intente entrar al edificio mientras estamos aquí. Los dos van detrás de nosotros, aunque Merrick tiene un aspecto horrible. Acaba de hacer una llamada de última hora a Serati con el comunicador, y estoy segura de que ha incluido una buena reprimenda por la desafortunada experiencia cercana a la muerte de Rain...

Ser el guardaespaldas de Rain no es, ni de lejos, tan fácil como debería.

Y Gage se quedará con ella en la *Luz Estelar*. Estarán preparados por si necesitamos una huida rápida, y no tengo duda de que será así.

Respiro hondo y luego bajo de la rampa hacia el asteroide. Es como estar en un planeta, aunque el aire es fresco y ligero, como si estuviera a una gran altitud.

Ian se coloca a mi lado en un segundo. Qué sorpresa.

—¿Sin esposas? —le pregunto.

—No me tientes —me gruñe.

Y decido dejar de meterme con él: ya está lo suficientemente nervioso sin que yo le dé más motivos.

La rampa se eleva tras nosotros, y doy vuelta para echar un último vistazo a la nave. La heptosfera se ha parado cerca de ella, y está flotando a unos pocos metros de la superficie del asteroide. Es lo más cerca de ella que he estado desde lo de la *Caelestis*, y siento que me atrae.

Lo ignoro tanto como puedo, pero no es tan fácil como me gustaría.

—Vamos —me dice Ian.

Lo sigo a través del espacio abierto hasta la entrada del edificio. Hay una gran verja de metal, pero Max ya está allí con un cúter láser. Al mismo tiempo, Merrick utiliza el dispositivo portátil que le ha dado Gage para desactivar la alarma. Solo tarda unos segundos, y las puertas se abren.

Una vez que estamos dentro, tenemos que movernos con rapidez. Hay centenares de cámaras y, aunque esperamos que los guardias estén distraídos por las explosiones que oímos al otro lado del complejo, eso no durará mucho. Con suerte, Merrick y Max llegarán hasta la garita de la guardia, donde nuestra información nos dice que están conectadas todas las cámaras del edificio, y las desactivarán antes de que todo el recinto pueda ver nuestras imágenes en alta definición.

Llegamos al final de un pasillo y, entonces, Ian gira hacia la derecha. Hace días que memorizó los planos. Pero estoy abrumada por la enorme cantidad de habitaciones que hay. Nunca encontraremos a Jarved, aunque esté aquí.

Ian se detiene un momento, y sé que está hablando con Milla.

—A la izquierda, y luego hay que bajar cuatro niveles —dice en voz baja—. Está en las celdas de aislamiento reservadas para los alborotadores.

Pues sí, suena a que es igual que Ian.

Merrick y Max se alejan para ir a apagar las cámaras mientras nosotros llegamos a la escalera de la que le había hablado Milla. Cuanto más bajamos por el edificio, peor es el olor: una mezcla de sudor, sangre y alguna sustancia química extraña... ¿Algo parecido al amoníaco? Nos dirigimos a las entrañas del asteroide, y el edificio pulcro es reemplazado por paredes de piedras afiladas y pasillos oscuros.

No hay ninguna cámara en estos niveles, al menos que podamos distinguir, y no sé si es porque no les importan los prisioneros o porque piensan que nadie va a bajar aquí. O, peor aún, porque no quieren que se grabe lo que ocurre en este lugar. Sea como sea, quiero salir de aquí. Ahora. Mi cuerpo me suplica que volvamos a la superficie, que regresemos con la heptosfera, con una compulsión que hace que esté a punto de entrar en pánico.

Ignoro esa sensación y me trago el miedo mientras me concentro en seguir a Ian. A medida que se vuelve más oscuro, me cuesta más verlo: tengo que seguir el rayo de su linterna, que proyecta una línea blanca y espeluznante a través de las sombras. Súmale a eso los esporádicos gemidos de dolor, y el corazón está a punto de salírseme del pecho.

Por fin llegamos al cuarto nivel, e Ian se detiene al llegar abajo. Después echa a andar con decisión, cruzando la oscuridad a grandes zancadas de una forma que me da muchísimo miedo.

Me digo a mí misma que no pasa nada, que todo va según el plan. No obstante, eso no hace que sea más fácil estar aquí abajo.

Los gemidos son más fuertes, y también los gritos de agonía, y lo único que quiero es rescatarlos a todos. El hecho de que esto ocurra con la autorización de mi madre —delante de mis propios ojos— me avergüenza más que cualquier otra cosa.

De una forma u otra, voy a acabar con esto. Cueste lo que cueste.

Ian se detiene delante de una pesada puerta de madera con cerrojos arriba y abajo. Se queda parado un minuto. Algo debe estar mal..., o quizá le da miedo lo que pueda encontrarse al otro lado de la puerta.

No obstante, después se pone en marcha; se agacha para abrir el cerrojo de abajo, y luego se endereza y abre también el segundo. Entonces tira de la puerta hacia nosotros y apunta hacia el interior con el haz de la linterna.

Un momento después alguien se abalanza sobre él. Levanto la pistola, pero no voy a poder disparar sin darle a Ian.

Pero a juzgar por su grito de alivio, no creo que haga falta disparar. La linterna cae al suelo cuando Ian rodea a la mujer con los brazos y la hace girar en el aire. Ella se ríe. Recojo la linterna y espero a que terminen.

—Uff, apestas —se queja Ian cuando dejan de dar vueltas. La deja en el suelo con delicadeza y sus frentes se tocan mientras vuelven a hacer eso de hablar en silencio.

Entonces los dos voltean hacia mí, y puedo observar con claridad a Milla. Es impresionante lo mucho que se parece a Ian, más incluso que Max. Es alta, puede que unos cinco centímetros más que yo, y su piel morena oscura y sus ojos son idénticos a los de Ian. En algún momento han debido de rasurarle el cabello negro, y ahora está empezando a crecerle de nuevo.

También tiene los pómulos afilados de Ian y su boca sensual, y a juzgar por la forma en que levanta la barbilla también tienen el mismo carácter.

Genial.

Dos patanes con los que lidiar.

Pero tengo una sonrisa tan amplia que probablemente puedan verla desde la *Luz Estelar*.

Milla viste un overol gris parecido al que llevaba Beckett cuando nos conocimos, aunque lo lleva hecho jirones sobre su cuerpo demacrado. Sus brazos desnudos están cubiertos de moretones oscuros y cicatrices.

—¿Quién es? —pregunta ella en voz alta lanzándome una mirada fría. Hasta su voz me resulta familiar.

—Es Kali. Nos está ayudando.

Milla entrecierra los ojos.

—¿Desde cuándo?

—Desde... —Ian se encoge de hombros—. Ya te lo contaremos todo luego. Ahora tenemos que salir de aquí.

—Buena idea. —Hace una pausa—. ¿Cuánto hueco tienen para meter a otros?

Doy un paso adelante.

—Deberíamos rescatar a tantos como pudiéramos. ¿Por casualidad conoces a un hombre llamado Jarved?

Milla sonríe.

—Vaya que lo conozco. Y mejor aún, puedo llevarlos hasta él.

Por fin algo está saliendo como esperábamos. Por Beckett, lo sacaremos de aquí.

Milla le toca la cara a Ian.

—Gracias. Pensé que iba a morir en este sitio de mierda.

—Yo también. Y no me des las gracias todavía. Aún tienen que pasar muchas cosas para que podamos salir de aquí. —Se da vuelta hacia mí—. Kali, guíanos.

Así que lo hago, tan rápido como puedo. Solo un poco más y podremos salir de este lugar tan horrible.

Pero siento un nudo en el estómago y tengo la horrible sensación de que hasta ahora todo ha sido demasiado fácil.

«No va a pasar nada malo —me digo a mí misma—. Lo habíamos planeado todo.»

Qué pena que no me lo crea.

96

IAN

Nos encontramos con Max y Merrick cuando volvemos por el pasillo hacia la puerta. Ya puedo oír los pasos de los guardias detrás de nosotros, y sé que es cuestión de tiempo que nos alcancen.

Milla aprieta el paso por delante del grupo.

—Síganme y podremos liberar a los demás —dice ella, y echa a correr, tan rápido que no puedo seguirle el ritmo por más que lo intente.

No cabe duda de que este es el paso correcto que tenemos que dar. Pero también me da miedo que, si lo hacemos, sea una masacre. Ese ejército de ahí fuera no se anda con tonterías.

Se lo digo a Milla mientras corremos, pero niega con la cabeza.

—*No los subestimes.*

—*Ni siquiera están armados* —repongo.

—*No, pero ya no son del todo humanos.*

—*¿Qué quieres...?*

Milla nos envía a Max y a mí una imagen mental de sus piernas, o más bien de lo que creo que son sus piernas. Reconozco el tatuaje en la parte delantera del muslo, un trébol de tres hojas, pero la parte trasera... La parte trasera de su pierna es completamente mecánica. No hay piel ni músculo, solo piezas de máquina.

Es aterrador.

—¿Qué te hicieron?

—¿Eres un cíborg? —interrumpe Max—. *¿Un maldito cíborg?*

—Experimentos para, y cito textualmente, mejorar la humanidad.

Lucho por reprimir una nueva oleada de rabia. ¿Es esto lo que estaban haciendo aquí? ¿Era este el objetivo de los experimentos de la *Caelestis*? ¿Buscaban a gente con ADN alienígena para la pequeña heptosfera de la doctora V. y, si eso no funcionaba —y si no morían—, los enviaban aquí? ¿Para crear humanos aumentados, poniendo a prueba la tecnología del Imperio y de la Corporación para ayudarla a torturar y matar a más gente inocente?

Debería haber matado a la doctora Canalla cuando tuve la oportunidad, carajo. No es un error que vaya a repetir si vuelvo a encontrarme con ese monstruo.

—¿Estás bien? —pregunto.

—Soy rápida —me responde. Que no es lo mismo que estar bien. En absoluto.

Pero todas esas cicatrices que tenía Beckett empiezan a tener más sentido.

Aun así, no es el momento de pararme a pensar en eso; no cuando oigo a gente corriendo por el pasillo detrás de nosotros. No servirá para nada dejar que la rabia me reconcoma, porque eso solo me hará ir más despacio. Lo mejor será salir de aquí, y después ya pensaremos en cómo hacerles pagar a todos por lo que han hecho.

Recorremos la escalera a toda prisa, y Milla se detiene delante de la primera celda cerrada. Entonces agarra la segunda pistola de mi cinturón y le dispara al cerrojo para abrir la puerta.

—¡Todo el mundo fuera! —grita—. ¡Nos atacan! Pueden venir a luchar o esconderse hasta que acabe todo. —No se mueve nadie—. ¡Fuera! —grita ella.

Empiezan a salir en fila, y nos dirigimos a la siguiente celda. Max, Kali y yo ayudamos a Milla poniéndonos a disparar a los cerrojos una y otra vez, hasta que llegamos al último del pasillo. Dentro hay un hombre joven acurrucado en un rincón. Al principio, lo único que veo es su cabello negro rizado y un overol gris sucio. Sin embargo, cuando levanta la cabeza para mirarnos, reconozco inmediatamente el brillo desafiante en sus ojos amarillos. He visto esa misma mirada burlándose de mí desde el asiento del piloto cada día desde que encontramos la *Luz Estelar*.

Jarved.

—¡Vamos, vamos! —le grita Milla, y él se pone de pie lentamente—. Puedes confiar en ellos —continúa—. Son Max e Ian.

Un brillo de entendimiento aparece en su mirada cautelosa.

—Nos envía tu hermana —añado—. Lo ha sacrificado todo para que pudiéramos encontrarte. Y ahora vamos a llevarte con ella.

Max lo ayuda a caminar mientras avanzamos por el pasillo.

—Tenemos que llegar a la *Luz Estelar* —grito cuando cruzamos la puerta hacia el exterior—. ¡Ahora!

Oigo unos vehículos que se acercan. Peor aún, un montón de lanzaderas están volando directamente hacia nosotros. Me imagino que estarán llenas de soldados. Si no salimos rápido de aquí, vamos a estar bien jodidos.

No podemos luchar contra los guardias y la Corporación por completo, por mucho que queramos. Hay que sobrevivir para luchar otro día, y toda esa mierda que dicen. Con suerte, también le habremos dado la oportunidad de seguir luchando a toda esa gente que estaba en las celdas... o puede que los hayamos condenado a todos, pero ahora mismo no puedo pensar en eso. Agarro la mano de Kali y echamos a correr hacia la *Luz Estelar*, que tiene el camuflaje desactivado. No debería estar desactivado.

Además, la rampa está subida y la puerta cerrada. La heptosfera flota de un modo espeluznante a un lado de la nave, como si se estuviera riendo de mí mientras aprieto una y otra vez el botón de la rampa. Activo el comunicador que llevo en la muñeca.

—Gage, abre la maldita puerta. —No hay respuesta, así que subo el tono—: Gage, ¿dónde demonios estás?

Sigue sin responder. Cabrón. Siento náuseas en el estómago mientras miro la nave, rabiando de frustración. Está sellada por completo y no hay forma de acceder.

—Llama a Rain —sugiere Kali.

—Es imposible que esté despierta, necesitaba descansar —le digo—. Le di drogas como para dejarla inconsciente.

—¡Inténtalo de todas formas! —me insta Max—. No podemos quedarnos aquí a esperar a que nos disparen.

Llamo a la enfermería.

—¿Rain? Rain, ¿estás despierta?

No hay respuesta.

Vuelvo a hacerlo. Nada.

Ya puedo distinguir los vehículos. Llegan por la derecha; son unos camiones gigantes y blindados, con unas ruedas enormes para cruzar por el terreno rocoso. Por la izquierda, la primera de las lanzaderas está flotando apenas a unos metros de la superficie del asteroide; de ella salen todos los soldados que van en el interior, y luego vuelve a elevarse. Van vestidos con las armaduras mecánicas negras y moradas de las fuerzas imperiales. Así que esta pesadilla ya es oficialmente una cooperación. Es bueno saberlo.

Un escalofrío me recorre la espalda de repente, y volteo para ver cómo está Kali; entonces me quedo paralizado mientras una nueva sensación de terror explota en mi interior.

—¿Dónde está Kali?

97

KALI

—¡Kali!

Dejo de correr por los pasillos, donde había vuelto para buscar una escalera o algo similar que nos ayudara a subir a la *Luz Estelar* sin tener que utilizar la rampa bloqueada. Pero alguien me está llamando, así que volteo para echar un vistazo a las sombras. Gage está delante de una puerta, haciéndome un gesto para que me acerque a él.

Vacilo, pero vuelve a hacerme señas, así que me dirijo hacia allí. Puede que esté herido y necesite ayuda.

Pero cuando llego junto a él, parece estar en perfecto estado.

—¿Qué estás haciendo aquí, Gage? Se suponía que ibas a quedarte en la *Luz Estelar*. No podemos entrar. Tenemos que subir a bordo. Ya. Hemos liberado a muchos prisioneros a los que tenemos que ayudar.

No responde, y lo miro fijamente a través de la luz tenue. Hay algo raro. Doy un paso adelante y se lanza contra mí. Me agarra de la muñeca, pero lo jalo para apartarme.

«¿Qué carajo...?»

Con la mente nublada por el pánico, intento recordar lo que Ian me ha enseñado sobre cómo luchar. Relajo los músculos y permito que me atraiga hacia él; entonces levanto la rodilla para darle en los huevos. Y fallo. Me agarra con más fuerza, así que estiro el brazo e intento arañarle la cara. No tengo ni idea de qué le pasa a Gage, pero mi instinto me dice que nada bueno. Sobre todo cuando recuerdo que la *Luz Estelar* estaba cerrada por completo.

Por suerte, Gage no es tan buen luchador como Ian, y estamos bastante igualados. Puedo lograrlo. Preparo el puño e intento golpearlo en el costado, pero antes de que pueda llegar a tocarlo, aprieta algo contra mí y un dolor espantoso me atraviesa.

Pierdo el control de mi propio cuerpo y caigo al suelo. Y por un momento todo se vuelve negro.

Cuando recupero el conocimiento, me está arrastrando pasillo arriba con los brazos alrededor de mi cintura, alejándonos de la *Luz Estelar*. Me siento tan débil como un drokaray recién nacido.

—¿Qué me has hecho?

—Es un aturdidor. No habrá daño permanente. No quiero hacerte daño, Kali. De hecho, estoy aquí para salvarte.

—¿Salvarme de qué? —gruño.

—Los demás no tienen ninguna posibilidad. Van a morir. Pero nosotros no tenemos por qué hacerlo.

Se detiene junto a la puerta y mira hacia fuera.

El pánico me desgarra las entrañas. ¿Dónde está Ian? ¿No se ha dado cuenta de que he desaparecido? Ese hombre no me ha quitado la vista durante días, ¿y decide empezar a hacerlo ahora? Tengo que conseguir que Gage siga hablando, retrasar lo que quiera que esté haciendo. En algún momento tendrá un descuido y encontraré la oportunidad de volver con la tripulación.

—Gage, por favor, dime qué está ocurriendo. Entonces iré contigo sin protestar.

Se humedece los labios y cambia de postura, nervioso.

—La doctora Veragelen contactó conmigo después de que se fueran de la nave. Me dijo que había vuelto a activar el chip de mi cabeza. No sabía que podía hacer eso. Así es como nos ha encontrado. Dice que puede ponerlo en modo autodestrucción y que me volará la cabeza. Pero, si hago lo que me ha pedido, me ha prometido que me aceptará de nuevo en la Corporación. Y lo único que tengo que hacer es salvarte la vida.

La rabia me invade y unas manchas rojas me cubren la visión.

—No era lo único que tenías que hacer. Nos has traicionado. Nos has dejado fuera de la *Luz Estelar* para que no pudiéramos escapar. ¿Cómo? ¿Qué has hecho?

—He apagado los sistemas. Luego he reventado el mecanismo de la puerta, por si la nave decidía pasar a modo manual.

«Cabrón.»

—Si los demás mueren, me aseguraré de que tú también lo hagas.

—No lo entiendes. No tengo elección.

¿Cuántas veces he pensado yo lo mismo? ¿Cuántas veces he justificado mis acciones —o, más bien, la falta de ellas— diciéndome que no tenía alternativa? Pero no era cierto entonces, y no lo es ahora.

—Siempre hay elección —le digo—. Solo hay que aceptar las consecuencias. Llévame de vuelta antes de que sea demasiado tarde.

—Moriré si lo hago. Y tú también. Y los demás también morirán, de todas formas. No podemos vencer a la Corporación.

Lo fulmino con la mirada e intento levantar los brazos para apartarlo de mí, pero todavía estoy casi sin fuerzas. Unos minutos más y podré volver a enfrentarme a él.

—Puede que tú no, pero...

—¡Gage!

Estoy a punto de desplomarme al oír la voz de Ian. Y sí, salvarme a mí misma está muy bien, pero a veces es una maravilla tener una tripulación que te ayude.

Miro fijamente a Ian. No está solo. Milla, Max, Jarved y Merrick vienen tras él, además de un montón de gente vestida con overoles grises hechos jirones. Los prisioneros.

La expresión del rostro de Ian al levantar la pistola podría matar.

—Suéltala, Gage.

—No puedo hacerlo. Y la mataré si es necesario. —Me aprieta el costado con el arma.

Ian deja escapar un gruñido ronco.

—Si te atreves a tocarle un solo pelo, te arrancaré los brazos y te mataré a golpes con ellos.

Pero puedo ver la frustración en su cara. No se va a arriesgar a atacarlo por si me hace daño a mí. Y no puedo permitir que Gage me saque de aquí. Supongo que eso es lo único que está retrasando un ataque sin piedad de los soldados. Están esperando la confirmación de que Gage me ha liberado.

Me alegra saber lo mucho que cree que me necesita la doctora Veragelen. Nunca sabes cuándo vas a necesitar algo con lo que negociar. Pero antes tengo que alejarme de Gage.

Respiro hondo. Puedo conseguirlo. Después de todo, me han entrenado los mejores.

Me muevo tan rápido como me lo permiten mis músculos y le doy un codazo a Gage en el plexo solar. Suelta un grito ahogado y se dobla hacia delante, y entonces estiro el brazo y lanzo un puñetazo hacia arriba. Una punzada de dolor me recorre la mano al golpearle la mandíbula. Deja escapar un grito, y por fin consigo liberar el brazo y apartarme tambaleándome.

Gage se lanza hacia mí justo cuando llega un disparo desde nuestra izquierda. Le da en el pecho, y el impacto lo hace girar. Sus ojos se vuelven vidriosos y muere incluso antes de tocar el suelo.

Me doy vuelta lentamente. Max está allí de pie, con el brazo extendido y una pistola en la mano.

Deja caer el brazo a un costado, con el rostro inexpresivo; luego observa por última vez a Gage y se da la vuelta.

Entonces Ian me alcanza y me rodea con los brazos, apretándome con fuerza contra él.

—Las esposas —murmura, con la cabeza metida entre mi cabello—. Las malditas esposas.

98

IAN

Estoy bastante seguro de que ha sido el peor momento de mi vida.

Maldito Gage. Nunca debería haber confiado en él.

—Lo has hecho genial —le digo a Kali. Mejor de lo que esperaba. Ha mantenido la calma y nos ha dado la oportunidad que necesitábamos. Pero sigo temblando y no quiero soltarla.

Respiro hondo y doy un paso atrás. Tenemos que largarnos de este asteroide y poner a todo el mundo a salvo. Porque en cuanto lo hagamos, lo único que quiero es oírla decir que me quiere. Y después me la voy a llevar a la cama y no saldremos de allí hasta que el mundo explote a nuestro alrededor. Y puede que ni siquiera entonces.

Los prisioneros cruzan en masa por el pasillo. Aparto a Kali de un tirón cuando pasan a nuestro lado, decenas de ellos, en dirección a la entrada. Les hemos dicho que hay un ejército allí, pero supongo que no les importa, a pesar de que solo un par de ellos van armados.

Va a ser una masacre.

El primero de ellos sale al exterior a toda velocidad. Oigo gritos y un golpe cuando el cuerpo cae al suelo. Eso no desanima al resto. Están saliendo en masa, y el aire se llena con la cacofonía de los disparos.

Se suponía que debíamos escabullirnos por la parte de atrás. Ese era el plan.

Aprieto los dientes y miro a Kali. Asiente con la cabeza.

Miro a Max, y también asiente.

—Vamos a salir. —Vamos a ayudar a esta gente, y también vamos a morir. No quiero morir. No antes de que Kali me diga que me quiere.

«Carajo. ¿Cuándo me he convertido en un imbécil?»

—¿Alguien tiene alguna objeción?

Nadie la tiene.

Parece que es unánime, entonces, aunque Milla parece un poco confundida. Hasta ahora, el altruismo nunca había sido algo destacable en nuestra vida. Pero saca su arma como los demás.

—Vamos por ellos.

Doy vuelta hacia el resto de la gente que ha estado prisionera en este lugar.

—Dennos cinco minutos para despejar el camino. Entonces echen a correr. Agarren cualquier arma que encuentren. —Miro a las personas que hay a mi alrededor, y creo que debo decírselo—: La mayoría de ustedes no van a salir vivos de aquí. Pero algunos podrían lograrlo.

—Es un pronóstico mejor que el que teníamos antes —dice una de las mujeres—. Nadie sobrevive mucho tiempo en este lugar.

Asiento con la cabeza. Pero Milla sí lo ha hecho. Y Jarved.

—Si salimos de aquí y conseguimos llegar a la nave, subiremos a bordo a tantos como podamos. En cuanto al resto, pediremos ayuda y nos aseguraremos de que estén a salvo.

Tengo algo que me da ventaja. Meto la mano en la bolsa y saco una de las granadas que he traído. Esperaba usarlas para reventar alguna puerta, pero funcionarán igual de bien con personas. Tengo cuatro. Espero que sea suficiente para darnos un respiro. Les doy una a Kali y a Max, y le lanzo la otra a Merrick.

Respiro hondo y me dirijo a la entrada. Kali va a mi lado, Milla y Max detrás de mí y Merrick a la retaguardia.

Echo un vistazo al exterior. La luz es tenue, pero lo capto todo en un segundo. Un grupo de soldados imperiales viene hacia nosotros. Los guardias de la Corporación se cubren tras una hilera de camiones que hay a la izquierda.

—Kali, apunta con la granada hacia los camiones. Los demás iremos a por los soldados. Después apunta a las rodillas. Son el punto débil de su armadura mecánica.

Salgo al exterior, con todos los demás a mi lado. Tenemos que esquivar los cadáveres que se apilan en la entrada. Al principio, los soldados no disparan; parecen estar esperando a que ocurra algo, pero no sé qué.

Tampoco me importa, porque yo no pienso esperar.

—¡Ahora! —grito.

Quito el pasador de la granada y la lanzo; después me tiro al suelo mientras el rugido de las explosiones llena el aire. Me zumban los oídos por las detonaciones, y todo el lugar se convierte en un caos, lleno de soldados heridos y de guardias que gritan. Oigo cómo la gente de las celdas sale en masa detrás de mí mientras me pongo de pie y empiezo a disparar. Kali está a mi lado con el brazo extendido, como le he enseñado. Tiene el ceño fruncido, pero lo está haciendo bien.

Liquido a uno de los soldados que siguen de pie. Luego a otro que está intentando levantarse. Ahora mismo no hay lugar para la piedad, estamos luchando por nuestra vida.

Al final, estoy junto a Kali, espalda con espalda, con el brazo de la pistola extendido, pero sin nadie a quien disparar.

Seguimos vivos. De verdad que no me lo esperaba.

Todo se queda en silencio salvo por los gemidos de los moribundos. Entonces resuenan los gritos de alegría de los prisioneros que quedan con vida. Observo rápidamente a mi grupo; todos seguimos en pie, excepto Merrick, que ha recibido un disparo en la pierna. No obstante, parece que es solo un rasguño. Sobrevivirá.

Me volteo para mirar a Kali. Espero verla triunfante, pero está observando la devastación que hay a su alrededor mientras el labio inferior le tiembla sin parar.

—Teníamos que hacerlo —le digo—. Eran ellos o nosotros.

—Lo sé. Pero no es justo. Solo estaban haciendo su trabajo. No sabían por qué.

—Deberían haberlo preguntado —replica Merrick.

Podemos discutirlo más tarde. Ahora mismo:

—Tenemos que llegar a la *Luz Estelar*.

—Vamos a tener que buscar una forma de entrar. Gage la ha saboteado.

—Maldito cabrón, traicionero y avaricioso...

Antes de que pueda pensar en qué hacer, el comunicador que llevo en el brazo empieza a emitir interferencias, y entonces oímos una voz:

—Aquí el crucero de batalla *Ravenol*. Tenemos una ojiva de cuatrocientos kilogramos apuntando en su dirección. Entreguen las armas y ríndanse o aniquilaremos por completo el asteroide. Tienen cinco minutos.

Y entonces se corta la comunicación.

99

KALI

Levanto la vista hacia el cielo, donde flota la nave gigantesca como si fuera un slogg hinchado. Veo el lanzamisiles situado en la parte delantera. Nos apunta directamente.

No puedo creer que hayamos llegado tan lejos, que hayamos hecho tanto, solo para acabar así.

Cinco minutos.

Menos, ahora.

No quiero morir.

Observo la devastación que hay a nuestro alrededor, y luego miro a la *Luz Estelar*. No puede acabar así.

Ian desliza su mano entre la mía.

—Podemos rendirnos si es lo que quieres. Probablemente no te harán daño...

—No nos vamos a rendir —gruño. Porque puede que a mí me perdonen la vida, pero todos mis amigos morirán. Y nunca podría vivir con ello.

Tiene que haber una forma. Solo tengo que pensar.

Desvío la mirada hacia la heptosfera. Había dicho que la iba a poner a prueba aquí, en las Tierras Salvajes, pero mi idea incluía a menos gente. No a docenas de personas inocentes que dependen de nosotros para sobrevivir. Aun así, necesitamos algo grande. Algo drástico.

No quería asumir el peligro que conlleva ser la Portadora de Estrellas. Pero quizá —solo quizá— sea hora de aceptarlo.

Echo a correr hacia la heptosfera y miro hacia atrás para ver si Ian sigue allí. Está ahí, y también los demás. Van todos detrás de mí.

Me detengo en seco delante del orbe, que flota apenas a un metro por encima del suelo, y tengo que reconsiderar mi plan. Es un artefacto alienígena con el poder de crear y destruir soles. Puede que no sea tan buena idea activarlo sin saber lo que puede hacer.

Pero entonces levanto la vista hacia el cielo y veo que la ojiva en el lanzamisiles de la *Ravenol* brilla. Se nos está acabando el tiempo.

—Adelante, Kali. —Merrick está a mi lado y me habla con una confianza que soy incapaz de ver reflejada en su rostro.

Pero algo extraño está ocurriendo en mi interior. Es como si esta cosa me estuviera llamando mentalmente, pidiéndome que la tocara. Antes de que pueda tomar la decisión consciente de hacerlo, ya estoy avanzando hasta allí; mis pies se mueven por voluntad propia.

Y entonces la tengo justo delante de mí, y cada milímetro de mi cuerpo ansía tocarla.

Volteo hacia Ian con una última pregunta en la mirada. Pero él asiente con la cabeza, así que levanto las manos y las apoyo sobre la superficie curvada de la heptosfera.

Está caliente, y noto una ligera vibración en su interior. Pero eso es lo único que siento, lo único que hay. Hasta que una sacudida la recorre —me recorre a mí—, y de repente mi cabeza se llena de luces iridiscentes que no paran de girar.

Está despierta.

¿Y ahora qué?

Ni siquiera sé lo que es, mucho menos cómo utilizarla.

Levanto la mirada hacia el cielo y veo que el lanzamisiles brilla con un color rojo, preparado para disparar.

—Haz algo —le suplico al orbe—. Por favor, no dejes que toda esta gente muera...

Me interrumpo cuando otro temblor me recorre el cuerpo, más intenso que el primero. Y entonces el orbe se eleva y empieza a girar lentamente sobre un eje invisible. Un rayo de luz sale disparado de ella..., pero en la dirección opuesta al crucero de batalla.

¡Mierda! ¡Por eso quería practicar antes! Me da miedo mirar, ver a qué está apuntando la heptosfera.

Pero entonces Ian murmura «mierda» desde detrás de mí, y tengo que hacerlo.

Volteo hacia donde está Ian y veo que está mirando fijamente hacia la *Luz Estelar*, con los ojos abiertos de par en par. El rayo del orbe está golpeándola directamente y la nave está volviendo a la vida, iluminada por unas luces que parpadean, y entonces despega del suelo y se gira para quedar mirando hacia el cielo.

Aunque ya es demasiado tarde. He tardado mucho.

El crucero de batalla libera la ojiva con un destello, y me preparo para el impacto abrazándome a Ian.

Sin embargo, apoyada por la heptosfera, la *Luz Estelar* responde disparando un rayo de luz, y es tan brillante que tengo que fruncir el entrecejo para evitar que me queme los ojos. Unos segundos más tarde un gran estruendo resuena en mis oídos, y cuando abro los ojos, el cielo está cubierto por una bola de llamas color naranja. Es todo lo que queda del crucero de batalla. Otro rayo de luz, otra explosión, y el casco de la nave estalla en un millar de pedazos.

—¡Cúbranse! —grita Ian, aunque no hay ningún sitio donde ocultarse.

Pero no pasa nada, porque la *Luz Estelar* ha pensado en todo. Un centenar de rayos emanan de la heptosfera y se extienden en todas direcciones; cuando golpean los escombros, los pedazos explotan, llenando el cielo de estrellas fugaces.

Parece que, realmente, soy la Portadora de Estrellas.

100

KALI

El cielo sobre nosotros está despejado. Las lanzaderas han sido destruidas o han huido. Las luces de la heptosfera empiezan a apagarse y la *Luz Estelar* aterriza cerca de donde estamos.

Ahora solo tenemos que entrar.

Nos acercamos por un lado de la nave, y entonces Ian hace lo que suele hacer: darle golpes sin parar a la puerta. No ocurre nada.

—¿Por qué tienes siempre la misma solución para todo? —planteo desde detrás de él.

—Porque a veces funciona. —Se encoge de hombros.

Y justo cuando parece que está a punto de intentarlo de nuevo, la escotilla en lo alto de la nave se abre de golpe y Rain asoma la cabeza.

—¡No puedo bajar la rampa! —nos grita, y abre los ojos de par en par al observar a su alrededor—. ¿Qué me he perdido?

Parece que está un poco atontada, pero aparte de eso bastante bien, teniendo en cuenta que acaba de recibir un disparo. Y me echo a reír, porque, a pesar de todo, seguimos vivos. Y, carajo, ahora mismo es lo único que importa.

—Tíranos la escalera de mano y te lo contamos —digo.

—Su brazo... —comienza a decir Merrick. Yo lo miro y entrecierro los ojos.

—Es capaz de mucho más de lo que te crees.

Como si Rain quisiera demostrar mis palabras, la escalera cae desenrollándose por un lado. Parece que hemos vuelto a las andadas, después de todo.

Metemos en la *Luz Estelar* a tanta gente como podemos. No es para nada una nave grande, y muchos otros tendrán que esperar a que consigamos que venga otra y los lleve a casa. Pero hemos perdido a Gage, hemos perdido a Beckett, y de ninguna manera pienso salir de este sitio de mierda sin llevarnos con nosotros a tantos como podamos meter a bordo.

Merrick y yo los acomodamos en la cocina y en el almacén mientras Milla guía a los que necesitan ayuda. No son precisamente habitaciones de lujo, aunque es mejor que quedarse en la esclusa. Y muchísimo mejor que el laboratorio monstruoso de donde los hemos liberado.

Cuando volvemos al puente de control, noto una sensación extraña en mi interior, un vacío en el estómago que empeora cuanto más me acerco a la extraña habitación cerrada que hay en el centro de la *Luz Estelar*.

Cuando pasamos a su lado, apoyo una mano en la pared, como hago siempre. Pero, en lugar de la calma que suelo sentir, en el mismo instante en que mis dedos la tocan, un calambrazo me recorre el cuerpo.

Es tan fuerte que me hace apartar la mano de un tirón y estremecerme.

—¿Qué pasa? —inquiere Milla, recelosa.

—Nada. Es solo que estoy... nerviosa, supongo. —Echo a andar rápidamente, decidida a apartarme tanto como pueda de esa habitación. Y cuanto más me alejo, peor se vuelve el vacío de mi interior.

Hago todo lo posible para ignorarlo en cuanto Milla, Merrick y yo llegamos al puente de control.

Ian acaba de cortar la comunicación con Marlina. Y a juzgar por la expresión satisfecha de su rostro, la ha convencido para rescatar a la gente que hemos tenido que dejar allí. La noticia de que hemos encontrado y salvado a su hijo seguro que ha ayudado.

—Entonces, ¿dónde quieren ir? —pregunta Ian en cuanto Rain acomoda a Jarved en nuestra antigua cabina y Max acaba de hacer inventario de la comida que nos queda. Tendremos que racionarnos durante una temporada, sin duda, pero conseguiremos más provisiones en cuanto podamos—. El sistema Senestris es todo nuestro, podemos ir donde queramos.

—Si no fuera porque todavía nos buscan —responde Max en tono sarcástico.

—Y nunca descubrimos quién está intentando matarnos —añade Rain—. Probablemente deberíamos averiguarlo antes de andar ahí a lo loco.

—Yo ya lo sé —dice Merrick.

—¿Ah, sí? —Ian le lanza una mirada inquisitiva mientras toquetea su interfaz, que parece haberse quedado atascada cuando estaba bajada—. No te lo guardes, ilumínanos.

—La llamada que recibí antes de que fuéramos a rescatar a Milla... era de uno de mis contactos en Serati. Lo llamé hace unos días para pedirle cierta información, y me ha respondido por fin.

—¿Serati? —pregunta Rain, sorprendida—. ¿Por qué estoy segura de que no me va a gustar lo que vas a decirnos?

—Porque es la Hermandad la que nos estaba intentando matar. Y con «nos» me refiero a ti y a Kali.

—¿A mí? —No puedo evitar sentirme un poco ofendida—. ¿Qué les he hecho yo?

Y entonces lo recuerdo. Como casi todo lo que me ha pasado hasta la fecha, no es por lo que he hecho yo. Es por lo que ha hecho mi madre. Menos mal que estoy lista para empezar a cambiar las cosas, porque hasta ahora ha conseguido que mi vida sea bastante horrible.

—Quieren matarnos a las dos —afirma Rain lentamente, como si estuviera descubriendo la respuesta en ese momento. Me inclino hacia delante, interesada por lo que va a decir y por si es la misma idea que ha tomado forma en mi cabeza—. Si matan a Kali, la suma sacerdotisa renacerá. Pero no podrán convencer a la gente si yo sigo viva. —Mira a Merrick—. Así que tienen que matarnos a las dos, y entonces todo comenzará de nuevo. Y creen que así conseguirán por fin que aparezca su Portadora de Estrellas.

—Solo que ya ha aparecido —apunta Merrick, y me sonríe como lo haría un primo orgulloso.

—Yo no diría tanto. Todavía no estoy segura de cómo se utiliza esa cosa —le digo.

—Creo que la heptosfera acaba de dejar claro que sí sabes —replica Ian.

Y no puedo evitar recordar lo que sentí al tocarla, al notar su calor y su poder palpitando contra las palmas de mis manos. Puede que tengan razón. Es una pena que no tenga ni idea de lo que se supone que debo hacer.

—Odio ser el portador de malas noticias —reconoce Max—, pero se me ocurre que tenemos otro problema.

—No mientas —lo provoca Milla—. Te encantan los problemas.

—Bueno, ahora que no están ni Gage ni Beckett... —La voz de Max se va apagando, y se queda esperando.

—Mierda —gruñe Ian, que está golpeando la consola del asiento del capitán, sin éxito. Se detiene de repente y se da vuelta para mirarme, con un brillo extraño en los ojos.

—¿Por qué me miras? —le espeto. Y entonces me doy cuenta—. Ni hablar. No estoy preparada. Beckett no me ha enseñado tanto, yo solo escuchaba un poco mientras le daba clases a Rain. Quizá ella...

—Para nada —me interrumpe Rain, con una sonrisa de complicidad—. Acaban de dispararme, así que nada de pilotear. Además, estoy bastante segura de que me va a tocar ser la nueva mecánica.

—¿Sabes arreglar cosas? —pregunta Ian en un tono escéptico.

—Bueno, sé hacer algo más que golpearlas, así que supongo que ya voy un paso por delante de ti. —Como si quisiera demostrarlo, estira el brazo bueno y aprieta algo bajo la consola de Ian. Unos segundos más tarde, la interfaz se levanta suavemente.

—Queda claro —asegura Max.

—Gracias —le dice Ian a Rain, y luego me sonríe—. Yo soy el capitán, y las órdenes del capitán son que pongas tu trasero en la silla del piloto.

Tengo que admitir que no he estado más nerviosa en toda mi vida, pero también estoy un poco emocionada cuando obedezco y me dejo caer en el asiento de Beckett.

Después, me tomo un momento para respirar y coloco la mano sobre la goma amarilla para el cabello que había dejado Beckett alrededor del reposabrazos. Entonces me inclino hacia delante y aprieto el botón de ignición de la *Luz Estelar*.

La nave cobra vida a nuestro alrededor, y sonrío.

—¿Hacia dónde, capitán?

—A cualquier sitio que no sea este maldito asteroide —responde Ian.

—Sí, señor —le provoco, intentando concentrarme en él y no en la extraña sensación de mi interior, que parece volverse cada vez más fuerte. Seguro que estaré mejor cuando nos alejemos de este lugar malvado.

Unos segundos más tarde salimos de la atmósfera y volamos directamente hacia el espacio, con todo el sistema solar extendiéndose delante de nosotros.

La libertad nunca había sido tan atractiva.

Pero veinte minutos después, con el rumbo fijado hacia Serati —tenemos que ocuparnos de ciertos carteles de SE BUSCA—, la sensación se ha vuelto tan desagradable que lo único que soy capaz de hacer es quedarme sentada. Y eso es antes incluso de que ocurra otra cosa extraña.

La interfaz de Ian se activa y la pantalla muestra una vista perfecta de la heptosfera, que todavía nos sigue. Pero ahora parece diferente. Está encendida: una luz roja sale de la parte superior y hay un montón de números a lo largo del centro negro de la esfera.

—¿Qué es eso? —pregunto, y configuro la pantalla delantera para que nos muestre la imagen y podamos verla todos mejor.

30-07-10-15

Mientras la miramos, cambia:

30-07-10-14
30-07-10-13
30-07-10-12

—Es una cuenta atrás —responde Max.

30-07-10-11

—Pero ¿para qué? —aventura Rain.

—Oh, mierda, no —reniega Milla mientras se coloca junto a mí, con la vista clavada en la heptosfera—. Por favor, díganme que no es lo que creo que es.

Baja la vista hacia mí y nuestras miradas se cruzan.

—Depende de lo que creas que es.

—En las Tierras Salvajes la gente habla. La mayor parte son rumores, pero había una cosa que no paraba de oír una y otra vez, y no se oye la misma historia tantas veces si no hay algo de verdad en ella. Que había un dispositivo enorme que el Imperio estaba utilizando para salvarnos, pero que realmente era algo peligroso. Peligroso para los humanos de un modo que no podríamos comprender hasta que fuera demasiado tarde.

Hay algo en la forma en que lo cuenta que me hiela la sangre en las venas. Porque ¿qué podría ser más peligroso para los humanos que un sol a punto de explotar?

Antes de que pueda pedirle a Milla que me lo explique, otras luces empiezan a parpadear en la heptosfera, de muchos colores distintos que iluminan el espacio.

—¿Qué rayos está haciendo ahora? —pregunta Max.

No lo sé. Pero cuanto más parpadean esas luces, más imposible se me hace ignorar la compulsión en mi interior, hasta que ya no puedo resistirme más. Mientras todos los demás se reúnen alrededor de la pantalla para ver lo que va a ocurrir a continuación, me desabrocho el arnés, me pongo de pie y echo a andar hacia el pasillo.

Por primera vez desde que estamos a bordo de la *Luz Estelar*, la puerta bloqueada está abierta. De par en par.

—¿Qué carajos? —dice Ian, detrás de mí. Parece que él y los demás me han seguido desde el puente de control—. ¿Has averiguado por fin cómo abrirla?

Niego con la cabeza, porque yo no he tenido nada que ver con esto.

—Bueno, está claro que la *Luz Estelar* quiere que veamos algo. —Rain nos mira con impaciencia y se cuela a mi lado para entrar.

A pesar del vacío que hay en mi interior —y de la compulsión, que prácticamente siento como si me estuviera gritando—, no quiero entrar en esa habitación. Sin embargo, quedarme fuera no va a cambiar lo que sea que haya ahí dentro, así que intercambio una mirada de «oh, mierda» con Ian y entro.

No es tan malo como me había temido. No sé qué esperaba encontrarme, pero no era esta pantalla gigante rectangular, que ocupa toda una pared de la sala.

—¿Para qué sirve? —pregunta Max cuando nos acercamos a ella.

—No lo sé —respondo—. Quizá Gage... —Me interrumpo al darme cuenta, al darme cuenta de verdad, de que nunca volverá a solucionarnos ningún problema en la *Luz Estelar*.

No importa lo enfadada que esté con él por lo que hizo en el asteroide, hay una parte de mí que llora por él y por lo que podría haber sido.

Ian me pasa una mano por la espalda en un gesto tranquilizador, pero antes de que pueda decirle que estoy bien, un láser sale de un diminuto dispositivo que hay sobre la pantalla y escanea a Rain, que es la que está más cerca de él.

—Pero ¿qué...? —Max se interrumpe cuando también lo escanea a él.

No ocurre nada en la pantalla, excepto que el láser se mueve hacia Ian. Y luego hacia Merrick. Hacia Milla. Y, por fin, hacia mí.

Cuando me escanea, en lugar de continuar, emite un sonido largo y agudo. Y entonces cientos y cientos de nombres de archivos empiezan a aparecer en la pantalla, desplazándose desde arriba hacia abajo, escritos con una pequeña tipografía azul. Es convenientemente legible, teniendo en cuenta que esto ha sido construido por los Antiguos, así que quizá la *Luz Estelar* lo esté traduciendo para mí.

—¿Qué es todo esto? —pregunta Rain.

Max niega con la cabeza.

—No lo sé. Va tan rápido que no puedo leer nada.

—¿Y tú, Kali? —pregunta Merrick—. ¿Por qué no intentas tocar la pantalla?

Todo mi ser quiere apartarse de allí, pero... realmente no. Mi cerebro no quiere tocar la pantalla, sin duda, pero todas las demás partes de mi cuerpo ansían hacerlo.

—Adelante —dice Ian—. Estamos todos contigo.

Algo me dice que no vamos a poder ir a ninguna parte si no la toco, así que respiro hondo y estiro el brazo hacia la pantalla.

En cuanto toco uno de los archivos se abre, y la información se extiende por toda la pared.

—«Éxito moderado» —leo en la sección central, porque la mayoría de las otras solo contienen datos numéricos—. «Dos planetas muertos, Tybris y Nabroch. La vida prospera en otros planetas.»

—¿Éxito moderado? —pregunta Merrick, en un tono tan desconcertado como me siento yo—. ¿Al hacer qué?

Arrastro el dedo para apartar el archivo y elijo otro de la lista que sigue desplazándose.

Igual que el otro, tiene muchos datos numéricos, pero también hay un resumen central:

REMESA DE ESPECÍMENES DE SENESTRIS 77 % DE ÉXITO HASTA LA FECHA, AUNQUE LOS DATOS SUGIEREN QUE EL PORCENTAJE DE ÉXITO DISMINUIRÁ HASTA EL 55 % HACIA EL FINAL DEL MILENIO. ASKKANDIA ES EL PLANETA MÁS FRUCTÍFERO, SEGUIDO DE KRIDACUS Y GLACEA. AUNQUE LOS DATOS SUGIEREN QUE GLACEA PODRÍA DECRECER PRONTO. RECOMENDACIÓN: COSECHA PREEXTINCIÓN.

—¿Cosecha? —susurra Rain—. ¿Qué quieren decir con eso?

—Nada bueno —respondo en un tono sombrío. Pero cuando me dispongo a arrastrar el tercer archivo, el monitor emite una serie de sonidos agudos. Y entonces aparecen unos números, que empiezan a desplazarse rápidamente por la pantalla.

Son los mismos que habíamos visto en la heptosfera hace unos minutos. Solo que ahora la secuencia es:

30-07-03-57

Hemos perdido seis minutos de lo que sea que marque la cuenta atrás.

Esperamos un poco más para ver qué ocurre. Pero da igual qué toque en el monitor, lo único que cambia son los números de la secuencia mientras continúan desplazándose por la pantalla.

—Esto no me gusta —dice Max.

—Sí, no me digas —responde Ian—. Pero no hay nada que podamos hacer desde aquí.

Sale de la habitación y lo sigo, porque tiene razón. Aunque no puedo evitar pensar que tampoco hay nada que podamos hacer desde ningún otro sitio.

Y eso antes incluso de volver al puente de control y confirmar que la heptosfera sigue mostrando la secuencia. Solo que en el centro, donde había aparecido, hay algo nuevo. Se puede leer una frase:

ESPECÍMENES HUMANOIDES DEL SISTEMA SENESTRIS. LOS HEMOS ENCONTRADO Y VAMOS HACIA USTEDES. HACE TIEMPO QUE TENDRÍAMOS QUE HABER INICIADO LA COSECHA.

—Otra vez esa palabra —comenta Merrick—. *Cosecha*.

La heptosfera emite más destellos, y entonces la frase que recorre el centro vuelve a cambiar:

LA COSECHA DE LA POBLACIÓN COMENZARÁ EN 30-06-59-12.

—¿Cosecha de la población? —repite Merrick—. ¿Qué significa eso?

—Creo que sabes perfectamente lo que significa —replica Ian.

Rain se estremece.

—¿A nosotros? ¿Algo quiere cosecharnos a nosotros?

—Cosecha preextinción —repito lo que habíamos leído en la habitación cerrada.

—Pero ¿qué está ocurriendo? —pregunta Rain señalando hacia la heptosfera—. Esa cosa lleva días siguiéndonos, y la puerta no se había abierto hasta ahora.

—Kali debe de haberlas conectado —sugiere Max—. Cuando hizo aquello en Delta V47 con la heptosfera y la *Luz Estelar*.

—¿Crees que ha sido eso lo que lo ha provocado? —pregunto horrorizada—. ¿Que de alguna forma he activado yo la cuenta atrás?

—¿Tienes alguna idea mejor? —Me mira y levanta una ceja.

No la tengo, pero, antes de que pueda decírselo, la heptosfera vuelve a cambiar. Las palabras desaparecen en una serie de luces de colores, dejando solo la cuenta atrás en el medio de la esfera y una luz que parpadea en los polos del orbe.

—¿Para qué crees que sirven esas luces? —susurro, aunque me temo que ya conozco la respuesta.

—Parece una señal —contesta Merrick, confirmando mis peores miedos.

—Entonces, vamos a ver si lo entiendo... —Ian se pasa una mano por la cara—. ¿No solo le hemos comunicado a algo que está ahí fuera, por algún motivo, que estamos listos para ser cosechados, sino que también les hemos enviado una maldita estrella guía para ayudarlos a llegar?

—No suena para nada aterrador —dice Milla arrastrando las palabras.

—Eso ni siquiera es lo peor de todo —repongo.

—¿Y qué es? —Parece más curiosa que aterrorizada, pero es la única.

Rain responde por mí:

—¿Que ahí fuera hay algo tan avanzado que piensa que no somos más que plantas que cosechar?

—Exacto —concuerdo, y busco la mano de Ian mientras un escalofrío me recorre el cuerpo—. ¿Y qué planean hacer con nosotros cuando acabe la cosecha?

AGRADECIMIENTOS

Escribir este libro ha sido muy emocionante, y estoy encantada de tener al mejor equipo del mundo con el que trabajar en él.

Nina Croft, gracias por ser una compañera de escritura genial.

Stacy Abrams, tu paciencia y tu entusiasmo son contagiosos. Gracias por todas las llamadas a altas horas de la noche y por tus ideas brillantes.

Emily Sylvan Kim, eres la mejor agente del mundo. Gracias por todo lo que has hecho para que este libro se convierta en una realidad.

A Hannah Lindsey, por todo. De verdad. Eres la compañera de viajes, la revisora y el apoyo incondicional más maravilloso con el que una chica podría soñar.

Liz Pelletier, gracias por todo. Toda mi vida he querido escribir un libro sobre el espacio, y siempre te estaré agradecida por hacer realidad ese sueño. ¡Eres increíble!

A Molly Majumder, por dedicar tanto tiempo y esfuerzo a hacer que este libro brille. Gracias por todo.

Gracias a todo el mundo de Entangled y Macmillan por toda su ayuda y apoyo con este libro. Soy muy afortunada de formar parte de un equipo tan increíble. Gracias en especial a Veronica Gonzalez, Curtis Svehlak, Toni Kerr, Heather Riccio, Meredith

Johnson, Bree Archer, Elizabeth Turner Stokes, Nicole Rescini-ti y al Entangled Buddy Read por todo lo que han hecho para que este libro llegue a manos de los lectores.

A mi familia, por todo su cariño y apoyo durante las largas noches. Los adoro a todos.

Y por último, gracias a mis increíbles fans. Tengo los fans más maravillosos de este mundo, y estoy muy muy agradecida por cada uno de ustedes.

Tracy

AGRADECIMIENTOS

¡Muchas gracias a todo el equipo de Entangled Publishing por su esfuerzo excepcional para darle vida a *Portadora de estrellas*! Estoy enamorada de la cubierta. Y gracias en especial a Liz Pelletier por invitarme a ser parte de este libro increíble, por sus ideas, sus consejos y su entusiasmo constante, y por creer en mis capacidades. Me ha encantado cada momento que he pasado trabajando en *Portadora de estrellas.*

A la maravillosa Tracy Wolff, mi coautora, cuyo espíritu colaborativo, conocimiento y creatividad han enriquecido cada página de este libro.

A Rob, mi otra mitad y la mejor de las dos, por aguantarme constantemente cuando desaparecía en los mundos de mi propia creación, y por su apoyo y su ánimo inquebrantables.

Por último, a todos los lectores, que espero que disfruten tanto leyendo *Portadora de estrellas* como yo he disfrutado escribiéndolo. ¡Gracias!

Nina